Trans

Trans+

Trans+

Trans+

Silent Macabre

SM 25 童話已死 Pappersväggar

作 者：約翰・傑維德・倫德維斯特 John Ajvide Lindqvist
譯 者：林羿君、陳文怡（翻譯本書〈廷達洛斯〉篇）
責任編輯：翁淑靜
美術編輯：何萍萍
校對：陳錦輝
法律顧問 ：全理法律事務所董安丹律師
出版：小異出版
台北市 105 南京東路四段 25 號 11 樓
TEL：(02)87123898 FAX：(02)87123897
e-mail:locus@locuspublishing.com
www.locuspublishing.com
發行：大塊文化出版股份有限公司
台北市 105 南京東路四段 25 號 11 樓
讀者服務專線：0800-006689
TEL：(02) 87123898 FAX：(02)87123897
郵撥帳號：18955675
戶名：大塊文化出版股份有限公司

總經銷：大和書報圖書股份有限公司
地址： 新北市新莊區五工五路 2 號
TEL：(02) 89902588 FAX：(02) 22901658
初版一刷：2016 年 11 月
定價：新台幣 450 元

童話已死 / 約翰 . 傑維德 . 倫德維斯特 (John Ajvide Lindqvist) 著；
林羿君、陳文怡譯 . -- 初版 . -- 臺北市 : 小異出版 :
大塊文化發行 , 2016.11
面； 公分 . -- (SM ; 25)

譯自 : Pappersväggar

ISBN 978-986-213-737-6(平裝)

881.357 105016602

童話已死 Pappersväggar

約翰·傑維德·倫德維斯特（John Ajvide Lindqvist）著
林羿君、陳文怡 譯

獻給我的母親Anne-Marie Lindqvist。
獻給我記憶中的祖母Maj Walhqvist。
愛與力量。

目錄

空間中有間隙
而且是較寬大的間隙
這些間隙毫無價值
因為我們不會花時間在那兒
我們邂逅來日伴侶
在停車場間的走道中
我們相愛，我們爭執
我們開始疏忽
而後撒手人寰
所有一切不知不覺發生
薄膜隔離我們
讓我們免於瘋狂，免於墜落
那些怪物，牠們如此單薄
不過是紙牆罷了

邊界

那男人一出現，媞娜便知道他有想藏的東西。隨著他一步步走近海關檢查站，她越來越確定。當他選擇「無須申報」的綠色通道，逕直走過她身旁時，她說：「對不起，可以請你停下來一會嗎？」她瞥了羅伯一眼，想確認他會協助處理。羅伯微微點頭。即將被逮的人可能會採取鋌而走險的手段，尤其若他們走私的東西會引來牢獄之災——就像這個男人。媞娜很肯定。

「可以請你把行李箱放在這裡嗎？」

那男人提起一個小箱子放到櫃臺上，解開鎖，打開箱子的上蓋。他對此習慣了，這並不奇怪，因為他有這樣的外表：稜角分明的臉孔，低窄的額頭，濃密眉毛之下一對眼窩深陷的小眼，落腮鬍加中長髮。他可能曾在一部動作片裡飾演一名俄羅斯職業殺手。

媞娜傾身靠向櫃臺的同時，按下了隱藏的警報鈕。她的直覺十分確定告訴她，這男人帶著違法物品，他可能攜有武器。她從眼角餘光看見雷夫和安德烈斯在通往裡面房間的門口就定位，正在觀看，並等待行動。

箱子裡裝的東西很少：一些衣物，一張路線圖和幾本賀寧．曼凱爾的犯罪小說，一副望遠鏡和一支放大鏡。還有一部數位相機。媞娜把相機拿起來做更仔細的檢查，但她的直覺認為，這部相機沒有問題。就在行李箱的最底部，放著一個有蓋子的大金屬盒，其蓋子中間有個圓形的指針型計量表，一條電線從盒子側邊接過來。

「這是什麼？」她問。

「妳猜猜看，」那男人回答。他揚起眉毛，彷彿覺得這情況極為有趣。媞娜與他目光相遇。她在他眼中看見幾分欣喜自若的鎮定，那可能是以下兩種原因之一造成的：不是他瘋了；就是他確信，她不會找到他藏著的任何東西。

她甚至不需要考慮第三個選擇——他沒有東西要藏。她知道他有。

她在卡佩爾斯卡工作的唯一理由，是那裡離家很近。她原本可以在任何地方工作。全國各地的海關檢查站得知有大量違禁藥品正運送過來時，都會尋求她的協助。有時候她會出勤，在馬爾默或赫爾辛堡待個幾天，直到她發現那艘貨船為止，她也趁自己待在那裡的機會，指出一些走私香菸或偷渡人口的犯人。她幾乎不曾出錯。唯一可能誤導她的情形，是如果有人攜帶某種不違法，但無論如何就是不想被發現的物品。

那通常是各式各樣的情趣用品，如娃娃、震動器、影片。在哥特堡，她曾攔下一名從英格蘭搭渡輪過來的男子，結果他的行李箱裝了大量剛買的科幻小說：艾西莫夫、布萊伯利、克拉克三人的作品。行李箱在櫃臺上敞開時，那名男子緊張地站在那裡東張西望，當她瞧見他的教士領時，她闔上箱子，並祝福他有美好的一天。

三年前，她曾到美國監視位於美墨邊境的蒂華納過境關口。她指出攜帶海洛因的五人——其中兩人藏在吞進肚子的保險套裡——而他們等待的貨物之後才實際抵達。

查獲三輛輪胎煞車鼓中空的卡車，運毒一千二百公斤，是十年來最大宗毒品案。她獲得諮詢費一萬美元作為報償；他們還提供一個職位給她，薪水是她在瑞典工作領到的五倍，但她拒絕了。

她在離開之前建議這項行動的主導者，可以調查一下他團隊裡的兩名成員。她幾乎能確定他們收受賄賂，協助海洛因運送。結果證明，她完全正確。

她原本可以藉由到世界各地執行臨時任務而成為千萬富翁，但美國的行程結束後，她拒絕了所有工作機會。她揭露的那兩名成員不僅產生高度焦慮，還對她發出威脅。為了安全起見，她待在海關總長身邊，跟著他到各地工作。知道得太多很危險，尤其是跟大筆金錢扯上關係。

所以她在卡佩爾斯卡安頓下來，從那裡花十分鐘就能到達她位在羅德曼瑟半島吉爾伯加鎮的住處。她初上任時，扣押案件的數量顯著上升，接著便下降，並持續下降。走私犯知道她在這裡工作，而卡佩爾斯卡現在被視為是個封鎖起來的港口。過去的幾年裡，她主要是處理烈酒走私，以及對付把類固醇塞進行李箱內襯中的怪異脫序投機者。

她的輪班時間每週更換，因此走私犯不會知道什麼時段要避開，而什麼時段可利用。

她沒有碰觸金屬盒子，指著它說：「這不是遊戲。那是什麼？」

「這是用來孵化幼蟲的。」

「你說什麼？」

那男人拿起盒子時，落腮鬍底下微微笑著，幾乎令人無法發覺。她現在看得到那條電線的末端是個普通的插頭。他打開蓋子。盒子內部用薄薄的隔板劃分成四格。

「用來繁殖昆蟲，」他說，並舉起蓋子，指著計量表。「恆溫器、電力、熱度。變！昆蟲。」

媞娜點點頭。「那你為什麼有這種東西？」

那男人把盒子放回行李箱，聳聳肩。「這有犯法嗎？」

「沒有，我只是好奇。」

那男人傾身靠向櫃臺，低聲問她：「妳喜歡昆蟲嗎？」

很不尋常的事情發生了。一股冷顫直下媞娜的背脊，她大概開始產生自己很擅長在別人身上察覺的那份焦慮。幸好這裡沒人能感覺到。

她搖搖頭說：「我想請你進來這裡一下。」她作手勢指向裡面的房間，「你可以暫時把箱子放在這裡。」

他們檢查他的衣物，檢查他的鞋子。他們搜遍他箱子裡的每一樣東西，還有箱子本身。他們什麼都沒找到。他們只在有合理懷疑的情況下，才被允許執行搜身。

媞娜請其他人離開房間。當他們獨處後，她說：「我知道你有藏著東西。是什麼？」

「妳怎麼能這麼肯定？」

在他配合一切要求之後，媞娜認為她應該得到誠實的回答。「我聞得出來。」

那男人放聲大笑。「原來如此。」

「你可能會覺得可笑，但是……」媞娜說。

那男人打斷她的話。「完全不會，這聽起來極為合理。」

「然後呢？」

他大大攤開雙手，朝身體比手勢。

「妳已盡可能對我做徹底檢查了，妳不能做任何更進一步的動作了。我說得對嗎？」

「對。」

「妳看吧。既然如此，我想請妳准許我離開。」

如果這件事任由媞娜決定的話，她會想把他拘留起來，監視他的一舉一動。但她沒有這麼做的合法理由。除此之外，畢竟還剩下一個選擇，那個不可能的第三個選擇。她有可能搞錯了。

她陪他走到門口，說了她必須說的話：「很抱歉造成你的不便。」

那男人停下來，轉身面向她。

「也許我們會再見面，」他說，而接下來的舉動實在是出乎意料，以至於她沒時間反應。他傾身向前，輕吻她的臉頰。他的鬍子粗糙，就在他的嘴唇碰到她之前，那些鬍鬚像柔軟的細針扎著她的皮膚。

她嚇了一跳，把他推開。「你到底是在搞什麼鬼啊！」

那男人防衛性地舉起雙手，彷彿表示他不會再做別的事，他說：「對不起。下次見了。」然後離開房間。他提起他的行李箱，走出入境大廳。

媞娜留在原地，注視他離去。

她那天提早結束工作返家。

那些狗一如往常以憤怒狂吠迎接她。她對牠們大吼時，牠們站在籬笆後方，頸背毛豎起，牙齒裸露。她厭惡牠們，她一向討厭狗，而唯一一個曾對她表示興趣的人偏偏就是個育犬師。

她認識羅藍的時候，他擁有的狗還僅限於一隻公種犬——一隻名叫「魔鬼」的比特犬，贏得過一些非法鬥犬比賽。羅蘭以五千克朗的價格，讓牠跟前途看好的純種母狗交配。

有了媞娜的小農場和金錢支援，他已能夠增加飼養量到兩隻公種犬、四隻母狗和五隻準備出售的小狗。其中一隻母狗是真正的冠軍犬，羅藍經常帶牠去參展和比賽，他在那些場合接洽新生意，也跟女人廝混。

這情況固定發生，已成為他們日常生活的一部分。媞娜不再過問這種事了。她聞得出什麼時候他有跟別的女人在一起，而且從沒責備過他。他只是伴侶，她沒有權利希求更多。

如果人生是座監獄，那麼人一生中有段片刻，會意識到圍牆的確切位置，意識到自由的邊界位在哪裡，會意識到是否有圍牆，是否有脫逃路徑。當年離開學校時的年終派對，對媞娜來說，是那些片刻裡的其中一個。

他們班上每個人都在租借的派對場地裡喝到醉醺醺之後，便驅車前往位於諾爾泰利耶的公園，想坐在草地上喝完剩下的酒。

媞娜以往在派對上總是感到不自在，因為通常到最後都會有人成雙成對。但今晚不會。在這場合是班級重要，這是他們最後一晚在一起，而她是團體裡的一部分。

當酒喝完了，而班上的笑話又搬出來說了最後一次之後，他們躺平在草地上，不想回家，不想說再見。媞娜喝得相當醉，以至於她在那段日子裡感覺到的第六感不再產生了。她只是團體裡的一份子，躺在那裡，拒絕長大。

這感覺很舒服，也令她感到害怕。酒精竟然是一種解決辦法。如果她喝得夠多，就會失去讓她與眾不同的能力。或許有某種藥物可以將它擋住，阻止她知道不想知道的事。

她正躺在那裡思考這些想法時，傑瑞拖著腳步走向她。當晚稍早，他在她的帽子裡寫下了「我永遠不會忘記妳。妳的摯友傑瑞」。

他們一起製作過校刊，撰寫過數篇在全校流傳、被同學引用的作品。他們有共通的黑色幽默，都喜愛撰寫惡毒文章修理該教訓的老師。

「嗨。」他在她身邊躺下，把頭靠在手上。

「嗨。」她幾乎看見兩個他。傑瑞臉上的痘痘漸漸消失，變得模糊不清，他在半黑暗中看起來幾近迷人。

「媽呀，我們玩得真是開心。」他說。

「嗯。」

傑瑞緩緩點頭，點了好久。他的雙眼在眼鏡後方閃閃發亮，眼神渙散。他嘆了口氣，並調整姿勢以便盤腿坐著。

「有件事……有件事我一直想對妳說。」

媞娜把雙手放在肚子上仰望繁星，星光如針，刺穿樹葉而下。

「噢？」

「就是……呃……」傑瑞伸手摸臉，試圖阻止自己繼續口齒不清。「我想說的是，我喜歡妳。我的意思是，妳知道的。」

媞娜等待著。她原以為自己想小便，但現在她瞭解，那是種刺痛的感覺。一條溫暖的神經在先前意想不到的地方顫動著。

傑瑞搖搖頭。「我不知道該怎麼……好吧。既然我們……既然我們可能不會再見面，我就把話說出來，因為我想讓妳知道我的感覺。」

「好。」

「事情是這樣的。我覺得妳真是個很棒的女孩。而我真希望……這就是我想說的……我真希望自己能遇見一個完全像妳一樣，但長得跟妳不一樣的人。」

那條神經停止顫動，漸漸冷卻下來。雖然她不想聽答案，但她還是開口問了。

「什麼意思？」

「呃……」傑瑞的手重重拍在草地上。「他媽的，拜託，妳知道我的意思。妳是……妳是這樣一個超棒的女孩，跟妳在一起很開心。我……噢，管他去死。我愛妳，我真的愛妳。好了。我說出來了。但就是……」他又重重拍打草地，這次更加無奈。

媞娜幫他把話說完。「但就是我太醜了，所以無法跟我交往。」

他伸手去拉她的手。「媞娜，妳千萬不要……」

她站起來。雙腿站得比她預期得平穩。她低頭看著仍坐在草地上朝她伸手的傑瑞，然後說：「我沒有。你怎麼不去照照他媽的鏡子，看看自己的模樣。」

她大步走開，直到她確定沒人看見，而傑瑞也沒有跟過來時，才允許自己癱倒進灌木叢中。樹枝劃傷她的臉，劃傷她裸露的雙臂，最後將她包圍。她縮起身體，把雙手按在臉上。

最傷人的是，他一直試圖不去傷害她。他說了對她能說的最大讚美。她就這樣待在她多刺的繭中哭泣，直到淚水流乾。沒有門，沒有出口，她的身體甚至算不上是座監獄，比較像是鳥籠，在裡頭完全無法坐著、站立或躺下來。

時光流逝並沒有改善情況。她已學會忍受在鳥籠裡生活，接受她受到的限制。但她拒絕照鏡子。她與人初次見面時，在他人眼中所看到的嫌惡，就足以是鏡子了。

被她逮到走私的人，在失去所有希望時，有時會開始對她的長相尖聲叫囂，叫囂說蒙古人什麼的，說她應該從自身的苦難中解脫。她從未對此感到習慣，那就是她一旦指出犯人便把棘手工作交給其他人的原因，為了避免當停止演戲而面具脫落時的恐懼。

一個上了年紀的女人正坐在小屋的臺階上看書。一輛腳踏車停靠在籬笆上。那女人在媞娜經過時放下書，在她們對彼此點頭後，她還繼續盯著她看得稍微久了一些。

夏季已經開始了。那女人目光灼熱地緊盯媞娜背後時，她走進屋內看見羅藍坐在餐桌旁使用筆電。他在她走進來時抬起頭。「嗨。第一位客人已經到了。」

「對。我看到她了。」

他把注意力轉回到電腦上。媞娜看著桌上攤開的房客名冊，發現那女人名叫莉蕾摩，她的住址位在斯德哥爾摩。他們大部分的房客都來自斯德哥爾摩或赫爾辛基，再加上偶爾有要前往芬蘭的德國人。

在夏天出租那間小屋是羅藍的主意，他在之前聽說數公里外路上的那家民宿經營得很順利。那是在他們剛開始交往時提出的，而媞娜也同意了，因為她希望讓他覺得他有權決定如何經營這地方。犬舍就在六個月後誕生。

「聽著，我想我這週末大概會去舍夫德，我想我們這次也許能成功。」羅藍說。

媞娜點點頭。那隻母比特犬泰拉，已兩度獲選為「級別冠軍」，但還未奪過「總冠軍」，這個獎會真正讓羅藍的犬舍出名。那就像是著了迷一樣。當然也是離開這裡的好藉口，去找點樂子。

即使羅藍有想聊天的心情，她也無法開口告訴他工作上發生的事。她反而出門走進森林裡，去找她的那棵樹。

羅斯拉根的夏天來得晚。儘管已到了六月初，也只有白樺長滿葉子；白楊和赤楊在永遠墨綠的針葉林之中，形成一道淡綠色微光。

她沿著通往平坦石地的小徑走。在森林裡，她很安全，她可以放心思考，不用擔心要打手勢或被盯著看。就連她還小的時候，也是在森林裡最快樂，那裡沒人看得見她。那場事故發生後，經過了數月她才有足夠的勇氣再走出門外，但當她真的走出去時，那股吸引力更因此變得強大許多。於是她一路走到事故地點，就像現在一樣。

她稱那裡為「舞池」，因為那樣的地方，能讓你想像有精靈在夏夜裡跳舞。你登上一座緩坡，然後森林擴展成一座平臺，連綿不絕的平坦石頭上，有一棵高大松樹從很深的裂縫中生長出來。她小時候曾以為那棵松樹是地球的中心點，是一切像旋轉木馬繞著轉的軸心。

如今那棵松樹只不過是一棵樹的幽靈，裂開的樹幹上有幾根光禿的樹枝從側邊突出來。從前，這些石頭上曾覆蓋著掉落的針葉。現在完全沒有針葉會落下了，而風也已將過往的樹葉吹走。

她在樹旁坐下，把肩膀靠在樹幹上，並輕拍樹幹。「哈囉，老朋友。你好嗎？」

她和那棵樹有過數不清的對話。期末派對結束後那晚，當她終於從諾爾泰利耶回到家時，她直接去找那棵松樹，告訴它所有事，趴在樹皮上哭泣。只有它才會懂，因為他們遭受到相同的命運。

她當時十歲。暑假的最後一星期。由於她不怎麼喜歡跟其他小孩玩耍，所以整個夏天都在小屋幫忙父親工作。當然，她也在森林裡散步和看書。

就在那一天，她帶了【五小冒險】系列的其中一本過去。那本可能是《五小冒險之勇闖比利卡克丘》。她現在不記得了，而且那本書也已經毀了。

她正坐在那棵松樹下看書時，突然下起雨來，讓她措手不及。僅僅在數秒之內，雨勢從毛毛雨變成傾盆大雨。幾分鐘後，石地成了洶湧河水沖積的三角洲。媞娜留在原地，松樹的茂密樹冠形成了一把非常有用的傘，讓她能夠繼續閱讀，只有零星幾滴雨落在她書上。

大雷雨越過森林，愈來愈靠近。最後，一聲轟隆巨響傳來，聲音大到她能感覺底下的石頭在震動，而她嚇壞了，把書本闔上，心想儘管天氣不好，也許最好還是盡可能趕回家。

接著眼前只見一道閃亮白光。

她父親在一小時後發現她。若不是他知道她經常去找那棵樹，可能就得花上數天，甚至是數星期。她躺在樹冠底下。那道閃電劈斷了樹頂後，從樹幹急速直下，一路持續到待在樹底的女孩，就在此刻，樹冠墜落下來，落在那孩子上方。她父親說，當他抵達那座平臺，看見那棵損毀的樹時，他的心臟彷彿停止跳動。眼前發生的正是他最害怕的事。

他在樹枝之中擠出一條路前進，瞥見她躺在那裡。他使出超乎自己所知的力量，成功將樹冠翻倒，把她救出來。很久以後，他說真正停留在他記憶裡的，是那股味道。

「那聞起來像……像是當你試圖用聯結電線發動車子，不小心造成整個線路短路的情況。你看到有火花產生，然後……就是那股同樣的味道。」

她的鼻子、耳朵、手指和腳趾都焦黑了。她的頭髮結成一塊黏在頭上，而她手上那本書幾乎燒成脆片。

起初他以為她死了，但當他把耳朵貼上她胸口時，聽見了她的心跳，是微弱的滴答聲響。他將她抱在懷裡，跑著穿越森林，以最快的速度開車前往位於諾爾泰利耶的醫院，她的生命因此得救了。

她的臉在事故發生之前，本來就長得不起眼，而現在真的變醜了。朝向樹幹的那一面臉頰嚴重燒傷，造成那裡的皮膚從未完全癒合，而長期一直是暗紅色。不可思議的是，她那隻眼睛安然無恙，但眼瞼卻卡在半閉的位置，使她看起來總是在猜疑。

當她開始有不錯的收入時，便研究整型手術的可能。是的，皮膚當然可以移植，但由於神經的損傷實在太深，所以新的皮膚不可能正常運作。醫生甚至不會考慮去碰那塊眼瞼，因為手術可能會損害淚管。

她放手一搏。付錢讓醫生從背部割下皮膚，移植到臉上。結果正如預期，一週之後，那塊皮膚不再獲得任何氧氣，因而萎縮壞死。

整型手術在之後幾年有了很大的進展，但她已接受命運，無意再嘗試。那棵樹的情況並沒有好轉，所以她何必再試呢？

她對那棵樹說：「我不懂。以前有時候我會感到不確定，覺得有人可能只是多帶了一兩瓶酒，所以就不去追究了。但是這個男人，他……」

她把健全的那一面臉頰貼在樹幹上，在粗糙的樹皮上上下摩擦——就是今天受到他人主動親吻的那一面，那是她從小到大的第一次。

「我十分確定。那就是為什麼我以為那是個炸彈，那個金屬盒子是大有問題的東西。而且，畢竟他們的確是說渡輪有成為下一個恐怖攻擊目標的風險。可是為什麼會有從渡輪上下來的人走私一枚炸彈，這就是個疑問……」

她一直說，那棵樹聽著。最後她終於提到另一個問題。

「……那件事我也不懂。那肯定是表示他占上風的一種方式。在臉頰上一吻，就是這樣，令人搞不清楚是怎麼一回事。像是一種報復似的，你覺得呢？而且在他配合那些要求之後，那就不足為奇，不過那種做法很可笑……」

等到她說完時，暮色已開始降臨。在她站起來之前，她輕拍那棵樹問：「那你呢？你最近好嗎？一直感到疼痛與傷痛。生活像地獄。我知道。好，我知道。你自己要保重，掰掰。」

當她到家時，莉蕾摩正坐在門廊上，身旁有一盞油燈發著亮光。她們對彼此揮手。她會跟羅藍談一談，今年夏天過後就不再出租了。

那天晚上，她在日記裡寫道：我希望他再來。下次我會逮到他的。

· · ·

這次同樣是因為工作班表每週更換的關係，使得她的假期在整個夏季裡分散開來。一星期在這裡，一星期在那裡。如果她有要求休連續長假，他們也會答應，因為他們重視她，但是她覺得沒必要。畢竟，工作時最能讓她感到安心。

她先休了一個星期，以便能南下到馬爾默協助海關檢查。有一部極為精細，用來印歐元紙鈔的印刷機在漢堡被人發現，而他們知道已有數億歐元被印出，準備散布到整個歐洲。

她在那裡的第三天，一男一女，兩名運鈔員開著一輛露營車抵達，他們甚至帶著一個孩子同行。直到媞娜明白她正接收到的信號是來自那男人，而不是其他兩人時，情況才變得明朗。對於車上的假地板和藏在那底下的千萬百元紙鈔，女人和小孩都毫不知情。她向警方解釋這件事，而他們說已將她提供的資訊紀錄下來了。

不過，她也連絡經由先前的案件認識的馬爾默檢察官，重申那女人是無辜的（那孩子八歲，會遭受的只有最糟糕的懲罰：被帶離父母身邊）。那檢察官答應會盡所能協助。

當她在七月初回到卡佩爾斯卡時，她等了幾天過去後才開口問。

她和羅伯正在入境大廳的自助餐廳裡喝咖啡小憩。下一班渡輪要一小時後才會到，當他們喝完咖啡時，她在椅子上往後靠，很隨意地問：「那個帶著昆蟲的傢伙，他有再來嗎？」

「哪個傢伙？」

「你記得的。我以為他帶著什麼，但卻沒有。」

「妳還在想他嗎？」

媞娜聳聳肩。「不，我只是想知道而已。」

羅伯把雙手交疊在肚子上看著她。她往那些彈珠臺瞥了一眼，由於她感覺健全的那面臉頰突然發熱，讓她起初以為是自己轉頭受到陽光照射的關係。

「沒有，據我所知沒有，就這樣。」羅伯說。

「好。」

他們回去工作。

在七月底的第二週休假期間，她與羅藍前往于默奧參加狗展。他開車，而她搭火車，因為她不想跟那些狗一起坐車到那裡，而那些狗也不想跟她同車。

她也沒有實際去參加狗展，不過她跟羅藍一起度過空閒的兩天。他們第一天在于默奧到處閒逛，第二天則在那附近的區域散步許久。偶爾他會在四下無人時輕撫她的臂膀或牽起她的手。

她想不通究竟是什麼讓他們成為情侶。他們的個性相差太多，無法做朋友，而且他們唯一一次試著要做愛時，因為實在是疼痛不堪，逼得她請求他停下來。這或許讓他鬆了一口氣。

他跟其他女人上床，她也不會為此責怪他。他曾經十分好心地與她嘗試，而她叫他停下來。他們那次嘗試失敗後的隔天早上，她記得她說：「我想我永遠無法跟你做愛。所以，如果你……如果你想跟別人做也……也沒關係。」

她是出於絕望才說了那些話，而且希望他會說——喔，我無所謂。她說了那些話。而他把那些話當真了。

她在那週剩下的假日裡去探望了父親幾次。她用輪椅帶他出去，好讓他能暫時逃離在諾爾泰利耶的安養院；他在妻子去世之後就去了那裡。

在我母親去世之後，媞娜強迫自己回想起來，母女關係一直不親密，不像媞娜和她父親。

他們在港邊坐下來吃冰淇淋。媞娜必須用紙盒餵他。他的神志完全清楚，但身體幾乎完全癱瘓。他們吃完冰淇淋，觀看了那些船隻一會後，他問：「最近跟羅藍好嗎？」

「很好。他在于默奧抱著很大的期望，結果卻跟往常一樣得到『級別冠軍』。人們不喜歡鬥犬。」

「沒錯。如果牠們停止攻擊兒童，情況也許就會改善。不過我其實是問妳跟羅藍之間的情況。」

媞娜的父親曾見過羅藍一次，當時他去拜訪，想打個招呼，結果是第一眼互看不順眼。他父親對犬舍和出租小屋都質疑不妥，心想羅藍是否在打算一不做二不休，把他的老家變成某種主題樂園，有旋轉木馬和其他什麼鬼的。

幸好羅藍圓滑應付，但當她父親離開後——在令人不安、氣氛詭異的沉默之中喝完咖啡後離開——他開始發表激烈言論，批評無法接受改變的老粗，及阻止任何進步的老糊塗；直到媞娜提醒，他正在談論的是她父親，才停止下來。

她父親通常稱羅藍為「小商人」；他很少用名字稱呼。

媞娜不想談這個。她離開去把餐巾和空盒丟進垃圾桶，沒有回答他，並希望他會放棄這話題。

但根本不可能。當她回來，準備要帶他回安養院時，他說：「停下來。我問了妳一個問題。我是已經老到不配再得到回答了嗎？」

媞娜嘆口氣，在他身旁的塑膠椅上坐下來。

「爸，我知道你對羅藍的感覺……」

「對，妳知道。但我不知道妳的感覺。」

媞娜眺望港灣。那艘瓦克斯霍爾姆市的渡輪已改裝成一家餐廳，輕輕刮擦著碼頭邊緣。在她小時候，水道的另一邊曾經有一架飛機，櫃臺在機身裡面，你可以坐在機翼上的室外座位喝咖啡，或是喝果汁。飛機被移走後，她很難過。

「是這樣的……那有點難解釋。」她說。

「妳說說看。」

「那不像……那你跟媽呢？你們為什麼在一起？你們幾乎沒有共同點。」

「我們有妳啊。而且，說實話，在床上的感覺也不會太差。我們做了以後才知道。那你們兩個呢？你們是什麼感覺？」

媞娜又覺得陽光照熱臉頰。

「爸，我真的不想跟你討論這個。」

「我明白了。那妳到底要跟誰討論？那棵樹嗎？」他僅微微把頭轉向她，那是他能做到的極限。「妳還有去那裡嗎？」

「有。」

「我明白了，很好。」他發出鼻息，靜靜坐了幾秒鐘，然後說：「聽著，寶貝，我只是不希望妳被人利用。」

媞娜仔細看她涼鞋皮帶間露出的雙腳。她的趾頭彎曲；就連腳都很醜。

「我沒有被利用。我想要有人陪伴，而且……這也沒辦法。」

「乖女兒，妳值得更好的人。」

「對，但不會有那樣的人。」

他們在回程穿越城鎮的途中陷入沉默。她父親在道別時說：「幫我跟那個『小商人』問好。」她說她會，但卻沒這麼做。

她在星期一回去工作。羅伯在他們照慣例彼此寒暄一番之後，首先說：「……沒有，他沒有來過。」

她知道他說的是誰，但還是問他：「你說誰？」

羅伯微笑。「當然是那個人，不然是伊朗國王嗎？」

「噢，你是說……好。我知道了。」

「我也跟其他人確認過了，以免他在我沒值班時過來。」

「這沒有那麼重要啦。」

「對，當然沒有。我有請他們留意，如果他來要跟我說，不過妳好像不怎麼感興趣？」羅伯說。

媞娜生氣了。

「我搞錯一次，」她說，並在羅伯面前舉起挺直的食指。「只有一次。而且我不認為我真的搞錯了，所以我才想知道關於他的事。那樣很奇怪嗎？」

羅伯舉起雙手，往後退了一步。

「好啦，好啦。我以為我們看法相同，覺得是跟那個有關。那個叫什麼，昆蟲孵化盒。」

媞娜搖頭。「不是那個。」

「那不然是什麼？」

「我不知道，我不知道。」她說。

・・・

夏天的溫熱退卻，假期來到尾聲。渡輪行駛的頻率減少，而小屋空無一人，真是謝天謝地。當媞娜提起以後不要再將小屋出租時，羅藍生氣了。她便隨他了。

夏天時，隔壁的房子賣給了一對中年夫婦，他們帶著兩個孩子從斯德哥爾摩搬來。那婦人懷有身孕，稱肚子裡的是「尾砲」，她經常來拜訪。她肯定是以為鄉下人都這麼做。

雖然媞娜喜歡那個名叫伊利莎白的婦人，但她喋喋不休說著她懷孕的事。她四十二歲，有點沉迷在自己要再當媽媽的事實，而媞娜有時會覺得聽她說話很難受。

她本來希望自己能生小孩，但因為她無法做製造小孩所必需的事，所以就永遠不會達成。

她嫉妒伊利莎白，但她喜歡圍繞在那孕婦周圍的獨特香氣。一股充滿期待的神祕香氣。

媞娜也是四十二歲，從純理論的角度來看，她可以跟羅藍討論做人工授精，但他們之間的情況不是這樣。完全不是。

所以她坐著，吸入伊利莎白的香氣，渴望絕不可能有的東西。

天氣在夏季時異常地溫暖，而秋天正緩緩到來。

九月中時，他再度出現。

那感覺就跟先前那次一樣強烈。強烈到在他周圍有一種光環，是一塊閃爍的霓虹標誌，上面顯示：藏著東西。

她甚至不需要說任何話。他直接走到櫃臺，把行李箱提起來放好，然後把雙手勾在背後。

「妳好，又見面了。」他說。

媞娜努力讓聲音聽起來正常，「對不起，我們認識嗎？」

「不認識，但我們見過面。」那男人說。

他做出邀請的手勢，朝著行李箱揮舞手臂。媞娜忍不住笑了，她接著揮舞她的手臂，暗示他應該打開箱子。

他是在把這整件事當作遊戲，她心想。但這次我會贏。

「妳夏天過得如何？」他在她檢查箱子時問道。她搖搖頭。他也許把這個當遊戲，而她也許有偶爾想著他，但總歸來說，他們之間隔著櫃臺，彼此對立。他正試圖把非法物品帶進來，而她強迫自己去想「毒品」……要賣給十三歲孩子的毒品。這個在她面前的男人是個壞蛋，她要擊垮他。

除了曼凱爾的小說被艾克．愛華森的取代，箱子裡的內容大多與之前相同。她拿起那個昆蟲孵化盒，往盒子裡看。空無一物。她輕敲盒底以確認沒有隱藏的空間，那男人興致盎然地注視她的一舉一動。

「好了。」在確定了箱子裡只有眼睛看到的那些東西之後，她說道：「我確信你有藏著東西，這次我打算執行更徹底的搜查，請你往這邊走。」

那男人沒動，「妳果然記得。」他說。

「是的，模糊記得。」

他伸出手說：「沃勒。」

「你說什麼？」

「沃勒。是我的名字。妳的是？」

媞娜與他目光相遇。他的眼窩是如此深陷，以至於來自天花板日光燈的光線幾乎都照不到他的眼睛，使那雙眼看來像微微反光的山中黑水池。大多數人大概都會害怕這樣的目光。但媞娜不怕。

「媞娜，這邊請。」她冷冷地說。

由於是私密性質的搜查，所以媞娜沒有參與。還要一段時間才會有渡輪抵達，於是她在羅伯對沃勒進行身體外部檢查時，在入境大廳四處徘徊；並跟自己打賭，對可能會有的發現設定賠率。

某種毒品：一賠二。海洛因：一賠四。安非他命：一賠八。諜報工具：一賠十。

但她想得愈多，諜報工具的賠率就愈低。他不是會走私毒品的類型。

沃勒的行李箱還放在櫃臺上。她拿出那兩本偵探小說，迅速翻閱內容，沒有文字有螢光註記或畫上底線。她把內頁高舉到燈光下看，接著她四處尋找，拿出打火機。在一張頁面下來回移動小火焰，看看是否可能會有任何字跡出現。紙張的邊緣微微燒焦了，但沒有字跡浮現。她很快把書放回箱子裡，那焦黑的邊緣閃閃發亮。

這太荒謬了，小偵探。

那不然是什麼？

她在彈珠臺和觀景窗之間來回不停走動。對於她的工作、她的能力，她只視為理所當然。這是完全沒碰過的事。那男人說話不帶任何口音，可是他叫沃勒？有這種名字嗎？她認為那一定是俄語，是斯拉夫語。

無論如何，如果身體外部檢查沒產生任何結果，她就會提出申請，要求准許醫生進行徹底搜查。檢查他身上每一個洞。

羅伯出來了，他對留在房間裡的人說了些話之後，關上背後的門。媞娜飛奔過去。她才在穿越大廳的途中，心便沉了下去，因為羅伯在搖頭。

「沒有嗎？」她問。

「沒有。總之，沒有跟我們有關的。」羅伯說。

「什麼意思？」

羅伯拉她離門遠一點。

「我這樣說好了：妳可以高枕無憂了。他的確有想藏的東西，但不是依法該懲罰的。問題是我們現在已經攔下他兩次，卻沒有……」

「是，是。你以為我會不知道嗎？那麼，到底是什麼？」

她有想過那問題，但她還沒認真思考到羅伯正在提醒她的：他們可能已犯下瀆職罪。在毫無充分證據能進行檢查的情況下，分別有兩次要求沃勒配合這麼做。如果沃勒提出申訴的話，他們很可能會受到訓斥。

「是這樣的，他是……他是個女人。」羅伯說。

「拜託，別耍我了。」

羅伯把手臂交叉在胸前，看起來很不自在。他以清楚的聲音強調說：「以專業術語來說，他……或應該說是她，沒有陰莖，而是有陰道。應該是妳去執行那項搜查，而不是我。」

媞娜張著嘴盯著他看了幾秒鐘。「你不是在開玩笑嗎？」

「不是。而且那樣挺……尷尬的。」羅伯看起來實在很悲慘，這使媞娜突然大笑起來。他一臉憤怒地看著她。

「抱歉。他也有……胸部嗎？」

「沒有。他一定是動過手術之類的。我沒有實際問他。他屁股上，靠近尾椎骨的地方，疑似有塊大傷疤。誰管它可能是什麼。現在換妳去跟他談，試著解釋……」

「你說什麼？傷疤？」

「對。傷疤，在這裡。」羅伯指著他後背的底部。「如果妳想知道更多，可以自己去瞭解。」他搖搖頭，並且往自助餐廳的方向走了。媞娜留在原地，看著那扇關上的門。她仔細考慮過後，便打開門走進去。

沃勒正站在窗邊往外看。當她進來時，他轉身面向她。把他當成「她」是不可能的。假如你想用幾個字來形容他的外表是哪方面令人反感的話，你很可能會說：過分陽剛。他看起來太像男人了——那粗糙、寬大的臉，那粗壯、肌肉發達的身材，那片落腮鬍和那雙大濃眉。

「這樣，」他說，而現在她才注意到他的聲音異常低沉。之前她一直把那聲音當作是他身體天生附有的。「檢查完了嗎？」

「是的。」媞娜說，並在桌子旁坐下來。「可以耽誤你一些時間嗎？」

「沒問題。」

他這次也絲毫沒露出生氣或受到冒犯的模樣。他在她對面坐下來。

媞娜說：「首先，我要再次向你表達我真誠的歉意。我也必須告訴你，你有充分的權利對我們提出申訴。你可以……」

「我為什麼要那麼做？」

「因為我們那樣對待你。」

「我們可以當作沒發生過。妳還有別的話要說嗎？」

「呃……」媞娜的手指在桌子底下開始扭在一起。那裡他看不見。「……我只是想知道你是誰。這純粹是……私人問題。」

那男人看著她，看了好久，讓她不得不把目光往下移。她不該這麼做的。首先，之前發生的事使她完全處於劣勢，是她討厭的情勢。此外，跟應該調查的對象有任何私人接觸是違反規定的。她搖搖頭。

「很抱歉，你可以走了，我說完了。」

「我不趕時間。我是誰？這我不太確定，我想大多數人都是這樣。我到處旅行。我在某些地方停留一會，然後我又繼續旅行。」沃勒說。

「而且你研究昆蟲？」

「是的，還有其他東西。不過，或許妳的問題主要是關注在我的……身體特徵？」

媞娜搖搖頭。「不，完全不是。」

「那妳呢？妳住在這裡嗎？」

「對，在吉爾伯加。」

「可惜我不知道那裡。但妳大概知道這裡的薔薇蔓民宿，在……里德索姆，我想是這地名沒錯。妳會推薦那裡嗎？」

「當然。那裡很好，環境優美。你在考慮住那裡嗎？」

「對。總之，會住一段時間。那我們可能還會碰面嘍。」他站起來，伸出手。「下次見了。」

她握了他的手。他的手指粗壯有力，但她的也是。她的肚子裡有一股奇怪的興奮感在滋生。她帶路到門口。當她站在那裡把手指放到門把上時，她說：「另外，我有一間出租的小屋。」

「在……吉爾伯加？」

「對，路邊有標示。」

沃勒點頭。「這樣的話，我會找一天去拜訪，順便……去看看。太好了。」

她站在原地看著他。這一刻跟上次一模一樣。或許是出於一股想先發制人、奪回控制權的渴望，或許完全是出於別的原因。這無法說得清，這超越她能夠瞭解或確定的一切。她迅速傾身向前，親吻他的臉頰。

這一次是她的雙唇被他尖刺的鬍鬚扎到，而當嘴唇碰觸到他的皮膚時，一股強烈的懊悔重擊她的前額，使她猛然向後退開。

她迅速打開門，拒絕看他的眼睛。他走出去，拿起他的行李箱，然後消失無蹤。

她確定他已離開之後，就立即衝往洗手間，把自己關進小隔間裡，坐下來後用雙手遮住臉。

我為什麼那麼做我怎麼可以那麼做我是怎麼了？

她腦袋裡早已有什麼崩解了。那次出錯就已使她感到困惑。她的計畫遭到破壞了，而她不需為自己的行為負責。

我是怎麼了？

她前後搖晃身體，哽咽地對自己說。他會對她產生什麼想法？是她！她會對她產生什麼想法？

為什麼……為什麼？

但她多少知道答案。在她冷靜下來並設法讓雙手停止顫抖之後，她站起來拉下長褲和內褲。她要把頭轉得那麼偏並不容易，雖然那裡在她的視線邊緣，但依然清晰可見。距離她上次照鏡子看已過了好幾年：尾椎骨正上方的紅色大傷疤。

她洗了臉，並用紙巾把臉擦乾。

有個更好的理由能解釋她為何邀沃勒到她家。

羅伯要怎麼想都可以，而關於沃勒身體的事的確令人意外，但她仍舊確信那不是他想藏的。雖然她無法確切解釋是怎麼知道的，但她就是知道。

不管他藏著什麼，反正不是他自己的身體。是有別的東西，而她**必須**找出來是什麼。也就是說，讓他待在身邊是最明智的做法。

不是嗎？

當媞娜從港口開車回家時，天空是籠罩世界的灰暗蓋子，高速公路旁的樹梢搖搖擺擺。用不著專家來說，就知道一場秋季暴風雨即將到來。

最初的雨滴在她轉進住處車道時落下。在她往上走到房子的短短時間內，雨開始下得更大，而隨著一陣強風忽然吹起，雨便傾瀉而下，打在她身上。最後幾步，她用跑的上前，把門拉開。

狗越過玄關朝她衝過來。在她察覺那黑色肉團是一隻狗之前，要不是有聽見爪子在地板上發出的啪噠聲，就很可能會沒時間做反應。

就在羅藍從廚房喊了「泰拉！」時，她猛力關上大門，然後聽見狗砰地一聲撞上門，門把跟著震動。狗發出吠叫，忙亂地抓門，渴望撲向她。

要用門把，妳這隻笨母狗。

她離開門邊往後退，最後退到門廊遮雨棚之外。雨水順著她的頸背往下流。門開了一小縫，羅藍站在裡面，有點吃力地抓緊那隻暴怒、狂吠的狗。與此同時，他試圖在嘴角抹上撫慰的微笑。他以蓋過吠叫聲的音量喊道：「抱歉。我得幫她擦點藥膏，她感染了疥癬，長在她的……」

媞娜走上前去，砰的一聲把門關上。她不需要知道狗的疥癬長在哪裡，她隔著門可聽見泰拉被拖行在地板上，還吠個不停。

門廊外的景色正開始消失。一道灰色帷幕遮蔽了一切，嘈雜的雨聲像是沒有畫面的電視頻道發出的白噪音。雨水濺出屋頂天溝外，在集雨桶裡形成扇形。

在狗和雨之間，她有個可讓她移動的兩公尺寬狹長空間，而她正跟一箱舊報紙和一部損壞的污水幫浦共享那裡。她拿起一份《每日新聞》，把它高舉在頭上，然後跑著越過百米距離到達小屋。

有一部恆溫器在確保小屋裡的溫度絕不會降到十二度以下。如果有房客抵達，完全不用花什麼時間就能讓屋裡溫暖舒適。她一進到裡面就把電暖器開到最大，從櫥櫃裡拿出一條毛巾，擦乾頭髮後在書桌前坐下來，正好及時目睹一幕令她感到非常難受的景象。

鄰居的床單夾在曬衣繩上，在持續增強的暴風雨中劇烈飄動，像是上了腳鐐的鬼魂扯著鎖鏈。就在媞娜坐下來時，伊莉莎白和約藍從屋子裡出來。伊莉莎白現在的肚子實在很大，大到她的身體成了附屬物，而不是主體。

他們在傾盆大雨中跑著越過庭院——假設伊莉莎白這時的動作稱得上是跑步的話。其實，那比較像是快速搖擺行走。不知為何，他們心情非常好，一邊笑著，一邊試圖抓牢亂飄的床單。伊莉莎白動作慢，只成功收下兩件，而約藍抓住剩下的四件，把它們捲繞成一顆大球，塞到他的毛衣底下。很難說這是個保護床單的可行辦法，還是從一開始就是個玩笑，不過當他挺著假肚子，搖搖擺擺走回去時，伊莉莎白哈哈大笑，聲音大到媞娜在小屋裡都聽得到。

她把椅子轉過去，以便面向房內。

有些人究竟可以蠢到什麼地步？

看著他們就像在看由林格倫編劇的影集「海鳥鴉島生活」，那是連導演都覺得太噁心而剪掉的一幕。

不過，這是真的，千真萬確。人可以這樣快樂。

媞娜刻意努力讓自己別因為鄰居快樂而憎恨他們。有那麼一會兒，她坐在書桌前凝視著窗外，希望伊莉莎白的孩子會是死產，好讓她能嚐嚐人生會有的別種滋味。

然後媞娜剷除這想法，因為她不是那種人。

可是媞娜就是那種人。

不，我不是。我不是有答應他們，到時候如果我在家，就會開車送他們去醫院嗎？

妳希望妳不會在家。妳不想那麼做。

因為我不喜歡醫院，就只是這樣而已。

妳看得好清楚：伊莉莎白在曬衣繩旁彎下腰，抱緊肚子。床單被吹飛了，纏在她胡亂揮舞的手臂上。

她的尖叫聲，她的……

停，停，停下來！

媞娜站起來，把雙手壓在太陽穴。風勢增強，把從樹上扯下的葉子吹得一陣紛飛，使樹葉在窗外的空中旋轉。屋頂上的小型電視天線像音叉般搖擺震動，透過彷彿是音箱的屋子，傳送一記悠長、悲切的音符。

雙手還壓在太陽穴的媞娜跪下來並往下倒，直到額頭碰在地板上。

救救我，上帝。我好不快樂。

沒有回應。祈禱需要自謙自卑，這是她母親在教堂裡的一幅畫前告訴過她的。

那幅畫裡有耶穌和三個漁夫。他們在出海的一艘小船上遇上了暴風雨，那三個漁夫以古老的畫法描繪，戴著漁夫帽又蓄著落腮鬍，他們跪在船上，注視著在船尾的發光人影。

她母親解釋了這幅畫的含意：漁夫已將他們的命運交到主的手中。他們已放開船槳與船舵，已放棄去做任何嘗試讓自己脫離致命危險。現在只有耶穌能拯救他們。而這就是人的祈禱要具有任何力量時必須要做的：放開一切，交給主就好了。

媞娜即使年紀那麼小就已不喜歡這個想法，而長大成人的她，早已決定她的優先選擇是抓住船舵和船槳，而不是跪下來。

但無論如何，救救我。

過了十分鐘之後，有人敲門。羅藍拿著一把傘站在外面。

「妳在嗎？」他問。

「對啊，不然我還會在哪？」

羅藍沒回答那問題。他把傘朝她伸過去，使自己暴露在雨中。

「來吧，我已經把她關在我的臥房裡。」他說。

「你撐那把傘，我有這個。」媞娜說，並舉起她剛剛用來擦乾頭髮的毛巾。

「別蠢了，拿去。」他晃動雨傘，要她接受。雨水已將他的頭髮淋到濕透，使頭髮平貼在頭皮上。

「羅藍，你會淋濕的，撐那把傘回屋裡去。」

「我已經濕了，拿去。」

「我有毛巾。」

羅藍盯著她看了幾秒鐘。接著他把傘收起來，放在她腳邊，然後走回屋子。媞娜等了三十秒後才跟著回去，用那條毛巾擋雨。當她離開小屋幾公尺遠時，她停下來。

說我蠢。現在是誰蠢啊？

但她還是沒有拿那把傘。雨下得實在很大，以至於她回到屋子裡之前，毛巾就被淋到濕透了。羅藍站在玄關裡把淋濕的衣服脫下來，以便將衣服披掛在暖爐上。當他看見她沒有撐傘回來時，他做了鬼臉，但什麼都沒說。

她把她的襯衫掛在臥房裡的一根衣架上，以為今晚又要像之前那樣了。他們沒辦法處理衝突，正如他們沒有依偎在一起共撐那把傘一樣。

因為他們不願意解決問題，所以爭執到最後總是陷入彼此沉默，一直持續到沉默的氣氛消散。當他們在極少數的情況下真的發生爭吵時，大量儲存的各種未解決問題就會被傾倒出來，互相扔給對方。

泰拉在羅藍的房間裡哀號，而媞娜才開始煩惱要怎麼度過今晚時，問題便自行解決了：約藍打電話來說，小寶寶要出來了，問她有沒有空開車送他們去醫院？

她當然有。

伊莉莎白與約藍坐在車子後座，手臂環抱著彼此。他們的年長孩子分別是十五歲和十二歲，兩人獨自在家沒問題的。約藍解釋說，他們有先見之明，早在一個月前就買了一款新的電玩遊戲，準備等時候到了就交給他們。

媞娜低聲說了適當的應答後，便專注在駕駛上。雨刷開到最高速，來回斷續地嗖嗖揮動，沒辦法完全清除雨水。她的車輪已磨損到違法的程度，所以她不敢讓車速超過五十，以避免車子打滑。也許她身體裡有個邪惡的媞娜，希望流產和悲劇發生在她的乘客上，但坐在方向盤後方的這個媞娜，並不打算撞毀這輛後座載有孕婦的車。

只要我們別碰上大雷雨就好。

閃電與雷鳴還是有可能讓她完全改變主意。雖然車子以橡膠絕緣體觸及地面，的確是下雷雨時她喜歡待的地方，但她正在開車時除外。

他們經過斯皮勒什布達時，雨勢減弱，能見度提高。她瞥了一眼後座。伊莉莎白屈著身體，當她往丈夫身上靠時，臉因痛苦而扭曲。

「情況怎麼樣？」媞娜問。

「還好，不過，我想子宮要開始收縮了。」約藍回答。

媞娜把車速提高到七十。想到孩子可能出生在她車上令她感到反感。伊莉莎白所散發出的味道並不好聞，那會附在椅套上長達數月。

他們抵達醫院後，約藍邊帶路邊攙扶伊莉莎白到婦產科。媞娜站在車旁一會，不確定要做什麼，然後便跟著他們走。雨已經差不多要停了，只有一片濛濛細雨瀰漫在空中。

當他們走進醫院時，有幾位護士立刻來到伊莉莎白身邊，接著那一小群人開始移動。約藍在後方兩步遠跟著，他甚至沒有往媞娜的方向看一眼。她的任務完成了，所以她跟這事情不再有任何瓜葛。她站在走廊上，看著他們在一處轉角消失。

他們打算要怎麼回家？

他們是不是預期她會待在這裡等呢？

如果是的話，那他們就要失望了。媞娜張開雙手後又握緊，凝視著他們消失的地點。

一名護士過來問她說：「有沒有人來幫妳？」

「沒有。但我不需要任何幫忙，謝謝。」媞娜回答。

那護士比那棟建築本身散發出更濃烈的醫院氣味，因此媞娜迅速走出去。直到走到外面的停車場時，她才敢再次呼吸。消毒衣和抗菌皂的味道幾乎引發了恐慌症。那要追溯到很久以前，她想起被閃電擊中後待在醫院的那段期間，無時無刻都感到恐懼。只想要回家。

時間是六點四十五分，暴風雨像來臨時那般迅速地結束了。深藍的夜空裡萬里無雲，天上的半月如刀般銳利。她把雙手伸進口袋深處，漫步前往老人安養院。

她父親正在看益智節目「危險境界」。「是維克多．斯約斯特洛姆啦，你這個白癡！」他對一名參賽者咕噥，那人以為《幽靈馬車》是柏格曼執導的電影。下一題問《阿爾納的寶藏》的導演是誰，而剛剛那名參賽者又答柏格曼時，她父親說：「看在老天的份上，把它關掉吧，我看得快抓狂了。」

媞娜屈身向前把電視關掉。

她父親說：「一隻受過訓練的長臂猿可能還表現得更好，我不知道我為什麼要看，我每次看了都會覺得很火大。妳可以好心幫個忙，讓我喝一點柳橙汁嗎？」

媞娜拿著塑膠杯，把吸管對上他的嘴，他父親喝了一會，邊喝邊注視她的雙眼。當她把吸管拿開時，他問：「妳還好嗎？是不是出了什麼問題？」

「沒有啊，為什麼這麼問？」

「妳看起來像有那個可能。是跟那個『小商人』有關嗎？」

「不是，就只是……我剛剛在醫院。我開車送我鄰居過去——她要生寶寶了。雖然我不知道為什麼，但待在醫院總是把我嚇壞了。」

「原來如此。那就好。但其他一切都沒問題嗎？」

媞娜環顧房間四周。那裡配備的家具稀少，以便清理起來較容易。油氈地板上沒有小地毯。只有兩三幅從家裡帶來的畫和床前的幾張裝框相片，顯示居住者曾有過屬於自己的生活。

那裡面其中一張是媞娜她自己的照片，當時她大概七歲。她坐在一張庭園椅上，一臉嚴肅地注視相機，她小而深凹的雙眼陷進頭顱。她身上穿著一件花洋裝，與她的骨感身材完全不搭。就如同有人幫豬穿上褲子，好讓牠看起來像樣體面。

小醜八怪。

「爸？我在想一件事。」

「什麼事？」

「我這裡有塊傷疤，」她指向那裡。「是什麼時候有的？」

一陣短暫的沉默之後，她父親回答：「我已經告訴過妳了，妳小時候跌在一塊石頭上。」

「多小的時候？」

「不知道……可能是四歲吧？是一塊尖銳的石頭。妳可以讓我喝別的飲料嗎？他們這裡給的東西糟透了。妳下次來可不可以帶一點純正的果汁給我喝？完全沒加這些防腐劑的？」

「當然可以。」她又把塑膠杯拿高，她父親沒看著她的眼睛喝。「可是我在想……我那時候有去醫院嗎？我覺得我應該會記得才對，因為……」

她父親吐出吸管。「妳那時候四歲，甚至可能才三歲。妳怎麼會記得？」

「我有需要縫針嗎？」

「有，妳有需要縫針。妳現在幹麼想這件事？」

「我只是想知道而已。」

「那事情就是這樣了。就我所知，那很可能是妳害怕醫院的原因。那間小屋現在有人住嗎？」

「沒有，目前沒有。」

他們繼續聊夏季遊客、觀光的大致情況，還提到媞娜沒有在場阻擋的地方，有廉價的俄羅斯伏特加大量入境。七點半時，媞娜起身離開。當她站在門口時，她說：「是莫里茲．斯蒂勒，對不對？」

似乎陷入沉思的她父親說：「什麼對不對？」

「《阿爾納的寶藏》。莫里茲．斯蒂勒。」

「對。對，沒錯。寶貝，妳自己多保重。」他看著她又說：「還有別花太多時間想……以前的事。」

她說她不會。

她到家後在門外站了許久，查看一些事物後才進去。即使這次不算是真正的暴風雨，但風勢還是相當強勁，她可以看見幾棵松樹的黑影在夜空中搖晃。空氣很冷，她經由鼻子深深吸氣，聞出腐爛蘋果、潮濕泥土、玫瑰果，以及其他許多無法想起或分辨的氣味。有一隻動物在附近，大概是獾。牠身上濡濕軟毛的味道來自於屋後的森林。

有一道藍色亮光在鄰居房屋的其中一扇窗裡閃爍，孩子們正忙著打電玩遊戲。另有一道藍光來自他們自己的客廳窗戶，羅藍在觀看某個體育節目。

就如同先前好幾次她都停下來考慮那樣——而非不假思索從車上下來後就走進去——她根本不想走進自己的房子。任何房子都不想，她只想繼續走，走過那些燈光與溫暖，走進遠處的森林。努力穿過眼前的黑牆，讓自己被獾、松針、青苔的氣味包圍。讓樹林保護她。

她看向隔壁的房子。她該不該敲個門，確認小鬼們沒事呢？沒人提過這件事，而她也不喜歡這主意。那些小孩因為她長得醜而躲著她。彷彿是認為她可能會對他們做出某種傷害。不，她不去管這個了。如果他們有任何需要，他們可以來找她。

羅藍的確在看體育比賽。是冰上曲棍球，才九月而已就有比賽。現在沒有季節之分了。空氣中盤旋著一股化學氣味，想必是羅藍在狗身上使用的軟膏。她也聞得到那隻狗還關在羅藍臥房的門後。

當她通過客廳時，羅藍說：「噢，對了。剛剛有人來訪。」

她停下腳步。「喔，是嗎？」

他沒把視線從螢幕上移開，繼續說：「是個想租用小屋的男人，一個長相可疑的怪人，說他有跟妳談過。」

「有。」媞娜把雙手握在一起，緊緊握住。「你怎麼跟他說？」

「我就坦白跟他說。說我們通常不會在秋天出租小屋。但主要是因為……」他抬頭瞥了她一眼。「呃，他看起來不太……友善。而且反正妳也說不想繼續把小屋租出去，所以……」羅藍聳聳肩，一臉得意的模樣。「他看起來像那種縱火犯之類的。」

媞娜在那裡站了一會，就只是看著他。電視的光線造成他的皮膚呈現淺灰色調，使他脖子周圍剛形成的一圈圈脂肪格外明顯，再加上他眼裡閃爍著亮光，讓他看起來像隻怪物。

她把自己關進房裡閱讀《老人與海》，就這樣度過時間，直到該睡覺為止。

她隔天是十點鐘開始工作，但她在九點十五分便離開家，開車前往薔薇蔓民宿。那裡的停車場只有一輛汽車：一輛白色小雷諾，車身以藍色字母得意宣稱，車子是以一天只要一九九克朗的價格從OKQ8租來的。

她敲了民宿的大門。

發現什麼動靜都沒有後，她打開門，走進一座小玄關。有一個架子展示著旅遊手冊，服務臺桌上有一塊牌子說明這家民宿有預約才營業。這棟建築散發出荒蕪和肥皂的氣味。

她愚蠢地按響桌上的鈴，彷彿可能會神奇地冒出能幫她的人；也許秋季的員工是個睡在櫥櫃裡的小老頭，有客人抵達時才會醒來。

當桌鈴沒作用後，她大喊：「哈囉？有人在嗎？」

她當然知道他的名字，但她不打算大聲喊出來。這情況已經夠荒謬了。一名警官大聲叫喚一名竊賊，以便能問他是否想來跟她同住。

她正想著好吧，我要走了時，前方的走廊邊上有一扇門打開了。

沃勒從那房間冒出來，她倒吸一口氣。

在空間廣闊的渡輪站，他看起來就很壯碩了，但在民宿這裡的窄壁之間，他成了龐然大物。儘管只穿著汗衫和內褲，但他似乎塞滿整個走廊。媞娜可以理解為何羅藍當時覺得有點緊張。沃勒看起來好像能用拇指和食指將羅藍捏碎。

當他發現媞娜時，臉上兩邊的鬍鬚迅速揚起，露出一個大大的微笑。他的腳步聲如雷，在幾步之內便步出走廊，然後他伸出毛茸茸的手臂。

「早安，真是抱歉。我睡得很熟。」他說。

她握了他的手。「不，我才抱歉。我不是有意要吵醒你的。」

「沒關係，反正我也該起床了。」

媞娜點點頭，環顧四周。「我以前從沒有真的來過這裡。」

「但妳還是推薦這裡？」

「唔，如果我沒記錯的話，我推薦的其實是周圍的環境。」

「就那點來說，我沒什麼好抱怨的。我昨天下午去散步，走了好久。我喜歡這種人類一直沒機會去破壞一切的森林。」

「對，這邊是自然保護區。」

「希望能這樣保持下去。」

媞娜她自己十分喜愛在里德索姆的這片森林。由於這地區受到保護，所以就連倒下來的樹木都不准砍伐，除非剛好橫跨在通道上，而且這情況還要申請獲准才行。

她只是為了有話可說，便突然說出：「只可惜他們捕獵麋鹿。」

沃勒皺起眉頭。「是啊，那樣很糟。希望你們不會想帶狗到這附近打獵，會嗎？」

「據我所知，不會。為什麼這麼問？」

「因為用那種方式打獵的話，到最後這地方會到處都有狗跑來跑去。」他看著她，「不過我注意到妳有養狗。」

「牠們是羅藍養的。他是我的……」她輕輕揮了一下手。「他也住在那裡。」她深吸一口氣。「我來這裡的真正原因是，如果你有興趣租那間小屋，當然很歡迎你租下來。」

「他……羅藍不是這樣說的。」

「對。但不是由他決定，那裡是我的。」

「原來如此。」

「那麼……如果你有興趣，就過來吧。」

「我會考慮看看的。妳還好嗎？」

「我很好。你為什麼要問？」

「他說妳去了醫院。」

媞娜鬆了口氣笑出來。「噢，原來如此。我當時是開車送我鄰居過去，他們有孩子要出生了。」

接著他會問我有沒有小孩，她心裡這麼想，所以便決定要結束對話了。沃勒固然是個女人，跟女人討論這種事應該不難，但當他站在她面前時……她就必須把手臂捏到瘀青來提醒自己這個事實。

「一切順利嗎？」

「我不知道。」她看著手錶，「我得去上班了。」

「這樣的話，我今天下午再跟妳碰面了。妳什麼時候下班？」

「五點。」

「很好。那我會在傍晚去拜訪。」

他們互相道別後，媞娜走回車上。她開出停車場時，瞥了一眼後照鏡，看看他是否正在向她揮手。並沒有。她搖搖頭。

我們是怎麼跟彼此變得這麼熟的啊？

這說不上來。如果以酷刑威脅的話，她或許會承認她有感覺到某種……密切關係。一旦酷刑的折磨加深，她便會繼續說，那感覺在第一次見面時就有了。

但燒紅的鑷子不會再讓她說出更多了。因為只有這樣而已，只是感覺有種密切關係。雖然像徒手抓鱸魚般難以掌握，但確實存在。彷彿在晴天時的棧橋碼頭下方。她腹部貼著溫暖木板，陽光在水面上閃耀。有東西在微微發光。

說工作枯燥乏味，是比較委婉的說法。

一位多年來一直與她是點頭之交的卡車司機，突然決定載十箱廉價的俄羅斯伏特加入關。當她說明她必須通報這件事並沒收那些酒時，他對她大發雷霆，彷彿她做了什麼出賣他的事。

一百瓶，那些酒會讓他賺多少？最多五、六千吧。如果他兒子接下來可以繼續拉小提琴的話，會需要一把新的——她知不知道一把小提琴要多少錢啊？而現在他將面臨罰款，一切會陷入混亂。他很可能會失去工作，這樣他們要怎麼設法付房貸啊？她就不能放著不管嗎？就這麼一次就好，他媽的，拜託妳，媞娜。保證不會再發生。

不，她不能放著不管。神祕的微笑、心照不宣的共謀——以昂貴代價換來的經驗早已讓她明白，如果她開始不理這種事，長期下來，情況會變得無法收拾。當他已持續了好一會，還在講小提琴的事，還在說她沒心沒肺時，她突然氣沖沖地開口了。

「海克，他媽的，拜託！別再說了！你有多少次帶超過規定的數量入關？」

他說這是第一次。她搖搖頭。

「我敢說是八次或十次，不過數量確實比較少，大概超過一、兩箱而已。而且我每一次都放著不管，什麼都沒說，認為是做所謂的私人用途，但你現在做得太過分了，你明白嗎？」

粗野的卡車司機在她面前退縮，他看起來嚇壞了。她往卡車的方向揮手，車子停在窗戶的正下方。

「如果你多帶一瓶，或是多帶兩瓶或三瓶進來，我會懶得做任何處理，但這情況不能再發生，聽懂了嗎？」

海克點頭，媞娜拿出筆記本。

「好。我要做的事情是這樣。我會以你的私人身分通報，你會遭到罰款，一切就完全像你說的那樣，陷入混亂，但你可以讓公司不受到牽連。下次你就不會這麼幸運了，這樣可以嗎？」

「可以。謝謝。」

她指著她的胸膛。「還有，我有心有肺。在這裡，位置跟你身上的完全一樣。」

「是，是。謝謝。」

「還有，如果你再說一次謝謝，我就改變主意。我現在才想起來，那些箱子裡可能藏有安非他命。」

海克咧著嘴笑，舉起雙手作投降狀。「妳知道我從來沒有……」

「對，我知道。趕快給我離開這裡。」

海克離開了，而媞娜看著他爬進卡車駕駛座把車開走之後，突然感到一陣憂鬱。嚴厲的處置是必要的，對她而言，那就像是第二層皮膚，但不是真正的她，只是一層必要的表面，可以讓她從事一份工作，一份她漸漸開始覺得沒有意義的工作。那幾箱伏特加有什麼讓她好在意的？除了國營的酒類專賣公司之外，誰會受害呢？

海克本來會賣兩瓶給一位鄰居，三瓶給另一位。大家本來都會很高興，那男孩會得到新的小提琴，要不是因為那個海關巫婆，本來會是皆大歡喜。或許她應該別再撐了，只做顧問工作就好。毒品是另一回事，她在那方面不會良心不安。

在她的想像中，她看見海克回到家。他的妻子、兒子難過地走進房間，關上房門。繼續拿舊的小提琴練習，那把對他的大手指來說實在太小了。

可惡，她心想。他可能是在說謊。

但他沒有說謊，而她也知道沒有。那就是她輕易放過他的原因。這個海關巫婆。

．．．

九月十八日

沃勒昨晚來了。狗開始吠時，我就知道是他。首先，他租下小屋了，租一個星期。

羅藍不高興，說如果有任何問題，就要我負責。他聽起來像【嚕嚕米】系列故事裡焦慮的羅德佑，只差沒有蒐集鈕釦而已。

鄰居帶著一個女嬰回家，還沒去看過她，但我想我得去才行。

我並不滿意自己的生活。討厭的海克，他讓我知道這件事。我不喜歡指出別人的過失，也許有人喜歡。其他人工作時似乎沒有問題，可能是因為他們的工作還具有挑戰性。

羅藍整晚生悶氣。他最奇怪的就是不愛喝酒，那會很適合他。不過話說回來，他有電視。我問了沃勒需不需要我把小電視放到小屋裡，他說電視會讓他頭痛。又發現我們的一個共同點了。我們聊了一會草藥的事。

我沒有對電過敏，我不想對電過敏。但如果可以選擇的話，在溫暖的月份裡，我完全不會想待在室內，那會使我的皮膚發癢。對電過敏其實是一種病嗎？有這種病的人似乎都很怪異。

今晚去散步了。大家都說今年一整年都沒有蘑菇，但像往常一樣，我還是一直都有發現。不過，不太容易找到。

九月二十一日

風很大，電視天線正發出噪音。羅藍賣出了兩隻小狗，正在考慮要裝衛星小耳朵。很好。那樣會讓他有事情忙，而我也不必再聽天線的聲音了。

制止了一名帶有八百條萬寶路香菸的健美先生。他企圖攻擊，毀壞了小房間裡的桌子。必須把他鎖在裡面直到警察來為止。他打破窗戶，往下看停車場，幸好沒試圖往下跳。

秋天改變森林，針葉樹奪回優勢。就這樣，確切的情況就是這樣。夏天時，森林是露天遊樂場。明亮、歡樂的各種顏色。全部都令人愉悅。現在還是像這樣，顏色多到前所未有。但一切正在轉變成針葉樹的顏色。兩個月後，它們就會掌管那裡，因為它們會是唯一還在呼吸的。

去看了隔壁家庭的新成員。其他的小孩在打電動。看著那小小的人全身裹在毯子裡，心想多久之後她也會坐在電視機前。鄰居夫婦很累，但卻很快樂。整間房子都是母乳和靜電的味道，我應付不來。

我突然想到：也許沃勒注射過（或還在注射）荷爾蒙？不然他怎麼有辦法變成這樣？也許那就是我感覺到的。畢竟，若有人使用禁藥，我一定會知道。

他很少在家。不是開車出去，就是外出散步。他真正的工作是什麼？我從來沒有好好跟他聊過。

暴風雨在增強。天線發出的噪音很可怕，聽起來像整間屋子在呻吟。

九月二十二日

今天下午去查看了小屋。

是的，我有理由這麼做。今天早上，在我要去上班途中，我覺得有聽見小孩在那裡面哭泣。唔，也不完全像是哭泣，比較像是嗚咽。當然有可能是別的聲音（我覺得是別的聲音，或可能是從鄰居屋子傳出來的），不過……

我到家時，他的車子不在。所以我去看了。

那裡當然沒有小孩。一切都整齊乾淨，床有鋪好，所有東西都有放好。成堆的平裝犯罪小說和一本《卡拉馬佐夫兄弟》，也是平裝本。書桌上放著他的雙筒望遠鏡、相機及一本筆記本。

沒錯，我有翻開來看。結果毫無所獲。

（我是不是以為裡面可能有關於我的事？沒錯，我是這麼想。我承認。）

不過那不是日記，只是一些數字和縮寫。字跡很潦草，數字可能是指次數，縮寫可以指任何東西。也許是昆蟲，他看見那些蟲的次數。人會做那樣的事嗎？

那個金屬盒插著電。我靠近聽，聽見裡面有嗡嗡聲，不敢打開蓋子，覺得可能會有一大堆昆蟲蜂擁而出。

接下來我要說說自己的想法：我的生活缺乏刺激，我憑空編造故事。我幾乎可以選定任何人當目標，試圖用現有的任何線索去拼湊出那個人的生活，那樣自動就變成推理故事。他為什麼要去那裡？他為什麼要那麼做？他那話是什麼意思？

只有在早期的偵探故事裡，大家才會為了最終的解謎聚集在圖書館中。在現實生活裡，沒有謎底存在。而如果有的話，也是極為平淡無奇。

我到處查看完後，還在小屋裡待了很久。為什麼？因為裡面聞起來好舒服。要是有人看我這本日記的話，我會立刻切腹自殺。我悄悄躺到他床上，一直感到緊張害怕，注意聽有沒有他車子的聲音，有沒有我房子大門的聲音。那被子聞起來……不知道怎麼說。但我想要待在那裡，躺在那股味道之中。

我只有躺在那裡幾分鐘，然後把床鋪得跟原來一模一樣。

羅藍在下午裝設衛星小耳朵。他傍晚努力要弄出畫面，但不幸失敗了。我們玩拼字遊戲。我贏了。

九月二十四日

我討厭我的工作，也討厭我自己。

我今天不知是哪裡不對勁。純粹想找碴的我，攔下每一個違規攜帶任何東西的人。一瓶超帶的威士忌、幾盒萬寶路香菸。一整天都有針對我的壓抑怒氣、惡毒話語。有個嬌小的老太太難過哭泣，她的行李箱裝滿白蘭地。

我回到家後走到森林裡待了幾小時。天空灰濛濛，冷冷的。只穿著一件T恤出門，但沒有因此覺得很冷。遇見了一隻麋鹿。是溫馴的那種。牠站在那裡讓我輕拍牠。我哭了，把臉貼在牠的皮毛上。試圖解釋現在是狩獵季節，牠應該要遠離空地。我不覺得牠懂了。

這叫做秋季憂鬱。彷彿會覺得人生爛透了是很自然的事。我不想待在這裡，我不想做我做的事。

伊莉莎白今晚帶著寶寶過來拜訪。她的喋喋不休令我感到更加憂鬱，但努力不表現出來。「憂愁」，這個詞在【嚕嚕米】故事裡經常提到，但從沒提過憂鬱。要是我能變得憂愁就好了——擁有一種不知為何會令人愉快的悲傷。

我也討厭伊莉莎白。寶寶晚上睡得好熟、只醒來兩次要喝奶……等等。她臉頰紅潤，眼睛發亮。一顆子彈正中她額頭中央。我是個壞人。

沃勒過來告訴我說，他要再住一個星期。這樣很好。他問可不可以拍一張寶寶的照片，伊莉莎白說可以。她有點僵住：這些人是怎麼了？

羅藍已成功解決小耳朵的問題，他正目瞪口呆看著某部電影。伊莉莎白走了之後，我跟沃勒聊了一會。沒聊很多。但我不會討厭他。不會。現在我才想到，其實我跟他合得來。我在想他了，我覺得有比較開心。就是這樣。

他到過瑞典各地旅行，在很多不同的地方短暫居住過。偶爾到俄羅斯，去工作。不過他把大部分的時間都花在外出散步，採集昆蟲，到處看看。那樣很好，那就是我想做的。不用再搜查，不用再說話，只要……到處看看。像【嚕嚕米】裡的阿金一樣。

我要去睡覺了。也許我明天會覺得好一點。

九月二十五日

星期六。今天休假。

我幾乎可以確定，他那裡有個小孩。或是某種動物的聲音像小孩。

他離開之後，即使車沒開走，我也冒險再去小屋查看。他像我一樣，去散步都走很久。什麼都沒有。

但這次我做了。我打開那個金屬盒的蓋子。我不知道自己是希望找到什麼，但那裡面絕對有蟲。或可能都是蒼蠅吧，我不確定。結果是一大堆蟲卵，有數百個，也許是數千個。而且有幾隻已孵化的幼蟲，在成堆的白色蟲卵上到處爬。或許我應該要覺得牠們很噁心，但我沒有。不知為何，我覺得牠們好美。

離開小屋時我感到興奮。我真搞不懂我自己。

九月二十七日

昨天在森林裡遇見沃勒了。我覺得他知道我有進入小屋，他開始鎖門了。（好像我沒鑰匙似的，哈哈。）但我想他這麼做有道理。當我看見他離開前把門上鎖時，我嚇死了。於是，我跟蹤他。

我腦中有奇怪的想法。我幾乎不再注意聽羅藍說的話。並不是他有說什麼重要的事，只是我們畢竟是住在一起的。我想他這週末要去參加某項狗展之類的，我不確定。

我要試著寫下來：我已經愛上沃勒。我愛上沃勒了。（我還說出聲來，但很小聲。）不，不是這樣。當我寫下來、說出來時，就知道了。事情並非如此。是別種感覺。是……比這更好的？

我搞不懂。這使我感到有點不舒服。

我們在我稱作「舞池」的那些石頭附近碰巧遇見。算是吧，我的意思是，我跟蹤了他，而他站在那裡……等我？

我們聊那片森林的事，聊秋天如何改變事物。他說他在室內從來沒有真正感到舒服過。（!!!）

我告訴他我有同感。然後……我帶他去看「舞池」。他說了好奇怪的話。我告訴他，我把這地方稱作「舞池」是因為那裡可以讓人想像有精靈在跳舞，他聽了之後說：「以前經常有。很久以前。」

他說得正經八百，一點開玩笑的意思也沒有。（其實我也相信是真的。我怎麼會這麼想？是精靈吔？）

我告訴他那棵樹和閃電的事。

然後我大笑，我就是忍不住，因為實在太荒謬了，怎麼每件事……我大笑是因為他告訴我，他也曾被閃電打到！他的落腮鬍藏住傷疤。他讓我摸了，在他鬍子底下有一邊的皮膚有突起的疙瘩。

我們站在那裡看著彼此，直到我又開始大笑。我還能做什麼呢？有多少人曾經被閃電打到？一萬人裡只有一個吧？如果是這樣，總覺得就沒什麼好多說了。

寫這些有違我的本性，不是我的風格（我是個理性的人，我穿制服工作），但真的有像這種雙生靈魂的事嗎？如果這種事真的存在，很多情況就可以得到解釋了。

當然這也帶出另一個問題。他也有相同的感覺嗎？我認為他有。用一句幼稚的話來說：是他先開始的。就是他在夏天親吻我臉頰的時候，他當時就知道了。

還是，他並不知道呢？

是，我知道。我只要開口問就行了，對吧？沒錯。只要問他。這樣我會寧願去死。不，我不會。但這很難。如果他說……我不知道。如果他給我錯誤的答案。我內心會有東西破碎。

我今天工作時沒制止任何一個人。羅伯則是照慣例行事，攔下了一個超帶五瓶Kosken伏特加的人。就跟我清楚知道的一樣。羅伯對我做了鬼臉。

我不想再做下去了，我已經受夠了。我只想……我想要什麼呢？

九月二十九日

他後天就要走了。

我們昨天在森林裡碰面，採了好多蘑菇。他跟我一樣，也具有偵測蘑菇的雷達——當然嘍。我問起他的童年，他說他是被收養的。我可以感覺到他不想聊這個，所以我就沒繼續這話題。

我整個傍晚都在氽燙蘑菇，羅藍覺得可疑。那又怎樣？明天他要去哥特堡參加一項持續整個週末的狗展，去做他自己的事，找人上床。

沃勒要離開了，我會再也見不到他。

所以我的行為情有可原。

我今天回到家時，他的車子不在。我拿了鑰匙，進入小屋。我覺得自己像小偷。我在他的被子裡躺了好久，感到既快樂又害怕。感到恐慌。即使現在我在寫這件事時，都感覺自己彷彿想去死。

我沒有要自殺，我當然沒有。但我想去死，就是這樣。當我躺在他床上時，我知道那是最後一次。（沒錯，我躺過好幾次。）

我只是想被消除，想要消失。

但我希望這會過去。（這永遠不會過去。）

救救我！我要怎麼做才好？

當我要離開時，我看見奇怪的東西。瀝水板上有盤子和碗。不覺得很奇怪嗎？噢，不是啦，我是說盤子上的東西。起初我以為是某種布丁。當我靠近點看時，我看得出來那是幼蟲，搗成泥的幼蟲。

對，我是有嚐了一口。滿好吃的。有點像蝸牛，但多了點顆粒感。

有時候會感覺自己好像住在身體之外。我的身體做事情，而我站在一旁想：「妳是在做什麼？妳躺到床上去，妳在吃幼蟲，妳是在做什麼？」

我是在做什麼？我要怎麼做才好？

我想我得了某種病。他要離開了。我沒有在戀愛，不過我……我必須要在他身邊。或許我真的愛他。是她。也許事情就是這樣。

戀愛。

沒錯。

我要崩潰了。

・・・

星期四下午，羅藍打包了一箱行李，把行李跟泰拉和一些狗食一起放進車裡。結果疥癬感染的情況沒什麼大礙，所以即使他不該這麼做，也還是決定要冒險參加狗展。那裡可說是有提供懸賞捉拿帶疥癬進犬舍的人。

媞娜站在臥房窗邊看著他離開。她這天請了假沒去工作，因為她覺得不舒服。她的胃、胸部、心臟都怪怪的。這是她整個工作生涯裡第一次請病假。當她打電話到辦公室說她不會去工作時，他們問她有沒有打電話給當地的健保局。因為她不知道要做什麼，所以就沒理會了。

當羅藍那輛富豪汽車在車道上消失後，她到露臺上坐了一會，閱讀《嚕嚕米谷的彗星來襲》。這天是異常暖和的秋日，空氣裡瀰漫的感覺跟書裡的一樣：潮溼的溫暖之中帶有高度緊張的氣氛，彷彿一切都在屏住氣息，等待變化。

這股氣壓讓她頭痛起來，所以她覺得很難專心看書。她進到屋內，在廚房窗邊站了一會，低頭看向小屋。

他正在那裡面做什麼？

她一如往常在羅藍不在時去採購東西來舉行個人派對。蝸牛在冰箱裡冰鎮。這次她多買了一些，但還不敢問那個問題。她很害怕。一切都配合起來製造出一種今晚可能至關重要的局面——羅藍不在，沃勒隔天要走了。

今晚要解決的事情是什麼？

如果她是在腦筋正常的情況下，就不會站在這裡猶豫不決，拖延著不去問沃勒想不想過來吃晚餐。她會打電話報警，因為她確信他那裡有個小孩。她的聽力比大多數人的好，而且她有聽見聲音。

她應該打電話給諾爾泰利耶警察局的羅格納。他們會馬上過來，他們認識她。

沒人認識我。

很久以前，她曾讀過一篇文章，討論人如何依氣味選擇伴侶。她認為，至少女人是這樣。他們讓五個女人——或是有更多女人參與——聞五件不同男人穿過的T恤。這整件事似乎有些可疑又反常——把實驗室環境與汗溼的衣服結合在一起。

她對實驗結果感到有些贊同，並對此嗤之以鼻。彷彿人有得選擇似的。

儘管她不喜歡羅藍的氣味，但還是選了他。並不是說他聞起來很臭，但他聞起來不對，對她來說不對。並不是只有他一個人回覆她的徵友廣告，但只有他一個人在初次見面之後表示有興趣。這就是人的選擇自由。

但說到沃勒。他的氣味、他的香氣，就像回到家一樣。這沒有任何其他方式可以形容了。躺在他被子裡，就像鑽進媽咪和爹地的床裡。媞娜的父母分床睡，所以那不是她在想的氣味，而是別的感覺，讓人覺得安全而想到家，完全不是基於真實記憶產生的感覺。

所以，她沒有報警。

在烏雲大量從東方飄來的協助之下，夜晚迅速降臨。空氣很悶，彷彿壓著她的頭。零星的雨滴從廚房窗戶上流淌下來，而小屋裡的燈還繼續亮著。她體內有一道焦慮的火花在顫動。

大雷雨要來了。

她在房子裡到處移動，拔掉每一個家電的插頭，連接電視的、電話的。關掉電源。她難以開口問他，不敢邀他過來。不清楚那樣做可能導致什麼後果。但她希望他會來，主動過來。

她喝下一杯白酒，接著再一杯。焦慮撕扯著她。她本來想出去，走到森林裡，但她不敢。暴風雨隨時都會開始。她感覺得到，這就像是被困在一座城堡裡，等待一支無法戰勝的軍隊抵達。若是逃走會被殺，若是留在原地也會被殺。

她在廚房地板上坐下來，把額頭抵在膝蓋上。很快又站起來，為自己再倒一杯酒後又坐下。她的手顫抖著把酒杯送到嘴邊後，便一口氣喝完那杯酒。幾分鐘後，她稍微覺得好一點。

接著，暴風雨到來。不遠處開始雷電大作，因此在閃電之後，她只有時間數一千零一、一千零二、一千零……，三都還來不及說，雷就打下來了。雨水從屋頂天溝傾瀉而下，不停敲打著窗臺。她咬緊牙根，把雙臂交叉在頭上，眼睛盯著地板看，好讓自己能看見閃電的閃光。

下一道閃電更靠近了。她只來得及數到一千零二而已。她一張開緊閉的嘴巴，牙齒就開始打顫。暴風雨從海上轟隆而來，一隻憤怒、巨大的幽靈愈來愈靠近，想要壓碎她，想要用白光將她摧毀。

當下一聲爆裂聲響起時，她搞不清楚是地板還是自己的身體在抖動。雷雨就快到了。很快就會到她上方。

她一躍而起，沒穿上雨衣或鞋子便衝出門外。當她快跑穿過草坪到車道上時，身上的襯衫被雨水打溼而貼在背上，赤裸的雙腳周圍濺起水花。

沃勒的車在雨水的帷幕後方成了朦朧的白色影像，她朝車子衝過去，彷彿地面通電似的，而這正是她一直在害怕的。

她打開副駕駛座車門，一頭鑽進車內後把門關上。大雨猛擊金屬車身，景物在閃閃磷光之中發亮，樹木牢牢固定在空中。爆裂聲只隔了一秒就響起，放在置物箱下方空間的兩只咖啡杯相互碰撞，叮噹作響。

在這部出租車的皮革清潔劑香氣中，她聞得出有他的氣味。她的心跳稍微慢了下來，劇烈的顫抖漸漸減弱。這樣的緩和效果出乎意料。她原本一直都憑藉橡膠輪胎讓她與地面絕緣，但這裡有他的氣味，比技術考量更能帶給她平靜。她深吸一口氣，接著她嚇了一跳，因為駕駛門打開了，沃勒屈身進入車內。

他雙眼大張，就像她一樣受到驚嚇。他費了些工夫才坐進駕駛座，然後把門關上。這部車對他來說就像小了四號的西裝。即使座位已往後推到底了，他的膝蓋還是摩擦到方向盤。她發覺到他開車時肯定會是什麼模樣，便大笑起來。

他轉身面向她，露出憔悴的笑容。「大雷雨，真是好笑啊。」他說。

「不，我只是……」她指著他快碰到車頂的頭。「你開大一點的車不是比較好嗎？」

他有說話回應，但是她聽不見。一聲震耳欲聾的雷擊突然響起，壓過其他所有聲音。她握緊拳頭，感覺到淚水奪眶而出。沃勒抓住方向盤，透過擋風玻璃緊盯著外頭。

她想都沒想就做了。她挪動雙腳靠近他，當她將頭靠在他胸膛上吸入他襯衫的味道時，手剎車戳中她的臀部。他的一隻手放到她臉頰、耳朵上。她閉上雙眼。

暴風雨繼續在他們周圍肆虐，但一會過後，她聽見他的心跳也減緩了。他們彼此都得到慰藉，這感覺使她更加平靜。這使他跟著感到更平靜。等到暴風雨開始遠離時，他們幾乎不再害怕了。

他們像一般人一樣坐在座位上，不知道該從何說起。暴風雨此時已離去，遠處的模糊聲響提醒他們有過剛剛的經歷。沃勒終於開口說：「羅藍。」

媞娜板著臉。「他怎麼了？」

「他對妳不忠。」

「沒錯，你怎麼知道？」

「聞味道。」

當然是這樣。她何必問呢？她點點頭，透過擋風玻璃往外看。這時閃電已停止，外頭幾乎一片漆黑。車裡的亮光只照射出引擎蓋上零星的跳躍雨滴，其他什麼都看不見。沃勒打開車門。

「走吧。」他說。

她拉著他的手，兩人一起走到小屋。他們進到屋內後都在床上坐下。他們沒開啟任何燈光，那裡只有聲音、氣味。媞娜哽咽想哭。她在黑暗中摸索，找到他的臉頰，撫摸他粗糙的鬍鬚。

「沃勒，我想做。但我沒辦法。」

「可以，妳可以的。」

他回答得非常肯定，應該足以說服一顆石頭了。但她還是搖頭。「不行，那樣太痛了，我沒辦法。」

「妳從來沒做過。」

「有，我有。」

他用雙手捧住她的臉。「不，不是用你們的方式。」

「什麼意思？」

他的手在她的一側乳房上輕撫，接著有一大群螞蟻爬過她的身體，聚集在她的橫膈膜上，範圍漸漸擴大。

「相信我。」他說。

他褪去她的衣物。她橫膈膜裡的感覺是以前從沒有過的，彷彿有個之前沒用過的身體部位忽然綻開。當他脫下襯衫和汗衫，而她把臉貼上他裸露的胸膛時，她感受到身體下方有一股強烈、規律的脈動。

她在黑暗之中雙眼大張。好像有東西從體內翻出來，將她的腹部展開。在他從她身上移開，把長褲脫下的片刻，她的雙手輕撫自己的性器。她大聲地倒抽一口氣。

一根勃起的陰莖從她原本以為是陰道的地方朝上豎著。她沿著根部觸摸，沒發現有開口。她的感覺完全正確：體內有東西翻出來了。

沃勒伸手觸碰她。「妳現在明白了吧？」

她搖搖頭。沃勒躺下時，床嘎吱作響。「過來。」他說。

她躺臥在他上方。他溫柔地引導她，使她往他體內推進。當她先往後拉再往前推時，床發出刺耳的聲音。她雙手撫摸他的胸膛。她從這個新身體部位所得到的快感極為可怕。就像幻覺疼痛一樣，但卻是反過來。她正在感受一個不存在的部位所產生的快感。

怎麼……怎麼會？

過了一會，她停止擔憂，停止思考。她倒在他身上，猛力推進他濡溼、柔軟的黑暗裡。沃勒發出呻吟，抓住她的臀部，愛撫那塊疤痕，那塊死皮。他們不再是男人或女人，只是兩具在黑暗中找到彼此的身體。分開來，再結合，隨著彼此的波動搖擺，直到白光在她體內流竄，她的腹部收縮痙攣，接著她尖聲大叫，這時她體內燃燒的螞蟻被射出，進入他的身體。

他點了一些蠟燭。媞娜躺在床上感受她的性器變軟，縮回身體裡。當沃勒撫摸她的乳房時，那裡猶豫了一會，然後消失在她體內。

她看著他的背部。他背脊底部的大片彎曲疤痕，在燭光之下是暗紅色的。她用中指去觸摸。

「我都不知道。」她說。

「是啊，很明顯。」

「你為什麼都不說？」

「因為……」他的手在她身上慢慢移動。「……因為我不清楚妳是否想知道。我是說，妳已經建立起自己的生活，適應了人類的世界。有很多事情妳並不知道。如果妳要繼續過妳到目前為止所過的生活，有很多事情妳可能不想知道。」

「我不想繼續過一樣的生活。」

「是啊。」

她以為他要繼續說，告訴她一些事。但他反而深深嘆了口氣，把身體彎曲成一種不舒服的姿勢，好讓他能把頭靠在她肚子上。過了一會，他開始顫抖，使她以為他很冷。她屈身向前拉被子蓋到他身上，接著才發覺他在哭。她輕撫他的頭髮，「怎麼了？」

「媞娜。」這是第一次他用名字稱呼她。「像我們這樣的剩下不多。如果妳……忘了這件事會比較好，別讓它從此影響妳的行為。」

她一邊繼續撫摸他的頭髮，一邊凝視著天花板。小屋並沒有良好的隔絕效果，因此燭光在冷風之中時而閃爍，時而明亮，使得光影在天花板上來回移動。生命隨處可見。

「你有個小孩在這裡。」他的身體在她上方僵硬起來。「對不對？」

「對。」

「那小孩是誰？現在在哪裡？」

他抬起頭，滑下床到床邊地板上，他跪在那裡，以探索的目光凝視她的雙眼。

她可以直接起身，馬上離開。回到她的房子裡沖個熱水澡，然後喝下好幾杯酒，直到她入睡為止。明天他會離開。羅藍會回來。星期一她會去上班。她可以繼續活在這——

謊言

——安全感之中，這是她至今一直維持的生活方式。

沃勒站起來去打開衣櫥，移開最上層架子上成堆的擦手巾。把手伸進裡面，拉出一個紙板箱，大約有兩個鞋盒的大小。媞娜拉開身上的被子。沃勒的頭幾乎快碰上天花板，他聳立在她面前，伸手遞出那箱子。她閉上眼睛。

「那小孩……死了嗎？」

「沒有，而且並不是個小孩。」

她感覺到床因為他坐下來所施加的體重而下陷。她聽見蓋子被打開。一聲微弱的嗚咽。她睜開眼睛。

箱子裡用毛巾鋪成的床上躺著小小的嬰兒，只有幾星期大。薄薄的胸部正上下鼓動，沃勒用食指撫摸小孩的頭。媞娜傾身向前。

「是小嬰兒。」她說。是個女嬰。她的雙眼閉著，手指緩緩移動，彷彿在作夢似的。她嘴角有一小點乾了的牛奶痕跡。

「不是，這是希息。牠沒有受精。」他說。

「可是這是小嬰兒，我看得出來是小嬰兒。」

「這是我生出來的，所以應該是我比較清楚，不是嗎？這是希息。牠沒有……靈魂，不會思考。就像雞蛋一樣，沒有受精的蛋。但牠可以任意塑形，妳看……」

他戳了一側眼瞼，那雙眼便張開了。媞娜大聲倒抽一口氣。那對眼睛完全是白色的。

「是盲眼，耳聾，無法學習任何事。牠只會呼吸、哭泣、進食。」他抹去小嬰兒嘴角的那點白色痕跡。沃勒像是要強調剛剛所說的話，又說道：「希息。這是牠們的名稱。」

「那些……幼蟲是不是為了這個？是食物？」

他搓著手指之間白白的東西。「是的，我以為妳進來這裡時有看到了。」

媞娜搖搖頭。一股輕微的噁心感在她胃裡滋長，往上爬進喉嚨。她努力把視線從小嬰兒的乳白色眼睛上移開，問道：「你說的……塑形是什麼意思？」

沃勒將手指用力壓在原本應該是小嬰兒右鎖骨的位置，但手指竟然直接陷進去，留下一道凹痕。小嬰兒沒有反應。「就像黏土一樣。」

媞娜盯著那個凹洞，那個陷入小嬰兒胸部的陰暗凹痕，那裡沒有顯示要彈回來的跡象，她覺得已經受夠了。她爬下床，留下沃勒坐在那裡，膝蓋上放著箱子。他沒有做任何動作阻止她。她將她散落一地的衣服拾起，塞進懷裡。

「為……為什麼你會有這個？」

沃勒看著她。就在幾分鐘前她從中看見溫暖與愛意的地方，如今只剩下寂寞，如同森林深處裡無人知曉的山中小湖給人的感受。他聲音尖銳地說：「難道妳不知道嗎？」

她搖搖頭，走了一步到門前，打開門。沃勒仍然坐在床上。她走出去到門廊，風將小雨吹灑在她赤裸的身上。燭光在小屋裡劇烈搖晃，將光影投射到床上的巨大男人身上，他膝蓋上放著小箱子。

這是我生出來的……

白色的眼睛張開，手指壓進胸部。

她砰地甩上門，跑向她的房子。她進到屋裡後，把大門鎖上。她把衣服丟在玄關地板上，逕直走進廚房，在那裡直接拿起酒瓶猛灌剩下的酒。接著她打開另一瓶後走進臥室，放了一張蕭邦鋼琴奏鳴曲的CD來聽，把音量開大後爬到床上。

她不想知道，她不想知道任何事。當她喝了半瓶之後，她用手指輕撫性器。她能感覺到一股黏稠的淫意，接著她把手指放到鼻前，那聞起來有發芽種子和鹽水的味道。她愛撫自己，什麼事都沒發生。她又開始喝酒。

當酒瓶空了，而窗簾上的圖案開始移動，在她眼前轉來轉去時，有敲門聲響起。

「走開，」她低聲說。「走開。」

她蹣跚走向音響，把音量調大，直到琴聲在整個房間裡迴盪。也許又有響起敲門聲，也許沒有。她爬回床鋪，把被子拉到頭上。

我不想知道。不想不想……

她腦海裡的影像變得混亂。巨大的雙手抓住她。有龐大樹幹的森林消失在陰暗之中，然後一切都是白色，全是白色。白色的手、白色的衣服、白色的牆。抓住她、將她舉起的雙手。她沿著一個坡道往下滑進黑暗之中，然後就睡著了。

她張開眼睛後，什麼都想不起來。灰色的光線流瀉到房內，她的嘴唇黏在一起。她頭痛欲裂，肚子因為尿急而疼痛。她好不容易才下了床，走進浴室。

當她坐在馬桶上時，便想起來了。她往下看正有尿液以鋸齒狀水流傾瀉而出的地方，試著想像體內的構造。這是不可能的。她腦中閃過一幅在學校生物課看過的插圖。

這不是真的。我是個怪胎。

她靠到洗臉盆上，打開水龍頭，把身體半撐起來喝水。水的冷冽感覺是真的。她不想失去那份感覺，便喝到胃變冷為止。當她站直身體走進廚房時，胃裡的水開始上升到跟其他身體部位相同的溫度。物體的輪廓又模糊了。她在一張椅子上坐下來，心想：那裡是咖啡機，那裡是雜誌架，那裡是時鐘。現在是十一點十五分。那裡有一盒火柴。這些東西全都存在，我也存在。

她從藥品抽屜裡拿出兩顆止痛藥，吞藥時拿起手中又圓又硬的玻璃杯，再度大口灌下冷水。

十一點十五分！

她驚慌了一下，以為她上班遲到了，然後她想起自己請了病假。她走回臥房，看向窗外，那輛白色汽車不見了。她在床上躺下，凝視著天花板一小時。

她認為自己瞭解一切。但她必須弄清楚。

一點十五分時，她站在站牌旁等開往諾爾泰利耶的公車。

她父親不在房間內。她詢問其中一名護理人員，得知他在娛樂室裡。那人往下瞥了她的腳一眼，彷彿想確認她沒有將泥土一起帶進來。她確實看起來一團糟。

他單獨在娛樂室裡，坐在輪椅上，面向窗戶。她起初以為他睡著了，但當她走近時，她看見他的眼睛張開，目光看著窗外稀疏的松樹林。他迅速調整表情，露出微笑。

「哈囉，親愛的。又一次意外來訪！」

「嗨，爸。」

她拉一張椅子過來坐下。

「最近好嗎？」他問。

「不太好。」

「對。我看得出來。」

他們沉默地坐在那裡一會，彼此對看。她父親的眼睛已經呈現出年老的透明度。眼裡原有的清澈、智慧還在，但不知為何變稀變淡，像是水藍色。媞娜的母親有棕色眼睛，所以她從來沒想過這件事。不過她現在正在想。

「爸，我是從哪裡來的？」

她父親將目光轉移到松樹林。過了一會，他沒看著她便說：「我想是沒必要再……」他皺起眉頭。

「妳是怎麼發現的？」

「這很重要嗎？」

目光又回到松樹林。儘管他住在安養院，儘管他受限於輪椅，儘管他那雙曾經靈巧的手，連一隻蒼蠅都再也無法揮走，媞娜先前都還是有辦法忽略他的年紀。現在她注意到了。或許只是因為年老衰殘在這一刻發揮了作用。

「我一直都很愛妳，當妳是親生女兒愛妳。妳就是我的女兒，我希望妳瞭解這點。」

她胃裡有塊東西在膨脹。這感覺就跟沃勒拿出那個箱子時一樣。就是在蓋子打開前那一刻。那一刻還來得及逃走，閉上眼睛，假裝什麼都不用看。她原本以為她得勸誘她父親說出來，沒料到他們會這麼快就進展到這個地步。但或許從她問起疤痕的那天起，他就準備好了。也或許他早在多年前就準備好了。自從他……收留她那天起。

他說：「我看妳沒帶果汁來。」

「對，我忘了。」

「妳還是會來看我，對不對……以後？」

她把一隻手放到他手臂上，接著放到他臉頰上，停在那裡幾秒鐘。「爸，我才是該害怕的人。快告訴我。」

他輕輕將臉頰往她手上靠，動作小到幾乎難以察覺。然後他挺直身體說：「妳媽跟我沒辦法生小孩。我們試了好多年，但從來沒有成功。我不知道妳有沒有想過這件事……呃，我們比妳朋友的父母大上十或十五歲。我們開始進行領養小孩的申請之後，過了三年……他們發現了妳。」

「你說發現是什麼意思？」

「妳當時是……兩歲。那時候他們在森林深處發現那對夫妻，就在離我們住處，也就是妳現在的住處，只有五公里遠的森林裡。

「我認為大家知道他們在那裡，但直到後來他們有了小孩才……採取行動。」

他闔上嘴巴，再打開時發出黏稠的聲音。「可以請妳幫我倒些水來嗎？」

媞娜起身走向水龍頭，拿一個餵食杯裝滿水——

森林深處

——走回去餵父親喝水。她看著他喝，老皺的脖子隨著他小口小口吞嚥而微微在動。他現在很削瘦，但即使在青壯時期也是四肢纖細，就像她母親一樣。她看過祖父母和外祖父母的照片……

她突然嚇了一跳。有一小滴水濺到她父親臉頰上，往下滴到他胸前。

她心想，**一切都在消失**。外祖父母、祖父母、祖傳的房子、黑白相片的相簿、曾祖父建造的房屋，往過去延伸的時間線全被清除了。那並不屬於她。在農場上高大精瘦的人、站在房子旁邊的、游泳的、一個與眾不同的農場家族。她當然不屬於那家族。

「行動……」她聽見自己說。

「對，」她父親說。「雖然我不清楚妳對這件事想知道多少，但我想那可以說是個嚴重的疏忽照顧情況。即使當時是十月，妳也一絲不掛到處爬，而他們實際上並沒有任何食物。沒有電、沒有水，而妳不會說話，什麼都不會。他們甚至不是住在房子裡，那比較像是一種避難所，只有牆壁而已。他們在地上生火。所以妳就被……社福機構收養，最後妳來到我們這裡。」

淚水盈滿她的雙眼。她抹去眼淚，用手遮嘴，眼睛凝視窗外。

「乖女兒，」他父親說，語氣平淡。「我沒辦法伸手碰妳。那是我現在該做的。」

媞娜沒動。

「那我父母呢？他們後來怎麼了？」

「我不知道。」

她與他目光交錯。她拒絕瞥開視線。她父親深深嘆息。「他們最後進了一間精神病院。死了，兩人都死了。沒待多久。」

「他們是被害死的。」

她父親聽見她語氣尖銳而嚇得畏縮。他的臉龐顯得更加蒼老。「對，我想妳可以這樣看待。我回想起來也是這麼認為。」他尋找她的視線，帶著懇求。「我們做了當時認為最好的做法。不是我們決定妳應該由社福機構收養。當事情發生了之後，我們只是歡迎妳……成為我們的孩子。」

媞娜點頭後站了起來。「我瞭解，」她說。

「是嗎？」

「不是。但也許我會瞭解。」她低頭看著坐在輪椅上的他。「我當時叫什麼名字？他們有幫我取名字嗎？」

她父親的聲音相當微弱，使她以為他說「伊娃」。她傾身靠近他嘴邊。「你說什麼？」

「瑞娃，他們說瑞娃。我不知道那是不是個名字，或只是……只是他們所說的話。」

「瑞娃。」

「對。」

瑞娃。沃勒。

從諾爾泰利耶返家的公車上，她仔細看著窗外沿途的風景，視線越過圍籬，進入森林。那一大片單調無奇的冷杉有了更深層的意義。她一直都覺得自己屬於那片森林，現在，她知道那是事實。

瑞娃。

他們被關在白色的房間裡時，有沒有呼喚她的名字呢？

她想像四周鋪設軟墊的精神病房，沉重的鐵門上有窺視孔。看見她母親和父親用力撞擊牆面，叫喊著放他們出去，放他們回森林裡，把小孩還給他們。但他們的周圍只有缺乏自理能力的人，僵化又封閉。絲毫沒有綠意，沒有綠色植物。

即使當時是十月也一絲不掛。實際上並沒有任何食物。

她從不曾真正需要大量的食物，而咖啡館、工作地點的自助餐廳所提供的食物，她都不喜歡。她喜歡蛇肉、壽司，喜歡生魚肉。無論氣溫降得再怎麼低，她幾乎都不曾感到寒冷。

他們毫無疑問是知道該怎麼照顧他們自己的孩子。不過，想想六〇年代早期的風氣、當時的社會工程學①：穿著花圍裙的微笑母親、黑膠唱片的時代、名為「百萬計畫」②的住宅建造方案。在地上生火，而食物櫃裡沒有食物——假設他們甚至有食物櫃的話——這種事情是不能被允許的。

媞娜曾聽說，從當時一直到進入一九七〇年代，人們被迫絕育。這事情就發生在她父母身上嗎？

一間精神病院。

她無法停止想像那些白色房間，想像她母親和父親分別被關在各自的空間裡，叫喊到聲嘶力竭，直到因悲傷而死。她試著去想，也許這樣還是比較好，否則他們會疏忽照顧，直到她死去為止。但她至少有撐過一個冬天，不是嗎？撐過了最難熬的冬天，撐過了嬰兒出生後的第一個冬天。他們帶她度過了難關。

她沿途看路旁的冷杉時，淚水模糊了視線，那些樹木被圍籬包圍，鐵絲圍籬將野生生物隔絕在外。

不讓我們靠近森林，控制森林，包圍森林。

沃勒。他對這一切知道多少？他一直都知道自己是什麼嗎？或者，他也面臨過像這樣的時刻，面臨過一切帶給他巨大衝擊，迫使他重新解讀自己的一生？

①社會工程學（social engineering），運用社會科學理論來推行社會改革的一門學科。

②百萬計畫（Million Program），一九六五至一九七四年間，瑞典政府興建約一百萬戶的廉價住宅供中低收入者居住。

她握拳抹去眼中的淚水，將額頭抵在車窗上，目光追隨著森林。

小屋空了。當然，裡面的家具還在，但他的行李箱、孵化盒、相機、望遠鏡和書都不見了。她掀開衣櫥最上層架子上的毛巾，那個紙板箱也已經不見了。

他沒有道別就離開她了。

不對，他的筆記本還放在書桌上。她把它拿起來，看看是否有字條壓在下面。她什麼都沒找到後，便翻看筆記本。她一翻就翻開到書本中間，發現了一小疊照片。她看著最上面那一張。那張照片拍的是他的……希息。

她一頁一頁翻閱書本，看看是否有寫給她的訊息。什麼都沒有，只有一些時間表、字跡難辨的筆記。她在書桌前坐下，試圖辨認那些字。那些字比醫生寫的處方還要潦草，看起來就像是假裝會寫字的人所寫下來的。

過了一會，她成功辨認出一些子音字母，在這些字母的幫助之下，她便能猜測其他的。她幾乎花了兩個小時才整理出比較易讀的一套字母，因此可以把字母湊在一起，得出較長的文字：

0730 男人離開

0812 窗戶打開

0922 信件

1003 碗盤。睡了嗎？

1028 外面。掃樹葉

1107 醒來了？

她翻到其他日期，看見相同的時間表重複。她闔上筆記本，揉揉眼睛，往窗外看。她看見的景象使她心跳加速。

不會吧……

她拿起那些照片，一張一張看。起初她確信照片裡的是他的希息，但後來幾張看得見有女人的雙手抱著。接著在最後一張相片中，她看到那女人。

伊莉莎白。

她站在媞娜家的廚房裡，手上抱著她的小嬰兒，臉上帶著略微僵硬的燦爛笑容。那小嬰兒跟躺在紙板箱毛巾床鋪上的小嬰兒一模一樣。那個不是小嬰兒的小嬰兒。那個是希息的小嬰兒，可以被——

塑形

——可以被塑造成任何形像。只要有用來塑造的對象，有個範本，例如照片。

媞娜又看向窗外。看見鄰居的房子。若是想監視他們，小屋是完美的地點。如果有雙筒望遠鏡，作筆記紀錄他們的一舉一動……

為什麼你會有這個？

難道妳不知道嗎？

她現在知道了。

她突然頭往後仰，大笑起來。一聲粗野、可怕的笑聲，發自於同樣也能產生憤怒、淚水的源頭。她大笑，她尖叫。這一切是如此明顯，如此簡單。只不過因為事情就發生在她面前，才讓她一直無法看清。

她用手掌擊打自己的腦袋。

「白癡！」她大吼。「白癡啊！結果是每一個人都知道我們是做什麼的！」她又大笑，笑得上氣不接下氣。「我們交換小孩！我們偷他們的小孩，然後把我們的留在他們那裡！」

她並不想做這件事，但是她不得不做。

有一輛陌生的汽車停在鄰居家門外。是一輛深藍色的富豪740，如同警車、殯葬業者的車一般，帶有不祥的權威。

她敲了大門。發現沒人來應門後，她稍微推開門，大聲問：「有人在嗎？」伊莉莎白出現在客廳門口。她本身看起來就像個希息：她的臉色灰暗，表情空洞，她的身體令人感覺沉重、沒有靈魂。

「發生什麼事了？」媞娜問。

伊莉莎白的頭微微往客廳的方向動了一下，接著她便回到裡面去。媞娜走進屋裡，脫掉鞋子。她小心翼翼走過碎呢地毯。她是個活生生的謊言，她是一個族群的殘存者，是個叛徒。她在短短幾個小時之內變成了這一切。

約藍坐在沙發上，低聲與一個可能是醫生的男人交談。伊莉莎白在一張扶手椅上坐下來，茫然地凝視前方。嬰兒床放在她旁邊，她緊緊抓著其中一根護欄。媞娜往她那裡走過去。

小嬰兒全身赤裸躺在那裡，沒有包尿布或毛毯。大概是那位醫生剛剛做了檢查。當牠現在躺在一個屬於嬰兒的正常環境裡時，媞娜便看得出牠是多麼……缺乏生氣。是希息。牠的皮膚像蠟一樣，看起來既不柔軟也不溫暖，而且沒有嬰兒那般的血液流動。那張臉靜止不動，毫無表情，只有雙唇微微在動。幸好，那雙眼睛是閉著的。她心想伊莉莎白是不是已看過那雙白色眼睛。她很可能看過了。

「我……」伊莉莎白用死氣沉沉的聲音說，「我只是去信箱那裡拿信件。當我回來時……」

她朝小嬰兒做了虛弱的手勢。媞娜繞到嬰兒床的另一邊蹲下來。小嬰兒是側躺的。即使客廳裡的燈光微弱，彷彿他們在守靈似的，她還是能清楚看見背脊底部開始長出附肢。是尾巴。

雖然沃勒沒提過，但媞娜有 種感覺，而看到醫生臉上絲毫不帶表情，讓她更加確定：*希息*不會存活很久。活不到人類世界裡該長大的時候。

不相信有山妖存在的人類，如果發現了山妖，便把牠們關進精神病院，動手術除去牠們的尾巴、生殖能力，並強迫牠們學習人類的語言。試圖想忘記有這種東西存在。

直到我們來帶走你們的小孩。

她低聲說了一些同情的話，有如生鏽金屬在嘴裡發出摩擦聲響，接著她離開那間房子。同時也把別的事情拋在腦後了。她走到小屋那裡，爬上床，任由時間過去。她想躺在那裡多久，就能躺多久。沒有人會來。再也沒有。

・・・

當羅藍在星期日晚間回到家時，她告訴他，她已經受夠了，他可以找別的地方開設犬舍。她把自己鎖在房間裡，透過一連串簡短的話語與門外的人溝通。過了幾天之後，他才瞭解她是認真的。又再過了幾天之後，他才收拾他的所有物，也收拾了一些她的。

她在他離開後查看屋子時，也檢查了珠寶盒，但其實並不認為他會惡劣到這種地步。結果她錯了。一對鑽戒和一條厚重的金鍊不見了。他或許是認為她會懶得通知警方，而他想得沒錯。她不在乎。

這是童話故事裡弄錯的一件事，她心想。就她而言，他可以將整盒都帶走。這一隻山妖不收集寶物。

她十一月都在森林裡搜尋。她在可預見的未來裡都請了病假，而且，因為她不要求任何津貼，所以不需要有醫生開立證明。

再也不用看醫生，再也不用去醫院。

她曾經感到害怕，甚至恐慌，並不足為奇。他們當時抓走她，將她帶離她生長的環境，帶離那整個她兩歲腦袋認得的氣味與光線的世界。他們把她丟進醫院，對她動手術，對她說一種她聽不懂的語言，試圖將她壓進他們的模子裡，將她重新塑造成他們的一份子。

他們把我們變成他們的模樣。我們把自己變成他們的模樣。

在降下初雪的前幾天，她找到了自己在找的地方。

她離家裡很遠，如果她是人類的話，大概會以為自己迷路了。她不管地標，持續漫步了數小時；她僅靠自己內心的指南針指引方向。

起初沒什麼可看的。那裡是森林裡一處茂密、單調的區域，有青苔覆蓋的岩石，和高聳、挺直的冷杉，冷杉僅在最頂端長有針葉。幾乎沒有任何矮樹叢，因為光線無法照射到地面。不是因風吹，而是因歲月增長而倒下的各種樹木，倒進同類的懷裡腐朽。地面上鋪著一層沒被動過的淡褐色針葉。許久都不曾有人來過這裡。

她不是用眼睛找到的，而是用感覺。

在一小片林間空地上，她忽然發覺樹木急速升高到天際，發覺周圍的一切在變大，然後又收縮變小，全都在同一時間縮小。她轉過身。一次，兩次。樹幹忽隱忽現。她閉上雙眼。

在那裡，她心想，並伸出手指向那裡。就在那裡有一座蟻丘。

她張開雙眼，朝手指的方向走過去。三十公尺遠的地方真的有一座蟻丘，那蟻丘非常巨大，使她從遠處看還以為是座小山丘。她放聲大笑。

這是她見過最大的蟻丘，高度達到她頭頂是理所當然。她突然感到一陣類似暈眩的感覺，於是靠到一棵樹上。她周圍的一切完全沒變，只是比記憶裡小了些。唯有蟻丘跟上了她的成長，扭曲了所有的透視感。

我以前會爬到這裡，她心想。她舔了舔嘴唇，回想起螞蟻先咬了她的舌頭令她感到刺痛後，便被她的牙齒咬碎，使她的口腔裡充滿一股酸味。那間屋子只剩下原木圍成的方形，木頭上青苔叢生。當她挖開周圍的針葉時，發現幾塊粗糙、半腐朽的木板。她走過去站在方形的中央，跪下來，趴下來。

樹林間變換的光線。樹幹的數目和矗立的方式。她用雙手遮蓋視野。沒錯，她正透過門口向外看。

「瑞娃！」

那聲音填滿她的世界，那聲音是雙手擁抱，指間帶有泥土和青苔的氣味。那聲音靠近她，柔軟之物進入她口中，溫暖的乳汁。

她在餵我喝母乳。她當時還在餵我喝母乳。

在醫院裡，他們改餵她什麼？他們為了把食物塞進她嘴裡而做了什麼？

瑞娃，瑞娃，息息咪……

她朝針葉低下頭，把額頭抵在地上來回摩擦，直到會痛為止。

「媽咪……媽咪……」

有好幾天她都前往那片林間空地，那裡曾是她的家。有一天，她帶著一個睡袋過去，但卻發覺不需要帶。當她的頭靠在一團青苔上在早晨醒來時，薄薄的一層雪覆蓋在她身上。

她開始做一些調查。她花了三個星期打電話以及傳送文件到各地後，成功找出她父母埋葬的地點。他們的墳墓在諾爾泰利耶一所教堂的墓地，跟其他人的完全不同。這是她第一次看見無名墳墓。只有兩具木製十字架和「安息吧」幾個字。像是標示出萬人塚的紀念碑，或像是古代遺跡。

她把家園的泥土裝滿兩個塑膠袋，帶來倒在墳墓上，並分別放上一根冷杉樹枝。

他們原本應該要怎麼埋葬？她不知道。她對自己所屬的種族一無所知。假如她相信童話故事與自己的感覺，那就不該放十字架。但她知道的就只有這樣。她什麼都不能做。

她離開教堂墓地後，到超級市場買了一瓶有機草莓果汁。然後她前往安養院。她跟她父親坐著聊了數小時，幾乎將整瓶都喝完。她答應下次再帶一瓶過來，很快會再過來。

一月帶著大量的雪和從不結冰的油亮海水來了又走。她在森林裡行走，跟隨動物的足跡，跋涉越過雪地去找那棵松樹。她坐在那裡，試圖瞭解自己該做什麼。淚水在她的臉頰上結冰。她是自己國家裡的戰利品，提醒人想起不愉快的過去。

二月中旬時，那封信抵達。郵戳地點是聖彼得堡，信封上的筆跡看起來像小孩子寫的。既大又不整齊的字母，以印刷體一筆一畫書寫，好讓人容易辨認。

信的開頭一樣是細心書寫的筆跡，但幾行字之後，握筆的手開始漸漸回復正常的運筆習慣，到最後變成不熟悉那筆跡的人都幾乎無法辨認。

媞娜：

我敲了門，妳沒有回應。妳的感覺還是沒變嗎？

我的工作是販賣小孩。如果我是人類，就會是壞人。我不知道妳如何評斷，但法律會將我關進監獄一輩子。我現在已經收手了。

我正懷著我們的小孩。希息是沒受精的蛋，小孩是有受精的蛋。如果一切順利的話，牠會長大變成像妳和我這樣的生物。我打算把牠生下來，讓牠以正常的方式長大。大概會在北方的森林裡生下來。我希望妳能跟我在一起。

我會在二月二十日來到卡佩爾斯卡。

她在二月十六日回去工作，他們送了一個蛋糕歡迎她回來，她帶回家放在冰箱裡直到壞了。奶油太多了。她的同事從來沒對她這麼好過，而她從來沒感覺到與他們的關係這麼疏遠。她的直覺處於全面戒備狀態，所有虛偽的話語都令她感到刺耳、難聽。

二月二十日時，搭早上那班渡輪過來的人，只要有少量走私，她全都逮捕，使得一堆人以白眼回報，還有人咒罵她。這其中有某種樂趣。

我不屬於這裡。

他搭下午的渡輪抵達。

他一出現，她便知道他有想藏的東西，而這次她知道那是什麼。

是一個小孩，他們的小孩。

她掀開櫃臺桌板，走過去迎接他。

・・・

山丘上的村落

所以走在這些建築物當中，你就覺得……不，不，不。
根本不應該住在這裡。這地方全不對勁，你知道嗎？

——《血色童話》

約爾．安德森最初意識到那問題時，他只是隱約感覺到一種他無法清楚解釋的不安。他雙手插在褲子口袋裡，站著往上看那棟建築物，他住在那裡已長達二十三年又四個月。

時間是六點十五分，太陽的位置是如此低垂，以至於整棟大樓除了頂樓的公寓之外，全都在陰影之中。他看著陰影向上移，漸漸移進他廚房的窗臺。

約爾突然產生一股渴望，想看看消失前的太陽，他衝進大樓，發現電梯停在一樓。當他按下九樓的按鈕時，才發覺往上注視這麼長的一段時間後，身體變得僵硬。老舊的電梯向上移動時，他揉揉頸背，韌帶在他的指尖之下嘎嘎作響。

他不知道是怎麼回事。他在外頭站了許久，看著公寓大樓滿是玻璃窗的堅固矩形，感到有類似暈船的感覺：覺得胃下沉，彷彿快失去平衡。

「中年危機，」他一邊喃喃自語，一邊開門——頂樓四扇門之中的一扇。他不管郵件和垃圾信，逕直走向廚房窗戶，他在那裡得到報償，看見鮮紅的太陽揮別瑞典，接著會經過黑瑟碧郊區，橫越大西洋，繼續進行世界巡迴之旅。

太陽落下了，松樹在其邊緣刻下缺口，而暈船的感覺回來了。一輛玩具火車大小的地鐵列車駛進布雷奇堡站。約爾試圖將視線聚集在列車上，試圖想像那筆直、熟悉的鐵軌，接著想像時刻表，所有一切都在應有的位置，但不安的感覺變得非常強烈，使得他不得不離開窗邊坐下來。

怎麼回事？是什麼不對勁？

他沒有眩暈的毛病，當然沒有，否則他不會有辦法住在這裡。他二十三年前搬進來時，偶爾會感到暈眩，但當時是其他原因導致。莉絲貝在結婚兩年後決定要離婚，她和一對雙胞胎繼續住位在魏林比的公寓，而約爾則買下附近他能找到的第一個合適住處。結果是在布雷奇堡。

那陣子他站在廚房窗邊感到暈眩時，主要是因為那裡可以立刻自殺。只要打開窗戶跳下去就行。像是睡覺時放一把剃刀在枕頭下，但跳窗更是直截了當。

隨著時間過去，他習慣了自己身為週末爸爸的角色，但他鄭重發誓，絕不再受到束縛——這是他毫不費力就能遵守的誓約，因為他後來再也沒墜入情網。

那艾妮塔呢？

唔，沒錯。這另當別論。他們是在交往。

他的胃在翻攪。他試圖想抑制這感覺而進入客廳裡看那艘船。

那艘三桅帆船的模型大約占據四分之一的地板，但因為是放在客廳正中央，所以看起來似乎占了更多空間。而且，無論想走到公寓裡的哪裡，都必須繞過它。

約爾撫摸那平滑到不可思議的表面，像往常一樣，產生了崇敬那種生活、那種時代的感覺。他的胃平靜下來了，使他能深呼吸，感到如釋重負。他是過了幾年才瞭解，可能是這份崇敬讓他開始建造這艘船。他從來不會覺得悲傷；其他看過模型的人會：一開始是驚奇、敬佩，然後是悲傷，或者是忌妒也說不定，誰知道呢？

他知道那些火柴的確切數目。八萬七千八百六十三根。他估計還需要約二萬三千根來完成。起初他每次可以放五十根火柴。最近他進行得較緩慢，較不頻繁。他害怕將它完成，因為到時候他要怎麼辦？把它放進水裡嗎？

這構想既正常又荒謬。船的肋材和船身的木板以細微的精準度製作。那不是只要折斷火柴頭，把木棒黏上去就好了，不是那樣。每一根火柴都用微型電動帶鋸仔細裁切成完美的形狀，然後用防水環氧樹脂固定上去。船身完全不透水，所以將來能夠漂浮。

讓這艘船下水會碰上的第一個阻礙，是船身實在太寬，沒辦法通過公寓的門。這是個刻意的決定；他選擇了這樣的大小，以避免有任何人認為這艘船可以搬進來公寓。他希望大家看了以後瞭解船是在這裡建造的。

不過，陽臺的窗戶是個選擇。

沒錯。他到時候就必須派起重機過來，或是派消防隊過來也說不定。「喂，我有艘船需要馬上下水！快點過來！」

所以，那就別下水了。

另一個阻礙是，他對船一竅不通。他如果把船放到水裡，就不知怎麼控制風帆，以阻止船駛向世界的盡頭。他讓自己沉浸在建造這艘模型的細節裡，但他對航海一無所知。

新訪客來時——來看電錶的女人、來安裝廚房新儲物櫃的男人——他們起先是對模型的尺寸感到驚奇；在這感覺之後，真正令他們印象深刻的是**精準度**。沒有任何角度不正確，細部之間的關係沒有任何不協調。這點有部分要歸功於建造出帆船原型的那些人，把實用與美觀結合在一起，但訪客只看見約爾的作品。

也許是他想多了，但他覺得來看電錶的女人可能對他感興趣。不一定是**那種興趣**，但建造了這艘船賦予約爾一股氣息，令人感到尊貴、真誠和……對了，可靠。他把他的時間、歲月匯集成一項創作，是比他自己更重要、更偉大的東西。

當他走出去到陽臺上時，胃裡的那股感覺回來了。他試圖當作是飢餓，不去理會，結果非常成功，讓他真的感覺餓了。他懶得煮任何東西，所以他穿上外套，走進電梯，打算下樓到廣場上吃披薩。他在一樓停下腳步，按艾妮塔的門鈴，看看她想不想一起去。

門上的名牌寫著「安德森」。沒人應門。他們曾開玩笑說，如果他們結婚，就不需要換新的名牌了。他們的住處，大概就是同一棟大樓裡相距最遠的兩戶。艾妮塔在一樓的右手邊，約爾在頂樓的左手邊；說正經的，他們對這樣的情況相當滿意。

約爾走出大樓，經過那座游泳池，那裡的窗戶因為二十年前發生的恐怖事件，到現在還用黑色木板封住。某個以為自己是吸血鬼的瘋子，殺了兩個小孩，還把一個擄走。無論是兇嫌還是被擄走的孩子都還沒找到。

當他走到一棵橡樹下方，要從樹下形成的入口通往停車場時，有東西擊中他的頭。他往上看，有兩個咯咯笑的小孩坐在樹枝上。他認得他們的臉；他們住在他那棟大樓。

「老爺爺，抱歉，那是個意外。」

為了好玩，約爾考慮要抓起一把橡果往他們扔回去。但他懶得這麼做，反而說：「我不覺得那是意外，但我還是原諒你們。」

這句玩笑話——假定這是句玩笑話——對小孩來說很難懂。他們彼此相望，又咯咯笑了，比較可能是因為他說了奇怪的話，而不是覺得有趣。

他繼續走。又一顆橡果咻地飛下來，但沒打中他的頭，在他面前彈開了。他腦海裡開始有**現在的年輕人不尊重人**的措詞成形，在發展成破口大罵之前就打消那念頭。那是悲慘的老頭會有的想法，他不想成為一個悲慘的老頭。他對人生所感到的痛苦，大約在他二十八歲到三十歲之間，開出無比燦爛的黑色花朵。從那以後，痛苦的花朵枯萎了。他既不快樂也不悲傷，既不失望也不滿足。他將火柴一根根黏在一起，繼續過日子。

在披薩店裡，他吃水手披薩配啤酒。不安的感覺隨著他一走出公寓大樓便離他而去，取而代之的是現在的平靜感。有一桌坐著一些常客，在填寫輕駕車賽馬③的投注單。他知道他們的名字，他們知道他的。

③輕駕車賽馬（harness race），是騎師坐在兩輪馬車上控制馬拉著跑的一種比賽。

僅此而已。

時間剛過七點。他考慮要打電話給拉塞，問他想不想去看電影，但當他查看別人留下來的一份報紙上的電影廣告時，沒有一部是他想看又還沒看過的。除此之外，拉塞說過他目前幾乎每晚都在加班，因為在哈瑪比港的某個建案進度落後了。

電視節目也沒什麼好看的。也許他會自己一個人去看電影。不。不。他大口喝完剩下的啤酒，小聲打了飽嗝。他將五金店打烊時，並非真的想去看電影，他只是現在不想回到公寓，回到那個問題——他閉上雙眼，試圖想弄清楚，但還是搞不懂。

「約爾！」

他睜開眼睛。是其中一位常客貝拉，他已經把椅子轉過來，正在看著他。

「你坐在那裡做夢嗎？」

「不是，我只是……」約爾攤開雙手，做出意義不明的手勢。

「給我一個數字。」

「呃……27。」

貝拉搖搖頭。「他們還沒有讓那麼多馬比賽。我們這邊沒辦法統一意見，所以必須由你決定。」

「告訴我有哪些選擇。」

「沒關係，只要給我個數字就好。」

「那就5好了。」

貝拉低頭看手上的報紙後，揚起眉毛。

「5？」

「是啊？」

那桌的其他人哄然大笑。貝拉抓抓頭，看起來好像有人剛提出不容置疑的證據，證明二加二等於五。他一臉懷疑地看著約爾。

「可是5號是『黑之謎』。絕對……我是覺得，不太可能啦。」貝拉嘛起嘴，做出決定，然後轉回去面對其他人。「好，我們就填5號。」

那些人反對，但貝拉堅持己見，而既然他們沒辦法統一意見，那就是「黑之謎」了。約爾聽見「三百克朗直接沖進馬桶」和「我們最好還是分開下注」之類的話。他將刀叉整齊放在盤子上，站起來掏出一張一百克朗的鈔票給貝拉。

「我可以加入嗎？」

貝拉看看鈔票，看看約爾，再看看其他人。約爾將鈔票在指間摺疊，好看起來不具威脅。「如果我這樣是破壞規則的話，至少我可以做點貢獻。」

「不，」貝拉說，其他人一致搖頭。「我們只是在開玩笑。如果你想加入是可以，但是你不需要覺得……」

約爾把鈔票拿得更近，貝拉收下。「不過這樣的話，我們會再選幾號分開下注，因為『黑之謎』……呃，你也知道。」

「不行，你們不分開下注我才加入。」約爾說。

貝拉看看其他人，他們聳聳肩。這樣其實沒差，反正沒有約爾加進來的資金，他們也無法分開下注。貝拉對著下注單揮舞那張百元鈔票，「那我們應該下注幾號？」

「這你們比我內行。」

貝拉點頭，他們重新開始討論。當約爾穿上夾克時，貝拉指著排隊隊伍說：「你不要一張影本嗎？」

「不用，有贏錢再告訴我。」

「『黑之謎』贏的機會不大，不過……沒問題。」

約爾動身返家。他從廣場一走下山，那感覺就又悄悄來到他身上。他把手放在心臟上，心跳是不是比平常跳得還快？

恐懼。

這是一種恐懼的形式。他很久沒有像這樣的感覺了。他讀過《每日新聞》去年夏季刊載的一系列恐慌症相關文章。這情況最常發生在年輕人身上，但可能侵襲任何年齡的人。恐懼的本身並不危險，而是導致恐慌的徵兆，會造成……

玫瑰就是玫瑰……④

那些高樓大廈像深色黑影映在灰色天空般明顯可見。從約爾所站的地方望過去，那些建築物幾乎正好形成一條線。他停下來，看一看。他的頭傾向一邊，瞇起眼看。

搞什麼……

那些建築物的側面彼此相鄰，從地面到天空連成兩條線。約爾用力眨眼，再看一次。不，那不是幻覺：那兩條線沒有平行。沒有平行的原因是，最靠近的那棟大樓，他住的那棟……是歪斜的。雖只有歪一、兩度，但已足夠讓相鄰的兩邊側面形成一個很長的倒V，而不是兩個I。

他往後退幾步，又往前走幾步，再往旁邊移，但不管他怎麼看，都依然是這個現象。這棟建築正朝東邊傾斜。他當時站在廚房窗戶旁看夕陽時，是站在一個傾斜的表面上，快往後摔倒了。

從地鐵站出來要返家的人看著他站在那裡一動也不動，抬頭注視著那棟建築。他們往相同的方向看，

④玫瑰就是玫瑰（A rose is a rose is a rose……），美國作家兼詩人葛楚德．斯坦（Gertrude Stein）的經典名句，用以強調事物的本質終究難以改變。

想看看是否能發現他在凝視著什麼，但似乎沒注意到有什麼奇怪之處。感謝上帝，沒有東西在動。這棟大樓沒有要倒塌。最後他忍不住了，他攔下一個年輕男人。

「對不起？」

那男人拿下耳機。

「什麼事？」

「抱歉，呃……可不可以請你看看那些公寓大樓，然後告訴我有沒有看到什麼奇怪的地方？」

約爾一說完請求，那男人便立刻照著做。他注視了幾秒鐘後，搖搖頭，「沒有。哪裡奇怪？」

「它在傾斜。那棟最靠近我們的大樓在傾斜。」

那男人再看一次。這次看得稍久一點。圍繞在他脖子上的耳機正低聲響著音樂。

「對，」他終於說。「對，有傾斜。一點點。」約爾鼓勵地看著他，那男人噘起嘴，又說一次：「對，有傾斜。」他正要把耳機戴回去，卻停下來說：「也許那是正常的？」他又戴上耳機，繼續走他的路。

約爾留在原地。高樓大廈會稍微傾斜嗎？他不記得有在書上看過任何像這樣的建築自行倒下。總之，在瑞典沒有。但這種不舒服的感覺只有今天才有。一定是一夜之間發生的，是暴風雨造成的。

他在前一晚十點左右打了電話給艾妮塔，因為他無法忍受大樓在風很強勁時搖晃而睡不著。所以他打了電話給艾妮塔，他一說完自己是誰，她就問：「是因為風嗎？」

「對。我可以下去嗎？」

他可以。那晚剩下的時間他都在她公寓裡度過。玩拼字遊戲輸了，然後照慣例做愛，沒有激情或感覺少了什麼。這樣就好，他們都不想要更多，也都不想要停止。他們不想融合彼此的生活，如果意見出現分歧，他們就遠離彼此幾天，讓事情平靜下來。然後他們再聚在一起。

早晨時，他們輕吻並撫摸對方臉頰後便分開了，約爾出發前往五金店，感覺頗為愉快。這就是他追求的狀態：頗為愉快。快樂可以輕易翻倒成相反情況，而憂鬱難以突破。如果你放輕鬆，就可以一直頗為愉快。

在樓梯底部，約爾停下腳步，看著住戶名單。一欄又一欄他無法對上臉孔的名字。就在左邊欄位的最上方：安德森；往下到右邊欄位的底部：安德森。在這已知的兩極之間，是一完整的山丘村落。塑膠字母很容易就能對換，重新排列成不認識的新名字。

他沒去按艾妮塔的門鈴，因為她公寓裡完全沒有燈光亮著；他反而是逕直走進電梯。既然他現在有具體理由能解釋為何會感到不舒服，那感覺就不再那麼強烈了。他住的大樓快倒下來了，如此而已。或許這很正常。

但他無法擺脫那想法。他一進到屋內，便從廚房最底層的抽屜裡拿出水平儀放在地板上。他在旁邊趴下來，以便能清楚看見並觀察儀器裡的小氣泡。那裡距離窗戶大概只差一毫米。他改變姿勢，將雙腳伸向廚房窗戶後，在水平儀旁趴下。

沒錯。他感覺得到。雖然他或許是有點太敏感，但他的頭絕對比雙腳還低。他拿一把鉗子，扳開放在抽屜一堆廢物之中的滾珠軸承，把鋼珠倒在地板上。鋼珠沒滾走。

一旦開始就很難停下來了。他思考了一會，然後想起該怎麼做。他拿出一捆粗線，在尾端綁上一顆很重的螺帽，打開廚房窗戶，將螺帽降下，直到降到地面，再把線的另一端綁在掃帚柄上，用一把凳子將它固定住後做測量，好讓它剛好伸出窗外三十公分。然後他把線捲繞在掃帚柄上好幾圈，以便讓線懸吊在地面上方。也就是一條鉛垂線。

他手裡拿著量尺，搭電梯回到樓下。他在外面碰見稍早坐在橡樹上的小孩。他們正抬頭看著他的廚房窗戶。他們兩人都穿著一樣的黑色夾克，大概是一對兄弟。年長的那一個向上指著窗戶問：「你在做什麼？」

「做測量。」約爾說，並展開量尺。

「我們可以幫忙嗎？」

「那就來吧。」

年紀小的那一個伸出手要拿量尺。「我可以量嗎？」

「不行。」約爾說，並走向那個在光禿禿玫瑰花叢中緩緩來回搖擺的重物。他曾經有過讓小孩使用折尺的不好經驗——五秒就弄壞折尺。

他不用尺量也行。他讓重物停止晃動後，以肉眼便立即看出它距離牆壁不到十公分。最後他還是做了測量。八公分。因此，地面與他的公寓相差二十二公分。

這棟建築有多高？三十公尺嗎？二十二除以三千等於……

不對。應怎麼算呢？約爾轉身看那個年長的男孩。他大概是十一、二歲，看起來很聰明。

「要怎麼計算度數？」他問。

那男孩聳聳肩。「我想，是用溫度計。」

「不是那種度數。」

「那是哪一種？」

年紀小的男孩，大概是九歲吧，他指著螺帽。「那可以給我嗎？」

約爾試著把結解開。解不開後，他用門鑰匙把線割斷，將螺帽交給那男孩。「拜託不要丟到任何人頭上。」

他們站在一起抬頭看大樓。約爾想告訴男孩，它在傾斜，但又不想嚇著他們。年紀小的男孩向上指著中間樓層，在約爾的窗戶往下幾層的地方。

「我們就住在那裡，我們的廚房裡有隻老鼠。」年紀小的男孩說。

「才沒有。」年長的男孩說。

「有啦！爸爸給我看了捕鼠器，這樣才不會讓我踩到受傷。」那男孩以雙手相距二十公分的空間來表示物體的大小。「有這麼大。」

「捕鼠器。」約爾說。

「對，」小男孩說，他哥哥大笑出聲。年紀小的發覺自己不知為何被取笑了，生氣地來回看著約爾和他哥哥。

「爸爸說老鼠有從臥室拿走東西，就是這樣！」

「這樣的話，」他哥哥說：「他為什麼不把捕鼠器放那裡？」

「當然是因為這樣我們才不會踩到啊！」

彷彿想強調捕鼠器會造成危險似的，他跺腳踩地，接著快步往沙坑的方向走。年長的看著約爾，揚起眉毛：**真拿小弟弟沒辦法**，然後跟著他走開。

約爾回到公寓裡面，按了艾妮塔的門鈴。沒人應門後，他搭電梯上去到他公寓。他一進屋內就感覺到傾斜。

都沒有其他人注意到嗎？

他考慮去找住另一邊的倫伯格——他們是點頭之交——但不知要如何解釋這情況。倫伯格可能會跟那個戴耳機的男人有相同的反應：「是嗎？然後呢？」

他坐下來，拿出製作模型的工具。他不是一根一根將火柴棒黏上去，而是像真正的造船技師那樣製作：首先他用三百二十根火柴棒做成一塊木板，然後用鉚釘將木板釘上去，再以黏膠加強。甲板還差最後幾塊木板就完成，其中一塊他已做到一半。由於他不忍心將花了許多時間和精力打造的船身結構完全覆蓋，所以有部分的甲板他打算不做，以便能夠讓人透過缺口欣賞結構中錯綜複雜的骨架。他甚至可能在內部放一盞小燈。

他已進行了大約半小時，將八根火柴棒固定好，這時他抬頭看船，那股暈船的感覺又找上他了。那艘船正往一邊傾斜。

這是我的幻覺。因為那樣的話，我也在傾斜。我應該看不出來。

然而，不舒服的感覺還是足以破壞他的專注力。他繞船走一圈；那感覺像是在搖晃的甲板上走，使他不得不坐下來。他拿起電話打給拉塞，對方在響第五聲時接了。

「喂？」他語氣不耐煩。

「嗨，我是約爾。」

「嗨。聽我說，我在洗澡。我才剛到家。你也知道，那裡的那些人完全把我當奴隸使喚。是不是有什麼重要的事？」

「不，我只是想知道如何算度數？」

「度數？」

「對，像是一棟建築向一邊傾斜時的角度之類的。」

「我們在學校學這個的時候你不在嗎？」

「我可能是在角落罰站吧。」

拉塞笑了。「我十五分鐘後回電給你，好嗎？你是要建造什麼東西，還是跟你的船有關？」

「不，是……我待會再跟你說。」

約爾掛上電話，在沙發上坐了一會，他前後擺動以舒緩胃裡翻攪的情況。接著他走進廚房，看著還放在地板上的水平儀。他趴下來，把一隻耳朵貼在地板上，側臉看著那顆氣泡。氣泡有稍微移動嗎？他要做個記號，隔天再來觀察。

他正要起身拿筆時，聽見有聲音。從樓下傳來的。為了聽得更清楚，他把食指塞進沒靠地板的那隻耳朵，閉上眼睛。

當然有可能是他樓下的鄰居正在做什麼事之類的，但男孩提到捕鼠器的那些話，立刻引發他想像有隻老鼠在地板下四處爬動，緩慢而迂迴地爬動。他坐起身體，注視著油氈地板。他不怕老鼠，但他想不出牠們如何有辦法進到公寓大樓裡，一路往上到最頂層。

他敲了地板，指關節敲擊處發出一記堅實悶響。水泥。老鼠應該住在木造建築裡，住在牆壁之間的空間，牠們在那裡可以築巢，以及做老鼠在吃喝拉撒之餘會做的任何事。難以想像一隻老鼠竟然可以咬穿水泥前進。牠一定是經由排水管、通風井進來。

約爾環顧廚房四周，要總結他在晚間所注意到的現象很簡單。

這棟建築正走向地獄。

在他的想像中，他看見老鼠大軍咬穿水泥，如貫穿卷筒衛生紙般穿透大樓，使大樓變軟、傾斜。老鼠蓋達組織，在努力達成一項長期目標。他腦海裡出現纏頭巾的蓄鬍老鼠滲透進入西方世界的華麗建築，令他嗤之以鼻。

電話響起。拉塞洗完澡了。

「那麼，你想知道什麼？你剛剛說是跟角度有關的事。」他說。

約爾告訴他從那天傍晚開始的不舒服感覺，還說他是怎麼用肉眼看出大樓往一側傾斜，以及他所做的測量。拉塞寫下那些數字，接著約爾聽見手指輕敲計算機的微弱聲響。

「好，如果你說的數字正確，大概是差了一度。」拉塞說。

「你的意思是？」

「你已經知道啦。那棟建築傾斜了二十公分左右。」
「那情況有多糟呢？」
「唔，你說糟……這樣是不好，當然不好，不過我的意思是，不會在今晚就倒塌，我的看法是這樣。那是在六〇年代建造的，對不對？是『百萬計畫』的一部分之類的？」
「我想是。」
「嗯。那些建築為我們帶來過不少麻煩。你的情況有個地方很奇怪，你說可能是一夜之間發生的。你確定嗎？」
「相當確定。」
「正面底部的地方應該有裂縫。你也知道，水泥不太可能彎曲。有問題時，通常是發生在主要的承重梁柱上。但水泥裂縫……聽著，我明天晚上會過去看看，我會帶一些小工具過去。也許我們可以租個片來看之類的。你看過柯恩兄弟的新電影嗎？片名我忘了。」
「沒有。聽起來不錯。」
「好。如果上帝和老闆允許的話，我大概七點會到。」
他們道別後掛上電話。約爾想起老鼠，又拿起電話開始輸入拉塞的號碼，但他停下來。他們可以在隔天討論這件事。雖然他們確實是很要好的朋友，但約爾不希望自己聽起來像個歇斯底里的瘋子：「拉塞，這棟大樓在傾斜！拉塞，廚房裡有一隻老鼠！拉塞，救命啊！」顯然並沒有迫切的危險。
他站起來，繞著船走一圈。
沒有迫切的危險。
但他不相信。不過，至少那艘船已停止傾斜，而拉塞的意見已讓約爾感到平靜些。他要喝幾杯酒，看一會電視，然後上床睡覺。他走進浴室，從一大桶塑膠容器中舀出一些酒到一個罐子裡。偶爾他會不嫌麻煩把酒倒進一些瓶子裡，但他已注意到留在容器裡也有差不多的熟成效果，而且他也不用費功夫去處理一堆空瓶了。

容器裡還有半滿。那裡面空了時，他會開始釀新的一桶，釀好之前喝盒裝酒。他浴室裡沒有空間並排放兩桶容器。或許他有點酒癮；他每晚都喝三杯酒，但很少超過三杯。小酒鬼。

人要有嗜好才行。

當他掀起馬桶蓋小便時，發現馬桶內槽的水位變低，比平常低了許多。要不是認為這全都出於同一個問題，他也不會仔細注意。這棟建築有地方不對勁。他還是小便了，而沖水的情況正常。如果情況變糟的話，他會打電話給這棟大樓的業主。

這晚一如往常度過。他看了一場關於「歐洲經濟暨貨幣聯盟」的辯論，雙方都認為若不按照其主張行事，預期會發生災難。九點四十五分時，他打電話給艾妮塔，但她沒有接聽。也許她是出遠門去上什麼訓練課程之類的，他考慮用鑰匙到樓下去睡在她公寓裡，但決定不去了。這不是長久的解決辦法。

當他真的上床睡覺時，他在床上翻來覆去許久。他覺得有聽見老鼠在水管中亂跑亂抓。或者，也許是這棟建築繼續朝地面彎下去而嘎吱作響。

他早上醒過來做的第一件事，是走進廚房查看水平儀。不幸的是，他忘了做上記號，但他還是或多或少確定氣泡有往窗戶的方向移動。他胃裡的感覺告訴他同樣的事：傾斜的情況更嚴重了。他早餐一口都沒吃就去工作了。

當他走到與戴耳機男人交談過的地點時，他回頭仔細看那棟建築。起初他以為什麼都沒變：頂端與相鄰的那棟建築在同一個地方相交。是這樣嗎？

等一下……

並不是那個角變大了；是不一樣了。建築的相鄰兩側不再形成一個倒V，反而是一個延展的D，或是一把弓，他住的大樓形成弓身，另一棟則形成弓弦。頂端已經被推回原本的位置，而中段現在往西邊凸出。如果此刻以鉛垂線測量，就不會注意到有什麼不對。

以平衡的觀點來看，這樣的確比較好，但是……以鋼筋水泥建造的結構卻出現彷彿是橡膠建造的情況，這點令人深感不安，尤其是還住在那裡面。

他搭地鐵到魏林比，並成功在白天抑制住他的憂慮。畢竟，拉塞說過像他住的這種大樓經常出問題；或許傾斜角度有變動是屬於正常現象。

焦慮感唯一一次冒出來，是在有顧客上門買鋼筋時，那鋼筋是要用在他的夏日小屋裡正在建造的工具室。那位顧客用手掂一掂鋼筋的重量，臉上露出懷疑的表情。

「這真的夠堅固嗎？」他問。

「絕對夠。」約爾回答。

顧客很快在一張紙上畫下草圖，說明他計畫要做的事。

「你懂我的意思嗎？所有的重量會直接從上方壓在鋼筋上。」

約爾猶豫了片刻，接著只是為了保險起見，他去查看產品目錄。當他的手指在表示各尺寸耐重程度的數字上移動時，他心想：**我昨天就不會這樣做。昨天我就會保證承受得住。**

他給顧客看那些數字。

「這可以承受三噸的重量。如果你是計畫要放一輛雪曼坦克在工具間的話，可能就承受不住，但如果不是的話……」

顧客笑了，搖搖頭。

「不，只是放除草機之類的東西。」

「這樣的話就夠堅固，沒問題的。」

那位顧客走了之後，約爾站在櫃臺旁看著那些可觀數字的欄位。他們賣的最堅固扁鋼條可承重七噸，那些鋼條像掃帚柄一樣粗。

一棟公寓大樓有多重？

他曾經有幾次出門去看拉塞在進行的建案。想到從遠處看來那麼脆弱的鋼架能承載數百人的生命與生活空間，就令人感到著迷，但你難以用雙臂環抱那些梁柱，那些是以自承式三角結構來設置。拉塞當時指向與正在興建的建築等高的起重機說：「建築物不算什麼。但是那部起重機才是奇蹟！只是一些細小的金屬支柱，彷彿是用你那些火柴棒製造出來的。如果它是以矩形打造的話，就會連一隻大象都吊不起來。會倒下來。但三角形的話……一切相互施加壓力，所以全部重量都向下進入地裡。不可思議。畢達哥拉斯⑤是虔誠教徒並不足為奇。」

約爾闔上目錄，想起了世貿中心。那些建築物在飛機衝撞進去之後並沒倒塌，甚至連彎曲也沒有。是大火造成了毀壞，那才是使高樓垮下所需要的力量。

他在三點結束工作，及時搭上回家的地鐵。他不太想回公寓，所以他走上通往廣場的臺階，打算到披薩店去，喝幾杯啤酒，看看報紙。他才剛要進店門，貝拉就從他那一桌衝了上來，伸出他的手。約爾握了手，疑惑地搖搖頭。

「恭喜你，你多了三千克朗。準確地說，是三千二百六十一。」貝拉說。

⑤畢達哥拉斯（Pythagoras），古希臘數學家，發現直角三角形的「畢氏定理」。

「我們中了？」

「我們真的中了。中了六個號碼⑥，一萬三千四十四克朗。快過來坐下。」

約爾與那些常客坐在一起後點了一杯啤酒。他們早在幾個小時前就開始慶祝了，全都帶點朦朧的眼神。那張中獎的投注單放在桌子中央的榮耀位置。約爾的啤酒送來了，他大口暢飲並看著那張投注單，上面有些號碼畫了圈。

「是……『黑之謎』嗎？」他問。

「噢，不，那隻皮包骨跑了兩百公尺後脫韁失控，被取消資格。如果我們是押摩根看中的老馬，就會有四十二萬可以分。」貝拉說。

約爾看看摩根，他板著臉，喝完他的啤酒後站起來。儘管他六十幾歲，也還是罩著夏威夷襯衫，穿丹寧外套。他稀疏的頭髮往後梳得平整光亮，可能是用了Brylcreem整髮乳。他從椅背拿起一頂破舊的牛仔帽，隨便往頭上戴。

「不行，我已經受夠了。本來可以拿十萬的，沒辦法為三千慶祝。」摩根說。

「別這樣，」貝拉說。

「我試過了，努力試過了，」摩根說，並指向他的空杯。「我就是無法讓自己真的感到高興。抱歉。回頭見了。」

他走出去，越過廣場，雙手深深插在口袋裡。

貝拉解釋：「是這樣的，摩根的生活一直過得不太輕鬆。約爾，乾杯。」

⑥ 瑞典的這項輕駕車賽馬賭注的中獎號碼，是根據七場比賽的奪冠者號碼開出，因此總共要選七個號碼下注，七個全中得頭獎，中五個或六個也有獎金。

約爾待了一小時，與貝拉和厄斯騰閒聊，他們與摩根不同，都認為約爾是個福星。他們有一年的時間都沒中過任何獎；約爾加入後，變！變出自從他們一起挑選號碼以來的最大獎。只要他把實際的選號工作交給他們，他們未來都歡迎他加入。

「那隻『黑之謎』，牠的下一站是漢堡肉工廠。」貝拉說。

約爾真的不認為他應該拿一份獎金；他建議他們只要還他付的那一百克朗，但他們不同意。他們已經領了那筆錢，而貝拉在桌上算出約爾的那一份，一毛都沒少。

他們分開時帶著些微醉意發表友誼聲明。啤酒在他們胃裡輕輕搖來晃去，友情帶來的欣慰感與逗留不去的快樂感受，使約爾不那麼熱中於處理那「問題」了，他走下山時甚至沒抬頭看。反正，那棟公寓大樓還在那裡。

他按艾妮塔家的門鈴，沒人應門後，他推開信箱口窺視屋內。門後的地板上有信函和垃圾郵件。他拿出她的鑰匙，站在那裡反覆思考了一會。艾妮塔在醫院當兼職的清潔工，而……訓練課程？她會上什麼鬼課程？學習使用新清潔產品？

但他還是將鑰匙放回口袋裡。他只是幫她保管鑰匙，真的。以防她萬一把自己鎖在門外。他沒有權利任意進出她的公寓。他站在門外不動，仔細聽。

雖然這可能是他的幻覺，但他覺得建築物在……震動。他的心跳加快，而且有股衝動想狂奔到大門外，以免整棟大樓垮在他身上。那一刻過去了，大樓沒倒塌。他走到住戶名單那裡。

他在披薩店應該點東西來吃的，而不是只喝啤酒。當他看著那些代表縮小版公寓大樓的白色塑膠字母時，他覺得字母也在歪斜、扭曲。桑切茲朝倫丁彎下去，想要與之接觸。他把手放在水泥牆上。什麼都沒有在動，然而卻好像有一股恐懼在蔓延，爬上他的背脊。他向後轉身，覺得好像有人在看他。好像有人在這裡。

但走廊上空無一人。他又看著住戶名單，突然產生一陣失落感。他真希望能跟這些與他一同住在這個山丘村落、只有姓名的人說話。若是本來有更多的居民，他們就能交換彼此的經驗，互相交談，並組成村民委員會。

結果他反而搭電梯上樓到他公寓，獨自一人。不過，他到達頂樓後，決定要違反禁止接觸的禁忌，於是按了對面倫伯格公寓的門鈴。但沒人應門。他站在樓梯平臺這裡就已經感覺得到傾斜了。

為什麼都沒有人說些什麼？為什麼都沒有人做些什麼？

出於相同的理由，他什麼都沒說，什麼都沒做。一般人不希望令人覺得麻煩難搞。他打開家門，下了決定：如果拉塞說這棟建築物正在發生的事並不尋常，他隔天一早就要打電話給公寓大樓的持有公司。他們想說他什麼都行，他不在乎。

僅此一次，他在進門後立刻從容器裡舀出幾杯酒。馬桶內槽裡沒水。他沖水時，水灌入馬桶後便停在那裡。他不必等拉塞判斷：這裡有問題，而且需要處理才行。

他打電話給那家公司時，排在十二號等候接聽。十分鐘後來到十一號時，他掛斷電話。整棟大樓的人此刻肯定都在電話上，因此才要排隊等候。問題會解決的。

他無法擺脫在樓下突然產生的，那股被監視的感覺。直到喝了酒之後，他才開始放鬆下來，停止擔憂。他在沙發上躺下來，感覺建築物在動，這情況也可能只存在他自己的腦海裡。

七點十五分，門鈴響起；拉塞站在門外，手裡拿著一片DVD。

「晚安，」他說，在看見約爾時嚇了一跳。「你還好嗎？」

「不算太壞，」約爾說，並用手輕撫臉龐。「你有帶來你的一些……工具嗎？」

「有。放在樓下。我懂你的意思。」

「建築物有傾斜嗎？」

「有，我是認為沒什麼好擔心的。不過似乎真的很明顯，我們要不要馬上下去看看？」

他們搭電梯下樓，約爾感覺自己好像是在傾斜軸上移動。拉塞幾乎沒占到空間。他不是腋下多毛的粗壯建築工，而是矮小結實型的。他說：「如我之前所說，沒有什麼異常，但我以為你是說向東傾斜。對我來說，就比較像是……唔，彎曲的。」

「昨天是傾斜的。」

拉塞看看他，露齒而笑。「也許明天會翻轉。」

約爾笑不出來。「昨天是傾斜，今天是彎曲。」

「是，是，」拉塞說。語氣裡帶有約爾的判斷可能不完全可靠的意味。

他們走出大樓，拉塞爬上一座臨時架起的經緯儀；那機器是靠轉動小圓輪進行校準。「雖然我們現在有數位型的，但我還是比較喜歡這種的。」他輕拍經緯儀，然後透過鏡頭去看。約爾將視線固定在公寓大樓的正面。黑暗的窗戶，燈亮的窗戶，那些窗戶試圖在告訴他一些什麼，但他無法理解。艾妮塔的公寓依舊是暗的。

拉塞吐了口氣後轉動圓輪。他從經緯儀那裡往後退一步，站在約爾旁邊，看著那棟公寓大樓。

「唔，」拉塞說：「相當了不起。像弓一樣，真不可思議。如同我之前所說：這棟建築還不會倒，離倒下來還久得很，但我認為你應該很快就要準備搬出去。這必須要進行處理，如果他們必須把整棟拆掉，我也不會感到意外。我從來沒見過像這樣的。」

黑暗的窗戶，燈亮的窗戶。有什麼含意？

約爾將注意力轉回到拉塞身上，他問：「怎麼會發生這種事呢？」

拉塞抓抓頭。

「老實說，我不知道。重點是，這就像是有東西從底下在……推著建築物。但那種程度的力量，那種扭力……不，我不知道。也許他們在建造樓層中段時削掉一些角。」

「可是昨天是傾斜的。」

「這樣的話，我就完全不清楚是怎麼回事了。你要知道，這表示力量轉移了。昨天是在左手邊，今天是在右手邊。但那樣的壓力……想不通。如果你能想像一艘跟這棟樓一樣大的隱形太空船，直立在樓頂上改變其位置，就說得通了。對了，他們沒有我說的那部電影，所以我改租《世界末日》。這樣可以嗎？」

「可以，沒問題。」

「那我們要不要回到裡面了？」

「你先走，我等一下就過去。」

拉塞收起支架後帶進大樓。約爾留在原地注視那些窗戶，他瞇起眼看，彷彿正試圖辨認出模糊的筆跡。他忽然間看出來了。就如同兩張圖片重疊放在一起似的，他看出來了：那些黑暗與光亮的窗戶的排列方式，與前一晚一模一樣。

這一定有什麼含意嗎？畢竟，人有自己的生活規律。他自己家裡的燈在昨天這個時間是亮著的，而現在也亮著。除此之外，有一個地方不同：他樓下那間公寓的浴室燈光是亮著的；昨天沒亮。

他突然感到非常害怕。他趕快回到大樓裡，毫不猶豫打開艾妮塔家的門。他打開玄關的燈，看見垃圾信與帳單散落在地板上。當他認出這棟大樓的持有公司所寄來的房租繳款單時，做了個鬼臉。

他們不該要錢。他們該付錢。

他把郵件放在玄關櫃上，站在那裡猶豫了一下；他在等待，但他不知道自己在等什麼。原來如此——是艾妮塔的貓，翠西，他在等翠西如往常來到他腳邊磨蹭。他仔細往玄關的貓籃裡瞧，翠西通常會趴在那裡休息。那裡是空的。

「哈囉？艾妮塔？」

空無一人的公寓本身並不會令人不安，但大喊你知道應該在的人的名字卻會不安。因為這表示那個人倒在某處死了，而你不知道在哪裡。事情就是這樣。約爾握緊了拳頭，準備好要面對。艾妮塔外出常穿的衣服和鞋子在玄關裡，她的鑰匙掛在門內側的掛鉤上。她在這裡。

艾妮塔，艾妮塔……

他的雙眼刺痛，心臟緊繃。他不希望艾妮塔死去。事實上，如果他想到這件事，他寧願死的是自己。他雙手摀住嘴巴，注視著貓籃，而淚水模糊他的視線。他一直都沒發覺她對他來說多麼重要，現在他知道了。如果能選擇，他寧願死的是自己。這就是她的重要性。

但翠西不在這裡。若艾妮塔倒下來死了，飢餓的翠西應該會跑來迎接他。距離約爾上次待在這裡只有兩天的時間——那隻貓不可能在這段時間內餓死。

但是外套、鞋子、鑰匙……

他遲疑地往前踏一步。為了試圖抑制住威脅要掌控他身體的恐懼，他開始小聲唱：

「海水廣闊……」

他打開客廳的燈。在咖啡桌上有一堆雜誌，那些是艾妮塔從醫院朋友那裡拿來的，因為她喜歡玩填字遊戲。其中一本在半滿的菸灰缸旁攤開著，那上面的填字遊戲與兩天前攤開在那裡的相同。她問過他一個問題：「用來固定，七個字母，C開頭，N結尾。」他回答：「絞盤（Capstan）。」從他上次看見那填字遊戲以來，都沒有新的字填進去。

「我無法渡過……」

他的腿不想動。他強迫雙腿走到廚房，準備好要閉上眼不去看可怕的景象。髒碗盤還在水槽裡，就像之前一樣。另外還有一件餐具沒洗。一只裝半滿的咖啡杯放在餐桌上。咖啡機是開著的。他拿起咖啡壺看著燒燙的壺底外層時，那只壺發出了劈啪聲。

「而我也沒有能飛翔的翅膀……」

他知道她的早晨習慣。她一起床就煮咖啡，然後看報紙，直到咖啡煮好為止。報紙攤開在桌上。她喝了半杯咖啡，抽完當天的第一根菸後，她需要上廁所而到浴室去。

「給我一艘可以兩人乘坐的船……」

當他離開廚房前往浴室時，真的開始覺得不舒服，並提高聲音。

「兩人一起划船渡過……」

無論發生了什麼事，都是在那天上午發生的——在他七點半左右離開到她九點去上班之間。浴室的門關著，但沒上鎖。他腦中聽見自己劇烈的心跳聲，當他把手放到門把上時，感覺自己快昏倒了，他把嗓門拉到最大，唱著：「我和我的愛人……」

他猛地拉開門。浴室裡空無一人。從客廳照射過來的燈光下，他看得見有東西在地板上閃閃發光。他腦中的壓力減輕了，他又開始呼吸，小聲唱著：「有一艘渡海的船……」

他打開浴室的燈。不管是什麼事，一定就是在那天上午發生，因為所有的燈都關著。上午時，公寓裡有充足的日光。他過去把地板上的東西撿起來。是艾妮塔的眼鏡。她到哪裡都會戴著她的老花眼鏡。她不用時就會把眼鏡推到頭上，用頭髮固定住。他環顧浴室。

「已重重承載……」

他的嘴巴僵住，完全動不了。馬桶蓋是掀開的。馬桶內有紅色條痕，彷彿有人尿了血在裡頭。最底部是一坨深紅、黏糊糊的東西，緩緩上下移動，又上又下。像呼吸一樣。上升又下降，上升又下降。

他往後退，離開浴室，手上還緊緊抓著艾妮塔的眼鏡。當他到客廳時，眼鏡啪地折成兩半。他舉起手，盯著那兩片鏡片看，接著把眼鏡扔掉。

紅色上升。

他腦海中閃過溫度計的影像，水銀柱緩緩上升。他停止了想像。他想確認一件事，想證實他的懷疑。他的身體麻木了，他離開艾妮塔的公寓往上到二樓時，彷彿像是在踩高蹺。打開一個信箱，往裡面查看。信函和垃圾郵件。

他再往上一層樓。信函和垃圾郵件。四樓，五樓，都一樣。沒有人在家。從前一天早上開始就都沒人在家。這棟建築裡沒有人在。

可是有小孩，那兩個小孩……

到了六樓，郵件看起來不一樣。同樣的廣告傳單在最上方，但傳單下方不是昨天的報紙。這戶居民有收走昨天的郵件。但今天沒有。

正在……上升。

還在驚嚇之中的他，繼續像是在踩高蹺似地往上爬樓梯，或像是個牽線木偶，吊在線上擺盪。他一定要弄清楚。直到他到了八樓，也就是他家樓下，才沒有郵件散落在地。他按了門鈴。沒人回應。

他站在那裡，手臂在身體兩側擺盪，兩邊的太陽穴在抽痛，恐懼掌控他，擠壓他。現在他瞭解為什麼當時在樓下入口大廳，他感覺好像有人在監視他。他不是被監視，他是被某種東西包圍……活著的、正在上升的東西。

拉塞！

他雙腿像遭到電擊似地猛然一顫，他跑著上樓到他自己的公寓。樓梯在傾斜，然後他沿著一條視野狹窄如隧道的走廊跑，一條幽靈隧道。他們必須離開這裡，馬上離開。當他衝進他公寓裡時，他看見最不想看到的情況。

拉塞在門打開的浴室裡，才剛把拉鏈拉上。

「約爾，你在搞什麼鬼……」

「離開那裡！」約爾大吼，「離開浴室！」

拉塞咧嘴笑著，壓把手沖馬桶。從空水箱裡傳來空洞的喀噠聲，拉塞說：「看來你這馬桶好像……」

他沒說完，一條黑蛇從馬桶裡衝上來，纏繞住他的雙腿。拉塞大叫，伸出雙臂。約爾抓到一隻手，但與他對抗的拉力實在太強大，跟試圖用指尖阻擋一輛失控的火車沒兩樣。當他朋友的手被扯開後，他就很難再緊緊抓住了，而拉塞歪斜地像個布娃娃被拉進去。

一聲冰冷碎裂聲傳出，他兩邊的膝蓋骨都在馬桶內槽撞碎。下一刻，他的雙腿都進了馬桶。拉塞雙眼圓睜，嘴巴大張，發出無聲的尖叫。他努力用一隻手抓住那桶盛酒容器，但不到一秒，他整個下半身都進入馬桶內，而容器翻倒在地，液體湧出流到地板上時，拉塞的身體被往下拖進那極小的洞裡。

他的雙眼因為擠壓與疼痛突出眼眶外。那雙眼直視著約爾的眼睛，卻沒有真的在看。當他的臀部碎裂時，瞳孔裡有什麼熄滅了，而拉塞對正在發生的事不再有意識。

一切發生得太快了，盛酒容器都還沒變空，但他的胸部已崩解，發出樹木倒塌、樹枝折斷的聲音，接著拉塞的頭消失不見，進了馬桶。

約爾在不知不覺中——

必須去看看

——移動到浴室門口，這時酒湧到門檻了。他看見拉塞的頭被往下拖，要拖進那洞裡，卻進不去。他的耳朵往前摺，碰到臉頰，臉上的皮膚呈現深暗的紅色，深暗到幾近黑色。

酒流出了門外，浸溼約爾的鞋，就在此時，拉塞的頭被扯到斷離身體，隨著一陣紅色軟泥反湧而漂浮在內槽上方幾公分之處。他的頭髮還維持原狀。他的晚間髮型是以慕斯塑型，在他的內臟碎泥之中載浮載沉了一會後，平靜的狀態被打破，那顆頭撲通一聲轉圈倒向最重的地方，也就是頭蓋骨，而扯斷的脖子在一片紅色之中無法辨認出來。

那隻觸手再度出現，纏繞住那顆頭，把頭壓碎之後又浮出馬桶。如果那黑色的光亮表面上有鼻子，有可以辨識的嗅覺器官，就可以明顯知道牠是在嗅味道。

約爾往前門的方向跑，但那條蛇一轉眼就出了浴室，阻斷他的逃生路線。他繼續跑，進到客廳，再跑出去到陽臺上，砰地關上背後的門。

那根本不是蛇。

透過陽臺的窗戶，他可以看見那黑色的東西進入客廳，嗅著味道並辨別方向，沒有尾端。他往後退到欄杆的地方。

牠看不見，對吧？

觸手有更多部分進入客廳，像蛇一樣在地板上蜿蜒而行。前端抬起，一瞬間纏繞住他的那艘船，像舊恐怖片裡，水手被巨大章魚攻擊的景象。牠用力擠壓，船便斷成兩半。約爾把自己的身體往上撐，坐上欄杆上等待著。他的船在客廳裡粉碎了。還有艾妮塔、拉塞。那生物在客廳裡來回掃動，搜尋著，打翻檯燈和電視。

是章魚。

不是蛇。正在搜索他客廳的那條全是肌肉的黑色長條物，只是某種更巨大、更加巨大許多的物體的延伸，大到能夠使公寓大樓如樹苗般輕易彎曲。

不對，再想想……

陽臺的窗戶破碎了，而約爾讓自己往後墜落。他下墜經過八樓、七樓時，繼續他的連鎖思考。

想想那股扭力。

他的身體在空中翻轉，所以他現在臉朝下往下墜，往底下一個黑點下墜。

那股扭力。如果手臂沒附著在身體上，就無法用手臂將東西彎成弓狀。那長條生物無法使公寓大樓彎曲，除非在他客廳裡的物體只是別的物體的小小延伸。

更加巨大許多的物體。

黑點迅速變大，而他正朝那點直線墜落。他一下子就瞭解那是什麼：人孔蓋。他以閃現的X光視力看見整個排水系統，那些水道在整座城市底下延伸。與排水系統同樣大小的身體，讓自己的一部分在暴風雨的夜晚進入公寓大樓，在沒人能聽見的時候進入。

要是有人聽見了會如何？要是大家都聽見了呢？

這是個山丘上的村落。我們這裡不談論那種事。

晝夜等長

不是任何人的錯。一顆鵝卵石會引發土石流，一片雪花會啟動雪崩。沒有人有錯。開始動了就必須完成動作，如此而已。

我對我得到的懲罰感到滿意。

將近兩年前的二〇〇四年秋天，茉德．彼德森來電問我能不能在她跟丈夫去西班牙加納利群島的期間，幫忙照看他們的房子、澆花、餵貓。我有點驚訝，因為我們之間沒真正有過任何密切接觸，但我想不出有什麼理由好拒絕的。他們的房子只距離我們家三百公尺，就在夏日小屋區的邊緣。我們喜歡把那裡稱為「社區海灘」。

我想有部分的原因，是艾米爾兩個月前已開始上幼稚園，同時約翰娜開始上三年級。拉塞還在諾爾泰利耶的監獄與緩刑管理局工作，所以白天時家裡沒人。而我通常能在兩、三個小時內完成工作。我的工作是編纂填字遊戲，刊登在家庭生活雜誌《Hemmets Journal》、女性雜誌《Allers》，及青少年雜誌《Kamratposten》。

自從拉塞的朋友約藍寫出一種程式，讓我能完全在電腦上作業後，我的工作速度又快了許多。如果我真的盡力去做，大概有辦法製作出媲美《每日新聞》週日填字遊戲的水準。但那樣會花費較長的時間，而且週刊既不要求也不想要那種東西。一篇大約花五小時編纂的填字遊戲，有一千二百克朗的酬勞。我一天工作三小時，收入比工作七小時的拉塞略低一些。

這種生活不差，還挺好的。其實是接近完美。大概在中午十二點前，我就做完工作了。如果一切都使用《瑞典學院字典》裡的字彙順利完成的話，就很開心；如果得將就使用作家比約恩．拉森（Björn Larsson）的名字作為填入「ＢＬ」的提示，就不開心。我的雇主似乎不在意這些；我很少得到他們的任何回應。

所以，從中午十二點開始，直到約翰娜和艾米爾回到家的下午三點半為止，是我自己的時間。我一開始通常先向上帝禱告一會；這是有循環週期的，有時候是每一天，有時候我可能一整個星期都沒禱告，然後就產生罪惡感。

我在廚房地板上禱告，跪在一塊坐墊上。我祈求的東西很普通：感受愛的能力。或許，這並不普通？如今我已知道自己有問題。也許我的禱告也有問題。

好了，回到茱德的房子。

她跟丈夫在上午出發到加納利群島，我在下午過去餵貓。鑰匙就放在她說的地方。那裡有貓門，而貓出去了，食物都沒碰。我在牠碗裡倒了些水。當我把碗放到地上後再站直身體時，我感到暈眩，必須在一張餐桌椅上坐下來。我坐在那裡一會，環顧廚房四周。然後，我站起來。

櫥櫃最上層的抽屜裡沒什麼特別的東西，只有餐具。其他的抽屜裡也有各式各樣的廚房用具。只有最底層的抽屜不同，我在那裡面發現好幾捆紙張，紙張的材質與混凝紙漿最為接近，但是卻硬挺、有光澤。我拿起一張在光線底下看，看見有蜘蛛網狀的纖維。

我實在無法看出那是什麼，或可能有什麼用途。如果就只有一張紙，我就不會有什麼反應，會覺得那是用來烘烤某種餅乾的吧？但抽屜裡卻有好幾捆，那裡一定有上百張用這種不明材質製作的紙張。

當我蹲在那抽屜旁邊時，我聽見一個聲音，使我受到小小的驚嚇，那感覺從我背脊底部直竄上來。但那只不過是貓。牠從貓門進來，站在那裡看著我。我猜牠是在想我是誰，在那裡幹什麼。我愚蠢地臉紅了。

我離開廚房去查看洗衣間。那裡有八件Bestpoint男性內褲，在Flygfyren購物中心裡買得到。沒別的品牌了。拉塞有很多不同品牌的內褲，但這男人找到他喜歡的，就固定下來了。我不記得他的名字。我想是叫Guran，但沒有這種名字，對吧？

那星期剩下的幾天，我檢查了那房子的每一個角落。我仔細看他們付的帳單，發現有一大堆費用是給「宮廷」，多年來付了數千克朗。我上網查過，但找不到有那個名字的公司；我看到的都是各國王室的網頁連結。

我在電視機後面一堆電線下方發現一枚金戒指。但我不能直接把它放到桌上，所以我塞到地毯底下，那裡比較有機會讓他們找到。即使如此，他們一定也會很驚訝。這種事情會這樣告訴朋友：「你們想想看……這枚戒指已經不見四年了，然後有一天，我只是要抖一抖地毯……」

他們浴室裡有一堆刮鬍刀，令人印象深刻。如果我沒記錯的話，有五種不同的類型。

好了，我想你知道了。我在探人隱私。當我做這種事的時侯會得到很大的滿足，但我回家後就不覺得有那麼舒服了。我承諾自己不會再做了。第一天，我也向上帝承諾不會再做了。結果，我還是照做，並停止承諾。我在那星期也停止禱告。

也許這樣聽起來好像我一直在做這種事，而我覺得，就某種程度來說，的確是如此。我藉此機會偷偷看別人的信件和日記，查看他們浴室儲物櫃裡放什麼。

這樣不好。我知道這樣不好，這樣是違背已表明或未表明的信任。這是種侵犯，我知道。我咒罵這麼做的自己。我請求過上帝幫忙，但祂沒有幫我。也許我不是真的對別人的祕密有興趣。也許我追求的是實際的侵犯，這樣可能更糟。

那星期之後過了幾個月，那處海濱才有些事情發生。約翰娜在學校遭到一些學姊霸凌，我向上帝祈求停止這件事，結果就停止了。

如果不是拉塞有幾個月上晚班，也許我就會更早開始進行——該怎麼說呢？——第二階段。那表示他白天在家，可以盯著我。

要考慮到後來發生的事才有充分理由使用「盯著我」這種用語。我們之間，也就是我和拉塞之間，本來很好。你找不到比他更好的丈夫了。他體貼、風趣，還堅持我們要平均分擔家事。不過我大概做得稍多一點，因為我時間較多，但原則上是平均分擔。他長得不帥，一點也不。但別人也認為我不美。

我本來在那幾個月可以和拉塞過得很開心。有時候我們會在白天做愛。我閉上眼睛。他有啤酒肚，身體多毛，尤其是肚臍周圍。我閉上眼睛，想著那些夏日小屋。那裡的一切正等待被發現，就在步行可及的距離之內。

很難形容那個星期我在茉德家打開櫥櫃和抽屜的感覺。在進行時，我得到了平靜，或許那份平靜是因為意識到有絕對權力而產生。當然，我喜歡任由自己發揮想像（「宮廷」可能是什麼？那些紙是用來做什麼的？），但我不會假裝是如此。我想是權力的關係。

問題是我沒有那些夏日小屋的鑰匙。第一次時，我膝蓋顫抖著前往那裡，完全不清楚自己要做什麼。本來可能就這樣結束了，但我立刻找到我造訪的第一間小屋的鑰匙——在屋頂天溝裡。只不過看了五間房子，我又找到一間夏日小屋的鑰匙。我強行進入介於其中的四間。如果用抹刀開不了鎖，通常可以設法從外面打開其中一扇窗。

在夏日小屋得到的收穫比在茉德家的少，除了有找到相片的之外。我並不清楚那些人的長相，不管發現什麼都沒有臉孔可以聯想在一起。除此以外，夏日小屋裡不會留下太多線索。小屋每年都會徹底清潔，很多私人物品都會被帶走。

但如果你有天分，就不需有很多線索來編故事。我找到一個來自法國科西嘉島的醜陋紀念品、一本有許多段落畫底線的聖經，以及一件負責道路維護的國家機構所使用的反光外套。我的腦海裡有清楚的影像。

事情發生在一月，在聖誕假期過後。那時候大概有二十五間房子我進去過。如果被人撞見，我會說是屋主打電話要我關水，這樣水管才不會凍結。如果被屋主撞見，情況就會稍微棘手一些。但這些從來沒發生過。

聖誕節並不是那麼令人愉快。我已經對闖空門產生依賴，而孩子們休聖誕假期就表示我沒辦法離開。噢，從各方面來看，那都是個美好的聖誕節，但我想，我的心思不在那裡。拉塞有一天問我：「薇若妮卡，妳一直都在想些什麼？」

「沒什麼特別的。」

「妳好像不在這裡似的。」

我不知道。也許看著那些不熟悉的物品已讓我和自己的生活疏離。我以相同的方式看著我自己的物品，看著我自己的親人：一個有待解開的謎團、一件有待拼湊的事實。想著我會如何分析那些我們家會留下的物品。

當正常的日常生活回歸時，我鬆了口氣。我一個人在家的第一天，我忽視自己的工作，以便能夠馬上出門。我挑了一間好像有人在那裡過聖誕節的屋子，因為通道看起來有清理過。不過，上頭有覆蓋一層薄薄的雪，所以那些人一定已經回家了。

那是其中一間屋況較好的小屋。屋主把舊的房子拆毀，打造成一間新的，才建好沒多久。落地窗面向花圃，後院的門很容易強行打開。我迅速通過客廳，因為有大片窗戶就表示別人在路上看得見我。我只有時間注意到屋子裡的一切看起來都很昂貴，大沙發、咖啡桌依照室內設計雜誌的美學擺設。

我進入廚房。磁磚地板，底下大概有設置地暖器；中島型流理臺。酒櫃裡有各種能想像得到的利口酒、干邑白蘭地、威士忌等等。我坐下來為自己倒了一小杯威士忌，然後把玻璃杯沖洗、擦乾後再放回去。

這房子很神祕。一切看起來像是從《美好家園》雜誌的內頁直接搬出來。他們肯定有聘請一位室內設計師，而且那裡完全沒有私人物品。不鏽鋼用具掛在掛鉤上，下方是附有電陶爐的風扇式烤箱，每一樣東西都在應有的位置上。就連翻倒的黑色花崗石鹽罐，都看起來像是為了達到某種效果而那樣擺放。

我坐在餐桌旁時，便開始感到興奮，終於出現了一個值得探索的地方。這些人過的生活跟我的有非常顯著的差異，使得我必須進行詳細的調查來建構出影像。

我決定先從臥室開始。床頭櫃會揭露事實，在那裡可以發現人上床之前最後放下來的東西，以及人起床之後最先需要的東西。還有浴室儲物櫃，也是首先要調查的地方。

不過，臥室的門鎖住了。

在所有闖入過的房子之中，這是第一次在屋內碰上鎖住的門。這是第一條線索：他們離開時會將臥室的門上鎖。但是，為什麼？

當然，這使我更堅決想進入房間。這時我的雙手已凍僵了，屋內比屋外還要冷，我呼出的氣體形成一團團白霧。我手忙腳亂使用臨時準備的開鎖工具，奇怪了，竟然打不開。這本來應該易如反掌的。一扇室內門吔！

不過，解決的辦法很簡單。這裡如同許多房子一樣，所有門都是同時裝設的，我找到了一把插在廚房門上的鑰匙，那扇門與臥房門同款。我打開鎖了。

我看見的只有一張雙人床的輪廓和捲成一團的羽絨被。百葉窗是拉下來的，房間裡一片黑暗。我冒險打開燈。

在床上的不是羽絨被，是個男人。

我猛然往後退，差一點在門口絆倒，但我抓住門框，恢復了平衡。我立刻發覺那男人死了。他的身體蒼白、赤裸，完全靜止不動。他的陰莖垂在雙腿之間，有個紅色的東西從他胸脯往上突出來。

我立即有一股衝動想逃走。但我留在原地，儘管發生了這一切，我還是相當理智。我發覺到自己不能報警，至少要等到我找到電話亭可以打匿名電話才行，而距離最近的電話亭在諾爾泰利耶。

我小心翼翼靠近那張床，走到一半停下來。我這樣會破壞刑事鑑識人員也許能發現的證據。那我怎麼辦？例如，我的指紋是不是留在用過的玻璃杯上，或是留在門把上了？

真奇怪，死亡竟會如此改變我們看待事物的方式。在床上的屍體毫無用處，卻定義了周圍的空間；定義了整間房子。這是一間有死人的房子。我躡手躡腳靠近男人，提高警覺注意有沒有任何動作。但那男人沒動，他的雙眼閉著，眼皮帶點藍色。一隻手臂懸在床邊，另一隻在身側。

我伸出食指戳他的拇趾。那裡幾乎沒有彈性了，彷彿屍體被低溫冷凍。我現在看得出從胸脯突出來的物體是一把摺疊刀的刀柄，那把刀直接刺入心臟。刀柄上有Equinox這個字。Equinox是指一年之中晝夜等長的日子，我喜歡這個字，但從來沒機會使用。字母Q與X。

我彷彿在死去男人前方立正似的，站在那裡不動，雙臂垂在身側，試圖找出不對勁的地方。有什麼不對勁，有什麼不協調：從胸脯突出來的紅色、柔和矩形有某種美感；一支解剖之箭指著心臟，刺進心臟；那是一具美麗的屍體，沒有血跡。

就是這個，沒錯。那把刀直接刺進心臟，卻沒有血從胸部流出。我檢查一旁的床單。這彷彿就像童話故事，床單上有一滴血，只有一滴。難以理解這是怎麼發生的。一定有人在……在事情發生後把他擦拭乾淨。

那男人差不多跟我同樣年紀，大概三十五歲。他看起來像那些俊俏的中學生，似乎是住在另一個世界。如果你跟他們跳舞，他們的雙眼總是望著別處。

他的頭髮非常柔軟，彷彿剛剛清洗過。

我不知道他死多久了，但寒冷讓屍體保持完好。我想到白雪公主，那把刀是紅蘋果，唯一缺少的東西是玻璃棺。我大笑出聲，所以我一定是白馬王子，穿著深灰色保暖外套的白馬王子。

我戴上手套，打開床頭櫃的抽屜。裡面是空的。我打開衣櫥，除了有幾條毛毯之外，什麼都沒有。

他的衣服在哪裡？

床一旁的鬧鐘停在十一點二十分。我拉一張椅子到床邊坐下，讓自己的目光在屍體上徘徊。

我必須再說一次，他幾近完美。肌肉發達，但不會太壯。我想到：在水裡移動的身體——七個字母：swimmer（泳者）。他下巴的線條非常明顯，在電燈照射之下，投射黑影在喉嚨上。他的雙唇能讓我相信他還活著。沒錯，是蒼白無血色的，但沒有凹陷；那嘴唇飽滿、噘起，彷彿正在等待生命之吻。他的額頭高而平坦，一頭金色中長髮向後梳。他非常帥氣。

唯一破壞美感的，是他胸前的毛。金黃而接近白色的捲毛往下延伸到下腹，並不濃密，但足以令人感到不舒服。接下來是陰莖。我沒想過這件事，我以前從沒看過屍體，但有什麼比一個死去男人的陰莖更可悲嗎？是如此徹底、如此殘酷地……變得多餘。

我從衣櫥裡拿出一條毛毯，覆蓋在他的下腹上。我想我其實也應該要遮蓋他的臉——表示尊重。但我沒感覺到自己有尊重之意。沒有。最初的震驚在此刻已消失，我只感覺到……興奮。

「嗨，你，」我說。

他沒有回應。要是知道他叫什麼名字就好了，那樣我就能用來稱呼他。目前我決定叫他「你」。我一點都不害怕。也許是因為沒有血跡，屍體又保持完好，才使得這整件事不太真實。

我坐在他旁邊好一會。我先確認路上沒人之後才離開，離開時我讓後院門關著沒鎖。

我來到那些信箱前，來回數著我知道的那些房子，找出那男人的信箱是354號。信箱上也有標出名字。史文松。我覺得那男人叫史文松實在很滑稽，使得我開始大笑。我有想過類似，呃，我不知道，就德拉弗、桑德之類的，什麼都有，就是沒有*史文松*。

當然，沒有東西顯示床上的那男人是屋主。我以前從沒見過他。我走回家時，試著唸唸看那個名字：

「史文松……史文松。」

唔，好吧。那其實不算太糟。任何人都適合。

我記得那些日子，剛開始的那些日子。美好的日子。快樂的期待在我體內流動，如同蜂蜜一般。拉塞注意到我的變化，他說那感覺就像我的周圍在發光，或像是黑暗消退了——其實是一樣的。我跟孩子們一起玩，我烹煮美味的餐點。到了晚上，我們在看電視時，我蜷縮在拉塞的懷裡。我愛他，因為他平凡又不完美，像我一樣不正直，也是個普通人。

而我渴望著自己身在別處。時時刻刻都渴望著。

我害怕兩件事：擁有那房子的人會回來；以及天氣會變暖，雪開始融化。

不過，我做了以下的推理：床上的男人不是屋主的話，就是屋主跟他的死有關。這兩個選項都不會造成那男人被搬移。我知道，我知道，這推論根本就不嚴密，但這是我為了讓自己冷靜下來的推理方式。

關於我害怕的另一件事，一點都不用擔心。天氣預報保證，寒流會持續下去。

所以我蜷縮在拉塞懷裡，對著氣象播報員微笑，當時他指著零下溫度和降雪圖示。一切正常。

孩子們一回去學校上課，而拉塞也回去工作時，我前往那間房子。我穿著好幾件薄羊毛衫，好讓我能有辦法長時間保持不動也不會很難受。

一旦我到了那裡，要做什麼？

這其實很難形容。你可以稱之為告解。我告訴你所有事情，而你聽我說。我說話時看著你——你很好看，像尊希臘雕像。我撫摸你。

不，不是**那種**的，當然是沒有意義的。但也許那其實有部分意義。我能夠不帶**那種**含意撫摸你，我可以因為你美得像雕像而撫摸你。我跟你說我覺得你有多美，跟你說你是我的，我一個人的。

這樣算變態嗎？

嗯，是，我想是的。我在做這件事的時候就知道了。我知道自己在做的事情醜陋、糟糕。但我對自己說：我有犯什麼罪嗎？我想，最接近犯罪的行為是褻瀆遺體。但這樣怎能說是褻瀆——跟那個人說話、撫摸那個人、告訴那個人他有多美？如果這樣是褻瀆，那什麼是愛呢？

在一切改變之前，實際上我只做了一件事能讓你認為是越軌行為。第三天，我帶著拉塞的刮鬍用具過去，刮除你的陰毛和胸毛。那些毛實在讓我很困擾。我說這是越軌行為，是因為，若可以選擇，你是不太可能會同意的。

但你不是人。你是死的東西，而我是發現你的人，而且你沒有那些毛看起來好太多了。完全光滑無毛，不再是幾近完美，而是絕對完美。

那把刀呢？

你可能認為那會破壞畫面，那紅色刀柄從你的胸脯突出，穿破皮膚表面。**Equinox**。我的看法剛好相反。那裡的作用如同女人臉上的黑痣——六個字母：**mouche**（美人痣）。那就是個固定點，讓眼睛先集中看那裡，再轉移到你其餘的美。

而且，要我老實說的話，我是害怕把刀拔出來。我的意思是，我讀過那些童話故事。劍從死去的國王身上拔出來，他變成石頭，粉碎成塵土後消失不見。所以我裝成很樂意稱那裡是美人痣，讓那裡維持原狀。

你的眼睛閉著，而我告訴你所有事情。我告訴你一些自己在遇見你、發現你之前，根本沒察覺到的感覺。我會持續產生不真實感，那是將我與這世界分隔的一層薄紗。我會突然感覺艾米爾和約翰娜好像是娃娃，而且根本不是我的。我會在床上有辦法以X光視力看拉塞，發覺他是以皮膚包裹裝袋的牛絞肉所構成。一百公斤的絞肉。我不得不閉上雙眼。

你全身赤裸躺在我面前。你好美，還聽我說話。

要是這種情況一直維持下去就好了。

事情開始在第六天，那天是星期一。

我是因為家庭因素，逼不得已才在週末讓你獨處。我不記得那週末我做了什麼。我想，我烤了一大堆香草蛋糕。我與艾米爾一起看了改編自林格倫原著的電影《歡樂村的六個孩子》，這部電影重播過上百次，就只能笑笑接受了。

到了星期一上午，他們都不在家之後，我迫不及待出門。我在出發前劈了兩抱柴，裝滿爐火旁的籃子，只是為了考驗自己、訓練自己。我簡直是用跑的抵達你那房子，幾乎沒費心留意四周。我心臟跳得好快，我想我臉紅了。

一如往常，我擔心我不在的時候可能發生了什麼變化。但週末下的雪留在車道上沒被動過，門廊上沒有足印。我進入屋內。

當我走進你房間時，我靜止不動站在門口好幾分鐘。你躺在那裡，那條毛毯被往上拉到刀柄的位置。你身體的輪廓在薄薄的羊毛布料下清晰可見。

那是種新的美感，但並非由我一手打造。我百分之百確定：我離開時，你是全身赤裸的。有少數幾次我把那條毛毯蓋在你身上時，我是蓋在你的下腹。我從來沒有把你全身蓋著。但現在，那條毛毯往上覆蓋到你胸部的一半。

我絲毫不動地站在那裡，仔細聆聽。因為雪地上沒有足印，所以一定有另一個人在屋內。有個人一直都在那裡。

假裝鎮定是沒用的：我嚇壞了。既驚嚇又難堪。這屋子裡有個人知道我進出這裡，也許還聽了我的告解。有個人知道我的事，超過我希望任何活著的人知道的程度。

我從廚房的磁架上拿了一把切肉刀，花了一個多小時搜索整間屋子。我打開所有櫥櫃、所有衣櫥、所有抽屜，就算實際上小到沒辦法躲人的都打開。我什麼都沒找到，而我在第一天所得到的印象更強烈了：除了那翻倒的鹽罐之外，沒有任何東西顯示這間房子曾經有人住過。

我回到你那裡坐下來。

「你身上怎麼會蓋毛毯？」

那是我問你的第一個問題。我的獨白從沒使用過問句；我沒興趣討論你生前的生活。你只屬於這裡。搜索屋子的時候，裹了好幾層衣服的我已熱得發汗。這時彷彿有種滅火物質——兩個字，六個字母：dry ice（乾冰）——直接注射到我肌肉裡，因為你張開發紫的雙唇，說出三個字：

「我好冷。」

你的聲音微弱、空洞，有如從遠方傳來。我的身體忽然冷得像冰，我在椅子上凍結了。你的雙唇閉起。你剛才有將雙唇張開到足夠的距離讓那些字流出。過了好長一段時間，我的聲帶才解凍到可以說話的程度：

「你不可能會冷。你死了。」

我是不是看見你嘴角有一點點抽動？是一絲笑意嗎？你的雙唇再度張開，這次開得大一點。你說：

「妳也死了，妳穿著毛衣。」

「我沒有死。」

「妳不是活著的。」

此刻我才對你知道我穿毛衣這件事感到怪異。然後我把目光往上移到你的雙眼，是開著的。僅開了一小縫，一道在眼皮下方稍濃密的陰影。像是在享受愉快經驗的模樣，或像是快睡著了。又或者像剛起床。我無法看清你的眼睛。

人適應新狀況的能力是很奇怪的。你在跟我說話，我一直沒想過你可以跟我說話。但當你真的說了，我就接受了。不然我能怎麼辦？**種下惡因，必承受苦果**，這是我母親以前常說的話。我討厭這種說法。當我聽見自己也對我的小孩說這句話時，我有股衝動想揍自己的鼻子一拳。但事情就是這樣。

我想你正從幾近閉著的眼皮下方看著我。我問：「你要再蓋一條毛毯嗎？」

「要。」

我從衣櫥裡拿出另一條毛毯，鋪在你身上。當我鋪好之後，把手臂交叉在胸前說：「你要知道，我並不想成為什麼保母之類的。」

你先是將頭緩慢左右轉動，然後說：「我什麼都不需要。」你的聲音非常微弱。我必須努力豎起耳朵聽。你說你什麼都不需要時，帶有無禮的語氣——十一個字母：impertinent（傲慢）——有點得意忘形。我看著你，蓋著毛毯的你看起來比較像普通的病人。

我把毛毯拿掉。

「那樣的話，你也不需要這兩條了。」

我仔細把毛毯摺好，放回衣櫥。你沒抗議。當我轉身再面向你時，一切恢復正常。你赤裸、刮過毛的身體平躺在床上，正是我想要的樣子。

我也許是想道歉，又說了一次：

「你不可能會冷。你死了。」

「我瞭解了。」

「你瞭解什麼？」

「沒什麼。」

「別這樣，告訴我嘛。我很好奇你死了以後會瞭解什麼。」

你沒回應。我推了你的肩膀一下，只是輕輕推了一下。

「告訴我。」

沒回應，你的眼皮又再次閉起。我在你身旁多坐了一會，你看起來好美。這時候不適合再做任何告解。當我起身要離開時，你說了我沒聽見的話，所以我彎下腰，把耳朵湊近你嘴邊。

「你說什麼？」

他雙唇張開，我發覺有一股像冷凍莓果的淡淡香氣。你說：「我不要妳再來這裡了。」

我挺直身體。

「很抱歉，那不是由你決定。」我說。

你的臉是那麼僵硬，以至於令人無法辨識出任何反應。我花了幾秒鐘等待你發出徒勞的抗議。我沒等到之後，那天就這樣離開房子了。

從現在開始，我要省略不提我對於一個死人跟我說話所產生的一切反應與推論。當然，我有在腦子裡仔細想過這問題，想了好多好多次。你不是真的死了（你當然死了。你已經花了至少六天躺在一間溫度低於冰點的房間裡），我瘋了（我沒有瘋，我的行為裡沒有任何跡象顯示我瘋了），那整件事是我的幻想……

……等等，等等，等等。

但那是事實。從現在開始，我們就直接認定是真的。

儘管我花了時間搜索那間房子，但回到家的時間還是比以往來得早。我回到家後感到失望、悲傷。雖然我的態度強硬，但你最後說的話傷害了我。我哭了一會。然後我試著做一些填字遊戲的工作。截稿期限快到了。由於工作進行得不順利，所以我寄了曾刊登在《Hemmets Journal》的一篇到《Allers》，也反過來寄了另一篇。要給《Kamratposten》的那篇沒這麼急。

我知道這樣做不好。我寄的那些填字遊戲從刊登至今不超過四年，編輯完全不會注意到，但我可以保證，在斯莫蘭之類的地方會有老太婆抱怨。據說有圖像記憶的人喜歡玩填字遊戲，但我也不確定是否真是如此。

我坐在電腦前試圖想出新的文字組合、機智的小隱喻，在這段時間裡，我所能看見的就只有你的身體。只有你的身體，你完美的臉龐。你不再屬於我了，你已從我這裡將你自己奪走。

你憑什麼非得那麼做？

沒錯，失望漸漸轉為憤怒。因為我對你來說不夠好；因為你寧願獨自死著、躺在那空蕩蕩的房間，也不願有我在一旁陪伴。我的祕密與我對人生的想法對你來說不夠好，史文松。

我必須承認，我把怒氣發洩到家人身上。不是以大發雷霆的方式，而是醞釀著一股不滿情緒，持續著一種煩躁的狀態。在某種程度上，我可以被原諒，因為我的月經來了。反正拉塞是那樣想的。

有件事我十分清楚：我永遠不會將你的事告訴任何人。你可能已將我疏遠，但你依舊是我的祕密，我一個人的。

隔天早上我上了點妝。噢，雖然說出這件事令我滿臉通紅，但我不想隱瞞任何事。我上了點妝，讓自己變得好看。我這張臉最大的問題在於太扁了。我的鼻子很小、帶點鷹勾，嘴唇很薄。眼睛與眉毛之間淺平。我的眼睛幾乎小到根本算不上是橢圓形，再加上眼窩淺，也就表示雙眼平坦沒有凹陷。除了那些之外，就連顏色也只是普通的淡藍色。

化妝的重要性不能被低估，但前提是要適當上妝。我用腮紅突顯出顴骨，用眼影和眼線筆加深眼睛的輪廓，用唇線筆和唇膏使雙唇看起來較為飽滿，用粉底遮蓋我額頭上的斑點。我不敢稱自己是專家之類的，但我表現得很好。

如果要我做客觀評價，我會說化妝讓我加倍好看，或是醜陋的程度減半。

我出發了。

在前往你那間房子的途中，我拿出隨身鏡檢查最後一次，補擦一下口紅。我努力想達到什麼目的嗎？我不知道。也不是完全不知道。如果我說是企圖想讓情況變得**較為神聖隆重**，聽起來就像是在修飾詞語——九個字母：euphemism（委婉語）——但我認為這是最接近事實的說法。如同穿白襯衫上教堂，要確定脖子後面是乾淨的。

我進到屋內最先注意到的，是臥室的門開著。我離開時有關上，但沒上鎖。我往房裡看時，發現你躺在床上，兩條毛毯都蓋在身上。我在屋子裡走了一圈，你似乎沒有做任何事。

等一下。原來如此。

那瓶鹽罐是立起的。

我想到死人如何從墳墓裡爬出來報復不公，將死時的某個錯誤改正時，我大笑出聲。所以這就是你的動機，這就是你需要改正的：一瓶鹽罐。這是我第一次認為，你生前也許很無能。

你的眼睛閉著，像以前一樣。我在床邊坐下來。

「看來你有起床走動。」我說。

過了一分鐘都沒回應後，我站起來把毛毯拿掉。你手臂動了一下，彷彿想阻止我，但動作緩慢又微弱。我把毛毯捲起來，扔進衣櫥。

接著你張開雙眼，比前一天張得稍開一些。我能夠瞥見在你眼皮之下有什麼很像是被沖上岸的水母——是乾掉的黏液。

「妳有化妝。」你說。

「對，我有化妝。」我說。

「為什麼？」

「因為我想化妝，就這樣。」

他嘴巴抽動了一下。我不喜歡那樣的抽動；那樣會使你的表情變了。

「告訴我你在笑什麼。」我說。

「爛貨即爛貨，珍品即珍品，裝在金罐裡也一樣。」

我等待著。說長句子顯然讓你精疲力盡，因為過了好一會你才把話說完：「東歐妓女，妳看起來就像那樣。」

「你對妓女又知道些什麼？」

「我對妓女知道得可多了。」

說我裝淑女，說我假正經，用喜歡的任何同義詞說我都行，但我不喜歡別人那樣說話。我真的不喜歡你那樣說話。我不在意你無能，但這點我無法接受。

我拿出化妝包，一邊在你嘴唇上塗抹口紅，一邊說：「沒有不同，是『裝在金罐裡沒有不同』；如果說『也一樣』，就會破壞韻律。你聽到了沒？我特別討厭有人錯誤引用詩句。」

你又閉上眼睛了，於是我上了厚厚一層淡藍色眼影在你微微發光的淺藍眼皮上。當我沿著眼眶畫上眼線時，我可以感覺到底下的眼睛確實是乾硬的。

「弗勒丁一定會死不瞑目。寫詩很辛苦，那就是我會這麼生氣的原因。為了找出適合的文字，詩人可能奮鬥個好幾天，好幾星期。錯誤引用是徹底敗壞其作品的名聲，那表示對作者缺乏尊重，對語言本身也缺乏尊重。你不懂尊重，這就是你的問題。」

我最後在你臉頰拍上過於厚重又帶點橘色的腮紅。整個妝容實在太濃了，你看起來像小丑一樣。我後退一步，把手臂交叉在胸前，注視我的手工藝品。你看起來確實很滑稽，像是穿裙裝的男人——十二個字母：transvestite（變裝癖）——只差沒真的穿裙子而已。我大笑。

「你不懂尊重，雖然我不想知道，但我相信你的死無論如何都跟這點有關。」我說。

你沒回應。你就像個失敗的櫥窗模特兒躺在那裡。

「你好好想想。」我說，接著轉身走人。

我回到家後，把家裡最大的水壺拿出來，然後讓自己站在廚房中央，我用盡全力把水壺扔到地板上。接著我把下午的其餘時間都花在清理廚房中的玻璃碎片。尖銳的細小碎片掉到最不可能出現的地方：水果盆裡、電暖器後方、烤箱和烹煮爐面之間的小縫。我必須瞇著眼，把頭扭轉成不同的角度，才能瞧見碎片在寒冷日光中反射的光線。每一片我都搜索出來清除掉。我沒有哭，我甚至連哽咽都沒有。

接下來我為家人煮了很特別的一餐：紅酒燉春雞。不過，是用一般的雞肉，因為春雞買不到。我們過了一個美好的夜晚。

真的非常美好。

我那晚睡不好。我們的臥房在樓上，當風開始吹動屋頂上的鐵皮，使鐵皮相互猛烈碰撞時，那一波波震動直接傳導到整座床架。那聽起來像是有人正試圖要進到屋裡。我起來坐在扶手椅上，把小檯燈打開，努力集中精神看畫家芙烈達．卡蘿的自傳。風勢直到凌晨三點左右才減弱，使我能有幾個小時的睡眠。

我起床時，拉塞與孩子們已經出門了。我坐在廚房裡喝咖啡，感覺到一股強烈的失落感。拉塞留下了一張字條給我，「下午見了。我想著妳。給妳親親。拉」。早晨我們沒見到彼此時，他偶爾會這麼做。

我坐在那裡把字條拿在手上前後翻看，我看得出他是手指拿粗頭鉛筆努力用正楷寫下那些字。他有讀寫障礙。很可笑，對不對？跟我結婚的人有讀寫障礙。他永遠都無法解開我編的填字謎題。

但那張字條的拼字正確。

我走進艾米爾的房間。「巴姆斯熊」的圖畫書散落一地，書桌上有恐龍的圖畫，而依舊圍繞在他身上的那股幼童氣味，滲入他的床單，也瀰漫在空氣中。

約翰娜的房間：她把歌手達倫的照片，從《Frida》雜誌上剪下來釘在牆上。瑪麗亞．格里珀所寫的《金龜蟲在黃昏飛翔》整齊地擺在床頭櫃上，一張上頭有愛心圖案的書籤夾在書中的某頁。

我在床上坐下來。

前幾天吃晚餐時，艾米爾有提到他們要在學校裡進行某項重大企劃。我想不起來是什麼，我當時沒有在聽。

我真希望他們現在在我身邊。他們每一個人。希望他們告訴我事情、抱緊我、搖晃我。希望我能看著他們的眼睛，認同他們，希望他們知道我是他們的媽媽、妻子。

我穿好衣服到海邊去。

昨晚的風將港灣內的浮冰吹成凹凸不平的冰丘，形成不規則的圖案。來自多馬勒島的補給船正駛進港灣，往蒸汽船碼頭靠近，經過一群在冰緣划水的鳳頭潛鴨。雖然此刻只有微風輕輕吹拂，但依然是那麼冷冽，吹得我鼻子與雙頰感到刺痛。或許那些冰層在今年不會融化。或許我們可以買越野滑雪板，然後離開這裡，越過比多馬勒島和戈瓦斯騰島，到很遠的地方。在某座遙遠的島嶼上生起一團營火烤肉腸，遠離一切，遠離其他每一個人。

我朝著你那間房子走去。這次必須是最後一次。我真的只是想清楚告訴你，你是個惡劣的傢伙，不值得我關心與照顧。然後我會讓你在那裡腐爛到春天。

我有種不祥的預感。結果真的發生了。

我都還沒離開馬路轉進去，就看見通往你房子的車道上留有足跡。我繼續走。我的額頭突然開始冒汗，我戴著羊毛帽的頭在發癢。

我有沒有把任何東西留在裡面？那臉上的妝……

但不可能有人會認為那臉上的妝跟我有關。他們會察覺有人曾進到屋內，但他們有什麼辦法可以知道是我呢？有人曾看見我嗎？

不。我認為沒有。

我經過轉彎處，繼續沿著馬路向前走，以便能看見屋子後方。那些足跡一路往後院的門走。這時我才想到有件事很奇怪，就是沒看見有輪胎痕跡。如果他們來把你帶走，就一定會開車過來。

除此之外，昨晚風勢很強，但足跡卻十分清楚。這表示他們過來的時間肯定是介於凌晨三點與此刻之間。此刻剛過上午十點。

我轉身往回走，不斷注意有無任何動靜，注意是否能瞥見屋裡有什麼情況。但什麼都沒有。當我走到靠近足跡時，我慢下來，然後停下腳步。

那些足跡是赤腳留下的。腳底的形狀在雪中清晰可見，約有三公分的深度。那些是你的腳印。我沿著車道走了幾步，雙眼追蹤著腳印。腳印往兩個方向前進，前往馬路的很不清楚。你有走出來，然後再回家去。

我站著注視那些足跡許久後，慌慌張張往馬路上看一眼，接著，我突然產生一個念頭。我跑回我的房子。我們的房子。我與拉塞的房子。我與拉塞與艾米爾與約翰娜的房子。我們一家的房子。

前門通道的中段開始出現腳印，腳印沿著房屋邊緣延伸。我蹲下來。這些是你離開時踩下的足跡，腳跟朝向房屋。但一旁的雪地上有一連串輕微的壓痕。是你走進這裡時留下的腳印，後來被風填平了。

我循著足跡走，用我的靴子弄平、抹掉那些印子。足跡停在我臥房窗戶下方，最後是兩腳並排在一起，這痕跡比其他的都要清楚。你有站在這裡，站了很久。在夜晚的冷風之中站在我的窗下，當時我坐在扶手椅上睡不著覺。

這本來可說是很浪漫。

我去拿竹掃帚來，把整個地方都掃過。我實在必須用力刷又使勁敲打，才能清除最後兩處壓痕。也就是你站過的地方。

「你怎麼知道我住哪裡？」

找不到比這更不舒服的事了：熱得流汗後站在寒冷之中，而皮膚的汗水都乾了，身上的衣服卻還是溼的。從我口中吐出的氣息形成濃濃的白霧，充滿了溼氣。

你一如往常躺在床上，臉上的妝都糊了，毛毯上你用來擦拭皮膚的地方弄髒了。我將你身上的毛毯掀開。

「回答我！」

我不再覺得你美了。你只是一塊結凍的肉，躺在那裡壓著床。你雙腿間那條肉腸荒唐可笑，你的臉骯髒無比。而那把插在你胸口的刀，我使勁地一把拔了出來，把刀扔到牆邊。你一下都沒動。一顆黏稠、呈現棕色的氣泡從傷口冒出後停在那裡。你的嘴唇張開，低聲說：「妳死了。」

我的腹部產生痛苦的痙攣，我能感覺到經血滲出，以補償你沒流出的血液。一切在我眼前變紅，我尖聲大吼：「我沒死，你才是死人，你這個噁心的混蛋，我看你就躺在這裡腐爛吧，我再也不在乎你了，這樣你還有什麼話好說？」

我的臉在發燙，而且我沒聽見你的回答。我屈身靠近。你說的每一個字，吐出的每一口氣，都帶著果醬在冰箱中放太久所產生的惡臭。「妳告訴我的一切。都表示，妳不是，活著的。」

起初我並不瞭解是怎麼回事。彷彿燈光變了，彷彿那房間開始傾斜了，而我的身體被扭曲成一種不舒服的姿勢。一股巨大的重量在空中降下。我的雙眼刺痛，淚水滿盈。

「有可能。可是我……我……」

我崩潰了。一顆淚水的膿瘡在我喉嚨裡破裂，雖然我不想要這種事發生，雖然我不想要像這樣羞辱自己，但是我的怒氣轉變為啜泣，而我說話的聲音顫抖，彷彿在禱告。

「我會過得更好，我保證我會過得更好。別來煩我，別過來，走開。」

怒火消退了。房間裡一片寂靜，只有我啜泣的聲音，我的大腿內側因為血液溢出而產生溫暖的發癢感。你張開眼睛，張得比之前任何時候都大，然後看著我。如灰色腫塊的雙唇露出笑容。你在笑。這次你真的在笑。你說：「很抱歉，那不是出妳決定。」

我不記得自己是怎麼回家的，是怎麼找到工具房裡的工具，是怎麼回來的。那些影像全都匯成一體。突然之間，我又站在那裡，在你臥房裡。但這次我有鐵鎚、鐵釘和U形釘。

我強行將你的手往下拉到床架，我釘了兩根鐵釘穿過你的手掌。然後每一根手指都釘上一塊U形釘——釘子鋒利的兩端削去手指的外皮，但U環緊緊夾住骨頭。那隻手被牢牢固定住了，你哪裡都去不了。這一切都合乎邏輯，是合理的處理辦法。我把你釘住，因此你無法來威脅我的家人，我的小孩。我做了該做的事。

但當我氣喘吁吁站在那裡看著你時，你又露出那個笑容，那笑容表示你占上風，因為你知道我最脆弱的祕密，而我甚至連你的名字都不知道。那笑容表示我毫無價值，只是個蒼白、五官扁平的矮小女人，在你身邊低聲訴說著崇拜之情。

我脫下長褲，拿出溼透的衛生棉，我在你身上塗抹紅色。胸脯、雙臂、雙腿；我試圖將衛生棉塞進你嘴裡以作為結束，但嘴巴閉得太緊了。我改成蓋在你雙眼上。

然後，我離開那裡。

我花了很長的時間洗了熱水澡，接著我鑽進床裡，把自己包裹成一顆溫暖又黑暗的蟲繭。我閉上眼睛，設法說服我的身體相信，這一切其實從沒發生過。

我說我生病了，在發燒。也許我真的發燒了。流汗與發冷的症狀一同出現。我感到很難受，皮膚底下陣陣顫抖，我的身體非常非常不舒服，是溫度計測量不出的病況。

家人送食物給我，是義大利肉醬麵。拉塞在我床邊坐下來，問我在白天裡做了什麼。艾米爾過來後，又告訴我那項企劃是跟牧場有關。他們要用厚紙板打造一座牧場，用黏土製作動物。下星期，他們要去拜訪一位牧場主人。這聽起來很棒。我實在很想哭，但我努力克制住了。

當我又剩自己一人時，我爬到地板上。我趴在木條地板上，拉起我的頭髮，露出我的頸背。

抓住我。刺殺我。

什麼都沒發生。我希望可以發生。我找不到夠真誠或適切的禱文能符合我的需要。能說的只有：**懲罰我。或寬恕我。**

也許上帝之後會懲罰我。也許祂會讓艾米爾溺死。從現在開始，所有降臨在我家人身上的不幸都是我的錯。這是個可怕的想法。另一個選擇是，祂可能會原諒我。是的，有可能，但我不相信。如果人心中的上帝形象是自己的投影，那麼就得不到寬恕。我得不到，永遠得不到，一切都維持原狀。

夜晚來臨，接著是深夜。拉塞來就寢時，他問我的情況如何，問我到底怎麼了。我說我好難過。我很想告訴他所有事，但我說我好難過，然後翻身背對他，要求他抱我。他照我的話做，很貼心，但這樣不夠。他必須變大十倍，變大一百倍，我需要被他捧在手心裡。

於是深夜來臨，時間開始變得漫長。拉塞的呼吸很溫暖，輕輕吹向我的頸背。深夜時刻以蜘蛛走過松脂的步伐緩慢爬行，我溜出拉塞的懷抱，站在地板中央好久，聽著強風敲打鐵皮屋頂的聲音。砰。砰。砰。砰。

我會站在這裡。一整晚。作為贖罪。

這是第一次我有個想了一整天的想法讓我……呃，不快樂，但卻心滿意足。整晚站在地板中央不動，這想法很好，看看我是否能做到。也許上帝會因此注意到我。

我在那裡站了大概半小時左右後，便有股衝動開始不經意產生，使我想做不該做的事：走到窗邊透過百葉窗偷窺，看你是否正站在那裡。我捏了一下耳垂，用力捏。拉塞在床上翻身，令人鬆了口氣。如果他現在張開眼，就看到我沒躺在他身邊了。

十分鐘過去，我的膝蓋開始疼痛。那股衝動又來了，我盯著百葉窗看，試圖想讓視線直接穿透過去。又捏了一下耳垂，這次更加用力，我差點大聲尖叫。

砰。砰。砰。

碰撞聲發出巨響。我心想：如果前門開了，我會聽不見的。

我讓自己站得僵直，像一塊木板似的，把自己釘在地板上。夜晚時，通常是由我鎖上前門。拉塞今晚有鎖門嗎？他曾經說過，如果他必須鎖前門，會讓他感覺像是在工作，像是在監獄裡。他希望在家可以感到輕鬆。

我的胃在翻攪。如果我站在這裡，不知道有沒有鎖門，這一夜會受到更痛苦的折磨。

*真的想進來的人，無論如何都會進來，*拉塞曾這樣說過。

我又揑了耳垂，沒有用，我必須去檢查前門。我拖著因站著不動而疼痛的雙腳，緩步悄悄走到門前，小心打開門後，仔細往樓下看。

空氣。空氣感覺有所不同……

臥房外的空氣新鮮又寒冷。前門不僅沒鎖，還完全敞開，使夜風吹進來，穿過玄關。我胸中的心跳加快，正當我走到樓梯頂端時，聽見艾米爾發出尖叫。

不是尖叫，是吼叫。什麼事再糟都比不上聽見小孩那樣吼叫，那是從身體深處發出的聲音，帶著恐懼、痛苦，而且還是自己的小孩在叫。什麼都比不上，都比不上。

我往前衝時差點摔下樓梯，這時我的身體是道傷口，艾米爾的吼叫聲是刺進傷口的一根燒紅撥火棍。我到達樓梯平臺，看見你從艾米爾的房間裡出來。

你全身赤裸，身上塗有我的血液，手上拿著那把摺疊刀，刀片是打開來的。你的手朝我的臉伸過來，艾米爾繼續吼叫，在我的潛意識某處，有個聲音在低語：

他在叫。他還活著。

朝我的臉伸過來的手並不是一隻手，而只是碎裂皮膚和骨骼的破爛組合，那是你的手扯掉鐵釘與U形釘後的殘留物。你打中我的臉頰，我的頭猛然扭向一側後，我摔倒了。

當你從前門走出去時，我爬向艾米爾的房間。我想臥病在床，我不想看。我看見艾米爾的腳掌不停拍打床墊，彷彿他正在以快得離譜的速度往上跑向天花板。我拖著身體站起來。

艾米爾躺在床上，身上只穿著內褲，棉被已經被扔到一邊。他小小的身軀隨著雙腿不停迅速擺動，而在發抖與跳動。他的嘴巴大張，是發出吼叫聲的一個大洞。

傷口正好在他心臟上方。我撲到他身上，將他緊緊抱在懷裡，他的吼聲震耳欲聾。

「別死，別死……」

我腦中理性的部分，在恐懼背後某處的冷靜、清晰理智，低聲說著：

快止血，救他。

我照做。我用顫抖的雙手打開床頭燈檢視傷口，準備好要從被單上撕下布條，準備好撕裂自己。只是割傷而已，做個記號。艾米爾繼續大叫。

終於，我聽見拉塞下樓的腳步聲。三大步砰砰巨響後，他跑進來房間裡。

「怎麼了？發生了什麼事？」

我說的話無法讓他理解，完全不像面對他眼前所看見的景象應有的反應。我伸手撫摸傷口，在手指上沾到一小滴血，接著我低聲說：「只是割傷……只是小小的割傷……」

過了兩分鐘後，拉塞才瞭解發生了什麼事。有個男人闖進來他家，在他兒子身上做記號，把他嚇壞了。拉塞出去找那男人，認為他一定是從精神病院跑出來的。

我坐在艾米爾身旁，約翰娜過來加入我們。我們坐在艾米爾身旁。他的雙眼透露著恐懼，他無法說話。我心想：主，謝謝祢。謝謝祢讓他活著。

拉塞十五分鐘後回來。因為沒找到那男人，所以他報警處理。艾米爾不再大叫，他只是一直喘氣。我要求約翰娜陪著他，然後我站起來，走到屋外。拉塞正忙著打電話。

我到工具房拿了斧頭。

從一開始就沒人知道你已經死了，甚至難以經由屍體辨識你的身分。不過，有其他可以減輕罪行的情節。有很多。

我對我得到的懲罰感到滿意。

看不見就不存在！

弗蘭克．約翰松在等待拍攝會改變他一生的照片。

他正坐在一棵榆樹上，離地面有六公尺高。為了避免擦傷，他在他坐的那根樹枝上包覆兩層泡綿。他從兩天前開始監視以來，已經喝下十五公升的水。他的背痛得要命。

現在是夏天，一個暑氣全開的瑞典夏天。熾烈的陽光穿過樹葉縫隙，他身上汗如雨下。唯有鼓動的命運之翼帶來一絲微風。這是他最後的機會，沒拍到照片，就得墜入深淵。或者，至少要面臨破產。

一百萬。

這照片會為他帶來一百萬，大致上是這個數目。他估算過，也確認過了。光是英國《太陽報》就願意掏出五萬五千英鎊買版權，之後還會有其他媒體支付小筆的使用費。

一百萬會解決他所有的問題。

他只需要二百五十分之一秒，打開快門，讓那「影像」曝光在軟片上，再關閉快門，將它儲存在相機的黑暗之中後，弗蘭克便是個有錢人。

他的手心滿是汗水；他在褲管上擦手，然後雙手抓住相機，把鏡頭對準泳池，他看見已經看了兩天的相同景象：

藍色的水；兩張木製躺椅上方立著一頂白色大陽傘；椅子之間有張桌子；桌子上有一本書。透過三百毫米的鏡頭，他可以把距離拉近，好讓他能看見書名：《蒼蠅王》。

水的表面像是一面鏡子，什麼動靜都沒有。

這早就足以把人逼瘋。

弗蘭克拉遠鏡頭，讓泳池水面占滿相機的觀景窗。一朵雲飄過天空，使得水面上閃爍的藍色加深。他的頭在沸騰，要是他能滑落到水裡就好了，讓水包圍他、冷卻他。

他拿起瓶子大口灌下陽光加熱過的水。

一百萬。

有人來過這裡。有人坐過那張躺椅，看過那本《蒼蠅王》，然後把書放在那裡。亞曼達，一定是亞曼達讀的。至於羅貝托——他識字嗎？

他們只需要從那扇門走出來——弗蘭克用手指比劃他們的路線——走到泳池邊後……親吻。一個吻，一個簡單又小小的吻，弗蘭克就會得救。

但他們沒出現，他們不想救弗蘭克，他恨他們。當滾燙的汗水注入眼睛，背部劇烈疼痛，疲勞啃噬他的靈魂時，他讓自己忙著幻想與憎恨。

你們不想救我嗎？

有人可以用一個吻救你，卻拒絕幫忙。也許那就是猶大⑦所需要的：一個吻。他沒得到後，便以相同的方式回應。三十塊銀幣，他拿那些要做什麼？他已經做出回應。然後，他去上吊自殺。

弗蘭克注視著頭頂上的一根粗樹枝。他想像有一條繩子，感覺自己吊在上面，聽見脖子斷了——咔啪——這時身體與靈魂的連結被切斷，你就在無止境的夜裡，如同一隻小小藍鳥般自由飛翔。

藍色，藍色……泳池的水面在他腳下，他開始胡思亂想。數分鐘過去，數小時過去。有隻蚊子停在他前臂，他興致勃勃地看著牠吸他的血。Paparazzi（狗仔隊）。據說是費里尼想出那名稱，因為那讓他想起煩人的蚊子。Paparazzi，Paparazzi。

當那隻吸飽血的蚊子收起長嘴，準備飛走時，弗蘭克打死牠。牠變成他皮膚上的一點污痕；他把手臂舉到眼前，細看蚊子的屍體。黑色細腳平貼在紅色血漬之中，有如某種毛筆字。

⑦猶大（Judas），耶穌的十二門徒之一，以三十塊銀幣為代價出賣了耶穌，使耶穌被處死，事後懊悔而自殺。

太陽緩緩橫越天空，改變泳池水面反光的角度，令他感到刺眼。他用手遮擋光線，往旁邊挪動了幾公分。他聽見啪一聲。他的下背像是遭到重搥，疼痛從尾椎骨發射，在腦中爆發。他大叫出聲，差點往前掉落，但設法抓住了上方的樹枝。

相機從他膝上滑落，掛在脖子上的老舊背帶被猛力往下拉斷了。透過一層黃色薄霧，他看見相機以慢動作緩緩掉往地面，聽見鏡頭砸破時發出的脆裂聲。他緊緊閉著眼睛，抱住樹枝。淚水滿盈，在他緊閉的眼皮下溢出。

不，不，不，不，不……這不公平。

他屈著身體啜泣。他的淚水沿著相機在空中的路徑，落到乾燥的草地上。他感覺糟透了。他把這件事如旋緊螺絲般一圈又一圈旋進身體，並繼續哭泣。最後，這變成一種樂趣。他張開眼睛，透過淚水看泳池水面，看見一個鼓起的長方形。

太陽的反光在水面上升起，變成飄向他的星星。他疲憊地揮手不讓星星靠近，但星星卻像燒燙的針，刺進他腦袋。

「啊啊啊啊啊……」

他用掌心擊打頭部，但那些針已經在裡頭到處亂竄，彷彿在尋找什麼。那些針在他腦袋裡扎洞，又割又劃，使他感覺自己好像快吐了。他活生生被解剖了。

．．．

水面上反射著陽光。他的背在痛。他小心翼翼，一次抓一根樹枝從樹上爬下來後，在相機旁蹲下來，像個為死去寵物致哀的小男孩。他把鏡頭拆下，搖一搖。裡面有東西損壞到無法修復了。

你沒辦法再拍了，我的朋友。

在一起十五年了。他把鏡頭拿到屋子裡，放入相機包中，再拿出適馬牌的鏡頭。完全不一樣。相機本身似乎存活下來了，所以他裝好鏡頭，把備用相機的背帶繫上。接著他把水瓶裝滿後，吃幾片冷掉的披薩。他的下巴如機械般移動，一上一下，一上一下。他的腦袋放空，環顧那裝潢高級的房間，視線停在開放式壁爐上方掛的布魯諾・里利佛斯⑧畫作——一幅海景畫。

我還以為他只畫狐狸。

弗蘭克讓自己重重靠到沙發背上，閉上雙眼後睡著了。

他在深海的黑暗之中往下沉，有一點亮光出現在遠處，他朝那裡游過去。如果他能到達那一點，一切都會沒事。如果他沒抵達，就會繼續下沉。他游過去，划水划得慢而遲緩，彷彿那些水是糖漿。

那一點沒有漸漸變大。

但他到達那裡，那小小的亮光在他眼前顫動，他伸手去碰。

接著他看見亮光後方張大的嘴巴。是那種魚，他曾經在書上看過。牠們住在陽光永遠照射不到的海底，用一盞小燈籠來引誘小魚。當小魚游過去時……

一扇門砰地關上，使弗蘭克完全清醒。馬庫斯正站在他面前咧嘴笑著。

「嗨，弗蘭克小老弟。樹叢裡的生活好嗎？」

「並……」弗蘭克眨一眨眼，把自己從黑暗中釋放出來：「……不好。」

「為什麼？」

---

⑧布魯諾・里利佛斯（Bruno Liljefors），擅長畫野生動物的瑞典畫家。

「他們還沒出現。」

馬庫斯睜大雙眼，做出誇大的驚訝表情。他的眼睛布滿血絲，似乎是喝醉酒或嗑了藥之類的。也許他只會做大動作。他一屁股坐進一張扶手椅，指著剩下的披薩。「我可以……？」

「請用。」

弗蘭克站起來，把他的東西收好。當他走到門口時，馬庫斯清清喉嚨。

「事情是這樣的，弗蘭克小老弟，出現了一、兩個麻煩。」弗蘭克等待著，沒有轉身。「是……呃，單純就我們租約的金額部分來看，似乎無法令我完全滿意。」

「租約。」

「對。那棵樹，那棵什麼鬼樹的租金。」

此刻弗蘭克轉過身來，看著馬庫斯坐在扶手椅上舔掉手上的油脂。他穿著褲管捲起的亞麻褲、樂福鞋和寬鬆的白襯衫。是個富家子。父母去度假。零用錢不夠了。

「你已經拿了一萬。」

「對，我拿了，而且我花掉了。所以現在……我想我們的租約必須作廢了。當然，如果可以重新商量就另當別論。」馬庫斯說。

這就像你踢到腳趾後稍等片刻，知道此刻……此刻疼痛會產生，弗蘭克等待心中湧現怒火。但卻沒有。

他冷靜問：「要多少？」

「不知道。五千吧？」

「要是我拒絕呢？要是我坐在那裡不……付租金呢？」

馬庫斯假裝受到驚嚇。

「那樣會是違法侵入喔！我就只好報警了！」

弗蘭克點點頭說：「明天。」

他沒有辦法對付馬庫斯。他父親可能會對兒子把樹出租給小報攝影師很不高興，但沒有證據能證明。

「明天啊，可以。」馬庫斯說，並站起來。「去睡覺了，祝你好運。」

當弗蘭克回去找那棵樹時，光線剛剛好。午後的陽光與柔和的陰影，天空晴朗無雲。他像隻無尾熊般，努力攀著樹幹往上爬到他那根樹枝，準備要花幾個小時慢慢咀嚼尤加利葉。

泳池閃爍著誘人的微光，空氣溫暖而輕柔。躺椅、陽傘形成的舞臺並沒有大聲喊叫，只是向演員發出低語。

來吧……現在過來……

弗蘭克調整他在樹枝上的位置，然後又大口灌下他帶的水，水還是冷的。當他看見亞曼達從別墅出來時，他嗆到了，於是他用臂彎壓住嘴巴，好讓他不會發出讓下面聽得見的聲音。

他在臂彎裡咳嗽，眼睛泛著淚水時，也看著亞曼達在泳池邊悠閒漫步。她穿著有黃色圓點的紅色比基尼。弗蘭克以前曾經看過那樣的比基尼，但他想不起來在哪裡看過。他喘著氣拿起雙筒望遠鏡注視她。

她那裝模作樣的優雅動作，與她在領奧斯卡最佳女配角獎時一樣。不知為何，弗蘭克覺得她不快樂，覺得她陷入一個無法抽離的角色。

他喉嚨裡的不適在羅貝托出來時已消退。他走到亞曼達面前，輕撫她的長髮。弗蘭克拿起相機，對焦，按下按鈕，捕捉到羅貝托撫過亞曼達臉頰的那一刻。

也許這樣就夠了。

一直沒有照片能證明他們的戀情，現在有了。一隻手撫過臉頰。但那隻手繼續往下移動到腰部，並停在那裡。弗蘭克屏住呼吸，喀嚓拍下。

繼續，繼續下去⋯⋯

然後⋯⋯太好了。羅貝托將臉湊近那女人。弗蘭克曾耗費許多時間憎恨他——這個在瑞典土生土長的拉丁情人，唱了一些暢銷冠軍曲，還假裝西班牙口音說英文——此刻全都煙消雲散。

好傢伙。

他們的唇碰在一起，弗蘭克持續將手指按在快門上，一張接一張拍，使那顆按鈕飛快地上下移動，直到那卷軟片拍完為止。當軟片自動捲回時，他不耐煩地顫抖著，對自己承諾之後會買一部數位相機。他扯下曝光過的軟片，迅速裝上新的一卷。雖然他手指上都是汗水，但他還是成功將軟片裝入，而他們還在接吻；羅貝托的雙手在亞曼達的身上撫摸，弗蘭克喀擦又喀擦不停拍時，胸中冒出快樂的氣泡。他放下相機幾秒鐘，揉揉眼睛。

泳池畔的情侶變成兩個在表演童話劇的小娃娃。弗蘭克竊笑。他們的肢體動作非常僵硬，非常機械化；亞曼達如果在電影裡這樣演出愛情戲，就絕對不會得奧斯卡獎。

弗蘭克再次透過相機的觀景窗觀看。奇怪的是，那對情侶面無表情，彷彿他們不知該如何表現這場戲。而誰是他們的觀眾呢？

是我。

弗蘭克繼續拍，而他原本不敢期待的事，真的發生了。羅貝托輕輕褪去亞曼達的比基尼，把紅底黃色圓點的比基尼扔進泳池。幾秒鐘過後，比基尼開始下沉。

亞曼達的身體撐在桌子上，羅貝托從她背後挺進。拍攝的角度完美，光線也完美。更勝過一切的是，這些照片會美到沒人認為是狗仔拍的。他將能夠提出比一百萬更高的售價。

一百萬是接吻的行情。但這個⋯⋯

弗蘭克用完所有軟片時，那對情侶已換過兩種姿勢。羅貝托在躺椅上，亞曼達在他上方。還有在磁磚上，傳統的男上女下……弗蘭克放下相機。一滴汗從觀景窗滴到他濡溼的掌心。他突然感到害怕。害怕弄丟軟片、相機之類的。害怕出差錯。

紅底黃色圓點……

在這種情況下，沒必要去想這個，但他以前曾經在哪裡看過那種花樣？他想不起來。

他的雙手因汗水而溼滑，腦袋因一直憋氣而鼓脹，似乎是憋了好幾分鐘。他感到頭暈目眩。他以緩慢、謹慎的動作從樹上爬下來。那對戀人已消失，回到屋裡去了。樹底下有四個塑膠空盒，是他拿出新軟片後丟掉的。他把那些留在原地。

他再也不需要去理會馬庫斯了。不需要去理會任何人。

相機包放在他身旁的座位上。他隔一會就會看一下，以確認還在那裡。他開車開得比以往數年來得緩慢而小心。他一直都沒那麼注重生命安全，但在相機包裡的東西……

他拍拍它，撫摸它。

他不再只是能支付公寓的分期貸款，而是能夠繳清所有貸款。他把方向盤當鼓，邊敲邊唱：「如果你不要我的親吻，就得不到我的錢財……」

他好高興。

他打開公寓門時，陳腐的定影液臭味衝進他鼻孔。低斜的太陽在廚房窗戶上閃耀，照亮屋裡的髒污，還邀請灰塵微粒共舞。

他從相機包中拿出一卷卷軟片，在餐桌上排列整齊後，吃了一顆止痛藥舒緩背痛，接著他坐下來，就只是盯著看那五個小金屬容器。

現在的問題在於要謹慎、細心處理。他不敢將這些軟片交給別人沖洗——要是出了差錯怎麼辦？他打算至少要自己沖洗出底片。

經過十五分鐘的想像之後，止痛藥已開始發揮藥效，他的背舒服地麻木了，這時他展開行動。他先從清潔開始：清洗要倒入各種藥水的塑膠沖片罐、捲片軸和顯影盤。他把餐桌與放大機擦拭乾淨。

那五個容器立在那裡，等待著。

他慢慢來。清理完之後，他洗個澡，穿上乾淨的衣服。這是需要慎重的情況。

當他回到廚房時，太陽已沉到雅爾德特住宅區另一邊的樹梢下方，天空是紅色的。金屬容器在桌面上投射出模糊的長條陰影。

紅底黃色圓點……

他閉上眼睛，試圖要想起來。那花樣在他眼皮內閃現。比基尼。泳池。

啊。

在貝爾斯塔的公共泳池。當時他十四歲，她十五歲——也可能是她謊報。她是第一個對他表現出情慾的女孩。瑪……利亞？對，瑪利亞。他們在更衣室後方又吻又抱。沒有更進一步。她穿著有黃色圓點的紅色比基尼。

就是這樣。為何這似乎有什麼重要意義呢？

瑪利亞。弗蘭克微笑。他泳褲裡硬了，回家打手槍打到筋疲力盡為止。她的模樣在他的腦海裡敲打著。噢，沒錯，現在他想起來了。她在一整個夏天裡占據他所有思緒。

他關上廚房門，拉下遮光的百葉窗。有少量光線從門軸滲入，他用封箱膠帶將那些地方封住，不能有任何差錯。他將冰箱裡的燈泡拆下，以避免他不小心剛好將冰箱門撞開。再怎麼謹慎都不為過。

房間裡一片漆黑，他摸索著走到餐桌那裡。

他拆開第一卷軟片，把軟片捲到卷片軸上。接著是下一卷，再下一卷。當那些軟片放進了沖片罐後，他打開燈，精準量出顯影液的劑量。

他精確計算時間，每隔三十秒就轉一次罐子。他竭力控制自己，保持這種小心翼翼的做法。他內心有想要加快速度的衝動，想把一切盡快完成。

當碼錶響起時，他開始水洗軟片。現在已沖成底片，無法再改變。他咬起指甲。要是他有做錯什麼卻沒發現怎麼辦？用錯藥劑怎麼辦？要是他從罐子裡拿出底片後，底片上是空白的怎麼辦？

他雙手顫抖地打開燈箱，將第一張底片展開來。

底片不是空白的。

有泳池、椅子、桌子、房子的影像。

沒別的了。

他展開整卷底片，看著每一張照片，而每一張照片都是相同的影像。泳池水面在底片上是黃色的，還有黑色躺椅和灰色房子。沒有人。

弗蘭克在一張椅子上重重坐下，幾乎都沒感覺到背在抽痛。那感覺很遙遠。

搞什麼鬼……

他從水中拿出其他卷底片，還沒晾乾就在燈箱上展開來。

每張照片都一樣。相同的物體，以不同的放大程度呈現。有一段底片他看出有前後順序，記得有調整鏡頭遠近。

羅貝托就是在這裡躺在椅子上。我就是在這裡把鏡頭拉近，拍她爬到他上方。

但羅貝托不在椅子上，也沒有亞曼達騎在他身上。只有一張椅子，以及放著一本書的桌子。

弗蘭克有一百八十張照片都是拍攝位於尤爾斯霍的一處泳池後院，其他什麼都沒有。

他將底片吊掛起來晾乾，然後就站在那裡，手臂癱軟垂在身側。他是發瘋了，幻想出這一切嗎？不是，他真的有看見；是相機不知為何被耍了。

我不會就這麼算了。

底片乾了時，他已經架設好機器，然後他印出二十張相片，每一捲都挑出四張印在10×15的相紙上。

當影像在藥劑裡浮現時，還是跟底片上看到的一樣，但他拒絕接受這個事實。

一定有拍到才對。

他並沒有產生幻覺。羅貝托與亞曼達就在那裡，他無論是透過鏡頭或是用肉眼，都看得一清二楚。有什麼樣的幻想能忍受一直變焦，還持續那麼久的時間，內容又那麼詳盡？

他將眼睛貼近照片檢查，什麼都沒有。他在焦躁不安之下沒注意到曝光時間：藍色的部分都有點太淡，天空近乎白色，泳池水面……

等等，這是什麼……

他看著一張又一張的照片，拿出一把放大鏡更加貼近檢查。他原本希望能找到羅貝托和那女人留下的某種……痕跡。但他找到的不是那個，在那些照片裡有個地方不同。他仔細檢視，用放大鏡一張接一張看。

當然，這有可能是在沖洗過程中不小心造成的，但其中有數張照片都有個模糊的陰影出現在泳池底部。引起他注意的是，那陰影會移動，會改變形狀。在其中幾張照片裡是比足球還小，在其他照片裡卻占據泳池的一大部分。

是一朵雲的陰影……

對。如果當時有雲的話。

十點半時，弗蘭克回到車上。排氣管有個破洞，所以他開出車子要前往尤爾斯霍時，引擎發出低沉的咆哮。幾個小時前，當他往反方向開車時，他坐在這裡面想著自己賣掉那些照片後，該買什麼樣的新車。

真是幾近可笑。

沒有照片可賣，沒有百萬可拿。他現在有辦法接受了。因為某個無法理解的原因，使軟片沒有捕捉到目標。雖然糟透了，但事實就是如此。好吧，他無法接受的是目標從來沒存在過這件事。無法接受他——說得直接一點——該進瘋人院了。

而且，別忘了，有東西可以證明他沒發瘋——被扔進泳池的紅底黃色圓點比基尼，如果還在池底，那麼他看見的就是真的。如果沒有……唔，可能是有人撈走了。

或者，不是人撈走的。

他在斯維亞路的便利超商停下來，進去買了一根巧克力棒和幾份晚報，出來時把巧克力塞在嘴裡。

富豪們的房子在夏夜裡如結婚蛋糕般閃閃發光，有一股淡淡的烤肉味在他停車時飄進開啟的車窗。他把車子停在之前待過的那間屋子外面，前幾天他都坐在裡面的花園度過。房屋的大門關著，某一首舞曲的貝斯律動從屋內傳到花園中。弗蘭克透過落地窗能看見一些身體在移動。馬庫斯正在舉行派對。

他坐在那裡，不確定該做什麼。派對可能會持續數個小時，他應該要等到結束？還是該立刻進去？他沒有五千元可以給馬庫斯，而且他會有那票極為興奮的同夥支持，在弗蘭克爬樹時大聲辱罵……

不行。

他拿起其中一份晚報，心煩意亂地翻閱那些頁面，忽然之間，他繃緊全身。影劇版上有一張羅貝托與亞曼達的合照。他們在肯定是機場的地方站在一起，有一顆愛心圍繞著他們的臉龐。

「愛情瀰漫在墨西哥空氣中。」

弗蘭克閱讀照片說明，上面說是前一天在坎昆機場拍攝的。

這對情侶已祕密交往多時……在墨西哥的祕密地點休息一星期……未來的電影計畫……新專輯……在前天離開瑞典……

弗蘭克放下報紙抬起頭，凝視著泳池別墅的大門。「全都是謊言，」他喃喃自語，不完全清楚自己的意思。

不對勁。有別的事……不對勁。

他看著報紙上的照片。他現在才看見，亞曼達是短髮。他上次在電視上看見她參加奧斯卡頒獎典禮時，她就已經將頭髮剪了。但是他幾個小時前在泳池畔看見的那個亞曼達是留長髮。

他坐在車裡，試圖想弄懂這件事：亞曼達的長髮；那對情侶僵硬、不自然的動作。

他們沒出現在底片上應該是最重要的事，但他卻沒有那樣的感覺。一切最重要的是比基尼，是有黃色圓點的紅色比基尼。

他閉上眼睛，努力去想像：亞曼達的臀部曲線、羅貝托的手撫摸彈性布料的邊緣、大大的黃色圓點。接著是瑪利亞：汗溼的兩人在木造白色建築後方度過的時光，木頭上的每一處節疤都被戳出洞，用來偷窺。

是……一樣的。

沒錯。自從瑪利亞與他在更衣室後方接吻以來，泳衣款式已經過三十年的變化，但亞曼達穿的比基尼卻不只有相同的花樣，還一模一樣。

而那件比基尼現在在泳池底。

屋子裡的燈光關閉，只有泳池上方的照明燈亮著。弗蘭克環顧四周後，試著打開大門。大門沒鎖。他偷偷溜進去，爬上四層石階，站在游泳池畔。

那裡有濃烈的氯氣味。磁磚上的人造燈光與靜止的水面，使一切帶有夢幻色彩。藍色磁磚將水變藍，將他的皮膚變藍。他應該要感到緊張——破門而入不是他擅長的事，而他就站在他人房產界線的邊緣——但他卻有不可思議的平靜感。彷彿他是在等待天啟降臨。

他走到泳池邊緣，往水面下看。

那件比基尼沉在池底，像株水生植物在循環的水流之中緩緩上下起伏。在藍色光線中，黃點是綠色的。弗蘭克閉起眼睛，用力搓揉。

那麼，在這裡的是誰？

當他仍在按摩眼皮時，稍早在白天裡的那股感覺回來了。有東西刺穿他的腦袋，細針猛力刺進他的皮膚、頭顱，穿入越來越深的地方，到處移動、尋找。他想閉緊雙眼抵抗疼痛，但卻反而睜開眼睛。就在他眼睛張開的那一刻，腦中的壓迫感消失，但是他及時看見了。好多細如蛛絲的線在他的頭與水面之間飄動。他及時看見細線緩緩消失，或者是隱形了。

他眨眨眼，伸出手在空氣中摸索，但細線已消失，而水面上……水面上覆蓋著鈔票。他跪下來。數百張千元克朗鈔票像蓋子般覆蓋整座泳池。他拖著腳往前走。

那些鈔票是真的。如同他等待拍下的照片，如同他尋找的比基尼，都是如此真實。弗蘭克把雙手放在膝蓋上笑了起來，現在他懂了。

全都是我的幻想。

他大笑，搖頭，放聲哭泣。因為這同時也很可悲。他的夢想，他在這世界上最想得到的竟然是這個一堆紙。

他可能很清楚自己在做什麼，也可能並不清楚。他朝水面伸手過去，想拿起一張鈔票。他的手指一碰到水面，那些鈔票便消失了。有東西夾住他的皮膚，他做了反射動作，試圖想抽回他的手，但是沒辦法。他的手、他的手臂緩緩往下被吸入水中，而弗蘭克任由身體被往下拉。當他的臉只離水面幾公分時，他瞥見在拉他的東西。

是一種住在水底的生物。牠的嘴巴前方懸掛著像寶石的東西，閃耀著所有想像得到的顏色。

終於，求生意志開始掌控局面。弗蘭克大聲叫喊，用沒被束縛的那隻手抱住自己，努力想將自己拖出水面。那生物施加頑強的抵抗，但弗蘭克拚命想活下去，所以他的力量較強大。他一次一公分，慢慢將手臂拉回來。那生物消失了，再度與水合為一體；只剩下那顆寶石，那七彩光點，還看得見。那光點在顫動。

「弗蘭克？」

她緊緊抓住他的手臂。是瑪利亞，她穿著她的圓點比基尼。他忘了她是這麼漂亮。她怎麼可能曾對他感興趣呢？

「弗蘭克，來吧……」

弗蘭克鬆懈了，張開嘴想說她並不存在。想說她只是一連串從未實現的夢想之一。他還來不及說出口，她就動手了，使他失去平衡，跌進溫暖的水中。

那生物恢復原形，將他吞了進去。

···

當泳池清潔工在早晨進行每週一次的清潔工作時，他看見池底有東西，並且用撈網撈了出來。

是一支手機。

他將水甩乾淨，試著開啟手機。開不了，他把它丟進垃圾桶後，查看泳池裡的水。真的很髒，充滿褪色的纖維和毛球。他拿撈網清理了數次，撈出布料的碎片與……指甲。

他們是在搞什麼鬼？

池水看起來還是很髒。他決定全部換掉，便打開止水閥。泳池裡的水緩緩排出。半個小時後，池裡空了。

那些水繼續流到淨化廠，經過幾道過濾與淨化程序後，水經由巨大水管進入海中。水在那裡流散開來，與更大量的水融合之後，保持原狀。

代課老師

小馬打電話給我時，是我在二十二年裡第一次有他的消息。那感覺很奇怪，拿起電話後聽見另一端是個你以為……唔，也許不是以為已經死了，而是以為已經消失的人。以為再也不會遇見，消失了。

「喂，我是馬茲。馬茲．赫爾伯格。」

「小馬？」

「對。你好嗎？」

「很好，很好。你呢？」

停頓了三秒鐘。在那段時間裡，我腦海中有一些不同的情景閃現。我知道在一九八二年秋天有什麼出錯了，那件事造成小馬無法回來學校上課。那是我最後得知的消息。有什麼出錯了，而且很可能依然是個問題，所以那停頓令我感到不安。

「我有事情必須告訴你，我們可以見個面嗎？」

「我不知道……」

「拜託，這很重要，你是我唯一可以打電話的人。」

「那到底是什麼事？」

又停頓了。我看著時鐘。影集「六呎風雲」在兩分鐘後要開始了，是當季的最後一集，我一秒都不想錯過。

「你都沒有想過發生了什麼事嗎？」

「什麼？」

「我的事。」

「我有，但是……」

「事情不是你想的那樣，甚至可能跟你想的完全不一樣。我們見個面好嗎？」

一九八二年的秋天，班上對於真正發生的事有許多揣測。小馬殺了人，小馬徹底發瘋，住進了某間瘋人院。聖誕節過後，他幾乎被遺忘了，一切如常。我想，我偶爾有想起他，因為如果像小馬這樣的人是有辦法親近的話，那我就曾經是最親近他的人。但後來連我都忘了他。我對自己說，沒辦法，你就是這樣。

不過，我正受到良心的譴責。並不是因為十三歲時我做了什麼，或沒做什麼，而是因為我一直沒想起他。所以我說：「好，可以。時間跟地點呢？」

「你明天可以過來這裡嗎？到我家來？」

「你住哪裡？」

他給了我在羅克斯塔的公寓地址。我立刻認為，那裡是醫院幫他安排的地方，結果證明，我想得沒錯。

時間正好是九點二十分，我會只錯過片頭的部分。但在我好不容易要掛斷之前，小馬說：「對了，你還有留著班上的合照嗎？」

「哪個班的？」

「六年級的。」

「我不知道，也許有吧。」

「你可不可以找找看，順便帶過來？那很重要。」

「好。」

我們互道再見後掛斷電話。

影集裡播著大衛與克萊兒在抽大麻，奈特即將要動手術的情節，而我一直在想那張全班合照。首先，照片放在哪裡，我真的還留著嗎？其次，那照片有什麼特別之處？

影集一結束，我便到地下室開始翻找我的人生檔案：裝滿三個紙箱，有相片、信件、雜誌、錄音帶，以及喜歡收藏的人會留下來的其他物品——我就是那種人。

我有一陣子迷上樂團「流行尖端」的「黑暗祭典」巡迴演唱會場刊。我在教科書裡畫的一頁又一頁毫無意義的小圖。一張馬丁．高爾⑨的照片，他曾經是我的偶像。如果我有一頭鬈髮就好了。但那段期間大約是一九八五到八六年。我繼續往下翻找。

我在那裡大概待了一個小時。我找到了我要的東西，拿了那張相片回到公寓裡，坐在餐桌旁仔細看。

相片裡沒有任何奇怪的地方。我特別注意看小馬，他穿著一件印有「鐵娘子」樂團的休閒衫，留著一頭長髮，比班上的任何人——包括女生——都長；一隻手腕上戴著鉚釘手環。如果你看著那張相片，對其他事毫不知情的話，你會以為他一定是班上的狠角色。

就某方面來看，他是。但就其他方面來看，他完全不是。

他的強悍在於難以侵犯。沒人敢欺負他，不是因為他很會打架；他像一般的十歲小孩那樣瘦削纖細，但他的周圍彷彿散發著一股氣息，令人感覺如果有人招惹他，他會毫不猶豫就挖出那人的眼睛。

反正他已一無所有，沒什麼好怕的了。

拍攝那張合照時，他母親與哥哥死於車禍已過兩年。小馬曾因為曠課時數太多，被迫重修一年，他就是因此而來到我們這一班。他的風格，他穿的衣服，其實全都是屬於他哥哥科尼的。他父親當時還沒清理科尼的房間，他實在是難過得無法清理，於是小馬便自己拿走想要的任何東西。

他父親的狀態在車禍發生之後開始走下坡。我沒有經常到小馬他家拜訪，我只是記得他爸爸坐在扶手椅上的灰色身影。我曾經問過小馬：「你爸爸到底是做什麼工作的？」

⑨馬丁．高爾（Martin Gore），「流行尖端」（Depeche Mode）的團員之一。

「沒有。他沒有工作，只是坐在家裡。」

我沒再多問。小馬的爸爸在我記憶裡大部分的印象是個具有形體的鬼魂，也有重量，僅此而已。我想，他們一定有靠什麼方法在維持生計，但我沒問。當你十三歲時，並不會真的對那種事有興趣。

我看著班上的合照。我們全都在旗杆旁那片草地上緊緊站在一起。我並不清楚同學們後來怎麼了。我全班同學的名字，只有老師的不記得。她是代課老師，只待了兩個星期，她站在稍微與全班同學隔開的位置，不希望看起來像是其中的一份子。

班上所有人的名字，毫無意義地刻在我腦海背後，從來沒被遺忘。彷彿我們還住在鄉下，這時一起上學的人的名字，變成了一起工作、一起打獵的人的名字，最後還結婚了。但現在的情況並非如此。現在，那些只是名字而已。

烏爾麗卡・貝爾格倫、安德烈斯・米爾頓、托馬斯・卡爾松、阿妮塔・柯利。

搬走了，四散而去，被遺忘了，只剩下名字。這沒什麼好說的。這年頭的情況就是這樣：一切都得拋開，以便有空間給新事物，不斷如此。

而那就是舊箱子的最底層：憂鬱，一股無法解釋的失落感。你四處翻找，那感覺便旋轉上來，衝到頂端。

接下來的那天是星期五。我們已經說好了，我會在六點時到小馬家拜訪，而且我不打算待很久。拉邦在星期六早上九點會來。拉邦是我的兒子，他十歲，每隔一週的週末會來我這裡住。

那是我不太想在星期五見小馬的原因之一。我每星期五都會設法讓自己保持開心，不讓自己開始情緒低落。不喝酒，不憂愁。我希望在每星期六上午處於最好的狀態，希望盡可能做好隔週末爸爸的角色。我認為自己目前做得很好。但我可以感覺得到小馬有事情在煩惱，是很容易會將我捲入的事，而我不想被捲入。我自己的問題就夠多了。

總之，我搭地鐵到羅克斯塔，在那些公寓大樓間四處遊蕩後，我找到了地址的所在位置。這時候我已經開始感到腳步沉重了。小型聚集的公寓大樓有種令人沮喪的感覺。里斯內那樣廣大的區域裡就另當別論，那些瘋狂的大樓帶有宏偉的氣勢，在那裡自成一片天地。但像這樣在羅克斯塔的建築群實在是醜陋無比。

大門旁的住戶名牌上有兩戶是赫爾伯格，但我猜小馬是其中字母最新的那一戶。看起來是全新的。他不可能在這裡住了很久。

我的看法在電梯抵達五樓時得到確認。那信箱沒印上字母，只有一張手寫的字條。確切地說，是兩張。另一張上面寫著：拒收垃圾信。我按電鈴後，門立刻打開，彷彿他一直站在門內等候似的。

我本來以為他會長得像他爸爸，以為從他的眼睛到全身都會沾著灰塵。但小馬進入人生衰退期的情況——假設這真的是衰退期的話——卻完全相反，他看起來像經過冶煉的金屬般潔淨。

他實際上有比我們還在學校時長高了幾公分，但依然很矮小，而且很削瘦，真的很瘦。他的眼窩深陷，顴骨突出，光頭。這樣的描述實在沒有傳達出他那帶點憔悴感的外表，其實看起來還不錯。如果我說像樂團REM的主唱麥可．史戴普，也許會有幫助。但是眼睛較小，下巴較圓。

他的上半身掛著一件雪白的襯衫。我說掛著是因為看起來就是如此。那件襯衫和那條黑色牛仔褲彷彿是放上去的，有點像紙娃娃，還帶有一股濃烈的洗衣粉味道。

「哈囉。」

「哈囉。」

他伸出手來，我握了他的手。他緊緊握住，手很乾燥。

「請進。」

他的公寓就像他的衣服。有家具、有檯燈，一切你可能需要的都有，但沒有一樣看起來正常，你懂我的意思吧。我曾經住在希斯塔一陣子，並受邀到住在同一棟樓裡的一個家庭拜訪。他們是來自波士尼亞的難民，有人提供了臨時的公寓住所給他們，但那間臨時住所有點令人難受。那些家具是送給他們的，或是找來的，又或是便宜買來的，放在適當的位置，乾淨又整齊，但沒有任何生氣。只是個讓人等待的地方。與小馬的公寓一樣。

「你要不要喝杯茶？」

「好啊，太好了。」

「要喝哪一種？」

「唔，不知道。普通的茶就好。」

「那伯爵茶好嗎？」

「我不常喝茶，所以我不……」

「洛神花茶呢？可以嗎？」

「我想可以。」

小馬離開客廳到廚房，那個小角落裡的一切都乾淨得發亮。我環顧客廳四周，難以擺脫一種感覺，就是……該怎麼說才好？小馬根本不是邀請我來他家拜訪，而是特地為這次見面布置了這間公寓。

牆上沒有照片，只有日落時分的美國印地安人與狼之類的圖畫。書櫃裡的書看起來就像從基督教救世軍商店直接搬來的。以撒．辛格的《莫斯凱家族》、丹．布朗的《達文西密碼》……一些經常在那裡看見的書。如同Ikea樣品屋的背景一角，完全沒按照字母順序排列，而且當我在下層的一個架子上發現另一本《莫斯凱家族》時，又更加深那種印象。

當小馬拿著放有茶壺和茶杯的托盤走進來時，我忍不住問：「這些書你都看過了嗎？」

小馬將托盤放到矮桌上後看著那些書，彷彿才剛剛發現有書櫃在那裡。

「沒有。但我想我會的，總有一天會看完。」

茶看起來很奇怪，呈現亮紅色；聞起來的氣味也怪；而且喝起來的味道也很怪，同時帶有苦澀與花香。小馬看著我把杯子舉起放到唇邊，我心想：**他想對我下毒**。

「你有糖嗎？茶有點苦。」

「糖，沒有。抱歉。沒有糖。」

我放下被下毒的聖餐杯，靠坐在扶手椅上。小馬有種不會令人想跟他閒聊的感覺，所以我說：「那麼，你想告訴我的事是什麼？」

「你有找到相片嗎？」

我到玄關把照片從我外套口袋裡拿出來，把它放到矮桌上。小馬彎下腰，點點頭。接著他坐在那裡凝視了照片一會。我重新坐下來。當我覺得沉默持續得夠久之後，我說：「我們以前看起來如何啊？」

「嗯，」小馬指著老師，「你記得她嗎？」

「不，不太記得。她好像是代課的。」

「對，是代課老師。」

小馬起身走到組合音響那裡——那一層層的塑膠、旋鈕和顯示燈，在八〇年代人人皆有；如今你可以在全國各地的跳蚤市場上，以一百克朗的價錢買到，而其中沒有CD播放器。他從一個抽屜裡拿出放大鏡，然後走回來重新坐下。他拿著放大鏡在相片上移動，喃喃自語。

我產生兩個想法：

第一，他實際上真的有在抽屜裡放東西，並非一切都是布景。

第二，他依然有很嚴重的問題。

我啜飲著茶，一旦你克服了一開始的驚奇，就會覺得那杯茶其實不難喝。小馬放下放大鏡。

「好了，我想告訴你關於她的事。」小馬指著那位代課老師，「你記得她的名字嗎？」

「不記得。我記得的只有……她放過音樂給我們聽，對不對？」

小馬突然笑了。短暫、毫無喜悅的笑容。我忽然有個念頭，覺得他的緩慢動作、社交無能，及小聲到幾近耳語的聲音，都是因為他失去自理能力，或是其他什麼類似的原因。他曾經有很長一段時間被關著，就是這麼回事。

「她的名字叫薇拉，她放給我們聽的音樂是《迷牆》。就是那張《迷牆》。『平克佛洛伊德』⑩的專輯。」

「噢，對。我想起來了。《迷牆》。就是那張專輯沒錯。」

小馬看著我的眼睛。

「你真的記得嗎？你不是因為聽我那麼說才跟著附和嗎？」

「不是，我真的記得。我當時聽到歌詞裡說不需要教育就覺得有點怪異，一個老師竟然會放那種音樂。不過，這有什麼關係？」

「你記得她嗎？」

我把相片挪過來，盯著其中的那個女人看。那張臉比我的小指指甲還小，於是我伸手要拿放大鏡，但小馬阻止我。

「不，還不行。等我說完再看。」

---

⑩平克佛洛伊德（Pink Floyd），英國的前衛搖滾樂團。

我完全搞不懂，但我不得不放棄。我仔細看照片。那個叫薇拉的女人有張圓臉，要不是五官都太小，就會長得非常漂亮。薄唇、小眼與細直鼻子，彷彿一切都以些微但恰到好處的程度往中間集中，讓她的臉像一顆巧妙繪製的氣球。深棕色的頭髮像一頂鋼盔蓋在頭上。沒錯，像是第二次世界大戰的德軍鋼盔，髮尾些許往外卷更增添相似度。

她的模樣在我記憶中浮現，使我回想起一種不舒服的感覺。那女人在我們原本的老師休產假時來到班上，她當時散發著一股不友善的氣息。

「你記得嗎？」

「是，我記得。我記得她感覺有點不友善。」

小馬點點頭。

「沒錯，不過我在當時沒有那種感覺。你也許還記得，那時候我的情況不太好。對了，我爸死了。他在我……消失六個月之後自殺了。」

「我很遺憾聽到這消息。」

「那是很久以前的事了。我當時多少可以……理解。那輛車，那條吸塵器軟管。我並沒有真的感到難過，那只是當時所有事情裡的一部分，一切都會消失。好了，回到這個代課老師薇拉。她來的時候，我沒有很注意她。我坐在後排，大部分的時間都在吃Refreshers，就那種很有嚼勁、裹著果汁粉的糖果。可是後來她做了那件事，你應該記得。她才代課第二天，就帶了一部超大手提音響過來，說她想放音樂給我們聽。」

「《迷牆》。」

「對。《迷牆》。她按下播放鍵後……一開始響起的和弦，吉他的聲音，那尖細的和弦聲，伴隨著像是在大空間裡演奏的微弱回聲……你知道那首歌嗎？那首〈Hey you〉開頭的和弦？我從一開始就被打動了。是跟那曲調有關，而當他開始唱時……」

小馬看著我，清清喉嚨之後開始唱歌。「Hey you…」

此刻我想起那首歌。小馬其實唱得比原唱好聽，使我手臂起了雞皮疙瘩：一定要去買那張專輯。

小馬繼續說：「就某種程度來說，這首歌完美無缺。可說是一聽就愛上了。『鐵娘子』的那些爛音樂，就只是……是另一回事，但我從來就不是真的喜歡。〈Hey you〉不一樣，它立刻正中我心。歌詞當然沒話說，但我覺得大部分是因為那氣氛。那聽起來的感覺。那就是我，你應該懂我的意思。那音樂就是我的人生。」

「『人生的音軌』⑪。」

「什麼？」

「沒事，請繼續說。」

「而且那像是薇拉為我播放的。我不確定，也許真的是。但那完全引起我的共鳴。然後，當下一首歌開始時：『有人在嗎？』那實在是……實在是完美無缺。」

小馬往後靠到扶手椅上，閉上雙眼。我搞不懂他到底要說什麼，但聽他說這些還不錯。我原本以為已永遠消逝的事，突然之間動了，又活了過來。我能看見當時坐在我前面的烏爾麗卡，從窗戶射進來的光線落在她頭髮上，看見一只髮夾的形狀是……瓢蟲。對，是瓢蟲，還有那股香水橡皮擦的味道。小馬睜開眼睛。

「我想借來聽，但我不敢開口。那就像是……如今回想起來，我想我是不想那樣暴露自己，不想提出

---

⑪人生的音軌（The Soundtrack of Our Lives），瑞典的搖滾樂團。

請求。我不喜歡提出任何請求。」
「是啊，你當時還挺……封閉的。」
小馬忽略我的評論。
「但隔天發生了一件事使我敢開口問。」他朝相片做了手勢，「你記得她有缺一根手指嗎？」
我愚蠢地看著照片來確認他的說法，但薇拉把手放在背後。總之，我記得她其中一隻手沒有小指。同學之間有討論過，但沒人問她是什麼原因。或許那樣令人覺得比較有趣。
我點點頭。
「好。隔天她叫我到黑板前面去，我想她是要我拼出一個英文單字。我的英文很好，也許她是想要鼓勵我或什麼的……」小馬搖搖頭，「不，我絕對不能用那種想法去想，對她不能那樣想。但那就是我當時的想法。總之，當我到黑板前面，而她把粉筆遞給我時，粉筆在我手中掉了，我們兩人同時彎腰去撿。而當我發現她也在往下彎時，我抬頭看。然後我看見……我的意思是，她的頭髮原本平貼在頭上，但當她彎下腰，而我從某個角度看過去時……我可以看見她沒有耳朵，有一邊沒有。」
「沒有耳朵。」
「對，本來應該有耳朵的地方只有皮膚。我來不及看那裡有沒有洞……看那裡實際上還有沒有外耳道，但無論如何，我可以清楚看見那裡沒有耳朵。」
「你從來沒說過。」
「對。我覺得那像是……我的祕密。也可以說是我和她之間的祕密。那天下課時，我去問她可不可以借《迷牆》那卷專輯錄音帶。知道她缺一隻耳朵，就表示我可以問。我知道為什麼，我想過這件事很多次，我有過充裕的時間去想這件事，但這不重要。除此之外，我想你明白為什麼。」
「或多或少。」

小馬看著我，眼睛裡有什麼變了。

「那你的情況好嗎？後來的生活過得如何？」

我聳聳肩後回答他，長話短說。那些工作、到處漂泊、旅行各地、與海倫娜和拉邦一起度過的那幾年。我最後做了這樣的總結：「就某種程度來說，感覺一切都有些短暫，彷彿事情從沒真正開始過，或是已經結束了，而我卻沒注意到。但我還活著，而且還有拉邦在。」

「那以後呢？」

「以後？」

「拉邦長大以後？」

「我……我不知道。電玩遊戲愈來愈進步了。」

「那聽起來不是什麼很好的未來。」

「完全沒問題的，很多人的處境更慘。」

小馬看著我，看了好久，使我開始感到不安，拿起茶杯遮臉。茶冷了，而且比熱的時候好喝。

「很好，」他終於開口。「這樣的話，我想……我想你會有辦法瞭解的。」

「瞭解什麼？」

「瞭解我要告訴你的事。」

小馬把雙手放在膝蓋上，十指交叉，他的視線固定在某個點上，那個點可能越過牆面，也可能在他眼裡。我等待著。有一股強烈的悲傷包圍著小馬，強烈得甚至無法稱之為悲傷。那比較像是一種狀態，是他生活裡的要素，像是住在黑洞裡的深海魚。

「我拿了錄音帶回家聽，一遍又一遍反覆聽。我有那種懶骨頭沙發，就是裡面塞滿塑膠顆粒的那種，我躺在那上面好幾個小時，只在錄音帶需要翻面時才起來。那最初的感覺再也沒產生過，不過我反而真的開始愛上那音樂。我知道了整個故事。《迷牆》在探討社會情況，以及社會對人的影響，但最重要的是，我認為那是安魂曲，在追悼還沒來得及開始就已結束的人生。」

「那是我說過的話。」

「對，而且我當時的想法還不是那麼前衛，而是……失落，是跟失落感有關。而且那形式與內容完美融合……好了，別管那個了。隔天我把錄音帶帶回學校，說我覺得那是……我不記得我是怎麼說的，但總之我可以保留那卷錄音帶。我本來也這麼希望，所以我又躺在懶骨頭上度過一晚。不知你還記不記得，我爸在那段日子裡對周遭的事渾然不知。我餓了的時候，經常從他皮夾裡拿錢去買東西吃。

「那天晚上，我也為自己倒了一杯威士忌，還加了可樂進去，邊聽錄音帶邊喝。那樣……我覺得那樣使音樂聽起來更棒了。我到廁所吐了，然後我又繼續聽。」

「這種十三歲的生活還真是享受。」

「對，但你知道嗎，在那段期間……我感到好……平靜。我覺得我瞭解好多你們這些小鬼完全不會理解的事。沒錯，這很可悲，但我的年紀也大到多少可以為自己扮演那樣的角色，我想你懂我的意思。我可以跳出來看自己。話說回來，這年頭的小鬼在十三歲就喝酒了。」

「不是自己一個人喝。」

「對，沒錯，但我們現在不是在討論我的悲慘童年。接下來的那天又要上學，我感覺糟透了。」

「抱歉，小馬，我必須問你。你有在精神病院裡待過嗎？」

「精神病院嗎，有，各種的都有。待了很長一段時間。」

「可是我不懂……很抱歉，我還是要說……我有點覺得你是稍微……笨了一點，我想是可以這麼說。但是你的頭腦顯然比我清醒。」

「很多精神病院裡的人都很清醒，在某些方面是如此，但在其他方面就完全不行了，例如，關於生活。而且我在服藥治療，劑量很強。」

「那關於耳朵的事……」

小馬皺起眉頭，看起來生氣了。

「這跟那沒有關係。那隻耳朵不見了，或者是……那裡從來就沒有耳朵，等一下我會講。我可以繼續說嗎？」

「當然。抱歉。」

「好。所以，上英文課時，同樣的事情又發生了。她叫我到黑板前面拼conscious這個字，而你們其他人是在書上拼。我拿起粉筆要寫，而且我記得這件事是因為那是……我知道unconscious這個字，我要問她是不是這個字去掉un就對了。當然是這樣沒錯，但是我那天頭昏腦脹的，很可能就是因為這樣，我……不是開口問她，而是戳她的背。我的意思是，通常你不會對老師那樣做，但是……我戳她的背，想要她轉身過來。然後你知道發生什麼事嗎？」

「不知道。」

「什麼都沒有。」

「你說什麼都沒有是什麼意思？」

「什麼都沒有啊。我戳她的背，結果她沒反應。所以我再戳大力一點，她什麼反應都沒有。」

「也許她……」

「我當時也是那樣想，覺得她是故意的。」

小馬瞥了照片一眼。

「你之前說你覺得她……你怎麼說的……有點不友善。你想得起來為什麼有那種感覺嗎？」

「想不起來，我想那就只是一種感覺。」

「她從來沒碰過我們。一般來說，如果小朋友坐在位子上做練習，而老師過來指導……她可能會把一隻手放在小朋友的肩膀上，或是輕撫小朋友的手臂或頭髮之類的。但她從來沒碰過我們，你記得嗎？」

我思索這件事。我想，沒錯。我無法想起薇拉曾經在某個時候碰過我，但當我回想時，也記不得有其他任何老師碰過我。除了音樂老師松德格倫之外，那老師在我彈鋼琴時，抓住我的頸背。但那完全是另一回事。

我搖搖頭，但我的表情一定把我的想法洩漏給小馬了。

「我知道，你不記得。但我有注意到，因為當她說我可以借那卷錄音帶時，我試圖想表現得成熟一點。所以我伸出手想跟她握手，並說聲謝謝。但她沒有握我的手，她只是做了像這樣的手勢……」

「也許是因為她有隻手指不見了。」

「對，但那是在她的左手。」

「記得真清楚。」

「我過去幾年來什麼都沒做，就只是記得她。好，當她對我戳的第二下沒反應時，我這樣做……」

小馬做了用手指連續戳的動作。

「敲、敲、敲，然後你知道嗎……她的皮膚，整個是硬的，完全沒有彈性，不管我戳得再大力都一樣。硬的，但不是堅硬。你懂我的意思嗎？那感覺就像，如果你敲……例如，敲雕像跟敲木板的感覺不一樣。很難去解釋那種差異，但那有點像是一種……一種比較薄的物質在振動。」

「你在說的是……一種比較薄的物質？」

「對。」

「那是什麼樣的物質？」

「塑膠。」

「塑膠？」

小馬發出鼻息，他的嘴角因為咧嘴笑而上揚。

「我是在開玩笑的。我不知道那是什麼該死的物質，就只是硬的，又薄。」

沉默降臨。我聽得見地鐵列車在下方某處轟隆隆駛過。那房間已漸漸暗下來。只有小馬的白色襯衫清晰可見。我試著去想像：用一種又硬又薄的物質所構成的人類。我想到金屬。

「你是說，她是某種機器人嗎？」

小馬搖搖頭，起身走進廚房。當他回來時，手上拿著一根放在燭臺上的燃燒蠟燭，而他看起來像鬼故事裡的插圖一般。他把蠟燭放在桌上。

「典型的妄想症，是不是？除了我以外，每個人都是機器人。不，事情不是那樣。我瞭解，我當然瞭解，你必須在心裡想像。但要把機器人刪除。我們可以回到這件事了嗎？我會把事情說完，也許一切就會變得比較清楚，也可能不會。可以嗎？」

「好。可以。」

「最後我終於讓她轉過身來。我像這樣在她眼前揮手，而她……她給我一個很奇怪的表情。我在黑板上寫下那個字，就那樣而已。噢。還有一件事。你記得她叫我們進教室的時候都大聲喊了什麼嗎？在走廊上喊的？」

我搖頭。

「想想看，你如果能自己想起來會很棒。她會從教室裡走出來，而我們都在那裡胡搞些什麼，然後她會舉起手大喊……你想得起來她都大聲喊了什麼嗎？」

我閉上雙眼，努力想像那場景。沒錯，我們在那裡，然後她走出來。她穿著某種亮色的襯衫，上面有大片的葉子，而且她……

他媽的，她來我們班只有兩星期竟然……

我睜開眼睛。

「她從來沒換過衣服，我突然想到這個。她在那裡的兩個星期都穿一樣的衣服。對不對？」

小馬露出笑容，或者隨便你要怎麼去想那嘴巴的動作都行。

「你想起來了。那你記得她都大聲喊了什麼嗎？」

我再次閉上眼睛。那些大片葉子……髮型像鋼盔……她舉起手，她大喊……

所有小朋友……所有小朋友……進來……

「我知道了。所有小朋友！進來！歡迎你們！」

「完全正確。」

「對，是那樣沒錯。所以呢？」

「我等一下會講。那天我下課後跟著她後面走。離她一段距離，跟蹤她。她住在離學校不遠的地方，在霍爾伯格街的那些舊公寓大樓樓上，在市中心後面。你知道我說的那地方嗎？反正，我看見她走進一扇門，所以我在靠近小孩遊樂場的一張長椅上坐下來等待。」

「你在等什麼？」

「我怎麼知道？我想是沒別的事情可做。我在那裡坐了一會後，她出來到陽臺上。而我坐的地方……有一棵樹擋在我們之間，比較靠近我，所以我看得見她，但她看不見我。她站在陽臺上幾分鐘。然後她回到屋內，我留在原地。我不知道，我想我是幻想著像警察那樣跟監。我就是想……」

「像他們那樣喝咖啡配甜甜圈。」

「沒錯。」

「你當時為什麼不告訴我？」

小馬揚起眉毛。不知為何，我的聲音聽起來很難過。我沒多加理會，叫他繼續說下去。他傾身向前。

「我有問你，我問你想不想跟我一起跟蹤代課老師，我說她有點可疑，但你要做室內曲棍球的練習之類的。」

「是手球。」

「手球。但那樣可能比較好。我在那裡坐了十五分鐘後，她離開公寓，不知要上哪去，於是我從排水管爬上去，爬到她家陽臺。」

「你是在開玩笑吧？」

「我沒有開玩笑。幸好……還是你想怎麼形容都行，她沒把陽臺門關上，所以我才能夠進入屋裡。而這個時候，我必須請你讓我再來一次，因為你知道裡面有什麼嗎？」

「不知道。」

「什麼都沒有。」

「什麼都沒有？」

「什麼都沒有。」

「你說什麼都沒有是什麼意思？」

「什麼都沒有啊，連個擺設都沒有。什麼都沒有。」

「你是說……可是她會有家具和……」

「沒有，她什麼都沒有，那裡完全是空的。沒有沙發，沒有地毯，沒有桌子，沒有電話，沒有電視。任何東西都沒有。就像是在看全新公寓的照片，什麼都沒有。」

「那有床吧……」

「沒有床。空盪盪的牆面，空盪盪的地板，其中的空間都空盪盪。我走進臥室，走進本來會是臥室的地方，然後打開衣櫥。空的。」

此時一陣沉默。我試著想像一個人如何能夠住在一間完全空盪盪的公寓。那是不可能的。

「但也許她只是進去看一間她打算買下來的公寓之類的。」

「是有可能。但我那時候沒在想那個。」

「那你當時在想什麼？」

「什麼都沒有。」

「我們的對話裡出現好多『什麼都沒有』。」

「沒錯。可是當我站在臥室那裡時，我聽見鑰匙打開前門的聲音，然後我……就呆住了。我沒辦法動，我只是站在那裡。聽見前門打開、關上。我不知為何發覺到要想辦法解釋或找藉口，但是……我的腦筋一片空白，所以我只是站在那裡。進入客廳的門打開了……」

小馬停下來，環顧他自己的客廳。

「說著客廳和臥室，但那裡卻沒有家具，這種感覺很奇怪。沒有家具，那就只是空間而已，不是嗎？廚房、浴室就不一樣，有些是屬於原有的配備，但其他房間是因為我們放進去的家具而界定用途。

「所以，當我說臥室與客廳之間的門，意思是那個較小空間與較大空間之間的門。但你懂我的意思。」

這時陷入了短暫沉默，直到我問：「後來呢？」

「你猜猜看。」

「什麼都沒有？」

「什麼都沒有。她穿著那件有大片葉子的襯衫，走進客廳，走到客廳中央站著，背對著我，然後……就只是站在那裡，站在地板中央。而我站在臥室裡，完全沒動，看著她的背影。我感覺到汗水從腋下流到腰間，我嚇得要死。不知為何，我覺得好像有一聲想擠出來的尖叫聲堵在我喉嚨裡。她的背影有種非常恐怖的感覺，不對，不是她的背影，而是想到她可能慢慢轉身過來與我四目交會。我無法瞭解她的背影，就是她一直站在那裡的感覺，我唯一能夠做出的解釋，是認為她知道我在那裡，她只是在……捉弄我。

「而那聲尖叫……我確定，如果她轉身，就會叫出來，因為我站在那裡時，不知道為什麼，我愈來愈相信，如果……如果她轉身，會看見她沒有臉。

「我們就各自站在那裡。那時候夏天快結束了，所以……我不知道過了多少時間，但外面開始變暗了。外面的燈都亮了，而我們還是站在那裡。我動不了。我身體裡所有肌肉都麻木了，我站在那裡愈久，我就愈確定我會永遠沒辦法動了，而我的思考能力……我的思考能力……也愈來愈微弱。如果你想像你思考時像是有人在你腦中說話，那就像是那個在說話的人……在下沉，或是在消失；下沉到某種東西裡，快要窒息而死。

「而當你停止思考，就是陷入危險的時候。」

剛才的最後幾分鐘，小馬的視線固定在遠方某處，或是自己的內心深處。現在他將視線移回來，看著我。

「你知道如果停止思考會怎樣嗎？如果無法接收外界的訊息會怎樣？你知道取而代之的是什麼嗎？」

我思考了幾秒鐘。然後我說：「人生？」

小馬拍打他的大腿，拍打的力道十分強勁，使我嚇了一跳。他從扶手椅上跳起來，用雙手抓住我的臉。

「太棒了！真是太棒了！」

我不明白是什麼這麼棒，但小馬有片刻完全失控。他前後搖晃我的頭，盯著我的眼睛看。然後他似乎突然意識到自己在做什麼；他放開我，往後退一步，伸手摸自己的臉。

「對不起。我不是有意要……我只是好……高興。好高興你明白。」

「呃，我不清楚是……」

「你沒看見我所看到的，你不是我，但光是你說出來，你那麼說的時候，我……沒錯，是人生。當什麼都看不見，什麼都無法思考時，取而代之的是人生，赤裸裸呈現。然後呢，當我站在那房間裡……你知道當時我的人生是怎樣吧，就是我母親載著我哥哥開車撞上岩壁。」

「但那是個意外，不是嗎？」

「我覺得不是。我不會再多說，但……我覺得不是。大白天的，對向沒有來車，就直直撞上岩壁……不是，我覺得不是意外。」

「你他媽的說什麼鬼話，小馬。」

「對。你他媽的說什麼鬼話，小馬。雖然你小時候知道那是什麼感覺……但你會想要活著。你會讓自己忙碌，你會有所發現。就像我發現《迷牆》那樣。但是當我站在那房間注視著她的背影時，我一直像那樣站了很久之後……那感覺來了。像是一團恐怖的黑暗，慢慢倒進我的身體裡。從我的腹部開始進來。帶著重量。而且不停倒進來，直到我的腦袋也裝滿。我的人生……我和其他人之間不是只隔著一道牆，我是住在那道黑牆裡面，我……那是無法形容的。不過，是黑色的。一片漆黑。其實那就是我真正陷入迷惘的時候。至於其他事情，就只是……結果。」

「其他什麼事情？」

「就是，最後我終於有辦法動了。一步一步走，走到她那裡，但是速度很慢，因為我在那道牆裡面，所以我前進的動作……很慢。」

小馬伸出一隻手，停在半空中，彷彿是在踩煞車，要自己停下來，接著他走到音響那裡，打開電源。有幾顆紅色顯示燈亮了起來。

「我在你來之前把這個設定好，用來配合我的演說。你知道《迷牆》B面第四首歌叫什麼嗎？」

「不知道。」

「叫作『薇拉』。」

「一樣的……」

「對，一樣的。現在，你仔細聽。」

小馬按下卡帶座上的播放鍵，揚聲器發出一個孤獨的音符。接下來，在遠處，有個聽起來像短波廣播的聲音……在背景有人大聲喊了一些話……更多的廣播聲……類似機關槍的聲響……有個聲音在呼喚著什麼……一聲爆炸聲，然後歌聲響起。

小馬停止放錄音帶。「你有聽見嗎？」

我搖搖頭。「我是要聽什麼？薇拉．琳恩⑫嗎？她的姓氏也是琳恩嗎？」

小馬倒帶，把音量調高後按下播放鍵。我傾身靠近揚聲器，閉上眼睛。

那音符……廣播的聲音……大聲喊的話和……

我在沙發上坐直身體，看著小馬。他按下停止鍵。

「有聽見嗎？」

「再放一次。」

小馬倒帶幾秒鐘後，按下播放鍵。

廣播的聲音……那些話……

---

⑫薇拉．琳恩（Vera Lynn），英國著名女歌手，在二次大戰期間經常前往前線勞軍。這裡所播放的歌曲「薇拉」便是以她為主角。

這次我可以清楚聽見了。我能夠辨別出那些話。在背景大聲叫喚的聲音是在喊著：「所有小朋友！進來！歡迎你們！」

小馬停止放錄音帶，按下退出鍵，拿出錄音帶給我看。

「這就是我從她那裡得到的錄音帶，同樣的那一卷。」

「可是……那代表什麼意思？」

小馬走過來，又坐回扶手椅上，他把錄音帶放在桌上那張相片旁。他雙手擺在膝上在那裡坐一會，沒有說話。接著他指著那張相片。

「我是希望那會證實我一直在想的事，結果真的證實了。」

我向前傾，但小馬用手蓋住相片。

「等等，一樣一樣來。所以最後我走到她那裡。我之前說過：我已經沒有任何思考能力了。所以我戳了她的背，結果就跟學校裡發生的一樣，沒有反應。但我不再害怕了，我……什麼都不是了。所以我在她身邊走來走去，看著她的臉。她有臉，可是……我該怎麼說才好……她不在裡面。她不在那裡。這時候房間裡相當暗，只有外面的燈光照進來，但我看著她的眼睛，那雙眼看起來像是用玻璃做的，是睜開的，但卻很空洞。然後……我不知道我為什麼那麼做，但大概跟狗舔睪丸的原因是一樣的。」

「原因是？」

「因為牠舔得到。所以……我解開她襯衫的扣子……想看看她裡面長得什麼模樣，或是想引起她的反應。我不知道，我當時幾乎是茫然無知。」

小馬指著他胸部、腹部上的幾個地方。

「那裡有洞。不規則散布在她身體的這個部位。十二個洞，深度和寬度有……我可以伸兩根指頭進去。」

「小馬。我的天啊，那實在是……」

「我知道，我知道。你以為我不知道嗎？可是我一點辦法也沒有，事情就是那樣。我檢查她的頭，那裡也有幾個洞，大概還有更多。但那個時候，我已經完全失控了。接下來發生的事……我一點都不記得。」

小馬都還沒喝茶。這時他在杯子裡倒滿茶壺裡微溫的茶水，然後一口氣喝完。我注意到他的手在顫抖。他指著那張相片。

「你現在可以看了。用放大鏡看，看她的腳。等一下。」

他站起來開主燈，然後雙手交叉在胸前站著，以鼓舞的眼神看著我。我拿起放大鏡檢視相片。

她穿著那件有大片葉子的襯衫。關於她的怪異之處，我只記得她帶給我隱約的不舒服感，以及她總是穿相同的衣服。然後，當然還有錄音帶那件事，但那是……

那種惡搞當然是有可能辦得到。只要你想就可以。但是，為什麼？

我看著她的腳。她的腳沒有什麼奇怪的地方，穿著一雙白色運動鞋的普通雙腳。我感覺到頸背上有小馬的灼熱目光。

我察覺到他瘋了，無論如何他就是瘋了。他已執迷於某種想法，已經把他做過的某件事——那個詞叫什麼——合理化，不管那件事是什麼都無所謂。他已編造出一個理由。

我緩緩搖頭。

「小馬，我……」

「你看那些草，在她腳下的草。」

我看著她腳下的草。接著我看烏爾麗卡、肯內斯、史塔芬和我自己腳下的草。接著我又看她腳下的草。

那些草是直立的。

我們腳下的草，當然是壓平的。她腳下的是直立的，彷彿她沒有重量似的。

我感覺有什麼圓形黏稠物，通過我的喉嚨往下降，掉進胃裡。這是我的相片。它一直都在我的地下室裡，完全沒有機會可以讓任何人去對它動手腳，不像有人可能對那卷錄音帶動了手腳。

小馬彷彿看穿了我的心思，他拿起那卷錄音帶在手上搖晃，要我看清楚。

「你可以把這個拿給任何一個那方面的專家，他會告訴你，這二十年裡沒人動過這卷錄音帶。」

「可是……那個聲音……原版裡有她的聲音嗎？」

我自己的聲音聽起來很怪異，彷彿我是隔著一片布料說話。小馬搖搖頭。

「沒有。我確認過了。其他的聲音都在，其他的說話聲都有，只有她那段聲音……在原版是個男人的聲音。不過，有趣的是，真正有趣的是……你看見那些草了嗎？」

我點頭並低聲說：「你做了什麼？」

小馬不理會那問題。

「我就快說到有趣的部分。你要知道，我得出了一個理論。我想你也許已經發現，我在不同的……地方，度過了過去的二十年。為了變得完整，或是其他任何你應該變成的樣子。變得有辦法正常活動。我有看見你來的時候觀察這間公寓的模樣。沒有，我完全沒有概念。我只是努力去……模擬生活的樣貌。

「我在我待過的地方遇見了很多人。而且我告訴你，薇拉不是唯一的一個。我想她很特別是因為她極度……不完整。但是那些有所欠缺的人，他們無所不在。有的還缺了很多，我甚至不知道他們是不是人，他們也許是別的東西。

「事實上，他們很可能是別的東西。他們取代別人待在這裡，他們從那個裂縫溜進來，然後……我不確定，但我認為，有愈來愈多的他們存在。

「對了，我上星期跟學校確認過。這事情花了一些時間，他們處理起來很不高興，不過他們挖出了建校以來，曾經在那裡任職的人員名單。老師、代課老師，全部都有。還有薪資紀錄。結果，除了一個五〇年代末期的女校長之外，從來沒有叫做薇拉的人曾經在那所學校工作。一天都沒有。

「我想他們是忘了幫我們找一個代課老師，而她從那裂縫溜了進來。我是這麼想的。」

我又拿起放大鏡檢視那張相片。確定沒有看錯。這時我知道了再看，就覺得很怪異：她腳下的草是直立的，落在她周圍的陰影不一樣。

我實在無法接受。我用雙手大力搓自己的臉，彷彿想擦掉一層黏膜。

「什麼意思？你說他們愈來愈多是什麼意思？為什麼他們會愈來愈多？」

「為什麼狗會舔睪丸？」

「因為牠舔得到。」

「沒錯。」

小馬朝向窗戶做手勢。

「因為他們進得來。外面……請原諒我。我很習慣將一般的世界當作外面。在外面，一切都建立在事物可以交替的概念上，不是嗎？臨時員工、短期戀愛、替代者、替代者、替代者。我不是在說教，這只是一個事實。有人不見了，換成另一個人出現。一直不斷持續進行著。有一些空間、裂縫出現，然後……他們就悄悄進來。可是你知道最糟糕的事是什麼嗎？就是他們自己不知道。」

「不知道什麼？」

「不知道他們是替代者。他們認為他們是人。當然，他們通常不是一根手指或一邊耳朵不見了，通常是別的。別的東西不見了，有什麼缺了，沒有像缺了手指那樣明顯，但同樣察覺得到。所以我們服用藥物，我們試圖……」

「我們？」

「對，我們。誰能保證你跟我不也是替代者呢？我們還剩下些什麼？我的病，我那所謂的病⋯⋯」

小馬嘆口氣後，一屁股栽進扶手椅。他看起來好渺小，彷彿扶手椅可能要將他吞下。如果他鬆手，那黑色、磨損的人造皮會將他完全包覆。我也有同樣的感覺，所以我坐直身體。如果留在這裡，我會消失的。我還來不及站起來，小馬便說：「所謂的精神病，就是無法正常看待這世界。我的病⋯⋯我的病源、我服用藥物的原因、我必須抑制的感受，就是那已經發生了。」

「什麼已經發生了？」

「替代者已經取而代之，再也沒有人留下來。如果你那樣看待人生的話，人生就變得很⋯⋯沒意義。什麼都不會留下來。」

我站起來。我無法再聽下去了。

「小馬，我必須回家了。我兒子明天要來，我⋯⋯我得做一些準備。」

「我瞭解，謝謝你過來。」

我想轉身走進玄關，拿起我的外套，然後走路或跑步到地鐵站去。但事情還沒結束。我的雙腳拒絕移動。當小馬注意到我還站在那裡時，他抬頭看我，面無表情。他問：「你相信我嗎？」

我說不出答案。事實上，相信與不相信都是答案，但我都說不出口。我反而又問。

「你做了什麼？」

小馬緩緩搖頭，一絲笑意掠過唇邊。

「那不重要。我一定有⋯⋯用某種方法摧毀它。也許是用一塊從廚房找來的櫥櫃門板。我記得我的手掌抓著邊緣，拆下一塊黃色的櫥櫃門板。不過在黑暗之中看起來比較像是⋯⋯橘色的。我記得。因為那裡什麼都沒有，所以我拆了廚房裡的一塊門板。那我記得，然後就什麼都想不起來了。但我想，我一定有用某種方法摧毀它……她。從後來他們對待我的方式，就可以知道是那麼一回事。然後她進到那裡面。」

小馬朝桌子揮手。

「進到哪裡？」

「進到音樂裡。抱歉，我想我剛剛沒說。那卷錄音帶……我之前聽過好幾次……在這件事發生之前的時候。當時她的聲音還不在裡面，是後來才有，在我……做了之後，她才進去，才出現她的聲音。」

小馬拿起錄音帶，夾在指間旋轉，他看著錄音帶的模樣，彷彿是在凝視一位深愛的親人唯一留下的紀念品。

「這就是殘留下來的，殘留下來的她。」

他已經說完了。當我站在玄關穿上外套時，小馬拿著那張相片過來。

「這個我可以留著嗎？」

我看看相片，再看看小馬。儘管發生了這一切，那依舊是我唯一可以紀念那一年的物品，我之前說過：我是個收藏家。小馬專注地看著我，而我注視著兩口深井。

「拜託？」

我點點頭。並不是因為我想好心答應他，而是因為我只想離開那裡。我點點頭，並伸出手要握手道別。小馬用左手將相片緊緊壓在胸前，並伸出右手。我們互道再見。

我走出來到街上時，站在那裡抬頭看小馬家的窗戶，看了好久。一間公寓所在的大樓裡還有其他二十四戶，而一棟公寓大樓的周圍又有其他好幾棟。一個用來擺放暫存物的空間。我打了個冷顫，接著便迅速離開，朝著地下鐵的溫暖與喧囂前進。

在月臺上，冰冷的日光燈灑向這邊的一個男人、那邊的一個女人，還有更遠的另一個男人——他將雙手深深插在口袋裡等待。那兩個男人都站著不動，那女人則是在短距離之間走來走去，走來走去。

列車進站了。六節藍色車廂在月臺邊減速停靠，停下來了。

車廂內的人們不是茫然望著前方，就是低頭在看報紙或看著一片漆黑的窗外。沒有人在動。

永恆的／愛

死亡就只是走出一扇門，
離開一雙眼中的一個
滿是光亮的房間。

米雅．傑維德（Mia Ajvide）

安娜與約瑟夫彼此十分相愛。他們在一起八年了，而且所有的跡象顯示，情況會這樣保持下去，直到死亡將他們分開為止。如果他們因為工作或其他狀況必須分開一天或更久，他們都會覺得自己待錯地方，人生變得虛幻、不真實。

他們都在斯德哥爾摩長大，在相遇之前，他們彼此都有相當忙碌的社交生活：酒吧、夜店、短期戀愛。他們在交往兩年時檢視他們的電話簿，有一半的名字他們都想不起來是誰，每十組電話裡就有九組是不需要的。他們把重要的寫進一本新的簿子，然後將舊的那些扔掉。

隔年十一月，約瑟夫的父親在做完三溫暖後，從棧橋碼頭上跳進海裡，引起心臟病發。當悲痛停止蔓延、傷害，在他的胸中平靜下來時，他父親那棟在冬季溫暖又舒適的夏日小屋，像個機會在那裡等待。不需房貸，也不用租金。

他們大部分的需求可以在彼此身上獲得滿足，所以，為何要待在斯德哥爾摩呢？而且，無論如何，索格維肯離首都只有一百公里遠，若他們想換個環境調劑一下也很方便。

他們辦了一場告別派對，邀請還留在電話簿上的那十分之一來參加，告訴他們，**你一定要來看我們，以及我的意思不是說我們要搬去一個不一樣的世界**，但事實上，他們很清楚那就是他們在做的事。

過了幾年後，事情發展得很順利。具有幼教資格的約瑟夫，在諾爾泰利耶的一家幼稚園找到了工作，而安娜將車庫改裝成一間工作室，白天在那裡工作。根據她的說法，她先是一個星期都在漂流木上繪製具有島嶼特色的圖畫，這些可以出售給夏季遊客，然後下一個星期是繪製她自認為無法出售給任何人的畫作。

在晚上，他們邊喝酒，邊大聲朗讀故事給彼此聽，看看電視，或坐著聊天。他們鮮少有訪客。不過，若真的有人來訪，客人抵達時，他們會覺得很開心；客人離開後，他們也覺得很愉快。

他們當然會吵架，也會有不快樂的時候。例如有一次，他們預定要去安娜的父母家參加家庭聚會。約瑟夫開船出去釣魚，比他們計畫要出發的時間晚了半小時回來。當他坐進車裡時，身上散發出魚內臟的腥臭。他們在五十公里的路程中都沉默地坐著。安娜在高速公路上硬是將那輛豐田舊車的油門催到時速一百四十公里；車子發出轟隆隆的咆哮聲，彷彿他們進入滾筒式烘衣機裡。接著車子沒油了。安娜一直非常緊張，以至於忘記加油了。

他們在路旁坐著，雙臂緊緊在胸前交叉。他們都不想開口，因為一旦開始說，就會花上很長一段時間：約瑟夫勉強配合安娜的家人；他是多麼討厭被強迫的感覺；而她是多麼討厭得強迫他。諸如此類的。他們都非常生氣，腦中布滿混亂的烏雲。兩人都想著：**我要離婚。事情不應該是這樣**。他們都不是認真的。一切都糟透了，又很麻煩，但這是他們一定要面對的。他們會為這一切爭論，然後再一次把問題解決。別無他法。

他們在起身去找汽油時開始爭吵，之後也繼續吵。吵了五十公里，一百公里。快到北雪平時，出現了第一個笑聲。抵達林雪平時，他們買了一條約瑟夫要穿的新褲子。他們晚了三小時才到達聚會地點，而大家像往常一樣說，他們看起來相處得很快樂。安娜嚴肅地說：「那是因為我們都服用同一種抗憂鬱藥，」只有約瑟夫笑了。

雖然他們的愛是如此巨大而強烈，但其中還是存在對兩件事的恐懼：生子與死亡。

有時候，他們躺在床上彼此凝視，心裡想著：**我已得到完整的幸福，我希望能永遠保持現狀**。他們不是才剛剛墜入愛河，他們很清楚這是怎麼一回事。「我希望保持現狀」幾乎就概括了一切：一份辛苦經營的生活，有時無趣，有時歡喜。他們躺在那裡，視線都固定在對方雙眼上，探求彼此的內心，他們試著去想：**這一刻是永恆，這一刻會直到永遠**。

但人會變老，世事無常。有一天，他們的身體會虛弱無力，受疾病摧殘。年老糊塗、弱不禁風、牙齒脫落、門廊有輪椅坡道。也許到時候他們會回顧他們的幸福生活，感到心滿意足。

但那不是他們所希望的！不是！他們希望他們現在所擁有的永遠存在！這不公平，愛情不應該與脆弱的身體受到相同的限制。不應該隨著肉體凋零、死亡。

當然，有些人相信有天堂。但安娜和約瑟夫不相信。真可惜。

而「生子」呢？一定要加上引號強調才行，已占有如此的重要性。在家庭聚會上，大家都問：「你們不覺得時候差不多了嗎？我是說，你們一切進展得這麼順利，而約瑟夫又這麼會照顧小孩，而且，安娜，妳會成為一位很棒的母親。」

一切似乎都傾向支持。但他們很害怕。

那些宏偉的大教堂並不穩固。從愛立信球型體育館的地基移走幾塊石頭，那體育館就會滾走。也許不一定會滾，但誰知道呢？而且，愛情的基本前提不是各自保有自由嗎？也就是可以離開嗎？

他們都不想離開，就算有再大的好處都不想，但還是有那種可能。一對戀人選擇彼此的原因，不是因為非選擇不可，也不是因為有小孩或房子的考量，而是因為想要在一起，每天都想在一起。

可是小孩。小孩……

他們無法決定，所以就讓機會、命運去決定未來；他們唯一的避孕方法是在安娜的安全期做愛。如果事情還是發生了，那就發生吧。老實說，他們也沒有那麼謹慎注意日期。

而事情真的發生了。

安娜的月經沒來，約瑟夫在下班回家的路上買了驗孕棒。安娜把小便尿在那根棒子上後，他們把它放在餐桌上，站在那裡等三分鐘，彼此擁抱，眼睛閉著。在他們周圍的世界安靜無聲，屏住呼吸。

當他們睜開眼去看時，有一條淡藍色的線顯示出來：胎兒的第一個生命跡象。

他們既沒有笑，也沒有哭。那條小小的線令他們充滿不安，使他們震驚得說不出話來。當他們其中一人終於開口時，那個人是安娜，她用假聲男高音的聲音說：「我要吃冰淇淋！」

約瑟夫笑了出來。他們從冷凍庫拿出一公升裝的冰淇淋，放在桌上的驗孕棒旁，拿出兩根湯匙，整盒挖著吃。約瑟夫的舌頭凍僵了，他問：「妳感覺如何？」

「感覺很好。你呢？」

「嗯，很好。這會很不得了。」

「嗯，大概吧。」

她舔掉他嘴唇上的冰淇淋，並繼續舔進他嘴裡。不會有事的，他們一樣會很快樂，只是稍微有一點不同而已。儘管安娜現在不在安全期，他們仍然手牽手上床做愛。畢竟，那再也無所謂了。

一星期過去了。說他們漸漸疏遠是言過其實，但他們在自己的思緒裡迷失了。也許這就是哲學家帕斯卡所說的：我們無法活在當下，只有過去與未來才能夠占據我們的心思。

未來的形狀變了，需要花一段時間才能適應這改變。即使這星期不該畫這個，但安娜還是畫了海鷗飛過布滿海鹽的峭壁。她有很多事需要思考，她可以說是以自動模式畫出那些海鷗。這時已經是九月底，她大部分的庫存在夏季期間已經在市場上賣掉了。

她把畫筆停在一道波浪的波峰上方，她原本正要在那裡點上鉛白色，畫出浪花。明年夏天。他們會不會在市場上奮鬥時，旁邊有……一部嬰兒車？還是用防走失學步帶？他們可以繼續像這樣生活嗎？他們會需要改變多少？

約瑟夫提早下班，從公車站騎腳踏車回來，因為車子故障了，化油器出了問題。他們吃飽飯後，他開船出海釣魚，想抓幾尾秋鱸。安娜站在廚房窗戶前看著他離去，一陣由焦慮引起的顫抖從她的子宮內發出，振動到全身。擔心再也見不到他。她勇敢地回去畫海鷗，花了幾個小時上色。

當她從車庫出來時，風變大了，黃昏迅速降臨。約瑟夫還沒回家。她走到棧橋碼頭，眺望暗灰色海水。十五分鐘之後，她全身凍僵。

她回到屋內，為自己泡了一杯咖啡，在廚房窗戶旁坐下來。

快回來，約瑟夫，別這樣……

但他沒回來。當天色暗到她再也無法看見碼頭時，她撥電話到緊急救難服務處，被轉接到海巡隊。她在跟電話另一頭的男人說話時，聽筒在她手中抖動，那男人在雷夫斯內斯碼頭的巡邏艇上，透過通訊有雜音的手機通話。

「妳知不知道他可能在哪一帶？」

「是，大概知道。是在……等一下……讓我……」

在約瑟夫經常去釣魚的區域附近有些島嶼，那些島名在她腦海裡消失了。她起身要去拿航海圖時，雙腿發軟倒下。她的心臟劇烈地怦怦跳著，使她幾乎無法呼吸。她用四肢爬行到書架那裡，拿出航海圖展開來。

地圖摺痕上的護貝膜有破洞，使得圖上的那些地方有髒污或磨損。她努力使眼睛聚焦，但那些字母像蛆一般爬行在那些島嶼形成的灰色嘔吐物上方。約瑟夫就在那裡的某處。有個微小的聲音呼喚：「喂，妳還在嗎？」是從電話筒發出來的。她嚥下口水，揉揉眼睛後拿起電話筒。

「我想是在東邊的一些小島，最北到伊斯林約，他通常在那裡……這張圖破了……約瑟夫。」

「妳說什麼？」

「約瑟夫。他的名字。」

「哦。所以是在弗耶爾茲克雷特附近，對吧？」

她看圖確認。那塊區域磨損了，難以辨認。她可以看見她的約瑟夫在那裡，在世界裡的一個洞裡，在一個不存在之處的黑浪中漂浮。她開始哭泣。在電話線的另一頭，她聽見引擎啟動的聲音。

「別擔心，我想一定是他的船發生機械故障了。我們會出海去看看。」

「謝謝你。他要……他要當爸爸了。」

對方停頓下來。小聲嘆氣。接著說：「我們一有消息就會通知妳。」

她留下電話號碼後掛斷。在一片寂靜之中，那聲小小嘆息增強為一股不祥的冷風。她拿毛毯裹住全身，將額頭抵在窗玻璃上，凝視著窗外的黑暗。她成了孤單一人。

幾分鐘後，她的腿可以開始走動了。她試著清洗碗盤，想保持冷靜，但完全沒辦法。她在屋子裡到處走來走去，但哪裡都找不到平靜。

他們現在一定到那裡了。他們現在要進行搜尋了。

探照燈在水面上掃動。她的雙腿繼續不停地走動。最後她瞭解那雙腿想去哪了：那雙腿想走到棧橋碼頭，去站在陸地與海洋邊界的最末端，在那裡等待，就像以前的女人等待他們的男人從海上返家，等上無數個日子。那是唯一能做的事。但她活在二十一世紀，她要守在電話旁等待。

他們會去辦一支手機。等約瑟夫回家後，他們終於要去辦一支手機，然後他可以在出門時帶在身上。當初是誰不想要手機？是安娜。如果他現在有手機的話……都是她的錯。

過了兩個小時，還是沒有任何消息，她開始慢慢陷入黑暗的瘋狂狀態。她在廚房地板上跪下來，毛毯裹在身上，雙手合十貼在前額喃喃說道：「親愛的主啊，請祢讓他回來。祢可以拿走任何祢想要的。什麼都可以。拿走這房子，拿走我所有東西，拿走……對，拿走我的小孩。我不要小孩。祢可以拿去，只要祢會讓約瑟夫回來就好。只要我可以跟約瑟夫一起過日子就好。**現在就拿去吧。**」

電話響了。

她拋開毛毯，衝過去接電話。她的手上都是全身包裹取暖所產生的汗水，所以起初無法抓緊電話筒。在電話筒都還未貼到耳朵上時，她就聽得見雜訊了。她的心臟擴張，充滿胸腔。

「喂？」

「喂，我是海巡隊的馬格努斯．亞松。我們找到他了，他還活著。」

「他是……」

「他身體嚴重失溫。我們在水裡找到他。妳住在索格維肯，對不對？」

「對……」

「我們十分鐘後會到雷夫斯內斯。有一輛救護車在過來的路上；如果妳可以到那裡，就可以跟他一起上車。」

「上車？」

「對，為了保險起見，他會被送進諾爾泰利耶的醫院。別擔心，他會沒事的，但是他在水裡待了很久，所以……還是去醫院比較保險。」

她掛斷電話後衝到玄關，穿上夾克。幸好約瑟夫那天早上有為腳踏車輪胎充滿氣了，所以她飛快騎過石子路，車燈的發電花鼓嘎嘎作響。

有許多次，她在當地的《Norrtelje Tidning》報紙上，看見訃聞裡請求捐款給海巡隊以紀念死者。直到現在她才明白其中的用意。她的快樂與解脫具體化為對海巡隊的一份愛，那份愛巨大到讓她想為他們唱讚美詩，為他們畫一幅圖；她會為他們做任何事。

「海巡隊！」她大喊：「我愛你們！」

她抵達大馬路，騎了一百公尺後，救護車超前駛過。她把變速器調到三檔，站著踩踏板。路標上的速限是時速五十公里。感覺上，她好像超速了。

在通往碼頭的下坡路上，她停止踩腳踏車。眼前是為了保護兩顆脆弱的心而存在的機械與人員。救護車正停在碼頭邊，車頂的藍光靜靜閃爍著，而巡邏艇在海浪中上下顛簸。越過巡邏艇的海面是一片黑暗。她在救護車旁停下腳踏車。一位穿著橘色夾克的中年男子走到她身旁。

「嗨……是安娜嗎？」

「對，我是……」

「我是馬格努斯，我們剛剛有通過電……」

她把腳踏車丟在一旁，雙手環抱馬格努斯時，車鈴叮叮作響。他的夾克貼在她汗溼的臉頰上，她對著他的肩膀低聲說了「謝謝」。他輕拍她的背說：「不客氣，不客氣。」

「他在哪裡？」

「我們才正要去……跟我來。」

她跟在馬格努斯後頭爬上船時，腳底下的甲板在搖晃。他沿著船舷上緣往前走向一道開啟的鐵門。她邁開腳步跟著他走，但她的視野突然縮小，只在中間留下一個小小的窺視孔，她透過那個孔能看見光亮的灰色甲板，不過那裡似乎也要從視線裡消失了。

她停下腳步，靠在船舷上以避免自己倒下來。她閉上眼睛，手抓著金屬欄杆。有一瞬間，她感覺自己好像快吐了。她的內臟隨著船身搖晃，向上推擠到喉嚨。她聽見馬格努斯的聲音在黑暗中傳出：「妳還好嗎？」

她伸手撫摸臉龐，繼續移動腳步去感受那艘船、黑夜、大海、死亡。

「抱歉，這實在是……這裡的一切都好大。」

馬格努斯抬頭看桅頂燈，點點頭。

「這艘船我們才用了幾年而已。」

她不明白他的意思，但她胃裡的波濤消退了。她的視野擴展開來。有一扇門開著，門的一旁有塊金屬標示牌寫著「醫務室」。她走過去，跨過那道很高的門檻。

她差點認不出他來。坐在床鋪上裹著厚毛毯的那男人，有著一頭濡溼、蓬亂的頭髮和一張發青、腫脹的臉。額頭除外，那裡是暗紅色。所有五官都下陷往中間擠，幾乎快被腫脹的皮膚覆蓋。但那雙眼還是跟四個小時前才從碼頭那裡望著她的那雙眼一樣。

「約瑟夫！」

她撲進他懷裡，雖然他裹在毛毯底下的身體既冰冷又僵硬，但她會讓他暖和起來。雖然他的視線落在遠方，但她會將那視線拉回來。她抱著他，摩擦他的皮膚並低聲說：「約瑟夫，約瑟夫，千萬不要再這樣了……」

幾分鐘後，馬格努斯清清喉嚨說，他們最好開始動身離開。他們一起幫忙將約瑟夫送進救護車，接著車子發動開往諾爾泰利耶的醫院。安娜透過後車窗給馬格努斯一個飛吻。

約瑟夫在途中告訴她事情的經過。

距離他到達目的地還有幾百公尺時，船尾馬達停了。問題就跟以前一樣：引擎裡的燃油管彈了出來。他把管子推回去，再把一些汽油打進去後，拉了發動馬達的繩索。

但他忘記將引擎打空檔。當二十馬力以全速轟隆啟動時，船猛然向前衝，而約瑟夫被拋出船外。這本來還不算太糟。他全身溼透，咒罵自己的愚蠢，不過他離陸地僅一百公尺遠，而且身上還穿著救生衣。問題是當他還在咳出海水，並且把擋住視線的頭髮撥開時，那艘無人駕駛的船在周圍繞著小圈圈盤旋。

約瑟夫記得的最後一幕是，他把頭轉向愈來愈接近他的引擎聲，心裡想著：「已經有人來救我了嗎？」接著眼前就一片漆黑了。

當他睜開眼睛時，四周被黑暗包圍，而他不再聽見引擎聲了。風開始增強。他的頭陣陣抽痛，身體失去知覺，他不知道自己身在何處，也不知道自己昏迷了多久。

他一直在那裡漂浮到海巡隊抵達為止。他們把他救上來的地方，是在他落海地點東方接近一海里處，他當時往奧蘭海的方向漂。

安娜試著問他問題。他待在水裡時都在想些什麼？他有什麼感覺？但約瑟夫移開視線，揉揉他的前額說，他頭很痛，現在不想說這個。之後再說。

他們必須坐著等待檢查。約瑟夫先前慘白的雙手與雙腳，開始恢復血色，但手腳也因此嚴重發癢，使得他說，手腳沒知覺時還比較好。安娜從販賣機買了一杯熱巧克力給他，他迅速喝下，然後坐著觀察紙杯上的圖案，並用手指撫摸。過了一會，一抹微笑在他臉上綻放，他把杯子拿給安娜看。

「這圖案很漂亮吧？」

安娜看著以棕色為底的黃色圖形；那圖案令她回想起七〇年代時的一種抽象壁紙圖案，她聳聳肩。

「不怎麼樣。」

她的目光從紙杯轉向約瑟夫，再回到紙杯，又轉向約瑟夫。他臉上悄悄流露出著迷的神情。

「你還活著，」她說。

約瑟夫沒將視線從杯子上移開，緩緩而清楚地說：「安娜。我知道如何讓我們永生不死。」

雖然她一字不漏聽見了他所說的話，但她還是得問：「你剛剛說什麼？」

約瑟夫與她四目交會，他放下杯子，將雙手放在她臉頰上。他從毛毯裡伸出來的手還很溫暖。

「我知道。怎麼做。好讓我們不會死，永遠不會。」

她用自己的雙手覆蓋他的手，低聲說：「別這麼大聲。如果被醫生聽到了，他們會殺了你。他們會失業的。」

約瑟夫不覺得這笑話有趣。他縮回雙手。她在他塞進毛毯下之前抓住那雙手，緊緊抓著。

「對不起。你也知道，那聽起來有點奇怪。」

約瑟夫像尊雕像靜靜坐了幾秒鐘。接著他點點頭。「對。不過那是真的。只要我們想，就可以永生不死。」

有位護士出現，叫了他的名字。他在安娜的協助之下站起來，兩人一起走進小房間。安娜在一旁看著他們把針扎進他身體，聽著他的心跳，觸摸他。他的雙眼一直靜靜閃爍著幸福的光芒。

後來，有個醫生過來看約瑟夫的檢查結果。他身高幾近兩公尺，有黑色濃眉；他檢視報告時，憂慮地皺起眉頭。

「我們需要把你留在這裡至少一晚。」他說，並將資料夾交回給護士。「好讓我們能夠留意你的情況。」

他那低沉的嗓音不容許有任何異議，但約瑟夫仍然敢質疑住院的必要性。他覺得自己沒事，只是手腳發癢，頭有點痛。

那醫生在門口停下來看著護士，彷彿想確認他沒有聽錯，然後跨了兩大步回到約瑟夫旁邊，朝他俯身。

「他們把你撈上來的時候，你的體溫是二十二度。」他停頓下來，好讓人充分理解這句話。約瑟夫沒做出回應後，他繼續說：「你知道那表示什麼嗎？那表示人死了，徹底死了。所以，正常來說，在醫院住個一晚或許不算太壞。比死了要好得多。」

安娜把雙手放在約瑟夫肩膀上，彷彿想保護他。這動作似乎平息了醫生的怒火。他從護士那裡把報告拿回來再看一次後搖搖頭。

「你的……」他瞥了安娜一眼，改說：「你們倆的運氣實在太好了。」他對這樣的說法點頭稱是，讓那話語在空氣中迴盪，他道別時說了：「我們明天見，」接著便匆匆離去。

醫護人員分配了一張病床讓約瑟夫躺下，而安娜必須自己推那張床上樓到病房。今晚的急診病人異常的多，看得出有人力不足的情況。安娜知道要使用哪一部電梯、要到哪一層樓後，醫護人員便離開了。

他們到達電梯所在的位置時，有一道門滑開。

從電梯裡出來的是一張床，推著那張床的是一個身材高大，穿著花襯衫的白髮女人。她的年齡可能介於七十到九十歲。床上躺著一個男人，或者該說是行將就木的男人。他蜷曲著身體側躺在一條藍色被子底下，茫然盯著前方看。他的身體因疾病與臥病在床遭到吞食，全身瘦得僅剩下皮包骨，他的脊椎骨使被子產生明顯的皺褶。

那女人對他們點頭、微笑，然後把床推到電梯外。她腳上穿著雨靴，邁著堅定的步伐前進。大概是要去做什麼檢查吧。

「安娜！」

電梯門正要關上。她迅速上前，把手伸到兩扇門之間，門就滑開了。她推約瑟夫進電梯，按下四樓的按鈕。電梯上升時，他們什麼話都沒說。

雖然急診部門人來人往，但有很多病房空出，而約瑟夫所分配到的是一間單人房。他們額外送來一張床給安娜使用，有位護士解釋說，她必須支付家屬的早餐費。剩下他們兩人獨處時，安娜將椅子搬到床邊，雙手趴在護欄上。

「你之前說的……到底是怎麼回事？」

約瑟夫沉默了幾秒之後問：「妳真的想知道嗎？我希望妳是真的想知道，不過……妳想嗎？」

「我當然想。」

「那事情……」約瑟夫的視線搜索著房間，彷彿在找要從何說起的線索。「那事情相當……該怎麼說……相當令人震撼。」

安娜沒說話。約瑟夫往後靠到床上，閉上眼睛。

「妳之前有問我處在那片黑暗之中的時候在想些什麼。我完全不覺得自己有想了很多。我當時很平靜。好奇怪。我曾想像過那種情況，那種可能會發生在我身上的最壞情況。有大量的時間可以思考即將死亡的事，驚慌、恐懼，諸如此類的一切。

「但事情不是那樣。當然，我想起了妳，想起我們曾經那樣快樂。我對自己死了會讓妳不開心感到難過。我想，就是這件事令我傷心。想到妳會不開心，想到自己的模樣。本來以為我可能會……變成殘廢。當時我的身體完全失去知覺。」

約瑟夫笑了起來。

「有一段時間，我以為我的頭是自己的身體，在到處漂。但我努力把頭彎成像這樣，聽見救生衣摩擦我鬍鬚的刺耳聲。不過，沒感覺到摩擦。我可以在腦中隱約聽見那聲音，因為除此之外，我完全無法聽見其他聲音。好像在耳朵裡的一切都結冰了。唯一會分散我注意力的，是偶爾會有水濺進我眼睛裡。除此之外，我就真的很像是在外太空。

「但讓我感到痛苦的是，想到我的模樣大概變得很恐怖，想到海巡隊最終會找到我，那妳就必須來認屍。而我同時也希望自己會被找到，這樣妳才不會……」

安娜呼氣時發出啜泣聲，身體顫動。約瑟夫伸手摸她的頭。「對不起。我瞭解，妳一定……我是說，我可以想像我會是什麼感覺，如果今天是妳……」

安娜搖搖頭，抹去眼中的淚水。「那實在是……你繼續說。」

約瑟夫嘆氣。「總之，除了那之外，我很平靜。沒有對死亡恐懼之類的感覺。過了一會，當我在想以前小時候做的那些捕蟲陷阱……一個玻璃罐，埋在地底下。想著可以做些改進。然後……」

約瑟夫伸手要抓安娜的手。她緊緊握住那隻手，他的皮膚還是發燙、乾燥，而且他的手在顫抖。她抬頭看著他。他眼睛睜得圓大，盯著床對面的那面牆。

「……然後死亡來了。」

約瑟夫緊閉一下眼睛後又睜開來。「這真的很難解釋。那就像我是手套，而死亡……正在把我戴上。它進到我身體裡，緩慢而……」

約瑟夫陷入沉默，放開安娜的手。他的雙眼依舊茫然地凝視那面牆，或者那視線越過牆面，往外看著遠方的大海。安娜問：「你當時開始覺得溫暖了嗎？」

他搖搖頭。「正好相反。雖然我不再感覺得到海水的冰冷，但是死亡像是帶著更強烈的冷度進入我體內。我想它在我腳趾甲下方找到了入口，然後……往上竄。」

約瑟夫咳嗽起來，吸氣時還嗆到，咳得更厲害了。他向前傾，發出乾嘔，安娜輕撫他的背時，他揮揮手，邊咳邊說：「……我沒事……。」

咳嗽減緩後，約瑟夫累得眼泛淚光，正往後靠到枕頭上時，安娜說：「唔，這並沒有多奇怪。我可以理解那樣一定很，你剛剛是說，令人震撼，可是……」

他清清喉嚨。「不是那樣。我完全確定那不是來自我自己的身體裡。我說我像死亡正在戴上的手套，是說真的。妳明白嗎？」

「嗯，我想大概就是那種感覺。」

約瑟夫搖頭。

「不是『那種感覺』，而是就是那樣。死亡是從體外來的，是一種巨大寄生物，會進入人體內，待在那裡一段時間，把需要的匯集起來，然後離開人體。接著人就死了。事情就是這樣。」

約瑟夫自顧自地緩緩點頭，手指摩擦著被單一角。他帶著幾近挑戰的語氣，忽然說：「它沒有顏色，它會改變形狀，至少在水裡是這樣。它會思考，它會說話。人可以跟它對話。」

「你有跟它說話嗎？」

約瑟夫的視線在安娜的眼裡搜索，尋找她可能是在取笑他的任何跡象。他沒找到。他搖搖頭，說：「沒有，它全部都聽見了。在那種情況下，沒什麼好說的了。」他把原先用手指摩擦的被單那一角含在口中吸吮，接著繼續說：「我們人類對它們來說只是……布料。」

安娜遲疑地問：「你說它們，是什麼意思？」

約瑟夫看著她，眼睛迅速往一旁瞥了一下，彷彿她問了一個愚蠢無比的問題，接著他說：「當然就是它們有很多啊。」他嗤之以鼻。「畢竟，這是個巨大的星球。」

他本來似乎要說別的，但阻止自己說出口，改說：「對不起。這很難相信，我可以理解的。抱歉。」他又握住她的手，懇求地說：「可是，聽著……事情就是這樣，我十分確定。安娜，死亡是一種有思考能力的生物，有方法可以跟它……協商。」

安娜點點頭並站起來。她剛剛有察覺到約瑟夫在說話時，舌頭發出「噠」的一聲。「你要不要喝杯水？還是……？」她問道。

約瑟夫微笑。

「沒關係，我並不害怕它會從水龍頭裡蹦出來之類的，不會那樣。那就麻煩妳了。」

安娜稍微勉強地擠出一個笑容後，走到洗手臺用紙杯裝滿一杯水，再把水拿給約瑟夫，他一口氣喝完。他的動作似乎突然變得較靈活，表情也變得較明顯。那份快樂又回來了。安娜會寧願說些愉快的事，忘了這一切。但她還是說：「可是你還活著，你正坐在這裡。」

約瑟夫點頭。「沒錯。我在死亡完成工作之前獲救了，它離開了我。當那艘船來的時候……我看見那艘船後，心裡想著，**我還是會活下去**，接著死亡就抽出來。慢慢抽出來。像是……像是我們做愛結束之後，我會非常緩慢抽出來，才不會把妳弄痛。就像那樣。」

那想法引發出下一個想法。他看了一眼安娜的肚子後問：「那妳現在的感覺怎麼樣？」

安娜心不在焉地撫摸腹部。裡面的深處有個生命，小如灰塵微粒，像蝨子一樣。

「我不知道。我覺得……空虛。空虛又快樂。」

他們那一晚沒睡飽，不熟悉的環境與約瑟夫發癢的手腳讓他們睡不著。他們一起擠在約瑟夫那張狹小的床上，共同編織出一個故事，玩了二十題問答遊戲。隔天早上，約瑟夫獲准出院。

安娜並非生性是個懷疑論者。嘉布瑞拉是她唯一還有連絡的美術學校同學。安娜有一次告訴嘉布瑞拉，她差點跌落到一輛地鐵列車前方。在最後的緊要關頭，有一隻大手抓住她，將她推回月臺上。嘉布瑞拉相信那是她的守護天使。安娜沒反駁她。她個人並不相信有天使之類的東西，但無法完全排除這種可能性。

關於約瑟夫的幻想，她擔心的是永生不死那件事。那比起像看見鬼之類的還要稍微嚴重一些。

他們會在適當的時候討論這件事。約瑟夫的這段經歷讓他們之間產生歧異，接下來會需要好幾個晚上的交談，才能讓他們恢復以往的和諧。但他們會恢復的，非恢復不可。

一天過去了，兩天、三天過去了。幼稚園園長瞭解約瑟夫需要時間復原，便建議他至少休息一星期。

他白天時待在家裡，而安娜與他不太有實際的接觸。他在庭院裡做些簡單的工作，撿來海草舖在灌木周圍和菜圃上。他從海巡隊那裡取回那艘船，試圖修復引擎。他發現自己無法修好後，便送去船塢那裡修理。他花許多時間待在棧橋碼頭上，眺望著大海。

第四天時，有封塞得鼓鼓的郵件抵達，裡頭裝滿了幼稚園孩童的圖畫。那些會寫字的小孩，用潦草的細長字體寫下「趕快好起來」和「希ㄨㄤ你趕快好」。大部分的圖畫都是一般的紅色小屋加太陽和樹木。有幾張是畫一個火柴人待在波濤洶湧的海上，那些孩子顯然已經知道發生了什麼事。

安娜正在做歐姆蛋要當午餐。忽然之間，她聽見約瑟夫大笑出聲，她在這四天裡第一次聽見他發出真正的笑聲。她關掉電磁爐，過去看他。他還在笑，手上拿著一張圖畫。

那張畫一定是由較年長的孩子所繪製，畫了一個人漂浮在水中。那孩子有天分。畫面上的人不是簡單幾筆就完成的火柴人，從那頭棕色的中長髮就看得出是想畫約瑟夫。

水面是用筆刷成藍色的波浪，水位大約達到那個人的胸脯。左手邊有艘船正要進入圖畫裡，但那裡沒有什麼特別之處，有趣的部分是那個人下方有一隻鯊魚。一隻巨大的鯊魚嘴巴大張，朝著那個人的腳游過去。有個對話氣泡從那男人的口中拉出來，裡面寫了一個詞：「救命救命」。

約瑟夫笑得彎下腰來。安娜微笑著把手放到他頸背上。他抬頭看著她，眼中泛淚。他指著那張畫說：「救命救命，」接著又開始大笑。

他前後搖晃，手抓著腹部。那笑聲漸漸轉為一聲拖長的破碎呼喊，再變成一陣啜泣。安娜跪倒在約瑟夫的椅子旁，雙手環抱他。過了一會，啜泣聲平緩下來，他從她懷裡抽出雙臂，反過來抱緊她。一切都安靜下來。安娜輕撫他的背說：「你還活著，你還活著。你還在這裡，在我身邊。」

「這實在太沉重了，我沒辦法。」

「約瑟夫，你差點死了，這會需要一些時間。」

他猛力搖頭，彷彿想趕走一個不愉快的想法。「不是那樣。只是因為我知道……怎麼做。」

「怎麼做？」

「怎麼做可以不死，永遠不死。這搞得我快瘋了。」

安娜深呼吸。過去的這幾天，她多次問他感覺如何，試圖想讓他談起那場意外，但他不是避開不說，僅用幾個字回答，就是說他目前不想討論那件事。

而現在，事情簡單說起來就是：約瑟夫仍然認為，他發現了人類數千年來一直在尋找的祕密之鑰，但安娜知道，這是不可能的。他們之間隔著一道牆。

知道？

她什麼都不知道。

她默默努力將腦中的所有成見清除，準備好要聽他說，準備好盡可能相信他。她輕聲說：「好，告訴我吧。」

「妳不會信的。」

「沒說怎麼知道。如果事情就像你說的那樣，而且我能夠相信的話，那我們就來討論要怎麼做，一起做。」

約瑟夫如機械般搖頭搖了許久，然後說：「我沒辦法談。我只想知道一件事：妳想跟我一起活著嗎？永遠活著？」

這問題問得令人沒有取巧的餘地。安娜沉默了片刻，接著說了唯一能說的話。她說：「想。」

約瑟夫輕輕點個頭，「好吧。」他的視線回到那張圖畫上。安娜把畫拿走。

「約瑟夫，我沒辦法這樣下去。你得告訴我是怎麼回事。」

「如果我告訴妳的話，妳不會相信的。要直到妳看見了才會相信。」

「看見了什麼？」

約瑟夫伸出手；她以為他要輕撫她的臉頰，正準備往後退——她不希望自己像個無知的小孩被輕拍安撫。但他的手繼續往下伸，伸往她手中的那張畫，並指著那隻鯊魚。他的食指不偏不倚指著那張嘴的中央。

「那個。」

・・・

秋天快變成冬天了。

不再有夏季遊客來到他們的小屋度假了。海灣裡的棧橋碼頭，失去船隻的裝飾，像是凍僵的手指，伸入灰色大海中。大型的船隻已經被送往格雷德船塢存放過冬，而小型的船則是已經拉到岸上，如甲蟲翻肚般無助地翻倒過來，沿著海岸線擺放。

初雪在十一月中旬裡的一晚來臨。

當安娜去做晨間散步，穿過那些夏日小屋所在的地區時，她可以看見有腳印越過那些空無一人的庭院——有野兔和鹿的腳印，或許也有狐狸的。她微笑看著一對跑進一座花園的野兔腳印，那裡有像是庭院家具的東西堆在一起，藏在一塊防水布底下。那對腳印到達人造小山丘後消失了。不過防水布上那層薄薄覆蓋的積雪上方有滑行的痕跡，彷彿在夜晚沒人看見的時候，那隻野兔有試圖爬上去似的，或是在上面玩溜滑梯。

安娜喜歡這種動物在冬天奪回這地方的感覺，人類在五十年前才帶著度假夢想擠進這裡。事實上，她比較喜歡這整個地區在冬天裡的樣子。在夏天，這地方有種拚命想放鬆的狂熱：烤肉的嘶嘶聲、碰杯的哐噹聲、疊疊樂的倒塌聲，以及歡喜或懊惱的尖叫聲，全都從早到晚在空氣中傳播。

在冬天，這些房屋重拾靈魂。噢，不是那種離奇的鬼屋靈魂，只是再劃分成小部分的小屋靈魂，但有著平靜的氛圍。這些被雪覆蓋、守護著空蕩花園的小屋，有種在夏季時欠缺的莊嚴肅穆，看起來彷彿有思考能力。

安娜回到家後點燃車庫裡的柴油暖爐。那裡很快就會變得太冷而令人無法工作，所以她就必須把畫作搬進小屋放個幾月。即使是現在，她都需要戴無指手套來防止雙手凍僵。她為自己泡了一杯蜂蜜甘菊茶，坐下來看著目前的作品計畫。

目前？

這計畫她已持續進行了三年；任何人都不能光憑這項失敗就指責她失去了信心。堅持不懈，這就是她。或者該說是愚蠢，她偶爾會這麼想。

這一開始是用來當作練習的，結果變成她在空閒時間裡——不畫海鷗的時間裡——唯一進行的事。她把這系列稱作「形容詞」；目前包含有五十幅左右的油畫。她就是以一個形容詞為題開始作畫；她已繪製的作品中包括《圓的》、《硬的》、《黃色的》和《悲傷的》，都是一些簡單的詞，一些在任何形式的語言裡都存在的基本字詞。

她記得她原本以為這會很容易，是她邊等待靈感邊做的小小練習。結果並不容易。其中大部分的畫作，尤其是在第一年完成的，已無法帶給她任何感受。她對近期的幾幅感到非常滿意，但她很可能會改變想法。

當她陷入絕望時，經常會想起莫內，以及他一次又一次畫那該死的睡蓮池，畫了五年之久。但他們並不一樣：莫內是個偉大的畫家；安娜．伯格瓦爾有舉辦過一次畫展，展示一些她在藝術學校裡完成的現代畫，而且她唯一有出售給圈外人的作品是《開啟的》。

那個戴著一對大耳環、不苟言笑的女人買了那幅畫，她說她喜歡那其中強烈的情色張力。安娜接下了兩張一千克朗的鈔票，點頭稱是。當那女人離開後，而安娜終於可以貼上紅點表示那幅畫已售出時，她仔細審視那幅畫，努力想理解那女人在說什麼鬼話。

在一片明亮的藍色景致裡有一座山中湖泊，湖泊的中央有一扇門的輪廓清楚可見。冷杉在薄霧之中若隱若現，在湖泊的周圍站崗，樹枝延展開來。那女人在哪裡看得見情色張力？

當她告訴約瑟夫這件事，並形容那女人的模樣時，他說他一點都不意外。那女人在預展時有試圖想勾引他，所以，毫無疑問，在她眼裡的一切都具有情色張力。

安娜把杯子放下來，思忖著她正在繪製的那幅畫。那幅畫叫《消失的》，使用了大量的白色。這構想是要讓看畫的人感覺到那裡曾經有什麼存在，但再也不在那裡了，已經……

「消失了，」她大聲對自己說出來。她用已經凍僵的雙手擠出一點鋅白顏料到調色盤上，嘆口氣後努力靜下心來作畫。

約瑟夫比平時晚回家，也就是比他以前的時間晚。最近有時候可能在他下班兩個小時或超過兩個小時後，她才聽見那輛豐田汽車在車道上發出陰鬱的咆哮聲。

安娜站在臥室的窗前，在屋外發出的燈光中，她看見他下車，從副駕駛座拿出一個提袋，插上引擎加熱器的接線後朝屋子走過來。她感到緊張，但不太清楚是怎麼回事。那感覺像是她需要裝出表情，用適當的方式迎接他。而那個人只不過是約瑟夫，是她最親近的人。

但他變了。最近不再容易看見他露出笑容。他比過去更常陷入沉思，就那樣深陷其中。她曾經提示他，也許他應該接受別人幫助他走出那場意外，但約瑟夫就是不聽勸告。他自己調適得很好。

或許他真的沒問題。安娜如此希望著。

當前門打開時，她走到玄關送上一個吻迎接他。他回吻她，輕撫她的臉頰。「嗨，今天好嗎？」

安娜聳聳肩。「浪費了一些顏料，做了一些還算不錯的蛋糕，空等了一些時間。就只有這樣。你呢？做了些什麼？」

約瑟夫將外出服掛起來後，晃一晃手中的提袋。「去圖書館。」

安娜點點頭。他沒回家時就是待在圖書館。客廳裡堆滿了羅素、叔本華、尼采與西蒙娜・薇依的書。還有別的。約瑟夫開始讀哲學，或者，應該說，他開始借哲學書。他從來沒有真的去讀，書只是擺在那裡而已。

他從袋子裡拿出幾本維特根斯坦的書，加進他的收藏裡。他們已經有收到幾封通知信，提醒那些未讀書籍的期限，而堆積如山的書還在增加當中。

他把一隻手放到她肚子上。「肚肚的感覺如何？」

「感覺很好。雖然還是很不真實，但感覺很好。」

「我很期待看肚子長大。」

「真的嗎？」

「當然是真的。」

他把手拿開後，換安娜放上自己的手。

結果這冬天不怎麼冷。最冷的幾天是在十一月，所以安娜過完聖誕節與新年假期之後，可以繼續在車庫裡工作。

他們在安娜父母家度過聖誕節，但隔天就回家，因為約瑟夫已經無法再忍受了——但安娜並不介意，因為家人非常關心她懷孕的事，那幾乎快令她窒息。

在一月初降下的雪很快就消失了，因為沒有結冰的風險，所以約瑟夫今年不需要把船拉到岸上。

安娜的肚子開始凸起了。雖然她還不到真正的懷孕隆起，但看得出來了。進入新年後沒幾天，她第一次感覺到肚子裡面在動，像小魚兒般地跳躍。

圍繞在約瑟夫周圍的沉重氣氛有些減輕，既然安娜不再需要扮演快樂的一方，她就趁這個機會讓自己陷入困境。也許是肚子裡漸漸長大的孩子令她對事物改變了看法：她到底是在搞什麼？

在一月中的一個星期一早晨，她站在自己的畫作前面，認真地認為最好的做法，就是放把火把畫作全部燒了。停止嘗試，停止思考，只要在小塊的木頭上畫海鳥、照顧小孩和烤麵包就好。

她在屋子裡走來走去，花了幾個小時做一些零碎瑣事。到了中午，她感到極度憂鬱與孤獨。她在斯德哥爾摩曾經愛好交際，有許多朋友與認識的人。如今她坐在一間悲慘的小屋裡，而且五個月後，她將生出一個孩子，永遠被束縛住。**這就是妳的人生。**

恐慌感威脅著要擊垮她，而她唯一能想到的抑制方法，是去一趟諾爾泰利耶。去看看一些人。也許到圖書館去，在那裡等約瑟夫，或看看戲院在上映什麼電影。

對。非這麼做不可。

她走到公車站後，雙手插進口袋站在那裡，悶悶不樂，心想她應該再開始抽菸。周圍的景色讓她有這樣的感覺。空氣中瀰漫著薄霧，潮溼的冷杉被骯髒的雪堆包圍，一條灰色的馬路從中穿越，路中央有磨損的白線。在她身旁有一塊告示板，但公車時間表已經被撕下。有人在公車亭的牆上潦草寫下「混蛋遊客滾回去」，真是完美的抽菸地點。很可惜，她在五年前已戒菸，雖然在懷孕期間重拾那習慣是個獨特的想法，但卻不太明智。

公車來了，外觀是令人愉快的紅色。她在一扇車窗旁坐下來，望著窗外更多的潮溼冷杉、更骯髒的雪堆，這時她心情有些許好轉。至少，她現在在前進的路上了。

在諾爾泰利耶，她到處逛了商店一會。花了些時間在H＆M觸摸一件上頭有星星和月亮的兒童防雪服，她不能買下來，因為他們的錢不多，因為家人已經在聖誕節給他們幾袋滿滿的嬰兒用品，因為如果認為一切都不會有問題，就很可能全部出錯，而且這件防雪衣大概是一個戴腳鐐的亞洲兒童製作出來的，而且……全都去他媽的。

她到街道另一邊的販酒商店去，改買一小瓶威士忌。把裝酒的袋子塞進外套口袋裡。

我是個壞人，她走去圖書館時，心裡這麼想。那感覺像是種解脫。

時間才三點半；約瑟夫大概還沒到。她在圖書館外停下來看一張舊海報。那張海報告訴她，有一場美國南北戰爭期間非常知名的戰役，在八月的一個週末會在郊外的一塊田野上重現。有熱狗和路邊攤。歡迎各位參加。

這就是妳的……

接著她瞥見約瑟夫在圖書館隔壁的咖啡店裡。她正要舉起手臂揮手，但停了下來。他沒看見她，因為他全神貫注在跟他對面的人交談。安娜口袋裡的紙袋在她手中擠壓得沙沙作響。那是個女人：苗條、長髮，而且那雙纖細的手在她說話時緩緩揮動。

約瑟夫抬頭看時發現她了。當他們目光相遇時，安娜只想逃走。他看起來像是**被逮到了**。所以她之前在最黑暗時刻裡所想像的是真的。

未來爆裂成無數的碎片。

另外那個人轉頭面向窗戶。那不是個女人。那是個看起來像經歷了七年饑荒的男人，或甚至是經歷過更悲慘的遭遇。有一張極度凹陷的臉，令人無法看出他的年齡。她現在能看見他的頭髮沒清洗，平直垂落在深凹得離譜的臉頰上。一雙眼睛大而明亮。

但安娜本來**以為**是女人。

我們已漸漸疏遠。

她走進咖啡店裡。約瑟夫在門口迎接她，給她一個擁抱。「嗨。妳在這裡做什麼？」

安娜先鬆手放開。「我只是……只是稍微到處逛逛。受不了一直待在家裡。」她朝他坐的那桌點頭。「那是誰呀？」

約瑟夫回頭看了一眼。「噢，只是……只是個朋友。」

安娜含糊發出個聲音，彷彿約瑟夫有她從沒聽說過的朋友是完全正常的——彷彿他們有那種關係。因為約瑟夫都沒有移開來讓她進去，所以她擠過去，走到那張桌前，伸出她的手。

「你好，我是安娜，是約瑟夫的……」

那男人抬頭看她，而安娜嚇得退縮。

他的臉在近距離看時帶有死亡的印記。只有骨頭與蒼白皮膚，臉皮鬆垮，沒有肉可以附著。細薄、乾裂的嘴唇，而上方的鼻子要不是因為整張臉看起來這麼可怕的話，就會在快消失的臉上大得滑稽可笑。那雙眼明亮如炬，正盯著她看。雖然他沒握她的手，但是低聲說：「抱歉。有點冰冷，最好不要……」他朝她腹部的方向點頭。「對胎兒和一切都不好。」

約瑟夫走過來桌前，緊張地擰著雙手，彷彿是要介紹老闆給太太認識，他說：「這位是卡爾—阿克塞爾。」

安娜努力擠出一個微笑。「卡爾—阿克塞爾。」

那男人發出不滿的咕噥後說：「卡克塞。」

「什麼？」

「卡克塞。別人通常都是這麼叫我的。」

「卡克塞？」

「嗯。」

安娜點頭。卡克塞點頭。約瑟夫點頭。任何人從窗外看見會以為他們達成完全一致的意見。

一陣令人不安的沉默。安娜環顧四周：三個具有南歐人臉孔的男人正坐在報紙區旁，專心看著來自故鄉的舊新聞。她不知道該說什麼，因此便指向外面的街道問：「你住這裡嗎？」

絲毫沒有任何笑意的卡克塞回答：「不是，我只是來這裡喝杯茶而已。」

我做不到。

她改天或許有辦法努力去穿越卡克塞與她之間由敵意而生的障礙，但今天不行。所以她反而以誇張的輕快語氣說：「好了，我必須……走了。」她瞥了一眼約瑟夫後又說：「祝你們聊得愉快，」接著轉身離開。

卡克塞舉起手。

「一路順風啊，小姐。」

她走出去到街上，不知要往哪裡走。實際上什麼都沒有發生。只是一切都……不對勁。

正如她所預期的，約瑟夫很快跟了上來。

「安娜……安娜？」他說。

「嗨。」

「妳不想進來嗎？」

「不要，所有事都感覺有點太……困難了。」

約瑟夫低頭看地面，咬著下唇。「我在想……哪天邀他到家裡去？」

「好的。可以。」

同意這件事並沒有使約瑟夫感到快樂些。他雙手交叉胸前，不斷來回走動。安娜等待著。她很清楚，他就快要告訴她這一切是怎麼回事，而且當他失去那份衝動時，她也同樣能察覺。他把臉貼近她的臉說：「相信我。」

她高舉張開的雙手。「約瑟夫，我搞不懂。」

「妳會懂的，我保證。」

「約瑟夫，這樣不好。你這種說話的方式，我們的情況……我們無法……」

約瑟夫壓緊嘴唇。

「我知道，我知道，我知道。這是為了我們，好嗎？我保證，我愛妳。我愛妳。」

安娜突然有一陣傷感湧上心頭。有什麼在這裡遺失了，在諾爾泰利耶圖書館外的臺階上。但她還是說：「我也愛你。你到底在做什麼？」

約瑟夫看起來稍微放心了。

他咧嘴笑著說：「快好了，這就像是要給妳生日驚喜。」他笑出聲來，「準備好之後，我就會把一切告訴妳。好嗎？」

即使覺得一點都不好，安娜還是點了頭。她進入圖書館內，無精打采地瀏覽那些CD一會。後來約瑟夫進來了，接著他們便開車回家。

他問她的工作進行得如何，她說糟透了。沒有意義，全都沒有意義。他試圖安慰她，告訴她說，她已經畫了許多很棒的畫，也許是懷孕的關係，情況一定會改善的。他做了公式化的安慰，他心不在焉。

當安娜在圖書館時，卡克塞要去拜訪他們的時間已經訂好在星期四。

接下來的那幾天，約瑟夫不知為何又變了一個人似的。他星期二去上班之前，為她精心準備了早餐，並留下一張小字條給她：沒有她，他會迷失，她是他的一切。下班回到家後，他滿懷愛意，每當有機會便撫摸她的手臂、背脊、頸背。他想要再跟她親近，想要再進入。但他馬上就要，他很快就要，就像是使用一輛大型挖土機執行考古挖掘工作。東西在過程中被毀壞了。

她上午時盯著那些畫作看，在內心與腦海裡思索。她破壞了一塊美麗的漂流木，在那上面畫了在庫爾坎島上吃草的綿羊。但她把綿羊畫得只剩下骨架，在草地上吃的不是青草，而是一根根手指，而太陽是咧嘴笑的骷髏頭。

當她退後一步，從整體的角度來看那幅畫作時，那是她在這幾個月裡第一次對自己所做的事情感到滿意。旅遊紀念品與浪漫驚悚的結合，產生了不錯的效果。那幅畫在當時是倉促完成的也完全沒問題；模糊的線條形成了一種夢幻的風格。

那天剩下的時間裡，她感到比較快樂了，那是她許久都不曾有過的感受。她到處在屋內做一些零碎瑣事，傾聽她身體的聲音。胎兒在裡面，就算沒有在踢或在動，她都能感受胎兒的存在。像是隱約察覺得到的一股搔癢感，像是房間裡還有另一個人。現在有兩個人了。

當約瑟夫回到家時，她把那塊漂流木畫拿給他看，他笑到流淚，還說如果他是個遊客，就會開心掏出兩千克朗買下來。她把畫送給他。他說，他要把畫掛在幼稚園的員工休息室裡，也許加上一小塊標示寫著「吸菸導致死亡」。

「綿羊通常是不抽菸的，約瑟夫。」

「對，但是這些會抽，然後有這樣的下場。」

那天晚上，約瑟夫提起卡克塞。他是個哲學家，或至少可說是個哲學研究者。他已讀完整個哲學史，結果反而使他的理想完全破滅。他是約瑟夫所認識的人之中最抑鬱消沉的一個。彷彿是想證明內心空虛會導致疾病產生似的，他罹患了白血病，最多只剩下一年可活。

約瑟夫一邊告訴她這件事，一邊不停咬指甲。安娜輕輕將他的手抓離他嘴邊。

「約瑟夫，你是怎麼了？」

「沒事，我只是……我對他感到同情。」

安娜深吸一口氣。「這件事……卡克塞的事。這跟你那場意外有任何關係嗎？」

約瑟夫的小指又回到他嘴巴裡。他輕輕咬著指甲一會，然後說：「他想死。」

安娜等著他說下去，但沒有後續了。在一片靜默之中，那句話還迴盪在空氣中。**他想死**。她開口要叫他繼續說，但約瑟夫先開始說了。「妳星期四那天有什麼打算？」

「星期四？」

「對。他來家裡的時候。」

她沒想過要在星期四做什麼特別的事。她笑了出來。「你是說……當我端食物出來時要穿什麼嗎？也許穿網襪吧？」

約瑟夫的嘴角上揚，接著又往下。「不是，我以為……妳也許不想待在這裡。」

「你不希望我待在這裡嗎？」

他什麼都沒說，那就是他的回答。她突然感到怒火中燒：氣他守著什麼鬼祕密，氣他咬指甲，氣他完全不在乎她的感受，氣她為什麼要這麼過度體諒他，就只是因為他之前發生了一場意外，**靠，都過了快四個月了**，然後她說：「唔，反正我本來想要在最近放把火把車庫給燒了，那我在星期四就可以這麼做。我可以坐在那外面，一個人在火堆旁度過美好的時光，而那時候你們兩個……隨便你們要做什麼他媽的事都行。」

她從沙發上站起來，拿起咖啡桌那堆書最上面的一本——萊布尼茲的《預定和諧》，在他試圖要站起來時扔到他的膝蓋上。

「你坐下，看本他媽的書。我可以在星期四去找嘉布瑞拉。那我幾點可以回來啊？」

約瑟夫看起來很痛苦。他把雙手交叉緊握，舉到他的面前懇求著。

「安娜……拜託，別這樣。我……」他突然閉上嘴巴。然後回答她最後那個問題，彷彿她是很認真問的。

「妳最好是可以在……在星期四深夜回來。」

「所以我不需要在外面過夜嘍？真是太感謝了。」

約瑟夫嘆口氣。「拜託妳，安娜，妳可不可以……」

「星期四深夜嘛。好，沒問題。好了，事情解決了。」

她離開那裡，上床就寢。

星期三是在彼此冷戰之中度過。安娜開始動筆勾勒新作，在一座小島上有一棵巨大的樹，其中一根樹枝上懸吊著一個女人，她吊在一條繩子上。但她的身體被畫成有樹根從雙腳冒出來，那些樹根努力往下鑽進樹下的地裡，而她的皮膚快變成樹皮。

她沒必要把這個畫到木頭上。她知道沒有人會買，因為這不具有那些綿羊骨架的黑色幽默。這種畫可能會讓碰巧在信箱旁遇見她的鄰居移開視線：*她看起來總是很善良的樣子。*

她打電話給嘉布瑞拉，她當然是說：實在是太棒了，好期待在星期四傍晚跟妳見面，給妳親親。

約瑟夫回來後，他們避免了一場爭執，彼此保持距離。他去碼頭那裡，去照料他的船。當她聽見引擎發動時，心跳漏跳了一拍。她跑到廚房窗戶旁，心裡覺得*他要離開我了……他要消失了……*

但那艘船還停靠在碼頭，而約瑟夫站在甲板上發動引擎。當他把事情完成時，她迅速離開窗邊，這樣他就不會發現她在看。畢竟，她並不在乎他。

晚上他們看了一部有金凱瑞演出的愚蠢電影，他在片中與另一個傢伙到處耍白癡。她在影片裡的幾個地方注意到：「我本來應該在這裡笑出來的，但卻沒笑。」

電影結束後，他們沒什麼話好說，所以就上床睡覺了。安娜感覺得到約瑟夫的怒氣像是一朵雷雨雲，從他睡的那一側飄過來，但她不去理會。她努力過了，已經受夠了。

她反而躺著沒睡，雙手放在肚子上。她能感覺到裡面有想睡覺的亂摸動作，於是她把雙手輕輕往下壓以做為回應。

她快要睡著時，約瑟夫從床上下來，悄悄走進廚房。燈亮起，冰箱被打開。過了一會，她聽見他嘎吱嘎吱在吃一片薄脆餅乾。她縮起雙腿，把雙手夾在大腿之間。她不只很生氣，她也很害怕。

她想去約瑟夫那裡，坐在他旁邊聊啊聊啊聊，直到天亮為止，把事情釐清，找出問題所在。但是她不敢，不想看他的臉在她出現在門口時會露出的表情。可能是一臉冷淡，不接納她，再度將她推開。

她寧願躺在這裡，抱著她唯一能確定的東西。

她在約瑟夫回來床上之前睡著了。

當她在星期四早晨醒來時，約瑟夫已經出門了，他搭早班公車，好讓她可以使用那輛汽車。餐桌上有一張紙條。

親愛的安娜：

現在是凌晨兩點，我等一下就會上床睡覺，看能不能睡得著。

我知道我最近一直很奇怪，很難相處，但從明天起，一切就會改善，改善很多。我保證。

妳今晚可以在十一點或十二點左右回來嗎？拜託，這很重要。

還有，要記得我愛妳。直到永遠。

安娜之後會覺得，要是她有聽從自己的直覺待在家裡就好了。抓著約瑟夫的頭，以離婚作為威脅，強迫他說出他在搞什麼名堂。但是她沒有那份勇氣。她想去見嘉布瑞拉，跟局外人聊聊目前的狀況。她在懷孕、黑暗與融雪交雜而成的混亂之中四處徘徊，她需要稍微遠離那裡。因此，在耳內的警鐘齊聲響起之下，她在下午一點過後就上車，把約瑟夫交給命運安排。結果她困在來自卡佩爾斯卡的貨車車隊裡，就一路跟著那長長的隊伍一起前往斯德哥爾摩。

嘉布瑞拉那間只有一房的公寓有如一部時光機。在米索馬可蘭森的八坪空間裡，凌亂堆放著完成與半完成的油畫、相片、展覽的傳單、從網路上下載列印出的圖畫、衣服。安娜發現自己心裡在想：*天啊，成熟點好嗎！*

她們都是三十一歲，而嘉布瑞拉還完全停留在安娜八年前的處境。一間轉租的公寓，沒有長期的戀愛關係，沒有工作。她大概有在看連環漫畫《Nemi》⑬。

也許，我只是在嫉妒？

嘉布瑞拉做了可麗餅，她們在小小的廚房裡吃，從那裡可以看見停車場。嘉布瑞拉邊吃邊提自己的事：最近向藝術與設計大學提出入學申請、她的作品範例、與某個在預展上認識的匈牙利人起了口角、她是怎麼開始在商店裡順手牽羊以示抗議。安娜唱了史密斯樂團的〈全世界商店扒手團結起來〉的第一句，

⑬《Nemi》，挪威漫畫家Lise Myhre在一九九七年創造出來的哥德風漫畫。

嘉布瑞拉加進來唱了幾小節。她放下餐具，用雙手抵著下巴。

「那你們兩人最近好嗎？」

安娜聳聳肩。「還不錯。」

嘉布瑞拉什麼都沒說後，安娜又說：「我不太有心情工作，但可能是跟懷孕有關。妳記得我那時候開始畫的那個系列……」

她們的話題又回到藝術上。安娜不想談她的生活，她知道嘉布瑞拉會說什麼：**妳不能讓妳的生活被他的惡夢操控。看在老天的份上，放妳自己自由吧**。說得真容易，因為妳從來沒有對同一個人忠實超過一年。說得真容易，因為妳沒有懷孕，又住在米索馬可蘭森的一房公寓裡。說得真容易，因為妳從來沒有愛過並希望那份愛永遠持續。所以，她們談藝術。

她們在晚上進入市區，前往「佩利坎」酒吧，那裡是她們以前經常出沒的地點。或許，那是個錯誤；她們坐在那裡，兩個人像從前一樣待在那個地方。那樣很明顯就看得出，她們跟以前再也不一樣了。至少，安娜不一樣。

她們回憶在學校裡的時光，談論一些老朋友後來變得如何了。當對話漸漸不再熱絡時，兩人都開始看向別處：嘉布瑞拉對一位頂著雷鬼頭的男人調情，安娜盯著吧臺上方的時鐘看。當指針終於走到九點五十分時，她說：「抱歉。家裡有事要處理。我想我該走了。」

嘉布瑞拉喝完她的第三杯啤酒。「我不意外。」

安娜帶著解脫與罪惡感相混雜的心情站起來。結果跟她所預期的完全不同；關於她真正的問題，她隻字未提。那感覺像是背叛了她們的友誼。

管它的。只要她能回到家就好。

她們彼此親吻和擁抱，說她們一定要快一點再相聚，而那些都是謊言，當安娜快步走出酒吧時，她看見那雷鬼頭男人過去坐她原本的位子，成了嘉布瑞拉更好的酒伴。

安娜幾乎是跑著越過五條街到停車的地方。她到家的時間會太早，但既然她現在已下定決心，反而更加覺得她到家的時間會太晚，不管那意味著什麼都無所謂。

他想死。

她顛簸著開出那狹小的停車空間時，保險桿擦撞到前方的車輛，接著她穿越市區，往羅斯拉格斯圖爾的方向前進。由於她先前跑步與愈來愈焦慮的關係，汗水在背上流淌下來。

此時約瑟夫正跟一個想死的男人坐在他們的屋子裡。她發覺他們之間可能存在的連結，並向上帝祈禱，希望她搞錯了。

她轉進屋前的車道時頭暈目眩，因為前一個小時都在聽豐田汽車飆到一四〇時所發出的噪音。當她關掉引擎下車後，那裡變得極度安靜。屋外的照明燈發出歡迎的光線，一切看起來都跟往常一樣。她走向房子時心裡想著，如果一切都沒事的話，她就……找個辦法從裡面出來。也許去坐在車庫裡吧。

我們怎麼會變成這樣？

她走上臺階到門廊時，也同樣清楚感覺到那份寂靜。沒有說話聲，也沒有笑聲。她打開前門。玄關裡的燈是開著的，廚房裡的也是。餐桌上放著半瓶的威士忌與兩只玻璃杯。一袋冰塊在一小灘水之中。

「有人在嗎？」

她朝廚房窗外看。漆黑一片。

她從水槽上方的磁鐵架上，拿走那把去年冬天買的碳鋼刀，那把刀鋒利得像剃刀一樣。她這麼做不為什麼理由，只是覺得拿在手中的感覺很好。在最底下的抽屜裡，她找到手電筒。她又到屋外去。一路走向棧橋碼頭。

手電筒的燈光使得熟悉的景物變得有點陌生而具有威脅性。她照亮路上因融雪而溼滑的石頭，看見一些黏滑的鯨魚背，還看到一隻眼睛在石頭縫裡張開著。她繼續走，走到棧橋，在濡溼的木板上小心踩踏。她把手電筒照向棧橋邊緣，看見她所害怕的事。

船不見了。

海灣中聽不見任何聲音。那裡只有福爾霍姆礁上的燈塔送出單調、寂靜的信號燈，使得燈光之外的黑暗更顯漆黑。

她在棧橋上坐下來，感覺到木板的潮濕滲入長褲，並關掉手電筒。

當她在那裡坐了大約十分鐘時，她聽見有艘船的引擎啟動了。她無法判斷那聲音有多遠，也許有五百公尺遠吧。那聽起來像是他們的船。聲音愈來愈近，她的心臟開始愈跳愈快，接著她站起來，手指觸摸著手電筒。但她沒有打開，因為害怕……把他嚇跑。

我們怎麼會變成這樣？

這一切可能還是……正常的。約瑟夫帶卡克塞出海小小兜一圈，展示那艘船的性能，或諸如此類的。他們醉得很開心，想要出去在黑暗中待一會。

而我，成了焦慮的莫內。

幾分鐘之後，她看見那艘船先是模糊的白點，然後愈來愈大，愈來愈清楚。越過黑暗海水逐漸接近的引擎聲帶有不祥的預兆，彷彿有隻怪獸要從海裡上岸。不過，她依然待在棧橋上，以幾近立正的姿勢，挺直站立著。那把刀在她腳邊，她手中反而是抓著那把舊手電筒，抓著那令人安心的重量。

那艘船駛進碼頭的感覺有點不對勁，移動的速度太快。引擎關閉了，船撞上了棧橋，使她腳底下產生震動。

「他媽的……」

是約瑟夫的聲音。他的手碰到棧橋時發出啪的一聲。她聽得見他在黑暗中喘息。她向前走了一步後說：「嗨……」

約瑟夫大叫。他的手從棧橋上鬆開，身體往後倒進船裡時，發出了砰的一聲。他又大叫，這次的聲音裡帶著痛苦。她打開手電筒。約瑟夫正躺在船中央的凹槽，頭靠在船舷上緣。他看起來像是一隻被汽車大燈嚇得無法動彈的動物，出於本能舉起手幫眼睛遮住光線。安娜又關上手電筒，然後說：「對不……」

在她說完最後一個字之前，她腦中已顯示出眼睛在光線下的幾秒時間裡所看見的景象。約瑟夫的身旁躺著卡爾－阿克塞爾，他的嘴巴與眼睛張開著，一臉幾近……狂喜的表情。瞳孔放大。死了。

「靠，妳把我給嚇死了。」

約瑟夫站起來，再一次抓住棧橋。安娜搖搖頭，這不可能發生。他們是約瑟夫與安娜，彼此非常契合，住在海邊，即將有小孩出生，所以這不可能發生。

約瑟夫爬到棧橋上，把船固定好。安娜還在搖頭，彷彿只要她一直那麼做，事情就不是真的。她低聲說：「你做了什麼……你做了什麼？」

他來到她面前，抓著她的肩膀抱住她。她將他推開，因為他的身體擋住了；那樣讓她無法繼續搖頭。

「安娜，這是他所希望的。我只是幫他忙而已。」

「你……你殺了他。」

「不。」他的手抓緊她的肩膀，彷彿想強調重點。「我是幫他結束生命，這有很大的差別。」

「可是……為什麼？為什麼？你到最後會……那樣……」

約瑟夫捧住她的臉，迫使她的頭停止搖動。接著他說：「死亡在他身體裡面，現在就在裡面。」

「死亡……」

「對。它在他身體裡面。它出不來，它是我們的了。」

他輕輕將她往下推，直到他們都坐在棧橋上，彼此面對面。

一陣潮溼的風從海上吹來，將她的一根頭髮輕拂到臉頰上。她抓住頭髮，繞在食指上——那是一根能找回熟悉事物的救生索。她拉住那根頭髮，頭皮因此發痛。

她深深吸進一口充滿鹹味的夜晚空氣。也許是因為體內大量湧出腎上腺素的關係，也可能只是為了避免陷入瘋狂而產生最後一道防線，她張開手臂，彷彿想擁抱夜晚、大海，突然感受到無限的自由。

約瑟夫的話不可能是真的。但他們在夜晚寒冷的空氣中，一起坐在棧橋這裡，而距離他們幾公尺的地方有一具屍體……這就是一切的結束，不是嗎？什麼都不再一樣了，什麼都不會是她原本心裡想的那樣。在那一刻，所有的責任都從她肩膀上卸下，她……自由了。

約瑟夫把手放在她膝上。

「妳想知道嗎？」

「我想知道。」

她的聲音清楚、鎮定。此刻，她完全回到現實。

約瑟夫說：「這是我們一同決定的。他來到我們家。我們喝了一點威士忌來……呃，來慶祝。然後，我們出海到鱸魚礁，就是在特約雪島南邊那裡。那裡的水深只有三、四公尺。我把錨繩綁在他身上後，他跳下去。我們說了……我們說了什麼？再見……再會了……謝謝你這麼做……謝謝你請我喝威士忌。」

他發出鼻息，幾乎快笑了出來。

「那氣氛很……可笑。我想我們很害怕，兩人都害怕。各自害怕的方式不同。然後他說我應該把船錨丟下船了；我問他是否確定，他說：『不確定，但你就丟下去吧。』所以我丟了。他從水面上消失，錨繩被拉出了幾公尺後停下來，然後我就坐在那裡。看著燈塔，數著閃光的次數。」

他清清喉嚨。安娜在他用雙手撫摸自己的臉時，看見他手背蒼白，聽見他的手掌輕輕摩擦著鬍渣的聲音。

「他就在我下方。只要我想，就可以把他拉上來。」

「但那不是他想要的，不是嗎？」安娜說。

約瑟夫這時的說話聲音變了。「大概一分鐘後，燈塔八次閃光後。接著錨繩開始……被拉出。」

他們坐在那裡，有很長的一段時間都沒說話。終於，安娜開口說：「他是在試圖拉自己上來。」

「對。」約瑟夫以些許沙啞的聲音又說：「但我有一堆錨繩，有三十公尺。而他還是……還是把全部都用完了。」

約瑟夫在哭泣。安娜無法讓自己去安慰他。她的內心變得冰冷、無情。在她肚子裡的胎兒移動了手或腳，但她沒感覺，彷彿那是發生在別人身上。

「那你怎麼做？」

「我什麼都沒做，什麼都沒有。他沒辦法把自己拉上來。過了一會，繩子……變鬆了。我再等一分鐘。然後，我拉他上來。」

後來，安娜對於自己會那樣做感到難以理解。甚至更加難以理解的是，她為何在進行的過程中感到興奮。彷彿他們在參加某種非常刺激的派對遊戲。圍一圈坐著玩通靈板之類的。她唯一能想到的解釋只有一個：就是那整件事不是真的。

還有一個，就是——**上帝，請原諒我**——約瑟夫與她再度一起做一件事，是以愛為名的共謀，就像以前他們之間一切都很順利時，就一直是這樣稱呼他們自己。

他們將卡克塞搬到屋子裡。他的衣服溼答答的，而當約瑟夫拿一些黑色塑膠袋鋪在地面要放那具屍體時，安娜發現自己竟然拿著一條抹布把水擦乾。

直到他們站在一起，把手交叉在胸前注視他們的成果時，反對的意念才纏上她。

「約瑟夫，我們不能這麼做，我們必須報警才行，或是通報什麼單位之類的。找人來……」

約瑟夫搖搖頭，然後在屍體旁蹲下來。他說：「出來。」

安娜睜大眼睛。他真的已經瘋了。當下的感覺消失了，被一連串身為單親媽媽的日子所取代，她向孩子解釋，爸爸在一個別人會照顧他的地方。約瑟夫完全專注在那具屍體上，她好孤單，是孤獨的犯罪幫兇。

無聲的眼淚在約瑟夫踢屍體時流出，他大吼：「我要把你埋起來，知道嗎？如果你不出來讓她看，你就永遠都無法回來。這件事她也有參與，知道嗎？我保證。我會在岩石上把你給燒了。你不相信嗎？我會把你放在船裡，把汽油倒在你身上，然後……」

安娜站在那裡無法動彈，聽著約瑟夫不停對死屍咒罵，威脅著無法再被威脅的東西。

什麼……

有液體開始從死屍的一隻手上流出。

當她在約瑟夫身旁蹲下來時，下顎在顫抖。

液體正從指甲下方的縫隙流出到地板上。不，不是流出。是自行移動出來。沒有像水擴散在地板上，而是捲曲成一道水流，向下移動到屍體的腳邊，沿著腳邊彎曲行進。那些水形成了一條水蛇，有前臂般粗，繼續從手指湧出，而另一端則是往另一隻手的方向前進。

水流接著分成五條小支流，往前擠到指甲底下，而在同一時間，從另一隻手出來的水流停止了。

安娜伸手摀住嘴，微微啜泣，她看著那條水蛇變得愈來愈短，漸漸消失，回到屍體內。有些閃閃發光的水滴還留在指尖上，最後也消失了。全都不見了。

她眼前看見的，不再是一個人。她看見的是……一具軀殼，是死亡所居住的一個洞穴。如果那具死屍的腹部在死亡爬回巢穴時有脹大起來，就會是完整的景象了。

當電話響起時，她伸直僵硬的雙腿站起來，走過去拿起電話筒。這完全正常。要準備好解釋了：有關當局或政府單位之類的會通知他們新發生的狀況。這年頭都是用電話通知。

「喂，我是安娜。」

背景裡有哐噹的敲擊聲與說話聲。

「喂，我是嘉布瑞拉。只是想確定妳有沒有順利到家，妳聽起來好……一切都還好嗎？」

安娜往漆黑的窗玻璃看去。那外面有她自己與她所在房間的映像。在她背後的約瑟夫起身走進廚房。那具死屍靜靜躺在塑膠袋上，在反射的影像中看起來像個黑洞，令人產生屍體是懸在空中的錯覺。她伸手去碰玻璃。

「喂，妳有在聽嗎？」

安娜點頭。她耳邊有人在說話。她眼前是個倒映的世界。那聲音說：「搞什麼鬼啊……安娜？妳有在聽嗎？」

「有。有，我在聽，我有在聽。」

「一切還好嗎，妳聽起來好……」

「一切都沒事。」

「那就好。妳聽我說，那男的，那個雷鬼頭，他……」

安娜沒在聽了。嘉布瑞拉的聲音繼續在耳邊嗡嗡作響，但安娜被映像吸引住了。如果她打開窗戶，就可以走進那個世界，就跟「愛麗絲漫游奇境」一樣。她移動她的手，揮揮手。另外一個安娜也揮揮手。在背景中，約瑟夫再度出現了。

她轉過身來。約瑟夫的一隻手緊握著，好像手裡有拿著東西。她看不見是什麼。他用另一隻手朝電話做手勢，示意要她掛斷。

嘉布瑞拉還在說話。安娜說：「抱歉，我現在沒空，待會再打給妳，」然後掛斷電話。

「誰打來的？」

「嘉布瑞拉。」

「她要幹嘛？」

她手指輕觸嘴唇說：「我不知道。」接著移動手指，指向屍體。「這……這……非常……非常……」

「令人震撼？」

「不……不是那樣……」她的聲音聽起來很遙遠，彷彿她是在跟自己講長途電話。「……我想說的是，沒有……這實在很……噁心。這實在很噁心。我覺得這樣的事噁心至極。」

「但是妳現在相信我了吧？」

「對。沒錯。但我想……我想我會希望我們……約瑟夫。有……有一條蛇在他身體裡。在我們的房子裡，現在就在這裡。」

約瑟夫搖搖頭。

「它不再是一條蛇了。它已經擴散到他全身，就像它之前對我做的那樣。」

「對。可是……」她就是想不出該怎麼說。她在沙發上坐下來，眼睛避開不看屍體。「你不覺得……這很噁心嗎？」

約瑟夫在她身旁坐下。她現在看得見他手裡拿的是一根針。他伸手摟著她的肩膀。安娜聽見船摩擦到棧橋所發出的嘎吱聲，聽見大海在窗外低語。大海，那條蛇的家。她以前經常在那片大海中潛水、游泳。

她靠在約瑟夫身上。「我們以前那樣很快樂。不是嗎？」

約瑟夫點點頭。「是啊。而且我們接下來也會很快樂。但是我沒辦法只是……我一知道了這件事……我就……」

「不，我明白。」安娜想了一下。「我真的明白。對，真的。」

「真的嗎？」

「真的。」

約瑟夫突然倒在她身上，他將頭埋進她胸前。她撫摸他的頭，並抬頭注視躺在他們客廳地板上的屍體。她明白。如果曾經逃過死亡，就會希望活下去。或許，他就只能這麼做才行。如果是她知道的話，可能也會這麼做。

約瑟夫微溼的頭髮在她輕撫時貼上她的手指。他們的兩人世界有好幾年都不受外界影響。他們曾經這樣說過。

如果我死了，如果我瘋了，你會怎麼做？

我也會一起死，我也會一起瘋。

那就是他們說過的話。他們當時似乎是很認真說出口的，現在要來驗證是否屬實。

她用雙手抬起約瑟夫的頭。

「那我們現在要怎麼做？」

約瑟夫眨眨眼，抹去眼睛裡的淚水。「我……抱歉，這實在是……安娜，妳知道我……」

「我知道，我們現在要怎麼做？」

約瑟夫挺直身體，在沙發上緊靠著她坐著。「別問我怎麼會知道這一切，我就是……知道。」他拿起那根針。「我們必須給它一點血，這樣它就會認得我們，也會知道不能碰我們。這就像是……訂定協議。」

他們繼續說著。說永生不死真正代表的意義；說他們是否會停止變老，是否可能得隔一段時間就搬家，以避免引起懷疑。說如果他們說出實情，是不會有人相信的。

歸結起來就是，這是個很冒險的重大計畫。最令他們害怕的是，他們並不知道那生物是代表何人或何物做出行動。

最後，安娜說：「我們要就做，不然就算了。」

約瑟夫握住她的雙手。「妳想做嗎？」

「你想嗎？」

「想。」

「那我們就做吧。」

他們從沙發上站起來，走過去靠近屍體。雖然可能是出於自己的幻想，但安娜覺得，她看見屍體的皮膚有些微抽搐。也許那生物急著想獲得自由，回到它所屬的環境。

他們在屍體頭部旁邊蹲下來，彼此對看。儘管他們現在已經來到整件事情的核心部分，約瑟夫的表情還是很平靜。或許是因為他不再需要背負做決定的全部重擔。安娜覺得麻木、恍惚。彷彿她真的已踏出窗外，此刻是身在規則不同的鏡子世界裡。那裡唯一的罪過是質疑。

約瑟夫已事先警告過她：那生物能夠操控死屍。在船開回來的途中，它有用卡克塞的聲音進行對話。所以，如果屍體做出什麼動作，就沒什麼好害怕的。安娜不覺得她會害怕，她對這種事沒感覺了。

約瑟夫拿出那根針。「妳先，還是我先？」

安娜看著他手上細小的銀針，咯咯笑了起來。有幾句歌詞在她腦中閃現：毒蟲的婚禮：一支共用的針，接著她說：「我們甚至都還沒結婚呢。」

約瑟夫露出微笑。「我們現在就是要結婚。」

「好，你先。」

他下巴的肌肉有些緊繃起來，接著他就把針刺進右手食指。有一滴血珠出現，他壓住手指，直到血珠大到幾乎要脹破才停。然後他將手指移到屍體的嘴邊。

安娜沒有像她本來以為的那樣神志不清。

當約瑟夫的手指碰到屍體的嘴時，屍體抬起頭，嘴巴將手指含住。

她發出尖叫。約瑟夫將手指猛拉出來。

當一塊帶點藍色的舌頭從死屍口中冒出，舔舐嘴唇上的生命汁液時，她的胃裡產生一股噁心的感覺。

我不會吐我不會吐……

結果她沒吐。約瑟夫摟住她的肩膀。他全身都在發抖，幾乎是上下彈跳。他的聲音因興奮而沙啞。

「完成了，結束了……」

安娜從他手臂裡掙脫開來。她也在發抖，她的牙齒在打顫，當她跪下來找那根針時，房間在劇烈晃動。

想要做，快要做，一定要做……

因為有別的事發生了，是眼睛無法看見的事。那一刻，當那生物舔了嘴唇上的血時，房間裡產生了變化。有什麼移動了，儘管約瑟夫坐在她身旁說著她懂的語言，這裡還是只有她一個人。這沒有別的方式可以形容。雖然約瑟夫依然有人類的形體，但他已經變得不同了。

原有的平衡已遭到破壞。雖然這可能只是她腦海裡的想像，但是她周遭的一切彷彿因為死亡受騙上當而在抗議。房間的角落朝天花板彎曲，地板隆起。

那根針在約瑟夫的腳邊。當他氣喘吁吁繼續說：「發生效果了，我感覺得到，就在我整個體內……」她試圖去把針撿起來。她的手指摸索著經過閃亮的弧形表面，正當她的指甲碰到那根針下方，手指把針拿起時，她從眼角看見了一個動作。

她坐起，手上拿著那根針。那具屍體已經將頭轉向她，淡藍色的眼睛直視著她，視線穿入她內心。她腦中產生一陣急速移動的嘈雜聲，像是有數百隻鳥振翅起飛，而房間內的瘋狂變動讓她差點失去平衡。她拿針刺了手指。

什麼都沒發生。她看看手指，再看看那根針。她誤用了鈍的那一頭。當她試圖把針轉過來時，針從她汗溼的手中滑掉了。

「妳……」

當死屍張開口說出那一個字時，突然衝出一股腐臭的海藻氣味。

夠了。

出去出去出去必須要出去

她大喊：「約瑟夫！我不行，我不想要，我……」

那屍體的手迅速伸出，抓住她的胯部，用力抓緊。她驚慌地使勁想拉開，但失去平衡，全身倒在地板上。

「約瑟夫，它……」

她沒辦法再說出話來，因為那一刻她感覺到一股潮溼、冰冷的寒意在腹部、大腿蔓延，接著它一瞬間就穿過長褲，並繼續移動到她體內。

約瑟夫衝上前去扯開死屍的手，但是太遲了。死亡已經進入體內了。安娜的子宮凝結成冰。一團會動的寒氣占據她的腹部，使那裡膨脹成正常尺寸的兩倍，這時她因為疼痛而尖叫，也因為她知道，她知道發生了什麼事。

原有的平衡恢復了。

「安娜，安娜，安娜……」

海鳥飛翔的聲音。在那些翅膀的急速拍動聲響之中，她在最後聽見了他的聲音，接著翅膀變成看得見的影像，愈靠愈近，填滿她的視野，然後一切變得黑白一片。

約瑟夫用顫抖的雙手努力脫下她的長褲、底褲，他完全不知道該怎麼辦；他腦中只有一個清楚的想法在跳動：*要把它弄出來，要把它剷除掉……*

如果「死亡」沒有在此時離開她的身體，他可能會在困惑之中做了什麼可怕的事。安娜的腹部塌陷下去，因為原本在裡面的東西傾瀉而出。粉紅色的液體大量湧出到地板上，形成了一個扇形，浸溼他的膝蓋，隨著液體不斷流出，他不久之後就像一座島嶼般，坐在一片粉紅大海之中。

最後，胎兒也出來了。

體型大約有燕鷗那樣大，已具備完整的人型，連接在隨後也流出的胎盤臍帶上，是一塊暗紅色的純潔生命，是曾經有生命的東西。

約瑟夫跪著向後挪動，撞上了咖啡桌，視線一直看著那個原本會是他的小孩的東西，無法移開。胎囊已經因為壓力爆開，淹沒在鹹水之中。

他一直大叫，直到聲帶疼痛起來。當他的叫聲變得只不過是嘶啞的吠叫時，他仍然繼續叫，並看見從安娜子宮流出的血液顏色，隨著「死亡」脫離出來而變得較為暗紅。最後，那裡有個胎兒躺在一灘血泊之中。兩具軀體在地板上。還有一灘水。

那一灘水收縮起來，化成一條透明的細繩。

約瑟夫停止大叫，張著嘴站在那裡。

它會跑出去……

那條繩子開始往門的方向移動。他大笑，但沒有發出笑聲；他開始用力踩那條繩子。它斷成兩半，越過他的腳繼續前進。他大笑、啜泣，繼續用力踩踏，又跳到繩子上，但它就只是滑開後再重組起來。

當它抵達前門時，便從門縫溜出去了。

他試圖抓住它，它從他手中滑出。他打開門，追著它跑到大海。正當繩子的前端碰到水要溜進去時，他被暗藏危險的岩石絆了一下，往前摔倒。

他腦中聽見一個碎裂聲，因為他有幾顆牙撞斷了，而他的口中滿是鮮血。

他臉朝下趴臥在岩石上，直到天亮為止。

．．．

還有什麼好說的嗎？

安娜活了下來。在住院幾天之後，她的身體完全康復。她甚至不需要做子宮擴張刮除手術。「死亡」已經十分細心完成它的工作。她已永遠無法生育了。

這個事件在報紙上報導了一星期左右，約瑟夫因為協助他人死亡被判刑四年。一位曾經治療過卡克塞的精神科醫師證實，他有強烈的自殺傾向，所以約瑟夫所說的情況並非完全不可能。

報導並沒有提到住在海裡的「死亡」。

安娜去監獄探視過約瑟夫幾次，但他們的關係在事情發生之後已無法繼續維持。她說他不該自責，說那是她自己的選擇。但沒有多大的幫助，約瑟夫對外界毫無反應。

幾年過後，安娜又開始畫畫，恢復她在事情發生前的日子所開始的創作，但少了幽默元素。她進行得很順利。雖然她永遠不再感到快樂，但是她繼續努力下去。

約瑟夫出獄後回到那間屋子。花了幾個月的時間把那裡整理好。

在獄中，他有充裕的時間仔細思考他與「死亡」共處的幾個小時所帶給他的感覺。儘管他曾努力想得到永恆的生命，但當他知道自己透過協議得到的永生，僅能避免死於水中時，還是鬆了一口氣。

他會像其他人一樣變老，他可以隨心所欲奪走自己的生命，但他永遠不會溺死。

時光飛逝。約瑟夫無法重新開始任何工作。他在三十八歲的年紀就成了老人，坐在他的小屋裡，靠補助金過活，酒能喝多少就喝多少。

當地人都避開他。他們知道他是誰，做過什麼事。要是他沒有停止洗澡，沒有停止攝取超過生存所必需的食物量，他們的態度也許有可能會隨著時間經過而軟化。

有一天晚上，喝得酩酊大醉的他坐在那裡，盯著外面的燈塔一如往常在海面上發出閃光，這時他帶著苦笑發覺，他快要變得跟卡克塞一模一樣。

人生愈來愈沒有意義。他對任何事都不再感到有樂趣。就連酒精都沒有幫助了。在這片沙漠之中，他唯一的綠洲變得愈來愈重要，那是他落得如此下場的原因，是他唯一得到的禮物。那就是，他不會溺死。

十月裡有一天，他從船庫拿出一具繫鍊船錨，把船錨搬到船上後開船出海。他到當初讓卡克塞沉入海裡的相同地點。他在那裡把鎖鏈緊緊綁在自己腰上，用一個可上鎖的鉤環扣住，這樣他就能在確定之後立刻把鉤環打開。

當他帶著船錨一起跳進海裡時，他感覺到一種快樂。

海水很冷。他很快沉到水面底下三公尺處，停了下來，在水中漂動。他感到耳悶，於是為了平衡壓力，他捏住鼻子，雙唇緊閉著呼氣。他看得見上方以天空為背景襯托出來的船底輪廓。心想他好蠢，沒有把自己也跟船綁在一起。船會漂走的。

他在那個地方漂動。過了一分鐘左右，他無法再憋住氣了。他張開口吸氣。

不管會發生什麼，就讓它發生吧。

海水湧入他肺中，才幾秒鐘就令他全身冰冷。一陣驚慌產生，是一向緊抓著生命不放的那份驚慌。但什麼都沒發生。雖然他已不再呼吸，但是他的意識完全清醒。

他在那裡漂動許久，看見那艘船漂出視線，看見天色開始變暗。他全身都不再有任何感覺，他只是一團在漂動的意識，是一隻會思考的水母。

直到他已經厭煩了才清楚了解這事情的全部意義。這時，他想回小屋的渴望開始勝過一切，渴望悠閒地喝幾杯烈酒，讓自己的身體慢慢暖和起來。渴望看電視。

他毫無感覺。他不能動。

因此，他無法打開鉤環。

進入夜晚幾個小時後，從水中看來在晃動的星星，照亮僅距離他三公尺的水面，這時他的理智放棄了。一股柔軟、閃耀的瘋狂緊緊包圍他。

但是他還活著。而且他會繼續活著。

直到永遠。

在音樂響起時擁抱你

我希望你明白一件事。你有在聽嗎？對。我希望你明白……這對我很重要……我可不是因為喜歡才這麼做。你能明白嗎？我不會樂在其中。我像你一樣，都會因此覺得痛。

你在笑。好，沒關係。

但是你明白……重點是我也會因此覺得痛。這就是重點，你能明白嗎？

當然，你不像我一樣熟悉這些事。但如果你熟悉的話，如果你奉獻了一生的時間，試圖去……理解。這些問題。那麼我想……

那些錢有讓一切進行得順利嗎？

很好。

我的意思是，對我來說，要讓這件事……上演，一直都不是那麼容易，這點你應該瞭解。無論是對你來說，還是對十分鐘後會過來的那些人來說，都一樣不容易。你根本不屬於……我平時的交友圈——我想我可以這麼說。順帶一提，那已經不在了。

我平時的交友圈已經不在了。這一點也不奇怪，因為時候到了，和我一起上神學院的那些人之中，只剩下我和另一個人還活著。

神學院，那是你受訓的地方，那就是它的名稱。訓練出牧師的學院。

我要你現在就別再喝酒了。

很好。

我記得當我……對，當我才……十三、十四歲時就開始了。我開始思考這些事。思考這到底是什麼感覺。

至於實際的感受——事實上，這比我們原先真正的預期更具影響力。至少在瑞典這裡是如此。

什麼？

對，他們獲得的會比你少一半。畢竟，他們的任務也相當……不好受。

有一件事我想知道。

你有在這之中找到任何形式的……該怎麼說才好……道德滿足嗎？

不。我不是指那個意思。

我的意思是……

當你還小的時候，而且你假裝自己是別人，你假裝自己是……羅賓漢。而當你成為那樣的人時，你可以……

不。那是另外一回事。

你從來沒想過嗎？

沒有。畢竟，大部分的人都不會去想。就連做我這行的也一樣。

你必須瞭解，我已經花了一生的時間不斷思索這件事，或許已經達到……病態的程度。但是我對此一點辦法也沒有。我們人就是這樣。

有些人努力往大海深處游，有些人則是努力往山頂爬，也有些人研究星象。他們花一輩子的時間，為了要瞭解其中的意義。

就我來說……

我在十一歲時看見有個男人被一把大鐮刀刺穿身體，從他的腹部刺進去，再從他背部穿出來。

我的意思是，你可能會認為這樣就已……足夠。

但是他立刻死了。

什麼？

不，不是我認識的人。

你有沒有任何……特別親密的人？

那為什麼會這樣呢？

不，我想是因為這些……那個詞叫什麼……面皰。不然我倒覺得你有張好看的臉蛋。

不，不要再喝酒了。

這項計畫……

好。七點了。其他人隨時會到。

我有好長一段時間都在想這項計畫。

事實上，我希望是在很久以前就實行。

就目前的情況來看……

唔，這會比較像是個遺願。

我並非能從中……獲得任何好處。

而且，就某方面來說，這樣是應該的。

這是個鐘頭釘，通常是用來固定鐵皮屋頂的。

這事情就需要這種頭的釘子……這種是買不到的，再也買不到了。

好了，門鈴響了，時間到了。

你可以去開門嗎，我沒辦法起來。
我認為你們最好……不要去瞭解彼此。

梅根

我與梅根的友誼開始於一通電話。

我對Konsum連鎖超市感到不滿已經有很長一段時間；他們標榜重視環保，但卻把蕪菁包上一層塑膠。那些甜椒或西班牙花椰菜這樣包，我可以理解。但是把本地生產的蕪菁整個用塑膠包起來，然後自稱是「綠色超市」，就實在令人難以接受。這樣簡直是偽善。

雖然我不是擅長處理蔬菜的專家，但有件事我清楚知道：如果使用正確的方法，蕪菁可以像馬鈴薯一樣容易保存。而且超市並不會將馬鈴薯包上塑膠。所以我每次買蕪菁回家後，都必須先把外面那層塑膠薄膜剝掉才能做菜，這讓我覺得很煩。

地球上的有限資源、化石燃料、石油、塑膠……這一切你都耳熟能詳。我去購物時，總是會帶幾個棉布袋在身上。你可能會認為這是芝麻小事，微不足道。但是滴水成河，幾噸的塑膠到最後肯定會堆成一座山。一座塑膠山。那我們到時候要怎麼辦？

所以，我打了一通電話。

我們很希望聽到您的意見，他們的藍白色包裝上有這句話，還有標示KF集團客服中心，以及服務專線。

「我是梅根。」另一端有個聲音回應。

我解釋自己打電話的原因，預期對方會冷靜表示贊同，說什麼保證會努力讓商店更加環保，說什麼謝謝我的來電，我的意見很重要等等，諸如此類的話。我以前就打過了。

但是梅根不只是同意我的意見而已。她還插嘴說了一些話。問我知不知道Konsum花在行銷環保政策上的費用高過實際執行？問我知不知道大量標示「有機」的商品，其實是雇用廉價勞工生產出來的，而且還使用在瑞典絕對不允許的方法製造？

我知道啊，因為以前有看過類似的報導。但我現在可說是從企業內部得知消息，這具有不同的可信度。

我們討論所有的錢都到哪去了，那些利潤實際上都到哪去了。我說我一直都盡量在Konsum購物，因為我認同合作經營的理念，不過最近幾年的經營方向是有點偏離正軌。

梅根笑了出來。「有點偏離正軌？是可以這麼說沒錯。但也可以說是被活活剝了一層皮，然後撕成碎片，扔進垃圾場。妳知道KF集團裡的那些老闆賺多少錢嗎？」

我不知道。她說給我聽。

在對話持續進行的同時，我胃裡開始有種往下沉的奇怪感覺。我完全沒料到梅根會像這樣說話。我的意思是，就一般大眾而言，她代表公司的形象——或應該說是聲音——應該要對任何負面事件進行除臭與消毒的工作，而不是去彰顯出來。我問她為何要這樣強烈批評？

「不然我還能怎麼做？我知道實際的情況，而且我不能只是坐在這裡欺騙妳，不是嗎？」她問。

我本來還預期這段對話會很快結束，最多幾分鐘吧，但我想我們聊了超過半小時。結果我還告訴她許多關於生活與工作上的事。我做了二十年的清潔工與五年的家庭看護——照顧我的丈夫伯耶。

「妳的收入有多少？」梅根問。

「一萬七。」

「扣完稅嗎？」

「不，扣稅前。」

一聲長嘆。

「這樣夠用嗎？」

「看情況。就……呃，就像我之前提過的蕪菁，就是因為這樣我才常買。有幾個月手頭會比較緊。要不是有伯耶的殘障津貼，我不知道我們要怎麼過活。」我說。

一陣短暫沉默。

「妳何不偷點店裡的東西？」

胃裡的那股不適感又回來了，剛剛我們談論其他事情時曾經消失。但我還是小聲回答：「我有。」

梅根又笑了。而我的嘴角大概揚起了一抹愚蠢的微笑——那是個感激的笑容。

「我很高興聽到妳這麼說。偷竊商品是唯一的合理答案。」她說。

「嗯。但那是什麼問題的答案？」我說。

我好喜歡她的笑聲。很輕鬆笑出來，充滿活力。她的說話聲偏老成——如果像我這樣的年紀算老的話。但她的笑聲不一樣，是從不同地方發出來的。我想像中的她變得較年輕。我看見一雙藍色大眼，看見眼裡閃爍著光芒。

「那個每家商店與消費社會的各個層面都會問的問題——這是你應得的嗎？」她說。

「哦，那個啊。」我說。

「抱歉，是我自己糊塗了，還是我還沒請教妳的大名？」梅根說。

「我覺得妳聽起來一點都不糊塗。我叫桃莉。」

「天啊，是以歌手桃莉·芭頓為命名的嗎？」

這下換我笑了起來。「我沒那麼年輕，我出生時的命名是桃洛蕾斯。」

「那名字的意思是悲傷。」

「沒錯。」

直到對話快要結束的此刻，我才發覺自己多麼希望能繼續聊下去。我希望她問我後來怎麼會叫做桃莉，問任何事情都好。在此同時，有個理性的聲音告訴我，電話的另一端是Konsum客服中心，不是一個老朋友，就算感覺很像也不是。一定有很多電話在線上等待她接聽。

她跟每個人都這樣聊嗎？我很好奇，但我只有說：「總之，謝謝妳跟我聊這麼多。我很開心。」

「我也是。」梅根說。

這時有片刻沉默。我端詳放在玄關的碎呢地毯上的圖案，讓我的視線緩緩移向前門，門上留有伯耶的輪椅碰撞過的那些痕跡，然後讓我的思緒繼續前進到樓梯井的寂靜裡。當我掛上電話之後，四處都會恢復寂靜。

梅根說：「也許我們可以下次再聊。」

「好啊。」我說。我好像說得有點太急，但是，老天啊，我們是兩位成熟的女性，不是什麼害羞的青少年。雖然隨著年齡增長，我們的為人應該要更加正直，但是我們可以不用在意那種膚淺的名譽。我非常寂寞，而梅根能帶給我一點活力。沒必要假裝不需要。

「這樣的話，我改天再打電話給妳，可以嗎？」梅根說。

「可以。我的電話號碼是……」

「我這裡的螢幕就看得到了。」

「喔，對，妳看得到。」

我還是對通訊科技的進步感到不習慣，到現在還是不太會在電話答錄機留言。

我也有留下她的私人電話，是070開頭的，就我所知，這是手機號碼。梅根顯然比我更跟得上時代。我們互相道別後掛上電話。

那份寂靜並沒有像我原本擔心的那樣強烈；彷彿有一小段歌曲在我腦海裡唱著。是什麼歌呢？噢，也許是爵士歌手斯萬特・圖雷松在六〇年代的那些暢銷曲的其中一首。那些歌曲有如以柔和色調繪製的圖畫，帶給人一種世界才剛誕生的感覺。

你們懂我的意思嗎？

幾個月前，布雷奇堡的圖書館舉辦了攝影展。那些作品紀錄了這地區建立之初的十年，也就是一九五四到一九六四年。有許多相片是黑白照，但是看見彩色相片時，會覺得好像有聽見以〈你是四月裡的春風〉這首歌作為背景音樂。

那些妥善規劃的商店，那座地鐵車站，以及在廣場上的人們：女人穿著樸素的大衣，男人戴著帽子。隱約有新奇與空虛交雜之感，彷彿那些人才剛剛發現有這地方存在，正努力熟悉環境。我可以確定，在某些方面的確就像那樣。

我記得那段日子。我們在建設完成之前就來到這裡了。我們在比昂松斯街的住處已經完工，但是在稍遠的街道上還有推土機在工作。那是一段美好的時光，有好多小孩，空氣中瀰漫著一股期待感：我們要開始在這地方生活了！

我們搬到布雷奇堡時，萊娜六歲，而托馬斯剛出生六個月，他們有一大堆朋友可以一起玩，而且森林就在我們住處的後方。他們的童年應該都很幸福。

或許那項展覽以那特定幾年為主題並非巧合。那段美好祥和的歲月，讓人可以回顧當時來反省哪裡出錯了。有一件事我能確定：就是在那段期間過後，我自己的人生開始朝著不是我所希望的方向走。

關於斯萬特．圖雷松的話題就說到這了。

我將寫有梅根電話號碼的紙條，放到電話下方的抽屜裡，接著再進去看伯耶的狀況。他像以往坐在沙發上，視線盯著牆壁。就在一個小時前，我有協助他去上廁所，而且那天早上他吃了一頓豐盛的早餐，所以目前沒有什麼我能夠為他做的事。

你們可能會說，跟他說說話啊，帶他出去走走啊。

他三年前就停止說話了。我不知道他是否聽得懂我說什麼；他沒有表現出聽得懂的跡象。除非真的必要，他才會動，而且動得很吃力，因此，你們也許就能明白了，他不太有機會可以出去走走。

事實上，他在三十年前萊娜過世時，就將自己封閉起來了。但是他還保有一種機械化的生活模式。繼續從事票務員的工作、去看電影、與朋友見面。不過，他的生命之火、他的靈魂——隨你怎麼形容都行——已經熄滅了。我們愈來愈少受邀到別人家拜訪，他對電影失去了興趣。到最後，他的票務員兼職工作成為他與外界接觸的唯一管道。

我就是在那時候開始當清潔工。托馬斯當時十八歲，有充分的能力照顧好自己——繼萊娜之後，伯耶也對他漠不關心，所以托馬斯從十五歲開始就沒有實質的父親存在了——而且，我們需要錢。

我要誠實地告訴你們：當伯耶在五年前開始陷入這樣的僵直癡呆狀態時，我必須選擇送他到安養院，或是辭去工作照顧他。我差點就選擇了前者。這聽起來可能很無情，但我已經受夠了。坦白說，要不是伯耶是如此徹底地封閉自己，我很可能會要求離婚。

我不知道。也許他有察覺我的想法，也許這是他決定將自己與外界隔絕的原因之一。因為我相信這是一種決定。我還是認為，只要他想說，就能夠說話。但老實說，我寧願要這個坐在沙發上需要看護的他，而不要從前那個會自行移動到各個房間的黑影。

所以，我留下來了。或者，也可以說，**是我把他留下來了**。

我是不是說太多了？

請你們原諒我，我認為，如果你們想瞭解的話，就必須知道這一切。而且我希望你們瞭解。這是為你們好。

我這話是什麼意思？

你們會明白的。

那天下午就像以往許多日子那樣過去了。開始進入黃昏時，我散步到資源回收屋去看看有沒有人丟了我可以撿回家的東西。

哈哈，不是，我不是指食物。我們還沒窮到那種地步。我是指可能派得上用場的物品。像是麵包儲存盒或小地毯，又或者是比我們家那部更好的吸塵器。

人們會丟棄的物品令人難以置信。有些東西幾乎是全新的。不過，我想真正令人難以置信的，不是他們把功能完全正常的電動攪拌器丟掉，而是即使他們舊的東西還在，卻還是買了新的。我怎麼知道？也許他們沒有買新的，是突然決定把攪拌器扔掉的啊。但我不這麼認為。

我在那天下午只找到了五個全新的冷凍庫塑膠保存盒。我把那些帶回家了。

到了晚上，我們像往常一樣看新聞報導。我不太喜歡看電視，但我想那是一天之中，我唯一會跟伯耶坐在一起的時間。我的意思是，其他時間不可能這樣。不可能就坐在那裡茫然盯著前方。

新聞報導結束後，我到床上躺下來閱讀《白癡》。再怎麼讀都永遠無法真正瞭解那本書。伯耶繼續坐在那裡，看某齣喜劇或其他節目。他自己一個人沒問題的，他有辦法做上廁所之類的事。只有當我們要外出時，我就必須去拿輪椅過來，而且我們在寒冷的冬天裡不常出門。

快十點時，我過去看他一下。他看起來累了，所以我問他要不要上床睡覺了。有時候我會得到一個幾乎察覺不到的點頭回應。

我試圖要帶他到床上，但是他像有時候會出現的那樣抗拒著。當這種情況發生時，我通常就讓他睡在沙發上。這可以說是這些日子裡他唯一會有的意願表達：拒絕吃飯、拒絕上廁所、拒絕上床睡覺。所以，我給予尊重。

總之，電視上在播有軍人跑來跑去射殺彼此的電影。他喜歡那類型的片，一直都是如此。我們一起在電影院看的最後一部電影是《前進高棉》，雖然我認為那部片應該頗受好評，但我覺得很恐怖。

或許我不需要再告訴你們那些事。我照顧我丈夫，說這樣就夠了。日子一天一天過去。我們坐在我們的墳墓裡，彼此點頭問候。

我不知道如果他死了會變成什麼樣子。我是指我要靠他生活這件事，很荒謬吧。我照顧他所得到的收入，再加上他那份微薄的殘障津貼，使我們得以勉強過活。

我六十七歲，也就表示我找不到別的工作了。我的養老金會……呃，等到他們討論好要怎麼改革時，我還領得到嗎？說不定反而會變成我欠政府錢了——你們覺得呢？

所以，這就是我們的情況。彼此以自己的方式依賴對方。托馬斯偶爾會打電話回來，但是他要煩惱的事已經夠多了。我不怪他。

好了，言歸正傳。

隔天，我在上午到市區裡。或許，將我帶到這裡的那條路，是以奧萊恩斯百貨公司的起司區作為起點。

我持續偷竊商品好多年了。被逮到兩次。第二次有被罰款。罰了一千五百克朗。或許那樣應該有讓我不想再偷了，但是卻沒有。

我的意思是，這年頭要以經濟實惠的角度來看，這樣的話，偷竊商品就極其合理了。我偷來的那些商品的價值，已經遠遠超過罰款金額。也許有超過十倍。阻止大多數人去做這種計算的原因是，他們害怕被逮到。會感到羞愧。

噢，是啊，我也有那種感覺。但有些時候我就是不得不偷竊商品。我們有足夠的錢供基本開銷，但是我要抽菸……唔，沒錯，我是可以不買書，但是我就是想買。所以，我還是要冒險，即使有時會覺得這麼做很卑鄙也無所謂。卑鄙的小偷。

但是在這一天，當我站在那裡看著各種藍紋起司和每一百公克售價二十克朗的帕馬森起司時，梅根說過的話掠過我的腦海：「這是你應得的嗎？」

這是我應得的嗎？

這樣問的話，答案就相當簡單：

是。

我心裡卸下了一份重擔。我想起曾經在電視上看過一部關於瑞典國宴團隊的紀錄片。那是一場盛宴，有許多名人坐在那裡享用具有美妙名稱的佳餚。瑞典國王也在其中。

那位國王。他有做了什麼，使他有**應得的**（這是關鍵詞）權利可以每天到不同地方享用美食嗎？而這個人和那個人憑什麼有**應得的**權利可以坐在那裡張開嘴巴，等待小羊排和巴西利風味的馬鈴薯炸肉餅迅速進入口中？

他們有因為提水桶而肩膀痠痛嗎？有被清潔劑灼傷過手上的皮膚嗎？或是有跟一個活死人一起坐在墳墓裡，幫社會省下大量費用嗎？

這是你應得的嗎？

我悄悄把一塊丹麥藍紋起司塞進大衣的一邊口袋裡，把兩百公克的帕馬森起司塞進另一邊口袋。接著我到樓上的服飾區將三雙昂貴的褲襪放進我的手提包中。這是我第一次在下手時完全不感到緊張。我環顧四周，發現了一件美麗的絲質睡袍。我看了標價，九百克朗。

是你應得的？

對。是我應得的。我對自己重複問了好多次。但是那件睡袍上有防盜標籤。雖然我認為那要拆下來並不難，但可惜我不知道該怎麼拆。所以我只好放棄。改到樓下的書籍區。

我在這裡必須強調一件事。不管是不是我應得的，我是絕對、絕對不會在小書店或——但願不會——在圖書館行竊。

你們也知道，只要不超過一千克朗，偷竊商品就不構成竊盜罪。褲襪是一雙一百五十克朗，起司加起來大概要一百，所以我還有四百克朗的額度可用。由於書籍在最近降低銷售稅，這樣就足夠用在夏絲汀．艾克曼最新的兩本小說——我老早就想看了，但每次我去圖書館都被借走了——那些書也放得進我的手提包裡。這個手提包還挺大的。

或許你們會覺得訝異，怎麼我被逮到的次數那麼少？

我覺得這跟姿態有關，要裝成一副稀鬆平常的模樣。有時候我把商品拿在手上就從百貨公司裡走了出來。重點是不要猶豫。不露絲毫跡象顯示你正在做違法的事。偶爾我會看見其他偷竊者的舉動根本就是不打自招：他們四處張望，動作遲疑。

我有一次甚至走向一個正要摸走巧克力棒的男孩。我走過他身旁，低聲說：「別偷。有個商店監視員在注意你。」

我在大部分的大型商店裡，都可以看出誰是穿著便衣的商店監視員。他們也會不打自招。那男孩放下那根巧克力棒後，急忙跑出店外。我本來想對那位監視員做個鬼臉，但是沒必要去引起他的注意。

我離開百貨公司後，就前往市立圖書館。我的肩膀和背部可能很累了，但是我的雙腿一點問題都沒有。有時候我會在恩比廣場站下車，徒步走兩站回布雷奇堡。

好吧，我承認我是想延遲回到家裡那座墳墓的時間，但是我相信運動的功效。只要你能伸展雙腿走路，就還不完全是老而無用。還不完全是。

如果有個天使來問我：「妳想不想要立刻毫無痛苦死去？」我會回答我想，但我從來沒有實際做出自殺舉動。安眠藥加上塑膠袋套頭應該是最有效的方法，但是……不行。

那間市立圖書館是一棟很美的建築吧？光是看到所有的書圍成一個圓圈就感覺很棒。彷彿永無止境似的。我在八〇年代有六個月的時間在圖書館擔任清潔工。可惜我只是暫代別人的職務，不然我會想要待更久。

夜晚在那些無聲的空間之中到處走動時，會感覺像是個……管理員。像是從波赫士⑭的故事裡走出來的人物。你們知道波赫士嗎？不知道嗎？真是可惜。當我結束暫代職務時，我努力告訴他們，我很愛那個地方，他們再也找不到像我這麼樂於工作的清潔工。如果有職缺，可不可以通知我呢？

他們從來沒跟我連絡。現在全都是契約外包的清潔工了。

好了。言歸正傳。

我拿出幾本喬伊斯・卡洛・奧茲的書。這就是其中一例：雖然知道這位作家，一直想拜讀其作品，但卻從來沒有付諸實行。我想，這次大概也不會付諸實行，因為包包裡有夏絲汀・艾克曼的書了。

就在這時候，有事情發生了。

當我到借書櫃臺時，已經有個女人站在那裡。我就像一般人那樣，看了一下她想借的書。我記得一清二楚。瑪麗亞－琵雅・伯耶蒂厄斯的作品。蓋爾・謝綽所著的杜斯妥也夫斯基的傳記。托馬斯・提德霍姆的詩集。還有一本是關鍵：西蒙娜・薇依的《莊嚴與優雅》。

---

⑭ 波赫士（Jorge Luis Borges），阿根廷作家，曾經擔任過圖書館館長的他，在一些創作裡以圖書館為主題，而且他總是把天堂想成是圖書館的模樣。

除了《莊嚴與優雅》之外，那些都不是我會帶著到荒島上的書籍，但是已相當接近。

我瞥了那女人一眼，她正要把書帶出圖書館。她大概三十幾歲，看起來十分平凡。身上穿的厚重上衣是用塑膠瓶之類的物品加工製成，領口的部分全都扣起，頭上綁著一根鬆垮的馬尾——一點都不像三十幾歲時的我，不過，卻可以說她借了我的書。

我出去後跟在她後面走。她進入位於圖書館旁的麥當勞裡，站著看櫃臺上方的菜單一會，接著又走了出來。她走得很慢，東張西望，彷彿是在找什麼似的。我保持十步的距離跟著她。

我也不知道。我好像是在等她……掉東西。也許是一隻手套。我會把它撿起來，走過去拿給她，然後我們就開始談話。不。不是那樣。我只是想跟蹤她，看看她想幹什麼。看她的一舉一動。

當我們到達羅德曼斯街地鐵站時，她停下腳步看站外的布告欄。好笑的是，她用雙手抱著那袋跟圖書館借的書，就像這樣。我從來都沒有這樣拿過。她看著布告欄。我看著她。我感覺到一種——該怎麼說——安慰。我的胃裡產生一股微微的溫暖感覺。當她突然轉身沿著斯維亞路往前走時，我停留在原地，享受那股溫暖感覺，然後我走進地下鐵搭車回家。

我在上樓梯時有聽見電話在響。我迅速用鑰匙打開門，好讓我會在鈴聲停止之前接起來。因為電話不常響，所以就必須好好把握，哈哈。

是梅根。

我想她是從我說話的語氣聽出來的，因為她劈頭就問：「妳剛剛出門嗎？」

是啊，沒錯。不知道為什麼，我竟然一五一十告訴她我在奧萊恩斯百貨公司行竊的事。當梅根聽到我說因為書籍的銷售稅降低，才讓我可以將兩本小說都帶走時，她笑個不停。

「我從來都沒有那樣想過，」她說。

我們聊了一會夏絲汀．艾克曼的書。奇怪的是，梅根居然最喜歡《讓我復活》。我個人覺得那本的結構過於鬆散，不連貫，但是梅根認為，艾克曼在那本書裡對人物的描繪最為出色。她還堅稱，如果有看過埃溫德・雍松那套「克里隆三部曲」的話，就會覺得那本書所引起的共鳴完全不同。而我必須承認，那套書我一個字都沒看過。

「妳聽我說。妳昨天不是說了：『這是你應得的嗎？』我今天一直在想這句話。」我說。

「哦，真的嗎？那有影響嗎？」

「影響可大了。我沒有辦法，我在扒走東西時都會覺得自己有點卑鄙，但是今天……」

「扒走東西！」

「對。」

「這樣說不太好聽。」

「那就說我在偷竊商品時，」我說，並感到有點生氣。「妳知道我的意思。」

「我是知道。也許，我們能統一用『拿走』？」

「拿走？我今天去了奧萊恩斯，還……拿走了一些東西？」

「對。」

我在腦海裡想著這個說法，反覆玩味。拿走。

梅根繼續說：「我是說，我們本來就是這樣。我們拿走其實是屬於我們的東西。」

「所以妳也會……拿走東西？」

梅根大笑。「是啊，桃莉。」她說。「是的，我會。」

雖然我不明白是什麼原因這麼好笑，但知道我們是在同一條船上便讓我鬆了口氣。

「那妳都拿走什麼樣的東西？」我問。

「噢，各種東西都有。例如衣服，一大堆衣服。」

「可是，要怎麼做？那上面都有防盜標籤啊。」

「有方法的。」

我告訴她我在百貨公司看見的那件睡袍。梅根說，她大概知道我說的是哪一件，雖然那件很漂亮，但不太適合她。

「用什麼樣的方法拿掉防盜標籤？」我問。

我覺得她不會回答，因為她感覺有點神祕，不過，她開始逐一說出：「用工具解開標籤、技巧性轉移注意力。在離開商店前弄響警鈴……」

「等一下，妳聽起來像這方面的專家。像妳這樣的女孩怎麼會在Konsum的客服中心工作？」我說。

她笑得更厲害了。我喜歡聽她的笑聲。

「桃莉，妳可以幫我一個忙嗎？」她說。

「儘管說吧。」我回答。

我不知道該怎麼形容。我們之間突然像是在打情罵俏。彷彿我們在努力想得到對方的好感，吸引住對方。雖然她有些神祕，但或許就是因為如此，讓我直覺對她產生一股強烈的親密感。不過，我也不清楚，也許我是寂寞到飢渴難耐了。

「不是什麼嚴重的事啦，就只是拿走一個袋子。」她說。

「我是可以拿走一個袋子，不過，要告訴我去哪裡拿，還有要拿到哪去。」我說。

我仔細聽她描述，並且寫在紙上。那個袋子會放在NK百貨公司女裝部亞曼尼店內右邊的試衣間中，預定要在隔天下午兩點拿走。我要在百貨公司外將袋子交給一個戴著淡藍色圍巾的女人。

「那個戴圍巾的女人就是妳嗎？」我問。

「不。她是另一名成員。」

「成員？」

「對。我之後再跟妳說。」

我無法再從她口中得知更多了。當我們說完「下次再聊」，掛上電話後，我看著自己在紙上寫下來的內容：

NK。亞曼尼。右邊試衣間。下午兩點。藍色圍巾。

那像是格雷安．葛林的小說裡會出現的情節，而藍色圍巾這項細節特別具有代表性。也許那是刻意安排的。我必須承認，那時候的我覺得梅根有點瘋狂。那裡肯定不會有什麼袋子，也不會有戴藍色圍巾的女人。

但是我喜歡那遊戲。事實上，我當時還當場就開始勾勒我自己的劇本。我想像隔天與梅根講電話時，告訴她那項任務完成了，換我要給她一項任務：有個男人會坐在胡姆列戈登公園的長椅上。她要去皇家圖書館閱覽室裡找出我留下的一瓶盒裝牛奶，然後把牛奶交給他。

大概是這樣吧。我記不清楚了。

接著我去查看伯耶的情況。他像以往一樣坐在沙發上。我摸摸他坐的地方，確認他有沒有尿溼褲子。他沒有，那表示他自己去上過廁所了。我把一些蔬菜湯加熱過後，花了半小時餵他喝。即使他一整天幾乎都沒吃，但是進食的過程還是很緩慢。我想他是來到晚年的最後階段了。我不知道該怎麼辦。

或許，我應該還是要送他到安養院。如果情況一直這樣下去，他會需要點滴注射，才能讓身體獲得一些營養。可是如果我送他去那裡，他的津貼就會用來支付給安養院，我就失去那筆錢了。

這聽起來既殘酷又可怕，但是與我有相同遭遇的人都怎麼做呢？

當然，情況若變得有必要的話，我一定會盡量讓他得到最好的協助，但是在那之前……我打算要留著他。而且，無論如何，有他在就算是有人陪伴。有他在就有另一雙眼存在，即使是空洞的也無所謂。

他的內心負載著我的人生，我想你們應該明白我的意思。他是我唯一的見證人。當他消失之後，就只會剩下我和一些舊相簿能證明我曾經存在過。

當然，托馬斯也可以。但是他幾乎不會打電話回來。

真正擊垮伯耶的是那部電影。《我們叫做摩登族》⑮。萊娜有在裡面出現。只是短短的一幕而已。那一幕是肯塔與史托費這兩位主角在魏林比的廣場上與一些朋友交談。其中一個就是萊娜。

影片才拍完幾個星期後，她就死了。原因是藥物使用過量。伯耶在她生前從來沒有真正去面對她的不良行為。不在乎她回家後只想睡覺，一副癱軟無力的模樣，不在乎她借錢。直到最後他都拒絕相信情況就像實際上那樣糟糕。

電影在她死後六個月上映，伯耶聽說她有在裡面出現。我不想去看，我這樣或許很蠢，但是他去看了。

於是他看見她之前所生活的世界。他非常難以接受。他回家後搖著頭說：「我的小寶貝，我的小寶貝……」那帶給他很大的傷害。也許我當時不夠體諒他，但是我為了努力避免同樣的事發生在托馬斯身上，就忙得不可開交了。他已經走上那條路，而伯耶這次更是無法接受事實。他就是不想看。

所以……有些事我或許不應該那麼做。但是托馬斯度過了難關。他現在是個獸醫。在南泰利耶工作。

好了，言歸正傳。

隔天一點五十分時，我站在NK百貨公司外面。我以前從來沒有在那裡扒走或拿走過任何東西。為什

⑮我們叫做摩登族（*Dom kallar oss mods*），一九六八年上映的瑞典紀錄片，近距離觀察當時在斯德哥爾摩的「摩登族」（mods）。「摩登族」一詞源於英國，指一九六〇年代興起的一個年輕族群，他們追求時尚，喜愛音樂，以摩托車作為交通工具，夜晚通常會在酒吧狂歡到天明，並使用安非他命助興。

麼沒有？唔，絕對不是因為那裡的東西不應該偷。真要說的話，其實是完全相反。

不，那只是一種感覺。我在NK總是會覺得有點不安。我覺得自己好像不適合那裡，好像我的周圍都在發出警告。可能是因為那裡的戒備較嚴密。不過，很可能是等級不同的關係，我想你們應該明白我的意思。NK裡的香味與奧萊恩斯裡的不同。也許是因為沒有夾雜汗味吧。

我還記得NK在幾年前所做的聖誕節廣告。**年度最佳禮物**。其中一個是價值一萬二的榨鴨器。我不認為那種禮物會普遍出現在布雷奇堡的家庭裡。你們知道榨鴨器是什麼嗎？⑯我也不知道。但是會在NK購物的人知道。

兩點整時，我在樓上的女裝部看見了那家店鋪，入口的上方標示著「亞曼尼旗艦店」。我走過去，但沒進入店裡。說得委婉一點，那裡看起來很高級，與其說是間店鋪，倒不如說是座神殿，是一個供奉時尚的神聖空間。那些警鈴鑲嵌在黑色木塊之中，不讓人明顯看見。有兩位銷售員雙手擺在背後站著，看起來既優雅又冷漠。店裡沒有顧客。

我緩步經過其他服飾店時，頭皮開始冒汗。我以前從來不覺得穿得不夠體面，就容易引起懷疑。我這樣不該走進亞曼尼旗艦店，而且，即使我什麼都還沒做，即使這一切只是個遊戲，我還是有罪惡感。

我站在Gant服飾店外，注意那裡的情況。當其中一位亞曼尼銷售員走出來，然後有位顧客在幾分鐘後進入時，我冒險一試。我沒有往兩側看，就直直走進那個神聖的地方，朝右邊的試衣間走過去。

我一邊在心裡想著很快就會結束，一邊打開一扇高到幾乎抵到天花板的門。當我走進那裝潢簡樸的房間時，我大聲倒抽一口氣。地板上有一個袋子。是一個Konsum超市的手提塑膠袋。

---

⑯用來製作法國傳統料理「血鴨」（Canard au Sang）的器具。

當然，正如你們所想像的，這改變了一切。皇家圖書館裡沒有那瓶牛奶了，因為這不是在開玩笑。就像前首相帕梅爾遭到射殺的時候。起初大家並不相信，因為聽起來實在不太可能。然後大家到斯維亞路去，看見那所有的鮮花與蠟燭，瞥見了血跡。接著大家明白了。我是說明白喔。大家接受了那件事。不管什麼有發生或什麼沒發生，人就是必須適應情況。萊娜的事也一樣……

好了。

當然，我忍不住看了袋子裡面。裡面有一堆衣服整齊摺好疊放著。我伸手壓衣服，移動手去感覺，沒發現有任何防盜標籤。所以我只要拿起袋子走出去就好了。

我的背上都是汗。我深吸幾口氣後，拿起袋子，走出試衣間。雖然我還沒看標價，但是我還是能確定，袋子裡那些衣服的價值，遠遠超過偷竊商品的上限。我從品質上就感覺得到了。目光堅定注視著手扶梯的我，通過防盜感應器。沒有警鈴響起，沒有人攔住我。我繼續往下到一樓。

即使有點冒汗又稍有遲疑，但我還是認為自己表現得很好。就像我之前說的，一副稀鬆平常的模樣。一旦著手進行任務，就只要關掉開關，切斷恐懼與猶豫就好。除此之外，還有：

這是我應得的嗎？

是。是的。不過，這問題要稍微修正一下：

這是我們應得的嗎？

當時我並不知道「我們」指的是誰。是因為梅根說了「另一名成員」才讓我這樣問。我已經開始對這一切產生一種模糊的想像。

結果我搞錯了，之後會提到。

當我走出百貨公司時，我第一次停下腳步，假裝在街邊找些什麼，並同時偷瞥大門一眼，看是否有人跟著我出來。我通常都不會這麼做，因為萬一有個年輕力壯的人在後面追，我就絕對逃不掉了。但這次我的角色不同：我也不明白是哪裡不同，我只是整件事裡的一個環節而已。

沒有人跟著我，而隨著我前往雷耶林斯街與海港街交叉口的會面地點時，背上的汗水漸漸冷卻下來。

我看到那條圍巾時，大聲笑出來。顏色好藍，還一點都不好看。而且，請容我補充一下，那人身上還穿著藍色大衣。呼，好冷啊。我不知道，也許我是期待看到某種……時髦打扮。我具有浪漫性格。不然，我想我現在就不會坐在這裡了。

那女人的年紀跟我差不多。頭髮灰白、半鬈，眼鏡稍大了點，其中一邊還用膠帶修補過。她穿的那件大衣看起來很昂貴，實在太過昂貴了。你們知道我的意思。像是個中了刮刮樂的收銀員。

當我走近她時，我覺得她看起來很無趣、沉悶，大概就像我一樣。但是就在我要把提袋交給她之前，我們的目光相遇，使我對她的印象改變了。

她的眼睛是藍色的。那顏色大概因為有圍巾襯托而更加明顯，但是我有短暫片刻像是看著一道焊接火焰。我並非有意誇大，但是那雙眼裡有一道光芒是無法用文字說明的。那是源自於內心的光芒，力量強大到令我嚇了一跳，使我把袋子提起一半便停住了。

她輕輕點頭，拿了袋子，交給我一個包裹後就走了。

我想我有稍微想過，如果事情真的就像梅根所說的，我就會跟蹤那女人，但是我根本沒那麼做。我只是手裡拿著包裝成禮物的包裹，像個白癡站在那裡，注視著她離去。

大約過了一分鐘後，我把包裹放進我的手提包，往下走進地鐵站。

我等不及了。既然我坐的博愛座附近都沒有人，我就敢在列車上打開包裹。畢竟，有什麼好擔心的呢？我也不知道，這感覺像是我捲入了一件需要小心提防、保密的事。

那女人的雙眼還在我眼前徘徊，如同已經關上的燈還會在眼前停留個幾秒。我為何什麼話都沒跟她說呢？因為那情況似乎不適當，如此而已。而且我還被那雙眼睛嚇到愣住了。

在包裹裡的，是我前一天在奧萊恩斯看見的那件睡袍，另外還有一張紙條。

希望這件的尺寸沒錯。我再打電話給妳。梅。

我看了一下四周後，把睡袍攤開來。真是漂亮。黑色，還繡有一些好小、好小的紅色玫瑰，那些玫瑰沒有太集中，也沒有太零散。絲綢精美，而且是我的尺寸。

我把它摺起，用原來的紙張包覆好之後，塞進我的手提包中。列車正從黑暗之中冒出，抵達圖里爾德廣場站。《每日新聞》的總部大樓在陽光之下閃閃發亮。月臺上有個女人對我露出微笑。

我差點以為電話會像前一天一樣，在我進門之前就在響了。結果沒有。但我才剛上了廁所，洗完手出來去照料伯耶時，電話便開始響了。

我走進玄關，伸手正要去拿電話筒時，我停住了。電話響了兩次、三次、四次。響到第五次時，我抓住電話筒，但在拿起來之前又放手。鈴聲繼續響。六次、七次、八次。我變得愈來愈沒辦法去接電話。我走進廚房，看向窗外。有些小孩在樓下的資源回收屋旁玩耍。其中有一個已經爬到屋頂上。電話繼續響著。

我已經停止計算。我想我肯定是打了瞌睡，等我醒過來時，資源回收屋旁已經沒有小孩了，但是電話還在響。雖然可能是我的錯覺，但是天色好像也變暗了。

伯耶一動也不動地坐在黃昏的客廳之中，他表情沒變——彷彿響個不停的電話是他日常生活的一部分。雖然我不知道為什麼，但是我的腹部突然感到一陣劇痛，使我開始哭泣。這跟那淒涼的電話鈴聲有關，那聲音在牆面之間迴盪，像是有人快溺死，不停喊叫，但那裡卻沒人回應。

我雙手壓著頭，眼睛盯著電話，想用意志力讓鈴聲停止。我是電話。我是打出去的那個人。我竟然沒辦法忍受，實在是可悲到極點。鹹鹹的淚水流進我口中，突然之間，有個十分清晰的念頭在腦海裡閃現：

妳弄錯了。是反過來。是別人打過來，而我才是那個沒有回應的人！

我抹去眼淚，接起電話。

「我是桃莉。」另一頭沉默不語。「喂？是梅根嗎？」

沒人回答，但是電話還沒斷；我聽得出另一頭的電話筒沒有掛上，而且很可能是公共電話，因為我聽見車輛疾駛的呼嘯聲。

「是梅根嗎？」我又說，這次聲音大了些。

沒有回應。我將聽筒緊貼在耳朵上——現在別笑喔——試圖想藉由聲音猜出那是哪裡的電話亭。車聲、腳步聲。有一輛公車或卡車駛過。有人大喊了一聲。聽起來像是：「收……到！」有一條街道在我腦海裡浮現，不過那是哪條街？不知道。我正要把電話掛斷時，突然「哐噹」一聲，接著我聽見一個男人的聲音。

那聲音說：「喂？有人在電話上嗎？」

我猛力掛上電話，眼前變成一片紅色。我有片刻以為自己要昏倒了。我的心臟擴張，將血液往上推進腦中。

我沒理由要這麼緊張，我努力告訴自己。是我自己在胡思亂想。

不過，我依然感到害怕。害怕什麼呢？我不知道。我覺得自己捲入了一件我沒有……我不知道。反正，我後來就進去找伯耶，在他身旁坐下來，牽起他的手。

「伯耶，幫幫我。」我說。

他沒有幫我。這就是強者的詛咒：當一個強者真的倒下了，每個人都會很訝異，自己竟然沒想到要伸手扶住她。我說的不只是這個情況，不只是伯耶。我是說，他……無能為力。一直都是如此，真的。

而我一直都很無情。對，一直都是。

萊娜死後……我之前說過，我當時不夠體諒他。

你們看，我記性真好。你們其實不需要把這些錄起來，我可以一字不漏複述一次，哈哈。

我不夠體諒他嗎？對，我很無情。他有試圖向我求助，希望我跟他一起悲傷。但是我做不到。沒辦法像他那樣悲傷。我很可能有好多、好多次都把他推開。有幾次是實際把他的身體推開。

也許我無法悲傷。也許我無能為力去接受慘劇。對，無能為力。又是這四個字。但是，我必須辯解：我有托馬斯要照顧。如果我像伯耶那樣把自己埋葬在悲傷裡，我不知道事情到最後會有什麼結果。

所以當我突然變得脆弱時，伯耶沒有伸出援手便不令人意外了。於是我在黃昏時就只是坐在他身旁而已。這為我帶來些許安慰。

當電話又響起時，我冷靜地站起來，走進玄關，把電話筒拿起來。是梅根。

「剛剛是妳打來的嗎？大概半個小時前？」我問。

「對。」

「妳當時在哪裡？我接了電話，但是沒有人說話。」

「不是，我當時得離開才行。妳今天表現得很好。」梅根說。

「謝謝，那沒有很困難。謝謝妳的禮物。」

「穿起來合身嗎？」

「我還沒穿起來看。不過，是我的尺寸沒錯，所以我想一定沒問題。」

「那就好。」

一陣短暫沉默。

「梅根，我想妳大概知道，我對很多事情感到疑惑。」我說。

「是，當然。我只是想請妳再幫我一個忙，然後我們就能好好談一談，我會把一切都告訴妳。」她說。

我不需要詳細說明我有多麼猶豫，而我到最後又怎麼會同意幫忙，這些聽起來很無聊。這次的任務就跟上次一模一樣，只有拿走袋子的時間改成隔天十一點半。

不，其實不只是如此。還有其他兩件事不同。第一，我這次先仔細看了袋子裡的東西才拿走。我的懷疑是有根據的。袋子裡沒有一件衣物的標價是低於三千。總共的價值大概是三萬五左右。

我記得當時好像是覺得，那些衣服之所以被挑選出來，似乎純粹是因為夠小、夠薄，還夠昂貴。關於這一點，之後會發現我想的完全正確。

第二，這次我是把袋子交給另一個女人。是同樣類型的女人。我想你們應該知道我的意思，但是這一個的眼睛是褐色的，雖然眼裡有光芒，但並不是很熾烈耀眼。或許是那條藍色圍巾沒有如同上次那般襯托出眼睛的顏色。

我早已決定什麼都不說，什麼都不問，而且我真的照這樣做。我回家等待梅根打電話來。

有件事困擾著我：如果我要在這裡待很久的話，伯耶要怎麼辦？

你們可不可以打電話請人過去照顧他？只要打給在布羅馬廣場站的那間居家照護機構就行了，他們會派人過去。

喔，對，鑰匙。我就把……

我身上沒有。在樓下，在那個被拿走的手提包裡，那時候他們……可以嗎？噢，謝謝。鑰匙圈上只有三把鑰匙——前門、輔助鎖和資源回收屋。前門的那一把是……

喔，對，你們當然分辨得出來。抱歉。我這人老是有點愛大驚小怪。

好了。這樣下去會有什麼結果呢？

麻煩再給我一杯水好嗎？

我說到哪了？

喔，對，梅根。我剛到家不久，她就打來了。我想起她第一次打來的時候，我想你們應該還記得——也許在我到家聽見響鈴之前，電話早已響了很長一段時間。我曾經看過一則關於某個名人之類的報導。是個很知名的人物，不是瑞典人。

而這個……男人，我想是男的沒錯，他的號碼有登記在電話簿上。因此，當然一直會有人打來。於是他把鈴聲關掉。而只要他覺得想跟人說話，或是他覺得有點孤單時，他就接起電話。總是會有人在電話上。

抱歉。說了這種毫不相關的事。伯耶的事有打電話連絡了嗎？噢，那就好。謝謝。

我忘了說，這次我也收到了一份禮物。一瓶高級的干邑白蘭地。我和梅根在前一天的電話上有拿這個來開玩笑：我很喜歡喝干邑白蘭地，但是要在國營酒品專賣店行竊很困難，因為所有的酒都擺在櫃檯後面。

所以我就收到了一瓶白蘭地。我馬上跟梅根說，我想知道這一切是怎麼回事。

「妳喜歡那瓶白蘭地嗎？」她問。

「我想我肯定會喜歡，但是現在我希望妳告訴我是怎麼一回事。」我回答。

她深吸一口氣後問：「桃莉，妳覺得人生對妳公平嗎？」

「那要看妳所謂的公平是什麼？」

「我們就別管細節了。人生、社會、大眾，隨便妳要怎麼說都行。那些有給妳應得的一切嗎？妳能夠依妳希望的方式塑造自己的生活嗎？或是妳一直生活在一種壓力之下，基本上就是逼自己要為別人賺錢呢？」

坦白說，她說這些話的語氣太像是演練過的，我不喜歡。這些話有點華而不實，我想你們應該知道我的意思。這不是我所預期的。

「梅根，我不是傻瓜。妳不需要像個傳教士一樣跟我說話。」我說。

我本來以為她會生氣。沒想到她突然笑得好大聲，使得我必須將聽筒從耳邊拿開。

「抱歉，」她笑完後說。

「沒關係。」

「有時候我們開玩笑自稱是商店竊盜集團。也許我們的名稱應該改為末世商店竊盜教會。」我什麼都沒回應，於是她繼續說：「總之，事情就是這樣。我們幫彼此拿走東西。有時候我們有兩、三個人一起行動，有時候甚至更多。」

我等她繼續說下去。當她停下來時，我問：「為什麼？」

「為什麼？唔，因為團體行動更能達到效果。能技巧性轉移注意力，以及我提過的那一切。沒有所謂的罪犯比商店盜竊者更加暴露在危險之中。單打獨鬥、手無寸鐵、光天化日之下在人群之中行動。而如果被逮到了，沒有人會提供協助。我們已經改變了這一切。變成我為人人，人人為我。」

「我的意思不是這樣，我是想知道妳們究竟為什麼要這麼做。」我說。

「可是桃莉，這不是很明顯嗎？」

「是嗎？」

「嗯。我剛剛好像有聽見妳說自己不是傻瓜。雖然我不是要傳道，但是看看妳的周圍，妳覺得有任何人愛我們嗎？所有的成員都是女性，年紀介於……六十三歲——我想艾娃是這個年紀沒錯——到八十四歲。拉格娜，妳會見到她的，她很……特別。我們之中囊括了所有類型：離婚、受到職業傷害、提早退休、依賴藥物、領養老金的普通人等等。而我認為，我們的最大共通點是：沒有人愛我們。我們已經把社會建立起來，所以我們現在被利用完了，沒有價值了。當然，我們可以參加國家養老金制度的改革運動，但是那樣與我們的目標是有衝突的。」

「那妳們的目標是什麼？」

「我就在想妳應該會問。純粹是為了復仇。復仇，藉由損害曾經傷害我們的一切，好讓我們感覺舒服一點，是完全直截了當的做法。」

「所以，意思是百貨公司有傷害我們嗎？」

「他們是其中之一，以後會傷害到我們的。這樣做有用。妳自己難道沒感覺到嗎？」

有，我是有感覺到。除了沒付錢就把東西從百貨公司裡帶出來會有的純粹滿足感，以及沒被逮到會感到鬆口氣之外，還有詐取了巨人的一點寶藏所帶來的那份苦澀的喜悅，心想自己有挺身對抗，並贏得勝利。

「那些東西怎麼辦？妳們怎麼處理那些？我今天有看袋子裡面，我是說，那全都是很貴的東西。妳們怎麼處理？」我問。

「有些我們會賣掉，用來支付所需的經費，而大部分我們會燒掉。」

「妳是在開玩笑吧。」

「不是。妳不明白嗎？那就是最重要的。我們其中一位成員艾娃—布麗特，在北邊靠近西格圖納的地方有個住處。我們每個月在那裡聚會一次，幾乎把我們拿走的東西全都燒掉。那是我們的小小儀式，我們的……宗教儀式。如果有人想要把什麼特別的東西留著，也沒關係，但通常大部分的東西到最後都會化成灰燼。」

如果我沒記錯的話，我當時其實有陷入短暫的沉默。梅根沒有再說什麼。我整理好思緒後問：「那樣不是很嚴重的浪費嗎？」

「我的天啊，桃莉……」

「我不是那個意思。我是說：妳們就不能也把那些都賣掉，然後把那些錢捐給……啊，『拯救兒童基金會』之類的嗎？反正，對百貨公司所造成的影響沒變。」

「我們有討論過這件事。但是，妳思考一下。」

我想過了。我想不出有什麼不好，而我也這樣告訴她。

「是這樣的，如果我們那樣做的話，我們的想法就會開始改變。我們有十萬的收入，對不對？也許我們應該先拿去投資，這樣就可以有多一點錢能捐出去。誰要負責投資？誰要負責出納？誰要負責？我們之中有個人收到了一萬克朗的電費帳單，我們是不是可以……然後還有……妳懂了嗎？結果全部都要想到錢。這到最後就會跟其他一切一樣。」

「但是這比較像是該做的事。」

「很有可能是這樣。但這不是關於做該做的事，或是做善事。這是關於復仇，就是這樣而已。唔，也許在過程中還能得到一點趣味。這本來就不是要做什麼美好的事。除此之外……」

「嗯？」

「這樣我們才能有火堆可以慶祝。」

我們繼續爭辯了一會。我停止嘗試要梅根改變想法。我可以瞭解她所說的論點，不過，對我來說，似乎還是有點……浪費。

「等妳跟我們一起到西格圖納看著火堆燃燒後，妳會改變想法的。」她說。

「是啊，或許會。」我說。

「我該回去工作了。妳想不想要參加明天規模稍大一點的活動？妳跟我也可以見個面。」

「『規模稍大一點的活動』包含些什麼？」

「我們會有更多人加入。有各種角色要扮演。拉格娜會參加，而且她是……」梅根笑了起來，「她可以說是主角。妳要一起來嗎？」

「告訴我要怎麼做。」

她告訴了我。

我又再一次必須使用紙筆，而且這次有很多要記下來。時間、地點、行動。當梅根說完了整個計畫時，我除了答應之外，別無選擇。我不得不去看看這是否行得通。

我們說了「明天見」之後，便掛上電話。

我在那裡坐了好久，盯著那張紙看，還搖搖頭，獨自發笑。

這主意真妙。

接著我做了一些打掃工作。有部分是因為我坐不住，也有部分是因為需要清理了。如果我對這幾天的描述有點混亂的話，那是因為本來就是如此。混亂。我在談論梅根的事時，似乎是說得清晰易懂，但是在其他方面就會有……空白。

例如，我把一些食物放到壞了，所以坦白說，公寓裡臭氣沖天。那間居家照護機構預定在隔天會派人來訪，我絕對不能讓他們看見那種情況。我是說，我們不希望到最後得被監視，哈哈。

所以我就打掃，花了一整個下午和一整個晚上。我打掃每一個角落、每一張椅子底下，清理烤箱，並且把鏡子擦亮，直到不覺得有它的存在，看起來就只是個缺口。伯耶躺在沙發上看我打掃。這一次，電視沒有開著。這像是種……激勵吧，我也不知道。是一點點的交流。我就這樣持續到深夜。

當然，從事後來看，我便瞭解自己為什麼要那樣打掃。我在準備要離開那裡，不過我當時並不知道。我在隔天所做的決定令我頗為意外，不過，我顯然早在潛意識裡做好準備。藉由打掃做好準備。我的意思是，人會希望在離開前，留下一個舒適整齊的環境。

我也不清楚。時間也在我故事裡的這一部分消失了，我也有可能是一直打掃到天亮。我可以看見自己打開廚房那些抽屜，把裡面清空，擦拭乾淨。我可以看見自己拿著一根奶瓶刷把暖氣機後面刷乾淨。沒錯。我一定有清理很久，也許我那一晚根本沒睡。現在我突然想起來，當我在做最後一項工作，也就是用清潔劑把電話擦乾淨時，外面已經天亮了。

我幫伯耶做了一些三明治，跟一杯牛奶一起放到咖啡桌上，然後我在他旁邊坐了好久。如果我當時能對他說：「伯耶，我要走了，」情況就會有所不同嗎？他會不會開口說話？會不會說「桃莉，我希望妳知道我一直……」？

我覺得不太可能。而且，那時候我當然不知道自己要離開了。我只知道我要到市區參加一項「活動」，只知道在我出門讓自己休息幾個小時的期間，會有居家照護機構的人員過來拜訪。

但我只是坐在他旁邊，跟他一起看著牆上的某處。也許我有說話，也許我說了「原諒我」，也許……好了。言歸正傳。

我帶走的東西只有那張寫了指示的紙條，以及我最愛的手提包。由於地下鐵列車經常誤點，所以我很早就出門，在計畫預定開始的前半小時已經就定位。整個計畫預定是由我來開始進行。

那信封就在梅根所說的地方，用膠帶黏在出地鐵站途中的一個垃圾桶底部。裡面只有兩塊防盜標籤和一張紙條：「祝妳好運！梅。」

我突然感到緊張。我不明白梅根為什麼將計畫裡最重要的部分交給我。好吧，我承認，那個拉格娜要做的更多，但如果我沒有將自己的角色扮演好，整件事就會有出差錯的危險。也許，這又是給我一個考驗。還是……我自己笑了起來。也許，這是個特別待遇。畢竟，只有我一個所做的事並不觸法。

我看著街上來往的人群，我的焦慮稍微減輕了。我心想，這裡所有人，這裡所有的陌生人也都參與了我所不清楚的祕密活動。他們在公司、俱樂部裡，以及在愛情、友誼的關係之中，全都有自己的角色要扮演。他們全都會偶爾站在一扇關閉或開啟的門外，手心出汗，不知道如何開始。

我並不孤單。而且，與他們大多數人不同的是，我是照著劇本進行。

我已經按照梅根的指示，以電話報時臺來校準手錶時間。十一點十九分時，我開始走向ＮＫ百貨公司的大門。我在午休時間的熙攘人群裡穿梭而行，抵達門口時正好是十一點二十分。我毫不猶豫走進去，通過防盜感應器。

我口袋裡的防盜標籤引發警鈴作響。我停下來片刻，好讓警衛看見我。他們其中一人走過來對我說：「不好意思。」此時我轉身面向他。

「為什麼警鈴在響？」我問。

他說：「呃，看來是妳身上有東西……」

「我從沒聽過這麼荒謬的事，」我說，並離開他身旁，再往裡面走進去。「我才剛進來而已。」那警衛跟在我後頭。警鈴繼續嗶嗶作響。當我引誘他往裡面走了二十公尺左右時，那個肯定是拉格娜的女人朝我走過來。我撞上她，她緩慢又故意跌倒在地，手按住胸脯。

我繼續往裡面走，警衛跟在我後方。拉格娜發出一聲尖叫，然後像個死人一樣躺在那裡。另一名警衛離開崗位去幫她。所有的銷售員都在看拉格娜那裡。警鈴依然在響。

當然，我無法看見接下來在門口發生的事。沒有人能看見，因為每個人的注意力都集中在拉格娜身上。但是我知道有四個拿著大袋子和大盒子的女人在那一刻離開大樓。要不是因為警鈴已經在響，她們帶走的物品本來也是會觸動警鈴的，竟然都沒有人想到要在一般的騷動之中把警鈴關閉。

我在手扶梯旁停下來，讓警衛跟上我。我用力張開雙手給他看，然後把手伸進口袋裡，我很驚訝地發現裡面有防盜標籤，並拿出來給他看。

「這是什麼愚蠢的玩笑？」我問。

警鈴被關掉了。那警衛拿走標籤，反覆翻轉，彷彿他從沒看過那樣的東西。

「妳怎麼會有這個？」

「我怎麼知道，一定是有人放進我口袋裡。這到底是什麼樣的地方啊？」我說。

那警衛拿著標籤站在那裡，思考該怎麼處理這情況。我朝門口走回去。

另一名警衛和三位銷售員圍在拉格娜身邊，她側躺著看向我。我們的目光有短暫交會，然後其中兩位銷售員幫忙扶她站起來。我等了一下，直到第三位銷售員把拉格娜的大袋子交回給她，接著我走出去，警鈴又響了。

拉格娜向幫忙她的那些人揮手道別，然後提著她的袋子走出去，通過防盜感應器。一直緊跟著我的那名警衛急忙朝我走過來，手上還拿著第一個防盜標籤。我走回百貨公司裡，把手提包放下來，張開我的手臂，彷彿在說：「你來搜身啊！」

警鈴被關掉了，在我的另一個口袋裡找到了另一個標籤，那兩名警衛壓低聲音做了簡短的商討。我等待著，臉上露出不耐煩的表情。汗水正在我背上流淌。他們商討後的結論是，找不出可對我指控的罪名。一直緊跟著我的那名警衛搖搖頭說：「好了，妳可以離開了。」

我差一點就冒險說出要對他們提出申訴之類的話，但後來決定不說了。我的那名警衛已經很懷疑了，於是我離開那裡。這次警鈴沒有作響。我突然想到，我本來或許可以帶走某件商品。如果警鈴又響的話，他們還會攔住我嗎?也許會,也許不會。

我會想要試試看。

我從NK緩步走到在圖書館街的會合地點。我在百貨公司裡一直緊緊藏住的那份恐懼開始平息,取而代之的是平時會有的解脫感,但卻比平時更加強烈。那感覺像是我的胸腔充滿氦氣,我的雙手如飛鳥一般輕盈。我笑了出來,讚許自己。我完美扮演自己的角色,梅根會對我感到滿意。

那景象從遠處看起來挺可笑的:五個上了年紀的女人集結在一輛引擎蓋開啟的銀色福斯金龜車周圍,就像男人偶爾也會那樣站著討論化油器與火星塞,只差她們沒有人踢輪胎而已。

當我愈來愈靠近時,我看見車子的引擎被NK的袋子取代了。然後我才想起來,金龜車的引擎是在車尾,而行李箱在車頭。我認出拉格娜和第一次時見到的那女人,也就是拿睡袍跟我交換一袋亞曼尼商品的那位。

所以她們——商店竊盜集團——現身了,集結在一輛裝滿贓物的銀色金龜車周圍。有個之前沒見過的女人在我走近時轉過來面向我,我一看就知道那人是梅根。

我該怎麼形容她才好?

我這麼說好了:老化的方式有兩種。有些情況是老化使外表變形,使我們在二十歲或三十歲時的容貌變形。我們的臉會膨脹,變得有皺紋或鬆弛。當其他人看見那樣的一張臉時,可以大概想像得出那個人從前的長相,但是現在已經變形、毀壞了。

其他的情況是,有些人看起來好像一直都是那樣的年齡,一直都是那樣的外表,不管年紀多大都一樣。他們有皺紋和白髮,但那是**本來就應該有的**,我想你們應該懂我的意思。

我想你們大概已經知道了,梅根是屬於後者的類型。以傳統觀點來看,她長得完全不漂亮。她的頭髮黑白相間，往後梳起。有張顴骨突出的方型臉，感覺有點像是伊努特人——也就是愛斯基摩人。不知道為什麼，我覺得她看起來像是一生都住在小島上的人。不過，她當然不是。

她身材高大，是那群人之中最高的，像我一樣高。她完全沒有甜美的特質。當她瞥見我時，她的薄唇綻放出微笑，接著她走過來迎接我。

「桃洛蕾斯！歡迎加入我們！」她說。

我們簡單擁抱後，我感覺到她的手臂完全沒有上了年紀的衰弱跡象。她的眼睛是近乎黑色的深褐色；鼻子很大，是鷹勾鼻。噢，我現在知道了。抱歉，我腦海一直在尋找一個印象，就在剛才想起來了。就是像安蒂岡妮、米蒂亞等希臘悲劇裡的女人給人的印象，你們知道我的意思嗎？不知道。好吧。反正，她就是長得像那樣。她把我介紹給其他人。我不需要編造假名。

不然，你本來以為是什麼？

拉格娜當然不是本名，你把我當成什麼人？你以為我會列出一張名單給你嗎？

梅根是本名沒錯，但我想你聽到這裡應該也知道那已經不重要了。她已經跟她的希臘祖先一同安息了，你曲解希臘悲劇了。是「曲解」，懂嗎？天啊，這年頭的警察學校學生都學些什麼？哈哈。是學會錯誤引用，隨便改編吧。

我只受過九年的基本教育。我真希望當初能夠往某方面繼續升學，但是……

好了。言歸正傳。

我們與其他人分開，開車離開市區。我沒有問要去哪裡。梅根具有一股非凡的自信；她的一舉一動，她的堅定目光，都如此透露著。我靠坐在座椅上，任由她帶領。

我之前有說過我很堅強，我一直都很堅強。或許你們能理解把掌舵權交給別人之後產生的那份輕鬆。但事實上，這也需要力量。這需要力量知道你在必要時會踩煞車，讓事情停下來。接著便可以盡情舒展身心。當然，你可能也會徹底變得懦弱，全然放棄自己，失去自己的意志，但這完全是另一回事。

噢，這一切只是說說而已。我的人生從來沒有給過我機會知道什麼叫盡情舒展身心。但是我對求生便略知一二。知道要咬緊牙關，繼續過活。

總之，我喜歡那樣坐在梅根的車裡，更具體明白地說，是喜歡別人開車帶我去某個地方，喜歡我們的行程有個目的。因為車內沒開暖氣，所以我的雙腿感到有點冷。正當我開始覺得冷時，梅根問我：「妳的腿會不會冷？後座有一條毛毯。」

「我們要去的地方很遠嗎？」

「不會很遠。」

「那這樣我就沒關係。」

我們的車子往北開往郊區；我從沒去過那裡。那像是在出遊。當時是剛過正午的美麗冬日時光。湖泊與水灣凍結成冰，只有零星幾隻天鵝在河口附近游著，等待夏天來臨。我感覺自己彷彿是經過多年後第一次到戶外。

我們轉進一個出入口，沿著陡峭山坡往上開到一處垃圾場，我不記得那裡的名稱了。梅根將車子停在電子產品回收箱旁，接著我們下車打開行李箱。結果從NK拿出來的袋子裡裝了許多小盒子。我不知道那一堆東西叫什麼，但是看到很多縮寫。雖然我知道CD是什麼，但是還有其他物品。

對，沒錯。有些東西上面是寫著MP3。好像還有DVB，或是DVD。

什麼？

不，那樣根本沒用。已經不在那裡了。或者也許還在，但是梅根在車上放了兩把榔頭。我們一人一把。

我現在開始覺得有點混亂了。我想如果可以的話，我要休息一下。或許可以換你們說給我聽。

抱歉，你說什麼？

你在說什麼——他當然在家！伯耶已經有八年不曾靠自己踏出公寓了。

他們有把整間公寓都找過嗎？

這樣的話，我就不知道該說什麼了。

你是在開玩笑嗎？我是說，伯耶不可能就這樣不見了，他……

不，等一下，聽我說。我們怎麼都沒想到呢？那間居家照護機構。就是這樣。一定是他們把他帶走了。

是那間居家照護機構，他們把他帶走了，哈哈。

我說到哪了？

噢，對。我們把盒子裡那些發亮的黑色物品全都拿出來，放到車子行李箱中——還是要說前車箱也行。然後我們把包裝盒分成塑膠與紙板兩類。全部都要乾淨整齊。梅根堅持要如此。

我從來沒去過那樣的地方，那裡令我覺得很有趣。我只有我家附近那間資源回收屋可作為比較，但這裡有回收屋的百倍大。那些回收箱之中，有整組的沙發和廚房配備。在一個單獨的區域裡有數百部冰箱，全都堆疊起來；只差沒有一隻北極熊在最頂端。那些電視機、爐具與扶手椅的狀況都比我家的良好。

那裡在那個時間幾乎都沒有人。有位中年男子正在把一輛拖車上滿滿的家具搬下來。他的動作機械化，眼神空洞。誰知道呢？也許他父母其中一人過世了。

總之，最後我們開始進行有趣的部分。我們在那些黑色機器之中挑出幾個帶到回收箱那裡。梅根拿起一個小物件，與裝生火用長型火柴的火柴盒差不多大小。
「這個，大概值五千。」她說。
「是喔。」我說。
我覺得有點奇怪，我是說，我看過全新大尺寸電視的售價是兩千。但我猜那是一種電腦，據我所知，那種東西的價格要另當別論。
她把它放在手掌上，拿榔頭敲下去，沒有很用力。它裂開了。
「而現在，一文不值了。」她說。
她把它扔進回收箱。我拿起從車上帶過來的最大一件物品問：「這是什麼？」
梅根仔細看了以後，按下一顆按鈕。什麼反應都沒有。她按下另一顆按鈕後，有個小螢幕翻起來。
她說：「啊哈，是DVD播放器，可攜式的，很貴。」
「多貴？」我問。
她聳聳肩說：「一萬兩千、三千吧，也可能要一萬五。我想是有人買那種東西讓坐在汽車後座的小孩保持安靜。」
「一萬五？」
「對。」梅根找到另一顆按鈕後按下去。從機器側邊滑出了一個小托盤。「這裡是用來放入光碟的地方。對，至少要一萬五，甚至可能要兩萬。」
我把東西翻過來看。兩萬。如果我因為某種原因決定要買一部這種機器，我就得省吃儉用至少兩年才行，甚至兩年都還不夠。這種事絕對不會發生。我手中像是拿著另一個世界的一小部分。
「梅根，我做不到，這樣太……我從小被教導要……」我說。
我把物品朝她遞過去。她沒有拿，她什麼都沒說。我又看著物品。方形、圓弧四角、黑色霧面。

我從小是怎麼被教導的？我心裡想著。

要善用金錢，重視錢的價值。棉被破舊不堪時，我母親會用來縫製碎呢地毯。碎呢地毯破舊不堪時，她會留到冬天拿來覆蓋儲藏馬鈴薯的箱子，避免霜害。

如今，用三十克朗買得到一條棉被，用一百克朗買得到一塊碎呢地毯。在我手上的器材價值兩萬，這代表……權力。沒錯。我看著隱藏式按鈕與簡單俐落的設計，想起我第二次被逮後所前往的地方行政廳。那裡同樣令人無法看透，同樣具有分量。那是另一個世界，有權力的世界。

我拿榔頭敲擊那個小托盤。托盤破了，喀噠一聲掉到我腳邊。有一股可怕的興奮感竄入我體內。我重擊螢幕，使得螢幕破碎，細小的玻璃碎片散布在金屬機身上。我集中力氣拿榔頭往中間敲，使得有些按鈕被敲碎後飛出我手中，掉到地面上。我用力踩了幾下，聽見腳下發出碎裂聲。

我不知不覺就猛力用榔頭把帶去的東西全都敲壞。那有一種特別的樂趣……我不知道該怎麼形容……你們知道全新的物品會有的那種氣味嗎？我在說的就是那個。我就是在敲碎那味道。

梅根把她帶來的東西遞過來，當我全都敲完時，周圍的地面上都是金屬碎片。我站起來，感覺眼前彷彿有一層紅色薄紗。梅根看著那些廢物，點點頭說：「這些大概有十五萬吧。我們要不要再多拿一點過來？」

我點頭。我們又走了幾趟，兩人一起敲打剩下的物品。砰砰。梅根估計全部商品的總價值約五十萬。我忍不住笑了起來。我們把玻璃與金屬碎片倒進回收箱。裡面有幾部電視機，我必須阻止自己去敲打。我原本可以持續進行得更久，累積到一百萬、兩百萬、五百萬。

我旋轉手中的那把榔頭。「如果我們所有人都去電子商品區的話，如果我們就……」我揮動榔頭，往空中拋了幾次。「妳覺得在他們設法阻止之前，我們可以偷走多少？」

「比這更多，但是那樣我們就必須付錢。我們的預算不包括那樣的費用。真是遺憾。」梅根說。

「但要是我們身上沒有錢呢？那麼到頭來還是他們得付錢。」我說。

「不，他們都有為這種事投保。」梅根說。

「但是這樣肯定更好了。那就是保險公司，是該死的保險公司要……」

梅根悲傷地看著我。我陷入沉默，仔細思考。其實我知道事情會變得如何，百貨公司會藉由提高售價來彌補商品失竊的損失。保險公司的做法也一樣。如果他們獲取的利潤不足，就會提高保險費。到最後是一般民眾必須買單。

我垂下手臂，榔頭在我手中擺盪。我看著我們剛扔進回收箱裡的廢物。

「我們為什麼要這麼做？」我問。

梅根把手放到我手臂上。

「只是因為好玩，沒有別的原因。走吧。」她說。

我們回到車上，駛離那處垃圾場；我們兩人都沉默了一會。這時，我的雙腿發冷，全身都發冷，所以我拿後座的那條毛毯裹住身體，並閉上眼睛。車體金屬發出的微弱喀噠聲令人感到平靜，而我一定是打了個小盹，因為當我睜開眼時，我們已經回到市中心了。

「要我送妳回家嗎？」梅根問。

我看見射入車窗的光線將她的側臉刻畫出鮮明的輪廓。根根髮絲發著橘色亮光。我想她能感覺到我的視線，當她微笑時，臉頰上出現了深深的酒窩。

「不，我不想回去。」我說。

她點點頭後便駛離市中心，開往動物園島。我靠在車窗上，看著史特蘭德路一旁的精品店在眼前一一閃過。沒有希望，沒有希望。我突然想起一件事。「為什麼其他人沒跟我們一起去？我是說，去那個垃圾場。」

我們緩緩駛過橋面到島上，梅根轉頭看我一眼之後，又轉回去看著道路。

「這是專為妳安排的。」她說。

我無法說自己真的瞭解梅根。

真可惜，我本來想更加認識她。或者，我們也許是註定無法變得親近。

我唯一感到不解的是，為什麼我活下來了？

你們知道其他還有多少人死了嗎？

好，好。等一下，等一下。

每次都說等一下。

請你們原諒我，那些日子在我的腦中一片混亂。我不是老糊塗，我沒有癡呆之類的情形，但是只要我試圖去想與梅根在一起的那兩天，一切就像是……消失了。我唯一清楚記得的事情，是我們在動物園島上的一段對話。

我們坐在靠近運河的一家咖啡店裡，你們知道我說的是哪一家嗎？我覺得那裡曾經是船庫。我們喝著熱巧克力加鮮奶油。我們其實都愛喝咖啡，但是熱巧克力加鮮奶油似乎比較適合我們結束這段旅程後……馬爾斯塔，那裡叫馬爾斯塔，是馬爾斯塔垃圾場。或許是因為這整件事感覺有點像一場遊戲。

「妳快樂嗎？」梅根問，這時我從我那杯熱巧克力舀起滿滿一匙鮮奶油。

「妳是指現在嗎？還是平常？」

「平常。」

「不，一點也不。完全相反。妳呢？」

她搖搖頭。「有太多事情消失了——那些以為會發生，但卻從未發生過的事。」

「對。」

我們默默地啜飲幾口。咖啡店裡有相當多的人，當時是午餐尖峰時段，但是我們為自己找到了一個沒有人會過來的角落。一輛紅色大型公車駛過店外的街道。有一瞬間，我看見自己躺在公車車輪底下，於是我突然說：「妳想死嗎？」

梅根露出奇怪的表情看著我。她的上唇沾到了一點奶油。

「我發現妳跟我一樣直言不諱。」她點點頭。「想。我想。但是想死還不夠，我好像有聽過別人這樣說。」

「對。有人說用塑膠袋加上安眠藥是最好的做法。」

「如果妳希望體貼別人的話，是沒錯。如果妳希望的是那樣的話。」

「什麼意思？」

梅根拿紙巾擦拭嘴巴，咬了一口丹麥酥。我望向窗外。我一直都不太喜歡看人咀嚼食物。

「使用那種方法的唯一理由，是因為不希望讓人看見死狀會感到難受。使用經典的方法看起來比較不可怕。這可能也是我聽來的。」

「經典的方法，希臘人使用的方法。」我說。

她笑了出來。

「對。蘇格拉底的死法，荷蘭的安樂死就是這樣。」

我們討論了安樂死；我們兩人都贊同。梅根看著手錶。「妳不用回家嗎？回家照顧妳丈夫？」

我搖搖頭。「已經結束了。」

我說出來之後才發覺是這麼簡單：已經結束了。我受夠了。我們喝著熱巧克力，吃著丹麥酥，看著一隻孤單的天鵝在窗外的路中央行走。我以前從來沒有見過天鵝那樣做。我把那想成是一種徵兆，但不知其中的意義。

我們走出咖啡店後，一切都雪白得發亮。有幾個溜冰的人在運河上飛馳而過。站在公車亭等車的人看起來很無趣，像是電話簿裡的人名。

「事實上，」我說，並看著周圍的世界，「我們事實上是完全自由的。」

「如果我們一點也不為別人著想的話，是沒錯，」梅根說。

「我們何必那麼做？有人曾經為我們著想嗎？」

梅根聳聳肩。「並不多。」

我們雙手插在大衣口袋裡，站在那裡環顧四周，彷彿我們正站在交叉路口，必須在左右之間做出選擇。我把手掏出口袋，而梅根也做相同的動作。我們握住彼此的手。我無法確定是誰先去握對方的手。有一瞬間，我感到眼花撩亂，覺得自己正在看著鏡子。我把自己與梅根的臉混淆在一起。

「我們要不要想做什麼就做什麼？別去管別人會怎樣？」我問。

梅根握緊我的雙手。

「好，我們就這麼做。」她說。

我們手牽著手走過公車站，前往停車的位置。那些人像是服裝店裡穿著衣服的人體模型。

正如我之前所說的，我很難把其餘的部分講清楚。

不過，我現在想問你們一件事。

你們還記得那個榨鴨器嗎？那個價值一萬二的年度最佳聖誕節禮物？你們之前有說不知道那是什麼。

然而，你們卻有責任去保護與捍衛買榨鴨器的人，或是買昂貴香水的人——這麼小瓶就要兩千。

你們怎麼可以這樣做呢？怎麼可以？

這問題沒有答案。你們沒幫忙任何人，只幫了那些瞧不起你們，也瞧不起我的人。如果我們到最後失控了，也不足為奇。

對了，我實際上被指控的罪名是什麼？

縱火罪？

我不得不說，這太……輕了。有多少人死在那裡？

你們這是在騙我。在騙我、想安慰我，但是沒有用的，不會有影響。

那是在哈瑪比港的某個地方，是那個在必要時會向梅根買東西的同一個男人。她對他說了些話，然後他進去拿了一個盒子出來，大概有這麼大。

我想，這是在隔天發生的。前一天我們去了……那個垃圾場叫什麼名字？對了，馬爾斯塔。我想，這是在我們去了馬爾斯塔後的隔天——其實就是昨天。

我那晚在梅根家過夜。那是一間有好多花的公寓。我們坐著聊了一整晚，直到天亮。我想，我們做出了類似……資產負債表的東西。提出正反意見。

我想，錄音帶已經錄完了。你們要不要換一卷，或是翻面，或是做任何你們要做的事？

我知道了。我以為這裡會是你們最感興趣的部分。我們在哪裡得到那顆炸彈、是誰賣給我們的、我們為什麼要那麼做。我希望你們聽完我說的一切之後會知道為什麼。我不記得其餘的事了。那是在哈瑪比港。

但我為什麼還活著？

我看見周遭的一切都在燃燒，我親眼看見的。整棟NK。那間百貨公司後來怎麼樣了？至少一定會停止營業。

沒錯。我原本就預期如此。那裡會停止營業多久？

這麼短嗎？可是我以為……我以為那整棟大樓會倒塌。那是塑膠炸彈，一大塊白色的東西，像是做麵包的麵糰一樣。

人不能被當作是隱形人，他們到最後會要求別人注意到自己，然後一切都會爆炸——你們懂嗎？

好。

可是你們不是要把我……關起來？

那我還有哪裡可以去？梅根已經不在了，而且……你們有把鑰匙還給我嗎？在我的口袋裡嗎？噢，有。這樣的話，我就回家好了。直接回去。

我以為我會被判無期徒刑，而你們竟然放我走。怎麼會這樣？好。我會回家。

我猜那間居家照護機構會把伯耶送回來，哈哈。「謝謝妳把他出借給我們，」他們會這麼說。是，好。再見。

．．．

他們剛偵訊完的那女人被一位新來的監所人員帶出房間；廉納特總是記不住他像阿拉伯文的名字。馬提亞斯坐在桌子對面，以探詢的表情看著他。

廉納特撕下記事本最上面的那一頁，扔進廢紙簍——他在那頁上面寫下了一些內容，包括Konsum客服中心、梅根、銀色金龜車、馬爾斯塔等等。

「你為什麼要放她走？」馬提亞斯問。「涉嫌縱火，我們通常會……」

「通常是那樣沒錯。那你想要怎麼做？把她關進牢房裡嗎？」廉納特嘆口氣後，把錄音帶從機器裡取出，加到其他錄音帶中。「她回家之後，社會局會接手處理。」

「可是縱火的事……」馬提亞斯搖搖頭。「不，我搞不懂。」

廉納特整理桌上的東西。經過這麼久的偵訊之後，桌上一團混亂，因為他習慣在嫌犯供述時，要不停摸弄原子筆、迴紋針、紙張等等。特別是嫌犯幾乎是在做獨白的時候，就像這次這樣。

他看著對面的年輕人。馬提亞斯到最後可能會變得很優秀，或者也可能變成最糟糕的那種老頑固。目前的情況絕對是傾向於後者。

當廉納特出去打幾通電話時，馬提亞斯便接手偵訊。如果你聽錄音帶，就可能會聽到嫌犯的敘述在那時候變得不連貫、雜亂無章。馬提亞斯在當時立刻開始訊問。廉納特的方法是盡可能先蒐集所有資訊後，再開始從中找出破綻。但是這件案子沒有必要。

他說：「你聽著，我們都認為，她沒有試圖炸毀NK，對不對？」

馬提亞斯板著臉點頭。

「她把酒精倒在一條地毯上，然後點火燃燒。沒錯，那裡是有一些濃煙所造成的損害等等。但是他們必須停止營業所造成的損失，可能比修補損害的花費多出十倍。除了桃洛蕾斯之外，連個受到輕傷的人都沒有。而且她沒有錢。她會被要求賠償。但是我找不出任何需要拘禁的理由。」

「那梅根這個人呢？」馬提亞斯問。「我們何不設法找出她在哪裡，她是怎麼……」

廉納特舉起手。

「我打電話到Konsum客服中心問了。只有兩個人在那裡工作。他們都不叫梅根。兩人都是男性。他們從沒聽過梅根這個人。」

馬提亞斯嗤之以鼻。「可是那並不代表什麼，不是嗎？我是說，那部分可能是她……捏造出來的。為了保護梅根。」

「對，」廉納特。「有這個可能。但是我認為不是這樣。我也有打電話到那間居家照護機構問了。」

「然後呢？」

「是這樣的，她對事情所描述的細節是正確的，但是……」廉納特嘆口氣，往後靠到椅背上。「她有提到自己無法悲傷，無法接受現實，你記得嗎？」

「不記得。」

「有，她說……」廉納特看著那年輕人一臉排斥的表情，便放棄說出他本來想說的話。那樣沒有意義。馬提亞斯必須要去上課，去上同理心訓練之類的課。但是他忽然覺得，馬提亞斯的眼睛看起來有點不同。帶有……傲慢的眼神。噢，是的，你有你的想法，但是你根本不知道自己在說什麼。廉納特突然感到憤怒，把身體傾向桌面說：「你聽著。有些關於偵訊嫌犯的事，你以後會有機會明白。也許有吧。有個人犯了罪，但卻堅持自己是無辜的。好吧。這個人不打算認罪。不過，他們可能無意中說出一些話，承認他們的性格中有一種特質在理論上會導致他們犯罪。我們不會強迫他們說。那偶爾會在他們說話離題時透露出來。如果這個人很狡滑，就完全不會說出口。但是大部分的人都沒有那麼聰明。而我們就從那裡得到一條小小的線索可以開始探究，直到把整件事揭開來為止。這樣你明白嗎？」

馬提亞斯聳聳肩。

廉納特繼續說：「總之，那間居家照護機構證實，他們在兩天前有過去拜訪，當時她不在。但是她的丈夫伯耶在家，而且已經死了。」

馬提亞斯原本雙手交叉在胸前，聽完廉納特的教訓後表情更加不悅，但是此時他突然打起精神。「死了？」他看著桃莉走出去的那扇門，並伸出手來，彷彿想抓住她。「可是那樣的話，她就……我是說，那樣就是，怎麼說，疏忽……」

廉納特搖搖頭。「他是自然死亡。三、四天前死的。」

這次，馬提亞斯就無話可說了。他張著嘴坐在那裡，似乎正要說些什麼，但卻反而閉上了嘴巴。

廉納特說：「沒錯，她說她照顧他、坐在他旁邊的那一切。那些時候他都不是活著的。」

既然馬提亞斯不打算做任何補充，廉納特便繼續說：「如果要我推測的話，我會說她是在丈夫剛死之後打電話給梅根。梅根是誰？可能是任何人，甚至也可能不存在。也許她並沒有打電話給任何人，也許她只是打到報時臺。如果這個案子有更大的重要性，我們會調查她那段時間的通聯紀錄，但是我懷疑她只是拿起電話筒就開始說話。」

「所以你的意思是，所有事情都是她編出來的嘍？」馬提亞斯說。

「有些不是。她有商店竊盜的紀錄。她的確有偷竊商品和照顧她丈夫。他死了以後，她就偏重在偷竊商品，把那件事變成她生活的全部。也許我在心理學方面是個外行，但是你會驚訝地發現，事情其實就是那麼簡單的情況非常多。」

「可是……她接下來會如何？」

「如果可以，我會比較希望他們剛剛能立刻來把她帶走，但是他們找不到人手過來。他們晚一點會過去她的公寓。她不能自己一個人坐在那裡。」

「天啊，真是一團混亂，」馬提亞斯說。

「是啊。」廉納特關上檯燈，把他的東西收拾好。他很想回家陪伴妻子。他覺得今晚會比平時更加感激有她的存在。

「當然，我有可能搞錯了，」他在讓馬提亞斯自己去思考之前說。「完全搞錯。」

．．．

當我走出去到街上時，黃昏已開始降臨。我不知道自己跟那兩位警察一起待了這麼久。我的雙手還在刺痛，因為在我把火焰熄滅之前，稍微被酒精燙傷了。我從雪堆中挖起一點雪，讓雙手冷卻下來。我說了所有想說的話。現在他們知道是怎麼回事了。

輕輕落下的冰雪降低我臉上的熱度。久坐不動之後再站起來走路的感覺真好。在我前方的街道上，有個七十多歲的女人拉著購物車吃力地行走。她彎腰駝背，彷彿是把人生裡的所有困苦拖著一起走。

我拂去手上的白雪，將雙手插進口袋裡，走過轉角，大步離去。

．．．

廉納特離開之後，馬提亞斯留在偵訊室沉思了許久。他一點也不相信那女人的供述。那肯定不是事實。他們聽得出來。但是馬提亞斯的心中有種感覺揮之不去，他覺得這情況不是因為她精神異常，而是因為她在……說謊。

說謊。

他來回快轉錄音帶一會，仔細聆聽一些片段之後，更加相信自己的感覺是正確的。例如，如果她想讓人以為事實上已經死了的丈夫，在那段期間還活著的話，她可以簡單說她看見他起床走到浴室之類的。

但是她都沒有那樣說。她說她跟他坐在一起，幫他在沙發上鋪床，說他盯著牆看。沒錯。她沒有說謊，她只是……把明顯的事實略過不提。最好的說謊方式是照實說，但是在許多地方做小小的更動。

他打電話到電信公司，請他們查出桃莉那支電話的通聯紀錄。很快就查到了。他有興趣想知道的那一天，也就是六天前，只有一通電話的紀錄。那通所撥打的電話號碼是020-833333。

他體內的焦慮感稍微緩和下來。那是一組隨便按電話按鈕時會撥出的那種號碼。不過，他仍然詢問那是不是有人使用的號碼，如果是的話，用戶的姓名是什麼。

電話另一頭的女人只花了三秒鐘就回答他：「ＩＣＡ超市的客服中心。」

他聽見有個像巨大翅膀急促拍打的聲音在腦海掠過。

微小的細節……

他在請求幫忙轉接時，聲音突然變得粗啞，接著他聽見有個女人接起電話說「ＩＣＡ客服中心」後，便立刻開口問：「可以請妳幫我轉接給梅根嗎？」

那女人說：「對不起，她已經有幾天沒來上班了。有什麼我可以幫忙的嗎？」

「沒關係，謝謝，我……我之後再打過來。」

他掛上電話，低頭看著桌面。他們放走那女人幾乎是一個小時前的事了。說謊的最好方式是在微小的細節上做更動。或是照實說，但是改變順序。

當偵訊室的門被大力推開時，他已經知道發生什麼事了。

．．．

雖然那輛金龜車違規停放在停車場入口旁，但是梅根正坐在車內。我拂去大衣上的雪片後進入車內。

「情況如何？」她問。

「很好，百貨公司已經停止營業了，所以裡面都沒有人。」我說。

「那他們知道原因嗎？」

「知道。如果他們有聽懂就知道。我把一切都告訴他們了。」

「太棒了，」梅根說，並同時把車子打到一檔，開出停車場。

我們緩緩朝向海港街駛去。我有充足的時間回顧我的人生。回顧。有什麼好回顧的？多麼空虛的人生，多年的時光縮減為數秒，相同的動作一次又一次重複。我這樣就回顧完了。

梅根倒車到國王花園後停下來。NK百貨的入口在我們眼前發出橙色的亮光。我沒看見有任何人。要不是因為我在白天稍早做了那場冒險，那裡就會有滿滿的人潮。

我們的車子擋在車道上。一輛公車停下來，發出憤怒的喇叭聲。

「有沒有什麼遺言要說的？」梅根問。

「沒有，還有什麼好說的？」我說。

她緩緩加速，朝入口駛去，對準中間的那道雙扇門。她確認好目標後，用力踩下油門。那道門抵抗了一會之後倒塌、破碎了。

我們坐在車子裡，來到百貨公司一樓。那感覺好奇怪。

梅根拿起引爆裝置，猶豫了一下，然後交給我。我手上拿著一塊金屬物坐在那裡，眼睛盯著那顆藍色按鈕看。如果數年可以感覺像是短暫的片刻，那麼有些片刻也可以感覺像是漫長的數年。

在遠方某處，有人發出尖叫聲。我壓下按鈕。

我又忘記金龜車的行李箱是在車頭了。因此，在那短暫瞬間，我只是驚訝地發現毀滅性的衝擊是來自前方。擋風玻璃粉粹成模糊的白色一片，遮蔽了我的雙眼，使一切消失無蹤。我們不是隱形人。

好了，說完了。

紙牆

我九歲的那年夏天，爸爸開卡車載了一個硬紙箱回家。一個很大的硬紙箱。是我見過最大的。長、寬、高都是兩公尺。爸爸說那裡面可以裝得下八千瓶盒裝牛奶。我不知道箱子裡本來裝的是什麼。那段時期，爸爸在鋸木廠工作，所以很可能是用來裝某種建築材料。也許是岩棉。我當時並沒有多加揣測。對我來說，那只是一個很棒的紙箱。

爸爸一把箱子扔下卡車，我就拖到草坪上，進入箱子裡。它聞起來的味道很棒，像是在生日時收到的全新玩具。紙箱蓋所形成的雙扇門敞開著，面向庭園；那道門為那裡的景象鑲框，也讓日光更加明亮。平時所見的樹木與灌木叢變得新穎而陌生，彷彿我是在觀賞一部電影。

我在箱子底部坐下來，看見爸爸進入畫面裡，正要往前門走過去。他停下來，轉身面向我揮手。我也揮手回應，不過感覺不太對。觀眾並不會對電影中的人揮手。但無論如何，我真的很喜歡這個紙箱。

爸爸進到屋裡後，我盡可能把箱子的門關上。不管我怎麼弄，就是沒辦法避免有一條寬約一公分的縫隙，所以有一道陽光從縫隙進來，落到底部。因為不可能達到全黑的狀態，所以我乾脆閉上眼睛。仔細聆聽。

透過那層薄牆，我可以聽見鳥兒的歌聲、海浪拍岸聲、微弱的說話聲、船尾引擎聲。彷彿一切都已離我遠去，遙不可及。我能夠辨別出每一種不同的聲音，但是整個畫面、整個世界消失了，與我隔絕。

我全身趴下來，假裝自己身在一個不同的時代。那道陽光像是一條細小的腰帶繫在我臀部上。我的周圍有城堡、競技場。我聽見的聲音是騎士們在爭吵。不久便響起拔劍出鞘的聲音。如果我打開門，就會看到我的馬在外面等我。我從屋頂能看見翼手龍飛過天空。雖然牠們在箱子上方盤旋，但卻無法進來。或許牠們甚至看不見箱子，或許我隱形了。

有人敲門，於是我睜開眼睛。那道陽光落在我大腿上了。

「有人在家嗎？」是我父親的呼喊聲。

「有。」

「晚餐很快就會在主屋上桌嘍。」

我起身跪著，爬出箱子。下午的陽光令我目眩。夏天微弱的電器嗡鳴聲帶我回到現實世界。爸爸身上的工作褲發出木屑的氣味。我在箱子裡都沒有聞到任何味道。

「你覺得如何？」他問。

「好極了。」

他伸手撫摸箱子。

「屋裡完全沒有地方可放。」他說。「如果下雨了，就……」他聳聳肩膀。「箱子只要沒壞，你就可以一直留著。還是你覺得我們應該在上面蓋一塊防水布？」

「不知道。」

爸爸點點頭。「我會看一下氣象報告。」他抬頭看天空。「看來要過一陣子才會下雨。對馬鈴薯來說是壞事。」

「對箱子來說是好事。」我說。

「沒錯。」

我們進到屋子裡。

當爸爸隔天出門去工作後，我就到箱子那裡。露水還沒蒸發，使得硬紙板的表面潮濕、凹陷。擺在庭園之中的箱子看起來很怪異，像是從一艘太空船上掉下來的，使周圍的一切看起來都不同了。

庭園的工具棚裡有一架老舊的嬰兒車，爸爸當時會留下來是考量到以後我想要一輛小賽車時，就可以把輪子拆下來打造。要把紙箱搬到嬰兒車上很難，而且要讓它不掉下來更難。經過了多次走幾步箱子就掉下來的失敗嘗試，我想出在底部放幾塊石頭的方法。

我必須將嬰兒車放在背後拖行，好讓我能看清楚前方。箱子掉下來好幾次。我一定有花了一個小時才將它搬到史約恩小徑，而且我到了那裡之後，事情變得更加麻煩了。那條小路狹窄，距離樹木很近，因此沿途有樹枝刮到箱子的側面，一直威脅要將它打翻。

有大人在路上走過來，對我開玩笑說：「約翰，你要離家出走嗎？」有個人表示要幫忙，但是我謝絕了。我不想讓他們知道。當我來到最後要進入森林的路程時，我留下嬰兒車，把石頭倒出來，然後把箱子拖在身後繼續走。這樣輕鬆多了。我把嬰兒車帶來只是為了讓這項任務顯得正當。一個小孩把巨大箱子拖在地上走很難看。這我知道。

在森林裡就不會有人擋到我的路。我抓著其中一片上蓋，箱子平穩地滑過草皮與青苔。只要我一感覺到有些微阻力，就會停下來檢查。把樹枝推到一邊，或是把箱子往側邊挪動，避開石頭。當我到達目的地時，箱子依然完好無損。

我用小枝條與大量冷杉樹枝搭起的小窩已經凋零。那些還在樹枝上的針葉已變得灰白，而整個小窩看起來像是一堆枯枝斷柴。我花了一段時間把那些清除，分散丟到森林各處。然後我將箱子放好位置。

我往後退了幾步。看起來好極了。

那箱子在這個世界裡創造出另一個世界。把淺棕色的幾何形體擺在混亂的森林中央，這是我的作品。是我的創作，是我要的秩序。紙箱讓我成為了這個地方的主人。我的房子在這裡。房子的門敞開，我只要走進去就行了。

我推著嬰兒車跑回家，準備好一瓶果汁，拿走一些餅乾，還有一卷膠帶，接著又跑回去。然後我一整個下午都待在箱子的裡面或周圍。有了膠帶之後，我就可以把上蓋封起來，這樣陽光便無法照射進來了。

「那個箱子呢？」
「我搬走了。」
「哦？」
「我今晚可以睡在那裡嗎？」
「睡在……箱子裡嗎？」
「對。」
爸爸將一顆水煮馬鈴薯的外皮剝除，放到我的盤子上。我自己也會剝，但是花的時間是他的五倍。他望向窗外。天空是淡藍色，而港灣的水面幾乎看不見任何波紋。
「好，我想應該可以。但是這樣的話，我要確切知道你在哪裡。你到底是怎麼把箱子搬走的——那實在是超大的。」
「用嬰兒車。箱子在森林裡，靠近史約恩小徑。」
「快到博耶福斯那裡嗎？」
「對。」
「噢，我知道了。」他看著我。有一瞬間，我覺得他看起來很悲傷。然後那表情消失了。他露出微笑。「我想我們最好先把睡袋拿出來通風。」
那個收起來很久的睡袋，吊在曬衣繩上通風。爸爸把全新電池放進大手電筒裡，而我幫自己準備了一些三明治，還有一大瓶果汁，然後全都裝進我的背包中，裡面還有幾本《丁丁歷險記》系列和一顆枕頭。
爸爸坐在傍晚斜陽下的前廊閱讀舊雜誌。我背著背包站在他面前讓他知道：**我好了。東西都帶齊了，準備出發**。他瞇著眼看我，點點頭。

「所以，你要走了。」

「對，我要走了。」我說。

沒其他話好說了。每當我出來迎接他，或是我要出門時，我們都會彼此擁抱。因為這次不是那種情況，所以當他從椅子上站起來，伸出手臂環抱我時，我很驚訝。

「你要好好照顧自己。」他說。

「我會的，我明天早上就會回來。」我說。

「對。我知道。」

我出發了，而他又坐了下來；我聽見背後有彈簧的嘎吱聲響。我在離開之前，再一次轉身過去，朝他揮手。他也揮手回應。他的老花眼鏡已滑下鼻梁，陽光讓鏡片如火焰般發亮；陰影使前廊看起來柔和又溫暖。我會永遠記得他那副模樣。

夕陽的餘暉並沒有延伸到箱子所在的地方，那片林中空地位在陰影之中。我攤開睡袋，把枕頭放在頂端，把糧食擺在箱子角落。然後我趴在睡袋裡許久，翻看《丁丁歷險記》，也會抬頭凝視外頭的森林，進入黃昏後，樹幹漸漸暗了下來。我不是在玩什麼幻想遊戲；這就是實際的情景。

當光線微弱到令人無法繼續看書時，我關上門。我鑽了幾個透氣孔，用膠帶把門封住，接著打開手電筒。

這與待在帳棚裡的最大差異是，沒有任何東西在動。沒有在擺動的帆布，也絲毫沒有從外面映照出的影子。不會碰觸到地面。只有平滑的牆面，四面全都一模一樣。不管在哪裡都完全一樣。

我翻閱《丁丁歷險記》，直到雙眼開始乾澀為止，然後我關上手電筒，蜷縮在睡袋裡。這時一片漆黑。我睜開又閉上眼睛，看不出有任何分別。

我可能有睡著，也可能沒有。如果我真的睡著了，那就是有個聲音吵醒了我。有什麼在枯枝上移動，越過草地。那聲音越來越近了。我伸手指觸摸眼睛，確定那裡是張開的。沒錯。指甲戳到眼球時好痛。我伸手找手電筒，雖然找到了，卻沒有打開。

我屏住呼吸。外面的不明物體停下來，接著又開始移動，朝箱子過來。此時我聽得見牠在呼吸：低沉而緩慢，我想牠是一隻巨大的動物。我的腦袋因為缺氧而暈眩，於是我慢慢吐氣後再吸氣，握拳塞住嘴巴。

這不是一匹馬或一頭牛。不過體型差不多。比人大上許多。我從牠的步伐聲聽得出來。可是朝我床鋪過來的物體是用雙腳在行走。我無法明確告訴你，我是怎麼知道的，但那是跟腳步之間的間隔有關，也就是那雙腳踩在乾草、枯葉上的感覺。

我徒然盯著紙板牆看，朝著那生物過來的方向看。除了黑暗之外，什麼都看不見。我用力瞇起眼睛，結果搞得眼冒金星。此刻那生物就在外面，就在牆的另一邊。我的心臟狂跳，我好想衝出用膠帶封起的門，然後快跑，快逃。

那生物的呼吸在此時好大聲，令我以為自己臉上有感覺到那股熱氣。在呼吸的物體距離我不到半公尺。我伸出手，動作好慢、好慢，直到手指碰觸到紙板牆為止。我讓手指停在那裡，等待著。

我想像有一記重擊，使箱子突然產生晃動，那層薄牆裂開來，而我會坐在那裡，與那隻不是人卻用雙腳站著的生物面對面。但什麼都沒發生。一切靜謐無聲。我再度吐氣，並吸入另一口氣。

然後，開始了。我起初從指尖感覺到微微震動，然後我聽見拖行的聲音。在另一邊的物體用手觸摸牆面。緩緩移動，如同愛撫。我感受到那隻手的力道，當它正好來到我手指碰觸的地方時，牆面略微鼓起。那隻手停在那裡片刻，然後移開了。

我手指觸碰牆面，坐著仔細聆聽。腳步聲漸漸在草地上消失。雖然我雙腿的肌肉因為坐著時一直受到壓迫而疼痛不已，但是我直到腳步聲沒入樹梢的沙沙聲之中才開始移動。於是我移開觸摸牆面的那隻手，整個人蜷縮在紙板上。

牠已經離開我了。

最終處置

是的，先生，我會情不自禁聞樂起舞
而且會伴隨巨響前來
我會舞成布基舞曲，舞成布基烏基舞曲
漫漫長夜舞蹈不休

——芬蘭藝人M．A．努明南（M.A. Numminen），〈是的先生，我會聞樂起舞〉

如有興趣想了解二〇〇二年八月十三日在斯德哥爾摩發生的死人甦醒現象，有一些書籍可供參考。史登．哈梅爾最近出版的著作《是死是生？》，對於事件的過程有最透澈的描述。除了針對每一分鐘做詳盡的分析之外，這本八百頁的作品還包含一些關鍵人物的訪談。

ETC新聞記者達格．艾里亞松的著作《管制區》，主要是以批判觀點來探討。本書討論的重點是，有關當局在二〇〇二年八月十七日的西司地區脫逃事件發生前後所採取的措施。書中有當時為此事下臺的衛生部長拉斯．賀斯泰德特的訪談內容，這部分特別有趣。

雖然有許多已進行的研究只有在難以理解的專業書籍中才找得到，但是科學記者卡林．約漢內松在《酵素叛亂》一書中以淺顯易懂的文字來表達。書裡對如今稱為ATPX研究的各學派見解做了十分清楚的介紹；X代表的是輔酵素ATP的突變，目前尚未找出突變的位置，而且這可能是造成甦醒現象的原因。

約萬．西斯萊克的《死亡董事會》是純粹的驚悚故事，描寫「守護生命」製藥公司的崛起與落沒。該公司大肆吹噓的「死亡疫苗」，結果是誇大不實，而這樁醜聞與最近的話題息息相關，因為斯德哥爾摩的法院即將開庭審理。相當精采的一本書。

極少有作品提及目前在西司地區裡進行的活動。有位小報記者日前將西司地區比喻成北韓。幾乎把所有消息封鎖。《走入死亡的奴隸》彙整了少數幾位目擊者的描述，可惜出版此書的是政治立場明確的Timbro智庫。

另外還值得一提的是佩爾．奧洛夫．恩奎斯特的劇作《處置》，現已收錄在斯德哥爾摩皇家戲劇院出版的當代戲劇系列之中。這部當時在劇院裡長期公演的戲劇，是根據大量復活人親屬的訪談紀錄寫成，絕對是扣人心弦。

這些只是所有書籍裡的一小部分。光是英文書就還有二十本是我沒有在這裡提及的。

・・・

卡勒．利傑沃是個搬運工，也是家族裡的害群之馬。父親那邊的家人幾乎都有加入以高學歷者為成員的SACO工會。只有卡勒除外，他幫舞曲樂團「熱帶領域」搬運裝備，而且完全不屬於任何工會。

卡勒在他父親眼中沒什麼出息：他在一個不怎麼成功的放克樂團裡擔任鼓手，住的公寓在移民聚集的林克比，而他那份工作的職稱並沒有出現在瑞典學院所編撰的字典裡。

「搬運工？」他父親有一次把酒杯放下，提出疑問。「那所謂的……搬運工到底是做什麼的？」

「搬運物品、運送物品到各地之類的。」

他父親試圖用眼神示意比卡勒年長二十歲的姊姊莉貝卡，看看她是否能幫忙解釋。莉貝卡將食指放在嘴唇上，深思了一會，然後開口問：「也就是隨團工作人員嗎？」

「不是。隨團工作人員是……呃，我的確也有做那樣的工作。把電線接上電源之類的，但我大部分是在運送物品，還有把物品搬進目的地。」

「所以擔任隨團工作人員所需具備的資格，比搬運工稍微高一些嘍？」

「對，我想可以這麼說。」

莉貝卡點點頭。她現在完全明白了。卡勒從事的是娛樂產業中最低階的工作，而這段對話便結束了。她父親搖頭嘆息。

卡勒並沒有感到難過。這跟他原本所預期的反應一模一樣。其實他告訴他們這份新工作，只是為了要惹他們生氣而已。當然還想聽見他父親說出「搬運工」三個字，這令他感到滿意。

他以前算是個缺乏父母關愛的孩子，當初是他在大學任教的父親與學生短暫交往後才生下了他。卡勒原本一直與母親莫妮卡同住，直到他十三歲時才分開，因為那一年她自殺了，她站在地下鐵鐵軌中央，靜靜等待列車駛來。他父親只好接手照顧他。

卡勒在成長過程中只見過同父異母的姊姊幾次。就在卡勒搬去丹德呂德與父親同住之後，莉貝卡便取得斯德哥爾摩大學的博士學位。她後來在父親的協助之下，成為瑞典最年輕的女性哲學教授，在倫德大學任教。

關於二〇〇二年的死人甦醒事件，她主張用絕對功利主義的方式來解決問題，這使她獲得一些名氣，或應該說是惡名。她父親很高興。惡名通常有助於培養學術嚴謹性。

但是卡勒……卡勒完全不同。

與父親同住時，卡勒一直處於要努力向上、不斷向上的壓力之中。他的新家本來或許可以稱得上是理想的環境。但對卡勒來說不是。他就是不適合那裡。

你只需要看莉貝卡與家人在博士畢業典禮上的合照就知道。照片中他的父親又高又瘦，穿著一套剪裁完全合身的西裝。如同奧卡姆剃刀⑰般鋒利。莉貝卡站在他旁邊，身穿一件樣式簡單但優雅的天藍色洋裝，襯托出肩頸的線條——有位男性博士候選人將那線條化為對數曲線，以便計算出呈現真實之美的公式。

卡勒站在距離他們稍遠的地方，手臂垂落身側。他看著鏡頭的表情，彷彿是做壞事被逮到的模樣。照片裡的他十四歲，身高一百六十三公分，體重七十公斤。他像是被電擊棒逼進牢房般，迫不得已穿上西裝。儘管他在早晨已刮過鬍子，臉上還是覆著一層鬍渣。他有一頭濃密的紅髮。

他是被調包過的。一定是這樣沒錯。在產房那裡弄錯了。但是已驗過ＤＮＡ了：卡勒是榮譽退休教授

---

⑰奧卡姆剃刀（Ockham's razor），十四世紀的英國邏輯學家奧卡姆的威廉（William of Ockham）所提出的一種「若無必要，勿增實體」的思維，主張唯名論的他認為普遍性概念空洞無用，應當被剃除。

斯圖雷・利傑沃的親生兒子。有時候基因會失去作用，事情就是這樣。

距離那相片拍攝的時間已過了十年；卡勒如今的身高多出二十二公分，體重也多出三十公斤。他頂著一頭雷鬼頭，通常在頸背紮起一個髮髻。他蓄著大鬍子，平常是用剪刀修剪鬍鬚，維持在五公分左右的長度。簡單來說，他就像是一隻大熊。

卡勒的體內帶有一份巨大的痛苦，儲存在右鎖骨下方的一處手掌大空間裡。不，那裡沒有腫瘤或潛藏的疾病，他已經檢查過了，但是每當陷入低潮時，就是那裡會開始疼痛。一顆黑色心臟將一股無力感輸送到全身。當這種情況發生時，他會用力擊鼓，直到汗水傾瀉而下，通常這樣就有效了。有時候，他必須喝下大量啤酒才行。

人生是為了要活著。卡勒在幾年前想通這個道理。這未必是理所當然，對卡勒來說就不是，但他就是因為這個理由，在心裡對自己說：我要活下去。說這樣就夠了。

當卡勒擔任「熱帶領域」的搬運工已有一年左右時，他父親打電話來提供賺外快的機會。他完全不是這樣說的。是說有機會能讓你補充些許收入之類的話。有一些東西，一些技術設備需要搬運。

「這種事你們沒有人可以做嗎？」

「你到底要不要接這份工作？」

「我只是好奇而已。」

「是沒有。我們需要的是一名司機。時薪三百克朗，其他所需費用另計。現金支付。」

「哇塞。我都不知道你有負責這種事。」

「你到底是要還是不要？」

「好，好。可以。沒問題。」

他告訴卡勒時間與地點後，這通電話便在沒有溫情告別的情況下結束了。他沒有那麼熱切想為父親工作，而是為了錢才答應。作為「熱帶領域」隨時待命的搬運工，他領有一份微薄的月薪，再加上每次出動就會有一筆收入。在過去的幾個月裡，一個星期只有兩、三次的表演。這團體上次進入瑞典流行樂排行榜，已經是五年前的事了，雖然他們有巡迴表演，但是接到的新工作不多。

這樣只夠卡勒勉強過活而已。在他等待「放克臉孔」爆紅的同時——坦白說，他並不相信會有那一天——他很歡迎有額外的收入。

他借了那輛用來運送器材的小廂型車（他認為開巴士去不太好，因為那輛巴士在側面有團名的噴漆，以及棕櫚樹和落日的圖案），在晚間九點時現身在卡羅琳學院的運貨入口。

在貨物裝卸區放有七個金屬箱，表面沒有光澤。不同於「熱帶領域」老舊不堪的音響系統，這些箱子看起來像從沒用過。一點刮痕也沒有。每一個大概都有一立方公尺。

卡勒熄火下車。一扇門打開，有個男人走出來，他有一雙小手，戴著一副小巧眼鏡。他向卡勒點頭致意後，做手勢指向那些箱子，然後將手臂交叉胸前。卡勒估計，他大概可以將那男人丟擲約四公尺遠。這想法很誘人。不過，他動手開始工作，把箱子裝載上車。有些很輕，也有兩、三箱差不多是八公斤重。裝箱做得非常完善，因此當他放下來時，裡面完全沒有發出任何碰撞聲。

當所有箱子都搬上車後，卡勒站在廂型車旁，也將手臂交叉胸前。那男人從裝卸臺上跳下，什麼都沒說就坐進車內。卡勒站在原地幾秒鐘——**往上拋兩公尺後，砰！頭先著地**——接著他很快上車，發動引擎。

「我們要去哪裡？」

「西司地區。」

「那些死人所在的地方？」

「對。」

「我們真的要進去……」

「對。」

卡勒打了排檔，車子開始前進時，產生了一陣沒必要的晃動。那男人繫上安全帶。過了幾分鐘之後，他們來到E4高速公路上，那男人一句話都沒說。卡勒打開CD播放器，放克樂團King Kong Crew的歌曲〈猴子女〉轟隆響起。那男人還是什麼都沒說，於是卡勒調大音量，他們便一路聽放克音樂，在E4上行使一段路程後，轉上E18，最後來到行經耶爾瓦原野的砂石路。

當車子愈來愈接近管制區圍籬大門時，那男人碰了卡勒的手臂一下，接著先是指向CD，然後再用手指噠—噠—噠輕觸車底板。卡勒假裝不懂；他看看車底板，彷彿在尋找什麼，然後搖搖頭。

「把音量調小。」那男人說。

卡勒放慢車速。一名警衛從大門旁的崗哨亭走出來。

「什麼？」

「把音量調小！」那男人說得更大聲，一臉怒氣。卡勒將音量調小。他得到回應了。目標達成。那男人打開車門，下車，走到警衛那裡。他從外套的內側暗袋裡拿出一張紙交給警衛。那警衛看看那張紙，看看廂型車，再看看卡勒。他似乎不太高興。他對那男人做了手勢後回到崗哨亭裡。那男人留在原地不動。

卡勒注視著大門後方的管制區。

原來是長這樣啊。

在瑞典肯定很難找到有人不知道西司地區，但是在二〇〇二年的事件發生之後，大家對裡面的實際情況幾乎一無所知。那些活死人，或是一般所稱的復活人，當時從裡面逃出來，奪取了百人左右的性命後，在警方與軍隊的一項違憲聯合行動中被捉回西司地區。從那以後，那區域就對外關閉。

雖然官方說法是他們在進行復健，說復活人在接受某種治療，但是沒人知道實情，一方面是因為沒有任何記者可以進入管制區，另一方面是因為社會大眾在情況穩定下來之後，便漸漸對那裡失去興趣。西司地區就任由命運安排了，只要死人不會出來，就幾乎沒有人會在乎那裡的情形。那些有怨言的死者親屬，大多數都已經放棄了。

卡勒才剛剛發覺這整件事令人不安。如果他早知道這工作要到西司地區一趟，很可能就選擇不接了。由於他的住處就在附近幾公里遠的地方，所以他曾經散步到這裡來，看看圍繞著半完工住宅的圍籬；他的興趣並沒有因此加深。但是現在來到這裡後，他發現自己畢竟還是感到好奇。因此心跳加快了些。

不知道裡面看起來是什麼樣子？

奇怪的是，他的同伴似乎也很緊張。他站在那裡，雙腳在原地踩來踩去，雙手互相摩擦。一陣濛濛細雨開始落下，那男人在照明燈下看起來像是陷入困境，像是獨自一人處在荒野之中。

卡勒按喇叭，使那男人嚇了一大跳。噢，沒錯，他是很緊張。那男人揮手要他別繼續按時，卡勒咧嘴笑著。他差點對那個嚇一跳的小混蛋感到同情。

警衛出來了，他交還那張紙。顯然一切都沒問題了，但是卡勒可以從警衛的肢體語言看出，他對這樣的情況感到不滿。他原本比較希望能要求他們掉頭回去。不過，他回崗哨亭裡去了，而當那男人坐進廂型車時，大門靜靜開啟了。

卡勒將車子駛入。

「往哪邊走？」

那男人指出來。「在前面那裡右轉。」

裡面連一盞路燈都沒有，車子前照燈的光線掃過光禿禿的水泥牆，了無生氣的窗玻璃反射出光芒。這裡看起來像個鬼城，這形容恰如其分，而卡勒已做好準備，一看到有殭屍蹣跚來到車子前方，便會立即踩煞車。他感覺不太舒服，腦中響起一種嗡嗡聲響，像是遠方的一個房間傳出嘈雜刺耳的說話聲。

轉了幾個彎之後，他們駛進一處有照明燈的區域，那些照明燈以固定的間隔設置在建築物前方。所有光線都射向中央，那裡有一棟與周圍那些不一樣的大型建築。那看起來就像是一間超大農舍，也許那裡曾經計畫作為洗衣房兼社區中心使用。卡勒住的地區也有類似的建築，庫德族移民都在那裡舉行派對。不過，這裡顯然缺乏派對氣氛：有一些警衛在那建築周圍站崗，那些窗戶都是用木板加鐵柵封起。看起來非常像監獄。

「是這裡嗎？」

「不。繼續往前。」

他們駛過時，入口旁的那些警衛面無表情地看著他們。有幾幅卡勒不曾見過的景象，閃現在他腦海之中：兩個小孩跳上一張床、一棵大樹倒塌到海裡。

他曾經聽說過：在靠近復活人的地方，人們有時會發現自己突然具有思維感應力。於是他明白了，那建築裡一定有許多復活人。他轉頭看坐在一旁的男人，但是他感應到的只有某種一連串數學運算。

他不想讓我知道。他是故意這麼做的。

那男人轉頭面向他，第一次在嘴角帶有一絲笑意。「對，當然。」他說。

即使在他說話時，那一連串數字還是繼續產生。卡勒眨眨眼，努力專心開車。這沒有那麼容易，這就像行駛在一團松樹針葉的旋轉風暴之中，但隨著他們遠離那棟建築，這現象便逐漸消失了。

車子又繞來繞去，轉了幾個彎之後，他們到達一處沒有燈光的區域，坐在他一旁的男人突然說：「到了。停車。」

卡勒環顧四周。這些建築與之前經過的那些只有一點不同，就是這裡有幾扇地下室窗戶亮著燈。卡勒腦中的思維感應又只剩下遠處的嘈雜聲響。

那男人下車，走過去敲地下室的門。門打開了，他迅速進入。卡勒趴到方向盤上仔細想一想。這整件事顯然有種鬼鬼祟祟的感覺。也不是全都鬼鬼祟祟，因為他們有獲准進來這裡，但是有些許可疑之處。

爸爸……

斯圖雷．利傑沃跟這整件事有什麼關連？

對卡勒來說，父親的生活與工作一直是個謎。這在某種程度上說起來很簡單：他不明白為何需要有哲學教授存在。那些愛好思考的人，是啦，他們這樣是沒什麼不好，可是把思考當成一種專業？他父親從來沒出現在公開場合上，所以卡勒完全不清楚他整天都做些什麼。他姊姊就不同了。她偶爾會寫出引發爭議的文章，卡勒雖然不喜歡那些文章，但至少還看得懂。

不管是公開發表自己的意見，還是清理辦公室，或是寫愚蠢的文章都可以，但是他父親……

另外還有一件事。這件事卡勒一直無法確切找出原因。他不喜歡父親。斯圖雷行事拘謹、個性冷漠、善於分析。這是一回事。但是除此之外……除此之外，父親就是哪裡不對勁。卡勒天生不擅長分析，他還沒試圖去確定問題的真正原因，但是感覺得到。是一種輕微的瘋狂特質。

卡勒不知為何還記得問答遊戲Trivial Pursuit裡的一則知識題：

詩人耶伊爾死後，人們在他床下發現什麼？

答案：一雙全新沒用過的溜冰鞋。

那感覺比這更糟。感覺他床底下有什麼是無法解釋的。感覺他衣櫥裡有著什麼，在他腦中最深的角落有著什麼。好像有某方面不正常之類的。

當地下室的門打開時，卡勒下車。他已經充分思考過了，所以不再覺得奇怪。這個地方、這片黑暗，與他父親完全相符，用一句話來形容就是：**令人心情沮喪**。

從地下室裡出來的人，與剛剛坐在廂型車裡的人不同。這個男人穿著襯衫和牛仔褲，甚至還伸出手來。

「嗨。你是斯圖雷的兒子嗎？」

「對。」

他們握了手。卡勒稍微握緊了些，那男人也加了點力道回握。然後他們便一起把箱子搬下車。

地下室裡面比從外面看到的要大得多。牆面是亮白色的，還散發出一股剛粉刷過的油漆味。有一面長牆上有兩扇金屬門，門上有圓形窗，看起來也是全新的。放在地板上的攜帶型照明燈照亮這房間。當他們把箱子搬進來後，卡勒看看四周。

「你在這裡是做什麼的？」

「還沒有事情可做。」

「那你之後要做什麼？」

那男人看了卡勒幾秒之後說：「我不是想對你無禮，但請你當作不知道這地方，好嗎？如果有人問起，你就說從沒來過。」

「嗯。」

「是不能說的事，對吧？」

卡勒又看了四周。得到這個新資訊後，這房間呈現出完全不同的風貌。他露出笑容，因為他想起007電影中到處走動測試裝備的Q先生。

「有需要我……簽署什麼嗎？」

那男人將頭歪向一邊。「你想簽嗎？」

「不，不用了——我不會說出去的。」

「好。很好。」

那男人伸出手要握手道別。卡勒握了他的手，這次他直視那男人的雙眼。他見過那個眼神。

我坐在電腦前。我轉身過去。爸爸站在那裡。他正看著我。

那眼神。在尋找。在評估。但這裡還有別的感覺，屬於這地方的感覺，像是一根手指在一層薄膜上摸索，試圖要找到入口，進到他腦中。

卡勒這次更加用力握緊那男人的手，一塊軟骨移位了，在他腦中的那根手指痛得猛然抽出。

「再見。」卡勒說，然後回到廂型車上。

他繞遠路走管制區外圍，以避免再次行經社區中心。在大門口的那名警衛瞥了一眼廂型車後將門打開。

他媽的，他們在那裡面是怎麼避免發瘋的啊？

離開大門約一百公尺時，卡勒把車子停下來，讓引擎空轉，這時他靠到椅背上，大大呼出一口氣。這整趟探險所花的時間不到兩小時，但他卻筋疲力竭。

這樣賺到六百，值得嗎？

他閉上雙眼，享受腦中的寧靜。幾分鐘過後，他平靜下來了。正當他踩離合器要換檔發動車子時，有人敲了副駕駛座的車門。他把腳從離合器上移開，伸手過去打開車門。

有個女孩站在車外，年紀大概比他小了幾歲。她那頭中長髮因雨水濡溼，緊貼著頭。

「嗨。可以載我一程嗎？」

「妳要去哪裡？」

「里斯內。」

「上來吧。」

那女孩上了車，關上背後的門。卡勒斜眼瞧她。他在車內燈亮起時注意到她有一頭紅髮。

他開動廂型車。「是天生的嗎？妳的頭髮？」

她說：「對，只占百分之一的紅髮。」

「這麼少嗎？」

「對。所以我們相遇的機率是……萬分之一。」

「是嗎？」

「我其實也不確定。」

他們靜靜思考這件事時，車子顛簸越過原野，前往E18高速公路。卡勒心想，可惜她不是要去……比如說，巴加爾莫森。他本來想開遠一點送她回家。

「妳住在那裡嗎？在里斯內？」

「嗯。你可以在靠近交流道的地方放我下車。」

「我住在林克比，但是我不趕時間……我可以送妳回家。」

「好吧。瓦爾奇里亞路十三號。」

卡勒點點頭。里斯內那裡的宏偉公寓大樓聳立在他眼前了。卡勒知道瓦爾奇里亞路，因為「放克臉孔」裡的貝斯手托妥住在奧達爾路，與那條路相鄰。這種巧合的機率又是多少呢？

當他們下交流道到里斯內時，她的視線緊盯著前方的道路，「你剛剛在那裡做什麼？」

卡勒想起那個穿襯衫搭牛仔褲的男人。你從沒來過。但是他難以否認。他聳聳肩。

「搬運一些東西。妳呢？」

「什麼樣的東西？」

卡勒嘆氣，瞥了她一眼。「這個我不能說。」

「好吧，那你是幫誰工作？」

「不，聽著，妳還沒回答我。妳在那裡做什麼？」

當車子轉進瓦爾奇里亞路時，他們沉默了一會。十三號在這條路最末端。

「試著去感覺一下，想知道現在的情況。」她終於說。

「那裡面的情況嗎？」

「對。」

卡勒把車子停在她公寓大門外。他關掉引擎。雨水啪噠啪噠打在車頂上。雖然他或許算是個壯碩的男人，但是碰上這種事時，他卻極為軟弱，所以當他聽見那女孩先開口問時，他因為如釋重負而心花怒放。

「你有沒有電話號碼？」

「有。妳呢？」

他們都有電話號碼。他們彼此交換了。當那女孩打開門，公寓大樓內的燈光透進來時，卡勒趁機會看清楚她。她有一張圓臉，像他一樣，但是臉型的骨架較明顯。然後當然有雀斑。身材纖瘦，她的體重大概不到卡勒的一半。

「等一下，」他在她正要關上門時說。「妳叫什麼名字？」

「佛蘿拉。再見。」

門砰地關上，卡勒看著她以堅定的步伐大步離開。

那叫什麼？雙生靈魂。

萬中選一，百般難尋。就像一讀就停不下來的故事，會留在腦海裡的故事。兩人在一起後，就永遠無法分開，因為兩人必須忠於那份最初相遇時不可思議的緣分。

萬中選一。

卡勒一邊在嘴裡哼歌，一邊把廂型車掉頭，開往林克比，他心想，有六百可以賺，很划算了。就算這一趟沒有酬勞，他也樂意。

隔天他為「熱帶領域」工作——在諾爾泰利耶的一家購物中心要舉行開幕活動。魔術師、流行二人組Fame。氣球是給小朋友的，而「熱帶領域」是以年紀較大的顧客為對象。他們將要做二十分鐘的組曲表演，也就是他們的四首排行榜名曲，再加上一首最新專輯裡的歌曲，不過最新專輯是在兩年前就發行了。雖然「熱帶領域」沒有如其團名般炙手可熱，但是他們依然可以收取合理的費用，因為他們……很可靠。

此外，主唱羅藍還留有一點明星光環。他偶爾會在電視上少數幾個遊戲節目裡露面，而且他一年前的離婚消息占據八卦周刊長達一個月左右。這就是他的知名程度。

由於揚聲器與其他配備都已經在會場上了，所以卡勒只要載送樂器與不會自己開車過去的樂團成員。這陣子通常都是如此，他一個月只有一次需要把大巴士開出位在哈寧厄的車庫，進行較長途的行程。已經有人在說要把巴士出售了。

這一次他載送的是樂器與麥克風，再加上羅藍和貝斯手烏費。烏費一如往常坐在後面，一邊把口嚼菸草含在上唇與牙齦之間吸吮，一邊拿報紙翻閱體育新聞，而羅藍則與卡勒一同坐在前座。

說他們是朋友雖然言過其實，但是羅藍與卡勒找出了適合他們倆的溝通模式。一個月前，「放克臉孔」在莫塞巴克廣場為King Kong Crew開場，也就是說，那一晚卡勒無法幫「熱帶領域」開車，所以他們雇用了另一名司機。羅藍後來說，整晚的感覺像是少了什麼似的，卡勒不在就沒那麼有趣了。

所以他們相處得很不錯，不過並沒有真正對彼此打開心房。例如，卡勒幾乎完全不清楚羅藍結婚二十年之後離婚收場的原因。

羅藍指著卡勒放在儀表板平臺上的手機，他以前從未放在那裡。

「你在等電話嗎？」

「對……不。也許吧。」

「是女生嗎？」

卡勒加速超過一輛行駛速度特別慢的豐田汽車，結果他的偏見又再度得到印證：是個戴扁帽的老頭。

「我不太清楚。」

「你不清楚是不是女生？」

卡勒咧嘴一笑，什麼都沒說。過了一會，羅藍又問：「這話題有點敏感嗎？」

「對，我想是。」

「看來可能是認真的嘍？」

「嗯。」

「好吧。」

他們改聊食物；這是他們共通的興趣。羅藍提到用汽水烹煮食物可增添美味，尤其是Trocadero果汁汽水，與香菜非常對味。卡勒並沒有真的在聽。沒錯，他是在等她的電話。當然，是她先開口問他電話的，但或許他可以打電話給她？

這情況又來了，他又無法確切找出原因了。佛蘿拉有某種特質吸引了他。他在她一上車時就感覺到了：**我喜歡她。**

那感覺不一定有什麼重大的意義；卡勒覺得自己很輕易就能喜歡一個人（學術界的除外），但是她具有某種特別之處，是一般人身上所沒有的。或許是一股認真，一種嚴肅的態度。有某種特質回應了卡勒內心黑暗面的呼喊。

表演如往常一樣。歡樂的歌曲、熱烈的回應、掌聲迅速消失在店鋪之間。有幾個醉漢在跳舞。有個小孩在哭，因為魔術師給他的兔寶寶氣球破了。收拾好之後，開車回去。不算壞也不會不開心。只是一份工作罷了。
回程的路上，他的手機響了。卡勒高興得興奮起來，他在急著接電話的過程中把手機弄掉了，使得羅藍放聲大笑。當他好不容易把手機撿起來時，螢幕上顯示的是他父親來電。他嘆口氣。「喂，我是卡勒。」
「是爹地。」
（卡勒搞不懂他父親為何堅持用這樣的說法，語氣裡總是帶著懊悔。）
「什麼事？」
「今晚需要你的服務。管制區內有一些東西要搬運。」
「聽著，我不知道……」
「你不知道什麼？」
「不知道我想不想再做一次。我覺得那樣很……不舒服。」
電話的另一端沉默不語。卡勒可以想像他父親又一次陷入失望的情緒裡。然後他說：「那就加倍好了。一小時六百。」
「這是……超高的時薪。」
「沒錯。」
「你這次要我做什麼？」
卡勒七點要到管制區裡那棟偌大的社區中心外面。他在大門口出示證件就可以進入。
「……還有，卡勒，你這次說話口氣好一點的話，我會很感激的。」
「嗯。我有個問題想問：這整件事跟你有什麼關係？」
他父親停頓了一會之後回答：「我想你已經從這份工作的相關情況得到答案了。不是嗎？」

他們掛斷電話。卡勒轉頭看羅藍。「我今晚可以再借用廂型車嗎？要開到西司地區？」

「當然可以。你要搬運什麼？」

「只是一些物品而已。」

卡勒回到公寓住處後，急得如熱鍋上的螞蟻，到處走來走去，等待電話響起。他偶爾拿起手機，然後就這樣拿著到處走了一會。手機在他巨大的手中變得好小，小到荒謬。他的手指只要以正確的順序去按那些號碼，事情就完成了。

他的手指只要這樣做就行了。他當時讓自己受到一項特別優惠的誘惑，結果買下一支按鍵這麼小的手機，使得他必須用小指來輸入號碼，就算這樣也經常按錯。打簡訊更是不可能。

他開始輸入號碼。按錯了。刪除。把手機放下來。

我為什麼這麼緊張？

原因大概與他不想跟羅藍說佛蘿拉的事是一樣的。他是認真的。

卡勒閉上雙眼，把手機壓在胸前。

快點響啊。發出嗶嗶聲。不要沒動靜。

卡勒十五歲時與艾蜜莉交往過。她的家和家人曾經是他的避風港，讓他可以遠離斯圖雷，以及那棟位於尤爾斯霍的靜謐豪宅，後來當他開始流離失所，到各個朋友那裡寄宿一陣子時，那裡成為較整潔有序的避難所。

直到他二十一歲在林克比租公寓後，才瞭解他與艾蜜莉的戀情對他來說的意義是什麼。是避風港。是避難所。而現在，他有屬於自己的了。至於艾蜜莉，她已經開始上大學，對胸無大志的卡勒感到厭倦。他們如俗話所說那般，從情人變成朋友，不過，他們事實上已對彼此無話可說，所以根本不算是朋友了。但直到現在還是不曾怨恨、指責對方。

從那之後，卡勒有過幾段短暫戀情，但是當他在午夜過後獨自茫然地看著傑雷諾的脫口秀，或影集《慾望城市》時，他承認這個事實：他從來沒有經歷過愛情。因此，那感覺令他害怕。

他煮了一些義大利麵，做出加了新鮮羅勒的簡單番茄醬汁，邊吃邊看一集《比佛利山莊》。然後他摸弄一會多軌錄音器，直到時間差不多了才出門。「放克臉孔」要製作出一張試聽唱片，其中有幾首歌再融入一點流行樂節奏會更好聽。但他找不到任何靈感。

圍籬大門口的警衛很仔細地檢查卡勒的證件，彷彿想表明他反對卡勒出現在那裡，接著才讓他進入。天空還透著一點日光，所以那些建築看起來不像前一晚那樣令人不安。反而像是有一股巨大的悲傷被擋在圍籬內。彷彿有什麼從來沒真的發生；有什麼在很久以前早就為時已晚。

在那裡找路並不容易。標誌上的數字相互矛盾，使他更加感到自己所在的地方根本是迷宮，所有路徑都往內朝向一個空洞的中心。他覺得有在其中幾扇窗戶上瞥見一些臉孔。

他放棄去想原本走過的路徑，改讓自己聽著那股由他人思維構成的嗡嗡聲響，想藉由那份力量去帶領他。終於，他轉進正確的區域，然後不知為何，他知道其中一名警衛在前一晚也在場。是想著樹木倒塌到海裡的那一個。那男人此刻在想著變化形狀的雲朵。

卡勒停好車子後下車。朝他走來的那些警衛，身上佩戴著較新型的衝鋒槍，他在服兵役期間也曾使用過。他們檢查他的證件，仔細看清楚他的臉，搜索他的腦袋。

那個想著雲朵的男人（他在說話時還在想那些雲，卡勒不明白他是如何辦到的）指著門說：「你把入口那裡的所有東西集中起來裝箱搬走。這樣就行了。可以嗎？」

卡勒點點頭，於是他們讓他通過。

需要搬運的物品被放在一座小小的門廳內，那裡有一道雙扇門可通往建築更內部的區域。那些物品包括幾張金屬病床、一些點滴架，及一堆箱子。箱子沒有封住，卡勒往其中一個箱子裡瞧。他看見大量一公升袋裝的透明液體。他閱讀袋上的標籤：葡萄糖10%、氯化鈉3%。他只知道那是糖和鹽。接著他著手進行工作。

所有物品都搬出去了，只剩下點滴架還沒搬走，當他最後一次返回門廳要將那些拿走時，他停下來一會，喘口氣。他已經開始學習如何控制外來思維的干擾。他在腦中打鼓。只要一有其他聲音、其他一連串的景象開始形成，他就打一段鼓將那些覆蓋，直到一切平靜下來為止。

在那道雙扇門之間有一條縫隙通往下一個房間。他走向那條縫隙。

來到了這裡卻沒有……

他擊鼓覆蓋自己的想法。是一段巴薩諾瓦，輕柔得誘人，他提高音調與音量，直到鼓聲填滿他腦海。希望他自己的想法已經無法被聽見了。他掰開那條縫隙後往裡面瞧。

那裡看起來像一間巨大的教室。一排排長椅以相同間隔擺放，每一張長椅上都坐著一些人，他們正在用金屬物做某種事：每一個人身旁都有點滴架，架上有兩條滴管往下接到人的手臂上。

人？可是他們死了……

卡勒立刻試圖找回巴薩諾瓦的節奏，但是他剛剛看到的影像太過強烈，往上擠到最上層。那些坐在長椅上的人死了。雙眼空洞或根本沒有眼睛，軀體乾枯，枯瘦見骨的手指在金屬物上移動。卡勒無法看清楚他們在做什麼，但是他沒有時間思考這個了，因為他背後的門打開，警衛走了進來。卡勒往後退，離開那道雙扇門，那名警衛抓住他的肩膀。

「你就是忍不住想看，是不是？」

卡勒沒有說話。那警衛哼了一聲，伸手朝點滴架的方向揮。「把那些搬出去。」

卡勒把那些架子集中在一起時，那警衛目光如炬地在後方盯著看，腦中有浮雲飄動。他感到噁心，而且沒辦法想出一段節奏來掩飾。他將所有物品裝載上車後，便繞到駕駛座車門旁，這時那名警衛來到他面前。

「聽著。那沒有關係。不過你現在也扯進這件事了。要承擔一切後果。好了，我只是想讓你知道這些而已。」

卡勒點點頭，完全不懂為何要承擔什麼後果。他只想離開那裡。當警衛看向別處時，卡勒上車，壯著膽子盡快開走。他不知道自己是怎麼找到那間地下室，然後把東西搬過去。喉嚨不知是因噁心或想哭而哽住的他，把車子開出管制區後，停在上次他與佛蘿拉相遇的同一個位置。

腦海裡的思維又屬於自己了，但是他不想要那些。他以前從來沒看過死人。現在他看過數百個。要不是因為那些一語不發、面無表情的死屍大量流露出強烈的哀傷與無助，或許就不會這麼難受了。

這是地獄。

卡勒關掉引擎，在前座橫躺下來。他試圖抵抗，但是黑暗湧入他體內，從雙手開始產生的麻痺感往內擴散，直到他無法移動。一切變成黑暗，他的身體也是其中一部分。

那段記憶回到他腦海裡。那男人在學校裡出現，要卡勒陪他一同到校長室去。校長與學校輔導員正坐在那裡。那位輔導員要卡勒坐在她旁邊。然後她握住他的手，而卡勒知道自己不想聽她要告訴他的事。

意外。你母親發生意外。在地下鐵。

直到一年過後，他才從父親那裡得知實情。她只是站在鐵軌中央等待，注視著迎面而來的那對大燈。卡勒可以在內心看見，看得一清二楚。他看見她的身體往後拋跌數公尺，最後遭列車輾過。他的媽媽。一團肉糊。她一定是變成一團肉糊。

卡勒努力讓手指恢復一些知覺，握起拳頭，用力擊打自己的胸脯。擊打那顆黑色心臟，那股疼痛將麻痺感驅散。他坐起身體，搥打大腿、胸脯、頭顱，把痛楚打進體內。他在動，他在痛，他有軀體。他還活著，而且就只是不斷擊打。

手機響了。他雙手停在半空中，眼睛盯著手機看。聽見了聲音，但想不出那代表的意義，他的心思困在別處。又響了一次。

是電話。接電話。

他其中一隻疼痛的手拿起手機，按下接聽按鈕。

「喂？」

「喂，我是佛蘿拉。你還記得我嗎？」

卡勒眨眨眼，透過擋風玻璃向外看。他看見遠處高樓的窗戶透出燈光，城市的光芒照亮夜空。他張開口要說話，但卻不知該說些什麼。

「喂？你在嗎？」

「在。嗨。抱歉。我剛剛……嗨。」

停頓一會之後，佛蘿拉問：「你心情不好嗎？」

卡勒深深吸氣之後，再把氣吐出來。

「對。但是我現在……好一點了。」

「你要不要過來？」

「去妳家嗎？」

「對。」

如果有顆炸彈落在你家，把房子毀了，然後幾分鐘過後又有另一顆炸彈落下，把房子重新建好，你最後大概會坐在那裡一會，思考著人生的深奧之處。卡勒在找適當的回答。他覺得自己像個白癡，雖然聽見先前的答覆在腦中迴響，但卻無能為力。他就是說不出話來。

「看你想不想來，看你有沒有時間。」佛蘿拉說。

「聽我說，我只是……」卡勒說。「我現在要發動車子了，五分鐘後到那裡。可以嗎？」

「可以。太好了。」

卡勒放下電話。他剛剛說要發動車子了。於是他發動了。他駕車駛過那片原野。他很習慣開車，可以不假思索開著。他朝遠處的燈光駛去。

他在佛蘿拉的公寓大樓外停車時，就差不多回神了。他下車，鎖上車門，然後站了一會，看著眼前的大樓，看著周圍的許多窗戶。

這麼多人……

在這裡所有人之中會有一個人，那人與他的路徑會碰巧交會，而現在，這裡的所有窗戶之中，他會知道……*那裡。那扇窗戶。就在那扇窗後面，就是那裡。*

卡勒伸手撫摸自己的臉，搖搖頭。

冷靜點。這全都是你自己的想像。是，你遇見了一個感覺不錯的女孩。現在你要過去見她，跟她聊一聊。別緊張。

但是他沒辦法；過去半小時裡的大起大落的情緒，像是能增強現實感受的藥物。一切似乎都很美好：窗裡的燈光、有生命與心跳的所有人從容地做著生活瑣事，這令他差點落淚。

他進入公寓大樓後，發覺自己並不知道她所住的樓層，也不知道她的姓氏。他正拿出皮夾要找電話號碼撥給她時，一樓有一扇門打開，佛蘿拉探出頭來。

「嗨。」

卡勒揮動手中的皮夾。「我不知道妳住哪一間，正想要……」

「我住在這間。」

「對。好。」

佛蘿拉回到屋內，卡勒跟著她後面進去。彷彿一切都早了五秒發生，使他跟不上。他一進到公寓裡把鞋子脫掉後就說：「聽我說，請妳原諒我完全在狀況外。我一整天都在等妳的電話，而現在妳打了，我實在……我會讓自己冷靜下來的。」

佛蘿拉走到他身旁，把門關上。

「發生了什麼事？」

「是那個地方的關係。那裡讓我覺得很不舒服。」

佛蘿拉點點頭，帶他到廚房。公寓裡布置得很簡約；那裡的東西是以功能為取向，而不是特地挑選出來做搭配。

廚房裡有一張餐桌，桌旁有兩款不同的椅子各兩張。地板上鋪有一塊碎呢地毯，窗戶上有一顆亮著的聖誕星星，不過現在是九月。卡勒坐下來後指著那顆星星。

「妳是提早還是忘了？」

佛蘿拉笑了出來，卡勒發覺，這是他接到電話後第一次把話表達清楚。

「我只是想要一盞燈，然後它……就在那了。我們的錢不多。」

「我們？」

「我跟一個朋友合租這裡。要不要喝點什麼？」

「有什麼選擇嗎？」

「啤酒。茶。」佛蘿拉盯著他看。他看起來大概像是貓玩過一會後棄置不顧的東西。「喝啤酒好嗎？」

卡勒做手勢指向窗戶。「我是開車來的。」

「那麼，你可以走路回家。或是留下來過夜。」

卡勒不再覺得事情是提早五秒發生。比較像是提早幾個小時。他低頭看桌面，拍拍桌子，好像在確定是用什麼材料製成。

「那就喝啤酒好了。」

佛蘿拉從冰箱拿出兩瓶Tuborg啤酒後，在他對面坐下來。兩人都靜靜喝了一大口。卡勒看著酒瓶點頭讚賞，接著環顧四周後問：「妳住在這裡很久了嗎？」

「沒有。聽著，有件事我需要馬上對你說。這有點難開口，可是……」

佛蘿拉緊抿雙唇，想了一下。卡勒稍向前傾，做最壞的設想。她有男朋友了、她要他販賣毒品，以及其他各種難以想像的事。佛蘿拉用手摸了摸桌面，然後說：「是這樣的……你不需要太擔心該說什麼話。不用擔心給我的印象好不好。我已經知道你……是個好人。」

「從哪方面看得出來？」

佛蘿拉微笑，羞怯地看著他的雙眼一會，接著繼續說：「從很基本的方面。我知道你跟我合得來。而且我知道我想跟你在一起。」

卡勒張著嘴坐在那裡。接著他灌下幾口啤酒，把酒瓶放下來之後說：「哇！」

佛蘿拉點點頭。

「我知道這聽起來……可是我一定要說。我有一種……能力。能看穿別人。雖然這種能力不尋常，但是……我知道很多關於你的事。而且這要讓你知道才對。」

這些話卡勒幾乎一個字都沒聽進去；他還在想她剛剛說他是個好人，說她想跟他在一起。畢竟，那是最重要的部分。他緩緩點頭說：「對……」

佛蘿拉皺起眉頭。「你不覺得這很奇怪嗎？」

「對。不對。我不知道。妳剛剛說什麼？」

「說我知道很多關於你的事。」

「比如說？」

佛蘿拉看著他的雙眼；卡勒在椅子上坐直身體，把幾根遮蓋住臉的辮子往後撥。他看不出她的眼睛是什麼顏色；那顏色介於綠色與褐色之間，像是初秋時節的森林。

「有人死了，對你來說很重要的人。你有很長一段時間沒談戀愛了。你會打鼓。你沒有家。」佛蘿拉說。

「我住在一間公寓……」

「對。但是你沒有一個能讓你稱為家的地方。一個你可以回去的地方。那裡不見了。你母親死了，應該是在你……十二歲的時候。對，沒錯。你喜歡做菜，而且……」佛蘿拉瞥一眼卡勒的啤酒空瓶後站起來，「你喜歡啤酒。」

她拿出另一瓶。卡勒把手壓在額頭上，彷彿想感覺那裡是不是可以看見什麼。

「妳是怎麼知道這一切的？」

佛蘿拉坐下來。「這些是我能看見的具體事物。並不是一些很重要的事。但是我知道你是什麼樣的人，我想你應該懂我的意思。這種感覺就很難形容了。」

「而妳……妳喜歡妳看見的那些？」

「對。很喜歡。」

卡勒往後靠到椅背上。今晚要接受好多事情。對於她能看穿他的心思這件事，他不是應該感覺到有種……不安嗎？就像他在西司地區所感到的那種不安啊？對，他有。但是另一方面，這不就是每個人所希望的：希望有另一個人會看見你，瞭解真正的你……而且還喜歡你。

「這種……妳這種能力。跟西司地區有任何關係嗎？畢竟，妳之前出現在那裡。」卡勒說。

佛蘿拉嘆氣。「可以說有，也可以說沒有。我……跟西司地區有許多關連。但那是因為我的能力所造成的結果。不是反過來。」

「這能力妳本來就有？」

「對。」

卡勒覺得這事情實在很難懂。為什麼？他想了一下。因為一切都反過來了。通常戀愛是從細節開始。問對方做什麼工作、問彼此住在哪裡、問彼此喜歡什麼樣的音樂。慢慢地，你知道得愈來愈多，發現其他事情，對這個人的真實面貌有更深層的瞭解。而卡勒沒有關於佛蘿拉的對等資訊。任何他可以說或問的就只是一些細枝末節，一些很表面的瑣事。他嘆了口氣，抓一抓頭。

佛蘿拉說：「我知道，把這件事告訴你很蠢。但是我必須這麼做。不然那樣就會像是……」

「暗中調查我？」

「對。但是如果你願意告訴我的話，我也想知道其他所有事。如果你願意……」

「不行。」卡勒說。

佛蘿拉閉上眼睛，彷彿她感到一陣疼痛，雖然是突如其來，但是她早已有所預期。她點點頭。「我明白了。」

卡勒繼續說：「不是，我是想知道關於妳的事。我們感覺好像省下了瞭解我這個人所需要花的幾星期時間，所以我們有很充足的時間來聊聊妳的事。」

佛蘿拉突然大笑起來。她點亮一些蠟燭，然後把主燈關了。卡勒又從冰箱多拿幾瓶啤酒出來。佛蘿拉說她在斯德哥爾摩的瑟德區長大，而她的父母都是律師。說她經常去探望她外祖母艾薇。說她祖父托爾是其中一個關在西司地區裡的死人。說她與學政治的朋友瑪嘉一起找到這間公寓，在六個月前搬進來。

目前佛蘿拉每星期有四天要在早上五點起床，然後前往一個位於國王島的地方，她在那裡製作三明治。那些三明治經過保鮮膜包裝後，主要是在書報攤販售。而其他時間她會玩任天堂遊戲、去聽演唱會、閱讀大量詩集。

時間過了午夜，他們已經把所有啤酒喝光了；他們接著喝一瓶葡萄酒，那瓶其實是瑪嘉的。他們兩人都略有醉意，卡勒注視著佛蘿拉，她正滔滔不絕地談論任天堂遊戲。

「……因為最棒的是在磨菇王國裡沒有敵人。是啦，瑪利歐是擊敗了庫巴無數次沒錯，但是突然之間，他回去玩高爾夫或賽車。於是他們全都變成了朋友。而且在『陽光瑪利歐』這款遊戲裡，有件事真的很奇怪。有個人綁架了碧姬公主，然後就開始這段漫長……後來你會發現那個人是庫巴的兒子，他說碧姬其實是**他母親**。瑪利歐完全摸不著頭緒。碧姬也是。她完全搞不懂。」佛蘿拉大笑。「也就是說，碧姬與庫巴一定是在**碧姬不知情的情況下**發生過性關係！她怎麼會那麼笨？然後結果當然是……」

「佛蘿拉？」卡勒說。

佛蘿拉眨眨眼，抬頭往上看。「怎麼了？」

「關於西司地區的事。妳怎麼會跟那裡有關連？」

佛蘿拉做了個鬼臉。「現在不行，卡勒。我有點醉了，也就表示……我的那份感知能力，消失了。這感覺真好。我只是跟一個好男人坐在這裡，我很……快樂。我不想要……」

「好，沒關係。」

「我甚至再也無法玩恐怖遊戲了。我以前很喜歡……但是現在我只想要永遠都是朋友的可愛角色。乾杯。」

「乾杯。妳朋友……瑪嘉，她去哪了？」

佛蘿拉一口氣喝完杯子裡剩下的酒。「我要她今晚別待在這裡。」

「原來如此。」

一陣短暫的沉默之後，卡勒站了起來。佛蘿拉也站起來。他們在廚房地板的中央交會。卡勒彎下腰，佛蘿拉的身體向上伸展。他們靜靜接吻。卡勒雙手捧著佛蘿拉的頭問：「妳現在想做什麼？」

有一抹微笑從佛蘿拉的嘴角掠過。

「我想要我們扮演碧姬與庫巴。」

他們倆笑了出來。他們有點害怕，兩人都怕。這很正常。無論如何，他們還是繼續下去，如果是你也會這麼做。卡勒的襯衫落在瀝水板上，佛蘿拉的毛衣在爐臺上。有些落在玄關，有些在客廳。他們隨處褪去外衣，專注於身體。

上午十點十五分時，有人敲臥房門，吵醒了卡勒。他看一看四周後，便清楚自己在哪裡、跟誰在一起，以及整個情況。他也清楚自己沒有什麼事要做。他放鬆下來，倒回枕頭上。佛蘿拉坐起身體，很快就對他露出微笑，然後大聲說：「請進。」

走進來的女孩與佛蘿拉相似，只是她有一頭黑髮，而且每個部位都放大了。她的身高與體重看起來似乎與卡勒差不多，而她的五官在周圍有蓬鬆鬈髮的寬大臉上顯得渺小、微不足道。他發覺這人就是瑪嘉，而且立刻喜歡上她。

瑪嘉走到床邊的過程中瞥了他一眼，她用嚴肅的語氣對佛蘿拉說：「我想我們需要報警。」

佛蘿拉看起來並沒有特別擔心。她揉揉眼睛問：「為什麼？」

瑪嘉做手勢指向臥房外。「那瘋子昨晚來過這裡，把衣服隨處亂扔在地板上。真搞不懂這種人是怎麼回事？」

卡勒瞥了佛蘿拉一眼。然後他轉頭看著瑪嘉問：「他常來這裡嗎？」

瑪嘉搖頭。「沒有。這是第一次。但是我覺得我們應該要馬上杜絕這種事。」

佛蘿拉說：「瑪嘉，這位是卡勒。卡勒，這是瑪嘉。」

他們彼此握手，而瑪嘉盯著卡勒看了幾秒鐘。然後她點點頭，彷彿在表示贊同。她指著從她夾克口袋露出的報紙。「你們看過報紙了嗎？還是你們一直在忙？」

「瑪嘉……」佛蘿拉說。

「好啦。我出去準備早餐。」

她轉身離開房間，把門關上。卡勒與佛蘿拉靜靜躺著，彷彿他們預期瑪嘉隨時會衝回房間叫他們起床。結果這情況沒有發生，佛蘿拉把手放在卡勒的胸膛上，溫柔撫摸著他說：「瑪嘉她……她覺得她必須……照顧我。」

「有必要嗎？」

「她覺得有。」

「那妳覺得有必要嗎？」

她似乎給不出一個直截了當的回答，這令卡勒感到意外。佛蘿拉一副出神的模樣，思考這個問題數秒。然後她說：「我可以理解她為什麼會那樣想。」

卡勒還來不及開口繼續問，佛蘿拉便下了床，說：「走吧。吃早餐了。」

卡勒朝自己的身體揮手。「我是無所謂，但是我不知道瑪嘉會怎麼……」

佛蘿拉去拿回他們的衣物。他們穿上衣服，準備好後，卡勒把手放到佛蘿拉肩上，將她轉過來面向他。

「我只是想說……我覺得妳真是不可思議。」

佛蘿拉抬頭看他，使他感到胸腔裡有什麼在膨脹，像是有個袋囊漸漸裝滿明亮、美麗的事物。她直率的表情，讓他清清楚楚知道：我絕對不會傷害她。

麵包、乳酪、奶油和牛奶已經放在桌上。瑪嘉坐在那裡，把報紙攤開在面前。她在他們進來後大聲朗讀：

「復活人還在等待我們去解開他們的謎題。既然經過三年的化學與生物分析仍然沒有得出結果，我們現在就應該問問自己，是不是該開始採取下一步行動了。

「有一項深入的病理研究有可能解開關於最小生命跡象的問題。在細胞層面的研究已證實輔酵素ATP是在粒線體中形成……」

瑪嘉用手畫圈，表示文章繼續講述這類的內容。

「……經由囊泡的交換符合……等等等……該國際研究基金會十分驚訝，瑞典人竟然無法——這個我們之前聽說過了——每年有成千上萬的瑞典人死得可惜……親人感到絕望……你們聽這個！」

瑪嘉指著文章的最後一部分，繼續朗讀：

「有一項准許以活樣本作為研究的法案，目前已經在進行公開討論。然而，法律委員會到最後陷入進退兩難的困境。為了讓這項研究合法，必須要有研究結果作為參考。而結果要在准許進行上述的研究之後才能獲得。

「唯一的解決辦法是給予暫時許可。於是研究結果便能作為制定法律的根據。我們這次千萬不要再讓到手的機會溜走了。」

卡勒與佛蘿拉在她對面坐下來，然後佛蘿拉將兩片吐司放到烤麵包機裡。

「想都別想，暫時許可？那是不可能的。」佛蘿拉指著報紙。「是她寫的嗎？」

瑪嘉點頭。

「妳們在說誰啊？」卡勒問。

佛蘿拉用力抿嘴，把嘴唇壓成一條細線。「莉貝卡．利傑沃。她是……」

「我知道。她是我姊姊。」

佛蘿拉的反應像是聽見卡勒說吃鼻屎可以讓人隱形似的。她一臉懷疑又嫌惡地盯著他看。最後她終於開口說：「所以斯圖雷．利傑沃……是你父親？」

「對。」

餐桌上頓時鴉雀無聲。過了兩、三秒後，吐司從烤麵包機跳出來，打破了僵局。瑪嘉將那兩片遞給卡勒與佛蘿拉時，開朗地說：「天啊，這下子你們倆很有得聊了！」

佛蘿拉抓著那份報紙，高舉在卡勒面前。「你跟這件事有任何關連嗎？」

「我不知道。」

「你不知道？」

「對。我在幫忙搬運物品。」

「是什麼樣的物品？」

卡勒嘆了口氣。彷彿不管他做什麼，他的家人都會對他造成妨礙。他把吐司上的一小塊焦黑部分刮除後說：「我不能說。」

他感覺到佛蘿拉的視線像是一股熱能，燒燙著他的臉頰。接下來她站起來，說了「他媽的」之後走回房間，砰地一聲把門甩上。卡勒看著他那片吐司，他已經沒有胃口想吃了，接著他聽見瑪嘉的聲音。「佛蘿拉還沒告訴你，對不對？」

「對。」

「她可以說是跟西司地區那裡的事有很深的牽扯。而現在看來，你好像也是。是屬於敵方陣營。」

「那跟我完全無關。我只是搬運一些物品而已，而且那讓我感到不舒服。」

「可是你的姊姊和父親有參與其中。」

「對。但是他們要像泰山與珍妮去跟猩猩一起生活也無所謂。我跟他們沒有任何關係。」

卡勒看著文章旁那張他姊姊的照片，他痛恨那張五官分明的臉，她在破壞他的人生。突然之間，瑪嘉說：「別保密了。你只是在保護一件非常、非常糟糕的事。」

卡勒點點頭，然後他站起來，走向佛蘿拉的房間。他聽見背後傳來一聲大笑。他轉身過去。

「妳在笑什麼？」

「沒什麼，只是……你們兩個好像羅密歐與茱麗葉。而我是那個保姆。」

他花了一段時間才讓佛蘿拉相信他與事情的關連很有限。這一點都不容易，因為她那股憤恨令他感到受傷，而且他完全不知道父親與姊姊在做什麼，就莫名其妙要為他們所做的事情負責。不過，她最後親了他的額頭、臉頰、嘴唇，然後說：「對不起。我的反應實在太……這對我很重要。這幾乎是……唯一重要的事。」

卡勒等待她做一點小小的修正，等待她承認他也很重要，或是有可能變得重要。但卻什麼都沒有。他只能依靠那句話裡的幾乎，希望他也包含在那範圍之中。

當他們回到廚房時，瑪嘉正在重讀那篇文章。她抬頭看他們，評估著情況：「和好了？」

他們倆點頭。

「很好。我正在想這個『深入的病理研究』是什麼。不知道這是什麼意思？」

佛蘿拉與瑪嘉看著卡勒。他聳聳肩。

「我什麼都不知道。」

．．．

lab. 4.11

Resectio intestinalis partialis, pulmones, linalis et renes. Nil reactio. Functio cerebri immatatus.

lab. 4.12

Collum femoris extirpatio cum extremitas inferiora. Epicondylus humeri extirpatio cum extremitas superiora. Nil reactio. Functio cerebri immatatus.

lab. 5.2

Exeres medulla oblongata (thoracalis). Paraplegia superior.⑱

．．．

引自二〇〇四年四月號《Ordfront》雜誌：

……在那些喜歡隱身幕後的權威人士之中，所謂的「協會」占有特別強勢的地位。這個組織是由各個

⑱作者在此處以拉丁文醫學詞彙來表現前文所提的病理研究。

不太有關連的利益團體所組成，對國會與政府都具有一些影響力。

「協會」在最初是稱為「邊沁之友」。當時在一九〇八年是以一個討論團體的形式成立，主要在探討哲學家邊沁的思想。邊沁被視為是功利主義之父，而彼得·辛格大概是其思想的最著名繼承者。「邊沁之友」與烏普薩拉大學的種族生物學研究所發展出密切的關係。二次大戰結束之後，這團體便銷聲匿跡——在文獻上找不到了。如今這團體沒有名字，沒有設立總部，也沒有公布會員名單，但是仍然具有影響力。

功利主義一直被認為是企圖想建立一種以實用邏輯為本的宗教。該理論主張做決定要以實際效果為考量，不需考慮其中所涉及的倫理或道德問題，如此便能帶領社會走向長遠看來較明智的決定。

對多數人而言，功利主義主要是作為一種試金石。以這種理智邏輯來衡量各種想法與信念，能夠帶來益處。很少有人真的相信功利主義可以用來當作一個社會的基本意識形態，因為這理論大多是直接違背道德標準。

不過，「協會」相信這是可行的。

···

愛情能改變一切。

卡勒的日常活動開始有了方向。如果他開車送「熱帶領域」去表演，是為了結束之後能夠去找佛蘿拉。如果他為「放克臉孔」編出一段新節奏，就可以敲奏給佛蘿拉聽。當他在冰箱最裡面發現一盒放了很久的奶油時，他看見上面的有效期限是在他遇見佛蘿拉之前。因此，那一盒可以扔掉了。

各種大大小小的事情都是如此。他認為這也許就是愛情：一切都與另一個人有連結。獨自一人就只是一雙看得見的眼睛、一對聽得見的耳朵，是在紀錄。是一部儀器。僅此而已。戀愛是與別人產生關連，是知道：*有另一個人存在*。生命因此擴展，彷彿找到了人生的意義。這就是他的想法。

他們交往了一星期後，佛蘿拉帶他去泰比市見她的外婆艾薇。她有說過她外婆也具有像她一樣的能力，而艾薇所看見的似乎與佛蘿拉相同，這使得卡勒鬆了口氣。他得到了她的認可。

當他們坐在艾薇家的廚房喝咖啡時，又提到了那個話題。艾薇問卡勒從事什麼工作，於是他告訴她關於「熱帶領域」的事，就在此時，佛蘿拉插進來提起他到西司地區做的搬運工作。艾薇陷入沉默，直視卡勒的雙眼。

「你在那裡*工作*？」

卡勒嘆了口氣。又要解釋了。「我只是開廂型車搬運了一些東西，就這樣而已。」

「是什麼樣的東西？」

卡勒早已瞭解這件事根本不需要保密了。「是醫療用品。他們在那裡設置了某種……診所之類的。」

艾薇眼神銳利看著佛蘿拉，她搖搖頭。「我也不知道。有某種事正在進行。某種……可怕的事。我不清楚那是什麼。」

卡勒第一次聽她這麼說。「妳是怎麼知道的？」

「我去過那裡。在圍籬外面。我可以感覺得到。」

「妳還有去那裡嗎？」

佛蘿拉看著他，一臉茫然。「是啊。有什麼不對嗎？」

卡勒沒有回答。他沒有真正思考過就以為那晚他讓佛蘿拉坐上廂型車後，就已經拯救了她，使她脫離寂寞，脫離困擾著她的念頭。自從他們相遇之後，她很少提及西司地區，但現在他發覺，這也許是顧慮到他的關係。艾薇將手放到他手臂上，這舉動帶他回到現實。

「那裡面看起來如何？」她問。

「唔，那裡……空空蕩蕩的。一片荒涼。」

「我是問那裡的戒備有多森嚴？」

「幾乎到處都有警衛。全都配有衝鋒槍。」

艾薇點點頭，思考了一會。然後她看著他，一臉嚴肅。「如果你想進到裡面的話，會怎麼做？」

卡勒露出微笑。「唔，我想我會開那輛廂型車進去。」

「你可以帶我進去嗎？」

卡勒笑出聲來，並看著佛蘿拉。令他驚訝的是，她沒有微笑回應，只是看著他，等他回答那個問題。

卡勒用食指纏繞他頭上的一根辮子，此時他的胃裡開始產生一種不舒服的感覺。

「應該可以……不過，為什麼？」

「佛蘿拉還沒告訴你嗎？」

「她有告訴我一些事。」

佛蘿拉低頭看著餐桌，小聲地說：「我不太想讓他牽扯進來。」

艾薇雙手交叉胸前，一副偵訊般的嚴肅模樣，盯著他們倆看。然後她說：「這樣的話，我覺得妳需要重新考慮一下。這可能是我們唯一的機會。」

佛蘿拉點頭。「我知道。」

卡勒的視線在她們之間徘徊。「等一下，妳們在說的機會——該不會就是我吧？」

她們的沉默就是明顯的答案。

卡勒那天下午做了一大堆解釋。當他與佛蘿拉在晚間回到他公寓時，他感到頭昏腦脹。他們玩了幾回

「瑪利歐賽車」遊戲，這樣他們就不必說話或思考。卡勒買了一部任天堂遊戲機，好讓他能夠自己練習，但他還是不可能贏過佛蘿拉。他有少數幾場可以獲勝，但是從沒拿過總冠軍。

他才剛剛開進深谷，要第三次挑戰「彩虹賽道」時，他的手機響了。卡勒停下來看來電顯示，是父親打來的。他瞥了佛蘿拉一眼，深吸了一口氣後接起電話。

在今晚十點鐘，有東西需要搬運。這次是要**運出**管制區。他在講電話時，佛蘿拉的視線一直停留在他身上，而他胃裡的不適感又加重了一些。他掛斷電話後，盯著電視螢幕看了一會，他的賽車正要落回賽道上，靜止在半空中。他轉身面向佛蘿拉，斟酌著說出每一個字：

「我需要問妳一件事。妳之所以會跟我交往，是因為我……是個機會嗎？」

「你是那樣想的嗎？」

「坦白說，我不知道該怎麼想才好。」

佛蘿拉放下遊戲機的手把後搖頭。

「不是。但你的確也是個機會。而我必須……充分利用。很抱歉。」

終於，卡勒有機會問了。那天下午他與艾薇交談過後，腦中就一直不斷想著這個問題。「為什麼？」

佛蘿拉持續好長一段時間都沒說話，讓他以為是不打算回答了，但是她最後終於開口。「因為沒有別人會去做。沒有別人能做。我被賦予一份可怕的責任。我並不想要承擔。但是我不能逃避。那樣我會……犯下大錯。」她抬頭看卡勒。「以你姊姊的說法就是，如果我什麼都不做，會造成這世界發生不幸。」

卡勒點點頭，接受她說的話。他讓賽車降到賽道上。他都還沒開始跑最後一圈，佛蘿拉就已經抵達終點了。

八點半時，他們把廂型車停在從西司地區那裡看不見的地方，然後走完剩下的幾百公尺，來到與入口相反的另一邊圍籬。他們坐下來練習。除非卡勒可以隱藏思緒，否則警衛一定會發現他把佛蘿拉藏在廂型車裡。在圍籬外就不像在裡面有那麼強的思維感應了，但另一方面，佛蘿拉看穿想法的能力勝過那些警衛。

他們面對面盤腿坐著。卡勒雙手一攤。

「那現在我們要怎麼做？」

「不要想北極熊，」佛蘿拉說。

「北極熊？」

「對。不要去想。」

卡勒努力不想北極熊。首先，他想到一面黑板。有一支粉筆出現，開始畫北極熊的輪廓。他清除那面黑板，然後想著一片有棕櫚樹的海灘，像是「熱帶領域」那輛巴士上的圖案——是不可能有北極熊的地方。有一朵雲飄過那片熱帶天空，逐漸形成一隻北極熊。卡勒搖搖頭，問佛蘿拉：「這是妳弄的嗎？」

「我什麼都沒做啊。」

「是跟我們在這裡有關嗎？」

「不是，那本來就是這樣。如果你對一個人說別去想什麼，那人就一定會去想。直到你忘記這件事，北極熊才會消失。」

「妳看得見我在想什麼嗎？」

「看得見。粉筆。一朵雲。」

「好吧。我可以再試一次嗎？」

「嗯。不要想長頸鹿。」

卡勒想像有一隻長頸鹿在非洲草原上。牠在慢慢吃一棵大樹上的葉子。佛蘿拉突然大笑起來。

「那實在是……」

卡勒舉起一隻手。「等一下。」

他開始在那畫面上打鼓。一種非常適合這情境的非洲鼓節奏落在長頸鹿上方。那隻動物的雙腿彷彿在跟著音樂舞動。然後卡勒拿起正在敲奏出節奏的鼓棒，開始敲擊那畫面，一直敲打到畫面破成碎片，消散成一團雜亂的顏色。佛蘿拉盯著他看，尋找長頸鹿的蹤跡。但是那裡只剩下鼓聲了。

她點點頭。「你說點話吧。」

「要說什麼？」

「告訴我一件事。跟長頸鹿無關的事。」

卡勒在那段節奏的下方、背後尋找話語，但是因為佛蘿拉說出那三個字，使長頸鹿外皮上的橘色與黑色斑塊開始成形。他看得見那身體的輪廓，所以他敲擊得更大聲，並同時開口說：「我遇見了這個叫做佛蘿拉的女孩。她有一些奇怪的嗜好。此刻我坐在圍籬邊，進行某種腦部運動。我沒有想著長頸鹿，就說出長頸鹿三個字，而且我非常喜歡她現在露出的表情，因為她努力在找那隻已經不存在的長頸鹿。」

確實是如此。儘管他說了那三個字，但無論是長頸鹿的影像或相關概念都沒有出現在他腦中。卡勒放鬆下來，露出微笑。「可以嗎？」

佛蘿拉點點頭，一隻手在半空中來回擺動：*還算可以*。

「什麼？長頸鹿沒有出現啊。」

「對，但是你不是在說話。你是在唱歌。」佛蘿拉說。

「我有嗎？」

「嗯，唱得很不錯，但是如果你對警衛唱饒舌歌，他們可能會覺得有點奇怪。」

他們繼續練習。半小時後，卡勒學會在說話時不跟著腦中的節奏，而佛蘿拉完全看不見不准他去想的東西。他們回到廂型車上。時間是九點四十五分。

「好了，告訴我計畫是什麼？」卡勒說。

「沒有計畫。」

「是為了安全起見，還是因為……？」

「因為就是沒有計畫。我會躲在後面。」

他們親吻後，佛蘿拉便爬過座椅，在後方找到一塊布料蓋在身上。

卡勒發動引擎時說：「妳知道嗎，妳置身在『熱帶領域』的舞臺布景底下？」

「我感到很榮幸，」佛蘿拉的聲音從布料下方傳出。

卡勒把車子開往圍籬大門。幸好是上次那名警衛在看守。他只透過開啟的車窗瞥了一眼卡勒的證件後就放行。卡勒發現這次更難辨別方向，因為他不能讓其他意識穿透他覆蓋的那層鼓聲。不過，他漸漸認出路徑，過了幾分鐘後，他就把車子停在那間地下室外。

六個他之前見過的同款金屬箱堆放在外頭。他繞到車尾，打開廂型車的後門。佛蘿拉從那塊布底下往外偷瞄；雖然他有看見她，但是沒有想起她。

他敲了門，但沒人來應門。他四處張望後把門打開。那裡變得不一樣了。有兩、三盞用鏈子從天花板上垂吊下來的日光燈，照亮卡勒上一次搬過來的那些病床。病床底下的水泥地板褪色了。

有什麼……噁心……那是……痛苦……

這是一些感覺，不是穿透那層節奏的話語，而那層節奏漸漸開始消散，變得不規則又黏稠。

那聽起來像是把鼓放在爛泥巴中敲打，每一次擊鼓都發出啪啪的濺水聲，而且他在腦中聽見了尖叫聲。卡勒的額頭開始冒出汗珠，因為他竭盡全力想用鼓聲節奏將尖叫聲掩蓋，使那些聲音……

佛蘿拉。

他轉身往後看。佛蘿拉正從廂型車上下來。他揮手要她待在原地。她停留在車子旁，而正當卡勒轉身回去面向那房間時，在牆面上的其中一扇門開了。

他以前見過的那位穿格子襯衫的男人，現在正穿著白袍。他看見卡勒時嚇了一跳，然後盯著卡勒的雙眼稍久一點之後，嘴角才露出淺淺的微笑。

「嗨。」

卡勒才想到佛蘿拉而已，就有嘈雜的靜電聲充斥在他的腦中，消除他所有思緒。那男人一定也聽見了，因為他伸手壓住太陽穴，環顧四周，到處尋找。卡勒未進入思維層面，就感覺到那是什麼了，他克服那股噪音，盡可能保持鎮定地說：「我是來搬走那些箱子的。那些要運送到卡羅琳學院，對不對？」

那男人心不在焉地點頭；卡勒往後退到門外，把門關上。佛蘿拉已經不在廂型車旁。

那些箱子很重。每一個都重達八十公斤左右，而且跟他上次運送的那些箱子有一點不同：這些不只是上鎖而已，還經過焊接牢牢封住。除了側邊有把手之外，完全沒有任何的縫隙或凸起。

卡勒盡快將箱子裝載到車上，對於它們提供給佛蘿拉的附加保護心懷感激。腦子裡的那股嘈雜聲在他一關上門時就減弱了，於是他在搬運箱子時繼續打鼓。當他過去搬走最後一箱時，那扇門打開了，那男人走了出來。他這時已脫掉白袍，身上穿的是與上次顏色不同的格子襯衫。他看著那輛廂型車。卡勒假裝沒注意到他，把最後一箱搬進車內。

他把車尾門關上後，那男人說：「很重嗎？」

「對啊。」卡勒說，並擦去額頭的汗水。

那男人點點頭。「抱歉。我剛剛有點忙。」

「沒關係。」

那男人還在看廂型車，而卡勒必須費很大的功夫不讓任何可疑的思緒突破防線——他也不確定這麼做有沒有用。那男人指著那輛廂型車。

「那輛是豐田車，對不對？」

「對。」

「好車。該死的好車。」

那男人直視卡勒的眼睛，卡勒感覺得到他在搜索，此刻他知道自己有辦法抵擋得住。那男人聳聳肩說：「再見。」接著便回到屋裡了。

卡勒在發動車子引擎時，身上的汗如雨下。他小心翼翼在管制區裡行駛，開出大門，一直到他與佛蘿拉初次見面的地點才停車。他關掉引擎，放開方向盤，使盡全力大叫。

佛蘿拉的手臂悄悄接近，包圍住他。

「你怎麼了？」她問。

「我快被搞瘋了。待在那裡讓我他媽的整個發瘋。」

「你做得非常好。」

卡勒深呼吸了幾次。然後他問：「那個嘈雜聲。那是妳弄的，對不對？」

「沒錯。」

「我就知道。」

他們倆都陷入沉默。卡勒的腦袋感到疲憊不堪，彷彿他剛剛去看牙醫，因為努力不去想自己在接受治療，而用盡了所有力氣。他轉身看那些箱子。

「妳覺得裡面裝的是什麼？」

「不知道。」

「妳完全感覺不到嗎？」

「對。」

卡勒伸手過去摸其中一個箱子。蓋子與箱子本體的接合處因為金屬經過熔化而凹凸不平。他搖搖頭，然後看著佛蘿拉。她一副出神的模樣，彷彿心思不在這裡。

「妳還好嗎？」

佛蘿拉說：「那裡面……那裡面好可怕。讓人覺得好痛。比在外面感覺到的要糟糕許多。那個我們剛剛去的地方。就是在那裡產生的。那份痛苦。」

「沒錯。」

「跟你之前到那裡的感覺是一樣的嗎？」

「不一樣。之前沒有這種感覺。」

他們靜靜坐了一會。卡勒背後的那些箱子感覺像是個重擔，像是個威脅。他轉身敲敲最靠近的那箱。他的指關節碰觸到的材質毫無反應，只是很厚的金屬罷了。沒有線索可以推測裡面放了什麼。他的手錶顯示快十一點了。

「我想我們該走了，他們會起疑的。」他對佛蘿拉說。

二十分鐘後，他們抵達卡羅琳學院的貨物裝卸區。當卡勒打開車門要下車時，佛蘿拉伸手抓他的手臂說：「別按鈴。把箱子放著就好，並保留其中一箱。」

「妳說保留是什麼意思？」

「只要把五箱放在這裡就好。我們要帶走一箱。需要我幫忙嗎？」

卡勒搖頭。「不用，最好還是由我……妳是以為他們不會發現嗎？」

「那你就說有一箱忘了搬。」

「對，沒錯。他們最好是會相信這種理由。」

「不然你有更好的主意嗎？」

雖然卡勒有好幾個更好的主意，但是都跟查出箱子裡有什麼無關，因此他說：「沒有，」然後就下車了。他盡量小心而安靜地搬動箱子。幸運的是，這次沒有人出來查看。

幸運。沒錯。我真幸運。像是中樂透一樣。我到底是讓自己扯進什麼麻煩裡了？

當他把最後一箱放下來時，手機響了。他嚇了一跳後跑回廂型車上，以避免那聲音引起不必要的注意。他關上車門，看看螢幕，上面顯示的是「羅藍」。

羅藍？他打來要幹嘛？

處於壓力狀態的他沒有考慮後果，在發動引擎時接起電話，笨拙地將手機夾在肩膀與耳朵之間。

「喂？」

「卡勒，」羅藍說。「我親愛的卡勒。我從未有過的兒子。」

有手指擠進他臉頰下方。佛蘿拉拿住手機放到他耳邊，好讓他可以正常駕駛。卡勒點頭道謝，小心翼翼開出貨物裝卸區。羅藍顯然是喝醉了，而他喝醉時會變得嚴肅又多愁善感。

「喂，」卡勒說。

「卡勒，我的朋友。你在那輛廂型車上嗎？」

「對，我在車上……沒錯。」

「那真是太好了。太棒了。」

「你說了算。」

卡勒開往高速公路E4，心想這段對話的目的不知是什麼。羅藍繼續說：「是這樣的，我這邊出了點狀況。以前的人會說是微妙的狀況。我需要你來載我。」

「羅藍，目前的狀況有點……棘手。」

「我的朋友，你說得一點都沒錯。我先前陪一位女士回家，詳細的情況我就不說了，我現在發現自己站在這裡，在南泰利耶某個他媽的郊區住宅區，身上一毛錢都沒有，什麼……都沒有。」

「至少你還有手機。」

「沒錯。所以我打這通電話請你……求你來接我，卡勒。」

卡勒用力閉緊眼睛後再張開來。他不能拒絕。畢竟，他正在開羅藍的車。

「好吧。你在哪裡？」

「這確實是個問題。」

「羅藍，拜託看一下四周。」

「呃，我看見某個標示寫著『鹽之森』。天啊，鹽之森。這就是我所在的地方。所以你只要……如果你看見一個男人獨自在鹽之森到處遊蕩，那就是我。卡勒，你要知道……」

「我過去了，之後再打給你。」

卡勒示意要佛蘿拉掛斷電話。他之前有幾次看過羅藍喝醉酒，所以他知道如果不趕快結束通話，羅藍是絕對有辦法一路在他耳邊嘮叨到南泰利耶。

佛蘿拉按下按鈕後，把手機放到儀表板上方的平臺。卡勒嘆了口氣。

「我不得不去。」

「沒關係。」

卡勒朝箱子的方向揮手。「那個要怎麼辦？」

佛蘿拉聳聳肩。「我們只是把一個箱子放在廂型車後方，這沒什麼吧？」

「那之後呢？」

「不知道。」

卡勒咬著牙專心開車。他冒著風險工作，很可能做了會帶來嚴重麻煩的違法事情，而這一切是為了什麼？

不知道。

他們在路途中有很長一段時間都沉默不語。當他們快到南泰利耶時，佛蘿拉說：「我知道的跟你一樣少。我只是努力想做對的事。」

「我知道，只是感覺有點怪，我們開著一輛廂型車，打算要去……我們到底要做什麼？要拯救靈魂？這感覺真的很奇怪。」

佛蘿拉用雙手托住下巴，凝視著擋風玻璃外的景象。「耶穌在一開始的時候大概也是這種感覺。」

卡勒咧嘴笑著看她。他們倆開始大笑起來。

羅藍在進入鹽之森的道路上，他靠坐在一盞路燈下，模樣看起來十分悲慘。他將手機放在一旁，雙手攤放在柏油路上。他沒穿外套，而且卡勒下車後看見羅藍連襪子也沒穿。

卡勒走到他面前，伸出一隻手想幫忙他站起來。羅藍抬頭看他，但是沒握他的手。他軟弱無力地揮手指向手機：「我打了電話給我老婆。」

卡勒撿起那支手機，放進羅藍的口袋裡，然後伸手臂抱住他的身體，用力把他撐起。羅藍的臉跟他的靠得很近，這時他以揭示偉大真理的口吻說：「要珍惜你的所有。別去拈花惹草。要緊緊珍惜。這裡……什麼都沒有。」

羅藍深深嘆了口氣，低頭看著地面。

「她說她愛我。一直都很愛我。直到那天我說我喜歡上別人了。就是從那時開始，什麼都不對了。」

切都崩潰了。所有一切。無法回到過去了。而我以為……我以為我會玩得很開心。結果沒有。我反而落得……」羅藍揮手指向在黑暗中的房屋、柏油路、暗淡燈光。「……如此下場。」

卡勒撐著他朝車子前進。「走吧。」

羅藍將他甩開。「我完全可以自己走。我一點都沒醉，我只是心情超不爽。在他媽的購物中心表演，塗抹仿曬乳液，使自己覆蓋著一層人工古銅膚色。還做牙齒美白。去他媽的，結束了。我把自己的人生搞成什麼樣子了？」

當羅藍走到廂型車旁打開車門後，他看見了佛蘿拉。他停下腳步，站直身體。他花了三秒鐘找回那個迷人的自己，於是那個他回來了，盡全力展現魅力。他露出微笑。

「我想妳一定就是……」

「佛蘿拉。」

「噢，那位神祕的女子。有位子可以讓我這樣的人坐在妳這樣的人旁邊嗎？」

佛蘿拉往駕駛座的方向挪過去，空出位子給站在車門旁的羅藍。他上車時看不出有喝醉或憂鬱的跡象。卡勒在剛剛羅藍坐著的地方環顧四周，看看有沒有什麼沒帶走。比如說，襪子。他什麼都沒發現後，便坐進廂型車，發動引擎，然後對羅藍說：「我送你回家好嗎？」

羅藍敞開手臂。「你要帶我去哪都行。我不在乎，我不在乎。」

車子行駛了幾分鐘後，佛蘿拉突然說：「我很喜歡那首〈永遠的你〉。」

羅藍揚起眉毛看著她。

「請妳原諒我抱有成見，我沒想到妳會是我們樂團的目標聽眾。」

「我有在廣播上聽過幾次。我通常會受不了那種音樂，但是……那首很好聽。」

羅藍點點頭。「謝謝妳。那麼……你們兩位是出來兜兜風，對不對？」

「對。」卡勒說，他的視線牢牢固定在前方的道路。羅藍環顧車內，注意到後面的箱子。

「那是什麼？」

卡勒咒罵自己的愚蠢——為什麼沒把它遮蓋起來？佛蘿拉幫他回答：「我們也不太清楚。」羅藍看著他們，等待有人繼續說。等不到有人說話後，他又看著那箱子說：「如果我不夠瞭解的話，會以為那是炸彈。因為你們兩個都一臉內疚。」

卡勒揉揉太陽穴，但還是什麼都沒說。他想不出有任何謊言可以解釋他們為何在車子後方載著一個完全密封的箱子到處跑。羅藍突然想到一件事。「那是從西司地區帶出來的嗎？」

卡勒瞥了佛蘿拉一眼，她微微聳肩，幾乎無法令人察覺那動作。卡勒輕輕點頭。

「而且那不是要給你們的？」

卡勒說：「我們忘了把它搬下來，」說完便確定這理由如他預期般，不管怎麼聽都很愚蠢。

「那麼，裡面到底裝了什麼？」

卡勒加重了一些語氣說：「我們不知道，」希望羅藍可以不要再提這件事。他似乎感到滿意了，在接下來到奧格斯貝格雅的路上，他們幾乎都在聊音樂。卡勒得知，佛蘿拉原本一直是瑪麗蓮．曼森的忠實歌迷，但三年前開始對他的專輯封面與帶有性別歧視的音樂錄影帶感到厭煩了。當她父母想要在他們鄉下住處的果樹上掛CD片把鹿嚇跑時，她給了他們曼森的CD。結果那些鹿一點都不害怕。羅藍說，可能放CD給牠們聽會比掛著更有用。

凌晨一點半時，他們抵達羅藍位於索爾貝爾雅的住處門外。卡勒關掉了引擎，但羅藍卻沒有動身下車。他坐在那裡咬著嘴唇，然後說：「我車庫裡有氧乙炔火焰切割器。你們有興趣的話可以用用看。」

卡勒看著佛蘿拉。她微微晃頭，看不出是什麼意思。只能確定不是沒興趣。羅藍雙手一攤。「我什麼都不會說。而且你們只需要稍微解釋一下就行。」

十分鐘後，羅藍將他的Jaguar開出車庫（他把那輛車取名為：「中年危機」），然後找出切割器與防護面具。他們站在那箱子周圍，而箱子就放在車庫中央的地面上。羅藍用切割器噴嘴輕敲箱子，他問：

「這裡面可不可能有東西會爆炸？」

「我們不知道，但我覺得沒有。」卡勒說。

「你們兩個最好到外面去，以防萬一。」

「那你呢？」

「我……」羅藍做了個鬼臉，表示他此刻認為自己的生命一點都不重要。「至少會成為勁爆的頭條。」他拿起打火機對著噴嘴，轉動滾輪。結果什麼反應都沒有。

「這種東西要怎麼開火啊？」

卡勒現在看出整套器具是全新、從未使用過。防護面罩上一點刮痕也沒有。羅藍難為情地笑著。

「這個在Biltema汽車用品店賣得很便宜。想說可能用得到就買了。」

佛蘿拉走到儲氣桶那裡轉開氣閥。儀表上的指針大幅偏轉，然後他們聽見有氣體噴出的嘶嘶聲。羅藍點點頭，再次把打火機對著噴嘴。有火花出現了，而隨著羅藍將火力調整成藍色火焰，那嘶嘶聲就變得大聲而刺耳。卡勒說話必須提高音量，好讓別人聽得見。

「羅藍，你確定你……」

「百分之百確定。與其苟延殘喘，不如盡情燃燒。你們出去吧，小鬼。」

羅藍將頭上的面罩拉下來蓋住臉，走近那個箱子。卡勒與佛蘿拉後退到車庫門外，並且把門關上。佛蘿拉拉著卡勒朝房屋那裡過去。他們聽見車庫裡傳出一陣響亮的嘎吱聲，卡勒看見門底的縫隙出現一道閃爍藍光。

佛蘿拉在屋前最底層的臺階坐下來，卡勒一屁股重重坐到她身旁。他緩緩搖頭。「我們到底在幹什麼？」

「他想要這麼做。」佛蘿拉說。

「沒錯，可是……」

「他想要這麼做。他做得很高興。這樣……很酷。這種事就是他想做的。」

「妳覺得是這樣嗎？」

「我知道是這樣。」

過了五分鐘，車庫沒有爆炸後，他們便走回那裡。為了避免刺眼，他們必須瞇起眼睛看那些從箱子上冒出的火花，而羅藍就在箱子上方弓著身體，緊緊抓著噴管。車庫裡有一股乾燥的電氣異味，而且溫度比原本上升了好幾度。

羅藍挺直身體，把面罩往上推，呼出一大口氣。他瞥見他們後，擦去臉上流淌的汗水。

卡勒心想，佛蘿拉說得沒錯。羅藍看起來像孩子般快樂。

「嗨，做這工作好熱啊。」他說。

他們靠過去箱子那裡。羅藍沿著箱子頂部的邊緣割出了一條波狀線。箱子上開出了約一公分寬的縫隙。雖然還是看不見裡面裝什麼，但顯然沒有易燃物。不過，裡面有發臭的東西。當切割器關掉一會後，他們所有人都聞到從箱子裡散發出的惡臭。羅藍把身體向前傾，直到他的面罩撞上邊緣的開口為止，然後他迅速縮回身體，伸手覆蓋口鼻。

「他媽的，」他說，聲音從指間傳出。「真的很臭。那是什麼鬼啊？是不是……該不會是……？」羅藍看著箱子，舔舔嘴唇。「如果是的話，這件事應該交給警方處理。」

「你可以將箱子打開嗎？」佛蘿拉問。

「可以是可以，不過……」羅藍皺起鼻子，更使勁用手壓緊口鼻。「他媽的，臭死人了。」

「我不認為警方會做任何處理，」佛蘿拉說。「我認為這是……經過允許的。」她看向卡勒，尋求確認。他點頭後朝羅藍走過去。「我可以完成接下來的工作。」

羅藍將噴管拿開，拒絕交給卡勒。

「不用，不用。我只是……我的意思是這味道實在很噁，你們別誤會了。」

大家都沒有話要說了，於是羅藍深吸一口氣後，蓋上面罩，繼續切割。卡勒與佛蘿拉低頭看地面，避開刺眼的強光。佛蘿拉的手悄悄伸進卡勒手中，他用力抓緊，試圖傳達出一份他沒感覺到的信心。

我們打開後，發現裡面裝滿屍體，那接下來要怎麼做？

而那個答案，也就是這個晚上持續不變的主題，又再次出現了：

不知道。

當羅藍沿著另一邊割完後，他關掉切割器，脫下面具。這時已經可以強行打開蓋子了。隨著電氣異味漸漸消退，另一種氣味便取而代之。是腐臭味，是死屍的味道。羅藍看起來再也不像剛剛那樣高興了，但是他直起身子，擠出笑容說：「好了。我只想問一個問題：我們是要現在先吐乾淨，還是要等到待會再吐？」

他一提到「吐」這個字，就使卡勒感覺彷彿有一根手指在體內戳著他的喉嚨。佛蘿拉的雙唇緊緊閉著。她看起來不像卡勒與羅藍那樣感到很噁心；她的眼神帶著一種悲傷的堅定。她走到羅藍站的那一邊，用力拉箱子的蓋子。羅藍跟著她一起拉，而卡勒拉另外一邊，他們全都使勁要把箱子打開。

卡勒的手指碰觸到的金屬很熱，但不會燙手，也沒有他原本想像得厚。或許他自己一人就能掰開蓋子了。雖然有遭受頑固的抵抗，但是才過了幾秒，他們就成功將蓋子掀開來。他們拉起襯衫和毛衣遮住口鼻，低頭往下看。

屠宰場的廢棄物。

箱子裡裝的不是屍體，而是屍塊。最上面放的是一塊白色海綿狀的物體，卡勒一開始並沒有認出那是一隻手，因為手指都剁去了。在那下方的應該是一坨腸子。沿著邊緣擺放的是截斷的幾隻腳、一隻前臂及好幾隻手，再加上零星幾根手指，那些指甲微微反射從天花板照下的光線。

有幾根手指上的指甲還留有指甲油的痕跡。有個女人在多年前曾經把指甲塗得很漂亮。也有可能是她躺在棺材裡時才塗上指甲油。當時有人坐在棺材旁，幫她把指甲刷上亮紅色，再將她的手臂交疊在胸前後，與她道別。如今她的雙手與其他一切分開，放在這一堆廢棄物之中。

羅藍最先嘔吐起來。在胃裡的東西出來之前，他還來得及先轉過身去，沒吐進箱子裡。卡勒則是在羅藍的嘔吐聲引發他開始之前，及時往後退了幾步。他吐得幾乎把胃翻過來，還感到眼前一片漆黑。他吐到只剩胃酸後，將雙手撐在膝蓋上站著，聽著羅藍的急促呼吸與自己的喘息交相呼應。

佛蘿拉……

他的視線從面前那灘黃褐色液體往上移，看見佛蘿拉坐在角落的地面上。她沒有嘔吐。她甚至看起來彷彿不覺得噁心，但是臉上覆蓋著一層黑暗的悲傷。卡勒喘著氣，好不容易說出：「佛蘿拉？」但是沒得到回應。他擦一擦嘴，步履蹣跚地朝她走過去。

「佛蘿拉，妳還好嗎？」

她抬起頭來。她的眼睛溼潤，眼皮顫抖。

「他們在……把他們分屍。因為無法殺死他們，所以他們就……他們為什麼要這麼做？」她指著箱子。「裡面都沒有頭。」

卡勒看著箱子，不想去思考佛蘿拉如何得知那樣的事。雖然他心想：我不瞭解她。我一點都不瞭解她，但是他只說：「也許是在別的箱子裡。」

羅藍來到他們身邊。他機械地前後搖晃著頭，低聲說：「有沒有人要喝一杯的？」

他沒等他們回答，就走向那扇通往住屋的門，打開門後便消失了。卡勒拉佛蘿拉站起來，他們跟著走向那扇門。卡勒最後再看一眼地面上的那個普通金屬箱，他突然想起有個人曾說過的話：

你現在也扯進這件事了。要承擔一切後果。

他不想知道有什麼後果。他只想喝酒，喝到不再想起任何事情有什麼後果。

他們走進來時，羅藍正坐在他的白色皮革沙發上，為自己倒了滿滿一杯威士忌。他揮手指了酒櫃裡的酒和扶手椅：自己倒，坐下來喝。他一口氣喝下半杯酒後，重重靠到背後的靠墊上，說：「今晚真是累死人了。」

卡勒走到酒櫃前，讓視線徘徊在那些整齊擺放的酒瓶上。他停住視線，盯著看，讓那些酒瓶的影像深深印入腦海。那影像令人感到欣慰。整齊有序的酒瓶與腦袋裡的混亂對抗著：漂亮的色彩、輕柔的燈光、美麗的標籤。他對烈酒一竅不通，隨手抓了裝有清澈黃色液體的酒瓶。

當他轉身過來時，佛蘿拉正坐在其中一張扶手椅上，而羅藍的酒杯已經空了；他正在幫自己倒另一杯。卡勒沒管禮貌，也沒問佛蘿拉想喝什麼，就一屁股坐到扶手椅上，轉開那瓶酒的瓶蓋。

他正舉起酒瓶到嘴邊時，佛蘿拉說：「卡勒？」

他停下來。「什麼？」

「也許……也許你不應該喝酒。」

「為什麼？」

「我們還要開車。」

羅藍清清喉嚨。「你們可以睡在這裡。要睡哪裡都行。喝個痛快。盡情歡笑。」

卡勒點點頭，把瓶口對到嘴上；他喝了一大口後，閉上眼睛。酒精燒燙他因嚴重嘔吐而疼痛的喉嚨。佛蘿拉拿走他手上的酒瓶，使他睜開了眼睛。

「我們必須去那裡。」佛蘿拉說。

「去哪裡？」

「那裡。」

「現在？」

「對。」

卡勒搖搖頭，伸手要拿回酒瓶。「不行。」羅藍坐直身體，他費了點功夫才坐好。迅速攝取的酒精在他腦中產生劇烈作用，已經使他說話含糊不清。「說得好。很好。別讓別人命令你。你要堅持做自己。」他伸出一根手指，對著酒瓶與佛蘿拉左右擺動。「別這樣。讓那小伙子喝吧。」

佛蘿拉站起來，手中還握著酒瓶。羅藍嘴巴張開，看著她的動作，然後拍拍他身旁的沙發座位。「來坐在我旁邊。放輕鬆。休息一下。這事情……糟透了。讓我們稍微放鬆一下。」

佛蘿拉看著卡勒，她臉上露出的表情，嚇得他把手縮回去。接著她砰地一聲將酒瓶放到他面前的桌子上。

「那你繼續喝啊。他媽的給我喝啊。喝得讓你自己覺得舒服一點。你喝啊。」

卡勒看著酒瓶。雖然他現在對酒精沒有那麼迫切的需要了，但是他一點都不想開車回到西司地區。羅藍傾身向前，把酒瓶推得更靠近卡勒。

「照那女孩的話做。這是好酒。可惜我現在沒辦法……說不出這酒的名字。是來自蘇格蘭的。」

佛蘿拉不理會羅藍。她轉向卡勒，敞開手臂，彷彿想展示她的身體沒做任何防護。

「你把我當什麼？說啊，告訴我。你把我當什麼？」

卡勒說實話：「我不知道。」

「我是……什麼權威人士嗎？我是他媽的警察嗎？我是什麼過來發號施令的官員嗎？我是……這裡負責指揮的那個人嗎？」

卡勒摳著椅子扶手上的一塊髒污。「唔，妳算是……帶領方向的那個人。」

「沒錯。那麼我為什麼要那麼做？你以為我會因為這一切得到任何好處嗎？你以為這一切會讓我……快樂嗎？我那麼做只是因為我知道……我清楚知道……如果你知道可能有上千人要被殺了，而你有辦法可以阻止，難道你不會採取行動嗎？」

「會。會。當然會。這用不著說。但是我是說這件事……」

「這件事更糟。這情況不是他們要殺人，那些人已經死了，他們沒辦法殺害那些人，但是他們要摧毀那些人的靈魂。我不知道我們死了以後會到哪裡，但是可能有天堂那樣的地方，或至少有個我們死後會去的地方。你的……你的親人在做的這件事表示，那些人最後會到……別的地方。到虛無之境，與世隔離，到一個……不存在的地方。永遠都在那裡。你明白嗎？永遠。」

佛蘿拉的淚水開始往下流到臉頰上，但是她不理會，沒有擦掉。她伸手指向車庫。

「我看到了。我清楚知道。那裡的每一個人，那些放在那他媽的箱子裡的本來都是人，他們每一個都已經被迫落入……永恆的虛無，就我所知，那幾乎就像是落入地獄，我不明白為什麼要這樣，為什麼那些混蛋要這麼做，但他們就是在搞這件事，而就算我所能做的非常有限，也要阻止這種事繼續發生！」

佛蘿拉突然閉上嘴巴，邊抽鼻子，邊擦眼淚。她在沙發的扶手上坐下來，把臉埋進雙手。羅藍一直張著嘴聽佛蘿拉滔滔不絕的譴責。他迅速眨了幾下眼，然後說：「真該死……」

卡勒將一隻手放到佛蘿拉的膝蓋上，他問：「可是妳能做什麼？」

佛蘿拉抽噎地深吸一口氣，再用嘆息吐出氣來。「他們不知道。他們很害怕。我可以說服他們。說服他們……讓自己屈服。」

「向什麼屈服？」

「死亡。」

沉默降臨。死亡這兩個字能夠讓其他言語都顯得不恰當，所以沒什麼好多說的了。羅藍清清喉嚨，準備要說話，但是佛蘿拉搶先一步。她抬起頭看著卡勒，而他看見了一個小女孩。

「卡勒，這不是我自己選擇的。我是被迫承擔這個責任。而且我不能……」佛蘿拉在找尋適當的字眼，而卡勒提供她以前用過的詞語：「逃避。」

「對。」

羅藍又清清喉嚨，這次他成功說出：「我只是想說……如果事情是這樣的話……我只是想說……」他坐直身體，把手放在胸膛上。「我也加入。我會一路相挺到底。」

佛蘿拉看著羅藍坐在沙發上搖晃身體，盡力表現出一副嚴肅的模樣。

「謝謝，但今晚也許就算了吧。」她說。

「妳儘管開口。只要妳需要我效勞就……反正就是這樣啦。」

佛蘿拉點點頭，稍微做了個怪表情，以避免嘴角浮現出笑容。卡勒撥弄他的辮子，用手指抓抓頭皮，彷彿想清除腦中的混亂思緒。這並沒有什麼幫助。問題還是在那裡。

「我們要怎麼進去？」他在佛蘿拉能回答之前插了嘴。「別告訴我。讓我猜猜看：不知道。」

五分鐘後，他們已經坐在廂型車裡了。卡勒的感覺幾乎就像是喝了一整晚的酒，睡了兩個小時，接著要去登山。他可以操縱伸過去發動引擎的那隻手，可以操縱踩離合器的那隻腳，但卻覺得那兩個部位好像不屬於自己的身體。如果他們被警察攔下來做酒測的話，他會無力吹氣。

他們在一家全天候營業的加油站停下來，買了六塊巧克力餅與兩杯咖啡，一人一杯。因為佛蘿拉只吃得下兩塊餅乾，所以卡勒在五分鐘之內把其他四塊塞進嘴裡吃，然後喝咖啡將嚼爛的餅乾糊灌進喉嚨。一會過後，糖分進入他血液裡，使他感覺舒服一些。他的雙手再度與手臂相連，而道路看起來比較像是高速公路E20，而不是像電玩遊戲了。他說：「如果他們發現那個被我們帶走的箱子不見了。而且他們很可能已經發現了。」佛蘿拉沒做任何回應，於是他繼續說：「我們可能要面臨吃牢飯之類的事。」

「我不這麼認為，」佛蘿拉說。「我認為，如果可以的話，他們會希望不要把這件事納入……一般管理制度。這是我的看法。」

「這是妳的看法？」

「對。」

卡勒哼出鼻息。「也許會有他媽的祕密警察追捕我們，或諸如此類的事。還是什麼軍事情報單位之類的。也許那些醫生有他們自己的祕密警察。」

卡勒大笑起來，瞥了佛蘿拉一眼。「就是這樣。我們會被醫療祕密警察追捕。」雖然事情還是令人感到絕望，但至少稍微有趣了一點。

他們來到那條穿過原野的砂石路時停了下來。他們能看見在前方幾百公尺遠的大門照明燈。卡勒趴在方向盤上凝視著遠方的西司地區。他覺得自己彷彿置身於電影之中。比較像是一部戰爭片，而不是恐怖片。這兩種類型他都不喜歡。瘋狂喜劇才是他的最愛。這整件事確實具有可說是瘋狂的部分。但算得上是喜劇嗎？不。不太行。

「卡勒，你必須下定決心才行。」佛蘿拉說。

「下定什麼決心？」

「就是確定你想不想這麼做。」

「我都開車到這裡來了，不是嗎？」

佛蘿拉搖搖頭。「我是說，你要確定是否真的想做。不要只是因為要體貼我，或當這是你的工作之類的。那樣子沒有用。你必須是自己想做才行。不是因為我叫你去做。我沒辦法為此負責。」

卡勒坐在那裡盯著被圍籬圍起的管制區。那整個區域顯得很不真實。他問：「妳說他們最後會到地獄去嗎？」

「對，類似那樣的地方。」

卡勒試圖想像。他思考了一會。然後他雙手摀住臉，維持這樣的動作許久。他把手放下來，並抽著鼻子。

「怎麼了？」佛蘿拉問。

「我剛剛在想我媽。如果我當時……」他停下來，沒繼續說。「好，可以了，我知道了。這不是妳的責任。這是我們的責任。」他看著她。「妳所指的是這個意思，對吧？」

「對。」

「好。就這樣。我也加入。」

佛蘿拉靠過去輕吻他的臉頰。「謝謝。」

卡勒露出苦笑。「如果我們是一夥的，妳就不能那樣說。」

「我不管，我就是要說。」

佛蘿拉爬到廂型車後方；卡勒發動引擎，開始在腦中擊鼓，然後朝大門行駛過去。與之前相同的那名警衛從小小的崗哨亭裡出來。他看起來像剛睡醒似的。卡勒打開車窗。卡勒從那名警衛的移動方式與臉上表情察覺到，偷走箱子的事情如他所希望的，沒有被發現。應該是還沒被發現。

那警衛故意先看看手錶，再看看卡勒。卡勒朝管制區的方向點頭。

「我爸爸打電話告訴我說，我有東西忘了搬。」

「什麼樣的東西？」

「一口箱子。」

卡勒想不出有更好的回答，因為他無法用腦筋思考。那警衛摸摸下巴。「他們在那裡幹嘛？」

「不知道。我只是搬箱子而已。大大小小的箱子。」

那警衛露齒笑了，他回到崗哨亭裡。大門打開了。

關於運用打鼓來控制思維的這個方法，最令他感到棘手的是，不能讓自己的表露情感。卡勒不能讓鬆了口氣的感覺與獲勝的喜悅上升到最上層，所以當他駕車在管制區裡穿梭時，便瘋狂擊打內心那套鼓具。

地下室的燈光還亮著。他知道要怎麼做。他沒有跟佛蘿拉商量。只有今晚有機會，過了今晚就……

不知道。

他關掉引擎。這裡離那棟偌大的社區中心有段距離，能感應到的思維較微弱，所以他冒險將鼓聲放緩，轉身看佛蘿拉。

「走吧。」

「我們要做什麼？」

「待會就知道。」

他們下車走到那扇門。卡勒試著轉動門把，結果門打開了。裡面的房間看起來和幾個小時前一樣。卡勒猜測那個可能是醫生的人，就在那一面長牆上的其中一扇門內。

佛蘿拉環顧四周，突然迅速舉起手摸頭。她低聲說：「好痛。」

卡勒用力緊閉雙眼。「對。」

其中一扇門突然打開，那醫生走了出來。他穿著白袍，眼神帶有一股專注或不安。他手上戴著乳膠手套，而且手套很髒。當他瞥見卡勒與佛蘿拉時，馬上僵住不動。

「你們在這裡搞什麼鬼？你們是不准進來這裡的！」

那醫生很快把手套脫下，丟到地上；他把一隻手塞進口袋，拿出一支手機。卡勒跨了兩大步就來到他身旁。他握緊大拳，高舉在那醫生面前。

「你最好考慮一下，」他說。

那醫生的視線從手機往上移到卡勒的拳頭。他考慮了一下。然後他放下手機，看看卡勒，再看看佛蘿拉，她才剛把後方的門關上。

「你們要做什麼？」

卡勒抓住那醫生的肩膀，對他來說，那就像抓著蘋果般容易，接著他用力捏緊，俯身朝著那男人臉上說：「你不需要擔心那個。重要的是這件事：我可以把你打倒在地，或者我也可以決定不要那麼做。你要哪一種？」

「你是在威脅我嗎？」

「當然是。你要哪一種？」

卡勒捏得更用力了，接著有什麼發出嘎吱聲響，那醫生痛得臉部扭曲。他氣沖沖地說：「你們到底想要做什麼？」

卡勒嘆口氣之後又抓起拳頭，評估著出拳的距離。那醫生趕緊舉起雙手遮臉，並急忙點頭。

「好，好，好。那你……要我怎麼做？」

卡勒看看四周，發現有張床。「在那裡躺下來。」

當那醫生爬上床時，卡勒注意到床側附有皮帶，真是便利。他與佛蘿拉一起將那男人的四肢牢牢綁住。那醫生不停搖頭，彷彿他實在無法相信會發生這種事。他帶著充滿輕蔑的語氣說：「你們會有大麻煩的。你們不知道自己在做傻事。」

他繼續這樣說下去時，卡勒在一個抽屜裡翻找，發現了好幾盒拋棄式注射針筒。他閱讀盒子上的標籤。

「異戊巴比妥⑲？」他問那醫生。「你覺得呢？這東西可以讓人閉嘴嗎？」

那醫生閉起嘴巴。卡勒找到一捆紗布；他撕下一塊，揉成一團，塞進那醫生嘴裡，然後用一段紗布纏繞他的頭部。卡勒審視著自己的作品說：「不能呼吸時就告訴我。或是……用腦袋想。」

佛蘿拉站在靠近那兩扇室內門的地方。門的外側有門栓，但是剛才那位醫生走過的那扇是推到底的。卡勒走到她身旁，把一隻手放到她肩膀上；她在顫抖。因為有大量腎上腺素在他體內流竄，才使他忘卻恐懼。當佛蘿拉身上的顫抖傳遞到他手中時，他清楚想起他們來到這裡的目的。他舔一舔嘴唇，吞下一團黏稠的唾液。

佛蘿拉打開門時，雙眼圓睜，眼裡帶著驚恐。

從外面看不出房間裡有那麼大——至少有二十平方公尺。那裡沒有窗戶，只有光禿禿的水泥牆，使用的照明是與外面房間相同的冰冷日光燈，照亮在他們兩人腦中迴蕩的尖叫聲來源。

有三張床排成一列。角落放有一個箱子，與他們帶走的相似。其中一張床的旁邊有一部置物推車，上面放了一些手術用具：手術刀、鑷子、電鋸和解剖刀，在日光燈的照射之下微微發光。他們抵達時，那醫生就是站在那裡工作。

---

⑲異戊巴比妥（Pentymal），一種鎮定劑。

第一張床上躺著一位老婦的遺體。那頭在從前也許很美的灰白長髮，垂落到床與地面之間的一半距離。那婦人的雙眼是暗藍色的，直視著他們。她的手臂和雙腿已經被鋸下，只剩下在切口明顯可見的淺灰色屍肉與白骨。軀幹的部分是用一條很粗的皮帶固定在床上。

第二張床上躺著一個中空的男人。曾經龐大、圓潤的身體，如今縮減成一具空殼。那男人的手臂和雙腿還在，但是內臟已全部去除。兩端有夾具的橡皮帶將腹腔與胸腔撐開，他的肋骨露出，使他看起來像是一艘建造中的船隻。他的內臟已被挖出、摘除，扔進角落的箱子中。

第三張床，也就是那醫生剛剛在進行工作的地方，放著一具連接在脊椎柱上的女性頭顱，幾乎就只有這樣，沒別的了。有數條暗紅色的細線從割斷的頸部裡延伸出來，大概是血管或神經纖維，全部集中打成一個結。那個結垂掛在一側，使得那頭顱微微傾斜。那女人比其他兩人年輕，但是難以看出確切年齡：她的臉部凹陷、蒼白，雙眼……

卡勒一直緊咬上下顎，緊到他都能在腦中聽見咬牙的聲音。他無法再把上下顎打開，他僵直站在那裡，彷彿抽筋了，而且他感覺到，他知道：

他們是活著的。

關於復活人，他分不清什麼是真，什麼是假，不知道什麼可稱之為生命，但是從那些殘缺身體大量發出的痛苦與恐懼卻十分清楚：他們是活著的，而且不知為何能意識到發生在自己身上的事。

痙攣的現象緩和下來了。他奪回身體的掌控權，但卻無法帶來幫助。他的雙腿發軟，使他癱倒在地。眼前的一切變得漆黑，而這片漆黑像是噴灑在著火身體的水。他心懷感激接受。

當他睜開眼時，無法理解一開始見到的景象，搞不懂這世界為何看起來如此怪異。一切都是從天花板垂吊下來。他看見佛蘿拉站在床邊，她的嘴唇在動，但沒發出聲音。他張開口想說話，可是聲音卻出不來。一陣又一陣的噁心感在他體內翻湧，只有臭氣湧出體外。

有事情要發生了，有事情要……發生了……

他眨眨眼，試圖瞭解情況。房間裡的空氣密度增加了。令人作嘔的腐血惡臭加重了，燈光變亮了，牆壁感覺好像在往內移動，接著他聽見一個聲音。那聲音開始時像是遙遠的呢喃，但是迅速加大音量，轉變為刺耳的哀號，令他想要用手摀住耳朵，不過他沒辦法這麼做。這時他只是躺在那裡，張著嘴巴喘息，而那劇烈的聲響變成一把金屬利刃，劃過他頭部周圍的空氣。

他想對佛蘿拉大喊，告訴她要小心，但是那聲音使他麻痺不能動，而他的臉彷彿被一股看不見的力量慢慢朝反方向推，直到他無法再看著她為止。他最後看見的是一個高瘦的身影突然站到佛蘿拉身旁，朝著那些在床上的遺體伸出手臂。

卡勒閉上雙眼。他盡全力閉緊。那聲音直穿腦門，在他的頭顱裡四處跳動，使他再也無法分辨聲音是來自腦內或腦外。他無法意識到時間或空間，沒有能力思考或不思考。

然後聲音減弱了。減弱的速度很快，比剛剛增強時快上許多，那可怕的聲音逐漸消失後，房間裡便安靜下來。完全安靜無聲。卡勒睜開眼睛。佛蘿拉獨自站在床邊，手臂癱軟垂在身側。

安靜。

這時好……安靜。卡勒緩緩將自己從地板上撐起，看向四周。他不想站起來，不想再看床上有什麼。他跪在地上，看著四周。

好安靜。

然後他明白了。是在床上的那些人。他們的尖叫聲停下來了。那些聲音已經不見了。他發出短促又刺耳的一聲咳嗽，主要是想確定自己還活著。佛蘿拉來到他身邊。有幾根髮絲因為汗水而黏貼在她額頭上，她看起來筋疲力盡。但是很鎮定。她剛剛並非經歷了可怕的事，只是處理了相當棘手的工作罷了。

卡勒問：「事情……結束了嗎？」佛蘿拉點點頭。

卡勒做手勢指向那些床，眼睛沒看。「那個是不是……死神？」

「對。或是應該說是……你想像中的死神。你看見了什麼？」

「我也不知道。就高高瘦瘦的身影。」

卡勒站起來。他還是刻意不去看那幾張床，而是低頭注視著佛蘿拉，她看起來似乎是透明、易碎的，彷彿一碰就可能破裂。他深深凝視著她的雙眼，尋找線索。結果什麼都找不到，所以他問：「妳是什麼人？」

她的嘴角抽動了一下。「普通人。」

她緊緊靠在他身上，臉頰貼著他的胸膛。他伸手摸摸她的頭，這時的她是個疲憊的普通女孩。他用雙臂環抱她，但卻不禁去想，這個他幾乎能剛好握在手裡的普通腦袋中，存在著某種特異又……神聖的念頭。

我被賦予了一份責任。

他俯身親吻她汗溼的前額。

當他們從那房間走出來時，那醫生在瞪著他們。佛蘿拉走過去取出塞在他口中的紗布。他馬上說出話來，彷彿那些話被擋了很久，一直等待要衝出口似的。「你們幹了什麼好事！你們兩個他媽的瘋子幹了什麼好事！」

佛蘿拉做了卡勒從沒料想到的舉動。她朝那醫生臉上摑了一巴掌。很用力。他的嘴巴立刻閉緊。佛蘿拉再摑一巴掌後，把嘴靠到他耳邊。

「你給我聽著，冷血醫生。這裡誰他媽的是瘋子？你知道自己在做什麼嗎？」

卡勒只是張著嘴站在那裡。他從沒看過佛蘿拉這副模樣，原本不會相信她有這樣的一面。但是她現在在生氣，而且不只是生氣，是大發雷霆。那醫生把頭轉向裡面的房間；他也氣憤得發抖。

「你們殺了他們。你們毀了我一切……」

佛蘿拉用手掌摑他的嘴，彷彿想堵住什麼噁心東西的來源。他的嘴唇破裂，鮮血往下流到下巴。卡勒伸手碰佛蘿拉的手臂。她甩開他的手，俯身靠近那醫生；他眼中露出一絲恐懼。

「你才是在殺害他們的人。」

「他們已經……」

佛蘿拉舉起手，作勢要再給一巴掌，所以那醫生沒說完想說的話。

「我想知道……我想知道你為什麼要這麼做。」佛蘿拉說。

那醫生的嘴巴開始腫起，當他試著做出輕蔑的表情時，看起來更像是個悲劇小丑。

「因為我這個人邪惡至極。妳他媽的以為是什麼原因？當然是為了對研究有所貢獻。為了找出戰勝死亡的方法。為了幫助人類。我知道你們兩個自以為是這裡的英雄，但是……」

這次佛蘿拉只是動一動手，他就閉嘴了。

「那些我都知道。」她說。「我想知道的是，你把他們分屍是想達到什麼目的。告訴我純粹、實際的目的。」

「我剛剛說了啊。想想死得太早的那些人，他們死得很沒必要……」

佛蘿拉嘆口氣後轉向卡勒。「你可以使出比我更大的力氣揍他。要不要試試看？」

卡勒半信半疑地看著佛蘿拉。她對他眨眼。他點點頭，走到床邊；他挽起右手袖子，反覆張開又握緊拳頭幾次。那醫生張大眼睛注意他的動作。正如佛蘿拉所希望的，這樣的威脅已足夠。那醫生說：「我在研究維持生命所需的最低條件。」

「什麼意思？」

「意思就是……因為我們在細胞的層面一無所獲，所以我目前在研究人體可以……切除到什麼樣的程度，生命才會停止。哪些部位有獨立的生命機能，哪些部位是人體不可或缺的。」

「那你們有多少人在做這項研究？」

「通常有三個人。」

「其他兩人明天會來這裡嗎？」

「對，但這實在是個天大的災難，這對我們的……」

佛蘿拉說：「很好，這樣他們就可以幫你鬆綁。」

她抓住卡勒的手臂，將他拉向通往外面的那扇門，那醫生在他們背後大聲抗議。當他們關上門時，他開始尖叫。因為隔著厚厚的水泥牆，所以在外頭聽不清楚，而且，既然復活人已經離開這棟建築了，就幾乎無法有思維感應了。他很可能必須在那裡待到早晨。

他們開車駛出管制區。在大門口的警衛問卡勒是否有找到要找的東西。卡勒說有，然後他們在離別時互道晚安。

清晨三點半時，他們坐在卡勒家的廚房。卡勒已經喝了三瓶啤酒，而佛蘿拉喝了一瓶。因為有太多的問題要問，使得他的腦袋完全無法運轉。喝完第三瓶後，一股舒服的暖意才終於開始在他身體裡蔓延。

「我們會有麻煩的。」他說。

「對，」佛蘿拉說。「明天再說。」她看著廚房的時鐘。「我兩個小時後要上班。我想我可能就請假休息了。」

「妳是說做三明治嗎？」

「對，做三明治。」

卡勒的嘴巴好像發出笑聲，但那聲音聽起來更像是疲憊的喘息。「先是這樣，然後……妳得去站在那裡做三明治。差別真大……」

佛蘿拉點點頭。「而且這只是開始而已。」

「什麼只是開始而已？」

「我們今晚做的事。剩下的還有數百人。」

卡勒揉揉眼睛。「我們要怎麼去……」他趕緊雙手大張，作勢制止，然後把手放下。「明天再說。」

「明天再說。」

他們到床上緩慢而溫柔地做愛，彷彿是在睡夢中進行似的。結束後，他們滿足地要真正入睡時，卡勒還沒辦法睡著。佛蘿拉把頭靠在他胸膛上躺著。他用手指撫摸她的耳朵，並開口問：「妳不會害怕嗎？」

佛蘿拉的聲音帶著睡意，沙啞又低沉。「害怕什麼？」

「……死神？」

她沉默了幾秒，然後終於回答：「她並不危險。她只是……做自己該做的事。」

「她？」

「對……」

當卡勒在思考這件事時，佛蘿拉的呼吸變得更深沉，也更規律。他不想再多問而把她吵醒，所以他躺在那裡，朝上凝視著黑暗，直到雙眼自然閉上後，他便沉沉睡去。

門鈴吵醒他時，他感覺像是小睡片刻而已。時間是早上七點十五分。他躺在那裡，朝上盯著天花板看，頭腦混沌，還沒清醒。在兩次門鈴聲之間有一段無聲的間隔，他聽見一隻蒼蠅奮力想撲向窗外的光線。

蒼蠅。光線。早晨。

當他坐在床邊把睡袍穿上時，嘴裡有啤酒殘留下來的酸臭味。他在意識完全不清醒的狀態下走到門前，把門打開。當他看見父親站在門外時，才開始回想起前一晚的事情。

他們站在那裡，彼此對視了一會。卡勒無法從他睡迷糊的腦袋裡找出任何話來說，而從他父親的表情可得知，他也不知該說什麼。幾秒鐘後，斯圖雷突然動了，擠過卡勒身旁進入公寓。

卡勒用力揉揉臉，打了呵欠。「什麼事？」

一路走進客廳的斯圖雷，轉過身來看著他，彷彿他說了最不該說的話。

「什麼事？你要說的就只有這樣嗎？」

「不，哈啊啊啊……」他忍不住打了另一個呵欠，彷彿他可以站在這裡張著嘴巴許久，一直打呵欠、打呵欠，直到停了為止。

他父親瞥見臥房門開著。他走進房間，站在床尾，指著還在睡的佛蘿拉。

「是她嗎？跟你一起搞出這整件事的……同夥？」

卡勒不喜歡他父親靠近佛蘿拉，尤其是在她睡覺的時候。

「聽我說，」他說。「我們晚一點再討論這件事。我希望你現在先離開。」

斯圖雷吃驚了一下。他無法相信兒子剛剛所說的話。他驚訝到下巴掉下來，然後語氣裡帶著一絲恐懼說：「你們什麼都不知道。」

卡勒搔搔胸前。「對。之前也有人對我們這麼說。」

斯圖雷突然一把抓住床，猛力搖晃。他對著佛蘿拉大喊：「起來，別睡了！」

卡勒抓住斯圖雷的肩膀，使勁將他推離床邊。「你以為你是誰啊？」

斯圖雷打掉他的手，使卡勒不禁對這老頭的頑固感到佩服。卡勒是可以輕易用單手將他揪起後扔出去的。例如，從窗戶扔出去。

佛蘿拉在床上坐起身子，而斯圖雷拍拍身上外套的肩部，彷彿那上面沾了什麼髒污。卡勒說：「說完你要說的話就快出去。」

佛蘿拉的雙眼浮腫。她來回看著兩人，然後問卡勒：「是你爸爸嗎？」

斯圖雷傾身靠著床腳。他怒視著抓起被子裹住身體的佛蘿拉。

「很不幸，是的。這位年輕小姐，妳知道妳已經將自己的未來摧毀到什麼程度了嗎？知道你們倆要面臨多大的麻煩嗎？」佛蘿拉與卡勒都沒說話。斯圖雷繼續說：「非法進入受保護的區域、未經許可干預他人事務、虐待他人身體，可能還有過失殺人。」

佛蘿拉看著斯圖雷。看了好久。然後她說：「警察有介入調查嗎？」

「沒有。還沒有。」

「那他們什麼時候才要介入？」

斯圖雷哼出鼻息，不自覺發出類似在笑的聲音。他看著卡勒，再看看佛蘿拉。接著又看向卡勒。

「你這伙伴真不賴。」

「對啊。你有什麼重要的事要說嗎？還是你只是要……繼續嘮叨？」

斯圖雷突然沉默不語。他張大眼睛。卡勒起初以為，他又因為他們的行為難以理解而感到吃驚，但是接著他聽見斯圖雷所注意到的聲音。有人在玄關。那個人正朝著臥房走來。斯圖雷抓住卡勒的手臂，彷彿要說什麼重要的話，但他還來不及說，那位訪客就進到房間裡了。

如果只是匆匆一瞥的話，卡勒會把這個陌生人當做是西裝筆挺的經理人。他確實是穿著西裝，還繫著非常花俏的領帶。但是他的體型不對。一開始會讓人以為，那男人很胖，因為他有顆飽滿的肚子，把襯衫撐得緊繃，使得領帶沒有懸空，而是平放在肚子上。不過，他的四肢細長，臉龐窄小，幾近瘦削。像個穿著西裝的饑荒難民。

但是那雙眼不像。這男人沒有饑荒者那樣明亮、圓大的雙眸，而是有一雙眼窩深陷的小眼，看起來彷彿還繼續往頭顱裡凹陷。

那男人將雙手十指交疊，擺在腹部上，然後凝視周圍。

「哦，一家人在這裡團聚了。」

他的聲音尖細，與年輕女孩相似。卡勒無法將視線從那男人臉上移開。他具有一股磁性，而卡勒必須費很大的功夫才能阻止自己向他靠近。

那男人的視線落在卡勒的父親身上。

「你好嗎，斯圖雷？希望是很好。」

鮮少有人會直呼斯圖雷的名字。一般會聽見的稱呼是利傑沃教授、爸爸或教授。卡勒把落在那男人身上的視線拉開，瞥了他父親一眼。斯圖雷全身縮起，並且以幾近可笑的方式在搓揉雙手。

佛蘿拉扭動身體，往後退到床頭。那男人注意到她的動作，大步向前走到床邊，在她身旁坐了下來。

「這裡還有妳啊。」

佛蘿拉緊拉包裹在身上的被子，以便在她與那男人的身體、腹部之間形成一道屏障。卡勒的體內有股力量在叫他要介入，但他無法移動。佛蘿拉低聲說：「你無法對我做任何事。」

那男人若有所思地點頭。「對。沒錯。但是願意聽命於我的人手，多到會令妳吃驚。」

那男人站起來。他的動作出乎意料地靈活，彷彿他的肚子沒有重量。當他走過來站在卡勒身旁時，使他清楚感覺到那股黑暗引力。就像是站在高處往下看時，會有股衝動想一躍而下。

「我知道這可能難以理解。但是你們的所做所為，正威脅著重要的人類價值。我們即將有所突破，而且我得承認，結果難以預見。但是長遠來看，我相信。這會帶來更大的幸福。」那男人轉向斯圖雷，說：

「對不對啊？」

斯圖雷點點頭。「對。完全正確。」

卡勒盯著那男人的臉看。那張嘴似乎完全不需臉部肌肉的協助就能動。卡勒看著時，有一隻蒼蠅停在那男人臉頰上。那男人沒注意到，只是繼續說話。那張嘴在動，而那隻蒼蠅被卡勒感覺到的那股引力所吸引，爬進他的嘴裡，但那男人都沒有因此而停頓。那隻蒼蠅沒有出來，但是那張嘴繼續吐出話來：

「我也知道。我直接介入，似乎可能會適得其反。可能只是幫助你們更加深信，你們在做正確的事。我說得對嗎？」

佛蘿拉與卡勒都點頭，動作小到幾乎沒動到頭部。那男人的周圍散發出一股靜止不動的氣氛，對其他人造成影響。他繼續說：「不過，我發現邏輯論證並不會影響你們的……我會稱之為思想觀點。而我的經驗告訴我，面臨像這樣的狀況時，剩下的只有恐懼能施加壓力。恐懼幾乎總是勝過邏輯。」那男人轉向斯圖雷，朝卡勒的方向揮動他纖細的手。「斯圖雷，你現在可以懲罰兒子了。」

斯圖雷舔舔嘴唇。「我不太明白……」

「他一直都不聽話，所以你必須盡父親的責任，懲罰他。」卡勒依然完全無法移動。那男人端詳他，彷彿在找他身上最脆弱的地方，然後他指了出來：「打斷他的鼻子。」

斯圖雷搖搖頭。「我沒辦法。」

「我明白。你不習慣做這種事。」那男人走到床頭櫃旁，拿起一塊平常用來放蠟燭的堅硬玻璃立方體，接著把它交給斯圖雷。「拿去。」

斯圖雷在手中掂掂那立方體的重量，然後看著卡勒。如果這是為了給予恐懼，那麼受到最大威脅的是斯圖雷。他的下唇在顫抖，而且他不斷狂舔嘴唇。這時卡勒感受到的不是一種平靜感；那比較像是近乎無動於衷的冷漠。他無法瞭解自己怎麼還站著不動。

斯圖雷的眼中泛起淚水。他在卡勒的正前方站好，舉起那塊玻璃立方體。那男人點頭。「下手吧。」

「住手，」佛蘿拉從床上發出低語。她起身要下床，被子仍裹在身上。「住手。」

那男人看著她。「這是要進行談判嗎？如果我住手，你們也會停嗎？」

佛蘿拉嚥下口水後說：「對。」

那男人的視線鎖定她的雙眼，他看進她的內心深處一會，然後說：「妳在說謊，回床上去。」

佛蘿拉受到一股不屬於自己的意志驅使，又躺回床上。卡勒聽見一陣敲擊聲。咚—咚—噹，咚—咚—噹。他身上唯一能動的是眼睛，所以他用目光搜索房間，尋找聲音的來源。

有一隻麻雀正停在窗臺上啄著窗玻璃。那隻鳥沿著窗臺跳來跳去，彷彿在找玻璃上較不堅固地方，接著又開始啄。那男人瞥見了牠，然後把注意力轉回斯圖雷身上。

「把這件事解決吧。」

斯圖雷的手臂在發抖，他把立方體舉高到頭上，到達卡勒的面前。那隻鳥發出另一陣敲擊窗玻璃的聲音。斯圖雷把手臂往後拉，然後發出很大的力量向前猛揮，彷彿他要將立方體投擲得愈遠愈好。那堅固的表面擊中卡勒鼻子的正中央。卡勒聽見微弱的碎裂聲後，發燙的熱度像是蜘蛛網般在他臉上散布開來，同時有鮮血往下流入他口中。

佛蘿拉尖聲大叫，那塊立方體掉到地板上，斯圖雷用雙手摀住臉。那男人俯身靠近卡勒的臉，檢查他臉上的傷。他點點頭說：「很好，」然後轉向一直弓著身體的斯圖雷。「我本來還想要你教訓那女孩，不過……你似乎已經用盡力氣了。」

那男人走到窗前，望向窗外。那隻麻雀的敲擊聲變得更加劇烈。

「我必須說這棟是我看過最沒品味的建築之一。」

鮮血往下流淌到卡勒的前頸，進入他的睡袍裡，沿著側腹流下來時，令他發癢。他的臉盛裝著不斷發出的紅色熱氣。雖然他想伸手去感覺那裡的情況有多糟，但是他沒得到移動的許可。

那男人轉動把手，打開窗戶。那隻麻雀迅速跳了幾下便進到屋內；牠在卡勒的頭部周圍盤旋過後，才俯衝飛向那男人，而他嘴巴大張。那隻鳥筆直飛了進去，然後就消失了。

那男人彷彿只是深呼吸似的，他吐出那口氣後，抓住斯圖雷的肩膀。

「一起走吧。我想你沒興趣待在這裡做解釋。」

斯圖雷低著頭搖頭，接著他們便走向房門。離開之前，那男人回頭看卡勒與佛蘿拉。他仔細看著他們好一會，然後說：「我想是沒什麼好多說的了。」

接著他走出門外，斯圖雷跟在後頭。

・・・

那男人消失之後，房間裡有好長一段時間都一直安靜無聲。一陣微風從開啟的窗戶飄了進來，使窗簾微微鼓起。是佛蘿拉先成功讓自己擺脫束縛他們行動的那張網。她雙腿搖晃下床，走到卡勒那裡說：「跟我來……」

卡勒讓自己被帶到浴室，佛蘿拉在那裡用衛生紙和微溫的水輕輕清洗他的臉。就連他的舌頭也感覺是腫脹的，所以他必須以很慢的速度說話：「那是、什麼？剛剛、發生了、什麼事？」

彷彿他含糊不清的話語開啟了阻隔現實世界的閘門，讓佛蘿拉清楚意識到站在眼前的卡勒被父親打斷鼻子的事實，她發出一聲啜泣，然後緊抿雙唇，以阻止自己放聲大哭。

「我不知道，卡勒。我不知道。」

卡勒看著鏡子。他的鼻子已至少腫脹成原本的兩倍，貼在一邊的臉頰上。有一片骨頭從裂開的傷口露出，而當他試圖想用鼻子呼吸時，便發現無法做到。

佛蘿拉說：「我們需要到醫院去。我要先……」

她用一團又一團的衛生紙輕按他的臉頰、前頸和胸脯，再把那些沾滿血的紙張扔進馬桶。最後，她撕下很長的一段，然後摺疊成一塊止血布。

「拿去。把這個壓在……」

她指出位置，而卡勒補足沒說完的話。「……原本是鼻子的地方。」

「鼻子」說出來像是「痞子」，讓卡勒覺得很好笑。他試著笑出聲來，但只是從嘴巴發出斷續不清的哨聲。佛蘿拉搖搖頭，給他一個擁抱。

「你瘋了。你竟然在笑。」

雖然可能沒有關係，但他們還是不想去卡羅琳大學醫院。他們改到丹德呂德醫院，在那裡只等待了半小時便輪到卡勒就診。醫生幫他弄直鼻梁，打上石膏，然後還說，除非卡勒希望之後看起來像個退休的拳擊手，不然要在一星期後回診做進一步的矯正。

當他們走出診間到走廊上時，卡勒照鏡子看著自己，他覺得自己看起來像是從卡通裡走出來的。方形的石膏覆蓋著他的鼻子，長長的辮子貼著他的臉，就像是迪士尼電影主角的愚蠢朋友，那朋友會說奇怪的話，而且總是搞不清楚發生什麼事。

當他們坐在醫院餐廳裡時，卡勒有點困難地喝著一杯加了大量牛奶的咖啡，而且只是為了在這樣的情況中找到一些樂趣，便誇張地做著鬼臉，這使得佛蘿拉說：「我覺得你好怪。你不會難過嗎？我是說，畢竟是你父親做了這種事。」

卡勒搖搖頭。「不會。事實上，我覺得就某方面來說，這樣還……滿好的。現在我們清楚知道自己的立場。我再也不需要顧慮他。他跟我不再有瓜葛。」
「但就算這樣……」
「其實我恨他很久了，但是我一直不太有辦法承認。這樣比較好。」
餐廳裡幾乎空無一人。距離他們幾桌遠的地方坐著一位高齡老婦，她嘖嘖喝著一杯茶，身旁擺著助行器。她一臉悲傷地凝視著粉色的牆。卡勒看著她，心想：**我也沒有家人**。
不過，正如他所說的，這如今成為他長期感受到的一股悲傷，不是什麼新鮮事，只不過是個事實，並帶來一股折磨人的空虛罷了。他用嘴巴深吸一口氣，再吐出氣來，然後說：「妳有想過了嗎？今天早上那件事？」
「我不知道有它存在，我以前從沒看過。」佛蘿拉說。
「什麼意思？」
佛蘿拉在想該怎麼解釋時，把一些糖灑到桌上了，她動手把那些糖集中起來。當所有的糖聚集成一小堆時，她說：「有另外一種……虛體象徵存在。一種形象。我本來以為只有死神有。而且我們倆都看到了，不是嗎？死神……她根據我們心中對她的想像，對不同的人以不同的方式現形。可是這個……」
「這個像是一種磁性引力。」
「對。但只是個形象而已。讓我們可以看見。看見這種……力量。或是原理。它本身什麼都做不了。」
「妳是怎麼知道的？」
佛蘿拉微微聳肩。「我就是知道。」她將手伸過桌子，而卡勒握住她的手。她看著他那塊方形石膏搖頭。「我很抱歉把你扯進這一切。」
「是嗎？」

「是為你的事感到抱歉。不是為我的。」

「那就沒關係。」

他們坐在那裡握著彼此的手。卡勒的眼角餘光瞧見那位老太太已經把注意力從牆上轉移到他們身上。她雙手撐著下巴，盯著他們看。卡勒傾身靠近佛蘿拉。

「妳會害怕嗎？」

「會。你呢？」

「會。」他握緊她的手。「我們接下來要怎麼做？」

佛蘿拉說：「我想……我們應該要去找我外婆商量。」

他們正準備要離開時，那位老太太有點辛苦地站起來，利用助行器緩緩朝他們走過去。當她走到他們那裡後，她張著無牙的嘴站在那裡幾秒鐘，視線在他們之間徘徊。然後她說：「我也會害怕。」

卡勒不知道該說什麼。但是佛蘿拉將臉靠近老太太面前說：「妳完全不需要害怕。」

那位老太太微微睜大眼睛。「是嗎？」

「對。我保證。」佛蘿拉說。

老太太點點頭，嘴巴嚼動幾下之後，拖著腳步離開，朝電梯的方向過去。

艾薇的朋友海嘉兒來她家拜訪，她們倆都對卡勒發生的事大為震驚，但她們的反應並沒有讓他覺得很不舒服。他已經很久沒有得到寵愛了。他接受邀請，在沙發上躺下來時，艾薇還端咖啡和餅乾給他。

佛蘿拉告訴過卡勒，這整件事海嘉兒幾乎都知情，所以她從第一次與卡勒一起到西司地區的時候說起，把接下來發生的一切都講述一遍。

當佛蘿拉說到卡勒如何對付那位醫生，使艾薇對他投以讚賞的目光時，卡勒的手機響了起來。螢幕上顯示著「羅藍」。卡勒離開那裡，進到廚房，好讓佛蘿拉可以繼續把事情的經過說完。他坐下來接聽電話。

「喂，羅藍。」

「喂，你好啊。我只是想……一切進行得如何？」

羅藍的聲音聽起來像剛起床，於是卡勒看看時鐘。十點半。羅藍大概才睡醒不久；卡勒甚至都還無法消除自己的疲憊。

「唔，進行得……進行得……」

「你感冒了嗎？」

卡勒嗤之以鼻，結果只有少量空氣隨著一聲哨聲從石膏的洞孔噴出。他簡短向羅藍說明事情的經過，略過蒼蠅和麻雀消失在那位訪客口中的事。他試圖把整件事的超自然部分搪塞過去，因為羅藍已經覺得夠詭異了。不過，他看到的也夠多了。

「瞭解了，」羅藍說。「這一切實在很瘋狂。可是有個箱子在我車庫裡。我該怎麼處理才好？」

卡勒沒想過這問題。經過在西司地區發生的事情之後，其他任何憂慮都已顯得不重要。但是對羅藍來說當然不是如此，他的車庫裡有個裝滿屍塊的箱子。

「有個名人八卦週刊的記者會在三點過來，然後……呃，就算把車庫的門關著，這整個地方還是臭氣沖天。」

「八卦週刊？」

「對啊，我有什麼辦法？但是我敢打包票，他們一定會……上次他們想知道沒有任何小孩的我，為什麼在花園裡裝鞦韆，我說那是要給我哥哥的小孩玩的，但是後來的報導把事情寫得像……總之，那不重要，但是他們一定會問的。」

卡勒忍不住笑了。從羅藍車庫裡發出的是什麼臭味？羅藍說是某某東西，但是我們的記者……

「我再回你電話，」他說，然後結束通話。

在客廳裡，佛蘿拉已說完事情的經過，三人正坐著討論，她們的頭靠得很近。卡勒走進來時，佛蘿拉抬頭看他。

「誰打來的？」

「羅藍。是關於箱子的事。他……他想要把它弄走。」

有點重聽的海嘉兒，一臉好奇看著佛蘿拉。「你們在說誰啊？」

「羅藍，卡勒的老闆。『熱帶領域』的成員。」佛蘿拉說。

「他剛剛打來這裡嗎？」

「對，他……」

海嘉兒雙手合掌一拍。「太棒了！」她把一根食指舉在半空中，以強調她的看法：「他是這個國家裡所剩不多的真正型男。他打來要做什麼？」

艾薇意味深長地揚起眉毛；卡勒走到海嘉兒身旁，大聲一點說：「他想要把那個箱子弄走！」

海嘉兒看一看周圍，彷彿她搞不懂這有什麼問題。

「哦？」她說。「那這樣的話，我們最好去把它搬走，不是嗎？」

在前往羅藍住處的路上，他們在家庭與園藝用品店Bauhaus停下來，買了兩大袋泥炭肥料。海嘉兒提議說要用生石灰，可是他們沒人知道要到哪才能取得，也不知道那真正的用途是什麼，好像具有什麼分解效用，但那不是目前真正要緊的問題。

卡勒還是認為應該要報警，尤其看過他父親聽到他們提及警察時的反應後，他更是這麼認為。不過，艾薇與佛蘿拉都完全反對。

艾薇說：「我幾乎可以百分之百確定，如果我們向官方求助，結果會變成是我們有罪。他們總有辦法定我們的罪。」

卡勒無法抑制地打了個大呵欠。昨晚的睡眠不足漸漸開始產生影響。佛蘿拉一手撐著頭，雙眼半閉。

「我不懂，這個所謂的『協會』。他們是什麼人？他們想要什麼？」卡勒說。

艾薇嗤之以鼻。「我們最好問問你父親。」

卡勒都還來不及說任何話，她就把手放到他肩膀上。「我沒有冒犯之意。什麼上一代的罪孽會延續下去之類的。我一點都不信那一套。」

「那就好。」卡勒說，他完全聽不懂她在說什麼。

當他們到達索爾貝爾雅時，海嘉兒開始指著那些迷人的房子大聲讚嘆。沉默了一會的艾薇，忽然對卡勒說：「利益，最大的可能利益。我想這就是他們所追求的。好像一切都是機器，必須盡可能有效運作，吐出愈多的利益愈好。就是這樣，利益與效用。」

「就像政府倡導健康飲食一樣。」卡勒說，並轉進羅藍住處的車道。這句話讓他第一次聽到艾薇的笑聲。那一聲高亢、短促的笑聲，吹走他些許疲憊。

他們從廂型車上下來後，羅藍從房子裡朝他們走過來。他顯然已開始為採訪做準備。他把頭髮吹得整整齊齊，而儘管經過了折騰人的一夜，他的臉看起來比前一晚明亮、還少了些皺紋。當他看見艾薇與海嘉兒時，他站得更挺一些，敞開雙臂。

「妳們一定是艾薇和海嘉兒。我聽說了很多關於妳們的事。」

卡勒與佛蘿拉斜眼互看。卡勒在一個半小時前的對話裡，第一次跟羅藍提到艾薇與海嘉兒。當羅藍與兩位女士握手時，佛蘿拉撇下那兩袋肥料。海嘉兒微微屈膝行禮後說：「你本人看起來更帥！」

羅藍點頭回禮。「我肯定有長達二十年的時間都沒聽過人這麼說了！謝謝。妳說的話讓我很開心！」

在海嘉兒得以發展那話題之前，艾薇說：「你說的箱子……」

羅藍的笑容僅稍微收斂了一點，他伸手朝車庫的方向一揮，請他們跟著他過去。「我真的很抱歉，給妳們帶來這一切麻煩，但是我沒辦法將它留在這裡。」

羅藍環顧四周。「卡勒，可以請你把廂型車倒車到這裡來嗎？」其他人走向車庫門後，羅藍指著卡勒的臉。「你看起來糟透了。」

「謝謝，你能不能分我一點你用的臉霜啊？」卡勒說。

羅藍露出笑容，臉上經過層層保養仍得以倖存的笑紋顯現出來。「那沒有神奇的效果。」他說，並跟著其他人走過去。

卡勒將廂型車倒車到車庫前方後，便從車上下來。即使後座沒有摺疊起來，還是有空間放得下那箱子。他先深吸一口氣後，再走進車庫。

艾薇與佛蘿拉正忙著把肥料倒進箱子，而海嘉兒與羅藍則站在一邊，用襯衫的領子遮住口鼻。車庫裡的惡臭實在很濃厚，使卡勒吞嚥了幾下，以阻止自己吐出來。

卡勒朝羅藍與海嘉兒揮手，示意他們可以到外面等，而他們滿懷感激地服從。艾薇與佛蘿拉已經將袋子裡的東西全都倒進箱子，把箱子裝得滿滿了。卡勒找到了一捆絕緣膠帶，於是他們把肥料的塑膠袋裁切下來，用膠帶貼在箱子頂端。他們完成時，三人互相交換目光，然後便跑出車庫呼吸。

羅藍與海嘉兒在距離他們不遠的花園裡散步。她勾著他的手臂，而羅藍說個不停，伸手指出各種喬木與灌木。卡勒搖搖頭。*他就是改不了。*

艾薇朝後方的車庫點頭。「那裡根本是地獄，真是一團亂。」

「妳們覺得……」卡勒開口，然後不知該怎麼說下去。

「什麼？」佛蘿拉問。

卡勒在佛蘿拉與艾薇之間做了一個模糊的手勢。「妳們覺得妳們的……妳的外公……妳的……可不可能……？」

「我不知道，我沒看。」艾薇說，然後把嘴唇抿成一條線。

卡勒沒繼續這個話題，他打開廂型車後門。他們三人合力將箱子搬到車子後方，並抬起放入車內。羅藍與海嘉兒回來了，卡勒問：「羅藍，你有沒有什麼東西可以讓我們遮住口鼻的？」

車後方載著那個箱子，會讓車裡的人難以忍受，而且卡勒在Bauhaus店裡時，就希望他會想到這一點。幸好羅藍伸手拍了額頭後說：「當然有。我這個白癡。」

他走進車庫，在各個抽屜裡翻找，直到他找到在尋找的東西：一包未開封的防塵口罩。他把那包交給卡勒。

「我本來要在翻修廁所時使用，不過……」他聳聳肩，於是卡勒瞭解，廁所整修計畫所遭受的命運，幾乎與火焰切割器的使用計畫相同。一個想法到最後不了了之，正是羅藍經常會發生的情況。

羅藍看看手錶後，雙手合掌一拍。

「我真不知道該說什麼才好。」他看著艾薇與海嘉兒，向她們鞠躬。「很高興見到妳們。如果需要我提供任何更進一步的協助，就儘管吩咐。」他前一晚說過的話還令人記憶猶新，而羅藍自己也清楚。他用較嚴肅的語氣又說：「我是說真的。」

他們上車後，那股惡臭並沒有卡勒所擔心的那樣糟。肥料與塑膠袋改善了情況。他們甚至連口罩都不需要；可能開著車窗上路大概就夠了。羅藍在他們離開時揮揮手，而他們也都揮手回應。卡勒朝站在家門外的羅藍看最後一眼——這景象肯定遲早會登上八卦雜誌。

他們開上高速公路時，艾薇傾身靠向茫然凝視前方的海嘉兒，她問：「妳有拿到他的照片嗎？」

「我拿到更好的，」海嘉兒說，並拍拍襯衫口袋。「我拿到他的電話號碼。」

佛蘿拉轉過頭。「海嘉兒，拜託！」

「有什麼不行嗎？」

卡勒伸手去握佛蘿拉的手，緊緊握住，要她放心。那是羅藍的缺點之一，他會隨便給電話號碼，這也表示他必須每六個月左右更換一次。女人打電話給他，然後最壞的結果就是，他半夜在南泰利耶遊蕩。那是自我中心與粗心大意兩種特質的結合。他不是給人一撮頭髮，而是給電話號碼。兩者是一樣的道理，但後者帶來比較複雜的結果。

十五分鐘後，卡勒倒車抵達他們的目的地：海嘉兒家的園藝工具屋。他們把箱子放置在那些布滿蜘蛛網的園藝工具之中，然後用一條老舊的防水油布遮掩起來。這間小屋是海嘉兒的第一任丈夫所建造、使用，自從他們在三十五年前離婚之後，就再也沒有人碰過。

把那扇半腐朽的門關上，拍掉手上的灰塵後，這一小群不搭調的人便一起站在小屋外面。卡勒的腦袋不能正常運作；他突然覺得完全沒力了。他望向三十公尺遠的地方，看著海嘉兒那棟低調、講求實用的住宅，看見那破舊水泥建築之中的臉孔與身影。

海嘉兒拍手打破沉默之後說：「好了！接下來呢？」

因為找不到一個令人滿意的答案，所以他們便進到屋裡一邊喝茶配海綿蛋糕，一邊詳細討論。一定要做些什麼才行，可是沒有人知道該怎麼做。最令艾薇感到不安的，是那天早上去拜訪卡勒的男人，她把他說成是「敵方陣營的援軍」。

「為了安全起見，或許你們兩個應該來我那裡住一陣子比較好吧？」她建議。

佛蘿拉把蛋糕碎屑集中成一小堆，把那些倒進口中後說：「一直到……？」

「一直到什麼時候？」

「沒錯。要一直住到什麼時候？」

「噢，妳問的是……唔，我也不太清楚。一直到……事情解決。」

「那什麼時候會解決？」

艾薇還來不及想出答案，卡勒就插嘴說：「我有種感覺……那東西無論如何都會找到我們。不管我們在哪裡都一樣。」

艾薇嚴厲地看著他。「你這種感覺的根據是什麼？」

「我只是……我的感覺就是這樣。」

艾薇盯著他的眼睛看，不過，幾秒鐘後，她嗤之以鼻，點點頭說：「好吧。」

卡勒打了呵欠。他的頸背快撐不住了，使他的頭不停朝胸前垂下。他走到洗碗槽，用冷水沖洗眼睛，盡可能避免弄溼傷口包紮處。血液在那底下湧動，發出如脈動般規律的痛楚，使他眼前冒出橙色閃光。他轉身看向其他人。

「好了，我們需要做個決定。我想回家睡覺了。」

結果並沒有做任何決定。卡勒與佛蘿拉回家去睡覺。他們開車駛離海嘉兒的住處時，卡勒回頭看了一眼說：「妳外婆……她很強悍，對不對？」

「對，」佛蘿拉說。「而且她真的很想做點什麼。她……上次有點搞砸了。」

「妳說的上次是什麼意思？」

「上次是指在他們封閉西司地區之前。」

當他們走進公寓時，有一股冷風吹來，使兩人都立刻提高警覺。然而，那只是因為早上那男人打開的窗戶依然開著罷了。卡勒把窗戶關上後，衣服都沒脫就倒在床上。他閉上眼睛，聽見佛蘿拉在他身旁躺下來。然後他就什麼都沒聽見了。

他醒來時，外面是暗的。只有他一個人在床上。他聽見客廳裡小聲響著電玩遊戲「瑪利歐賽車：雙重衝刺」的音樂。他躺在那裡一會，看著窗外的那盞街燈；那盞燈似乎自己飄動起來，像是宇宙中最小的月亮，圍繞著卡勒．利傑沃轉動。他感到鼻塞，於是他試著從鼻子呼出氣來，但是沒有成功。他再用力一點後，一股薄弱的氣息擠出受重擊的鼻道與包紮處的開口。

爸爸。我自己親愛的爸爸。

他感到胃裡一陣劇痛，接著忽然自怨自艾起來。他什麼事都做不好。不管他怎麼努力，一切就是都出了錯。他終於遇見了喜歡的人，結果把自己搞成什麼樣子？只要大概回顧過去二十四小時裡發生的事，就知道他的處境甚至比以前還要悲慘。

為什麼事情永遠都不能簡單一點？

他的童年、他的母親、他的青春年少、他的……一切都在腦海裡一一掠過，而他只想在棉被底下縮成一團，永遠不再出來。如果把鼻子伸出來的話，就會被打得粉碎。躲起來。他媽的，躲起來。

我想要孤單一人。

他比較適合孤單一人，不適合與別人共處。他可以坐在公寓裡看電視節目，覺得自己可憐透頂，但至少他的生活會保有一種秩序。沒錯。坐在扶手椅上，讓時間流逝。孤單一人。他適合這樣。

佛蘿拉在半小時後走進來時，這些想法像是不斷往下的螺旋，在他腦中不停轉來轉去，當她在床上坐下來時，他說：「佛蘿拉。我無法再這樣下去了。」

她沒有回答。她輕輕將他的頭髮往後撥，把手放到他額頭上。卡勒任由她這麼做，他無話可說了。他在被子裡縮成一團，不想要出來。在短暫的沉默之後，她只說：「這是你我與這世界對抗。」

她的表情一臉認真。卡勒嘆了口氣。

「那不是一首流行歌嗎？」

「對。但也符合事實。跟我一起去吃點東西吧。」

佛蘿拉煮了燉扁豆，他們把那道菜搭配北非小米一起吃。餐桌上點著蠟燭。

你我與這世界對抗。

既然現在卡勒已經完全清醒，並吃下一些食物後，他便能看清自己一直想著孤獨的真正含意：浪漫主義。那是多愁善感的想像，是他慘遭孤立帶來的結果。如果情況是這樣的話，就一定有可能換成不同的想法，換成同樣是感情用事的想法：你我與這世界對抗。

而且，他們陷入的情況是如此不尋常，以至於想成「你我與這世界對抗」也沒有什麼不對。那是對事態的準確描述。

所以，沒錯。你我與這個世界對抗。

白天的事已經使他們筋疲力盡，所以晚上他們看了一堆沒營養的電視內容，嘲笑愚蠢的廣告和打扮過頭的演員。佛蘿拉說，艾薇有打電話過來確認一切是否沒事。卡勒點點頭。對，一切沒事。雖然不好，甚至還令人摸不著頭緒，但是坐在沙發這裡，有佛蘿拉蜷曲在他身邊，並看著影集「魔法奇兵」裡的吸血鬼剋星巴菲陷入另一個令人難以置信的困境，就覺得一切沒事。完全沒事。

他們在兩點鐘左右要上床睡覺前，卡勒吃了幾顆止痛藥來抑制臉上的疼痛。佛蘿拉立刻入睡，但是卡勒醒著躺在那裡，感覺到血液刺痛他鼻子頂端。

我不是孤單一人。

不是的。事實上，他從來沒有像現在這樣感覺到自己屬於一個團體。「放克臉孔」是另一回事。團員們一起排練、聊天，他們是朋友。但不是很認真的。這並不一樣。他、佛蘿拉、羅藍、艾薇與海嘉兒——老天啊，幫幫他們——是捲入了遠遠大過於他們自身的事。而且……

我想要參與其中。

令他驚訝的是，他發覺自己的態度與上次躺在床上這裡相比，已經完全改變。佛蘿拉之前提到的那件事，也許是到現在才確定。他想要參與其中。他想要盡一份心力。

止痛藥開始發揮效用了，他的思緒恍恍惚惚進入巨大的黑暗。

他在六點醒來後就無法再入睡，所以他走到玄關，撿起報紙。他花了幾秒鐘才理解他正在看著的頭版內容，上面有他一眼就認出的地方：是西司地區大門的相片。頭條標題寫著「復活人遭到隔離」。

他打開咖啡機溫熱昨天剩下的咖啡，然後在餐桌旁坐下來開始閱讀。

復活人在前一天突然變得極具攻擊性，原因不明。有一些人因此受了傷，因此，為了加強管理，所有復活人現在都被集中到一個地方。這篇報導旁有一個欄位，說明三年前復活人逃走後所發生的一連串事情經過，以及死亡的人數。一位卡勒隱約有印象的醫生表示，復活人這次所展現的暴力行為更是嚴重許多；純粹是運氣好才沒有人遭到殺害。

卡勒倒出黑色、油亮的咖啡，喝了一大口後，因為嚐到焦味而做出怪表情。

這是怎麼回事？

衛生部長也發表言論說明，目前正在討論處理這項問題的替代辦法。大眾的安全是他們最優先的考量。

卡勒讓機器開始重新煮一些咖啡後，便進去把佛蘿拉叫醒，給她看那篇文章。她看了之後搖搖頭。

「這是假新聞。」

「妳是說，什麼都沒發生嗎？」

「對。這只是煙幕彈。他們在暗中搞鬼，他們正試圖要……我也不知道。」

「可是妳不覺得可能真的有發生嗎？」

「如果真的有，報紙上會有任何消息嗎？我是說，他們在過去三年裡完全沒有公布任何資訊。如果不是故意耍花招的話，為什麼要挑現在？他們在計畫做某件事。」

佛蘿拉的手機響了。艾薇也看到了那篇報導，而且得出的結論與佛蘿拉相同。她們結束通話後，佛蘿拉從床上下來。「我們必須做些什麼才行，現在就要做。」

「好。可是要做什麼？」

佛蘿拉看看床頭櫃的時鐘。「你覺得羅藍起床了嗎？」

「不太可能。為什麼這麼問？」

「我跟外婆昨天討論這件事，然後……我們有個主意。這主意可能一點都不好，而且可能行不通。但是我們需要羅藍。」

卡勒等到八點才打電話給他，在這之前，佛蘿拉略述了計畫，真的就像她說的：可能一點都不好，但卻是他們目前唯一有的辦法。

羅藍還沒起床。他昨晚跟那位八卦雜誌記者聊到有點晚，而且他需要一些時間考慮。卡勒懷疑，羅藍只是想換個地方，才不會吵醒正在睡覺的雜誌記者，也不會被她聽見他在說什麼。

答對了。當羅藍十分鐘後回電時，從背景的聲音可聽出他在屋外的花園裡。

羅藍在他們聊了一會後說：「好，我加入。」

「老實說，我完全不懂這樣怎麼有辦法成功；這樣很容易會把事情全都搞砸。」卡勒說。

「反正人生已經搞砸了。至少我的是如此。」

他們在白天的時間裡做準備。卡勒覺得他是在為一趟長久的旅行收拾行李，覺得他是要告別這裡。他的雙手感覺比平常輕巧，觸碰東西時會比較小心。也許這是因為有壓力，不過，既然他現在正處於即將告別生命的時刻——假設結果不幸是如此的話——他對生命便感到一份許久都沒有過的崇敬。佛蘿拉則是專注在自己內心世界，正在聚集能量。

四點一到，他們便分頭行動：佛蘿拉出發到泰比市，而卡勒則是前往哈寧厄，把廂型車換成大巴士。他很焦慮。他們那天晚上要做的事不是一般人會做的。或許犯罪集團會做，比如搶劫運鈔車之類的。而且他們的計畫通常非常嚴密，精準掌握時間與行動，以及做案地點的相關資訊。

在看過報紙上的內容之後，卡勒甚至不清楚現在的西司地區內是什麼狀況。而且後來一直都沒有聽到關於他父親或那位訪客的消息，令他感到不安。總之，他們完全不知道發生了什麼事，而且他們的計畫極為不可靠，只是在碰運氣。但這是他們僅有的了。卡勒想不出任何更好的辦法。

雖然那輛巴士已經有一個月沒使用過，但是發動時第一次就成功了。到目前為止還挺順利的。那不是一輛很大的巴士，也許只有一般市區公車的一半大小，不過卡勒並沒有巴士駕駛執照。他們以前使用巴士時，「熱帶領域」會找來另一位司機，而卡勒只是以搬運工的身分搭乘。

他的行駛速度低於速限十公里，在前往高速公路E18與泰比市的路途上不停被超車。碰到環形交叉路口時的情況是最糟的了；他一直感覺那輛巴士比實際的寬度多出一公尺，而且在轉彎時會有自己的意志，要完全準備好後才會回應方向盤的操作。

當他終於在艾薇家門外停下來要關掉引擎時，他的左手固定在方向盤上，緊緊抓著不放，使得他必須將手指一一掰開。雖然他的頭在痛，但是他對自己頗為滿意。他把到目前為止的事情都處理好了。

其他人已經都聚集在廚房裡。佛蘿拉的室友瑪嘉有表達意見，認為這整個計畫太荒唐了，於是佛蘿拉與她進行了一番長談。最後瑪嘉同意讓她去做，但是她自己拒絕加入。

羅藍穿著一件Helly Hansen休閒上衣，以及一條看起來老舊的Fristads工作褲。穿著戶外休閒服飾的艾薇與海嘉兒，看起來完全像是兩個要出發去採蘑菇的老太太。無論是佛蘿拉還是卡勒，都覺得沒有理由要穿與平常不同的服裝。

卡勒一走進廚房裡就說：「嗨，你們有沒有人有止痛藥之類的東西？」

艾薇指著其中一個廚房碗櫃。卡勒拿出急救箱，找到兩顆止痛藥後，把藥吞入口中。當他把箱子放回去時，他看見一只小玻璃罐，裡面裝有一張紙，有點像是沾了咖啡色污漬的廚房紙巾。他不知道開口問會不會很失禮，但是他們現在是個團隊了，不是嗎？他拿起那罐子。

「這是什麼？」

那紙張看起來像舊羊皮紙。當艾薇看見罐子時，她露出笑容，伸手把它拿過來。她看著那張紙興嘆。

「這個啊，可以說是我們會坐在這裡的原因。這就是一切的開端。」艾薇指著她額頭中央，卡勒本來以為那是皺紋，現在發現那其實是一道傷疤，是在皮膚表面上的一道淺色線條。

「艾薇被賦予一項任務，但是我們有點誤會指示了。」海嘉兒說。

「我們表現得像白癡一樣，」艾薇糾正她。

「沒錯，」海嘉兒說。「也可以這麼說。」

「女士們，請原諒我，」羅藍說。「我覺得那句話很難相信。」

艾薇簡短述說事情的經過，解釋那個他們現在知道是死神的人影，是如何賦予艾薇任務，要艾薇帶領復活人到她那裡，而艾薇是怎麼以為死神要她帶領的是那些活著的普通人，又是怎麼把事情搞砸，錯失把一切做對的機會。

「所以，要不是因為我的愚蠢，我們現在就不用坐在這裡了。」艾薇深深嘆息，突然看起來很疲憊。

羅藍伸手放到她手上。

「那我們就永遠不會認識彼此了。」

艾薇露出苦笑。她不像海嘉兒那麼輕易相信羅藍的花言巧語。不過，海嘉兒熱烈點頭，彷彿有幸認識羅藍，絕對彌補得了之前錯失拯救數百條性命的機會。

「我們現在出發好嗎？」佛蘿拉建議。

羅藍望向窗外。「我以為我們要等到天黑再去。」

佛蘿拉聳聳肩。「我覺得沒差。突襲是我們唯一擁有的優勢。越快行動越好。」

「等我一下。」羅藍說。然後消失到玄關裡去。他回來時拿著一瓶香檳，然後放到餐桌上。他誇張地朝香檳揮舞著手。

「我的朋友，這瓶是一九六六年的伯蘭爵香檳。我不敢說這瓶很值錢。我一直留著沒喝，所以我想，既然今晚的……活動意味著，我可能再也不會有機會以我想要的方式來享用，那我就希望與你們分享。」

由於艾薇這裡沒有香檳杯，所以當羅藍帶著悲傷的表情，砰地一聲打開香檳時，桌上擺著普通玻璃杯。他倒完後，每人都拿了一杯。

「乾杯，」羅藍說。「敬人生與愛情。」

雖然卡勒很少喝香檳，但這是他喝過最棒的。先是輕輕在軟顎上扎了一下，然後溶解，在口中蒸發。他感到舌頭微麻，而酒精直衝腦門。佛蘿拉緊緊依偎在他身旁，接著可能是因為香檳令人感傷起來，卡勒竟淚眼盈眶；他覺得這是他一生之中最美好的時刻。

當他們喝完香檳後，羅藍說：「卡勒，我一直在想，最好是由我來駕駛巴士。」

「為什麼？」

「因為……」羅藍看看佛蘿拉，再看看卡勒。「以悲情的角度去想，你比我更需要活著，如此而已。而且在這種情況下，這想法很恰當。」

卡勒發現佛蘿拉的目光一直停留在他身上。接著他點點頭。「好吧。」羅藍把車子停在耶爾瓦原野的邊緣時，已是黃昏時分。他拿起麥克風，透過巴士上的廣播宣布：「各位先生女士，我們現在已經到達目的地了。請大家就定位。也請讓我藉由這個機會推薦靠近入口的那家優質紀念品商店。謝謝各位。大家都準備好了嗎？」

艾薇與佛蘿拉移動到巴士後車門旁的座位，卡勒則是走到前方，在羅藍身旁坐下來，這時羅藍的雙手緊緊抓著方向盤，雙眼牢牢盯著數百公尺遠的圍籬大門。

「羅藍？你還好嗎？」

雖然羅藍緊咬著上下顎，但是他點點頭。卡勒拍拍他的肩膀。當他轉身要走回去找其他人時，羅藍抬起頭看著他，臉上露出懇求的表情說：「他們不會開槍吧，對不對？」

雖然卡勒和羅藍一樣不知道，但是他給了羅藍想聽的答案：「對。」然後過去坐在佛蘿拉旁邊。艾薇與海嘉兒都已經抓著前方的扶手；卡勒與佛蘿拉也這麼做。羅藍踩油門讓引擎空轉個幾回。然後他鬆開離合器踏板。

他在接近大門時加快車速。卡勒透過擋風玻璃看見，現在有四名警衛在看守大門。起初，當巴士漸漸靠近時，他們只是站在那裡盯著看。一輛車身印有棕櫚樹與落日圖案的舞曲樂團專用巴士，正朝著大門前進。車子距離大門約二十公尺時，其中一名警衛開始揮手：停車！停車！羅藍把油門踩到底後，低下頭來。

雖然其他警衛伸手要拿起衝鋒槍，但可能是因為沒有明確的指示，所以直到巴士撞上大門也都沒人開槍。這時有金屬斷裂的聲音，那輛巴士劇烈震動，而雙扇大門的其中一扇，被撞得從鉸鏈上脫落，並且被巴士拖行了數公尺；最後，那扇門翻倒在地，靜止不動。

卡勒透過後車窗看了一眼。那些警衛彷彿身體麻痺般站在原地，目不轉睛看著離去的巴士。顯然他們的危機處理訓練並不包括這種狀況。巴士的引擎瘋狂呼嘯，使得羅藍得用吼的：「這裡要左轉，對不對？」

「對，」卡勒吼回去。「左轉之後直走。」

擋風玻璃上有一道從頂端一直延伸到底部的裂痕——那扇門是造成破壞的關鍵因素。卡勒大叫：「注意擋風玻璃！它快要……」

「我知道，我知道！」

羅藍弓著身體操控方向盤，他的思緒閃現在卡勒腦海中：開車他媽的開車開車……左轉繼續開。羅藍的思緒是最狂野又最強烈的。卡勒也聽得見其他的，而且在那些聲音之中，有一陣他聽不清楚的驚慌呢喃。不過，羅藍的聲音既響亮又清楚，儘管聽起來歇斯底里，但卡勒也聽出其中帶有喜悅之情。如同出於自己的自由意志墜入深淵，在急速墜落後終於抵達最深處所感受到的快樂。

再轉了一個彎後，他們透過裂開的擋風玻璃看見那棟社區中心。有不少警衛聚集在大門外。巴士上的乘客突然感受到他們的思維，與他們可能有預期到的相同：交雜著恐懼與懷疑。

這一次，羅藍做了剛剛在圍籬大門忘了做的事：按喇叭。喇叭聲震耳欲聾。而那些警衛所做出的反應，與任何人碰上迎面而來的危險會做的一樣：他們迅速閃開。

「抓緊囉！」羅藍大喊。

他向右急轉，好讓巴士沿著牆面到達入口。那裡的屋頂大概離地面三公尺，即將碰到車子的擋風玻璃。這是他們的計畫裡最不確定的部分。就在屋頂快撞上擋風玻璃前，羅藍重踩煞車，使巴士開始打滑。羅藍的身體向前衝，撞到方向盤，同時，屋頂的鋼梁擊中玻璃。這時響起刺耳的破裂聲，接著有大量玻璃碎片朝巴士裡傾瀉而下。巴士的金屬車頂被壓垮，往下擠到走道上。卡勒才在想：

這不是個好主意

……接著巴士就撞上屋頂另一邊的支撐梁，突然停止下來。卡勒的身體猛然向前衝，胸部撞上扶手，力道大得讓他吐出氣來。

那輛巴士動彈不得，引擎一直空轉。有一塊金屬位移，使一堆碎玻璃散落在車內底板上。他們聽見巴士外面有人激動地說：「他媽的瘋子……搞什麼鬼……」

卡勒咳了幾聲後，環顧四周。艾薇與海嘉兒在剛剛都知道身體要蜷曲成防撞姿勢，現在已經將身體挺直。佛蘿拉的嘴唇裂開，流出血來，她說：「我沒事。」

「羅藍？」卡勒大喊。

沒有回應。卡勒爬過金屬與碎玻璃，來到駕駛座旁。羅藍趴在方向盤上，他的背部全被破碎玻璃覆蓋。

「羅藍？」

羅藍的身體抽動了一下，他舉起一隻手。

「我沒事。」他說，並坐直身體。他臉上有十字形的小擦傷。他露出痛苦的表情後，又倒了下去。「我的肋骨。我想我需要……稍微休息一下。」

他們聽見警衛在說：「把這該死的東西移開。」

如果這時適合談論什麼是幸運的話，那他們這樣就是幸運。有一大部分的金屬車頂卡在方向盤與外面的最後一根支撐梁之間，這使得警衛現在無法立刻從擋風玻璃的破洞爬進來。但是他們花不了多少時間就會把車頂移開。

羅藍揮揮手。「我不會有事的。你們去吧。」他放下那隻手，按了個按鈕。一聲微弱的嘶嘶聲響起，接著後門開了。那塊金屬在警衛用力拉扯時，發出尖銳聲抗議，而卡勒透過縫隙瞧見一張暴怒的臉。他拍拍羅藍的背，「你的開車技術真棒。」

羅藍說：「很高興能效勞……」接著卡勒便沿著走道往後走，跟在其他人後頭。由於有運氣與技術的結合，使得計畫成功了：巴士停得緊靠牆面，正好擋住建築物的入口，所以現在只能經由巴士進入裡面。

當佛蘿拉走下臺階時，卡勒感覺胃部像是被急速掉落的冰柱刺穿。他先前沒考慮到一件事，就是那扇大門往哪一邊開。如果是往外開的話，他們就完了。

但是運氣還是站在他們這邊。那扇門往內開，所以過了幾秒鐘後，他們全都站在門廳裡了。卡勒與佛蘿拉將他們帶來的那條鎖鍊，沿著門把繞上幾圈後，再用掛鎖固定住。這樣會讓人費點時間才能開啟那扇門。

「羅藍的情況如何？」海嘉兒問。

「他沒事，他只是不想跟我們一起進來而已。」卡勒說謊。

海嘉兒點點頭後，伸手抓著頭。

「我可以瞭解。這實在是太可怕了。」

既然他們現在非常靠近聲音來源了，便找不到字眼可以形容充斥在他們腦中的嘈雜聲。就好像瑞典隊在關鍵的世界盃足球賽裡進球的時刻，那時會有成千上萬的觀眾立刻站起來，發出一陣喧譁——但是這聲音很長，一直拉長，永無止境。而且與那時刻的感覺完全相反。不是喜悅與慶賀，而是大量的痛苦和恐懼。

同時，因為嘈雜聲是如此劇烈，所以幾乎比之前碰上的情況更容易應付。他們聽不見個別的聲音，那感覺就好像一種痛苦疾病的症狀。雖然他們的身體顫抖，腦中裝滿尖聲大叫的黑泥，但是他們繼續行動，堅持他們的計畫。

海嘉兒留在那扇門附近，如果他們設下的障礙看來快被突破時，就要進去通報。卡勒、佛蘿拉與艾薇繼續走進下一個空間，也就是大禮堂。

卡勒上次來訪時，看見房間裡擺滿了長椅，但現在全都清空了，地板的空間全空出來，而復活人已經被聚集在這裡。全部都在。總共一定有數百人，或不該說是人了。他們緊緊擠在一起，甚至都擠壓到牆上了。

灰色的皮膚、骨瘦如柴的手臂、面無表情的臉孔與凹陷的眼睛。是死人。每一雙眼都覆蓋著相同的薄膜；唯一的差異是身體腐敗的程度。乾枯的皮膚或腫脹的皮膚、木乃伊般的臉或滿是老人斑的臉。是死人。是應該安息、躺下、回歸死亡狀態的屍體，而不是緊緊擠在一起站著，發出無聲的尖叫，而且所有眼睛都盯著房間中央空出的空間。

有個復活人剛被帶進那個圓圈空間。有三個男人站在那裡。那復活人是個駝背老翁，他的手指彎曲抓著不存在的東西。他們把他帶上前來。他頭上有幾撮白髮翹起。

其中一個男人舉起方形器具，抵在那老翁的喉嚨上。一陣微弱的劈啪聲響起後，那老翁便倒在地上，臉部朝下。拿著方形器具的男人退下後，第二個男人上前。他手中拿著一把大鐵剪。

艾薇邁出兩大步走向那裡。

「住手！」她大喊。「停下來！你們在做什麼？」

拿著大鐵剪的男人停止動作。第三個男人轉身，卡勒認出他來。是之前出現在卡勒臥房裡的同一個男人，是那位「訪客」，穿著同一套西裝，打著同一條領帶。只有一個地方不同：他的肚子現在更大了。他微笑著說：「原來是因為這樣產生騷動。」他轉向靠門的那面牆。「斯圖雷，你兒子在這裡。這樣很好，對不對？」

卡勒朝那裡望過去。他父親的確在場，還有其他四個男人正走向艾薇。其中兩人拿著手槍，卡勒不論是在電影裡或現實生活中都沒看過那樣的手槍；那看起來比較像怪異的玩具。

他們其中一人將武器對準艾薇。

「別再靠近了。後退。」

艾薇停下來，看著他問：「你在做什麼？」

那男人揮舞手上的武器，示意要艾薇走開，於是她往後退了幾步。卡勒看不出那是什麼武器——那到底是不是真的武器啊？

「訪客」對拿著大鐵剪的男人點頭，並舉起一根手指警告卡勒、佛蘿拉和艾薇。「聽好，別做任何傻事。」

那男人將大鐵剪的刀柄展開到最大角度之後，把成對的刀片壓進那位倒地不動老翁的頸背。他又壓一次，好讓尖端刺進皮膚。然後他將刀柄合起。當刀片剪斷頸部的脊椎骨時，發出了黏稠的碎裂聲，還有少量濃稠血液流出。「訪客」做手勢告誡拿手槍的男人保持警覺。接著他將一隻腳滑進老翁的腹部下方，將他翻過身來。

他盯著老翁的胸膛看，等待著。

「這本來是特別難處理的情況，」他說。「需要先進行研究，以便找出正確的方法。」他抬起頭一會，故意用幼兒般的誇張高音說：「就連我都不知道該怎麼做，你們能想像嗎？」

然後，事情發生了。老翁的胸前出現了一隻白色的毛蟲。「訪客」蹲下來，愉悅地注視著那隻赤裸而脆弱的小幼蟲扭動、翻轉。過了幾秒之後，牠開始變色，變成粉紅色。牠膨脹變大，變成紅色。牠又再膨脹到更大，然後脹破爆開。就在那層薄膜爆開時，那男人迅速俯身，在那隻毛蟲上方張開嘴。變成一小團紅色組織的毛蟲被吸了進去，接著就消失不見了。那男人舔舔嘴唇，站起身來，對拿著方形器具的男人點頭。「下一個。」

他朝著卡勒、佛蘿拉與艾薇敞開雙臂。

「這就是我們在做的事。」

下一個受害者被帶上前來。這次是個女人。她僅穿著一件睡袍，讓人可以感覺到睡袍底下的皮膚鬆垮下垂，形成皺褶。她臉上的灰色皮膚也是鬆垮的，往地面下垂。在她那雙空洞的眼眸中，帶著一股大過全世界的悲傷。

當方形器具抵在她喉嚨上時，卡勒察覺到那是什麼了：是一把電擊槍。那是用來使受害者麻痺，好讓整個過程更容易進行。艾薇站在那裡，雙手緊緊握拳，而且卡勒感覺到，她腦海裡充斥著一股強烈的鄙視。佛蘿拉不在那裡。卡勒趕緊環顧四周。

佛蘿拉站在復活人形成的人牆前方，傳達思維給他們。卡勒將注意力轉到她身上後，便在自己的腦中感覺到了：她在做溝通。她在試圖說服他們屈服；她在傳送死神的形象到他們腦中，於是卡勒看見那道黑影，看見手指末端帶鉤的一隻手一閃而過，還看見不同顏色的蝴蝶，以及一道光。

但是那道黑影扼殺了一切，使她無法成功說服。他們太害怕了。他們像是一群耐心等待被屠殺的動物，而不是集體一同逃竄。佛蘿拉的雙臂環抱著身體，她試著美化那些形象，但是她的努力卻引起反感，而且她自己、卡勒與復活人都感覺到了。

那陣劈啪聲又響起，使卡勒嚇了一跳。那女人已倒在地上。

我無法再待在這裡了。

深感恐懼的復活人所發出的刺耳嘈雜聲、對那裡的整個情況所產生的厭惡感……卡勒不想再待在那裡了。他想要沉入地面，逃跑，停止存在。他的雙唇在顫抖，而他的身體感覺像是一塊即將破裂成無數碎片的擋風玻璃。如果一直這樣下去，他很快就會崩潰。

在他附近的艾薇突然向前跑。他張口要說些什麼，但是還來不及說出口，她就越過他身旁了。她跑向復活人那裡，大喊一聲：「托爾！」

艾薇擠過前排到一個男人面前，卡勒看不出他與其他復活人有什麼差異。他的體型龐大，肩膀寬闊，一臉蒼白，毫無表情。艾薇伸手捧住他的臉。

她說：「托爾，托爾，你絕對不可以……你一定要……」

她左右搖晃他的頭，但是沒有得到反應。她把額頭貼到他額頭上，彷彿想做更有效的表面接觸，而且卡勒能感覺到，她在傳達的訊息，幾乎與佛蘿拉的相同。托爾的眼神充滿空洞。

其中一個持有怪異武器的男人正朝她走過去。他舉起武器。

「立刻離開那裡！」

他停在距離艾薇幾公尺的地方，艾薇完全不理會。卡勒知道那男人要開槍了，所以他迅速走過去站在艾薇前面。他伸手指著那把手槍。

「那是什麼鬼玩具……」

他的話只說到這裡就停了。他聽見一聲微弱的射擊聲後，便感到大腿裡有灼熱感。他低頭往下看。有支飛鏢射進他大腿，飛鏢上有一條金屬繩連接到手槍上。他抬頭看，就在那男人扣下扳機的前一秒，卡勒知道了那是什麼。他曾經讀過相關文章。美國的警察曾經……

一條微微顫動的岩漿河瞬間流遍他體內；他猛然伸出雙臂，手指完全張開，當電流破壞全身的肌肉控制能力時，那感覺像是有人在拉扯他的頭髮。他重摔在地，無法動彈，彷彿有什麼溫暖而濃稠的東西倒在他皮膚上後急速凝固。也許是蠟吧。他全身疼痛，而且突然產生一股奇特的平靜感。

他躺在那裡，雙眼茫然直視上方，接著看見那男人走過來靠近他，拔出他大腿上的那支飛鏢，按下按鈕將金屬繩收回。那男人朝他彎下腰來。

「現在就可以安靜不亂動了，是不是啊？」

如果可以動的話，卡勒本來是會點頭的。他感覺自己徹底平靜下來。接著有個黑色物體忽然進入他的視野，那男人的頭隨著砰地一聲消失在眼前，這時他一點都不吃驚，甚至連嚇一跳都沒有。他只是冷靜、理智地思考，猜想他看見的是佛蘿拉的靴子，她踢了那男人的頭。

他往下看後，發現他猜得沒錯。那男人正抱著頭躺在地板上；佛蘿拉撿起他的手槍後，把槍口指著他。卡勒想說些話，說些感謝的話，而且他的舌頭真的在嘴巴裡動了。他在水泥地板上亂抓。他的手指動了。他眨眨眼睛。他能夠眨眼睛了。

那男人的心思還放在被踢的疼痛上，所以佛蘿拉覺得可以放他不管；她過來卡勒身旁。

「你感覺如何，還好嗎？」

「我……沒……沒……」

佛蘿拉把一隻手伸進他腋下，扶他起身坐著。他感覺自己彷彿在身體外幾公分的地方，彷彿自己正緩慢回到身體裡，重新發現那裡的存在。他向佛蘿拉點頭後，瞧見她背後有動靜。他心想：**小心！**而佛蘿拉聽見了。她跳到一旁，差一點就被飛鏢射中，結果那枝飛鏢擊中他們身後一個復活人腿部。

佛蘿拉轉向那男人，舉起手槍。然後他們聽見艾薇的聲音：

「把槍給我。」

佛蘿拉看著她外祖母，她張開手站在那裡。「現在就給我。」佛蘿拉照著她的話做，並困惑地搖搖頭。另一個持有手槍的男人正在收回金屬繩，卡勒努力使出足夠的力氣，將腳踩在飛鏢上。原本躺在地上的男人已經站了起來，身體搖搖晃晃。他有一隻耳朵在流血。

「訪客」一直帶著愉悅的興致注視這一切。他說：「我勸你們立刻放棄。這樣不會有任何結果的。你們所希求的事情不會發生。」

那男人揮手要他的其他幫手處理這場混亂。包括卡勒父親在內的三個男人走了過來。卡勒原本踩在腳下的那支飛鏢被猛力拉走，迅速被收回。他突然感到害怕。雖然他遭到電擊後一直很冷靜，但是他絕對不想再經歷一次。他緩慢往後挪動，遠離那個正在把飛鏢裝回槍上的男人。

我們完蛋了。我們最後也會……進到他肚子裡……

卡勒聽見身後發出微弱的射擊聲，接著佛蘿拉尖聲大叫：「外婆！不要！」

他轉過頭，看見艾薇帶著些許驚訝的表情站在那裡。她手中握著手槍，槍上的金屬繩筆直穿進她胸腔。她近距離對著自己的心臟射擊，使飛鏢射入她肋骨之間的縫隙，刺進深處。

「外婆，不，不！不要！」

艾薇露出一點微笑，給了佛蘿拉一個飛吻之後，扣下扳機。彷彿操偶師突然同時猛拉牽線木偶的所有細線般，她全身痙攣，四肢全都抽搐伸直，然後倒在托爾腳邊。

佛蘿拉在她的手落到地板上之前來到她身邊。「外婆，外婆，妳不可以……」

但是艾薇的眼睛已經看不見了。那道電擊已使她的心臟停止跳動，她的身體對佛蘿拉的親吻與撫摸沒有反應。卡勒感覺到有一隻手放到他肩上，於是抬起頭看。他父親站在那裡，心中的矛盾情感使他臉部扭曲，但是那表情主要透露的是羞愧。令他感到羞愧的不是他自己的行為，而是他有一個做這種事的兒子。

「你這個混蛋，給我過來。」

雖然卡勒覺得腦中的嗡嗡哀鳴是來自於他自己的憎恨，但是這樣的話，應該就無法找到發出聲音的地方。不過，他找到了。聲音是從他左方傳出，從艾薇倒下的位置傳出。

他把手放到他父親手上，彷彿他是個深感後悔的兒子，需要有人鼓勵。他抓住父親的食指，直接往後折斷。

他父親的高聲喊叫被他腦中的尖聲哀鳴淹沒。聲音還是來自左方，而他絕不能把頭轉向那裡。但是他轉過去了。反正那道電擊與復活人發出的恐懼已讓他大感驚嚇，再多一點痛苦也無所謂了。

他看見在艾薇胸前的白色毛蟲。他看見佛蘿拉在一旁蜷曲著身體搖頭。然後他看見那道黑影。一個纖瘦的身影，幾近瘦骨嶙峋，從自身的黑暗之中脫離而出，並且有一頭飄逸的黑髮。

死神……

沒錯，是死神，因為他從小就在想像死亡，小時候他經常想像這樣的身影在他夜晚入睡前，從衣櫥裡穿透出來，想像這身影從列車上飛出，衝向他母親，把她帶走。死神。

死神伸出她的手，在指尖末端有閃亮的彎鉤。是細細的彎鉤，與釣鉤相似，但是較長，又較……完美。其中一根彎鉤往下朝艾薇胸前的毛蟲伸過去，鉤住後刺進薄膜。那隻毛蟲彷彿因為疼痛而扭動，使卡勒感到疑惑。

為什麼這樣……為什麼這樣……比較好？

死神舉起她的手，佛蘿拉雖然淚眼盈眶，但也注視著她的一舉一動。然後，事情發生了。那隻毛蟲並沒有變色、膨脹、爆開，而是開始出現開口，而且牠已經不是毛蟲了，而是一隻蛹。一對小巧的翅膀從開口冒出，接著有一隻蝴蝶爬了出來。是一隻微小、脆弱的蝴蝶，顏色與你深愛的人的眼眸相同，是一種難以言喻的顏色。

那隻蝴蝶拍動幾次翅膀後飛起，降落在托爾手上。托爾抬起手來，用眼窩凹陷的雙眼看著蝴蝶。他的嘴巴張著。然後卡勒感覺到腦中有什麼出現了，是從托爾那裡傳達過來的，是一團火花，顏色與蝴蝶的翅膀相同。

接著，他放開手。雖然難以解釋卡勒是怎麼感覺到的，但那有點像是一隻手鬆開了原本緊緊抓在手中，卻不是真正想要的東西，會一直抓著不放的原因，只是因為那是**我的，我的，我的！**托爾放開手後，便倒在地上。

「訪客」已經走上前來。他握拳站著，觀看正在發生的事情。死神像是惱人煙霧在他周圍環繞，使得那男人首次顯得缺乏自信。

托爾的胸前爬出毛蟲。死神鉤住了，於是同樣的事情又發生了。另一隻蝴蝶出現，飛往從艾薇身上出來的那隻；牠們在復活人上方翩翩飛舞，繞著彼此打轉。這時彷彿房間裡有股鬆了口氣的感覺瀰漫開來，彷彿數百具屍體一起從體內深處吐出一口氣來。

死人開始倒下。先是一個，再來兩個，然後形成連鎖反應，骨牌到處翻倒。原本緊緊聚集的復活人漸漸減少，出現空隙，有愈來愈多倒到地上，房間內到處能聽見砰砰砰的落地聲響，像是在秋季暴風雨來襲的果園裡。他們全都倒下來後，卡勒看著「訪客」，欣賞他臉上的表情。

你輸了。

數百具屍體現在全都倒了下來，然後有數百隻毛蟲爬出。令卡勒感到困惑的是，死神要怎麼把全部都鉤住。「訪客」似乎也這麼想。他走到那堆屍體之中，張大嘴巴，等待必然會發生的事：有些毛蟲會在死神鉤住牠們之前膨脹、遭到毀滅。

牠們只是我們所擁有的力量，為了讓我們得以理解而變得具體可見。

死神甩一甩頭，使頭髮飛散開來，變得愈來愈長，然後那些髮絲掃過屍體。每一根髮絲的末端都有個閃亮的彎鉤。而那些彎鉤找到了目標，刺進毛蟲後，將牠們鉤起，讓「訪客」的嘴巴得不到任何食物。他雙手緊握，對著天花板怒吼。獵物從他手中逃走了。

他像是要找人宣洩怒氣般，轉身看向斯圖雷。他怒眼瞪他，並指著卡勒大喊：「你兒子！你兒子跟他的婊子！」

卡勒感覺到那股強烈的憎恨，感覺到那命令猛力投擲到斯圖雷身上，接著他自己站了起來。斯圖雷抓了那把大鐵剪後，朝卡勒跑過去，而卡勒試圖讓腦袋清醒，試圖看清楚他的行動，不過他依然感到昏昏沉沉的。斯圖雷把大鐵剪揮向卡勒的頭，他低頭閃避；他感覺到大鐵剪夾到他的一條髮辮，然後猛力扯下，使他的頭皮流下鮮血。

他的眼前出現一層紅霧。當斯圖雷再次揮動武器時，卡勒注意看他的動作，在大鐵剪擦過他身旁時一把握住，從斯圖雷手中搶了過來。

斯圖雷的意識依然被他收到的命令占據，所以赤手空拳衝向卡勒。卡勒沒有多想，只是用手上的東西保護自己。他揮動那把大鐵剪，不偏不倚擊中了斯圖雷的太陽穴。斯圖雷發出低沉的嗚咽聲後，倒了下來。卡勒扔下那把大鐵剪。

那些蝴蝶飛起來了，飛落在死神頭髮的末梢，牠們有數百隻，有各種想像得到的色彩，也有一些無法形容的顏色。牠們努力飛往天花板，飛往那上方的空間，而且牠們把死神抬離地面了。整片天花板都被她的頭髮遮蓋住，被蝴蝶的翅膀遮蓋住，一朵巨大的花綻放開來。

卡勒看著他父親。血液從他太陽穴上的傷口流出，而他的手抽搐了幾次之後才癱軟落地。死神飄浮在房間中央，等待時機。

當斯圖雷的胸口出現毛蟲時，死神往下移動。有一隻手伸出，那些彎鉤愈靠愈近。卡勒伸手蓋住那隻毛蟲。死神猶豫了。她不能碰他。卡勒能感覺到那隻毛蟲在他的手下方膨脹。他在快爆開時抓起毛蟲，朝「訪客」丟擲過去。他的嘴張開來，那隻毛蟲便消失在他喉嚨中。

卡勒看著他空無一物的手心。他已做出選擇，無法再改變主意了。

佛蘿拉過來站在卡勒身旁；她伸手摟住他的腰，把頭靠在他肩上。他們一起看著那些蝴蝶離開彎鉤，往上飛向天花板，最後一次展現各種微微發光的色彩，形成片片彩虹，然後穿越天花板，消失無蹤。

佛蘿拉含糊低語：「再見了，外婆。妳最後做得很好。」

房間裡變得一片寂靜。那些死屍像是一張用廢肉製成的地毯，鋪蓋在地板上。生命已離開那些軀體，也把死神一起帶走。

那裡只剩下佛蘿拉、卡勒、「訪客」，以及那五位幫手。雙方彼此打量。接下來會有什麼發展，很容易預期。他們摧毀了他花費數年所建立起的成果。

禮堂的門突然打開，有四名警衛衝了進來。其中一個緊緊抓住海嘉兒的手肘。當那些警衛看見眼前的景象時，全都愣住了，而海嘉兒趁這機會掙脫開來。她跑向艾薇。佛蘿拉跟著過去，她們彼此抱在一起。雖然卡勒再也感應不到任何思維，但是不難想像佛蘿拉正在對海嘉兒說些什麼。她的外祖母加入了偉大英雄的行列，可是活著的人永遠不會得知她的事蹟。

那些警衛心不在焉揮動衝鋒槍，彷彿他們不知道該採取什麼行動，或是不知道哪一方有罪。卡勒還在凝視著「訪客」的雙眼。那感覺像是透過木板上的節孔窺視。你從孔中突然看見沙漠，或是大海，那景象填滿視野。那是永恆。他無法移開視線，並緩慢問了一句：「你。打算。要怎麼。處置。我們？」

「訪客」似乎在思考這個問題。他轉移視線，凝視房間四周，看著他遭到破壞的偉大計畫。他聳聳肩。

「復仇，」他說：「是人類的發明。那毫無用處。」

然後他被自己吸入，再也不存在了。就像是你覺得自己從眼角瞥見了什麼，但是轉身去看時，卻什麼都沒有。「訪客」消失了。卡勒又能隨心所欲把視線停留在任何想看的地方。他把視線停留在佛蘿拉身上。

她與海嘉兒正蹲伏在艾薇的遺體旁，為彼此拭去眼淚。

結束了。

又多了幾個警衛加入行列。其中一個帶著羅藍進來，他臉上依然布滿從大量小傷口流出的血跡。他還活著，不過要經過好一段時間之後，才能準備好讓任何八卦雜誌拍攝相片。卡勒朝他走了過去。

羅藍的藍色大眼努力讓視線穿透那層凝固血液。他問：「有成功嗎？」

「有。」卡勒說，並且有片刻瞥見彩虹消散，漸漸飄遠。「有，成功了。」

廷達洛斯

1 世上最聰明的女孩

薇拉·柯敘音取得駕照，已經是三十五歲過後。當時她已取得醫生執照、有資格領年金保險，也有駕駛證書，但她始終逃避取得駕照。最後，她拖到不能再拖。因為她先生馬提亞斯出版了五本詩集，成為全國各地圖書館和文化活動廣受歡迎的演講者，有時會在旅館連續待上幾晚。這時候，沒有車，她會被孤伶伶丟下。

他們和兩個女兒——蜜兒、娜塔莉，同住在一幢需要整修的中古屋。房子位於盧芒瑟，鄰近斯德哥爾摩北方的凱佩块。當地僅有的公車班次不多，離他們住處最近的公車站有兩公里遠。有輛車和駕照，一切會輕鬆許多。

於是薇拉為這境況擔負起責任，一如既往。

每兩天一次，當她在諾爾泰利耶醫院的工作告一段落，她會去魯斯羅根的駕訓班上課。車子急轉彎時，她不會驚呼出聲。在十字路口看到行人，她也不會視而不見。她冷靜地隨機應變，神色堅毅，同時她也想起她的家人。

她花了一週記住考照題庫，熟背內容。面對吉菱駕訓班的道路駕駛訓練，她卻焦慮得如鯁在喉，戒慎恐懼。她聽了課，仔細審視所有車輛，然後帶了一紙文件回家，文件上寫著她已通過她始終抗拒的路考。在回家的公車上，她朝一個她早有先見之明隨身攜帶的塑膠袋，吐了出來。

她順利完成筆試，只錯了一題，路考則表現得完美無瑕。在她著手進行計畫六週後，她發覺自己身在駕訓班外，手裡拿著一紙臨時駕照。眼前的道路向四面八方伸展開來，現在她已獲准使用它們。

此時此刻，她在想什麼呢？

她在想兩件事。其一是沿路那該死的東西，可惡，真是見鬼。其二則是她筆試的錯，她對這個錯有點苦惱。她實際上知道答案，是問題的論述不夠清楚，才害她選錯。只是她依舊為此煩惱不已。

「多聰明的小女孩啊。很難相信有這麼機靈的女孩。真是好學生。這女人實在天賦異稟。」

聽到這些話，在薇拉人生並非罕見。自她七歲以來，行事一向正確無誤。大人都會以悲傷的眼光看著她，在她背後竊竊私語。不過他們只會在她面前讚賞她，彷彿這是她應得的讚美。

薇拉二年級時，有人談到要讓她跳級一年，因為她已經讀完所有教材，也已經完成一切研究課題。但薇拉不願跳級，於是他們為她量身訂做一套課程。縱然如此，她內心深處被眾人視為求知若渴的欲望，卻依舊無法滿足。

當薇拉沒有回家功課要做，也沒有必須完成的研究課題，她會變得過動。她可以一個晚上在手裡把玩瑞典莫拉刀⑳，並將製成木箱的木材全都削成引火棒。

她開始彈琴，他們也要她開始游泳。十歲的時候，她在一個夏天裡，費盡心力鑽研了瑞典作家塞爾瑪．拉格洛夫㉑作品集。與她不期而遇或談起她的那些大人，除了搖搖頭說「可憐的小傢伙，這小女孩真聰明」，都沒能為她做什麼。

她被迫冠上「聰～明！機～靈！」之類的形容詞。這些語彙緊黏著她，宛如鎚子將釘子緊緊釘進木頭。

---

⑳ 瑞典莫拉刀（Mora knife），是一種帶鞘小刀，刀身極銳利堅固，是北歐常用於狩獵或林業的刀具。

㉑ 塞爾瑪．拉格洛夫（Selma Lagerlöe），於一九〇九年獲頒諾貝爾獎，是瑞典第一位獲此殊榮的作家，也是全球第一位獲得諾貝爾文學獎的女性作家。代表作為長篇童話小說《騎鵝旅行記》（*Nils Holgerssons underbara resa genom Sverige*）。

她完全沒讓他們失望，而且是毫無閃失。

馬提亞斯把車停在駕訓班外，走下車來。當薇拉對他豎起大拇指，高高舉起那張臨時駕照時，他朝駕駛座做了個手勢表示邀請。薇拉搖搖頭，坐上副駕駛座。

「照這樣看來，考試考得如何？」馬提亞斯開口問她，同時把車掉了個頭。若非他已有駕照，這個一百八十度大轉彎也許會讓他取得駕照的機率蕩然無存。

「很好，沒什麼好說的。」薇拉說。

「連一件事都沒有？」

「沒有。他們通常都會發給考生駕照？」

馬提亞斯微笑說：「我告訴過妳，我路考考了四次，第五次才戰勝它。」

他沒檢查後視鏡，也沒檢查側方後視鏡，就轉向凱佩块公路。薇拉忍著沒對他說，他原先承擔的苦差事，未必會因她如今也有駕照，就得以免除。他們以薇拉現在知道要稱為「時速一百二十的穩定車流速度」向前疾行。車行數公里後，她覺得自己嘴裡有股金屬味。

他們抵達山丘頂上，路過一家鄉村雜貨店時，薇拉弄皺了手裡的紙，紙張劈啪作響。她還閉上眼睛，直到他們將那家店遠遠拋在腦後，才睜開雙眼。

「等會兒妳要回那裡去嗎？」馬提亞斯問。

「你這話什麼意思？」

馬提亞斯猛然舉起拇指越過肩膀，指向後方說道：「無論妳開車經過什麼，都不能閉上眼睛。如果妳是駕駛，絕不能這麼做。」

「但我不是駕駛。」

「話不是這麼說，我是說妳身為駕駛時。」薇拉接連喘了幾口氣。雙手痙攣減輕後，她撫平手裡皺巴巴的紙。「我一定會確實睜大眼睛。」

他輕撫她的大腿，然後摸摸她的臉頰。他沒有告訴她，她是多麼出色的女人。

也許這正是馬提亞斯最初吸引薇拉的原因。他們在一場學生舞會相遇。當時她就讀醫學院二年級，而他正攻讀文學。他們交換了電話號碼，碰了幾次面，而後成為一對。

馬提亞斯尊重她，也想得到她。薇拉和他在一起很開心，但很少從他口中聽到讚美。對總是有人說她多能幹、多令人詫異的薇拉來說，馬提亞斯是她從不曾遇到的那種人，是個難題。

她向來應付不了他。倘若她考試順利獲得絕佳成績，或掌握了蕭邦奏鳴曲的微妙之處，他會向她談起自己重新詮釋瑞典詩人弗羅汀（Fröding）詩作，以此發展出有趣的新概念作為低俗喜劇，藉此加以還擊。

馬提亞斯的心態，是人做自己該做的事。無論是作家或科學家，我們都無由讚揚其人成就。一個人擁有天賦，擁有內在驅力，讓自己做到某件事，如果這麼做成就了偉大事蹟，好吧，這很好。但一個人不會因此就比他人更為優異。

當然這有時會逼得薇拉心煩意亂。但究其根柢，薇拉認為這是解脫。在馬提亞斯眼中，她不必有所成就。況且無論如何，她都不需要他的鼓勵。實際上，她真的不需要任何人的鼓勵，這是她的祕密。這與那件事無關。

女兒們坐在廚房餐桌旁做功課。薇拉走進廚房時，蜜兒一躍而起，抱住薇拉。

「媽，考試怎麼樣？妳拿到駕照了嗎？」

「拿到了。妳知道的，我會拿到。」

蜜兒拍著手蹦蹦跳跳說：「太好了！妳真棒！媽，妳好厲害喔！」

埋首用功的娜塔莉抬頭，匆匆斜瞄妹妹一眼，同時咧開嘴嘲笑她。蜜兒注意到姊姊的譏諷，覺得彷彿有人發現自己在做壞事，就不再蹦蹦跳跳。蜜兒想了一下，對薇拉說：「現在當爸爸不在的時候，我們也可以坐車去學校了。」說到這裡，她先看娜塔莉一眼，隨後才飛快移轉目光，凝視薇拉：「是這樣嗎？」

「妳們可以坐車去，等我買車時就可以。」薇拉答道。蜜兒熱烈點頭表示贊同，只是廚房氣氛有點怪。娜塔莉現年十三，正處於覺得母親成就幾乎如波蘭電影般與眾不同的時期。但實際上她不像九歲的蜜兒，會對薇拉的言行感到興奮。

娜塔莉說了聲「恭喜」，完全沒從自己的數學習題抬起頭來。這反應稍微超出平常可接受範圍。站在那裡的蜜兒，雙手在肚腹上扭成一團，露出的微笑愉悅卻不自然。

有時「女兒其實不喜歡她」這嚇人的念頭，會打擊薇拉。兩個女兒雖接納她，不希望自己的母親另有其人，但親子間理應存在的那種不可思議又難以言喻之物……她們母女之間或許沒有。

在幽暗中，薇拉思索那失落之物。那是某種她由於自己未曾經歷，而向來無力給予之物。她的雙手間空無一物，於是以煞費苦心的照料填滿其間的空虛——天哪，如果有可能做得到的話。

薇拉為兩個女兒做盡一切。儘管她身為醫師，有時工作很累，她始終都會花時間協助她們做功課、為她們讀書、用熨斗燙她們的衣物，還有燙她們的襪子——她會用熨斗為兩個女兒燙襪子。

最令薇拉心滿意足，甚至是令她最感歡愉的事情之一，就是能將兩個女兒剛燙好的洗淨內衣，放進她們的抽屜。襪子堆疊工整，內褲和內衣都摺得一絲不苟。她做這件事的時候，會淚眼汪汪。

也許她們不是真的喜歡她。

當馬提亞斯走進來，蜜兒的笑容變得比較不那麼像模特兒了。她往上一跳，跳進馬提亞斯的臂彎擁抱他。馬提亞斯輕呼出聲，吃了一驚。「怎麼了？」他問蜜兒，並撫摸她的背。蜜兒坐在馬提亞斯大腿上，全身僵直，像是正在緊張地考慮什麼事。薇拉以眼角餘光，瞥見娜塔莉搖搖頭，嘆了口氣。

蜜兒迅速滑下馬提亞斯大腿，在雙親面前略微彎身，睜著她那雙大眼睛仰視他們。

「我有一個小問題。」

問題和一隻天竺鼠有關。蜜兒班上的一個女孩成了過敏兒，無法繼續再養寵物。班上的女孩已自行決定，應該由蜜兒帶這隻天竺鼠回家作為測試。所以籠子裡的天竺鼠比爾，已經放在蜜兒腳踏車後座運回家了。

蜜兒不笨。她若非心知肚明，就是意識到自己與其向父母提問，還不如向他們陳述既定計畫。比爾已經在她房裡。根據她的說辭，牠在那裡很自在。

此刻他們無法討論這事，因為馬提亞斯得動身前往瑞典西岸的社夫德參加朗誦會，這或許也是蜜兒計畫中的一環。比爾也許會因此獲准待到隔天，到他們能徹底好好談這問題時。

馬提亞斯離開之前，他們全家圍著蜜兒床邊的籠子。比爾爬上柵欄，伸出扁平的鼻子嗅了嗅，他們因此看得到牠的牙齒。蜜兒以食指搔搔牠的頭，突然激動大喊：「牠不是很可愛嗎！像小狗狗一樣。」

她以懇求的眼神注視薇拉。薇拉沒說自己在想什麼，反而是娜塔莉開口說：「我覺得牠看起來比較像老鼠。」

「牠才不是老鼠！」蜜兒說這話的聲量之大，讓比爾迅即奔回牠當成家的盒子裡。

「牠是老鼠，看牠牙齒就知道。」

兩個女孩開始爭論比爾所屬物種，薇拉讓馬提亞斯先出去。馬提亞斯在玄關拿起裝有手稿的袋子，和一箱要賣的書。他先前在捷多那天，就已經把那箱書放進車裡。最近事事順利。早先每次朗誦會，他大概都賣出一、兩本書。如今賣出的書，已經接近十本。

「祝好運。」薇拉說：「小心開車。注意車子，不是注意讀者。」

馬提亞斯吻了她，然後啟程。被丟在背後的薇拉拉長耳朵，直到聽見車子啟動出發。她和兩個女兒及一隻天竺鼠，孤伶伶在家。

「媽，妳愛比爾嗎？」

蜜兒躺在床上，雙手在被子上交疊，目不轉睛地盯著薇拉。她們晚上才剛讀完《魔戒前傳：哈比人歷險記》。

「妳這話什麼意思？」

「妳是不是愛牠。」

薇拉目光掠過比爾。這時比爾在踩滾輪，恍如夢遊者。「不，我不能說我的確愛牠。」

「為什麼不能？」

「嗯……我和牠不熟。」

「那如果妳熟悉牠，妳會愛牠嗎？」

「我不知道。」

蜜兒垂下雙眼，避開薇拉的視線，往上凝望天花板。天花板上有一串紙製天使掛飾，從薇拉的童年時期，就緩緩旋轉至今。當薇拉闔上書，正準備從床上起身時，蜜兒對薇拉說：「即使妳熟悉牠，我也不覺得妳會愛牠。」

「為什麼妳這麼說？」

「我只是想到而已，事情就是這樣。不管怎樣，我都要養牠。」蜜兒迷迷糊糊地點點頭，又說道：「晚安。」

薇拉猶豫了一下。她應該補充什麼嗎？沒錯，她是該補充些什麼。她感到自己該說的話近在咫尺，卻又遙不可及，所以她什麼也沒說，只向女兒湊近身子，吻了吻她的額頭，對她說：「晚安。」

儘管去年有許多夜裡，薇拉都獨自在家，她似乎仍無法習慣這樣的夜。白天遇到的難題，和心裡感受到的不適，都會在夜晚浮現，令她難以成眠。她曾因一位護士把彈性繃帶纏得太緊而動怒。她也心心念念想要資深醫師職位，即使她很清楚這不可能，因為她太過年輕。然而她是最好的醫師，她知道自己最優秀。

只是娜塔莉從不曾告訴她任何事，蜜兒也是。馬提亞斯近日的成就，則讓他更常不在家。薇拉的父親也是，她父親始終都不在她身旁。

薇拉不知道自己幾點鐘睡著。她醒來的時候，一股焦慮緊壓她的胸口，當時是凌晨三點十五分。靠床架那邊，有一團令人驚駭的黝黑球狀物擠壓她背部，她無法辨識出那是什麼。她伸手拿起枕頭，用枕頭壓住腹部，保護自己。

那是什麼？那究竟是什麼？

她的雙眼環繞房間掃視。明亮的燈光透過窗戶照進房裡，微微照亮房間。房裡一無所有，一片靜默。縱然如此，薇拉全身上下卻不寒而慄，於是她把枕頭壓得更緊。

在我身邊的是什麼？

那是某種前所未見之物。馬提亞斯不在家時，無論焦慮不安、憂心如擣，抑或失眠，薇拉都習以為常。但自幼以來，她從不曾感受到這樣龐大的恐懼。

屋子裡寂靜無聲。連老舊木頭緊縮的輕微裂聲，或外面的輕柔風聲，都一無所聞。或者該說……其實有。屋裡有種聲響，微弱得幾乎無法察覺。那是種陌生的聲音，也是種熟悉的聲音。

薇拉下了床，雙腿顫抖，觸及睡袍的雙手冰冷無比。她走出房間，走進鄰近房間的長廊，悄悄走向蜜兒房間打開的房門。

在那裡。

這時她聽清楚了。儘管她躺在床上時，那聲響聽來如許微弱，它依然闖入她睡夢中，令她驚醒。薇拉斜倚門柱，仔細聆聽。

比爾。就是比爾。

這小小的嚙齒動物，正發出薇拉最怕的聲音。那聲音是她過去二十八年竭心盡力讓自己過動，才不必再聽到的聲音。

是咀嚼聲。

2 別叫！（有人可能會聽到）

薇拉過七歲生日一週前，和父親一起去拜訪爺爺。爺爺家是一幢鄉村小屋，距弗列達約一公里。博里斯爺爺十一歲時，因俄國革命來到瑞典。爺爺的家人過去是俄國白軍㉒成員，不喜歡詳談逃離俄國的事，什麼都不曾告訴薇拉。薇拉有很長一段時日，都以為此事涉及英格蘭「玫瑰戰爭」紅白玫瑰派系之爭，不

㉒俄國白軍（the Whites）是一九一七年俄國十月革命時，由支持沙皇的傳統俄羅斯黨派組成的軍事聯盟，與列寧（Vladimir Lenin）領導的紅軍對立。後因戰敗，許多白軍將領遭政敵處決，也有不少成員流亡海外。

明白爺爺嘟囔時的傷悲口吻從何而來。

薇拉注視爺爺的眼神，混合了敬重與恐懼，也覺得他有點可笑。薇拉的母親為她讀過小偵探的故事㉓，她知道這故事來龍去脈。爺爺會一個人坐在屋裡，悲悼故事中那塊名為「史托爾姆瑞肯」的石頭遺失，即使他擁有巨額財富。爺爺的屋子裡有舊地毯、畫作和銀製品，相當凌亂。離開那裡，總令人如釋重負。

走向公車站時，薇拉牽著父親的手。沿路冰冷的雪已經半融，令她難以跟上父親的迅速步伐。他們得加快腳步，才不致錯過公車。薇拉的腳不時在冰上打滑。於是她傍著父親的長臂前行，宛如雪橇滑動。

他們及時抵達十字路口，看見公車駛離站牌，繼續往上開向山丘。薇拉的爸爸嘆了口氣，看了看錶：「哎，這個嘛，下一班公車要再兩小時才會經過這裡。我們該回妳爺爺家，或……」

薇拉搖搖頭。她不想回到那個布滿灰塵的幽暗住處，卻不能這麼說。她說：「我想回家看電視。」

爸爸又看看錶。

「既然如此，我們得快點。」

已經過了傍晚五點，天色幾近全黑。他們住的公寓，在約莫五公里外的諾爾泰利耶。薇拉閉上雙眼半晌，看見自己乾淨溫暖的房間，也看到面帶微笑的母親。沒錯，她想現在回家，馬上就回家。

他們穿越馬路，行經公車站牌，朝山丘上走去。那山丘在兩面山壁之間，陡立的壁面均已鑿空。薇拉走在路肩，握緊爸爸的手，宛如表示歉意——為了他們必須步行，為了天色已黑，也為了她想回家。薇拉

㉓《小偵探》（*Kalle Blomqvist*），是瑞典兒童文學作家阿思緹·林格倫（Astrid Lindgren）筆下的偵探故事，主角是名為Kalle Blomqvist的少年偵探。故事中他與其他孩子仿英格蘭「玫瑰戰爭」（Wars of the Roses），分為「紅玫瑰」與「白玫瑰」兩派。日後「千禧三部曲」作者史迪格·拉森（Stieg Larsson）書中主角綽號，即源於此。這套書早年曾由純文學出版社出版中譯本，書名為《少年偵探》。後由親子天下重新翻譯出版，書名改為《大偵探卡萊》。

的爸爸也回握她。

「也許我們可以搭便車。」薇拉的爸爸對她說。於是當父親為了看凱佩块公路是否有來車接近，轉過身倒著走，薇拉就得握住他左手。

薇拉的父親因此看不見由諾爾泰利耶那頭越過山丘遠遠駛近的車。倘若他看得見，或許事情也不會有所不同。薇拉在十字路口的光線中看到那輛車，她甚至說得出那是什麼車。在薇拉放學後的課程裡，阿朗只要逮到機會，總會吹噓他父親的新車，描繪那輛車的方正外形。那輛車是富豪240。一輛白色富豪240。

那輛車以極速接近。薇拉想到富豪240的剎那，那輛車打了個轉，滑向馬路另一側——他們位置所在的這一邊。薇拉緊握住父親的手。在車燈照向她，令她覺得刺眼之前，這是她在僅有的時間，必須全力以赴的事。

此時薇拉手臂突然被使勁猛拉，讓她向後跌倒。原先緊握的爸爸的手，也被拉開。薇拉天旋地轉，雙腳膝蓋墜地，腳下碎石嘎吱作響。這動作告一段落的瞬間，她的下巴撞到地面。她眼前所見，可能會定義她的餘生：

她父親倒在車子引擎蓋上。車子滑離馬路時，他的身體也朝車子擋風玻璃滑去。當車子前方撞上山壁，她父親的身體被往上拋向前方，猛力撞上山壁的銳利岩石。薇拉看得見離開父親身軀的淺色外套，此時正隨風飄揚，彷彿幽魂被地心引力吸入地面之前，穿透陰暗的峭壁表面。薇拉下巴觸及礫石之際，血的滋味在她嘴裡擴散開來，是她咬到舌頭。

薇拉尖聲驚叫。當她以雙肘撐起身體時，鮮血一小滴一小滴從她嘴裡滴落。那輛前方已變形的富豪汽車滾動數次，車背朝下平躺在地。這時薇拉驚呼出聲，放聲尖叫，拚命大喊大叫。

她從自己小小的軀體深處出聲尖叫，發出的叫嚷似乎不是她的聲音。然而那是她的聲音。那聲音在陡峭的岩壁間彈跳，而後放大，向群星攀升。薇拉的尖叫聲淹沒自己，令她名存實亡，再也聽不見自己發出的任何聲音。

她腹部朝下，平躺在陰沉灰暗的乾泥地中，地上有長長的龜裂。藍紫色的天空恍如觸手可及，只在她頭上幾公尺處，往下緊壓著她。薇拉舉目望向群星，望向那堆看來顯得疏離的星星。

她並非孤身在此。有人正盯著她。薇拉轉向側邊，轉向後面，卻看不見任何東西或任何人。四面八方一片空曠。視線所及之處，只有龜裂泥地。這裡僅有的東西，是聲音，是咀嚼聲。

有人正盯著她，而且正在咀嚼。薇拉閉上雙眼，被拉向自己腳邊。此時她的手被塞入另一隻手。

當薇拉睜開雙眼，她正從弗列達走上山丘，握著父親的手。她爸爸的手感覺很陌生。薇拉抬眼，才明瞭原因何在——她爸爸正倒著走，凝視凱佩块公路。

一輛車由遠方越過山丘頂端駛近。薇拉知道那是什麼車，是白色富豪240。她停下腳步，握緊父親的手。她爸爸雖停下腳步，卻沒有轉身，只開口問她：「怎麼了，小甜心？」

薇拉張口結舌。她想說「爹地，小心，那輛車……」，或任何話能讓他擺脫眼前處境，因為那輛車此時正好打了個轉。但她啞然無言。她用力拉爸爸的手，力氣卻不夠大。轉眼間，一切都已太遲。

薇拉有氣無力地躺在後座，那輛車很陌生。窗外有藍光閃爍，還有大人正低聲交談。他們問過她住哪裡。她無法回答，不言不語。她知道她住哪裡。她看得到街道名稱，也看得到號碼上方的燈，但她無法以言語描繪這些。

他們問過她的姓名，結果也一樣。她看得見自己的名字寫在紙上。有人念出她名字時，她也能辨識自己的姓名發音。但她無法將自己的姓名化為言語說出口。薇拉試圖哼出聲音，但沒人聽得懂她說什麼。

或許有人看了她父親皮夾裡的東西，或許他們藉由其他方式發現這些資料。無論如何，她終究被帶回家了。他們或許先停在醫院也不一定。她不清楚。

薇拉的言語已耗用殆盡，長褲膝蓋也被撕裂。那兒有些人身著白衣，還有她母親正在掉淚，也有大人低語的語調升降。薇拉在數個相異之處移動。她躺著，盯著形形色色的牆。一切都是裝出來的。她是玻璃製的公主，他們輕輕搬動她。

有人用手撫摸她頭髮，和她的臉頰。那是在悠遠的童話故事國度發生的事。那塊土地上的人，說的都是異國語言。薇拉凝視一面白牆。那牆的雪白，是真正的白。在那片雪白之外，還有泥濘荒漠，和冷淡群星。這事千真萬確。她曾經身在那裡。

薇拉及時發現她身在自己房間床上。有個人正跪在她床邊，是她的母親。她可以看見在母親後方，有三個衣著各異的芭比娃娃。

好慘啊。芭芭。

薇拉已經能張嘴發出聲音，但她知道他們全都錯了，所以她一語不發。那個她母親要她問薇拉當時在做什麼的人，薇拉聽得懂她的問題，也懂得她提問語氣中的傷悲與溫柔。她想回答：

寂寞格兒。

但這是什麼意思，她自己也不知道，所以她忍著沒說出口。她稍微揚起嘴角，表示微笑。這麼做恰如其分。薇拉的母親緊擁她，直到薇拉喘不過氣為止。

然後，是黑夜時分。薇拉躺在床上，睜大雙眼。她母親睡在她床邊地板床墊上，有隻手一直在晃，宛如試圖向某種無形的小東西揮手示意，要它離開。

薇拉凝視房裡半明半暗之處。在房間另一邊的牆上，她瞥見一些小貓輪廓，大得超乎尋常。那其實是海報。那種大小的貓根本不存在。她不再思考，一切都變得毫無意義。

就是那時，她聽到那聲音。在她母親輕柔的呼吸聲外，從一個比牆壁和小貓所在都更遠之處，她聽到了咀嚼聲。那是一種緩慢而仔細的咀嚼。薇拉躺在床上，動也不動，等那聲音停止。

那聲音沒停下。當薇拉猛然感覺到有什麼正注視自己，她全身顫抖。那人或什麼一面咀嚼，一面盯著她看。那東西嚼啊嚼，彷彿在來到薇拉身旁之前，有一整面肉牆要嚼。

薇拉用指甲抓抓頭皮，又以手掌摩擦雙耳上方，然後她迅速下床，擠進媽媽身旁。那時她開始在腦中排列字母：

ㄇㄇㄚㄚㄇㄇㄚㄚ

薇拉口中吐出緩慢低沉的聲音，這麼做令咀嚼聲不復存在。她發出的聲音，像大黃蜂發出的嗡嗡聲：

「ㄇㄇㄇㄚㄚㄚㄇㄇㄇㄚㄚㄚㄇㄇㄇㄚㄚㄚㄇㄇㄇㄚㄚㄚ……」

薇拉旁邊的身體開始有反應，轉了過來。之後雙臂接近她、環繞她。隨後，有淚水滑落。

3 步步逼近

「親愛的，抱歉，妳不能在這裡養天竺鼠。」

「那我可以在哪裡養？」

「哪裡都不可以，妳不能養天竺鼠。」

「我可以！我答應會自己照顧牠，我會……」

「不是這樣。妳不能養，不能養這隻天竺鼠。」

蜜兒下巴一沉，從餐桌另一頭盯著薇拉，然後把湯匙丟進優格。容器裡的白優格濺出幾滴，蜜兒則淚如泉湧。接著她舉起雙手，握成兩個小拳頭，用力搥打桌面，就重重打那麼一下。而後她站起來，走出廚房，走向玄關，在那裡費力穿上夾克，背上背包。

娜塔莉也站了起來。走過薇拉面前時，她輕拍薇拉肩膀，彷彿在說「媽，做得好」。薇拉沒讓她們看出她頭暈目眩又心煩意亂。天竺鼠吵醒她後，她再也睡不著覺，只好嘗試集中精神，讀一篇文章，內容與「青黴素在炭疽桿菌中的耐受力」有關，同時用耳機聽舒伯特樂曲，打發殘夜與清晨。

兩個女兒都已穿好衣服，準備上學。娜塔莉說完再見，就走出家門。蜜兒則站在門廳瞪著薇拉。薇拉直視蜜兒，看得蜜兒別過臉，對薇拉說：「我要告訴爸。」

「那沒用。事情會像我說過的——我要妳現在就帶牠回去。」

蜜兒露出一臉嘲弄，宛如在笑薇拉愚昧無知。「我告訴過妳，我不會帶牠回去。」

「那我該如何處置牠？」

「我不知道。妳會殺了牠吧，我猜，用鐵鎚什麼的。」蜜兒打開前門走出去，使勁關上背後的門，石牆因而震動。之後屋裡陷入寂靜。

薇拉坐在廚房餐桌旁，雙手放在桌上，彼此交疊。儘管屋裡有時鐘的滴答聲，也有咖啡壺溫和低沉的聲響，她卻聽而不聞。她唯一聽到的，是蜜兒房裡傳出的聲音，也就是比爾咀嚼時發出的喀嚓聲與吸吮聲。

該死的老鼠，牠永遠都不會停下來不吃東西嗎？

薇拉走出廚房，關上蜜兒的房門，在門外徘徊了一會兒，仔細聆聽。她理應聽不到那聲音，只是她認為她聽得見。她張開雙手，又握緊拳頭。用鐵鎚的構想看來完全合理，只要有人能實際執行。

其他九歲女孩會說出這樣的話嗎？大概沒有。在某個層面上，蜜兒自制而冷酷無情——像她母親。

另方面，蜜兒卻也平凡無奇，和其他孩子完全一樣。薇拉垂下雙手，走向浴室，把衣服拿出乾衣機。她把烘乾的衣物倒在廚房餐桌上，讓ＣＤ播放器開始播俄國作曲家普羅高菲夫的第一號鋼琴協奏曲。樂曲音調的迴旋與琴鍵奏出的音節，給了她聽覺上的平靜。在此同時，她那雙手小心翼翼地摺疊那些小小衣物。

我的女兒。兩個可憐的小女孩。她們最後會變得和我一樣。

薇拉第一次聽到咀嚼聲，是她七歲生日兩天前。當晚她母親以雙臂撫慰她，讓那令人飽受威脅的聲音蕩然無存，也讓她得以安然入睡。

薇拉清晨醒來，母親已經離開。她躺在自己床邊的床墊上，用毯子裹起自己。陽光穿過窗戶照進房裡。薇拉出了汗，額頭黏答答的。她掙脫毯子，仰面擺動身體，並竭盡所能，用力朝緩緩旋轉的紙製天使掛飾吹氣。她的視線跟著天使轉啊轉。天使的轉動令人昏昏欲睡，也讓她開始眨起眼睛。

在那當下，她再度聽到咀嚼聲。

薇拉睜大雙眼，仔細聆聽。那是她的想像？或那聲音離自己愈來愈近？

「媽媽？媽媽？」

她的聲音很小，小得幾乎聽不見。她用雙手摀住耳朵，盡可能放聲大叫：「媽媽！媽媽！」沒有人來。她媽媽也許去雜貨店買東西，或許有車輾過她，也或許有人吃了她。或許全世界只剩薇拉一人，形單影隻。她用雙手摀住耳朵，同時用腳將毯子拉向自己，極力緊靠著它。

我知道爹地死是我的錯，但請不要吃掉我，請別吃我。

摀住耳朵毫無助益，因為她聽到的咀嚼聲和先前一樣清晰。當她聽到咀嚼聲竟離自己愈來愈近，她放下雙手，好將毯子的一角塞進嘴裡吸吮。現在她可以辨識出咀嚼聲的細微差異。倘若這時嚼肉，那麼接下來咀嚼的就不只是肉。其間也有些難以咀嚼之物。

「走開啦！走開！」

薇拉驚聲尖叫，在房裡揮舞雙手，儘管她明瞭這麼做徒勞無功。在持續不斷的咀嚼聲中，紙天使的旋轉趨緩，溫暖陽光灑落她全身上下。她呆若木雞地坐著，動也不動，凝視房間一角。咀嚼聲似乎來自那裡，也可能來自另外一角。

時間分秒流逝。薇拉吸吸鼻子，隱約聞到煙味。她嗅了嗅，確認一下。然後確定，是有股煙味沒錯。她從床墊上站起來，抱緊毯子，硬逼自己走向那個角落。煙味逐漸變濃。

就在那堵牆後，有什麼正在燃燒。

薇拉丟下毯子，彎身向前，靠著牆壁，將鼻子湊向牆與牆相交的那個稜角。咀嚼聲不再趨近，也沒遠離，煙味則變得更濃。她越過牆角，走向窗戶往外看。花園就在窗外。那裡沒任何東西在燒，也沒看見煙霧。

那咀嚼聲既磨人又單調，令她頭皮發癢，恍如顱腔內有膿瘡化膿。她環視四周。書桌上有幾支鉛筆。她拿起其中一支，用手指觸摸削得尖尖的筆尖。

她緊閉雙眼，將筆放進耳裡。筆尖滑過柔嫩皮膚，覓得洞穴進入耳道。她抿緊雙唇。那聲音令人又癢又痛，讓她發狂，她想好好抓抓頭蓋骨內，戳破那裡的膿瘡。

不好，這麼做不好，這不是好事……

她必須這麼做。鉛筆進入耳裡，直到筆尖貼住什麼，會痛，才停下來。此時在她眼前，房間開始漂浮打轉。她把細瘦的木枝握得更緊，深呼吸，然後……

妳瘋了！住手！

薇拉將鉛筆扯離耳朵，抓了張空白的紙，開始畫畫。她畫怪物，畫乳牛，畫狗。她也畫房子，畫裡有大太陽，還有煙飄出煙囪。她畫得心無旁騖，而且猛然抓起一本《巴姆斯熊》㉔漫畫，試圖畫漫畫裡的角色，像小斯庫特、史卡曼和巴姆斯。儘管她的畫看起來一點也不像原作，她還是一直不斷在畫。

薇拉幾乎沒注意到母親回家，那時她已開始為她的畫勾勒輪廓、上色。吃晚餐時，她考慮接下來該畫什麼，然後就照著做。那夜稍晚，在繪畫方面，她已經畫得比先前好兩倍以上。

她不再念及咀嚼聲。或許它已經停止。她沒有再想起它，她全神貫注。

這開始成為一道防禦機制，繼而轉為一種策略，最終變成生活方式。薇拉滿九歲時，她已經完整發展出屬於她的應對之道：她讓自己無時無刻都忙得團團轉。她如果沒在做功課，或忙什麼事，她相信自己至少會緊張地想起什麼。那東西仍在薇拉的生活空間，只要她無事可做，那東西緊盯著她，她就會聽見咀嚼聲。因此她勢必不能留下任何缺口，讓那東西趁虛而入。

最危險的時候，是要睡覺時。最好是累得閉上雙眼，自然而然睡著。否則她就得在腦海裡演算數學題目，或想著所有名稱以A起始的城市，接著再想首字字母為B的城市。如此這般，直到她進入夢鄉。

薇拉進中學時，是班上最好的學生。她幾乎忘了自己為何這麼做，這純粹只是她的生活方式，而每個人都會說：「這女孩聰明得令人難以置信。」

㉔《巴姆斯熊》（*Bamse*）是瑞典漫畫家魯內・安德里亞頌（Rune Andréasson A）的漫畫作品。這部作品也改編為電視卡通影集，廣受孩童歡迎。

衣服都已摺好歸位。動身去搭公車前，還有十分鐘。薇拉趁機擦淨爐子，並填滿胡椒研磨器。之後她打扮好，拿起幾份醫學期刊，以便在路上有東西可讀。

她走出家門，在前廊看到此刻是美麗的暮秋時分，形形色色的落葉遍布草坪，拼綴成一床百納被。這床百納被展現出的色調細微差異，較之人眼所能察覺的，更加微妙。這時一片大大的楓葉落下，停在薇拉腳邊。她鎖上門，走了幾步，繼而轉身。

他們的住處是一幢大型莊園宅第，破舊不堪。他們獲准以便宜價格承租，並答應一點一點翻修房子，藉以貼補房租。目前為止，他們只著手整修他們在用的房間。但馬提亞斯有幾個計畫進行中。他已經拆除腐爛的客廳地板，也已拆下佣人房內的受潮嵌板。最新的進度，是他著手清除了建築外觀的表面灰泥。

馬提亞斯開始整修，卻沒把事情做完，惹惱了薇拉。他想拆除一些東西丟棄。然而當工程即將告一段落，他卻寧可先動手拆其他東西，讓先前的拆除工程半途而廢。那時若非薇拉插手介入，指揮管理，連他們住的地方，如今可能都仍維持半完工狀態。

話雖如此，他們過得很愉快。這屋子很美，令人滿心歡喜。他們倆都從事自己最想從事的職業，還有兩個健康聰慧的孩子。而且他們擁有彼此。

薇拉深深吸進一口冷颼颼的空氣，再將它緩緩吐出。

這是無與倫比的生活。沒人能從我們手中奪走。

薇拉轉過身，走向公車站牌。在她背後，有片雪花飄落，落在剛落下的楓葉上，開始融化。

4 我們隨雪墜落

整個早上都在下雪，氣溫低得地上的雪都融不了。候診室已備妥塑膠鞋套。如此一來，病人就不致將雪水帶進室內。

沒人會覺得訝異。今天是十月二十日。這時候氣溫驟降，與其說是例外，倒不如說是自然法則。未來幾天內，氣溫大概會回升到比零度稍高，屆時雪就會融化。

儘管薇拉過去專攻內科，有需要時，她仍得轉換職務——此時她在縫合一位老婦人的傷口，並檢視她大腿骨複雜骨折的X光片。這位老婦人因自家門前臺階意外結冰，跌了個倒栽蔥，倒在腳踏車置物架上。

薇拉常想到自己應該已成為研究人員。與病患互動談治療事宜，總令她備感不耐。她明白這位老婦人需要與人分享她對貓咪此刻獨自在家憂心忡忡，也需要與人分享她對已遷居西班牙加納利群島的姊妹掛念萬分，但薇拉實在不善聆聽。

倘若有人開始談某件事，而薇拉對它毫無興趣，她往往想溜之大吉。最糟的局面，是那人口中的話會在她一不留神之際，就從她思緒中消逝無蹤，了無痕跡。唯有當她突然強烈不安，恍如有人站在背後打量她，她才會猛然回到當下，奮力跟上對方在談的事。

「……所以我告訴她說，我從來就不瞭解高爾夫球那些事，但我可以答應妳，如果亨利沒事要做的話，那麼他會……」

「很抱歉，」薇拉看了時鐘一眼，對老婦人說：「我們人手有點不足，所以我得……」

老婦人躺在病床上，雙唇保持要說出「喝」字的模樣。薇拉俯身前傾，試圖藉此減輕自己的粗野無禮，對老婦人補上一句：「我也不瞭解高爾夫球。大家沒更愉快的事可做嗎？」

趕在老婦人繼續說話前，薇拉就走出去，同時向老婦人表示護士立刻就來。而後她坐在辦公室五分鐘，更近更仔細地查看X光片，寫筆記給整型外科的安娜。安娜會遺漏薇拉毫無困難就看到的事，而且薇拉的診查建議很少觸怒她。但薇拉這麼做，會得罪其他人。

薇拉將筆記與工作安排表放進信封，向後靠著椅子。她現年三十五歲。若她有意著手從事學術研究，她有的是時間。

四點鐘馬提亞斯和她在停車場碰面。他們擁抱了一下，才坐進車子。薇拉坐在副駕駛座，想到這也許是她最後一次坐這個位置。從今天起，這輛粗製濫造的福特Fiesta舊車就屬於她，而馬提亞斯將會有輛新車。

「社夫德的朗誦會如何？」他們開往斯德哥爾摩路時，薇拉開口問。

「很好，確實真的很好。」馬提亞斯說。

「有很多人嗎？」

「有，大約三十個左右。大部分是女性，年齡稍長。她們是藝文支持者。另外有個老男人一直在清喉嚨，好像要說什麼，但始終都沒說話。」

「他們買了書？」

「當然。那老男人買了兩本，但還是沒說話，也沒要求在書上簽名。」

薇拉感到欣喜，因為馬提亞斯事事順利，而非只高興他有進帳。縱然馬提亞斯天生是宿命論者，他們的關係卻因薇拉賺錢支付所有收入，而令人七上八下。這事對薇拉不成問題，她喜歡成為承擔責任的人。然而有時，此事會導致他們劍拔弩張。

他們去雜貨店購物時，薇拉依然是付帳的人，而且用的是她的信用卡。不過那私下預付的一千元瑞典克朗，也表明馬提亞斯目前收入已一個月有盈餘。他們有足夠的錢，能在偶有的假期前往斯德哥爾摩。他們也正在存錢，好讓他們能有趟旅行，行程更長。

馬提亞斯的收入紓解了他們之間的緊張，如今他們很少爭執財務狀況。薇拉負責支付日常生活開銷，馬提亞斯則支付如煙火般突然迸出的費用。這樣剛好。

無論如何，後來證明買這輛新車，對他們多少有考驗意味。他們經反覆考慮，決定買下一輛幾乎全新的標緻307。這輛車要價九萬五千元。問題在於只有薇拉受雇於人，也只有她能申請貸款。汽車銷售員填寫汽車牌照登記書時，向薇拉要身分證。於是薇拉將身分證交給對方。

這時她眼角餘光看見馬提亞斯手指輕敲桌子。她轉向馬提亞斯，開口問他：「怎麼了？」

馬提亞斯聳聳肩說：「沒事。我只是在想……既然我是最常開這輛車的人，那麼……」

薇拉說：「沒錯，這是當然，事情理當如此。看我有多蠢。」

銷售員將筆移開文件。他好意看看他們，表示：「或許你們想先討論這個？」說完他試圖站起身來。但薇拉向他揮揮手，要他把身分證還給她。「我弄錯了。是我考慮欠周。」

薇拉看著馬提亞斯，等他取出皮夾。馬提亞斯目光朝下，盯著地板說：「妳是付錢的人，它是妳的車。」

「別傻了。」薇拉對馬提亞斯說：「這無關緊要。如果這輛車登記在你名下，當然更好。」

然後是所有該做的事。馬提亞斯取出他的身分證，表格填好，接著簽名。儘管如此，他們走出去，走向停車場取車時，薇拉仍情不自禁略覺沮喪。

前往馬路另一端的弗利格菲倫雜貨店購物，只需要開兩百公尺的車。但薇拉慫恿馬提亞斯開新車，並表示自己開那輛Fiesta比較自在，因為她練習開車時，已開慣那輛車。這是實話，而且她懷疑自己面對那輛標緻的方向盤，會不知所措。

他們之間的一觸即發減輕。只是當他們將紙袋裝進標緻307更寬敞的後車廂，薇拉就開始憂慮自己得獨自開車。這焦慮令她心情低落。

然而事情比預期來得好。或許是薇拉已通過路考，發覺自己有能力開車。無論如何，當她尾隨在馬提亞斯車後約三十公尺，她感受到一種前所未有的自信。當他們抵達往弗列達的山丘頂端，薇拉睜大雙眼，緊盯著馬提亞斯的汽車尾燈。

只有在他們經過那家店，碩大的白字大聲吼出「披薩食品雜貨店9至20」時，薇拉才意識到她的指節硬得如卵石緊貼皮膚，讓她握不緊方向盤。她放鬆下來。她已經成功做到，她很可能會再做到。

沒發生任何事故。他們轉進自宅，將兩輛車緊挨彼此停妥。娜塔莉從容走出房子。她對新車有興趣，特別是她想試試汽車音響，聽聽它的聲音。馬提亞斯很樂意為她展示。蜜兒則不見人影。創作歌手馬格努斯．烏格拉演唱的〈為君主與故土〉㉕在花園轟然作響。薇拉走進屋裡。

蜜兒坐在她房間地板上，靠在天竺鼠籠子旁。她的態度和表情，都清楚展現出她彷彿將自己拴在籠子柵欄上，沒和她吵一架的話，她不打算讓比爾走。薇拉望著女兒。馬格努斯．烏格拉的歌聲流瀉屋裡。樂聲突然停止，房裡變得安靜。

「蜜兒？」薇拉叫她，卻沒有任何回應。

她詛咒自己沒在蜜兒有機會利用他們的感情之前，就先和馬提亞斯討論這問題，並協商出行動計畫。

前門打開，馬提亞斯和娜塔莉走進來。薇拉沒來得及反應，蜜兒就從地板一躍而起，奔向門廳，在那裡迅速開始條列比爾的優異之處。

㉕馬格努斯．烏格拉（Magnus Uggla）是瑞典創作歌手，一九五四年生於斯德哥爾摩。〈為君主與故土〉（For King and My Country）由他作曲演唱，是他參加二〇〇七年「瑞典歌唱大賽」（Melodifestivalen）的作品，瑞典文歌名為〈För kung och fosterland〉。

藉由幾個敏銳的疑問，和不完全有系統的陳述，蜜兒火速決定大家都不得對比爾有意見。接著她誇大其辭，讚美有寵物是多棒的事，甚至今天在學校，事情都進行得更加順暢，正是因為她知道比爾來到家裡。

這不是她的錯，薇拉心想。

儘管蜜兒的善於蠱惑人心，令人歎為觀止，但此事涉及薇拉本身，問題非比尋常。馬提亞斯知道這事。若薇拉向他說明，他會支持她。只是薇拉無法面對自己不偏不倚就在此刻，暴露出自己的缺陷。於是她沒說話，出門去雜貨店購物。

落雪覆蓋草坪，雪深約十公分。白天氣溫遽降，楓樹上的葉子已幾近全落。念及週末或許能去越野滑雪，令薇拉心生暖意。雖說家中成員年齡性情各異，他們全家卻都喜愛滑雪。而他們也從不曾像滑了十公里滑冰道一圈之後，一家大小圍著保溫瓶上彎下身子那樣，感覺全家同心。

薇拉沉思他們一家共享的這項活動，想得入迷，於是以平日慣用的力道，打開了Fiesta的後車廂。只是當她看到馬提亞斯那箱書，也放在後車廂，她當場意識到自己做了錯事。她關上後車廂蓋，而後又打開它。

他們買了書？

當然。那老男人買了兩本……

既然如此，為什麼這箱子依舊密封，而且和馬提亞斯先前在郵局把它放進車裡時一模一樣？薇拉知道馬提亞斯從經銷商那裡取得這箱書前，手邊的書已銷售一空。

她檢查箱子上的膠帶。如她所料，箱子沒開過。她搖搖頭，關上後車廂，發出巨響。這件事必須有合理說明。倘若事情並非馬提亞斯所言，那麼事情的來龍去脈會是什麼？

不好。另一種可能一點也不好。因此，不會有另一種可能。

薇拉越過Fiesta，走向標緻307，但她開不了標緻的後車廂。她嘗試按壓各種地方，卻絲毫無效。此時響亮的喀嗒聲突然響起，車燈也開始閃爍。薇拉轉身，看到馬提亞斯站在前廊，將車鑰匙指向她，恍如拿著槍。

他說：「這車是中控鎖，是遙控控制。」

然後他們互助合作，把袋子都搬進屋裡。

5 詩情不義

比爾以一種薇拉能與牠共處的方式留了下來。薇拉找機會和馬提亞斯私下談過，之後他們決定比爾在花園小屋會有個專屬空間。馬提亞斯為牠造了大籠子，還有盞紅外線保溫燈從籠頂垂下。

所有安排都由馬提亞斯一肩挑起。當蜜兒抱怨這麼做不像實際有隻寵物，他完全沒提薇拉的睡眠問題，只說比爾移到小屋對牠最好，會有更多的空間讓牠跑來跑去，又不受打擾，可謂恬靜太平。蜜兒滿意這種說法，薇拉也十分感激。倘若她的睡眠問題被迫曝光，她可能會對女兒變得冷漠。幸而他們避開了這種狀況，即使蜜兒或許仍感覺到事情背後藏了什麼。

就這樣，比爾移到牠專屬的空間。那裡適合牠咀嚼和運動，一切都完美無瑕。兩個女兒上床睡覺時，薇拉和馬提亞斯開了瓶酒共享。薇拉自然而然開始追問丈夫社夫德朗誦會的細節，像是他讀了哪首詩、他如何受到接待，以及圖書館看來如何。

馬提亞斯和盤托出，薇拉則在合適的地方微笑或大笑。在此同時，她心裡卻柔腸寸斷，泣不成聲。

他真的可能編造出這一切？

當然，他做得到。他是作家，編故事是他的工作。

但他可能就坐在我面前，卻這樣對我撒謊？

這實在令人難以想像。薇拉也注意到馬提亞斯在她周密詢問之際感到驚奇——或該說他覺得震驚？她冒險亮出僅有的王牌，又問：「你賣了幾本書？」

馬提亞斯聳聳肩說：「我不清楚。二十本吧，大概是這個數字。」

薇拉啜了口酒。嚥下那口酒時，她喉嚨異常緊繃。接著她說：「所幸你及時拿到那些新書，才有書可賣。」

「是啊，否則會很可惜。」

這段對話結束後，薇拉不知該如何再如常交談。他們提早上床。十分鐘後，馬提亞斯的呼吸聲漸漸沉重。薇拉則動也不動，躺著往上凝視天花板。她沒摘下隱形眼鏡，看得到天花板的木板之間，有縫隙清晰可見。她也聽到遠處傳來比爾的咀嚼聲，是在蜜兒房間。

比爾已經不在蜜兒房裡。這隻老鼠在戶外小屋，我聽不見牠的聲音。我沒聽到任何聲音。

一隻無形的大手自天花板落下，壓住薇拉胸口。她發覺自己呼吸困難，於是動起下巴，假裝是她在咀嚼。而後她費力下床，穿上睡袍，打算要做什麼。這是她的計畫。

這不是好方法。不是合適方案。

薇拉走出房間，走進廚房，喝了杯果汁，站在廚房中間一會兒，看見馬提亞斯的運動外套就掛在椅背上。她暗自竊喜，來回擺動身體。這就是她沒摘下隱形眼鏡的原因——以便她看得見。

這樣不好。

薇拉右手伸向外套。但就在她右手拿到外套前，她的左手出面阻止右手。

放心。妳要相信。妳不該想這樣的事。

薇拉右手伸向馬提亞斯外套口袋，找出他的手機。在那當下，苦澀的淚水刺痛她雙眼。沒來得及念及左手曾制止自己，她就打開電話。迎面而來的，卻是手機ＳＩＭ卡開機密碼。

SIM卡開機密碼？馬提亞斯從來不用手機ＳＩＭ卡開機密碼。

薇拉盯著數字鍵盤，腦中一片空白。馬提亞斯鎖了手機。這事本身會是證據，是足以證明她有所猜疑的證據嗎？

什麼樣的猜疑？薇拉，妳在懷疑什麼？

她不知道，有什麼事不對勁，而且徵兆正顯而易見逐步增多。在她汗溼手中的手機溫溫的，滑溜溜抓不住。一抹惡毒淺笑浮現。她知道某件事——但馬提亞斯不知道她曉得——是他的電子郵件帳戶密碼。她有回在他輕叩鍵盤輸入密碼時碰巧看見，而她從未對他提起。

為什麼？

想當然耳，是為了以防萬一遇到這類境況。她始終都在等待這樣的事到來，不是嗎？裂縫隨時都可能出現。我們想當然耳的一切，都可能從我們身邊被奪走。薇拉熟知這樣的事，而且比先覺先知都更清楚。

她以不易觸及右側鍵盤的拇指，輕按手機鍵盤輸入數字，是對應「狂喜」（Euphoria）這個字拼寫字母的一組數字，也是馬提亞斯特別喜愛的瑞典詩人艾克羅夫（Ekelöf）的詩作篇名。隨後她按下「輸入」鍵，希望自己猜錯，也希望馬提亞斯手機使用的是另一組密碼。

但馬提亞斯沒這麼做。薇拉按下撥出電話紀錄鍵時，臉龐勉強擠出笑容，表情顯得扭曲。她在心裡責備馬提亞斯，指責他沒想到要用兩組相異密碼。

她得回顧前三通撥出電話。一通是撥給馬提亞斯的母親，一通撥給他的出版社，還有一通她不認得，電話號碼也沒加上姓名。這通電話的區域號碼是018，是瑞典東部烏普薩拉的區域號碼。她在一張紙上寫下這組電話號碼，將手機放回馬提亞斯口袋。之後在她電腦前坐下，瀏覽尋人網站「艾妮羅」。狹窄欄位上的游標閃爍，催促薇拉輸入電話號碼，好為她確認她想辨識的人究竟是誰。薇拉的手指在鍵盤上徘徊猶疑，然後下定決心。

倘若這電話號碼並未指向哪裡，我會把東西全部扔掉。我會問馬提亞斯箱子的事，也會得到合理解釋。屆時我就不會再想這事。

薇拉闔緊雙手，把拇指壓在一起，向自己發誓。隨後她輸入紙上的電話號碼。

莎嘉．蘭玎，烏普薩拉省奧古斯地山丘二號。

莎嘉．蘭玎？

她確定馬提亞斯從未提起莎嘉．蘭玎。然而她腦海深處，卻有個微乎其微的聲音響起。這名字她曾聽過，是在某個地方，某個時候。薇拉以google搜尋這個姓名，得到了答案——莎嘉是詩人，六個月前首度出版作品集《肉食替代品》，頗受歡迎。

當薇拉拉近螢幕上的莎嘉照片，和她滑稽可笑的詩集封面時，薇拉的微笑變成大笑，而且笑得合不攏嘴笑得要死。

肉食替代品？這是什麼？是大豆？還是素肉？

一篇採訪告訴薇拉，莎嘉二十八歲，對詩歌扮演「真實傳遞者」的角色心存質疑。她有一頭長長的棕色鬈髮，和一張小巧的臉蛋。她看起來沾沾自喜。她那得意洋洋，或許只有公然在她面前放支鐵棍，才是挫她銳氣的唯一方式。

不必這麼做。可能會有辯解，說明這絕對清白。

薇拉的手指穿過自己瀏海齊眉，直髮剪短沒打層次，宛如男孩的黑色「童花頭」，瞬間強烈感覺到坐在這裡身著睡袍正在啜泣的自己，全無女人味又毫無魅力。她的名字是莎嘉，看來猶如仙女。可想而知，馬提亞斯會比較喜歡她。

他們或許是在某場朗誦會相遇。也或許她是馬提亞斯的仰慕者，曾經走上前去，順便提及自己也出了一本詩集。可想見馬提亞斯讀過那本詩集——那些意象真出色，語言使用真是精準，妳現在正在寫新作嗎？

那時莎嘉將長髮纏繞在食指上，表示馬提亞斯的詩作是她最重要的靈感泉源之一。當她拿出她那本《偶然之路》，她的手不經意碰到……

薇拉拍打自己的太陽穴，而且是重重拍打。

這不是真的！他不會！

先前她有時會幻想外遇。倘若有令人心動的男子盯著她或觸碰她，偶爾會有一股熱流穿過骨盆向上擴散。這樣的意念曾經存在。但她從未跨出步伐，讓這些意念成真。從來沒有。

「真該死……真是老套。」薇拉嘴裡嘀咕。

一名年紀較輕的女子。也是詩人。以「莎嘉」為名。偷偷摸摸會面，還有祕密交談。這謊言實在既該死又老套。

沒錯，薇拉對這事想得愈多，這事彷彿就更成為反證，強而有力地證明她的錯誤。這事太過醜陋。也許沒有人確實明瞭他人，然而有件事，薇拉自認深知馬提亞斯——馬提亞斯受不了醜惡的事。

但不貞是醜事。若一個人能容忍它，也就能容忍任何事。

薇拉往後靠，望向廚房窗戶的黑色矩形外。她感覺自己此刻恍如坐在海灘，傍著潮水。一道浪花才剛朝她拍擊過來，海水現正向後退去。她身下的沙正徐徐移向大海，想將她一起拉去。

那不是比爾。是另有其人。龐大無比的下顎在遠處磨啊磨，在迢遙千里之處。沒人看到那人或什麼。

那東西正尋尋覓覓。那人或什麼忘不了她。

夠了！

薇拉大吃一驚站起來，走進客廳。她在客廳裡俯身向前，讀醫學期刊《柳葉刀》，雙手摀住耳朵。只不過兩小時，她就讀完那本雜誌所有文章，睏得蜷在沙發上，蓋著毯子，睡了幾小時。

「所以說，既然已經趕走牠，明天我預定在南部的延雪平有朗誦會。」

「這件事你先前完全沒說。」

「是沒說。之前在社夫德有個女人她……他們取消了一場活動，想知道我是不是能代替她去。」

兩個女兒都已出門上學。薇拉害怕自己的表情洩密，沒從面前的優格抬頭往上看就說「好」。之後廚房寂靜無聲。馬提亞斯拿過報紙開始看，將報紙弄得沙沙作響。

他會嗎？他真的會嗎？

他會坐在那裡，持續不斷睜眼說瞎話，然後喝咖啡讀報，宛如什麼事都沒發生？在他的世界裡，她已經淪為如此無足輕重，讓他能用這種方式欺騙她，完全不露馬腳？

這可能嗎？

薇拉用力深吸一口氣，讓自己平靜下來，然後再冷靜克制地呼出氣來，而非讓自己氣喘吁吁。她明白，一切都可能發生。即使是絕無可能的事，也都有可能發生。時間與人心深淵，都有裂縫。

她大致勾畫出對策，匯集少得可憐的武器，讓自己臉色平靜下來，才抬頭往上看，同時說：「這多棒啊。」

6 男人與狐狸

隔天薇拉撥電話請病假沒去工作，不盡然是在騙人。她又耗盡一個幾乎可說是失眠的夜，讀了馬提亞斯的電子郵件，沒發現蛛絲馬跡。而她漫無目的思索，也沒有任何結論。

她是天生的研究人員。她需要仔細檢驗種種關聯，藉此得到研究結果。僅有少許線索會困擾她，疑心則令她失常。她不瞭解病人會為最微量的血壓下降焦慮；而她也曾無數次告訴他人，在得到更多資訊之前，擔憂無濟於事。

如今她難以成眠，做不到自己的忠告。她來來回回點擊各種不同網站，徒勞搜尋她先生與莎嘉・蘭玎這混蛋的交會點，卻一無所獲。

她發現一些莎嘉的詩，認為這些詩根本無聊透頂。這些詩作四處散布「冗詞贅句」和「毛狀質地」這類字眼，數量多得無異隨處可見。莎嘉會質疑詩歌是否具「真實敘述者」的作用不難想見，因為她的詩看來百無聊賴。

薇拉等待早晨到來。在屋子開始喧鬧之前，她先撥電話到保險公司辦公室。隨後她起身，爬進雙人床。當鬧鐘響起，她假裝睡著。她表示自己不能去醫院工作時，馬提亞斯臉上閃過一絲不悅。

白天拖拖拉拉行進。馬提亞斯在屋裡走來走去，而且去拿信時，他出門的時間長得沒必要。薇拉則蜷臥在床，回顧他們的婚姻，為關鍵時刻建立記憶地圖，其間愉悅時光與艱困時分並存。

有很大一部分的她，依然不肯接受自己的恐懼之情。她心裡的疙瘩仍在，她也強迫自己保持忙碌。於是她創造了這張地圖，以馬提亞斯對她說的第一句話為起點，一切都從這裡開始。這是一段絕佳的戀情，也是一段美好的婚姻。這張地圖既漂亮又出色，即使它在這情境或許無效。

馬提亞斯三點半進房間走向薇拉，對她說他要走了。親親，早日康復，明天見。薇拉的目光緊緊追隨馬提亞斯眼神所在，並穿透他的瞳孔，看進他腦海。

你屬於我嗎？你真的屬於我嗎？你在騙我嗎？

她在思緒中徹底調查馬提亞斯，靜靜列舉疑問，直到馬提亞斯別過臉，在動身離開前撫摸她臉頰。

薇拉待在床上，直到前門關上。隨後她由床上一躍而起，穿上外套戴上手套。她聽到外面傳來新車啟動聲，往下跑到廚房，在一張紙上草草寫下「去諾爾泰利耶購物，很快回來。媽」，然後將這張紙放在廚房餐桌。

她到門外時，看見馬提亞斯轉過街角。那時天色已開始轉暗。車子尾燈消失前，照亮了一小片灌木林的光禿枝椏。薇拉快步走向Fiesta。車鎖開不了。她魂不守舍。一會兒過後，她才意識到手上用的是標緻的備用鑰匙。她急忙回到屋子，拿起正確的鑰匙，同時抓起手機。

隨後她跳進Fiesta，啟動車子，以時速七十公里滑過碎石路。

經數分鐘，且數度運用策略超車後，薇拉瞥見了馬提亞斯的汽車尾燈。她放慢車速，讓另一輛車追過自己。當時天色還亮，他可能會從後視鏡認出他們這輛車。她讓自己隱匿在前方那輛車後，等待天黑。

抵達諾爾泰利耶出口時，天色已暗得她足以冒險，讓自己能置身馬提亞斯後方五十公尺，同時也讓她能在馬提亞斯往後看時，仰賴前方燈光掩蔽自己。就在此時，薇拉才意識到她已駛過弗列達山丘，她甚至沒留意此事。近日承受的驚駭已驅離既有驚恐。

他們接近要分別轉往烏普薩拉和阿蘭達的岔路時，一股令人厭惡的味道充斥薇拉嘴中，是牙醫補牙用的汞合金。她先前嚴重磨牙，磨碎了一顆牙的填充物。這時她下顎疼痛。她試圖放鬆，讓自己喘口氣，並拿起之前就留在車裡的瓶子，喝了口瓶裡的芬達汽水。那汽水早已走味。

當馬提亞斯的右轉燈開始閃爍，顯示他正轉向烏普薩拉，薇拉的身體鬆垮得她幾乎無力轉動方向盤跟著他走。但她做到了。她尾隨丈夫，集中精神注視他的紅色汽車尾燈。它們在車子後方凝視她，恍如來自地獄的惡魔。薇拉只看到那雙紅色的眼睛，沒料到在引擎嘈雜嗡嗡聲後某處，卻聽到咀嚼聲。

那聲音來自她腳邊，來自後座，也來自後車廂。它來自車裡的每個角落。

薇拉打開收音機，響亮的喇叭傳出馬格努斯．烏格拉的嗓音。她一面開始在腦中列舉質數，一面放聲高唱：「妳啊！妳實在是，真的是太過出色！妳實在是，妳真的是，對一個這麼醜的傢伙來說，妳的確太過出色……」

這首歌結束時，咀嚼聲不復存在。薇拉將收音機頻道調至「瑞典寵兒」。這廣播頻道播出的歌，她最有可能跟著唱。她開口唱歌，如果播出的歌她不會唱，她就跟著哼。接著她看見馬提亞斯在諾爾泰利耶郊區的林波轉進加油站。

她在離加油站約一百公尺的公車站停車，注視馬提亞斯步出那輛標緻，加滿油箱。薇拉取出手機，在快速撥號功能選擇馬提亞斯的電話號碼時，心想：「親愛的，這是最後機會。最後一次機會了。」

她撥出電話，看到馬提亞斯在加油機前停下動作，拿出電話。

「嗨，親愛的。」他接起電話時說。

「嗨，」薇拉說話的同時，一隻手在外套口袋裡握緊拳頭說：「我只是想聽聽你的聲音。」

「妳聽到了。妳現在覺得如何？」

「我好點了。你在哪裡？」她看到馬提亞斯環顧四周，彷彿在為自己找答案，好回答她的提問，此時薇拉指甲戳進手心。在馬提亞斯開口回答前，他們的對話暫停長達數秒，而後他才說道：「在羅斯拉格斯車站。」

「我明白了。」薇拉對馬提亞斯說。此刻除了開口說這句話，她什麼都做不到。馬提亞斯不笨。他知道薇拉可能會聽到他不在車裡，況且此時他在那條路上的話，羅斯拉格斯車站的距離也恰如其分。

薇拉瞇起眼睛，注視在加油站的馬提亞斯，他的身影看來如此渺小。而馬提亞斯的聲音從她手中傳來，也同樣顯得微弱。薇拉放下電話，聽到手裡電話傳來馬提亞斯的聲音對她說：「喂？喂？薇拉？」那聲音如許微弱，幾近渺無聲息。

薇拉掛掉電話，深深坐進駕駛座，望著馬提亞斯把車開出加油站，繼續沿著公路，朝烏普薩拉前行。薇拉毋需再跟著他，她有地址。

薇拉曾在某處，讀到莎嘉現正攻讀農藝學。結果發現奧古斯地山丘就坐落於農學院附近，是學生租賃公寓區。她把車停在該地區邊緣，引擎熄火。

Fiesta駕駛座腳邊的暖氣扇壞了。薇拉下車之前，雙腳就已冰冷無比。她沿著一排城裡高級住宅似的建築，悄悄走過雪地，雙腳凍得幾乎全無知覺。

是你讓我做這樣的事。你是給我承諾的人。你承諾它恆久不變。

就她丟臉的意圖來說，這公寓非常理想。公寓的起居室在樓房底層，落地窗則高到天花板。薇拉經過若干房間，房裡都亮著燈，有人在裡面看電視或吃晚餐，安靜又不真實得猶如宜家家居店內一景。

二號位於這排建築遠處盡頭。薇拉接近那房間，房裡燈光昏暗。這時她雙腳已然凍僵，她的心無力使雙腳回暖。

她站在窗戶前，目不轉睛看著眼前戲劇般的一幕。這場戲攸關她的人生，而它正開展新局——莎嘉和馬提亞斯，他們就坐在沙發上，他一隻手放在她兩腿間。當時他們尚未褪去衣物，但由他們的姿態判斷，不久他們就會這麼做。當他開始脫她上衣，薇拉別過臉去。她不想看到莎嘉光著身子，除非有可能在解剖臺展示她的裸體。

薇拉蹣跚走回車子。她來了，她看到了。現在，她可以回家了。

她站在那輛Fiesta旁，鑰匙拿在手裡，想像開一百公里的車回家，車裡又冰又冷，會是什麼樣的一段路程。還不都是馬提亞斯，為了她優秀又有天賦的丈夫，她才會這麼做。薇拉把車鑰匙抛向雪堆，開始沿著奧古斯地山丘後方那條路走。

當她以備用鑰匙按下按鈕，那輛標緻的車燈向她閃爍，熱情友善地歡迎她。她坐進駕駛座，找到暖氣按鈕，調到最大。然後她啟動車子，駕車離去。

新車的音響系統確實優異許多。喇叭的位置都放得恰到好處，令「瑞典寵兒」的聲音一路迴盪，迴旋至她胸骨深處。薇拉在曲折的歸途中向家猛衝，同時放聲高歌。此時她心中所有情緒瞬間湧現，令她淚如泉湧。那淚水撲簌簌奔流不息，流下她的領口。

儘管薇拉已努力做好心理準備，在這當下，她依然備感震驚，理不出一絲清晰見解。未來如何，如墮五里霧中，她一無所知。她連隔天如何，都難以想像。此時此刻，她只想離開。遠離這裡，然後回家。

一片輕飄飄的雪花落在車子擋風玻璃，玻璃上有了斑點。薇拉找到汽車雨刷控制器，並在回到凱佩块公路時略微減速。她沒打算死於車禍，好讓事情對馬提亞斯來說，都變得唾手可得。

當她駛入弗列達山丘的山壁間，一股壓迫感向下襲來，彷彿帶狀物緊繃纏繞，團團圍住她頭部。行經山丘頂端時，一陣陣頭痛突如其來，如閃電般閃現，傳遍她大腦。這時候，在汽車頭燈照耀下，有隻狐狸顯影，就在她車子前方。

7 重返烏有鄉

那隻狐狸站在馬路右側，動也不動，盯著薇拉的汽車頭燈，呆若木雞。牠繃緊身體，正準備躍起。薇拉在路考中雖考過汽車失控甩尾，生平首度面對這項考驗，卻不由自主，驚慌失措。她將煞車猛踩到底，這時歌手烏魯㉖唱道：「她走過的時候，所有男孩都排成一列。」

倘若她現在開的是那輛Fiesta，或許她會在落雪半融的路上打滑旋轉。不過標緻汽車配備防鎖死煞車系統，車子左輪觸及狐狸身體前的剎那，她只感覺到一股脈動衝向腳底，而後車子突然轉向。薇拉放棄握方向盤，雙手舉在眼前，一隻腳依舊用力踩住煞車，猛踩到底。

車子滑離馬路右側，以時速十公里滑向山壁。薇拉倒向前方，嘴撞到方向盤。隨後安全帶阻止她，沒讓她繼續向前倒，讓她跌回座椅。

她關掉收音機，中斷烏魯的歌聲。這碰撞很輕微，甚至連安全氣囊都沒彈出，但薇拉離開車子時，雙腿卻不斷抖動。她跌跌撞撞，往回走二十公尺，朝身體覆有腫塊隆起的毛茸茸小動物走去。

她舔舔雙唇，嚐到血的滋味。之後她停下腳步，一個古怪的念頭浮現腦海。她轉向凱佩塊所在方向，放眼望去。沒有人。路上一個人都沒有。

若我已陷入失控狀態……

假設她車子已然失控，橫越馬路滑向左側。假設那裡有人，例如有位父親和他年幼的女兒，那麼她現已不在人世。那輛白色富豪240的駕駛，就是車子受撞擊時當場過世。

㉖烏魯（Orup）是瑞典知名流行歌手、詞曲創作者，也是吉他手。一九五八年生於瑞典胡丁厄（Huddinge）。

但那裡沒人。薇拉持續走向狐狸。柔和的雪花拂過她四周，靜默無聲地覆蓋一切，豁免並隱蔽罪行。她擦擦嘴，手背上有斑斑血跡。或許她需要縫合傷口，也需要仔細檢查。或許她應該只需要躺在路邊，等著有人看見她，將她移開椅背，載她遠離一切。

那隻狐狸以一種不可思議的角度躺著。牠的頭朝地面強壓，背部重傷，身體平躺在地，但尾巴朝上，彷彿有人將牠的尾巴當抹布般抓住擰絞。牠瘦削的嘴則被扯開，露出一排又小又尖的牙。

我很抱歉。你這麼美，我毀了你。

她在體無完膚的屍體旁彎下腰，留神傾聽是否有車接近。什麼都聽不到，遠處也沒有車燈。只有她和狐狸，兩個支離破碎的生物緊挨彼此。雪花一片片落在狐狸皮毛，在牠猶有餘溫的嘴邊融化。

你和我，我們不妨易地而處。

鮮血與汞合金在薇拉嘴裡混合，那滋味令人作嘔。她感覺自己和那隻狐狸一樣，肉身也受到傷害。她需要洗胃，需要灌腸，也需要永無止境的漫長淋浴，滌淨並清除一切，讓所有一切都變得純淨無瑕。但首要之務是她得移開狐狸。她不能讓牠在柏油路上維持這難看的模樣。

她緊抓住狐狸尾巴，嚥下一口混著鮮血的唾液，害怕狐狸尾巴會從她手裡脫落。她把狐狸拖離馬路。瘦瘦長長的狐狸頭部，就這樣被拉過融雪。

他們來到路旁。當狐狸尾巴離開薇拉手中，她朝狐狸彎下身子，對牠說聲「再見」。接著狐狸被猝然猛推，頭部離開雪地。狐狸張大嘴巴，在頭部左右擺動之際，發出了高聲號叫。

薇拉嚇得不知所措，向後絆倒。她驚聲尖叫，仰面摔落地上。

那一瞬間，天色轉為清亮。

薇拉四肢攤平，躺在溫暖堅固的地上。她聽到來自地底的顫動，那聲響穿過她顱骨。她仰望天空，天色白皙如紙。

我在這裡，重回舊地。

她轉過身，腹部朝下，看見自己置身泥濘荒漠。地上有寬大裂縫伸向四面八方，不規則黑色條紋遍布褐色大地，令她恍如身在龐大無比的蜘蛛網中。

這一次，她不是一個人。

在她前方數公尺處，有個人躺著。是個男人，身著牛仔褲與牛仔襯衫。薇拉張開嘴，想讓自己大聲叫喊，開口發問，然而她尚未發出聲音，就閉上嘴。橫過那男人臉上的，她起初理所當然，認定是他的手臂，結果卻發現是他的腿。那男人身體扭成一團，彷彿自高可摩天之處墜落地面。

在那男人背後，她瞥見還有其他人。那幾個人以形形色色的姿勢凍死，散布在田野各處。地面不再顫動，卻開始搖動。一股乾熱灼傷薇拉背後，而且那熱度轉眼上升。帶有韻律的深沉節拍，令空氣產生波動。她明白那是什麼。是腳步聲。

那東西來了。

當腳步聲愈來愈近，薇拉蜷縮成團，躺著一聲不響，動也不動，此外無計可施。她睜大雙眼，望向那一身牛仔衣褲的男人。律動變得如雷鳴般轟然作響，除了令她雙耳脹痛，也讓她身體在堅硬的地上亂蹦亂跳。地面熱得她感覺體內所有溼氣都蒸發散去，讓她緊閉雙唇。

律動驟然停止。那東西就站在她旁邊。薇拉看不清眼前景物。當時她眼中淚液已乾，眼裡的隱形眼鏡變得卷曲，成為硬塊。由於眼鏡緊黏在眼皮上，她無法眨眼，讓眼鏡離開眼睛。

她模模糊糊看見一隻黑黝黝的蛇或手臂或觸角，從天空往下伸，一把抓住她前方的肉體。這時她感覺到腦袋發燙，燙得如即將沸騰。而那發黑的肢體滑向穿著藍衣的肉體，將它筆直向上舉起之際，她也聽得到微弱嘶嘶聲。

片刻靜默之後，她聽到咀嚼聲。她聽到就在她頭頂正上方遠處，有骨頭斷裂聲劈啪作響，還有肉片墜地。此時大量點狀體液落下，隨即在地面化為煙霧。空氣燥熱得無法再繼續吸氣。只要吸一口氣，肺臟就會燒毀。

在那東西抓住我前，讓我死吧。

薇拉這麼想的瞬間，她覺得自己被注意到了。那個就站在她正上方的東西，已經看到她。嘶嘶聲沒完沒了，背後一片酷熱。薇拉感覺那尋覓的目光，恍如生病發燒時接連不斷的寒顫，一陣陣向她襲來。她難以闔眼，於是以幼稚的本能應對——她不再裝死，卻以雙手壓住雙眼，不讓自己看到眼前發生的事。然後她被朝上舉起，又被放回原處。那時烏魯正唱到「她走過的時候，所有男孩都排成一列」。

「*他們吹口哨又面帶微笑，他們懇求也乞求……*」

薇拉眼前的景象變得清晰，身體也冷卻下來。此時她在往弗列達山丘途中，迅速穿越半融雪地，手指環繞汽車方向盤，而烏魯正傾吐心曲：「*她愛的只有我……*」

由於用了自動駕駛功能，薇拉在轉彎處微微傾斜。在此同時，她全神貫注，試圖接受她發現的那個自己——她發覺自己無論置身何處，都會被那東西找到；她也發覺自己還活著，不在那張不斷咀嚼的嘴裡，沒有成為那東西的餐點。當她接近山丘頂端，她的理智甚而要她謹慎地按下煞車。

她緩緩越過山丘頂端，看到那隻狐狸正坐在馬路中間。她停下車，讓汽車引擎空轉。那隻狐狸坐了一會兒，望著薇拉，然後動身沿路邊往前走，一直走下山丘。牠的毛髮呈紅褐色，而且生氣勃勃。薇拉待在原地不動，注視那隻狐狸，直到牠在山壁後消失，無影無蹤。此時有種想法在她腦海縈繞不去，宛如詛咒：*我可能救得了你。爹地，這千真萬確，我有能力救你。*

薇拉朝下望向馬路，緊盯著那個地方。那裡離她父親從她身邊被奪走處，或許還有十餘公尺，但這念頭仍在她腦海反反覆覆，翻騰不休……

我可能救得了你，我有能力救你。

起初薇拉不明白離她父親葬身處愈來愈近，發生了什麼事。她父親的葬身之地彷彿朝她而來，有意擁抱她、壓垮她。那駭人思緒讓她棄埋智不顧，開始將車子駛下山丘。隨後她猛力煞車。

車子稍微打滑，但薇拉順利讓車子回復控制，同時左轉，駛向弗列達的店家。以她的狀況，繼續開車很危險。她在小屋停下車，在那裡丟垃圾。之後她坐在那兒好一會兒，無所事事凝望店外。那裡有加油機。

那時是九點鐘，那裡沒看到人。一輛重型貨車行經高速公路外，接著有另一輛，而後又一輛。有些車的目的地，肯定是凱佩塊。

我只有七歲大，當時我一無所知。

當然，她其實心知肚明。她曾經試圖將父親拉向一旁。她知道什麼事會發生，但她無力阻止。彼時她很柔弱，沒能通過考驗。

那時候我只有七歲，甚至未滿七歲。

薇拉前額靠在方向盤上。感覺有淚水趨近嘴邊，就舔舔嘴唇。有那麼一會兒，她對自己不曾感受到傷痕也不曾痛苦，備覺震驚。

可是那根本就沒發生。

她花了些氣力挺直身體，忍住淚水。想自己小時候做了什麼或沒做什麼，根本毫無意義。在這當下，還有兩個孩子或許正因她還沒回家，而憂心忡忡。

薇拉伸手拿車鑰匙。轉動鑰匙前，她先望向加油站，手上動作停了下來。在冷冷的日光燈下，距加油機數公尺處，有一輛車。這輛車關掉了汽車頭燈。她既沒看到它，也沒聽到它接近。

富豪２４０。那是輛白色的富豪２４０。

8 你是誰?

薇拉開車離開回收站時，將汽車頭燈轉到全亮，讓燈光照亮那輛富豪。這輛車像透了撞倒她父親的那輛，即使可想而知，這當然不是同一輛車。她在停車場或外面路上看到富豪240，心中往往一陣劇痛。這堅固耐用的不死車種，令人毛骨悚然。

她還沒留意汽車牌照號碼，另一件瑣事就引起她的注意——那輛富豪的車窗似乎畫了線。她車子右轉前，那輛富豪就離開她的視野，杳然無蹤。它的後車窗映照出薇拉車燈的光，像是先前有人從車裡，用白色顏料畫出光線反射圖樣。

這是錯覺。為什麼會有人這麼做？

開上凱佩块公路時，薇拉將自己藏進兩輛重型貨車間的狹長間隙，將那輛富豪遠遠甩在後方。她忍不住回頭一瞥，確定它沒尾隨自己。它沒有。只不過看起來，它也沒回加油站。

薇拉以時速七十公里靠馬路右側行駛，好讓那些敢開得更快的車經過。她不信任自己。驚呼尖叫與無形焦慮在她心裡盤旋不去。它們正揚言要支配她，指使她做什麼怪事，比方說，向下推進油門，並鬆開方向盤，如此這般，她就會撞到頭，或發生諸如此類的事。薇拉將時速降至六十。

「你是誰？」

薇拉自言自語，卻不明白自己這疑問來自何方。這問題來得出人意表。她猛力搖頭，表示自己不想說話。

「你？是？誰？」

「安靜！」

薇拉笨手笨腳找到汽車音響，打開收音機，讓收音機流瀉的聲響，淹沒自己惱人的聲音。她還沒找到右側按鈕，又放聲大叫：「你是誰？」

我要瘋了，真的。

為了讓自己住嘴，她背書似地開始陳述：「我很勤奮，也很漂亮，而且有天分又細心周到。我是磐石，屹立在暴風雨中。該死的你是誰？」

「廷達洛斯。」

「我知道那是什麼。可是你和我在一起，想要什麼？你要什麼？」

此時一對車燈在薇拉面前閃爍。那強光無比耀眼，令她頭暈眼花。薇拉揉揉雙眼，稍後聽到汽車喇叭聲不絕於耳，意識到自己弄錯汽車行駛方向，一輛行進中的重型貨車就在她正前方。她以本能右轉方向盤，在千鈞一髮之際，將車開到右線車道。那輛車的後車廂緊鄰她駛過，距離近得隨即颳起一陣狂風，讓她車子突然傾斜。怒氣沖沖的悠長喇叭聲，在她背後響了三次。

薇拉將時速降到五十，試圖讓自己鎮定，也要自己努力看路，看車，同時盯著自己，肩負上路開車之責的自己。

廷達洛斯……

她最近說過這個，也曾經聽到自己說了這個。她不知道這是什麼意思。儘管如此，她卻答道：「我知道那是什麼。」

我知道什麼我不清楚的事嗎？

她又快快看了自己一眼，留意到自己已有段時間沒看路開車。她打開收音機，調大音量，讓聲音大到這輛車由金屬製成的部分全都震動起來。流行樂團「親愛盟友」㉗唱著她應該會很愛的歌，但她避免聽他們的歌。她改聽音樂，讓美妙樂音和緩思緒，帶她回家。

她到家時，蜜兒和娜塔莉正在看電影《哈利波特》。她匆匆編派謊言，表示雜貨店資料有誤，迫使她得將所有商品放回貨架。但她們對她的話不太有興趣。

她站在客廳門口，在閃現藍光的燈下，凝視自己一臉倦容，雙眼無神。這張臉像正在吶喊：她們知道嗎，她們的父親是有外遇的混蛋，而且她剛剛幾乎在車禍中走了趟鬼門關。但她沒走進客廳。她走進廚房，為自己沏了杯茶。

她坐在廚房餐桌旁，雙手環繞馬克杯。杯子上有「世上最好的媽媽」字樣，是三年前她生日時蜜兒送她的杯子。當時蜜兒還小。電影似乎漸入高潮。薇拉發覺從客廳重低音喇叭傳來的轟鳴聲逐步變大，令她心神不寧。那聲響轟隆轟隆，聽來宛如腳步聲，那龐然大物的腳步聲。

薇拉右臂放在桌上，低下頭，讓額頭陷入肘彎。在雷霆萬鈞的聲音先轉為興奮嗓音，後為音樂取代之際，她一直維持這樣的姿勢，動也不動。

她抬起頭的時候，看到蜜兒站在門口，盯著她看。薇拉迅速站起，彷彿現行犯在犯罪現場被逮個正著。她拿起馬克杯，從毛線衣上拂去看不見的什麼，開口問蜜兒：「親愛的，電影好看嗎？」

蜜兒緩緩搖頭，視線沒離開薇拉。薇拉意識到手中馬克杯正在搖晃。接下來，不可思議的事情發生——蜜兒一言不發，走近薇拉，將雙臂環繞薇拉腰際，並將臉蛋靠在薇拉胸側，嘴裡喊了聲：「媽。」

㉗「親愛盟友」（Friends）為瑞典流行樂團，一九九九年成軍。二〇〇二年，因有團員單飛另組新團而拆夥。

薇拉起初目瞪口呆，動彈不得。隨後她撫摸蜜兒頭髮，問她：「電影很可怕嗎？」蜜兒搖搖頭，頭沒移開薇拉胸側，抱著薇拉的手也沒鬆開。薇拉把手放在蜜兒腦後。她們就維持這樣的姿勢，站了好一會兒。

我不明白。薇拉心想。但我會承擔下來。而且我不會問，我不會開口問。

儘管在情感與理智雙重層面，白天一整天不斷發生足以致命的事，但這不是隨後數小時薇拉躺在床上，在腹部緊抱枕頭之際，滿腦子在想的事——那時她想到蜜兒，想到她的舉動。

或許因這事最不具威脅，也或許這是一個人此時唯一能想的事。只是在當天發生的一切之外，蜜兒的注視與擁抱，也都出現在這一天。薇拉腦海中縈繞不去的是這件事，而非當天發生的其他一切。她似乎知道了。

蜜兒站在廚房門口注視薇拉的瞬間，宛如突然明瞭一切。也彷彿有難能可貴的剎那，蜜兒將自己的惱怒惱火棄置一旁，只純然給予。或許馬克杯上的文字喚醒了她，讓她憶起難以言喻的什麼。也或許天使走過那裡，這令人錯愕的事才會發生。

無論如何，沒有跡象顯示除薇拉令人寬慰的懷抱，蜜兒還想得到其他。這件事就只是單純存在，沒有相應要求。薇拉朝腹部抱緊枕頭，露出微笑，不想再理會所有一切。

這要年紀多小才做得到。

從一個人手中拿走一切，讓她放棄自己想當然耳的事，而且打倒她，讓她顯得汙穢不堪。然後再向她伸出一雙屬於孩童的手臂環抱她，讓所有一切都天經地義。只要有那麼一會兒，一個稍縱即逝的無價片刻，就讓事情可能持續。別管了，別再想了……

薇拉試圖迴避，她的思緒仍不知不覺轉向烏普薩拉，漸漸想到那張床，想到馬提亞斯翌日早晨會在那張床上，在莎嘉．蘭玎身旁醒來。他會對她說什麼，他有什麼打算，他那時會想什麼……

薇拉把枕頭丟在一旁，端坐床上。又一個失眠的夜。她喃喃自語：「為什麼我睡覺還得特地脫衣服。」她穿上睡袍，走向廚房。「世上最好的媽媽」馬克杯依舊在餐桌上，她用手指敲敲它。

我不是世上最好的媽媽，甚至我可能是最糟的媽媽之一。

這念頭前所未有，也未經鑑定。就某種意義而言，薇拉沒意識到這念頭實際上令人欣慰。因為她循這思路，跨出了一大步——她打開食品儲藏櫃，取出威士忌酒瓶。在夜裡，而且是平常工作日的夜裡，她為自己倒了半杯酒，在廚房餐桌旁坐下。

乾杯，敬薇拉．柯敘音，敬這個世上最糟的媽媽。

她隨意朝廚房可能聽得見咀嚼聲的某處舉起玻璃杯，喝下一大口威士忌。她嘴裡嚐到的單一純麥威士忌煙燻味，混合了她鼻中嗅到的輕微紙張燒焦味。

那東西從她踏進家門那一刻起，始終都在那裡。咀嚼聲和煙味，她都不再在意。牠可以恣意妄為。廷達洛斯。遲早牠若非住手，就是……來抓走她。

牠已經找到她，也捕捉到她的氣味。此刻牠正一步步接近她，要抓住她。她輕而易舉就接受這種想法，像它顯示在一塊有她名字的大理石上，只需簡單說「謝謝，現在我知道了」，然後就離開那家店一樣，真是好笑。但她確實很清楚這件事，畢竟她曾以二十八年的時光習慣它。

薇拉又啜飲一口威士忌。透過琥珀色的液體，她注視有字跡的馬克杯，感受到蜜兒的雙臂環繞她腰際。

「媽……」

薇拉皺起眉頭，雙眼刺痛。彷彿她順應天命的沉著鎮靜，像翻過書頁般轉眼消失。如果她被帶走……兩個女兒將會如何？朝她而來的那東西，她怎麼能確定那不是……

這是真的，薇拉！這是眼前發生的事！牠現在就要來了！真的！

薇拉全身顫慄。她早明白自己長年飽受威脅，有什麼東西始終都無聲無息跟蹤她。不過她預見的是距離，而且會日漸拉遠。那也是一種毀滅，屆時她只會灰飛煙滅。然而事情並非如此。

廷達洛斯……

筆記型電腦在桌上。她把筆電拉向自己。為何她認得出這個字，它來自何方？她在搜尋框輸入字母，而後按下「輸入」鍵。

9 制敵機先

薇拉觸目所及，所有資料都與短篇小說〈廷達洛斯獵犬〉㉘有關。還有一家日本狗園以此為名，命名緣由想必相同。這篇小說的作者是男性，名為「法蘭克．貝克納普．朗」。薇拉找了一下，順利找到這篇小說。她喝下更多威士忌，閱讀這篇小說。

㉘〈廷達洛斯獵犬〉（Hounds of Tindalos）是美國恐怖小說家法蘭克．貝克納普．朗（Frank Belknap Long）於一九二九年發表的短篇小說。他在這篇小說裡，創造了名為「廷達洛斯」（Tindalos）的異次元生物。這種上古時代的原始生物既不會老去，也不會死亡。牠們活在斷裂的時間稜角內（angles of time），而非一般生物所在的連續時間曲線中。包括人類在內的一般生物若遇上這種生物，牠們會透過小於一百二十度的稜角穿越時空，在一般生物所在的時空內現形，對獵物窮追不捨，遇到牠們的生物因此無一倖存。

小說與現實有若干雷同，其中也有許多敘述類似她的遭遇。問題在於小說的一切全為虛構。薇拉並非文學小說迷。她認為這些作品都是無端空想，不覺得自己有時間讀這些虛構之作。

不過實際上，有可能虛構任何事嗎？

世人都說X光機是人類發明，但它其實是人類運用自然現象，而這自然現象以「X射線」之名為人熟知。這樣的機器以來自土壤的金屬製成，這種電磁輻射形式在大自然中也普遍存在。人類尚未組合出這機器前，一切就都已存在。

可以用同樣的見解來看待貝克納普．朗的小說嗎？將這篇小說視為作者巧妙敘述某種什麼，而小說敘述的事物早已存在，藏在每個獨立個體身上？

這篇小說論及回到過去的時間旅行。故事主角前往舊日時光，在異次元時空某處，有某種可怖駭人的生物捕捉到他的氣味。這些生物會運用稜角，來到我們所在的這個世界。主角試圖消除房裡所有稜角，藉以保護自己，卻一敗塗地。

薇拉環視廚房，咯咯傻笑，威士忌已在她身上生效。儘管這篇小說充滿偽科學，「消除周遭所有稜角」的想法，依然令薇拉迷醉不已，即使這根本做不到。

她又為自己倒了點威士忌，嘴邊窸窸窣窣。

車子……

她在Fiesta裡聽得到咀嚼聲，但在那輛標緻中，卻什麼也沒聽到。其間差異取決於標緻較新，線條也較柔和嗎？這輛車既無稜角，也無斜角。

「不可能。」螢幕上的故事持續往上拉動，薇拉用手指指向螢幕。「這不可能發生，不可能發生在我身上，也不可能是目前發生的事。」

這根本就不可能。況且若真如此，事情也不會一模一樣。貝克納普．朗透過想像力創造的作品，根本毫無助益。然而薇拉闔上筆電，這篇小說依舊在她腦海揮之不去，因為她剛剛才明白自己何以認得「廷達洛斯」這個字，認得這個從她嘴裡冒出來的陌生詞彙。

她不曾耳聞這則故事，事情不是這樣。但她先前曾發覺自己在另一個世界。當時她置身那片位居兩地間的荒漠，那裡空氣振動，地面也微微發出聲響，而且在死屍之外，還有幾乎聽不見的聲音。那聲音來自那張正在咀嚼的嘴，在那張嘴裡被放大。那聲音是牠在祈禱，甚而是牠在向自己祈禱。那聲音是三個音節，在永無止境的週而復始中發出的三個音節——

廷達洛斯，廷達洛斯，廷達洛斯，廷達洛斯……

如此反覆不休，直到時間盡頭。那時她嘴裡有血——她六歲時，叫得太過大聲，也叫得太過深沉，太過刺耳。她被誤認為某個人，某個瀕臨死亡邊緣，而被移到那裡的人。那人移至該處，是為了那位食客。她全知全能，卻一無所知。

薇拉十一點醒來之際，額頭傳來陣陣痛楚，那痛楚冰冷無情。她幾乎不記得自己上了床。之前她坐在廚房餐桌旁，桌上有瓶威士忌。當時洞悉之事，當下都已遺忘。想必她最後踉踉蹌蹌上床，因為她現在躺在床上。今天或許是週五。

紙張燒焦味瀰漫房間，也依附在她床單和髮際，不曾消散。她揉揉雙眼。「肉食輕而易舉反映在外。」莎嘉．蘭玎這行詩作，此時毫無預警出現。

一首詩。所有一切，都是首莫名其妙的詩。此刻我正活在這首不可解的詩作裡。

薇拉沖了個冷水澡，凍得手指只能勉強關水龍頭。接著她以紅色毛圈布毛巾擦拭身體，讓自己循環順暢。然後她為自己煮了壺咖啡，一杯接著一杯喝了三杯。

她站在廚房中間，手裡拿著第四杯咖啡時，她發現在那一刻，她感覺真好。她可以感覺到自己的肌肉，感覺到血液流動全身，感覺到……她準備妥當，即將迎戰，就像那部電影裡那個對抗宇宙怪獸的女人，用火焰噴射器迎戰。

我不是該死的作家。我是**醫生**，聽到了嗎？**醫**，**生**。我確實知道該如何處理事情。

她驀然感到心曠神怡，走向院子，並將那輛標緻開往屋後。如此一來，馬提亞斯回家時，就不會看到這輛車。她想聽屆時他會說什麼，聽他能順利編造出什麼樣的故事。詩人啊。

接著她走進屋裡，烤肉桂卷。這需要一段時間。她試圖擀平麵團，麵團卻黏住她手。這不適合她。她捲起麵皮，捲得小小的不成形，全神貫注沉浸其間，沒聽到咀嚼聲，也沒聞到煙味。當肉桂卷放入烤箱約五分鐘，幾乎可說是大功告成時，她聽到前門打開。

「哈囉，親愛的。」她以歡愉嘹亮的聲音打招呼，完全不清楚自己怎麼會這麼說。

「哈囉。」馬提亞斯回應，聲音低沉。他來到廚房時，他的模樣也和他的聲音一樣，顯得焦慮不安。薇拉站在馬提亞斯面前，向他微笑。此時她胸口有柄大刀浮現。

馬提亞斯環顧四周。肉桂卷的香味，和周遭的氣氛，都令他備感困惑。薇拉拿出一盤烤好的肉桂卷，再放入另一盤，同時問道：「一切都好嗎？」

馬提亞斯說：「不好。完全不是那麼回事。」

薇拉將烤好的肉桂卷倒上架子。這些肉桂卷奇形怪狀，但烤得完美無瑕。她樂得頭暈目眩，也樂得必須自制，才不致讓表情透露心情。「哎，不會吧。」她沒轉身，只開口問：「沒人來嗎？」

「不，有人來。但我的車被偷了。」

薇拉假裝忙著整理架上的肉桂卷。她知道她應該轉身，也應該震驚萬分，但她實在做不到。她嘴角不由自主上揚，只問馬提亞斯：「在哪裡被偷？」

「這個嘛，就在那裡。我去的那個地方。」

薇拉轉過身，一隻手覆在嘴上，彷彿她正在思索答案。「等等……你再說一次，在哪裡？」

馬提亞斯茫然凝望空中一會兒。薇拉忍俊不禁，突然大笑。

他忘了。這該死的白癡忘了。

而後他掌握答案，「延雪平。」同時他皺起眉頭，對薇拉的反應表示不滿，「妳認為這很好笑？」

「不，不是。」薇拉回答，並摸索背後，抓到一個溫熱的肉桂卷。她丟出那個肉桂卷，打中馬提亞斯的頭。「好了，吃個肉桂卷吧。」

馬提亞斯盯著薇拉，滿眼氣憤。隨後他眼神丕變，眼眸中籠罩淡淡恐懼，儘管那恐懼一閃而逝。

這肯定很難，薇拉心想。他報警了嗎？他告訴警方車停在延雪平嗎？他必須有時間，才能三思。

她又拿了個肉桂卷朝他扔去。馬提亞斯站起來從桌旁走近她。他以雙臂抓住她時，薇拉再抓起另一把肉桂卷丟向他。

他問薇拉：「妳在做什麼？發生什麼事？」

薇拉目不轉睛，看進馬提亞斯眼裡，開口說道：「肉食輕而易舉反映在外。」

馬提亞斯眨眨眼，並搖搖頭。他顯然已認出詩句，沒有想不起來。薇拉抓起馬提亞斯右手，拉著他去後門。「過來這裡。」她說。

「又怎麼了，妳到底在說什麼……」

薇拉打開後門，那輛標緻就在門外。她感覺到馬提亞斯的手變得僵硬。她把頭偏向一邊，像孩童般問他：「那麼這是怎麼發生的呢？」

馬提亞斯的眼神像是試圖為這情境找出合理解釋，同時建構出一連串事件合乎邏輯。這眼神在薇拉胸口那柄大刀瞬間生龍活虎，猛力刺入她心房前，讓她享受了最後一丁點僅有的樂趣。然後她大發雷霆，大喊大叫，推擠拍打，悲泣號哭。

首波暴怒尚未和緩，烤箱裡的肉桂卷就已焦黑，廚房裡煙霧漫布。薇拉拿出烤盤，丟到爐子上。馬提亞斯則坐在廚房餐桌旁，雙手掩面。

「你應該離開這裡，應該現在就走。」

「妳怎麼會想……」

「我什麼都沒想，這不是我的責任。你自己得好好想想。」

馬提亞斯緊張地看著薇拉。他雙眼泛紅，臉上神色宛如懇求。他做了個手勢，指指廚房，指指房子，意謂他們擁有的生活，對薇拉說：「我們應該可以談談。」

薇拉說道：「不行，沒什麼好談的。我們現在只剩文件要寫。你走吧。」

諸如此類的交談反覆數次，而後馬提亞斯認輸，在袋子裡塞進衣物與盥洗用品。薇拉待在廚房，靠著爐子，讓自己鎮靜下來，不再哭泣。

馬提亞斯穿過廚房，默不作聲，完全沒看薇拉。他打開後門，薇拉迅速拿起車子備用鑰匙跟著他。他走出後門，在臺階上按下鑰匙打開車鎖，然後邁開步伐，走向車子。

這時薇拉碰碰鑰匙，鎖上車子。馬提亞斯嘆了口氣，又打開車鎖。接著薇拉再鎖上車子。他們如此持續，車燈時開時關，燈光明滅的時間長短，取決於前一個按下按鈕的人是誰。

最後薇拉在馬提亞斯背後說：「這不是你的車。」

「這輛車以我的名義登記。」

薇拉輕蔑地哼了一聲：「我想你得打電話給警察，到時候……」

馬提亞斯低下頭，在屋子周圍走來走去。之後他消失無蹤，沒留下鑰匙。

10 空無之地

接下來的大白天，都在漫長的宿醉中度過。薇拉將馬提亞斯趕出家門前，曾感受到一種歡愉。儘管那歡愉似是而非，此刻在她心裡，當時的歡愉卻徒留空虛。她彈起鋼琴，試圖以幾首情感強烈的巴哈前奏曲，填滿她心裡這股空虛，但她手指不靈活，彈琴時又向內凹。當蜜兒和娜塔莉從學校回家，她幾乎無法開口，告訴她們發生的事。

馬提亞斯傍晚來電。薇拉不想和他說話，卻不能不讓他和兩個女兒交談。顯然他已經告訴她們，他因為和她們母親有所爭執，得離家一段時日。

他目前在哪？在烏普薩拉。為什麼？這個嘛，他現在不想談。

蜜兒告訴薇拉這一切時，薇拉躺在床上，嘴裡含著冰塊。這麼做通常會治癒她的頭痛。

「可是爹地為什麼會在烏普薩拉呢？」蜜兒問薇拉，並爬上床緊挨著她。

薇拉吐出嘴裡剩下的冰塊，吐在地上。「因為他遇到另一個女人，比較想和她在一起。」

蜜兒凝視冰塊，它停在牆邊。她盯著它看，彷彿正嘗試解謎。她媽媽平常不會把冰塊吐在地上，而她爸爸一般不會遇見另一個女人。

「所以他什麼時候會回家？」

「親愛的，我不知道。也許他永遠都不會回來。」

蜜兒皺起臉說：「我永遠都不會冉看到爹地了嗎？」

「妳當然會再看到他。」薇拉撫摸蜜兒臉頰說：「妳想看到他的時候，就會看到他。但不是在這裡。現在這裡是只屬於我們的家。」

蜜兒離開薇拉時，雙手緊壓雙眼。任誰向孩童說明此事，都會讓一切簡單明瞭。孩童往往怕黑，這理所當然。他們必然感覺到世界不像成人致力偽裝的那樣單純。沒人會告訴他們暗影中藏了什麼，隱匿其間的可能是任何事物。它很可能令人不寒而慄，因為沒人談起。

他們想的沒錯。

薇拉輾轉反側，在床上翻來覆去，好讓自己閒不下來。咀嚼聲接二連三，猶如她體內發癢。她有股衝動，想要抓癢，就像她小時候。她會抓啊抓，徹底用力抓，用刨絲器，或用鏈鋸。

她走出房間，走向門廳，站在那裡猶豫不決。會導致瘋狂行徑的精神錯亂，此刻正竊竊私語，而她奮力掙扎，不讓自己失去理智。蜜兒與娜塔莉坐在廚房餐桌旁，正在吃肉桂卷，是剩下的最後幾個，因為世界上最糟的母親，根本沒為她們做晚餐。薇拉緊緊環抱自己，建議大家一起玩「大富翁」。她這麼做，是出於絕望。令她訝異的是，兩個女兒彼此對望，而後點頭。於是她們一起玩大富翁，同時很快就吃完櫥櫃裡剩下的餅乾糖果。薇拉贏了。或者說，是女兒們讓她贏了這場遊戲。

收好「大富翁」玩具時，娜塔莉問：「妳和爸會離婚嗎？」

薇拉沒想到這方面。令人費解的是，此時這問題提出來，她卻回答：「會，我想會這樣。」

「所以到時你們會共有監護權嗎？」

薇拉注視娜塔莉。什麼時候她十三歲的女兒不知不覺間，幾乎已長大成人？提出共同監護權的問題，彷彿此事涉及她們該買哪種果乾穀片般自然而然，因此薇拉也輕易說出答案。

「我認為是這樣，不過得看學校和各方面進行得如何而定。妳們比較喜歡哪種方式？」

蜜兒企圖擺出娜塔莉的神態，讓自己看起來和娜塔莉同樣漠然，對薇拉說：「娜塔說這樣會比較好。」

「什麼會比較好？」

蜜兒動動雙唇，彷彿正努力回想那確切構思。只是她這麼做，還是想不起來。她望著娜塔莉，尋求協助。娜塔莉只得聳聳肩說：「妳和爸不相愛已經很久了。」

「我們不相愛？」

「對。」

「那我們是什麼樣子？」

「我不知道。彼此忍受吧。」

娜塔莉的話，有幾分讓薇拉當場啞口無言。那個對此啞口無言的薇拉想起身抗議，也想從他們倆的舉止中，舉出一個最近的實例，說明他們相愛。然而抗議失敗。一部分原因，是薇拉無心記住他們的深情款款；另一部分，則因她想不出有這樣的事。

「所以妳們認為這樣不好？覺得我們會離婚？」

蜜兒緊抿雙唇，表情看起來像是要自己別搖頭，因為她想和姊姊一樣酷。在此同時，娜塔莉則裝腔作勢，淡漠無比地說：「這樣確實不好。但你們正在做你們該做的事，不是嗎？」

加上這句仿效她父親人生智慧的話，之後娜塔莉離開餐桌，走進房間，開始掉淚。

薇拉將一隻手伸向蜜兒，說道：「來吧，親愛的，上床時間到了。」

蜜兒正埋頭苦幹，忙著把自己的指頭扭在一起。她沒看薇拉，就開口問：「媽？」

「嗯？」

「今天晚上我可以和比爾在一起嗎？在我房間裡？」

蜜兒跳上椅子時，薇拉出人意表笑了出來，而且笑得既清脆又響亮。

宛如這麼做不會有絲毫差異。

隨後薇拉中斷笑聲。笑鬧狂歡與歇斯底里僅有一線之隔，她沿著其間的邊緣行進。她費了些氣力，才讓自己不再發笑。她對蜜兒說：「可以，妳可以讓牠在妳房裡。妳高興讓牠在妳房裡待多久，就待多久。」

蜜兒跑出去，衝向花園小屋，讓先前遭放逐的動物回家。薇拉從冰箱拿了些黃瓜和萵苣，好讓比爾能慶祝牠回家。她站著將黃瓜切成裝飾用的薄片時，對自己搖了搖頭。

事情會好轉的。

或許吧。如果她能和他們一起，能夠樂在其中。

子夜時分，屋子裡靜謐無聲，薇拉在屋裡的房間走來走去，藉以抗拒。她背誦質數，背誦人體骨頭名稱，也背誦世界上的首都名稱。只是她這麼做，猶如防禦機制過時老舊，不再有任何功效。只要稍有暫停，她就會聽到感覺到廷達洛斯正穿越時間，穿過空間穿過稜角，搜尋她的足跡所在。

她走出去，坐進車子。那些聲音和感覺，都變得幾乎無法察覺。儘管整輛車是圓弧造型，車裡少之又少的銳利轉角，仍在所難免，像汽車音響嵌入處，和安全帶按鈕都是。不過那聲音微乎其微。倘若薇拉不知道聲音就在那裡，沒注意聽，根本就聽不到。

那聲響如水龍頭不斷滴水，難以應付。無論音量多小，這微微聲響終究逼得薇拉焦躁不安。她啟動引擎，讓引擎聲蓋過那聲響。引擎啟動之際，她就決定要開車上路。

她在盧芒瑟的僻靜小路上開車繞了兩小時，漫無目標。隨後她在凱佩块港灣停車，望著船隻與卡車。接著她在吉爾博利亞和捷多兩地間行駛，然後轉入雷弗斯納。她在雷弗斯納的長堤盡頭站了很久，凝望倏卡燈塔。

我該怎麼做呢？

她駛向厄斯特納，徐徐穿越冬眠中的庫赫瑪夏季度假住宅，直到眼簾開始低垂，她漸漸緊張自己是否能駛離公路，才開車回家。

一連串無眠的夜，畢竟對她有所助益。她躺在床上，睡意立刻浮現，令她得以安眠。當她沉沉睡去，她會安全無虞，遠離威脅。她很久以前就知道。所以當睡眠的黝黯深淵在她身下現形，她滿懷感激之情，跌落那深淵邊緣，在目光與聲響都難以觸及之處，消失無蹤。

日子一天天過去。一位同事沒細查，就讓薇拉請了病假。薇拉為自己開立安眠藥處方。她很清楚就地理意義而言，這麼做對她逃離廷達洛斯毫無意義。當她站在捷多的鄉村雜貨店食品走道，只要心防稍有鬆懈，她就能從任何銳利轉角，聽到咀嚼聲向她襲來。有時她覺得咀嚼聲正在逼近，有時則不覺得。

她多半時候都耗在車裡。她開車在碎石路上到處繞，想出了一種推論——廷達洛斯尋覓她，是穿過時間，而非穿越空間。牠捕捉了她的氣味，此刻正以牠的方式，日日夜夜在千年之間，分分秒秒緩慢前進，為的是找到存有她氣味的形體，也為了看見生存在這世上的她。

雖然她覺得在車裡最安全，開車卻也引發她另一種不安。

路上的空曠之處多如牛毛。

公路側邊的路肩，是最有力的範例。有時她沿著凱佩块公路開車，感覺自己飽受監視，目光來自公路兩側。這讓她得停下車來，暫時走出車子，盯著她眼中仇敵的影子所在。

馬路和野生動物柵欄間五公尺寬的窪地，則形同虛設。從不曾有人走到那裡，也不會有人想到它、看到它。一旦有任何東西試圖長在那裡，人型車輛會隨即讓它喪命。

薇拉順著路旁往下看，目光停留在糖果包裝紙、啤酒罐，和輪胎碎片上。她既沒看見，也沒聽見任何不祥預兆。然而有種理解或許已從他方滲透她，宛如直覺。那個他方，就是那片荒漠泥地。它告訴她這裡……這裡……

這裡都沒好事，這惡果歸妳所有。

她無法再開車去諾爾泰利耶。她試過一次。但當她離弗列達那家店愈來愈近，她就會踩下煞車。那輛白色富豪240在回收中心前看守。當她直直注視那輛富豪，它就無影無蹤。

她往上看向山壁間的山丘。倘若這裡早先曾令她不安，它現在帶給她的，則是壓迫她，令她人仰馬翻的驚慌失措。這裡較之其他地方，堪稱最為空無。十公尺高的峭壁正面，因爆炸產生缺口。若她試圖經過這裡，峭壁兩邊缺口就會成為下顎，朝她接近。

她眼角餘光看到那輛白色富豪。她望向它，它就離去。她讓車子調頭，開車回家。

不祥預感令人膽戰心驚。這樣的氣氛，讓薇拉下午都和蜜兒與娜塔莉待在一起。她覺得置身兩個女兒之間，事情或許會比過去多年稍微好些。晚間她都吃安眠藥，安穩地睡得像塊岩石，不動不搖，一覺睡到起床為女兒們做早餐為止。

這是可行方式。她和一切都保持距離。她掌控情況，一如既往。

在此同時，她也知道事情不能如此持續。她不能無限期請病假，不能永遠待在目前身處之地，自絕於世界其他部分之外。只是除了掌握狀況，她暫時無力做任何事。她只能等。

等待在某個週三告終，以馬提亞斯當天下午撥來的電話為始。那是馬提亞斯離開後一週的事。這段期間，他撥過幾次電話給蜜兒和娜塔莉，薇拉都不願和他說話。此刻她拿起聽筒，聽他要說什麼。

她曾預料自己會聽到冗長的辯解與分析，也可能會聽到控訴，像是「和一個天殺的十全十美無懈可擊，或可用這類詞彙形容的人住在一起，是多難的事啊」。她甚至能想像他對那條美人魚的渴望，也料得到他想回家。但這不是他撥電話來的原因。事情與車子有關。

笑聲從薇拉口中流洩而出。她大惑不解地說：「車怎麼了？」

「車是我的。」

「真是見鬼。我是未來四年要付清貸款的人。」

「薇拉，我們不能永遠這樣。妳是受委屈的人，我很清楚。我是那個委屈妳的人，這我也知道。房子是妳的，這我曉得。但車子是我的，它登記在我名下，我正打算過去，明天帶走車子。」

「你真的是說，我應該繼續為那輛車付錢，為既懦弱又混帳還出賣我的前夫要開著四處跑的車付貸款？你的意思是這樣？」

「對，我就是打算這樣。」

「是你那詩情畫意的小賤婦那雙小巧玲瓏的腳累了，沒辦法……」

「薇拉，住嘴。不管妳怎麼說怎麼想，法律支持我，到最後……」

「……如果你要這輛車，就得打電話給警察。去吧。現在就去打電話。」

薇拉用力按下按鍵，結束通話。她按下按鍵的力道十足，指甲在電話橡膠按鍵留下了一道痕跡。她無法將無線聽筒丟進電話底座，只好費盡氣力搖晃聽筒，再使勁將它扔向廚房餐桌，然後用雙手壓住太陽穴。

他怎麼會是這樣一個……虛情假意的傢伙？

薇拉搖搖頭，邁開步伐，繞著屋子走。在此同時，她額頭湧現疼痛。這男人曾與她共享生命中十四年的曲折。只不過幾天內，同一個男人卻轉眼大相逕庭，成了另一個男人。

不是另一個男人。是同一個。我只是從不曾見過這樣的他。

薇拉在她房間門檻停步，腦中浮現他們購車當時，他們如何坐在車子銷售門市，如何來回處理那輛車的汽車牌照登記表，彷彿那是瑣事，根本無關大局。在她看著腦海中反覆播映的片段時，她的頭痛爆發，在她腦袋裡爆成一朵蕈狀雲。

他很清楚。甚至那時他就已心知肚明。他打算要這麼做。他要在離開之前，得到他那輛該死的車。

薇拉在床上躺下，抬眼怒視天花板，那裡一片雪白。她感覺到腦袋的笨重，也感受得到身體的沉重，而她卻無足輕重。直到最後一刻，馬提亞斯都操縱她、利用她。對他來說，她何時已變得無關緊要？而且還是那種能欺瞞壓榨出一輛車卻無關痛癢，用完再棄置一旁、一文不值的東西？這是何時發生的事？

我可有可無，微不足道。

天花板的白色木板化為空白書頁。其他一切都已遠離之際，空虛仍在。她的人生徹底成為謊言，成為一架沒有目的地的航班飛越薄冰，什麼都不值留存。

恐懼與憤怒消散。薇拉往上凝視天花板，腦中空無一物，所有一切都了無痕跡。她頭痛消退，放鬆下來，感覺無憂無懼。像是一個人先前迅速緊抓深谷側邊，直到肌肉叫喊抗議，手指頭也都流血，最後鬆手，任憑自己墜落。

她朝那面雪白墜落。這麼做帶來極度平靜，令她寬心落淚。一種雙眼圓睜卻恍惚的感覺團團包圍住她。在那樣的感覺裡，她可以存活，卻不會感到任何痛楚，宛如凡人度日，幾乎就像再平常不過的凡夫俗子一樣。

她不知道自己離開現實多久，有個聲音讓她回歸現實。那時她感覺雙眼刺痛，眼前煙霧朦朧。她聽到「砰」的一聲。她第一個念頭，是天竺鼠進到屋裡，從什麼東西上掉了下來。

她環視房間。眨眨眼，再眨眨眼，雙眼都沒問題。在薄霧遮掩中，她看得見窗戶的灰色矩形。她朝空中吸吸鼻子，聞到煙味，而且濃得彷彿有人此刻在房裡燒書。

失火了！有什麼真的在燒！

她跳下床，打開臥室房門。房裡煙霧奪門而出，溢向玄關，與原本清新的空氣摻合。她深呼吸幾次，關上背後的門。

目前這煙霧從哪裡來？

她打開窗戶，讓房間通風時，瞥見煙霧源頭。在離床最遠的轉角，壁紙上有個著火的洞。那個洞大小與拳頭相當，壁紙後的木板已經變黑，正微微發光發熱。

有什麼在那裡。有什麼已經……進來了。

薇拉打開窗戶，靜靜站著，側耳傾聽。煙霧以明顯的帶狀飄出房間，朝外面電燈飄去。天色開始轉暗。兩個女兒很快就要從學校回家。

此時有什麼在床下移動。那東西正在移動或……滑動。薇拉朝房門後退，打開背後的門，然後加快腳步，暫時離開房間。她迅速關上房門，走向廚房。當她從磁條掛鉤取下日式菜刀，腦中響起刺耳喧囂。她騰出一隻手按壓臉頰，好讓自己不再咬牙，咬得牙齒格格作響。

她打開水龍頭，喝了一小口水，沖掉嘴裡汞合金糟糕透頂的味道，隨後把刀具放在與臀部齊平的位置，帶著它靠近房間。打開房門時，她看見煙霧最濃的部分已被吹走。房間裡冰冰冷冷，空氣中仍有煙味旋繞，宛如記憶。她背過身關上門，低聲說：「來吧。出來吧。我在這裡。」

床底下又傳來躡手躡腳的聲音，沙沙作響。薇拉放低刀具，讓刀更靠近地板。當她瞥見有什麼動了一下，她隨即蹲下。有什麼在床頭櫃和床頭板間的陰暗處，悄悄匍匐前行。薇拉視線緊盯著那東西，並摸找電燈開關，打開電燈。

過去有若干手術與解剖驗屍，薇拉都曾到場。緊挨床旁蜷作一團的那東西，看來近似腸道的一部分。或說牠是隻白蝸牛，但有四隻粗壯的腳，如蜘蛛般由身體側邊伸出。當薇拉打開電燈，牠抬高身體。薇拉看見牠沒眼睛，只有一張嘴和兩隻觸角。

那東西是消化器官。也可能是某個什麼的一部分，有移動和咀嚼能力。那對觸角朝她所在方位揮舞。她不清楚牠是否已看見她，或只是意識到她存在。無論是哪一種，牠都知道她在。

牠找到我了。

她該做的是走過去，將牠砍成碎片，因為有什麼告訴她，牠是……暗中監視她的間諜。但她以往曾挖開屍腹，探究死屍肚腹周遭有些什麼，這讓她實在無法再朝這討人厭的小型生物走近一步。牠彷彿活生生的惡疾就在眼前，她不想離牠更近。

前門打開，薇拉冷不防尖叫出聲，轉過頭面向牠。床底下窸窸窣窣。此時薇拉的肢體終於甦醒，活了過來。她身體向下倒去，看著床下，向前伸出刀具。

那生物以長腿奔跑，在房間另一側消失無蹤。薇拉還沒從地上站起，牠就已爬上牆壁，在洞裡消失，從牠前來之處離去。薇拉跑過去，將刀具戳向牠，卻只劈開幾片炭灰色木頭，落在小地毯上，而那個洞也杳無蹤跡。

蜜兒和娜塔莉脫外衣時，薇拉過去告訴她們不用脫，因為她們全都得走。

「我們要去哪？」娜塔莉問薇拉，同時和平常一樣，繼續脫長靴。

薇拉回答：「我不知道。但我們要離開這裡。」

「為什麼？」

「妳不能照我的話做就好嗎？全都穿上外套，我們要離開這裡。」

不過是數天前，只要提出這類要求，薇拉都會遇上女兒的抱怨與疑問。然而如今在薇拉和她們之間，有什麼已經改變。馬提亞斯不在，讓她們以一種難以言喻的方式成為一個團隊，成為始終相伴的群體。

「比爾怎麼辦呢？」蜜兒問。

薇拉在壁櫥裡找了個鞋盒。蜜兒在其中放進一個輕便可攜的籠子，底下鋪上稻草，上面再加上氣孔。在此同時，薇拉在袋子裡準備了一些過夜所需用品。她不清楚她們要去哪兒。她唯一知道的，是行動方向，也就是「離開」。

最後她車子後座載著兩個女兒，開上凱佩块公路，駛往諾爾泰利耶。當時正下大雪。她在昏暗不明的燈光下打起精神，勉力開車，以防厚重雪花令她頭暈眼花。兩支汽車雨刷清除擋風玻璃上的落雪。薇拉臉上露出不服輸的表情，盯著雨刷間的馬路看。

車行至離弗列達數公里處，抗拒的感覺開始增長。薇拉抵達那家店時，昏暗中堆積的雪花，令暗處更顯幽暗。當她在十字路口瞥見街燈，她看著它們，宛如望著漆黑汪洋中忽隱忽現的燈塔光芒。

山丘在她前方。兩側的黝黑山壁間，有雲霧徘徊。車子引擎旋轉減緩，而後開始劈啪作響。最初薇拉認為行車速度變慢，是空氣本身變得濃密，造成前行阻力，但實際上，這是她一隻腳放鬆油門所致。她無法在這兩面岩壁間開車，在這無數稜角和表面粗糙不平的轉角間開車。

她將車子打入空檔，右轉汽車方向盤。車子打入空檔前殘留的行車速度，引領她們迅速進入弗列達那家店前那塊地。薇拉駛進停車場的停車位，氣喘吁吁，不知道自己已怕得屏住呼吸多久。隨後她轉過身，面向兩個女兒。

娜塔莉看來彷彿事不關己。蜜兒卻抱緊裝了比爾的盒子，望向窗外。薇拉順著蜜兒的目光，瞥見那輛白色富豪。

「媽咪，那輛車看起來好奇怪。」

那輛富豪緊鄰加油機，離她們只有五公尺。薇拉可以看見它閃閃發光的車窗都塗成白色。她先前想當然耳，認定這輛車的車窗事先從車裡用白色顏料畫出光線反射圖樣，只是幻象，然而這幻象卻千真萬確。薇拉吸氣。空氣中的氧氣恍如都化為液體，冷冽的驚駭之情川流不息，先往下湧入她肺中，再朝外流向她血裡。

真是夠了！夠了！

她握拳重擊方向盤，發出「砰」的一聲。然後打開車門，出去見追捕她的傢伙。

12 來襲

「媽咪，妳要去哪？」

「我很快就回來，親愛的。」

薇拉盡可能冷靜地對蜜兒說話，視線始終沒離開那輛白色富豪240。除了白色的車窗玻璃，這輛車和那輛讓她父親命喪黃泉的車，完全一樣。

薇拉小心翼翼接近那輛車，一次跨出一步，心裡希望自己有把大鎚。此時她的關節抗議，不願服從指令，宛如她體內血液溫度確實逐漸下降，已凍結成冰。籠罩那輛白車的嚴寒，冷得嚇人。當薇拉離它僅兩公尺，她可以看見她先前以為的白色顏料，其實是霜——車窗裡都結了霜。這時她停下腳步。

雪花落在薇拉臉龐，在她冰冷的肌膚上緩緩融化。四周悄然無聲，只有雪花落地發出聲響，聲音輕得幾乎無法察覺。薇拉徒手靜靜佇立，動也不動。無論那輛車裡是什麼，她都拿不出任何防備。車裡那人或什麼為何不衝出來，立刻抓到她，完成此事，讓整件事告一段落？她呆立原處，緊繃僵直，持續等待。在此同時，雪花不斷落下。

我在這裡。我來了。

嘎吱嘎吱的咀嚼聲突如其來。當車窗上出現一條黑線，或說是出現一道傷疤，清除車窗上原有的寒霜，薇拉猛然動了一下。無論車裡是什麼，那東西都正在毀損車窗玻璃。嘎吱嘎吱的咀嚼聲恍如繩索上升，先切開薇拉胸前，再進入她內心深處，變成一只掛鉤。

「住手！」

薇拉抽抽噎噎，轉身跑回車子，重重關上背後車門，啟動引擎。咀嚼聲環繞她，無所不在，正啃齧她耳中鼓膜。

「媽咪，那是誰？為什麼⋯⋯」

「沒事，親愛的，那沒什麼。什麼都沒有。」

薇拉以凍僵的雙手把車開出停車場。隨後打開收音機，調大音量。創作女歌手楠內・格蘿瓦爾演唱的

〈擁抱我〉㉙響徹雲霄，讓鬆動的一切全都開始顫抖。此時娜塔莉大叫：「別這麼大聲！聲音太大了！」

薇拉搖搖頭，讓車子調頭。她把車開上凱佩块公路，將弗列達那家店遠遠拋諸腦後之際，也讓貝斯強勁的節拍，按摩她體內凍結成冰的所有器官。在後視鏡裡，她看見山壁間的薄霧轉濃，成為迷霧一片。

「所以擁抱我，別放我走……」

她努力展現笑容，也試著唱歌。但當她轉身，卻看到自己這麼做令兩個女兒震驚不已。於是她不再微笑，也不再唱歌，讓車裡流瀉的音樂代為發聲。

馬提亞斯，她心想，我會撥電話給馬提亞斯，他可以過來帶走她們。

當她意識到馬提亞斯沒有車，她皺起眉頭。不，他有車，他可以開那輛Fiesta，如果她告訴他當時她把車鑰匙扔在哪……

她竭盡所能冒險加速，開快車穿越濃密落雪。在她背後，暗無天日的黑暗世界正在擴大。

那輛車來自芬蘭，佩萊·格朗貝爾在車上已經睡著。根據他寫的駕駛日誌，當時他已經睡著。若非如此，沿凱佩块往斯德哥爾摩的公路轟隆隆行駛時，身在那輛大貨車裡的他，也有責任。沒什麼值得一提。此時此刻，生活只令他煩擾不堪。他無法在小小的駕駛座上休息，也難以進入夢鄉。他只好喝下四杯咖啡，感覺自己腦袋還算清醒。

倘若貨車載的是一整車燃料，他會仔細考慮是否把車開到路旁，在駕駛座睡幾小時。不過這時車上載運的並非危險物品，而是家具。這些家具由「芬蘭優質」公司生產，完全毋需先運至倉儲中心，就直接送

㉙ 楠內·格蘿瓦爾（Nanne Gröanne）是瑞典創作女歌手，一九六二年生於斯德哥爾摩，一九八〇年代參加「瑞典歌唱大賽」出道。〈擁抱我〉（Hold me）是她二〇〇五年的作品，瑞典文歌名為〈Håll om mig〉。

到斯德哥爾摩昆延庫瓦購物中心的瑞典賽寧家具集團。家具根本不需要先運到倉儲中心，那只會造成莫須有的麻煩。再說車上的家具都已售出，倘若他耽擱行程，一頓臭罵在所難免。

即使他已喝下咖啡，在駕駛座從高處凝視眼前落雪如簾幕飄動，仍令他雙眼痛苦難當。那些雪白的小圓點在他視網膜上飛舞不休，讓他失神。

離弗列達約五公里時，他偶然遇見一輛車。起碼知道所有汽車的品牌和型號樣式，是佩萊相當自豪的事。但這一次，迎面而來的那輛車理應看見的種種具體細節，全都為飄落的白雪覆蓋，難倒了他。不過從車子外型看來，那是一輛標緻，這一點他有把握。

那輛車來到他前方十公尺時，他聽到一聲巨響。兩輛車擦身而過的剎那，那輛車由於都卜勒效應扭曲變形，先變得巨大，而後縮小，再在他背後的墨黑一片消逝無蹤。佩萊臉上露出微笑。看來對某些人而言，車子的主要用途，似乎是作為汽車音響喇叭。

那是標緻206，年份大概是……二〇〇五。那輛車的喇叭聲壓令人滿意，可能是特別訂製……

他的心思飄飄蕩蕩，遠離眼前所有一切，想到以耳機與耳塞聞名的德國品牌「聲海」，和日本電機製造商「日立」。來自弗列達方向的燈光漸漸趨近之際，讓重低音喇叭占據整個後車廂的這傢伙，正想著要處理他自己那輛車上已發出爆裂聲的重低音喇叭音箱。

他先睜大雙眼。接著緊閉眼睛。隨後又睜大雙眼。滿天風雪疾馳迴旋，正在對他的雙眼惡作劇。經過弗列達那家店時，為了爬坡，佩萊將車子換為三檔，感覺此刻駕車進入雪白濃霧中的自己，宛如駛入一堵厚重牆垣。他降低車速，再切換為一檔，同時放鬆油門。

他的雙眼儘管疲憊，卻未失明。這時他看到下方馬路竟是黑色，地上落雪均已消散，還有滾燙熱水熱氣蒸騰，在柏油表面往下流淌。草地與碎石上方都有蒸氣雲霧升起，連路旁都毫無雪花殘留。此時一道熱浪襲向貨車。佩萊屏住呼吸，彷彿他目前所在的駕駛座，就要進入三溫暖。

「這究竟是……」

佩萊的左手出於本能開始抽搐。他打開車前遠光燈，讓燈光照亮前方道路，照亮那兒的動靜，也讓威脅他的某種什麼，在車燈照耀下得以現形。車燈的強光穿透空氣，絲毫沒有落雪阻隔。當佩萊看見前方出現什麼，他口乾舌燥，緊張得說不出話。

右側岩壁有了生命，活生生直直伸出，橫越馬路。那炸成鋸齒狀的岩石順著路邊奔馳，在他前方數公尺停下，透過看不見的裂縫，擠壓出一大片狀似凝膠之物，創造出一個身軀，有他那輛貨車兩倍高。

在此同時，還有高溫與酷熱。

還有最後幾公尺，重型貨車的車身就要開過那裡。佩萊猛力右轉方向盤，以免貨車和那東西相撞。此時駕駛座已從三溫暖變成烤箱。佩萊雙唇裂開，皮膚也皺巴巴。車子滑離馬路斜向峭壁的那當下，他手上的婚戒非但已開始發燙，還帶著輕微爆裂聲，燒穿他無名指的皮膚。

貨車倚著岩石停下。車輪橡膠燃燒的惡臭、皮膚的燒灼味，和塑膠製品的焦味，是佩萊血液沸騰心臟衰竭腦袋認輸投降前，此生最後聞到的氣味。

佩萊吊在安全帶上，內臟都在燃燒。他的一切盡皆消亡之前，有幾秒鐘，這情景映入他眼簾——從後視鏡裡，他看見有什麼從山的一側出現，以蜘蛛般的長腳往凱佩块方向走去。那東西體型大小如數輛重型貨車，往凱佩块沿路樹梢的白雪都已融化，而那龐大身軀吸收了白雪融化的蒸氣。

撒手人寰前一刻，佩萊看到一輛車開出弗列達那家店，追隨那生物的足跡。

244，佩萊默想，富豪244-76，或244-77。接著，他什麼都不再想。

「接了接了，電話接起來了……」

馬提亞斯的語音信箱問候語出現。薇拉留了一則留言，表示有緊急狀況，要他盡快撥電話給她，也要他得來接兩個女兒。

而後她手裡拿著聽筒，坐在那裡等。也許馬提亞斯在顯示螢幕上看到是她來電，所以沒接。他會確認她說了什麼。之後他回電時，會聽到這和他先前可能在想的事，根本毫無關聯。

蜜兒和娜塔莉坐在廚房餐桌旁，與薇拉相對。她們正撫弄比爾，而比爾仍在鞋盒裡。薇拉吩咐她們別脫外套，以防萬一她們得趕時間，還有萬一……

薇拉放下電話聽筒，凝神傾聽。

咀嚼聲已然停止。儘管廚房有若干尖銳稜角，除了比爾在鞋盒裡四處嗅聞，和兩個女兒手撫過牠軟毛時的低聲哼唱，沒聽到任何聲音。

牠走了。

那麼為何她難以安心？更確切地說，何以這事令她驚恐萬分，而且這驚恐彷彿是她雖不曾經歷，卻比以往都更加深切的感受，甚至隨著無聲流逝的每一秒，這驚恐都增長得更為劇烈？

薇拉環視四周。沒看見什麼，也沒聽見什麼。但她心知肚明。她能感覺到那黑暗世界的影響力愈來愈強，也愈來愈逼近她，令她恍如天體，無可抑遏為黑洞吸入。她突然站起來，朝兩個女兒伸出雙手。

「走吧！我們現在就得離開！」

薇拉把蓋子丟向鞋盒，把盒子夾在腋下，同時抓起蜜兒的手，和緊跟在後的娜塔莉一起跑向前門。在紛飛落雪中，她們先走到院子，接著再進入車裡。

薇拉啟動引擎。當瑞典變裝皇后團體「黑暗之後」放聲高歌，表示他們想過甜蜜生活，薇拉也脫口驚呼。隨後她關掉汽車音響，不再有任何聲音能蓋過其他聲音。

蜜兒坐在後座，抱緊鞋盒啜泣。

「媽咪，我們要去哪裡？發生什麼事？我們到底要去哪裡？」

她們輾平覆在碎石路上的雪。在此同時，娜塔莉則安慰蜜兒。薇拉抬眼向上，匆匆看了月亮一眼。一層看來似乎由地面升起的薄霧，遮住了一輪明月。

往上去那裡。我們該去那裡。

沒有更好的選項，她只得開往凱佩块公路。

13 公路盡頭在此

薇拉鋌而走險。她僅有的計畫，是駛往吉爾博利亞公路。她曾在夜裡開車行經小徑。抵達吉爾博利亞公路後，她會試著哄騙追捕她的傢伙走那些小徑。只是車子開上公路，前行數百公里，她才意識到這計畫行不通。

雲層由地面升起，前方天空為之掩蔽，明月星辰都顯得朦朧。薇拉向下推進油門的那隻腳，和她握住方向盤的那雙手，都不肯順從她，因為她的身體很清楚——妳正駛進那黑暗中。

恐懼徹底掌控薇拉的四肢。她左腳往下推進油門，右腳在煞車踏板上，雙手則轉動方向盤。她緩緩接近路肩，將車調頭，並轉往反方向，駛向來處。

不是回家，牠知道我們住哪裡。

她經過轉往里德什霍爾的岔路，繼續駛向凱佩块，同時讓左手鬆開方向盤，好啃咬指節。只有在行經通往雷弗斯納和捷多的岔路時，她意識到轉往那兒，事情或許會有其他可能。然而一股驚駭之情，或說是畏怯肉體殞沒帶來的一片恐懼，此刻正操縱車子。而這股驚懼認可的唯一法則，是「走吧！離開吧！遠離死亡！」。

微乎其微的微渺希望忽隱忽現。這輛車邊角圓弧，只要她們待在車裡，廷達洛斯或許就不知她們身在何方，也看不到她們。或許吧，事情可能會是這樣。

當薇拉開車進入港灣，她左手指節皮膚已經啃破。公路終點站前那塊地遼闊無垠，停了若干貨車和油罐車，有的有人駕駛，有的則無人駕駛。終點站燈火通明，無比耀眼，彷彿黑暗中數百公尺外，有盞信號燈在。薇拉將車駛向燈光所在。

這時她稍微恢復理智。開車來到港灣，實在很笨，簡直就蠢得無以復加。這裡是公路盡頭，除非搭船，否則根本無法脫身。她領著兩個女兒來到最接近那東西的地方，況且這裡在室外就找得到轉角。

但這個地方並非轉角，她發熱的腦袋胡言亂語，這裡不是轉角，這地方沒有任何轉角，再說牠看不見我們。

隨即有兩件事接踵而至。薇拉先發覺一陣煙。一會兒過後，蜜兒扯破喉嚨尖叫，令她震耳欲聾。薇拉猛踩煞車，防鎖死煞車系統的劇烈搖晃震動她雙腿，隨後引擎才數度發出噗噗聲，停止運轉。

她轉身看到蜜兒驚呼出聲，也已扯掉盒蓋。那一瞬間，薇拉想殺了自己。

那盒子……

比爾有訪客。牠小窩裡每個角落都已變黑，而且有四條白色腸狀物緊緊纏繞牠，讓牠的身體痙攣。這些腸狀物穿過比爾身上軟毛，撕扯牠的身體，將牠四分五裂。盒子紙板被比爾爪子抓破，宛如牠正嘗試脫逃。

蜜兒舉起雙臂，扔掉她大腿上這令人作嘔之物，此時她的叫喊也戛然而止。盒子往上向前飛，盒裡血跡斑斑的稻草散落車內處處。比爾「砰」一聲掉在汽車儀表板上，彎身躺在緊急煞車把手，動也不動，像塊掛起晾乾的抹布。

一條腸狀物落在副駕駛座，同時轉身朝上。牠的觸角轉向薇拉之際，宛如緞帶的鮮血由牠嘴裡奔流而出。

出去！快出去！

薇拉與娜塔莉同時打開車門跌出車外，滾落在落雪半融的柏油地上。娜塔莉張口結舌，彷彿要說什麼。但她開口想發問時，卻只能發出低沉沙啞的聲音，說不出話。她向車子揮了揮手。

蜜兒仍坐在車裡，坐在她的位置上，茫然凝視前方。一條腸狀物緩緩爬向她雙腿。薇拉猛然衝進車裡，用手抓起蜜兒，硬將蜜兒拉出車外。地上落雪半融。蜜兒像布娃娃，掛在薇拉一隻手上，垂下身子。薇拉抬起蜜兒，用雙臂抱住她。蜜兒的身體了無生氣，鬆軟無力。

離公路終點站還有數百公尺。薇拉撫摸蜜兒腦後，低聲說道：「親愛的，我的小甜心，牠們現在都走了，已經沒事了。」隨後薇拉蹣跚走向終點站燈光所在，娜塔莉在她身旁。

她們走了約莫二十公尺，薇拉終於稍感寬慰，因為此時蜜兒雙臂有了生氣，緊抱住她的脖子。在那當下，薇拉也感覺到空氣中的熱度。而且就在電光石火間，氣溫竟熾熱如夏，還持續上升。薇拉轉身向後，卻同時放棄。

強光照亮通往港灣一帶的那條路。薇拉看見一縷蒸氣從樹梢升起，迴旋進入黑暗中。那東西漆黑一團，牠迅速伸出的細長腿部正匍匐前進，而且牠有觸角。牠毫無鋒利之處，體型輪廓也不清晰。牠是正在燃燒的暗影，具有行動能力——那是廷達洛斯。

那生物筆直穿越林木，緩緩趨近。那些樹觸及牠的瞬間，隨即著火，火舌高聳入雲。此時薇拉頭上吹過一陣酷熱狂風。她緊抱蜜兒，靜靜佇立，無處可逃。娜塔莉則緊抓薇拉手臂。再過不久，她就會摔倒，永遠不會再站起來。

而後，沸騰融雪上方，迷霧升起。透過這片迷霧，薇拉看到有某種雪白物體正接近她們，速度比那生物更快。那是一輛車。一輛車。一輛富豪240。那輛車在光滑的地上滑行，在她們面前煞車停下，打開後座車門。

薇拉有生之日，都畏懼這輛車。這毫無緣由，甚至完全無關生命慘遭威脅，即使她已應邀面對死神恫嚇。她在寒霜中看到車子輪廓，也看到這輛白車在弗列達驚嚇她造成的創傷。然後她看到一個掛鉤，而這不過只是開端。它其實是兩個掛鉤相連，連成一顆心。

那輛車後座一片漆黑。薇拉和兩個女兒趕緊衝入之前，一輛油罐車瞬間在樹旁爆炸。爆炸形成的火雲在樹林上方咆哮發光，微微燒傷薇拉臉龐。隨後她進了那輛車，關上背後車門。

車子裡冰冰冷冷，甚而冰冷都不足以形容車裡那股寒意。薇拉身上因恐懼流下的汗水都已冷卻，鼻子裡有東西結了冰，黏黏的，令她發癢。汽油燃燒的光芒穿透車窗內的凝霜，以落日般的色彩照亮車裡。

車子向前行駛。娜塔莉用力拉薇拉手臂，聲音因寒冷或害怕而顫抖，低聲問道：「那是誰？」

車子的駕駛別過臉，不願面對她們。那人擱在方向盤上的雙手雪白僵直，身體動也不動，宛如他確實已經凍僵。那人是「他」，因為是男人。薇拉可以看到那人的下巴輪廓，看到他耳朵外型有點像招風耳，也看得到那人臉頰上的鬍渣，和他鬢角的痣。

「爹地？」

那人右手緩緩鬆開方向盤，斜向上下擺動兩下，宛如在說「別吵，安靜！」。

薇拉向後靠著座椅，思緒一片空白，彷彿腦袋剛結了冰。她不瞭解。這件事她百思莫解。她容許自己被這輛車載走，容許自己被它由酷熱與黑暗中拯救。這令她心滿意足。她用毫無知覺的手，撫摸蜜兒的頭，讓自己陶醉其間，忘卻一切。

撞擊聲震天價響。一道強光穿透車窗，車子突然傾斜。車窗玻璃上的凝霜都融化成水，一滴滴開始流下。此時又有一輛油罐車爆炸。薇拉透過玻璃上的紋路，看見有大片金屬落地，在黃白交錯的光芒中，發出低沉撞擊聲。

他們一行人正離開此地，前往主要道路。然而車裡冰冷不再，因為環繞他們的一切，都在燃燒。縱然如此，剛剛是輛油罐車的地方，又有個迷你太陽先發出刺眼光芒，隨後爆炸，形成一堵火牆。車窗上淌下的水開始蒸發，薇拉吸入肺裡的空氣都在發燙。

透過車窗所見，此時已較為清晰。當薇拉看見那團黑影，她情不自禁倒抽口氣。此刻就站在他們前方的，正是廷達洛斯。火焰裹住牠，恍如惡魔來自地獄，向他們前進。

我們走不了。我們無處可去。

車子徹底轉換方向，駛向他方，朝大海開去。薇拉透過車子後窗，看見廷達洛斯舉起細瘦的腿，舉得比車子還高。那團乾巴巴的黑肉邁開步伐，那步伐又長又大。牠就走在他們後方，空氣都燒了起來。

這時車裡發出惡臭。有一次，薇拉曾在平底鍋裡放進一塊豬排油炸，而那塊豬排已經腐壞。排肉裡的蛆為了逃生，全都緩緩爬出豬排軟骨。那時加熱腐肉散發的煙霧既甜美又沉重，此刻車裡的氣味也一樣。這當下車裡飄散的煙霧，來自這輛車的駕駛。他緊握方向盤的手指都已解凍，而且變得焦黑。

車速加快，引擎呼嘯，車子衝向碼頭邊緣。在此同時，薇拉大叫「不！」，只是一切都已太遲。他們離開地面，在空中飄蕩了一會兒，之後車底先觸及海面。

車子開始下沉。他們四周有咯咯聲，也聽得見海水汩汩流淌。港灣已經著火。當海水上升淹過車門，淹過車窗，再淹過車頂之際，港灣燃燒的火光，映照在水面上。

這時四下安靜無聲。

他們沉入橙色的海水中，車頭向下。海水從縫隙與洞孔中迸入車內。他們沉得愈深，周遭顏色也就隨之變深。汽車駕駛倒在方向盤上，皮膚已從頭蓋骨開始鬆弛。薇拉摸找兩個女兒的手。找到之後，她緊緊握住她們的手。

爹地，謝謝你，謝謝你努力嘗試。

一道震懾人心的波動穿過海水而來。薇拉頭不易轉向後方，於是她抬起頭，透過後車窗，看見廷達洛斯尾隨他們進入海裡。車子搖晃顫抖。當他們周圍的水都開始沸騰，一聲劇烈哭喊，不知出於痛苦或震驚，撕裂了薇拉內心的一部分。而她內心的這個部分，聽得見咀嚼聲。此時她揚起嘴角。

你要死了，你這惡魔。你的死期就要到了。

海水正填滿駕駛座前，駕駛的臉泡在水裡。車子後座勾住薇拉，並將她推向前方座椅。薇拉放任自己往前墜落，她的臉在車子前座的兩個座位間露了出來。她想說些什麼，想要他聽她說話。

她們敲擊車底。忽然有張臉冒出水面轉向薇拉，但車裡暗得無法辨識相貌。當薇拉張開雙唇，正打算開口說話——不知那時她究竟打算說什麼？駕駛的一隻手卻向上舉起，撞到她嘴上。這時薇拉向後回彈約十公分，鮮血溢出牙齦，而後又往前墜落。

「尖叫吧，」駕駛生氣地小聲說：「叫啊。」

薇拉驚聲尖叫。她開始竭盡全力拚命大叫，持續驚呼，好讓所有錯亂瘋狂，和往日在她人世生活中累積的一切驚恐，終於全都得以褪去，不留形跡。她握緊兩個女兒的手，帶著苦痛與絕望尖叫，為昔日她生命的樣貌大聲呼喊，叫得鮮血自她嘴中滴入水裡，叫到所有一切都消失無蹤。

在星光中，薇拉頭朝前方，迅速橫越乾旱泥地，而後躺臥在地。她的雙手緊握住別人的手，其中一隻較小，另一隻手較大。有很短的一會兒，她就只是以這種方式躺著，臉頰靠著溫熱土地。

娜塔莉坐了起來，環視四周。她睜大雙眼，目光觸及薇拉視線。

「媽咪，我們在哪裡……我們……死了嗎……？」

薇拉搖搖頭，又握住她的手。

「親愛的，不是這樣，但別放開我的手。躺下，閉上雙眼。」

蜜兒躺著，凝視群星，目光飄過那些她不熟悉的星座。

「我們在哪啊？」

「噓，別出聲。親愛的，只要閉上雙眼就好。閉上眼睛。」

薇拉緊握她們的手，視線對準一顆星星。它比她以往從地球上看過的星星，都來得更加明亮。她注意到目前所在之處很安靜。沒有做禮拜的人，也沒人受他人敬拜，更沒有低聲耳語。然後她閉上雙眼。

溼氣滲透衣物，令薇拉頸背漸有寒意。她臉頰有某種重物，而且那東西在她臉上移動。接下來，她雙唇開始發癢。於是她睜開雙眼。

比爾的前爪正在抓薇拉脖子，並嗅聞她嘴巴。蜜兒和娜塔莉躺在薇拉身旁，緊靠著她們的車，地上落雪半融。薇拉握緊兩個女兒的手，她們也回握她。

薇拉輕輕長歎，這長歎令比爾退縮，從她臉頰跌落，驚異地吱吱叫。牠抖掉自己軟毛上半融的雪，搖搖晃晃走向放在敞開車門內的鞋盒。

薇拉拉過那盒子，拉向自己這邊。她低下頭，讓頭鑽進盒裡，凝神傾聽。除了比爾啃咬殘餘黃瓜片發出的咀嚼聲，什麼都聽不到。一點聲音都沒有。

童話已死

依然為Mia而作。

我想告訴你一個偉大的愛情故事。

很可惜，這不是關於我的故事，但我是其中一部分，而既然現在事情都結束了，我就想來為斯達芬與卡琳作見證。

作見證。我知道，這聽起來慎重了點。也許我是在為一個完全不令人感動的故事過度營造期待，但是奇蹟在這個世界上是如此罕見，以至於讓人在發現時必須盡全力充分利用。

我將斯達芬與卡琳之間的愛情視為一個奇蹟，而我就是想為這個奇蹟作見證。你認為這奇蹟很平凡或很老套都行，我不在乎。透過認識他們，我有幸參與其中。這事情超越世俗限制，因此成為一個奇蹟。一切就是這樣。

首先，先介紹一下我自己。請耐心聽我說。

我是布雷奇堡最初的居民之一。一九五一年，我和父母在水泥都還沒乾時，就搬到西格麗德溫塞特街。我當時七歲，現在我還真正記得的，只有當我們要到市區時，就必須長途跋涉走到冰島廣場站去搭電車。隔年，地下鐵車站開通。我很關注車站售票大廳的建造過程——竟然是找知名建築師佩特・塞爾辛來設計，那裡至今還是我們許多布雷奇堡老居民引以為傲之處。

我提到這個是因為，其實我的人生有很長一段時間都在這個車站裡度過。一九六九年，我開始擔任票務員，在那裡一直待到兩年前退休為止。所以，除了少數幾段時間是幫因病請假的同事在綠線上的其他車站代班之外，我有三十九年的工作生涯都待在塞爾辛設計的建築裡面。

我有很多故事可以說，而我也不是沒考慮過要說出來。我喜歡寫作，而一本不起眼的票務員小自傳可能也找得到一群讀者。但這裡並不適合討論那些。我只是想稍微介紹一下自己，這樣才知道是誰在說故事。那些小故事以後再談。

有人說我是個缺乏抱負的人。如果你認為的「抱負」是想要事業蒸蒸日上或是提高社會地位，或其他任何的說法都行，那我就真的沒有。但抱負可以有很多種定義。例如，我的抱負一直是想過著平靜、有尊嚴的生活，而且我認為自己已經達成了。

如果我是生活在二千五百年前左右的雅典，很可能會過得自在許多。我會成為一位傑出的斯多葛派學者，而且我在柏拉圖的著作裡所能領會到的許多人生態度，則彷彿是為我量身打造的。也許在那個時代，別人會當我是聖人。在現代，別人通常認為我話多得煩人。正如作家馮內果所說的，這就是人生。

我已經將人生奉獻給售票與剪票，還奉獻給閱讀。在售票處工作，就會有大量的時間可以讀書，尤其是像我這種經常上夜班的。杜斯妥也夫斯基與貝克特大概是我的最愛，雖然兩人在風格上迥異，但都企圖達到一種——

抱歉，我又來了。我剛剛想說的是「平靜」，但是我不該在這裡細談我的文學偏好。我的事說夠了，來談談斯達芬與卡琳吧。

噢，還有一個小小的題外話一定要說。以傳統的意義來看，也許，想要寫自傳的我，終究還是懷著太高的抱負。我似乎不懂得組織內容。好了。你就只好忍耐了，因為我需要說一點關於奧斯卡．艾瑞克森的事。

雖然我不知道你是否還記得那個案子，但是那件事在當時引起了很大的關注，也有大量的相關報導，尤其是位在城市西邊的這一區。如今已過了二十八年，而且從那以後，布雷奇堡一直都沒再發生那樣悲慘又暴力的事。真是謝天謝地。

一個偽裝成吸血鬼的瘋子在一座公共室內泳池裡——現在改建成一所幼稚園——殺了三個孩童，然後還綁架了奧斯卡．艾瑞克森。報紙上一星期接著一星期為發生的事大做文章，當時還在的人，有很多一聽到「布雷奇堡」就會聯想到吸血鬼與大屠殺。那我說「舍博」㉚時，你會想到什麼？融合與寬容嗎？不，我想不是。一個地方獲得惡名之後，那惡名就像牢牢釘在那裡似的，持續很久都無法擺脫。

一個偽裝成吸血鬼的瘋子，我這麼寫是因為我想要提醒你這個當時被普遍認為的看法。不過，我有充分的理由對這件事做不同的描述，但是這要等到最後再說。

那這跟斯達芬與卡琳有什麼關係呢？

是這樣的，他們之所以會搬到布雷奇堡，是因為卡琳是名警官，而且有參與調查被稱作「布雷奇堡游泳池大屠殺」的事件。說得更明確一點，她其實是負責處理奧斯卡．艾瑞克森失蹤的部分。她做了那些調查，就表示她花了很長的時間待在布雷奇堡，儘管發生了那一切，她卻還是漸漸喜歡上這地方。

在調查工作暫時擱置後，她與丈夫斯達芬在找新的地方想住個幾年，這時他們便來到布雷奇堡，也就是因為這樣，使他們後來在一九八七年六月搬到霍爾伯格街，住進低我家兩層樓的公寓。

在正常的情況下，我一點都不會去注意有誰在我家附近的公寓大樓進進出出。即使我已經在這裡住了很久，也都不會對周圍的事物多加留意。但是那年夏天，我常常待在陽臺上，埋首苦讀普魯斯特的《追憶似水年華》。至於會注意到樓下新搬來的住戶，是出自一個很簡單的理由：他們牽著彼此的手。

我估計那男人的年齡與我差不多，而那女人比他大上幾歲——早就過了大多數情侶停止在公共場合親密互動的階段。當然有些人例外，但是最近似乎就連年輕人都不再牽手了，至少超過十歲的不牽。

但這對中年情侶一踏出門後，就牽起彼此的手，彷彿那是世界上最自然的事。他們當然有時候會各自

㉚舍博（Sjöbo），瑞典南部的一個自治市，在一九八八年透過公投禁止接收外國難民，引起輿論批評，後來到二〇〇一年才廢除禁令。

行動，走在一起時也不會一直牽著手，但幾乎都有牽著。不知為何，這令我感到快樂，而且我發現我一聽見他們開門的聲音，就會停止看書，抬起頭來。

也許這是我的職業病吧，當我在各種情況下有機會從售票亭內觀察他人時，我習慣仔細看人，試圖去猜想他們的身分，把得到的線索拼湊起來做判斷。

由於那對情侶在那年夏天經常待在一樓陽臺上，所以我有許多機會觀察他們，以便得出結論。

他們時常互相為對方朗讀，這實在是一種很過時的娛樂。我因為距離太遠，無法聽見他們在朗讀什麼，而且當他們把書留在桌上時，我必須阻止自己去拿望遠鏡來看。觀察與監視是不同的。把望遠鏡加進來後，就越過了那條界線。所以，不能用望遠鏡。

他們經常喝紅酒，兩人都抽菸。當其中一個人在朗讀時，另一個人會捲香菸。有時候，他們會待到很晚都還沒睡，在他們之間的桌上擺一部卡式錄放音機播放音樂。就我所聽見的來說，大部分都是播放流行老歌。希芙．馬爾姆奎斯特、厄斯騰．瓦內爾布林、宮納爾．維克倫德。諸如此類的。還有阿巴合唱團。他們放了好多首阿巴合唱團的歌。

他們偶爾會在那有限的空間裡一起跳一下舞，但是當他們跳起舞時，我就不會看，然後忙著做自己的事，因為那似乎有一種我無法解釋的私密感。

好了。讓我來告訴你，在還沒認識他們之前，我先得出了什麼結論。我認為那男人是從事某種服務業，而那女人是個圖書館員。我判斷他們認識時，彼此都已經是熟男熟女，而且這是他們第一次同住一間公寓。我覺得他們倆都曾有過自己的夢想，但如今已將夢想擱置一旁，因此他們才能把活力注入在他們的關係裡，注入在他們的愛情裡。

你之後會發現，這結論下得還算不錯。

我只有一個地方完全弄錯，而你也已經知道是哪裡了。那女人是警官，不是圖書館員。如果有人問我對女警的印象是什麼的話，我大概會說黑色短髮、顴骨突出，再加上肌肉發達。但卡琳不像那樣。她有一頭濃密的淺色頭髮，筆直垂落在背上；她身材較嬌小，長得很漂亮，有魅力，臉上有很多笑紋。其實，就是個會讓你開心地請她推薦書籍的人。

當然，你是可以請她推薦，但是你必須問她關於疤痕組織生長、謀殺心理學和手槍的彈藥容量等方面，這些才是她真正熟悉的領域。雖然她特別擅長訊問目擊者與蒐集口頭情報，但她也精通彈道學與血跡分析。「不過，那大部分只能算得上是嗜好啦。」她曾經如此解釋。

在我發現斯達芬是靠什麼工作維生的同時，我們之間的友誼也開始萌芽。

看完普魯斯特的作品後，我開始看畫家孟克的傳記。當我的假期在七月底展開時，也剛好把那本書看完，於是我決定去一趟奧斯陸，到那裡參觀孟克博物館。這是孤獨一人的好處之一，你有了想法後，隔天就能付諸實行。

我搭早班火車過去，以便能在下午抵達，而當驗票員過來時——這個戴著帽子、穿著全套制服的人不就是我的新鄰居嗎？所以，我們幾乎是從事相同的工作，是一份絕對算得上是服務業的工作，不是嗎？

我把票拿出來時，他皺起眉頭看著我，好像在思索著什麼。我幫了個忙。

「我們是鄰居，而且我在車站的驗票口服務。在布雷奇堡。」我說。

「對，沒錯。」他說，並剪了我的票。「謝謝你告訴我。不然我會想一整天。」

接著是一陣短暫沉默。我感覺自己好像還想說點話，但我想不出說什麼比較不唐突。我不能問他們都看什麼書，或是問他最喜歡阿巴合唱團哪一首歌。他就當時所能得知的普通事實，開口幫了我。

「那麼，你是要去奧斯陸囉？」他說。

「對。我想去那裡的孟克博物館看看。我從沒去過。」

他自顧自地點頭，於是我心裡納悶，是不是應該說出孟克的全名。也許他對藝術沒有興趣。所以我有些驚訝地聽見他問：「你有看過他畫作〈吻〉嗎？」

「有。但沒實際看過那幅畫。」

「那博物館裡面有。」

他看起來好像還想說什麼，但是坐在我前面的乘客正在揮舞手上的票。這個之後我會知道叫斯達芬的男人，拿著剪票器對著空氣喀擦幾下之後說：「那是個很棒的博物館。好好享受吧。」接著繼續驗票。

隔天我參觀博物館時，當然特別注意〈吻〉，尤其是因為我本來就喜愛那幅畫。正如我之前所說，我喜歡做推論，所以一定會根據我自以為對牽手鄰居的瞭解來解讀那幅畫。

那感覺比較像是兩個身體融合在一起，而不是一個吻。一方面，那幅畫描繪出勝過其他所有親吻的吻，那樣的結合使兩人緩緩靠近，合而為一。另一方面，那幅畫的色調很暗，而且身體的姿勢顯得有些痛苦，彷彿我們是在目睹一件無法抵擋又令人難受的事。無論是什麼含意都表現出兩人完全同化，已不再以個體存在。

雖然我認為我對鄰居已有所瞭解，但同時也提醒自己別做過度理解。畢竟，就連像我這樣孤單的人，也很喜歡那幅畫。

因為考慮到之後會發生的事，所以我想提及一個有趣的細節：我花了很長的時間站在一幅名為〈吸血鬼〉的畫作前面。這裡又是類似一種親吻、身體融合在一起的感覺。不過，這是在安慰，還是給予致命的一咬？是那女人的紅髮將那男人包覆在忘卻與原諒之中，還是那其實是血液在流淌？無論如何，這幅畫裡有跟〈吻〉相同的無臉人，以及盲目又痛苦的共生關係。

剛從奧斯陸回來後的某一天，我經過斯達芬家的陽臺，他坐在那裡閱讀杜斯妥也夫斯基的《白癡》。因為沒打招呼會很失禮，所以我說了些話，然後他提到杜斯妥也夫斯基，我提到孟克，然後他問我想不想喝杯咖啡。事情就是這樣開始的。接下來我就長話短說，我們後來有幾天也一起喝咖啡，接著到九月時，他們邀我過去吃晚餐。

我必須要道歉，因為我兜了一大圈說這段奧斯陸的事，目的只是說明我們的友誼如何開始，但正如我之前所說的：事後來看，我並不覺得這事情完全沒有意義。可以說是結局早就概括在開頭裡了。

我和斯達芬與卡琳相處得很輕鬆。我們有類似的興趣，更重要的是，有相同的幽默感。他們跟我一樣，喜歡顛覆一些想法和傳統觀念，例如，我們可以花很長的時間推測，如果島嶼不是固定不動而是到處漂流的話，會發生什麼情況。還有執政者會如何制定移民政策，以及其他許多諸如此類的事。

有一天晚上，當我們坐在陽臺上一同享用一瓶葡萄酒時，我問他們是怎麼認識的。他們突然擺出一副神祕兮兮的模樣，互相瞥了對方一眼，臉上的表情像是在分享一個外人聽不懂的笑話。最後，卡琳說：「我們是在……調查的過程中認識的。」

「調查什麼？」

「布雷奇堡的案子。」

「那個游泳池……事件？」

「對。斯達芬是目擊者，所以我找他問話。」

「目擊者？」我看著斯達芬。「可是你當時沒住在這裡，不是嗎？」

斯達芬看了卡琳一眼，彷彿在請求允許談論一項正在進行的調查，而她輕輕點了頭。

「奧斯卡．艾瑞克森，」斯達芬說。「在一切發生之後的隔天，在火車上，是我幫他剪票的。所以我算是最後一個確定有看到他的人。」

「還有其他人看到他嗎？」

「這你必須問卡琳。」

「抱歉，」卡琳說，並幫我的酒杯添酒以作為補償。「調查還在進行當中，所以我不能……你知道的。」

「可是這不是……是多久……五年前發生的嗎？」

「調查還在進行當中。」

於是，這話題到此為止。目前只能說到這裡。

這是個極為顯著的例子，因為這牽扯到職業道德，但是我注意到，以一般的觀點來看，他們倆都設有明確的界限。劃分出什麼可以說，什麼不能說，尤其是關於他們的關係。舉例來說，我跟他們的交情有二十三年之久，在這段期間，我從不曾問起他們的性生活情況。他們彼此觸碰的感覺、他們的表情與短暫的親吻，顯示出他們大概有美滿的性生活，但我憑直覺知道，那不是他們想跟別人討論的事。

我從沒碰過像他們倆這樣契合、親密的情侶。他們構成屬於他們的小宇宙。我不否認自己有時候會覺得陪伴在他們身旁很難過，尤其是我們小酌幾杯之後。我們會坐在那裡有說有笑，度過一段美好時光，但我是那個時間一到就必須起身獨自回家的人。無論我們有多麼喜歡對方，我始終都是個外人。

他們絕不完美。我不只一次覺得，他們之所以會珍惜我的陪伴，是因為他們希望有個見證人。希望有個人會讚賞地看著他們的愛情，給予認可。當我說他們在一起非常棒，說這真是個奇蹟……等等時，他們樂得接受。有種自傲的感覺。看看我們在一起是多麼幸福啊。

但這只不過是個補充說明罷了。那份愛確實存在，是一段偉大而真實的愛情，而且，即使是愛情也可以帶有些許自負。

一年又一年過去，我們變得更加親近。他們很少跟其他人來往；他們似乎有彼此的陪伴就十分滿足了，而且我覺得我可以帶著自信說，他們只讓我一個人完全進入他們的生活之中。

一九九四年，卡琳退休了。如果這點令你大感震驚的話，我很抱歉，但當我得知他們的年齡差距時，也有相同的感覺。斯達芬是在一九四五年出生的，也就是說，他小我一歲，而卡琳則是在一九二九年出生。我最初的感覺是，他們大概差了七、八歲。但事實上是十六歲。她那雙明亮的眼眸，配上一頭金色長髮，造成了我的誤解，而斯達芬讓人感覺有點老氣也有影響。

所以卡琳退休了，而斯達芬則繼續在火車上周遊各地，主要是在斯德哥爾摩與奧斯陸之間來回。正如我之前所說，我工作的時間大多在傍晚到深夜，所以在白天有相當多的空閒時間。我和卡琳兩人獨處時，不像我和斯達芬相處時那樣感到輕鬆，但是過了一年左右，再加上幾次一同喝咖啡小憩，使我們已經達到讓兩人都能感到自在相處的狀態。

事實上，那是發生在有一天我們一起喝咖啡時，她告訴我，儘管奧斯卡．艾瑞克森的案子不再是她的工作了，但那件事還占據著她的心。也許是因為她已經退休了，所以她覺得可以透露一些出來。

「那完全不是事實，官方的版本完全不是事實。」她說。

「什麼意思？」我謹慎地問，希望不要破壞了令她提起這話題的氣氛。

「首先，游泳池的天花板上有血跡。在天花板上。而且就在泳池的正上方。距離水面五公尺高的地方。要噴到那麼高，就必須有人爬梯子上去把血潑到天花板上。梯子得擺在泳池裡才行。而血跡是來自頭被扯掉的受害者。」

「妳是說砍掉吧？」

「不。是扯掉。而且你無法想像那麼做需要多大的力氣。試試看徒手將一條聖誕火腿拔成兩半——這種不需要對付骨頭的都很難了。你知道古代有一種處決方式是讓馬將人拉成兩半嗎？」

「知道。」

「那只是一種酷刑。馬甚至連一隻手臂或一條腿都拉不開，得用刀砍來輔助才行。而且，這是在說馬喔。」

「牠們是很強壯的動物。」

「對。大象就有辦法拉開。但馬不行。而人就更肯定是不行的。」

「那麼，到底是怎麼發生的？」

卡琳靜靜坐著，沉默了許久，眼睛凝視著窗外，彷彿她正試圖用X光穿透那些建築，直到能看見四百公尺外那座封閉起來的游泳池內部。

「可以說，是先有一記重擊造成一道傷口，」她終於開口。「接著再開始把頭扯下來。但沒有用刀割。我們還發現有另一名受害者，一位老先生，死在一間公寓裡……」後面幾句說得像自言自語，接著她眨了幾下眼，彷彿剛睡醒似的。她看著我。「奧斯卡．艾瑞克森。你見過他一次，對吧？」

「是見過好幾次。他以前跟其他所有人一樣會搭乘地下鐵。」

「可是有一天晚上……」

我們之前就一般的觀點在聊游泳池大屠殺事件時，我有把幾年前發生的事情說給斯達芬和卡琳聽。當時是凌晨兩點，我坐在驗票閘門旁閱讀卡夫卡的《變形記》，此時奧斯卡．艾瑞克森在地鐵站裡出現。閘門附近有個醉漢正唱著吟遊詩人伊維特．陶布的歌，而那男孩……我又把事情說了一遍。

「他站在那裡，好像突然之間感到非常高興。我正想問他要不要緊，都這麼晚了，年紀這麼小的孩子還在外面做什麼。但是當他站在那裡，一旁還有醉漢的歌聲時，就好像……他整張臉開始笑了起來，接著衝出車站，好像是很著急要去找什麼令他這麼開心的東西。然後，那個醉漢開始對著一個垃圾桶撒尿，而且……」

「那麼，是什麼呢？是什麼讓他這麼開心？」

「不知道。而且，要不是他在幾個星期後上了報紙頭條，我本來是不會去想這件事的。」

「是什麼能讓一個十二歲男孩這麼開心呢？」

「我不知道。我在那個年紀時很陰沉。妳還在調查這件事嗎？」

「我想我會一直調查下去。」

後來的幾年間，卡琳偶爾會脫口說出一點其他的情報。例如，奧斯卡．艾瑞克森與那個將他從泳池擄走的人是鄰居，還有證據顯示，奧斯卡至少曾經有一次進到那個人的公寓裡。

卡琳曾找過那些在中國餐館或披薩店內閒晃的怪人問話，他們如今也還在那些地方鬼混，當時，其中有些人說，死在奧斯卡家隔壁公寓裡的男人一直在找一個小孩，他堅稱是那個小孩殺了他最好的朋友。而他的朋友其實就是那個引起很大騷動，被人從醫院下方冰層挖出的男人。

案情一團混亂，而且卡琳愈去挖掘與思索，就更加發現此案與其他懸而未解的謀殺案有所關連。結果，在即將退休之前，她提出了唯一與所有細節吻合的推論：「如果那真的是個吸血鬼呢？」

警察局長歪斜著頭問：「什麼意思？」

「就是字面上的意思。也就是犯罪者真的是一種具有超自然力量的生物，是一種需要喝血才能生存的生物。只有這樣才能讓一切吻合。」

「我還是不明白妳的意思。」

卡琳當場就放棄了。她當然跟其他所有人一樣，不相信有吸血鬼存在，只是……這樣就能解釋一切。另一方面，只要能夠相信有超能犯罪者存在的話，有許多懸案就可以輕鬆解決了。但警察的工作容不下迷信。

卡琳退休前的最後幾個星期裡，她開始覺得可以用來反駁推論的觀點非常薄弱。要解釋為什麼犯罪者是神話角色就能解決許多複雜的刑案，理由可能只是因為，**那就是實際發生的事實。**

她完全沒有跟同事或上司提過此事。不過，警察局長似乎沒辦法不說出口，當卡琳退休時，她覺得有感受到大家在歡送會上飲酒與發言的過程中，透露出一種輕鬆的氣氛，因為他們想到可以擺脫一個上了年紀而腦袋出了點毛病的人，而且果真有某個混蛋說了記得讓她多吃點大蒜之類的話。

她最後幾年的工作期間，上級准許她花時間在奧斯卡．艾瑞克森的案子上，只不過是給她特別優待。她退休之後，這案子便被視為結案了，彷彿那只不過是卡琳的一項嗜好罷了。她偶爾仍然會打電話給以前的同事，只是為了確定有沒有得到新消息，但從來沒有。這案子結束了。或者應該是說，大家都認為是結束了。

我和斯達芬與卡琳之間的友誼在一九九八年有了變化，那一年，斯達芬的父親去逝了。七十八歲的他划著小艇出海布設漁網，不慎摔進水裡，無法脫困。斯達芬繼承了一棟舒適的房子和一間夏日小屋，兩者皆位於羅德曼瑟半島上的厄斯特內斯。

那間夏日小屋一直都只能以低價出租，所以斯達芬與卡琳決定出售。那小屋位在一處景色很美的地點，立於峭壁上俯瞰一座小海灣，因此引起了瘋狂喊價。斯達芬最後以將近三百萬克朗的價格售出。

有一晚在陽臺聚會時，他們告訴我這一切，接著還突然說出一個驚人的消息：他們在計畫要搬到厄斯特內斯。我嘀咕著說斯達芬上班通勤會不方便之類的話，但是他們已經都找出解決辦法了，才做出這個結論，也就是斯達芬所繼承的遺產與卡琳的退休金已足夠讓他們維持基本生活，他們想這樣過多久都行。

那一年秋天，我幫他們將物品搬上卡車。然後我站在我的窗前，看著他們把車開走，心中覺得好像我人生裡的一個時代結束了。當然，我們在分別時有承諾說要經常碰面，畢竟只距離一百公里而已，還說那裡一直都會留一個位置給我等等。那是個很貼心的想法，但從此以後，一切都不同了。

然而，我根本不需要那麼擔心。他們邀請我隨時去做客是認真的，所以我大概每個月去拜訪他們一次，在那裡過一晚後，隔天再搭車回來。有時候，尤其是在夏天，我覺得有這種家裡有涼臺能眺望大海的朋友，還挺不賴的，大家可以坐在那裡喝酒聊天到深夜。本來情況可能更糟的。我本來可能連一個朋友都沒有。

他們原本在霍爾伯格街上的公寓，改由來自諾爾蘭的一個男人入住，他還養了一隻大狗。我之所以認為他來自諾爾蘭，是因為他跟那隻狗說的話聽起來像那裡的方言，而且他很常跟狗說話。他從沒跟我說過話，而我也沒跟他交談過。

斯達芬與卡琳在羅德曼瑟半島住了一、兩年之後，一切差不多都像以往那樣穩定下來，我說的以往是指他們在一九八七年之前，還沒搬到布雷奇堡的時候。二〇〇〇年時，我五十六歲了，當我再把《追憶似水年華》讀過一遍之後，我驚訝地發現這本書的書名完全不符合我對時間的看法。

時間既不會飛，也不會流動，也不會爬行。時間是完全站著不動。我們才是隨著時間在移動的，就像電影《二〇〇一太空漫遊》裡圍著黑色巨石的人猿。時間是黑色的，堅硬又固定不動。我們圍繞在它周圍，到最後，我們被吸進裡面。我也不太明白自己在說什麼，但就是那種感覺，信不信由你，但那是種令人振奮的感覺。

說到《二〇〇一太空漫遊》，就想到我與斯達芬和卡琳一同慶祝千禧年。被大肆吹噓的電腦災難並沒有發生，當我們進入新的千年時，時間盲目地注視著我們。年齡開始奪走卡琳的健康。她經常頭暈，稍微做點勞動就筋疲力盡。當她去地下室拿香檳時，必須坐下來花很長的時間恢復體力後，才能再走出來到涼臺和我們一起乾杯，看著煙火點亮冬日夜空。

雖然我既不怕時間，也不怕年華老去——像個默默忍受的斯多葛派——但是看見卡琳的改變卻感到有些痛苦。她在我心目中的形象一直是隨著年齡增長更具魅力，所以看見她做了像添柴火之類的簡單動作，就得靠在烤箱上或彎腰撐在桌上休息時，真的很令我心痛。

如果斯達芬也感到痛苦的話，那他就是一直隱藏在心裡。當卡琳虛弱無力時，他會像是順手幫忙似地接手她在做的事，會像是在玩耍似地摟住她的腰，默默支撐著她，不會大驚小怪。儘管如此，我還是帶著好心情離開了。

噢，好心情啊。

一個月後，斯達芬來電告訴我說，卡琳突然心臟病發。他們已經有三天的時間都待在丹德呂德醫院，卡琳在幾個小時後就要動手術。由於冠狀動脈嚴重硬化，所以她需要做重大的心臟繞道手術，而手術不保證會成功。

「什麼意思？你說不保證會成功是什麼意思？」我問。

斯達芬深吸一口氣，我聽得出來他是強忍不哭。「就是有死亡的風險。如果手術失敗，那……卡琳就會死。」

「你希望我過去陪你嗎？」

「是的。拜託。」

我打了幾通電話，找人在那天晚上幫我代班，連隔天的值班也找人代替，以防萬一。然後我就搭上地鐵。當我一個人坐在四人座的座位上時，我感到兩手空空。起初我以為是因為沒帶探病禮的關係，但當我在中央車站轉乘紅線時，我發現那是種更深層的感覺。

我兩手空空是因為，我沒有可以幫助或拯救卡琳的辦法。我應該要有的。斯達芬打了電話給我，而我立刻趕過去援助。我應該是要帶來解決辦法的人，應該是讓一切都沒問題的人。而我什麼都沒有。什麼都沒有。我自己的無能使我的肺部疼痛起來。

我在偌大的醫院大樓裡四處找路，然後發現斯達芬一個人坐在三樓的等候室中。綠色的毛氈地板上到處擺放著金屬材質的座椅與桌子——我們的命運一定要在容易清理的房間裡決定。斯達芬身體癱軟地靠著兩人座沙發的扶手。當我在他身旁坐下來時，我看見他膚色蒼白，雙手顫抖。

「謝謝你過來陪我。」他輕聲說。

我摸摸他的背，握住他的手，那隻手很乾燥，又異常發燙。我們就這樣坐著，大約一分鐘後，斯達芬開始用另一隻手的手指輕撫我的手背。我覺得他不知道自己在做什麼，或是不知道他握的是誰的手，因為他在做這個動作的過程中，突然變得僵硬，緊緊握住我的手之後再放開。

「我跟卡琳就是這樣認識的，當時我們牽著手。」他說。

斯達芬的聲音裡帶著淡淡的一絲愉悅，而我試著配合他。「人們通常是在認識之後才牽手。」

「對。但事情就是這樣，就是在我們牽手的時候發生的。」

「告訴我吧。」

斯達芬坐直身體，嘴角隱約有一抹微笑掠過。

「那是在奧斯卡．艾瑞克森的案子進行調查期間，警方找我過去，然後由卡琳進行問話。我想我是進到那房間一坐下來面對這女人時，就……」

斯達芬的視線飄向走廊盡頭的雙扇門，而我感覺到那道門後方有醫生正試圖在搶救他所說的那個女人。

「我可以提供消息。那就是她想要的，而我也沒有幻想她想要的是別的。或者……我不知道。卡琳有說過，當我走進那房間時，她也有微妙的感覺。但直到我們牽手，那感覺才……綻放開來。」

「我還是不懂。你們為什麼會牽手？就我所知，那通常不是警方問話的一部分。」

斯達芬發出鼻息，膚色不再像之前那樣蒼白，臉頰微微泛紅。

「沒錯，抱歉。我必須要告訴你那件事。就是我在當時告訴卡琳的事。」

斯達芬幫那男孩剪了票，對他的行李感到疑惑，但他沒有再多想，因為那男孩告訴他，待會有人會幫忙。斯達芬已經結束在卡爾斯塔德的值班工作，在車站的員工休息室待了一小時左右，等待要搭乘回斯德哥爾摩的那班火車。

在火車預定到達的十五分鐘前，他在車站到處閒晃，想多吸收一些十一月夜裡的寒冷空氣，因為接下來要在火車上的混濁空氣裡待上好幾個小時。

就在這時候，他又瞧見那男孩。車站旁有一小叢樹林，那些落葉灌木圍繞著一片空地，夏天時，人們可以在那裡等待火車。有一盞照明燈照亮那樹林，而斯達芬看見奧斯卡．艾瑞克森坐在他帶上火車的那只行李箱上。有個黑髮女孩坐在他身旁。

「我當然愣了一下，因為那女孩在冷到會結冰的氣溫裡只穿著一件T恤。那個叫奧斯卡的男孩穿著一件外套和其他衣物，全身裹得緊緊。但是他們肩並肩坐在行李箱上。而且他們還牽著手。像這樣。」

斯達芬伸出他的右手後，輕輕抓住我的左手腕，把我的手舉到跟他的手一樣高，把我們的手指交織在一起，把手心貼在一起摩擦，接著才放開。

「那時候我告訴卡琳那兩個孩子坐在那裡牽手的模樣。她不明白我說的意思。所以我得示範給她看，就像我示範給你看這樣。而事情就是在那時候發生了。當我們坐在那裡，兩人的手像那兩個孩子一樣連接在一起時，就在那時候……我們四目交會，就在那時候……一切開始了。」

斯達芬的聲音愈說愈微弱，他把最後幾個字說完後，便情緒崩潰，開始痛哭。他彎下腰來，哭到身體抽搐，並低聲說著：「卡琳，卡琳，卡琳。我最親愛的卡琳，拜託妳別死……」

我兩手空空，當他繼續在冰涼、冷漠的日光燈下輕聲祈禱時，我這雙手能做的只是輕撫他的背而已。這時刻應該要有狂風暴雨，或是要響起氣勢磅礡的〈山魔王的宮殿〉作為配樂。但我們的命運卻是在冰冷的白光下決定，這樣還有可能會有人聽見我們的祈禱嗎？

走廊盡頭的那道門開了，有個男人朝我們走來，他的年齡與我們相仿，身穿白T恤與綠色手術衣。斯達芬並沒有看見他，而我試圖從那男人的表情看出斯達芬能抱有什麼期待。結果是完全不帶情感的表情，所以我就無法先做任何準備。

那男人向我點頭，然後說：「你是拉森嗎？斯達芬．拉森？」

斯達芬嚇了一跳，把布滿淚痕的臉轉向那男人。那男人終於露出笑容。

「我只是要告訴你，手術進行得非常順利，沒有出現併發症，所以我想我可以保證，你的妻子一旦度過復健階段，她的生活品質就會有大幅改善。」

我摟住斯達芬的肩膀，但是他張著嘴巴，似乎不明白他剛剛聽見的話。

「手術進行得……順利？」

「就像我剛才說的，進行得非常順利。我們從你妻子的腿中取出血管來替代損壞的動脈，以她這個年紀的女人來說，那些血管的功能好得令人意外。她的心臟很可能在幾個月後會運作得比以前還要好上許多。」那醫生舉起一根手指警告。「不過她會抽菸。抽菸……」

斯達芬迅速站起來，看起來像是要給那醫生一個擁抱，但他冷靜下來，僅抓住醫生的上臂。

「從現在開始，她甚至連香菸盒都不會看到，我也不會。謝謝你，醫生！謝謝你！謝謝你！」

那醫生輕輕點頭之後說：「她現在在恢復室裡，但是再過幾個小時，你就可以見她了。我們會讓她在醫院裡住個幾天。」

「只要她能好起來，你們要她住一個月都行。」

「她會沒事的。」

結果正如醫生預期。手術過後兩天，卡琳就獲准出院了，而且才過了三個星期就能夠去散步，她之前有好幾年都無法像那樣走路。妨礙她走更遠的不是虛弱的心臟，而是腿上的那些傷疤造成的疼痛，但是再過一個月後，那些地方也復原了。

健走成為他們倆的新嗜好。卡琳開始使用健走杖走路，斯達芬陪在一旁。有時候，他會在健走時大聲朗誦一本詩集裡的詩句。他們倆都戒菸了，不過，在少數幾個待在涼臺上的夜晚，如果因為某種原因使氣氛特別歡樂，他們可能會各自點一根菸來抽。

這個故事開始要進入尾聲了。我在開頭說要告訴你一段偉大的愛情，但我不知道你是否認為我有實現這個承諾。或許，你感到失望？或許，你本來期待的是更戲劇化的故事？

我只能這麼回應你：一方面，你還沒聽完我的故事；而另一方面，我覺得我已經遵守承諾，履行了作見證的責任。

不然，你心目中的偉大愛情是什麼模樣？

也許你立刻想到的是《亂世佳人》或《鐵達尼號》之類的故事。但那些其實不是關於愛情本身，而是關於背景。當故事是發生在內戰、船難或天災的背景之下，一切就會顯得更加浩大。但那樣就像是以畫框來評斷一幅畫。就像〈蒙娜麗莎〉之所以是傑作的主要原因，在於周圍有華麗的雕刻圍繞著。

愛情就是愛情。雖然在那些戲劇性故事裡，主角願意為對方犧牲自己的生命，做純粹實際的付出，但這跟發生在日常生活中的偉大愛情故事一模一樣。兩人彼此都一路為對方奉獻生命，每天都是如此，直到死亡為止。

或許，我們的確會因為現實生活裡的人宛如經典大戲裡的角色，只是情況有些不同，就認定那是偉大的愛情。如果斯達芬是來自伊布森街的羅密歐，而卡琳是來自霍爾伯格街的茱麗葉，也許他們會在我的售票亭後方擬訂脫逃計畫。逃離能活命，留下來則必死無疑。對不起，我已經不知所云了。但我想你明白我的意思。

愛情就是愛情。只是表現的方式不同。

我反覆思考斯達芬在醫院告訴我的事，想像那個場景。他們倆在一間空蕩、單調的偵訊室裡——這完全是我自己的想像——彼此抓住對方的手，重現那兩個孩子在卡爾斯塔德的情景，而那份感覺從那一刻起會在他們的一生之中持續留存。

雖然想著這件事令人愉快，但是斯達芬在述說的過程被打斷了，要再過幾年我才會得知事情的全貌。

或許，卡琳是因為如此才不願放棄調查奧斯卡．艾瑞克森的下落——是這個案子讓她與斯達芬開始相戀。或許，這在她心中占有特別的地位，而那顆心現在運作良好。

我們在二〇〇四年四月慶祝卡琳的七十五歲生日，當時她告訴我，在調查一開始時，警方有接獲大量的情報，主要都是有人聲稱他看見了奧斯卡．艾瑞克森，地點包括在瑞典各地，甚至在國外都有。他的照片刊登在各大媒體上，而且這種案件一般在任何可能的地方都會有人通報看見失蹤的人。但這些線索都沒有帶來任何結果。

卡琳在二十二年過後還從這些零散線索裡找出一些進行調查。她打電話到據稱有人見過奧斯卡的地方，仔細閱讀舊報紙的影本。但那些人什麼都不知道，而就算曾知道些什麼，也都已經忘了。

我們坐在有紅外線暖燈照射的露臺上，卡琳搖頭嘆息，喝了一大口葡萄酒——有益血液循環——然後說：「我想差不多是該放棄的時候了。開始要改玩填字遊戲之類的。」

「妳已經有在玩填字遊戲啦，」斯達芬說。

「那就要再玩更多。」

那天晚上，我有機會仔細參觀卡琳的書房。她在樓上一間多出來的房間裡擺了一些書架和一張書桌。有數十份檔案排列在書架上，而書桌上堆滿一些紙張、地圖與電腦列印資料。卡琳揮揮手說：「這裡是情報中心。這全都是用來調查一個案件，你知道這一切唯一產生的實際結果是什麼嗎？」

「不知道。」

「就是我和斯達芬相識。」

斯達芬走過去把一堆紙張拿起來掂了掂重量；他沮喪地搖搖頭說：「在熟男熟女的單身聯誼活動裡認識，絕對會簡單許多。」

「沒錯，但是我們都不會去參加那種活動。」卡琳說。

「對。妳說得對。所以這一切是值得的，是不是？」

他們彼此交換了一個眼神，即使過了這麼多年，那個眼神依然有辦法讓我的內心感到一陣悲傷。希望我變得不同，希望人生變得不同。希望有人曾經那樣看著我。

接著，心中的斯多葛派取而代之。蘇格拉底可以毫無怨言在嚴寒之中持續站崗數小時，而且他在被判死刑之後，一口氣喝下那杯毒堇汁。他來占領我的心，使悲傷退去。

隔年卡琳完全沒花時間做調查，只有每半年打一通電話到警察總局確認有沒有新消息。結果都沒有。

這個故事在二〇〇七年夏天開始進入最後階段。斯達芬與我在屋外的涼臺上時，我注意到他的坐姿很奇怪，彷彿無法坐得舒服似的。我們要划小艇出海設漁網時，他抓住船槳後露出痛苦的表情，所以這一次由我代替他划船。

「你還好嗎？你哪裡痛嗎？」當我們朝拉德霍爾門的方向前進時，我開口問。

「我的背在痛。還有我的胃。感覺好像裡面有什麼……我也不知道。你什麼都不要跟卡琳說喔。」他說。

「可是她一定會察覺的。」

「我知道。但是我想親自告訴她。我覺得這是……這不是好消息。」

我和斯達芬曾經討論過他與卡琳之間的年齡差距，以統計數據來說，她很可能會比他早幾年過世，他對此有提出自己的看法。因為斯達芬不像我對人生抱持如此克制的態度，而是傾向於激動表現情感或陷入絕望谷底，所以他的答案令我意外。

他說：「事情就是這樣。她是我的生命，是我的故事。如果故事的一部分是要我在最後幾年獨自一人生活，那就這樣吧，沒有別的選擇。而既然沒別的選擇，也就不需要感到擔憂。反正事情就是這樣嘛。」

我想，如果換成是我，也會像斯達芬說出那樣的話，而我們這段對話是以開玩笑做結尾，說什麼我跟他可以一直坐在那裡丟麵包給鴿子吃，直到死神來阻止我們為止。

但事情並非如此發展。

斯達芬的疼痛在接下來的幾天愈來愈嚴重，卡琳開車送他到諾爾泰利耶的醫院，那裡將他轉診到斯德哥爾摩的卡羅琳大學醫院。經過一連串檢查之後，才確定斯達芬是罹患胰臟癌。我清楚記得卡琳打電話給我那天的情景。

我手裡拿著電話筒站在那裡，眼睛朝窗外看他們以前住的公寓。那裡的花圃呈現亮麗的翠綠與粉紅色。有些孩童把腦袋靠在一起坐在攀爬架上，一切都是夏天的感覺，充滿生氣，而這時卡琳說出的話竟是：「癌症。胰臟癌。」

我知道。我看過的書已經夠多了，當然有足夠的知識得以知道。但我還是問了這問題：「他們打算怎麼做？」

「他們什麼都沒辦法做。他們可以進行放射性治療來減緩速度等等。但沒有治癒的方法。」

我無法完整說出話來。「有……有多久……？」

「最壞的情況是幾個月。最多是一年。沒辦法再久了。」

沒什麼話可多說了。我將電話掛斷後，望著他們以前住的地方，我還認為那裡是他們的陽臺，是他們的大門。我想起當時因為看見他們牽手才注意到他們，想起他們播放的流行音樂，想起在遙遠的夏夜裡有他們模糊的說話聲。追憶似水年華。

斯達芬胰臟裡的癌細胞已經擴散到肝臟，放射性治療幾乎起不了什麼作用。當我在十月去拜訪他們時，他已經開始使用嗎啡幫浦，好讓他能自行減緩疼痛。我原本以為他看起來會很糟，但是腿上蓋著一件毛毯坐在涼臺上的他，看起來比八月時健康、自在。

當我跟他提到這點時，他露出苦笑，並按了幾下幫浦。「那只是因為疼痛消失了。其實我感覺還不錯。但是我知道癌細胞在我體內侵蝕。現在就看還能撐幾個月了。」

「那幫浦似乎根本沒必要。你現在看起來很好啊。」

「是啊，我們倆也都這樣說過。但是沒辦法。事情就是這樣。」

卡琳坐在他身邊，他伸手去牽她的手。他們坐在那裡牽著手，望向大海。我還有兩年就要退休了，我記不得上一次哭是在什麼時候。但那時我哭了。

我默默流淚，當斯達芬與卡琳發現時，他們伸手臂抱住我，安慰我，實在有夠荒謬。這讓我哭得更厲害。為他們哭泣。為自己哭泣。為一切哭泣。

斯達芬的肝臟無法再承受酒精，但我們那晚坐在涼臺上時，他抽菸抽得比以往要多。卡琳喝酒又抽菸，因為這已經無所謂了。我們聊到卡琳心臟病發時發生的事，聊到她從那時開始活在借來的時間裡是什麼感覺。她嘆了一口氣後，輕撫斯達芬的臂膀。「我只是從沒想過這必須付出代價。」

「別那樣想，如果真如妳想的那樣，我本來可能在二十五年前就死了。」斯達芬說。

「這話是什麼意思？」我問。

就是在此時，我得到最後一部分關於奧斯卡．艾瑞克森的已知消息。斯達芬又提起他在醫院裡告訴我的事，也就是關於那兩個牽著手的孩子，到後來開啟了斯達芬與卡琳之間的故事。

「但事情不只如此。那女孩本來要殺了我。」他偷瞄妻子一眼。「卡琳是這麼認為的。」

「那只是個推論，而且沒什麼人會贊同。」她說。

斯達芬說：「總之，那兩個孩子坐在行李箱上，彼此的手相互摩擦。我正要走過去說些話，因為那女孩穿得實在太少了，然後……她轉身面向我。」

斯達芬痛得臉部扭曲，因此按了幾下嗎啡幫浦；他閉上眼睛深吸一口氣，再慢慢吐氣。接下來的幾分鐘都沒人說話；唯一能聽見的是海浪拍打到岸上的聲音，以及紅外線暖燈發出的微弱喀答聲。我已經在想斯達芬不會再說下去時，他又再度吐氣，接著繼續說：

「好了。我知道這聽起來很奇怪。她是個大概才十二、三歲的孩子，但當我與她目光相遇時，我像是得到啟示般，清楚感覺到兩件事：第一，她想要殺我，第二，她有辦法做得到。因為我打擾到他們了。當她從行李箱上跳下來，使我看見她手上有一把刀時，那份感覺完全沒有減弱。我們所站的位置之間隔著幾公尺的距離。我看著她和那男孩，看出他們在做什麼。那女孩看起來彷彿就要朝我衝過來時，警衛對我大喊說，我的火車抵達了。我想我是因此得救了。我向後退，而她手裡拿著刀留在原地。」

斯達芬點燃一根菸，深深吸了一口之後，高興地嘆了口氣。他邊看那根菸邊搖頭。「現在可以再抽菸。可說是值得了。」

卡琳重捶他的肩膀。「不要說這種傻話。」

「那兩個孩子是在做什麼？」我問。

斯達芬用食指劃過手心。

「她在自己手上割了一刀，好讓血流出來。他也一樣。他們坐在那裡讓血液互相混合。這就是他們會那樣牽手的原因。這也是卡琳做出那推論的原因，而那種推論完全不受警方歡迎。」

「我們人類知道得太少了，我們幾乎什麼都不知道。」卡琳說。

我們望著大海思考這件事時，斯達芬繼續抽著菸。他抽完把菸頭捻熄後說：「你知道最糟糕的事是什麼嗎？不是我快死了這件事。而是我曾經有過的所有夢想都必須消失。永遠無法實現了。不過，另一方面……」斯達芬看著卡琳放在桌上的手。「另一方面有好多夢想已經實現。所以，也許那其實並不重要了。」

雖然我不記得那晚還說了些什麼，但那是我最後一次見到斯達芬與卡琳。在那段時期，斯達芬的病情已經很嚴重，但情況穩定，醫生認為他還有幾個月的時間可活，所以當我們道別時，完全沒有跡象顯示是最後一次見面了。

但是，有事情發生了。

我在幾星期之後的一個星期一打電話過去，當時沒有人接聽。當隔天也一樣沒人接聽時，我開始擔心了。星期三，我收到一張蓋有斯德哥爾摩郵戳的明信片。正面是阿蘭達機場的照片，而背面寫著：「讓舊夢逝去。我們正在追逐新的夢想。我們最親愛的朋友，謝謝你為我們所做的一切。斯達芬與卡琳。」

我將明信片翻來翻去，但還是搞不懂。阿蘭達？讓舊夢……他們是不是出國了？是不是在別處已經有新的療法？這似乎不太可能。畢竟，那就是我難以接受那消息的原因；我跟他們都同樣清楚，胰臟癌是無法治療的。到哪裡都一樣。

我星期六有空，所以就搭巴士到厄斯特內斯。我有那間房子的備用鑰匙，他們准許我在他們不在時，隨時可以使用那地方。不過，我還是感到很不自在，我打開前門後大喊：「哈囉？有人在嗎？」我好像在硬闖私人住宅。但是我必須弄清楚才行。

這間房屋最近才剛清理過，有一股淡淡的清潔劑味道殘留在木質地板上。裡面什麼聲音都沒有，顯然是沒人在家。但我還是躡手躡腳通過玄關，彷彿我在害怕會破壞某種微弱的平衡。

冰箱已經清空，熱水器關著。暖氣都沒開，屋子裡相當冷。當我打開斯達芬的衣櫥要借一件毛衣來穿時，我看見他有好多的衣服都不見了。他們顯然是出遠門了，才會帶那麼多衣服。我穿上一件黃色的開襟羊毛衫，上面有斯達芬討厭的大鈕扣；他之所以還留著這件，是因為我們坐在涼臺上時，我通常會借來穿。

我在屋裡到處走，發現了更多跡象顯示，他們離開時雖然有把一切安排妥當，但卻不打算再回來了。他們把為數不多的相簿和CD架上最喜歡的一些專輯都帶走了。最後，我發現自己站在卡琳的書房外。如果答案不在那裡面，那就找不到任何答案了。我小心翼翼地打開房門。

是的，我還是承認好了。我打開每一扇門時，都很害怕自己會發現他們倆抱在一起死了，最好的情況是使用斯達芬的嗎啡過量造成這結果，最壞的情況是使用較明顯的死亡方法。

但是卡琳的書房裡也沒有美麗的屍體。不過，那裡有一張列印出來的收據，還有內含一張相片的一只信封。這兩樣東西都整齊擺放在書桌上，彷彿是故意放在那裡要讓我發現。

那張收據是買機票後收到的。兩張到巴塞隆納的單程機票，時間是四天前。目前看來還好。他們去了西班牙。不過，那張相片就毫無意義了。相片上有一群人，他們大概是一家人。母親、父親和兩個小孩站在夜晚的街道上，相機的閃光燈將他們清楚照亮。他們附近的招牌寫著西班牙文與加泰隆尼亞文，所以這樣還不足以認為他們是在巴塞隆納[31]。

我看一下信封。這是國家警政署在一個星期前寄出的，收件人是卡琳。在信封底下的角落，有人寫了「這可能是要給妳的吧？」，並畫了個笑臉。當我再次看信封裡面時，我發現有一封簡短的信，寫這封信的人住在布雷奇堡，對奧斯卡·艾瑞克森非常熟悉。他為浪費警方的時間道歉，說這整件事確實很瘋狂，但是他請警方仔細看他附上的相片。

我照信上說的做，把照片拿近一點看。雖然我覺得我明白他的意思，但是我在書桌上翻找，想找放大鏡。結果我反而找到照片裡那個關鍵部分的放大版，很可能是卡琳她自己列印出來的。

完全沒錯。我一看完放大版，原本照片上的景象也就顯而易見。那個家族後方的一角有兩個人剛好被相機的閃光燈捕捉到。其中一個是奧斯卡·艾瑞克森，而另一位是個纖細、有著一頭黑色長髮的女孩。儘管這張相片肯定是在他失蹤後不久拍的，但奧斯卡已經改變髮型；那頭剪短的頭髮是現在的年輕人較流行的風格。

我記憶中的他是個小胖子，但是照片中的男孩苗條許多，而且，因為他好像是在逃跑的過程中被捕捉到身影，所以他其實看起來挺像運動員的。我再看一次放大版，而斯達芬所說的那段發生在卡爾斯塔德的故事，在我的腦海裡浮現。那兩個孩子在那微笑、毫無防備的一家人後方移動的方式，隱約帶有一種威脅性。像是要獵食的動物。

接著我注意到一件事，驚訝得倒吸一口氣。那一家人的父親手裡拿著一支手機，而且不是什麼普通的手機，而是iPhone。這款手機出現在市面上多久啦？是一年？還是兩年？

---

[31] 巴塞隆納是西班牙加泰隆尼亞自治區的首府，使用的語言以加泰隆尼亞文為主。

我把照片翻過來，看著底下右下角的文字。

巴塞隆納，二〇〇八年九月。

這張相片是將近一個月前拍攝的。

我在卡琳的書桌前坐了許久，來回看著機票的收據與拍到奧斯卡・艾瑞克森和黑髮女孩穿梭在夜裡的相片。同時在心裡想著，結局竟然就概括在開頭裡，也想著斯達芬與卡琳，我最親愛的朋友。

如今已過了兩年。我都沒聽說他們是不是還活著，但也沒聽說他們死了。

讓舊夢逝去。我們正在追逐新的夢想。

我希望他們找到了要找的東西。

附錄：取自瑞典版《童話已死》

當我在二〇〇八年的哥特堡影展上觀賞完成版的《血色入侵》㉜時，我被嚇得目瞪口呆。

我造訪過片場三次，與導演托瑪斯・艾佛瑞德森（Tomas Alfredson）一起坐著看了各場戲的拍攝過

㉜根據作者另一作品《血色童話》拍成的電影。

程，我們對鏡頭的剪輯做了討論。我在大小銀幕上看過幾個粗剪片段。但是在天龍戲院（Draken）裡觀看加入所有音效的最終版本在巨大的螢幕上播放時，之前所參與的一切都沒能讓我做好心理準備。

那真是令人大開眼界，一切都精采呈現出來了，使得這部電影無論是作為瑞典電影或是恐怖電影，都可說是一部小小傑作。後來世界各地也給予肯定，讓這部片獲獎無數，得到空前的成功，而我永遠感謝托馬斯．阿爾佛雷德松這樣用心對待我的作品。

看完電影之後，只有一個地方令我感到困擾，也就是結局本身。那一幕是奧斯卡坐在火車上，腳邊有裝著依萊的箱子，他即將展開不同的人生。

儘管劇本是我寫的，但是直到在天龍戲院看完電影後，我才真正瞭解結局隱含的意義。也就是奧斯卡會成為另一個哈肯。他會接手那項可怕的任務，成為伊萊的人類幫手，為她提供血液和住處等等。這就是結局所表達的意思。我先前沒有察覺，大概就表示我的腦袋有點蠢吧。

美國版以《噬血童話》（*Let Me In*）作為片名，在最近進行了首映。我也很喜歡那個版本，不過在瑞典版電影中只做了暗示的內容，到了美國版則是清楚點出。哈肯從小就跟依萊在一起了，當時的年紀與奧斯卡相同。因此，不難想像奧斯卡將面臨什麼樣的命運。

別誤會我的意思。我覺得那是個十分合理的結局，對於故事以及我在書中故意留下的開放式結局做了適當的詮釋。但那不是**我的**結局。

我很樂意承認，如果沒有這兩部電影，我也不會想要撰寫作為這本小說集書名的短篇故事。我想要提出我的版本。

雖然〈童話已死〉經歷過數次重寫，但我只有在自己認同故事必定能獨立成篇時，才能寫出好作品。這是個奧斯卡與伊萊僅擔任配角的版本。雖然也是個愛情故事，但是主角變了。

至於故事的標題是怎麼來的，其實就是那首歌[33]的第一句。

[33] 指英國歌手莫里西（Morrissey）的歌曲〈Let the Right One Slip In〉，而《血色童話》的原書名*Let the Right One In*就是這首歌的第一句歌詞。

後記

二〇〇五年十月寫於羅德曼瑟鎮

我就是忍不住要寫……

不知道你們對這樣的後記有什麼看法。我啊，超愛的。所以我現在要來寫一篇。

雖然這樣有點自我中心，但是有了幾本小說作品之後，我想有一些讀者會對我的思考方式感到好奇。也許有十四位吧。其中四人來過那兩場在科幻小說書店（Science Fiction Bookshop）舉行的簽書會，再加上其他十人。

我是在跟你們幾位說話。其他人現在可以去睡覺了。晚安，晚安。謝謝你們看到這裡。很高興有你們加入。祝你們一夜好眠。

好了。只剩下我們了。

你們喜歡這些故事嗎？希望你們喜歡。其中我最喜歡的大概是〈邊界〉，但是這篇得到的評價兩極。當我有作品完成時，會有一群人幫忙試讀，他們非常好心，願意讀完一大疊相關文件，並給予我回應。他們全都有自己最喜歡的。但是〈在音樂播放時擁抱你〉除外。沒有人喜歡那篇，只有我喜歡。

也許是因為看不懂嗎？如果我告訴你們，故事原本的標題是〈十字架〉，這樣有幫助嗎？有好一點嗎？

標題可以自成篇章。

我第一次撰寫的恐怖故事，是關於一個男人在秋天時遇上船難，受困在斯德哥爾摩群島的其中一個島嶼上。他冷得快凍死，而當他死去的女友漂流到岸上後，情況甚至變得更糟。後來更是每況愈下，因為她的屍體不在他安置的地方了……

我借用英國歌手莫里西（Morrissey）所創作的一句歌詞，把那故事取名為〈我們的肌膚、血液、骨頭〉（*Our skin, our blood, our bones*）。（是哪一首歌？有人知道嗎？）

後來，當我撰寫第一本小說時，有很長一段時間是以《唯一的朋友》（*The Only Friend*）作為書名；雖然我不太喜歡這個書名，但是我想不出更好的。直到我想起第一個故事的標題，想起莫里西，才在我的記憶裡搜尋到了：《血色童話》（*Let the Right One In*）。

《斯德哥爾摩復活人》（*Handling the Undead*）有很長一段時間是以《復甦》（*When We Dead Awaken*）作為書名，直到我發現那書名與易卜生的劇作同名時，才覺得不妥。為了讓書名帶有電話簿最後幾頁的感覺——你們看過那幾頁吧：戰爭發生時……㉞——我重新命名為《斯德哥爾摩復活人處置指南》（*Instructions for Handling the Undead*），但是有點長，所以……

唯一令我真正滿意的書名是《靈異港灣》（*Harbour*），這會是我的下一本作品。不過，話說回來，我一個字都還沒寫！可是我有構想！有很多構想！

這部分就到此為止了。

㉞瑞典電話簿的最後幾頁印有戰爭時該採取的避難措施。

你們對這些故事感興趣嗎？我怎麼會想要寫這些呢？

（我知道過去我在各方面都被拿來與史蒂芬．金比較，寫這篇後記只會讓情況變得更糟㉟。不過，正如弗拉第米爾與愛斯特拉岡㊱所說的：無計可施。）

你們還有多少人在看？七個嗎？

好。

我是在二〇〇二年春天到二〇〇五年秋天之間撰寫這些故事。首先完成的是〈永恆的／愛〉，就在我寫完《血色童話》之後開始下筆，最後完成的是〈最終處置〉，在我寫後記的此時都還沒寫完，只剩幾個問題需要解決。

〈永恆的／愛〉是源自於一份不知為何變得強烈的感覺。我開始思考，不管我們有多愛一個人，終究都要面臨死亡。當然，這大家都知道，但是忽然之間，我有了很清楚的領悟，使我大為震驚。我們能讓愛情持續燃燒，但是到了某個時候，我們依然必須跟對方分開。故事裡的第一句就像其結構那般簡單地在我腦海裡出現，然後一片又一片的拼圖接連成形。我剛剛才想到，就主題來看，這可以算是《血色童話》的終章。

〈梅根〉因為以名字作為開頭而顯得特別。我先想到梅根這名字，然後這名字就停留在我腦中。有一天在前往阿蘭達機場的路上，我經過一間房屋，看見屋外停著一輛銀色的福斯金龜車，就知道那是梅根的車。這個接下來與「全世界商店扒手團結起來㊲」的想法結合，故事就出來了。也許其中有一點我也該提

㉟史蒂芬．金經常會在作品中藉由後記來與讀者分享創作歷程。

㊱弗拉第米爾（Vladimir）與愛斯特拉岡（Estragon）是著名劇作《等待果陀》裡的兩位主角。

㊲英國史密斯樂團（The Smiths）的歌曲曲名，該樂團在一九八七年解散之前，就是由莫里西擔任主唱。

出來，就是我稍微修改了NK百貨公司的保全系統，以便符合我想達成的目的。

我之所以開始撰寫〈最終處置〉，主要是為了利用之前為《斯德哥爾摩復仇人》所做的計畫，當時想在結尾安排場面浩大的最後一幕，但是因為篇幅有限而作罷。這篇我本來預計是三十頁左右的短篇故事，但卻失去控制。這其實經常發生，因為我原本也打算把《斯德哥爾摩復活人》寫成短篇小說。

我不會探討所有的故事。這樣就夠了。你們只剩下五人還在聽我說。我實在不太知道接下來到我說完謝辭之前，該怎麼持續吸引你們的興趣。

噢，對了，我可以告訴你們讓我最花費心力的那則短篇小說，但是它不在這本小說集裡，因為沒有完成。這樣有引起你們的興趣嗎？

其實，我認為這對那則故事來說是最好的安排，因為比起其他任何故事，它更是完全根據一個構想，根據我想到的一個絕佳構想。有時候，這會是個問題。因為構想太好，以至於到最後難以實現。

我當初應該要懷疑情況不對，因為我其實有長達十八個月左右的時間，一直把那個構想存放在腦中，而它從來沒有打擾我，要求我撰寫出來。不過我最後決定要試著把它寫成故事，猶豫了一個月後，我放棄了，因為我不知道該做什麼樣的變化，該用什麼樣的敘事手法、節奏和觀點。那構想就是行不通，不管我怎麼嘗試，都覺得完全不對。

但那個構想是什麼？

就是以下這樣：

有一群人被關在一個地底一百公尺深的密室裡。假設那裡原本打算用來長期存放核廢料，但卻一直沒有使用。那他們為什麼被關在那裡？當然是為了電視節目。有大量的攝影機記錄他們的一舉一動。也就是所謂的實境秀。

不太有創意嗎？嗯，當時有一部叫做《誰在網路偷窺》㊳的電影上映。

不過，我還沒說完。

那些在地下密室裡的人完全與外界隔絕。攝影機拍攝到的所有內容都儲存於也放在密室裡的硬碟。那群人待在地下密室的一個月裡，與外界沒有任何接觸，也沒有人能看見他們。此外，那裡也有一種內建的獎勵制度。如果他們能完成某些任務，就會得到酒、食物或娛樂。那是個讓電玩遊戲成真的實境秀。當他們回到地面上後，那硬碟就會被取出，用來剪輯成節目。

還是不感興趣對不對？我也是。這可能很容易淪為一則諷刺故事。但是我要說的是：

你們知道「薛丁格的貓」㊴嗎？

簡單來說，那是一種說明量子力學的方法，也就是所謂的波粒二象性。我不會去探討其背後的科學理論，因為就連科學家都無法完全理解。但那個概念是，毒氣有沒有釋放到裝有那隻貓的箱子裡。而在量子力學的世界裡，在還沒打開箱子之前，不僅是我們不知道貓是否還活著或死了，還有貓沒活著或沒死，或者說貓是同時處於生存與死亡的狀態。

是打開箱子觀察才造成二擇一的結果，才決定了那隻貓的命運。或者，換句話說，是「好奇心殺死了那隻貓」。

回到那個故事。

那些在地下密室的人本來一直處於類似那隻貓的狀態。但是現在他們開始觀看節目的帶子，看攝影機錄下的影像。而在這時候，事實改變了。他們看見帶子上的內容與參賽者出來後所說的情況不符。當影片

㊳誰在網路偷窺（*My Little Eye*），描述五位年輕人參加競賽，在充滿鏡頭的房子裡生活滿六個月，便能得到一百萬美元的獎金。

㊴薛丁格的貓（Schrödinger's cat），奧地利物理學家薛丁格（Erwin Schrödinger）為量子力學提出的一個假想實驗。

倒帶之後，內容變得與新的事實相符。

既然我是寫這類型的故事，接下來當然就會有一連串可怕的事開始展開。那些在觀看影片的人發現，他們一定要看才能阻止這一連串事情發生，而他們同時也知道，觀看這個動作會導致那些事發生。好奇心殺死了那些參賽者。

很棒的構想，對吧？

總之，在我試著撰寫前，一直都是這麼認為的。

好吧。至少我在這裡幫它找到些許用處，就是作為一個小小的加贈故事，獎勵還繼續堅持的你們三位。

以上就是我這次想說的。接下來可能要一段時間過後，我們才會再得知彼此的消息。還有最後一件事。

我原本打算要引用一段話來作為這本小說集的題詞，但是我要把那段話改用在結語。

有時候會有人問我為何選擇寫恐怖小說。有位記者拚命追問這問題，使我到最後真的感到厭煩了。

「你為什麼要寫恐怖小說？」

我告訴他答案。

「你為什麼要讓吸血鬼出現在布雷奇堡？」

我告訴他實話：我的想法非常簡單。有件可怕的事發生在布雷奇堡，我想看看會造成什麼情況。然後他接著又問：「為什麼可怕的事要發生在布雷奇堡？」

大概就在那時候，我放棄了。我對於基本上是相同的問題，沒有其他不同的答案了。

隔天我第一次聽莫里西的《伯爵閣現場演唱專輯》（*Live at Earl's Court*）。然後就在兩首歌之間的空檔，他突然說出一句話，讓我覺得既可以作為那些問題的答案，也可以作為我所有作品的題詞：

「我實在是忍不住。不能這樣，就寧可坐牢。」

我也要感謝一些人。要感謝好多人。

Thomas Oredsson與Eva Harms Oredsson做了校對，而且Thomas說了一段令人開心的話。Eva的笑聲迴盪在夏夜的社區裡。

我所有的繼子都看過這些故事。他們的名字是Nils、Jonatan和Kristoffer Sjögren，他們是世界上最棒的，各自有自己出色的地方。Kristoffer的Emma姓Berntson，再遠的距離她都走得了。她也看過了。

Aron Haglund堅持到最後。讓我對〈梅根〉有信心，還回覆了很棒的歌詞給我。

Jan-Olof Wesström與Bob Hansson還沒看這些故事，但他們是很棒的傢伙，也是我的好友，所以我想說聲謝謝，總之，謝謝你們了。

接下來是提供實際資料給我的人：

Frank Watson儘管碰巧與主角同名，還是為〈看不見就不存在！〉修正了一些與攝影相關的錯誤。

Martin Skånberg與Maria Halla為〈山丘上的村落〉告訴我一些建築物承重的特性。

Kurt Ahrén和我一起坐在船艙裡為〈最終處置〉寫出那些拉丁術語。

在卡佩爾斯卡海關檢查站的工作人員為〈邊界〉告訴我他們的工作事務。

（如果還有任何錯誤，並不是他們的錯，而是必須歸咎於我的豐富想像力。）

我不能沒有我的編輯Elisabeth Watson Straarup，也不能沒有Ordfront出版社的Malin Morell。沒有她們的話，一切就不會這麼有趣了。

當然還有Mia。所有的故事都是為她而寫，為了要大聲唸給她聽。這份情感熾熱而閃耀，永不止息。謝謝你們所有人。

約翰・傑維德・倫德維斯特

附記：還有你，剩下來的最後一位，你耐著性子把全部看完。也謝謝你。